MW01673490

Congrès Celtique International

Anatiposi

Anonyme

Congrès Celtique International

Réimpression inchangée de l'édition originale de 1868.

1ère édition 2023 | ISBN: 978-3-38220-476-1

Anatiposi Verlag est une marque de Outlook Verlagsgesellschaft mbH.

Verlag (Éditeur): Outlook Verlag GmbH, Zeilweg 44, 60439 Frankfurt, Deutschland
Vertretungsberechtigt (Représentant autorisé): E. Roepke, Zeilweg 44, 60439 Frankfurt, Deutschland
Druck (Imprimerie): Books on Demand GmbH, In de Tarpen 42, 22848 Norderstedt, Deutschland

Société d'Émulation des Côtes-du-Nord.

CONGRÈS

CELTIQUE INTERNATIONAL,

TENU

A Saint-Brieuc (Côtes-du-Nord),

BRETAGNE,

EN OCTOBRE 1867.

SÉANCES. — MÉMOIRES.

SAINT-BRIEUC

IMPRIMERIE GUYON FRANCISQUE, LIBRAIRE-PAPETIER

RUE SAINT-GILLES

1868

LIBRAIRIE BRETONNE
M. LE DAULT

CONGRÈS

CELTIQUE INTERNATIONAL.

SÉANCES. — MÉMOIRES.

ERRATA.

PAGES 11, ligne 8 : *au lieu de* accueillie, *lisez* accueilli.
17, ligne 23 : *au lieu de* s'applique, *lisez* s'appuie.
17, ligne 18 : *supprimer* lui.
27, Note : *au lieu de* se trouvera à la fin du vol., *lisez* aux annexes, — poésies.
27, Note : *au lieu de* un membre de la Société Chorale, *ajoutez* : M. Cosson.
28, ligne 19 : *au lieu de* Gryffid, *lisez* Gruffidd.
28, ligne 20 : *au lieu de* Dyfirwch, *lisez* Dyfyrwch.
28, ligne 22 : *au lieu de* Tole glas, *lisez* Bore glas.
37, ligne 8 : *au lieu de* Landevennec, *lisez* Landevenec.
44, ligne 23 : *au lieu de* Eisteddfod, *lisez* Eisteddfodan.
48, ligne 21 : *au lieu de* deux autres, *supprimez* autres.
85, ligne 35 : *au lieu de* Gryffydd, *lisez* Gruffydd.
92, ligne 15 : *au lieu de* Glomorgan, *lisez* Glamorgan.
97, ligne 33 : *au lieu de* Clomadeuc, *lisez* Closmadeuc, et ainsi aux pages 192, 205, 207, notes.
107, ligne 6 : *au lieu de* noue, *lisez* nous.
117, ligne 18 : *au lieu de* nationnal, *lisez* national.
199, ligne 26 : *au lieu de* hoech, *lisez* hocck.
201, ligne 27 : *au lieu de* diverse composition minérale, *lisez* diverses compositions minérales.
284, ligne 23 : *supprimer le* guillemet final.
288, ligne 32 : ponctuer ainsi Vannes ? et en roman,
289, note, ligne 6, *au lieu de* avrit (dans quelques exemplaires), *lisez* avait.
291, note, *au lieu de* eyer, *lisez* Meyer.
317, ligne 29 : *au lieu de* énumés, *lisez* énumérés.
319, ligne 31 : *au lieu de* déclarlée, *lisez* déclarée la.
324, ligne 19 : guillemet final mal tourné.
332, ligne 23 : ouvrez un guillemet devant les mots *le prix*.
350, *au lieu de* Beddoë, *lisez* Beddoe's.

ERRATA.

Pages 1, ligne 8, et 376, ligne 39, *au lieu de* membre, *lisez* lauréat.
18, ligne 20', est encore à résoudre, *lisez* n'est pas à résoudre, n'étant pas sérieuse.
33, ligne 24, Eigernac'h, *lisez* Tigernach.
50, ligne 9, Corne houet, *lisez* Carnoët.
54, lignes 11 et 12, quant aux mots à lart ou a lard, *lisez* quant au nom propre Aalart ou Alard.
65, ligne 10, 377, ligne 9 et 380, ligne 35, sir James et John, *lisez* M. James.
80, ligne 34, de Word, *lisez* Wood.
81, lignes 31 et 32, un bardit gallois, la pièce de sir Kenward, *lisez :* un bardit breton, la pièce de M. Prosper Proux, aux bardes de Cambrie. — Corriger ainsi à la table, p. 381.
97, ligne 32, et 380, ligne 20, Clomadeuc, *lisez* Closmadeuc.
101, ligne 38, *au lieu de* 18 octobre 1829, *lisez* 12 octobre 1838.
142, ligne 12, au IXe siècle, *lisez* au dixième.
151, ligne 5, *au lieu de* Abs-Istwith, *lisez* Aberystwith.
244, note, *au lieu de* beale porte, *lisez* beale poste.
375, ligne 42, *au lieu de* Pan, *lisez* Pau.
376, ligne 24, instructiou, *lisez* instruction.
377, ligne 11, *au lieu de* châtean, *lisez* château.
377, ligne 19, Mauduit, *lisez* de Mauduit.
377, ligne 21, Boisboisel, *lisez* Boisboissel.
377, ligne 36, Prioul, *lisez* de Prioul.
378, ligne 20, *lisez*, Sa G. Monseigneur.
378, ligne 24, économ, *lisez* économe.
379, ligne 9, *au lieu de* à *lisez* par.
379, ligne 17, Tielemans, *lisez* Thielmans.
380, ligne 18, Marame, *lisez* Ma rame.
381, ligne 12, d'Etampes, *lisez* d'Estampes.
382, ligne 10, après les quêteuses, *mettez un* —
378, *Ajouter à la liste des membres du Congrès :* Victor Radenac, Paris.
367, *Ajouter à la table :* Note sur les caractères physiques de la race celtique, par S. John Beddoe's.

Couverture, *au lieu de* Essais sur les voies romaines, *lisez ;* Essai sur les voies romaines dans les Côtes-du-Nord.

Société d'Émulation des Côtes-du-Nord.

CONGRÈS
CELTIQUE INTERNATIONAL,

TENU

A Saint-Brieuc (Côtes-du-Nord),

BRETAGNE,

EN OCTOBRE 1867.

SÉANCES. — MÉMOIRES.

SAINT-BRIEUC

IMPRIMERIE GUYON FRANCISQUE, LIBRAIRE-PAPETIER

RUE SAINT-GILLES

1868

I. 6800
Celt 205.5

HARVARD COLLEGE
AUG 17 1903
LIBRARY

Hayes fund.

Le 10 mai 1867, M. Charles de Gaulle, secrétaire d'une Société bretonne, instituée à Paris sous le titre de *Breuriez-Breiz*, entrait en rapport avec le Président de la Société d'Émulation des Côtes-du-Nord, et lui adressait une longue lettre, dont suit le résumé :

« L'Association Bretonne, dans la dernière année de son existence, disait M. de Gaulle, avait invité les Sociétés savantes du pays de Galles à envoyer des délégués à son prochain Congrès; la dissolution de l'Association ne permit pas de donner suite à ce projet. A défaut de l'Association bretonne, le *Breuriez-Breiz* avait cherché et réussi à établir des rapports suivis avec le pays de Galles; et, au milieu de 1865, le *Cambrian-Institute* avait obtenu, du Ministre de l'Intérieur de France, l'autorisation pour les Bretons des deux côtés de la Manche de se réunir. Ce projet, annoncé par les principaux journaux tant anglais que gallois de la principauté, avait excité beaucoup de sympathie : l'Exposition universelle offrait des conditions exceptionnellement favorables, dont il importait de profiter. Déjà, outre les savants isolés, deux troupes de pélerins gallois, parmi lesquelles on comptait des artistes distingués, s'apprêtaient à visiter la Bretagne. Pour organiser un Congrès, on s'était adressé à plusieurs Sociétés bretonnes, qui, tout en assurant de leur sympathie, avaient reculé devant les difficultés de l'entreprise; dans l'extrême embarras où mettait ce refus, on s'était rattaché à l'espoir que la Société d'Émulation des Côtes-du-Nord consentirait à se charger de cette tâche patriotique. M. de Gaulle et ses amis venaient donc, au nom de la Bretagne entière, demander à notre Compagnie de vouloir bien préparer la réunion désirée. »

La Société d'Émulation accueillit cette requête, et, après avoir pris les garanties convenables, elle lança le programme suivant, combiné avec MM. de Gaulle, de La Villemarqué et Henri Martin.

CONGRÈS CELTIQUE INTERNATIONAL.

ORGANISATION.

ARTICLE 1er. — La société d'Émulation des Côtes-du-Nord, pour répondre au vœu qui lui a été exprimé par des Savants des deux côtés de la Manche, ouvrira, — non le 7 septembre, comme on l'avait d'abord annoncé, mais le *15 octobre 1867*, — à onze heures du matin, à Saint-Brieuc, un Congrès destiné à rapprocher les membres de la famille celtique, Gaëls et Bretons; à étudier les questions d'histoire, de littérature d'art et autres intérêts communs ; à chercher les moyens d'établir d'une façon stable des rapports utiles à tous.

La durée du Congrès sera de trois à cinq jours.

Art. 2. — Feront partie du Congrès : tous les membres de la Société d'Émulation des Côtes-du-Nord, et tout souscripteur qui, ayant versé 10 fr., se soumettra aux statuts de cette Société pendant les séances. — La liberté la plus entière régnera dans les discussions, sous la seule réserve de respecter la religion de chacun et les institutions de la France et de l'Angleterre.

Art. 3. — La Carte personnelle, contatant la qualité de membre du Congrès, donnera droit d'entrer à toutes les séances, de prendre part aux discussions et aux votes, et de recevoir gratuitement les publications spéciales. Celles-ci, outre le compte-rendu des séances, contiendront, soit *in-extenso*, soit par extrait ou analyse, tous les travaux qui se produiront au Congrès.

Art. 4. — Les objets antiques, que l'on voudrait bien confier à la Société d'Émulation, pendant la durée de la réunion, seront accueillis avec reconnaissance et soumis à l'étude des membres du Congrès.

Art. 5. — Une visite détaillée sera faite au Camp vitrifié de Péran. — Des poésies, des œuvres musicales, dramatiques ou populaires pourront être lues, exécutées ou représentées pendant la durée du Congrès.

Art. 6. — Les personnes qui se proposent de prendre part au Congrès, sont invitées à adresser *franco*, dès-à-présent, et au plus tard avant le 8 octobre, au Président de la Société d'Émulation des Côtes-du-Nord : 1° leur souscription soit en un bon sur la poste, soit en renvoyant remplie la formule ci-jointe ; 2° les questions qu'elles comptent traiter et celles qu'elles désireraient voir ajouter au Programme ; 3° l'indication des objets qu'elles veulent bien exposer.

QUESTIONS A TRAITER.

Toutes les questions concernant l'une ou l'autre Bretagne pourront être traitées, si elles ont été soumises, avant le 8 octobre, à la Direction de la Société d'Émulation et approuvées par elle. Sont dès aujourd'hui mises à l'étude les questions suivantes :

1. — Communauté d'origine des peuples celtiques. — Établissement des Bretons dans l'Armorique. — Relations autrefois fréquentes entre les Bretons du continent et ceux de l'île. — Leur interruption.

2. — Utilité du rétablissement de ces relations amicales. Moyens de les rendre fréquentes et régulières à l'avenir; de les mettre à profit pour le progrès des études celtiques, et, en général, pour le bien moral, intellectuel et matériel des peuples. — Extension de ces rapports aux Celtes d'Irlande et d'Ecosse. — Utilité, à ce point de vue, d'une *Association générale,* qui établirait des relations suivies avec les sociétés savantes des deux nations, et, au besoin, avec celles des nations étrangères; qui fonderait des Congrès périodiques et une Revue celtique. — Bases, moyens et modes d'action de cette Association. Devrait-elle ne former qu'un seul groupe, ou se diviser en Associations distinctes, mais unies, de chaque côté de la Manche ?

3. Les monuments mégalithiques sont-ils l'œuvre exclusive des Celtes ? — Quels éclaircissements fournissent sur ces monuments : 1° les traditions locales ; 2° les traditions écrites ? Indiquer, classer et traduire les textes anciens concernant ces monuments dans la Gaule et dans les îles Britanniques. — Comparer les monuments mégalithiques des deux pays par rapport à leurs caractères extérieurs, à leur structure, à leur contenu, aux signes gravés sur leurs parois. — Quelle date est-il possible d'assigner à ces monuments, ainsi qu'aux objets qu'ils renferment ?

4. — Mythologie celtique. Noms et caractères des divinités, d'après les inscriptions gauloises, gallo-romaines et britanniques ; d'après les monnaies ; d'après la tradition.

5. — Étude sur le *Senchŭs-mor* comparé avec les anciennes lois galloises, les coutumes de Bretagne, et les lois écossaises.

6. — Rechercher si, sous les anciennes redevances, on ne retrouverait pas les traces d'anciens usages celtiques.

7. — Langues néo-celtiques. Leur parenté entr'elles et avec l'ancien gaulois. Leur place dans la grande famille aryenne ou indo-européenne. — Degré de parenté entre le breton-armoricain et le breton-gallois. Leurs rapports et leurs différences à diverses époques de leur histoire. Les dialectes armoricains contiennent-ils des éléments étrangers à ceux de la Bretagne insulaire ? — Intérêt que présentent au point de vue de la morale, du patriotisme, de la science et de l'esthétique, la préservation et la culture, comme langues vivantes, de ces idiomes. Quels sont les moyens les plus efficaces pour arriver à ce but ? — Quel est, dans les pays celtiques, l'état des littératures indigènes ? Quel est le caractère, le nombre ; quelle est la valeur et l'influence des publications qui se font dans les idiomes celtiques ? — Quels sont les manuscrits ou documents inédits dont la publication offrirait le plus d'intérêt, au point de vue des diverses branches des études celtiques ?

8. — Quels sont les traits dominants du caractère de la race celtique, tels qu'ils se révèlent dans l'histoire, dans la littérature et dans l'art ? — Constater dans les générations actuelles les caractères physiologiques qui les rattachent à la race celtique. — Coutumes populaires comparées des peuples celtiques.

9. — Étude comparée sur l'art chez les peuples celtiques, et principalement sur leur musique populaire.

10. — Rendre compte du mouvement intellectuel en Bretagne, depuis le commencement du XIXᵉ siècle.

La presse, tant en France qu'en Angleterre, en Allemagne et aux États-Unis, se montra favorable à cette large enquête scientifique et au projet de rapprochement entre peuples sortis d'une souche commune. Avant et après le Congrès, dans tous les camps politiques, dans la presse de Paris et de province, il parut d'excellents travaux à ce sujet : on remarqua particulièrement en France ceux du *Siècle* et de *La Situation*. Rien ne manqua à ces débuts, pas même l'insulteur, qui doit accompagner toute œuvre utile.

Au reste, je dois avouer que parmi les hommes graves il se trouva de bons esprits qui ne purent se défendre d'abord de certaines appréhensions devant cette idée nouvelle. Toutes les branches de la famille celtique n'ont pas la même foi religieuse ; dans chacune on compte des hommes d'opinions très-tranchées. Qu'allait-il sortir d'assemblées où se trouveraient en présence des convictions si diverses? Était-ce l'Erreur, était-ce la Vérité qui devait y trouver son compte ?

La confiance dans le bon sens public et dans la liberté l'emporta. On comprit généralement que la Vérité est assez forte pour ne pas fuir devant l'Erreur ; qu'il y a quelque chose de providentiel dans le souffle qui, vers l'Orient, rassemble les tronçons épars du corps slave, et, vers l'Occident, ceux du corps celtique; qu'enfin il y a, dans toutes les nationalités comme dans toutes les croyances, des hommes sincères qui peuvent discuter en commun des questions scientifiques, tout en respectant des principes supérieurs.

Ce qui fut plus difficile à vaincre, ce fut l'apathie de nos populations du Nord, toujours un peu froides, surtout en matière de nouveauté; ce fut leur défiance, assez justifiée d'ailleurs par plusieurs tentatives avortées; ce fut surtout les petites rivalités d'école, les inimitiés personnelles, cette plaie vive du travail intellectuel en province. Le terrain franchement libéral où nous nous plaçâmes tout d'abord ramena la confiance, et, quand on nous vit définitivement en marche, on nous suivit, mais à la dernière heure.

Encore faut-il convenir que, de l'autre côté de la Manche, les Sociétés savantes restèrent généralement dans une observation prudente; et celles qui, comme l'illustre Société celtique de Glascow, crurent devoir nous apporter un éclatant témoignage de sympathie, ne le firent qu'à la fin de la session. De sorte qu'il n'y eut qu'un petit nombre de Savants à traverser la mer; d'autres, plus nombreux, retenus par la saison avancée, se bornèrent à envoyer leurs adhésions. Mais une noble dame, lady Llanover, nous adressa le gage le plus précieux, le plus charmant de fraternelle bienveillance, en envoyant vers nous son barde, le célèbre Gruffydd, le premier Telynor de l'Est.

Pendant que cette évolution décisive s'accomplissait au-dehors, les préparatifs intérieurs avançaient rapidement : là nous trouvâmes une unanimité de bon vouloir qni nous a pénétrés de la plus profonde reconnaissance. Tout d'abord il fallait un local convenable, non-seulement pour recevoir une foule qui pouvait être et qui a été, en effet, énorme, mais aussi pour donner la solennité désirable au premier *Eisteddvod* breton. L'éminent chef de la Cour impériale de Rennes autorisa le Président du tribunal de Saint-Brieuc à mettre le Palais de Justice à notre disposition ; le département et la ville voulurent bien prendre une part des frais d'appropriation (1).

Nous tenions à ce que les travaux de la science fussent coupés par des délassements artistiques : après la journée consacrée à l'étude de nos origines, la soirée devait offrir des morceaux choisis de littérature et de musique, bretonne et galloise, ancienne et moderne, et aussi quelques-unes de ces productions du génie qui ont le privilége d'être de tous les temps et de tous les pays. Nous tenions par-dessus tout à associer, dans la mesure du possible, la population entière à ces solennités qui ne peuvent que contribuer à élever le niveau moral d'un peuple.

Poëtes, Compositeurs, Exécutants, se mirent à l'œuvre : deux belles cantates furent composées ; des artistes éminents apportèrent de leur talent le patriotique tribut ; de beaux chœurs d'hommes et de femmes, pris dans tous les rangs de la Société, offrirent à nos visiteurs ce que l'hospitalité a de plus attrayant, de plus gracieux, de plus délicat (2).

Les pages qu'on va lire reproduiront les séances du Congrès, les principaux travaux qui s'y sont produits ; elles donneront une idée de l'exposition d'objets celtiques,

(1) Cette appropriation fut confiée à une Commission composée de MM. Dujardin, ingénieur en chef ; Guépin, architecte du département ; de La Chenelière, juge ; Donguy, peintre ; Le Pellec, horticulteur. M. François Touyé eut l'entreprise générale des travaux. — Une autre Commission, composée de MM. Huguet, Charner, Boscher, Piedevache, de La Chenelière, Le Tonturier, Terrier de l'Aistre, Le Coz, Dr Le Moine, Th. Sébert, Marcel, Ernest Fortmorel, Albert Geslin de Bourgogne, fut chargée des mesures d'ordre.

(2) M. l'abbé Collin, chanoine honoraire, secondé par MM. ses frères, par la Maîtrise de la cathédrale, la Société chorale et divers artistes, avait consenti à diriger la musique vocale et instrumentale. Les Dames s'étaient préparées, sous la direction de Mme Rialan.

de l'excursion archéologique, de la représentation du mystère breton, enfin du banquet final (1). Mais ce que la parole humaine, même la mieux inspirée, serait impuissante à rendre, c'est l'âme, le souffle qui animait chaque soir cette foule émue, les courants sympathiques qui faisaient tous les cœurs vibrer à l'unisson, sous la triple inspiration de la poésie, de la musique et du sentiment de la vieille patrie.

D'autres, après nous, feront mieux, sans nul doute : ils soudront à jamais ces membres depuis trop longtemps dispersés; ils fonderont définitivement en Bretagne ces assemblées nationales et populaires, qui ailleurs, en Écosse surtout, contribuent puissamment à développer toutes les forces vives d'une population. Mais nous bénirons toujours le ciel de nous avoir donné, dans ce modeste essai, d'entrevoir les magnifiques horizons de l'avenir...

En ce qui est de ce volume, il contient deux parties distinctes : nos comptes-rendus, dont nous restons responsables, et les travaux qui nous ont été remis. Ceux-ci ont été revus en épreuves par les auteurs, qui gardent ainsi toute la responsabilité de leurs œuvres.

Quant aux comptes-rendus des séances, nous avons fait tout ce qui dépendait de nous pour qu'ils soient d'une rigoureuse exactitude; mais ce n'était pas facile. Malgré les mesures prises à l'avance par la Direction, il ne lui

(1) M. Gaultier du Mottay, puissamment aidé par M. de Fréminville, a dirigé l'exposition. L'excursion archéologique et les fouilles qui lui ont donné tant d'intérêt avaient pour commissaires MM. Perrio, H. Hamon, Piedevache, Vittu de Keraoul, Brindejonc, L. Dujardin, Le Renard et Gilbert. La représentation du Mystère a été préparée et conduite par MM. Luzel, Le Jean et Le Pivert. Les Commissaires qui ont si bien réussi dans le banquet étaient MM. Thiérot, Charner, Piedevache, Gobaille, E. Fortmorel et F. Guyon.

est guère parvenu que des notes. Aidé par une excellente mémoire et par tous les documents qu'il a pu se procurer, M. le Secrétaire-général Huguet a rédigé cet exposé avec le soin le plus minutieux. Chaque fois qu'il a fait parler quelqu'un, il lui a offert de corriger les épreuves, plus de deux cents lettres en font foi ; mais il n'a pas toujours obtenu de réponse.

Nous désirions renfermer dans un seul volume toutes les publications relatives au Congrès. Quand nous en avons reconnu l'impossibilité matérielle, nous avons tenu à remplir nos engagements, en groupant ici tous les documents essentiels. Ce que nous avons renvoyé à un volume supplémentaire, qu'on pourra se procurer à un prix très-réduit, ce sont les pièces de littérature bretonne et galloise, avec leur traduction : elles ont été déjà distribuées, à un grand nombre d'exemplaires, dans les séances du soir; pour beaucoup de membres, ce serait un double emploi. Nous y avons joint les cantates, dont le Congrès a désiré l'impression, mais dont la gravure, très-belle d'ailleurs, exige un léger supplément de souscription (1), on le comprendra sans peine, en songeant aux dépenses considérables que la Société d'Émulation s'est imposées.

Le programme de ces premières assises celtiques, où devaient naturellement se poser presque toutes les grandes questions, n'a pas été épuisé sans doute. Mais ces hauts enseignements sur les migrations qui ont successivement peuplé l'Europe, cet exposé magistral sur les monuments mégalithiques, ces aperçus tant généraux que de détail sur la langue et les sépultures de nos pères, ces larges et savantes discussions, toujours animées, mais toujours de bonne compagnie — toutes les assemblées délibérantes

(1) Le prix des trois Annexes réunies est, pour les Membres du Congrès, de 4 fr. ; chacune, séparément, 2 fr. (poésies seules ou cantate).

n'en pourraient peut-être pas dire autant ! — ne répondent-elles pas suffisamment au reproche d'un critique parisien, qui, n'ayant pas assisté à notre Congrès, supposait qu'absorbé par les questions de détail on ne s'y était pas occupé « des grands horizons philosophiques de l'histoire. » Dans son impartialité, il reconnaîtra lui-même, j'ose l'espérer, que si « le travail provincial excelle pour mettre en lumière les points obscurs, » les vues d'ensemble ne lui font pas nécessairement défaut. Synthèse et analyse se trouvent réunies, si je ne me trompe, autour de chacune des questions traitées dans cette session.

Inutile de nommer ceux qui ont donné à cette réunion une valeur et un éclat inespérés, qui en ont fait la continuation du Congrès européen de Paris, la pierre fondamentale sur laquelle doit se cimenter un jour l'union des diverses branches de la race celtique. Leurs noms, à ceux-là, est inscrit à chaque page de ce livre, et, qui mieux est, gravé dans le reconnaissant souvenir de tous.

Pour nous, nous ne revendiquons qu'une bien faible part dans cette œuvre, où nous voyons un progrès non-seulement scientifique mais social : c'est d'avoir tenu la balance égale entre tous. C'est d'avoir maintenu à tous, grands et petits, savants illustres et travailleurs obscurs, dissidants aussi bien que ceux qui partagent nos croyances, le droit de dire leur mot, d'apporter leur pierre en toute liberté. Plus nos convictions étaient arrêtées sur telle ou telle thèse historique, plus nous avons tenu à reproduire intégralement la contradiction auprès de l'affirmation. Notre loyauté d'ailleurs était garantie contre toute méprise, du moment que MM. Henri Martin, de La Villemarqué, de La Borderie et Lukis, avaient bien voulu partager avec nous la Direction du Congrès.

Si une année de travail, des difficultés de plus d'une

sorte et quelques mécomptes méritaient une récompense, nous l'avons largement reçue, en voyant ceux qui s'étaient rendus à notre appel, se retirer satisfaits; en voyant — toutes doctrines réservées — des hommes qui s'étaient jusque-là considérés comme adversaires nés, quelquefois comme ennemis, s'asseoir, cinq jours durant, les uns près des autres, se trouver unis dans un sentiment commun, être tout surpris de leur mutuel savoir, de leur bon-sens, de leur bonne foi, et se séparer en se serrant la main avec estime, avec regret. Oui, ce sont des heures bénies, des heures fécondes; celles où ce qui aigrit, ce qui divise se fond comme la neige glacée aux premiers rayons du printemps. Ce n'est pas en vain que dans un siècle si divisé, si morcelé, Dieu ménage de tels rapprochements entre les hommes, entre les partis, entre les peuples. J'ignore comment et sous quelle forme, mais à coup-sûr, l'avenir est là, et nous aussi nous pouvons dire : « Où Dieu nous mène, suivons le vent! »

Le Président de la Société d'Emulation des Côtes-du-Nord,

J. GESLIN DE BOURGOGNE.

Saint-Brieuc, le 9 Mai 1868.

Ire PARTIE.

COMPTE-RENDU

DES SÉANCES.

CONGRÈS CELTIQUE INTERNATIONAL.

SESSION DE 1867.

Séance du mardi 15 Octobre 1867

(JOUR)

A une heure, M. DEMANGHE, l'un des Présidents d'honneur de la Société d'Émulation, Préfet du département, monte au fauteuil de la présidence ; il est assisté de

MM. Henri MARTIN, membre de l'Institut;
LUKIS, Président d'une Société archéologique du pays de Galles;
GAGON, Président du tribunal civil;
HÉRAULT, Maire de Saint-Brieuc;
Un Membre de la Direction, Secrétaire.

M. le PRÉFET prend la parole et prononce, au milieu d'un profond silence, l'allocution qui suit:

« MESSIEURS,

» La première parole qui se fait entendre dans cette enceinte est une parole de bienvenue et de gratitude envers les hommes de science et d'étude, qui, des divers points de la France et surtout des pays étrangers, ont répondu à l'appel que nous leur avons fait et ont consenti à apporter à ce Congrès, ouvert à la gloire de cette forte et héroïque race Celtique, le fruit de leurs recherches et de leurs travaux.

» Il appartenait à la Société d'Émulation des Côtes-du-Nord, il appartenait au patriotisme des Bretons au milieu desquels nous vivons, de tenter la réalisation de cette œuvre de foi celtique, œuvre ardue, mais pleine de séduction; œuvre de travail et d'association entre tous les pays dont les habitants nous sont unis par les liens du sang et une origine commune.

» Les fils des Celtes sont venus ici du pays de Galles, des profondeurs de l'Irlande comme des hauteurs abruptes de l'Écosse, pour protester contre l'oubli qui menace d'envahir tout un passé, toute une nationalité, que les grandes crises de l'humanité ont pu atteindre sans jamais l'abattre.

» Des historiens dont la parole fait autorité vous diront ce qu'il a fallu d'énergique vitalité aux Celtes de notre Bretagne, pour survivre aux invasions romaine et normande, ce qu'il a fallu de tenacité et d'esprit national pour conserver aussi intacte qu'elle l'est encore, une race à qui le temps n'a rien enlevé des convictions et des caractères qui lui sont propres.

» Les membres de cette race sont épars; mais à la lumière de la tradition commune, dont la science moderne vient de raviver l'éclat, nous les retrouvons, portant chacun avec des physionomies distinctes, les traits d'une ressemblance frappante. Ils se reconnaissent alors, se réunissent au premier appel qui leur est fait et forment ici le premier Congrès international, dont le résultat doit être de donner une vie, une organisation à ces existences trop longtemps séparées, à ces intelligences vouées à l'isolement, et qui, se sentant menacées dans leurs coutumes, leur civilisation, leur langage, craignent de disparaître comme ces peuples de l'ancienne Asie, d'où ils sont venus ensemble.

» Votre présence ici, Messieurs, est pour notre vieille Armorique plus qu'une espérance : elle nous donne l'assurance que les savants qui portent les noms honorés de La Villemarqué, d'Henri Martin, de Gaulle, de Lukis, de Jenkins et tant d'autres ne permettront pas que le Congrès, météore lumineux et brillant, passe sans laisser de traces utiles. Ils voudront que, de leurs travaux, de l'étude des diverses questions soumises à leur discussion, il sorte des résolutions importantes.

» Tout d'abord une difficulté se présente. Comment embrasser dans quelques conférences dont le nombre est forcément limité, les diversités si multiples de la période celtique, les nombreuses questions de notre programme?

» Pour le réaliser, vous serez amenés à choisir les points culminants de l'histoire, promontoires élevés d'où le regard de l'observateur et du savant pourra interroger l'ensemble des manifestations de la vie bretonne.

» Une question surtout domine toutes les autres, celle de l'utilité d'établir des relations amicales, fréquentes, régulières, entre les Bretons du continent et ceux des îles. — Cette utilité se dresse devant chacun de nous comme une vérité indiscutable, comme un besoin national. — Nous examinerons, Messieurs, quelles doivent être les bases et la forme de ces relations, pour les rendre fructueuses et durables ; et nous emprunterons à nos frères insulaires, ce qu'une initiative plus large chez eux qu'elle ne l'est chez nous, leur a permis de faire pour la conservation de la langue indigène.

« Dans le pays de Galles, dit M. de Gaulle, non-seu-
» lement les Sociétés Cambriennes livrent chaque année
» à la publicité les documents historiques ou littéraires
» les plus précieux sur le passé de leur pays, mais de
» nombreux écrivains patriotes y ont créé de puissants
» moyens d'éducation nationale. La langue, cultivée avec
» soin depuis plusieurs siècles déjà, a été rendue apte à
» traduire toutes les idées philosophiques et scientifiques
» qu'une langue moderne doit pouvoir exprimer. Non-seu-
» lement la littérature galloise moderne a produit des
» ouvrages originaux et d'un mérite sérieux, mais il a été
» publié, sur les différentes branches de l'éducation, un
» très-grand nombre d'ouvrages élémentaires qui témoi-
» gnent à la fois de l'ardeur du peuple à s'instruire et du
» soin patriotique que mettent les classes lettrées à lui

» en fournir les moyens. Le nombre relativement considérable de journaux rédigés en gallois, montre d'une manière plus frappante encore la vitalité de la langue bretonne. M. le pasteur Williams constate qu'il paraît en gallois, deux publications trimestrielles, dont l'une est une revue et l'autre une encyclopédie ; les publications mensuelles sont au nombre de quatorze, et les journaux hebdomadaires au nombre de cinq. »

» Combien sont plus avancés que nous nos voisins d'Outre-Mer? Chez eux la tradition est dans le cœur et dans les lèvres, ce qui en assure l'unité et l'homogénéité parfaite. — Chez nous la tradition est dans le cœur seulement, asile inviolable sans doute, mais qui obéit aux lois de la nature, et altère les souvenirs les plus sacrés selon ses goûts et ses passions, quand il ne les oublie pas tout-à-fait.

» Il est un flot envahisseur, mais bienfaisant, contre lequel personne de nous ne songe à lutter, celui de la civilisation : aidons-le dans sa marche progressive, mais sauvons les traditions d'un passé si cher à nos cœurs, et pour le sauver, conservons la langue indigène. Cette nécessité impérieuse s'impose aux méditations du Congrès.

» Ce que voudra le Congrès, ce que d'avance nous voulons avec lui, c'est de mettre fin à cet état de malaise indéfinissable qui pèse sur la race et sur les idiômes celtiques, c'est de pourvoir à l'éducation nationale, c'est de donner satisfaction à toutes les aspirations de noble indépendance qui sont et seront toujours un des caractères distinctifs de l'activité bretonne ; c'est de consolider le présent et de préparer l'avenir, en vulgarisant les poësies, les chants, les monuments littéraires, et en sauvegardant la langue indigène.

» Dans cette voie, nous vous seconderons de tous nos efforts ; mais nous ne pourrons cependant jamais oublier que c'est en Français que se promulguent les lois du pays, que c'est en Français que se donnent les commandements qui conduisent l'armée à la victoire, et que c'est en Français que se rend la justice.

» Nous ne pouvons oublier non plus, et vous vous

souviendrez avec nous, que si vos anciens Bardes ont chanté l'amour de la Patrie dans le langage celtique, ce sentiment est resté aussi pur et aussi passionné jusqu'au jour où, vingt siècles plus tard, il a été chanté en Français par celui de vos Bardes modernes que l'on peut louer, puisqu'il est mort, Brizeux.

» Messieurs, nous ne parlerons ni religion ni politique. Nous n'évoquerons donc pas devant vous les souvenirs navrants des Congrès de Belgique et de Suisse. Il est des dangers que des hommes comme vous savent éviter sans que personne ait besoin de les leur signaler.

» Vous avez mieux à faire. Vous avez à élever un monument à la foi, à l'honneur, à la gloire de notre vieille Armorique. La Société d'Émulation en a posé les premières assises ; à vous, Messieurs, de lui donner la hauteur et la majesté qu'on doit attendre de tout cœur vraiment breton.

» Je déclare ouverte la session du Congrès celtique international. »

Ce discours, prononcé avec chaleur et conviction obtient les sympathiques et unanimes applaudissements de l'assemblée.

Après quelques instants, M. Geslin de Bourgogne, Président de la Société d'Émulation, prend la parole :

« MESSIEURS,

» Au premier Magistrat de ce département, l'un des Présidents d'honneur de la Société d'Émulation, appartenait l'honneur de vous souhaiter la bienvenue.

» Après cette noble parole, autorisée entre toutes, avant que des maîtres vous fassent entendre de grands et féconds enseignements, permettez à une voix obscure de vous dire bien simplement, bien respectueusement, sans discours et sans phrases que vous n'auriez pas le temps d'écouter, comment est née l'idée qui vous rassemble, et quels principes présideront à sa réalisation.

» Mesieurs, Dieu seul crée ; le génie de l'homme ne va pas plus haut que la déduction. Voilà pourquoi chaque fait qui se produit est un anneau de la chaîne des âges. Il naît d'un fait et en engendre un autre; c'est l'éternel sillogisme du philosophe de Stagyre. Pour en saisir le véritable caractère, il faut en étudier les prémices et en déduire les conséquences. N'est-ce pas là ce qui caractérise la différence entre le *rétrospectif* et le *rétrograde;* entre le savant qui fouille dans le passé pour éclairer l'avenir, et l'insensé qui voudrait entraîner la société à reculons contre le courant des siècles?

» N'est-ce pas aussi ce qui explique comment nous nous trouvons assemblés ici, de tous les points de l'horizon moral, aussi bien que de l'horizon physique? Le seul mot de CELTIQUE a suffi pour vous faire accourir des points les plus opposés. Quelle est donc la magie de ce mot, qui, au premier appel de quelques hommes inconnus, vous a fait quitter vos familles, vos intérêts, vos travaux, et vous acheminer vers une petite ville de Bretagne, au prix de sacrifices bien lourds pour plusieurs?

» Messieurs, c'est que ce mot vous a ouvert les horizons sans bornes où se précipitent de nos jours les esprits investigateurs et patriotes, avec un élan que je ne crains pas de qualifier de providentiel. Monte dans ta nacelle, intrépide aéronaute, monte, monte encore! Nous savons le point précis de cette mer sans rivages que ton frêle esquif ne franchira point. Au-dessus du filet qui enveloppe ta machine, il y a un autre filet qui t'emprisonne à la terre. Mais vous, Messieurs, quel obstacle infranchissable vous arrêtera dans votre marche à la découverte des actes de nos aïeux, à la recherche de la filiation qui doit vous faire retrouver des frères.

» Hier, un Congrès anthropologique, dans la grande capitale qui a été, cette année, la capitale du monde civilisé, rassemblait des savants de toutes les parties de l'Europe. Aujourd'hui, voici qu'une phalange, à la tête de laquelle j'aperçois plusieurs des princes de la science moderne, se détache de ce groupe imposant pour venir étudier les origines celtiques, sur cette terre qui a gardé de si profondes empreintes du passé.

» Ce courant se rencontre avec un autre, né sur le sol

breton. Longtemps, trop longtemps, Messieurs, la Bretagne est restée cette rude nation bardée de fer, qui, toute occupée de ses guerres et de son négoce, laissait à l'évêque dans sa cathédrale, aux moines dans leur monastère, le soin d'entretenir le feu sacré du travail de l'esprit. Là, de loin en loin, un chroniqueur venait déposer quelques souvenirs du passé, qui n'étaient d'ordinaire que des lambeaux épars de la tradition, recueillis au hasard et sans contrôle.

» Mais, pour ouvrir l'ère des travaux historiques sérieux, il ne fallut pas moins que cette période de calme qui suivit les guerres de religion; et surtout ce grand mouvement de la Renaissance, qui ramena l'Europe au culte de l'Antique. Ce fut alors, en 1687, que, après les essais isolés des Le Baud, des d'Argentré, des Du Paz, des Molac, le premier effort collectif fut organisé, sous la large direction du savant Bénédictin dom Audren de Kerdrel, prieur de Landevenec, et plus tard de Redon.

» Le promoteur de ce mouvement fut Mgr de Coëtlogon, évêque de Quimper. C'était déjà l'heureux privilége des prélats cornouaillais de guider les esprits sérieux vers les hautes recherches historiques. Il n'a pas tenu au savant successeur de saint Corentin, qui, de nos jours, fait tout pour la conservation de la langue bretonne, il n'a pas tenu à lui qu'il vînt résolument se mettre à votre tête. — Quant aux vaillants compagnons d'Audren, vous savez tous que, en vingt années de travail, ils préparèrent l'immortelle histoire, signée de D. Lobineau.

» Au milieu du siècle suivant, apparût, sous les auspices des États de Bretagne, la première tentative d'association laïque : elle se proposait surtout la défense des intérêts agricoles. Ce fut sous la même bannière que s'assembla, en 1843, l'*Association bretonne;* mais elle sentit bien vite la nécessité de s'occuper d'autre chose que des intérêts matériels : « L'homme ne vit pas seulement de pain. » L'Association bretonne le comprit, et sa classe d'archéologie fut constituée,

» La plupart d'entre vous, Messieurs, appréciez les beaux travaux qu'elle a laissés après elle; et quand bien même vous n'en partageriez pas toutes les idées, c'est avec une chaleureuse et sympathique gratitude qu'aujourd'hui vous serrez la main des vétérans de cette glorieuse phalange, qui viennent apporter à votre assemblée l'animation et l'éclat des anciens congrès bretons.

» La mort et le souffle des événements ont fait dans leurs rangs des vides bien regrettables; mais ceux qui restent avec nous sur la brèche ne nous sont que plus chers; leur expérience et leur savoir ne nous sont que plus précieux.

» Lorsque l'Association bretonne fut arrivée à aborder les grandes questions d'origine, elle reconnut bien vite que sa sphère d'action était trop limitée; que les documents que possède encore la Bretagne n'étaient pas suffisants; qu'il fallait recourir à ceux que conservent religieusement, de l'autre côté de la Manche, des frères sortis d'une souche commune.

» On raconte que, le 11 septembre 1758, au moment où Anglais et Français se mesuraient avec une égale valeur, à quelques lieues d'ici, un corps de Bretons-Armoricains s'avançait fièrement sur la plage de Saint-Cast, en chantant sa chanson de guerre. Tout-à-coup il s'arrête étonné, ému : le même refrain était répété par la troupe qu'il allait aborder à la baïonnette. Aussitôt chacun des deux bataillons change de direction et va porter ailleurs des coups d'autant plus rudes : après douze siècles, les frères s'étaient reconnus et refusaient de s'entretuer.

» Eh bien! Messieurs, quelque chose d'analogue se produisit, quand l'Association bretonne et l'Association cambrienne se rencontrèrent sur le terrain de la science: Elles se reconnurent pour sœurs, et afin que leur action commune fut plus unie, les deux Sociétés confondirent leurs bureaux en 1857.

» Toutefois cette organisation n'était encore qu'une espérance, et les événements ne permirent pas aux savants des deux pays de se rapprocher. Après dix ans écoulés, après plusieurs tentatives avortées sur d'autres points, un nouvel appel est parti du pays de Galles, à l'occasion de l'Exposition universelle. Mais bien des difficultés se sont présentées de ce côté de la Manche, et avant qu'un écho hospitalier renvoyât cet appel aux rivages de Cambrie, la saison était bien avancée, les voyages terminés et, à part quelques-uns de ces hommes de cœur que rien n'arrête, n'attendez pas, cette fois encore, un concours général de nos frères des îles.

» Une noble femme cependant, usant de l'intelligente influence que son sexe n'a jamais perdue parmi les races celtiques, a voulu du moins que le premier des Bardes du Royaume-uni nous apportât les poétiques accents de la langue de nos pères. Il vient à nous, aveugle comme Homère et Milton, guidé par une mélodieuse enfant : la harpe aux triples rangs de cordes sera pour notre âge la voix harmonieuse et divine qui a rapproché les hommes depuis le commencement !

» Qu'elle nous vienne donc en aide, à nous qui, malgré notre faiblesse, avons, au refus de plus capables, consenti à vous réunir pour commencer de solides travaux sur nos origines, au seul profit de la vérité.

» La vérité, c'est elle et elle seule que tous vous venez loyalement chercher ici; c'est elle qui doit jaillir plus éclatante de vos débats. Puisse votre exemple montrer aux âmes timides que, même avec des doctrines et des croyances diverses, on peut utilement travailler ensemble, à la seule condition de la bonne foi et du respect mutuel. Non, non, la mâle vérité ne doit pas rester renfermée au fond de son puits, sous prétexte que du bout de son aile l'erreur pourrait la terrasser.

» A l'œuvre donc, Messieurs, car la besogne est grande, difficile, et le temps nous est parcimonieusement mesuré. Pour élucider les formidables problèmes qui se dressent devant vous, nous aurions voulu vous offrir une tribune à hauteur de votre talent. Celle-ci est bien petite; mais vous la grandirez, vous l'illustrerez peut-être. La parole humaine croît en puissance à mesure qu'elle s'élève : n'avez-vous pas remarqué que les premiers orateurs de notre temps choisissent souvent les assemblées les plus modestes pour en faire jaillir les plus éclatantes vérités.

» Si cette tribune est peu élevée, du moins elle est

libre, libre et indépendante ; comme la Justice qui a voulu pour un jour céder son sanctuaire à la Science. Et comme la Justice aussi, elle sera exempte de tout préjugé, de toute prévention : ici pas d'école dominatrice, pas de système exclusif, pas de coterie. Grands et petits pourront se faire entendre dans une équitable mesure : comme chacun est responsable de sa parole, il est maître de choisir son terrain, sous la seule réserve de s'interdire ce qui touche à la Religion ou à la Politique.

» Messieurs, au nom de cette Société d'Émulation qui vous offre l'hospitalité, permettez-moi de vous soumettre un vœu : n'oubliez pas que vous travaillez surtout pour l'avenir; que vous allez préparer les premières assises d'un monument qui doit réunir et abriter nos arrière-neveux.

» Je veux terminer cet appel aux sentiments fraternels qui sont dans vos cœurs à tous, par le mot que l'un de vous prononçait à la dernière séance de l'Association bretonne, en annonçant la fusion qui commence aujourd'hui.

» Nous pouvons espérer, disait-il, voir à notre prochain Congrès, non-seulement les Bretons de la Cambrie, mais encore nos frères de la Cornouaille insulaire, et même nos cousins d'Écosse et d'Irlande. La réunion représentera ainsi, au lieu des deux seules branches armoricaine et galloise de la famille celtique, notre nation toute entière. Alors, par un phénomène inoui dans l'histoire des races humaines, se réalisera une prédiction audacieuse que fit, il y a douze cents ans, un barde des peuples bretons :

« Un jour, en Armorique, les Irlandais et les Écossais, » les Cambriens, les Cornouaillais et les Armoricains » s'associeront par une ferme alliance, *sociabunt fœdere* » *firmo*. Ce jour-là les montagnes désolées de Cambrie » tressailleront d'allégresse ! Les fontaines taries d'Armo- » rique jailliront de bonheur! Les chênes dépouillés de » Cornouaille reverdiront de joie ! »

» Et le premier de nos bardes modernes ajoutait : « Magnifique Congrès national, Messieurs, Congrès national et archéologique à la fois ! je vous y donne rendez-vous. »

» Messieurs, vous avez été fidèles à ce solennel rendez-vous ; et vous allez commencer à réaliser ce que le génie du moyen-âge entrevoyait comme un rêve poëtique dans les profondeurs de l'avenir. »

Cette allocution est plusieurs fois interrompue par des applaudissements ; et, dès ce moment, on peut bien augurer de la réussite d'un Congrès où chaque phrase, chaque mot concernant la nationalité bretonne est accueillie avec la plus vive sympathie et soulève d'unanimes bravos.

Quand le silence est rétabli, le PRÉSIDENT de la Société d'Émulation fait, au nom de la Direction du Congrès, la proposition suivante :

« Le Congrès veut que son premier acte soit un témoignage de gratitude pour M. le premier Président de la Cour impériale de Rennes, qui, pour rendre la tenue du Congrès possible et lui assurer des conditions convenables, a consenti, avec la plus gracieuse bienveillance, à éloigner la session des Assises.

» Le Congrès entend associer à cet hommage de reconnaissance MM. les Présidents et MM. les Magistrats de Saint-Brieuc, qui ont mis leur Palais à la disposition du Congrès ; M. le Préfet des Côtes-du-Nord et M. le Maire de Saint-Brieuc qui, par de généreux sacrifices, ont mis la Société d'Émulation à même de recevoir convenablement le Congrès. »

La proposition de la Direction, accueillie par des applaudissements, est adoptée par acclamations.

M. le SECRÉTAIRE-GÉNÉRAL de la Société d'Émulation donne connaissance à l'assemblée des adhésions des principaux personnages qui n'ont pu se rendre au Congrès. Il lit d'abord la lettre suivante de S. Exc. le Ministre de l'Instruction publique.

« MONSIEUR LE PRÉSIDENT,

» Vous m'avez fait l'honneur de m'inviter, au nom de la Société d'Émulation, à assister aux séances du Congrès celtique international qui va s'ouvrir à Saint-Brieuc,

» Je regrette vivement que l'époque de mon voyage dans l'Ouest n'ait pu coïncider avec l'ouverture du Congrès. J'aurais profité avec empressement de cette occasion, pour témoigner à cette Compagnie savante et à ses hôtes distingués mes vives sympathies pour leurs travaux, et particulièrement pour l'idée au nom de laquelle a lieu, pour la première fois en France, une semblable réunion.

» Veuillez, Monsieur le Président, être auprès de vos honorables collègues l'interprète de mes sentiments, et recevez personnellement, je vous prie, l'assurance de ma considération la plus distinguée.

» *Le Ministre de l'Instruction publique*,

» V. DURUY. »

De son côté, S. Exc. le Maréchal Ministre de la Maison de l'Empereur et des Beaux-Arts écrit :

« Je ne puis voir qu'avec satisfaction des savants se réunir dans un Congrès pour y traiter de questions qui intéressent l'art et l'histoire. Toutes mes sympathies sont acquises à ceux qui s'assemblent dans un pareil but. »

S. G. Mgr l'Archevêque de Rennes :

« Je ne puis qu'appeler toutes les bénédictions du ciel sur votre savante et toute bretonne entreprise, et mettre à sa disposition toute ma petite influence, qui lui est complétement dévouée à l'avance. »

NN. SS. les Évêques de Quimper et de Vannes ne sont pas moins explicites.

S. Exc. M. l'amiral Charner veut bien exprimer toute sa sympathie pour le Congrès, et déclarer qu'il y eût assisté, si une foulure au pied ne le retenait au lit.

S. Exc. le général comte de Goyon, sénateur, aide-de-camp de l'Empereur, commandant le 6e corps d'armée, écrit :

« Je regrette que mes occupations me retiennent à Toulouse, surtout après l'absence que j'ai faite dernièrement pour présider le Conseil général de notre département. Veuillez donc agréer l'expression de mes regrets. »

M. Camescasse, premier Président de la Cour impériale de Rennes, exprime avec bienveillance le regret de se trouver empêché par des affaires de se rendre à St-Brieuc.

M. le Recteur de l'Académie s'exprime ainsi :

« Je n'avais pas perdu tout espoir de me rendre au Congrès celtique international, lorsqu'une subite altération de ma santé, provenant des jours humides et froids que nous venons de traverser, a fait cesser toute incertitude.

» Je viens donc vous prier, Monsieur le Président, de vouloir bien être l'interprète de tous mes regrets près de la docte Compagnie, dont j'aurais tenu à grand honneur de diriger momentanément les savants travaux. »

Parmi les savants qui, empêchés de se rendre au Congrès, ont tenu à lui exprimer leurs sympathies, nous devons citer MM. de Caumont, de Carné, abbé Cochet, de La Villegille, Anatole de Barthélemy, Bertrand, de Gaulle, P. Raymond, D'Arbois de Jubainville, Aymard de Blois, Audren de Kerdrel, Chevremont, A. du Châtellier, abbé du Marhalac'h, abbé Voisin, docteur Clomadeuc, de Cessac, de Cussé, Caraven, Kenwart, Ferguson, John Rhys (du collége d'Oxfort) etc., etc.

M. le Président propose de constituer les quatre commissions indiquées par l'article 11 du réglement. Plusieurs membres font observer que tout le monde ne se connaît pas bien dans une assemblée aussi nombreuse et que la Direction est mieux en état que personne de nommer les commissaires : ce mode étant unanimement adopté, les noms seront proclamés à la fin de la séance.

M. Henri Martin a la parole sur la première question du programme. Le savant auteur de l'histoire de France est accueilli par de chaleureux applaudissements.

— M. Henri Martin pose comme un fait accepté aujourd'hui par la science historique, que les Celtes sont une branche de la grande famille aryenne ou japhétique, et vraisemblablement la première qui ait émigré de l'Asie centrale vers l'Occident. Il fait remonter, approximativement au moins, à une vingtaine de siècles avant notre ère l'arrivée du premier ban des Celtes en Europe, où le terme extrême de leur marche fut l'Irlande. Le nom celtique de l'Irlande, *Eire*, *Eirinn*, est le même que *Arya*, *Airyana*, le nom primitif du berceau de la famille.

Les Celtes n'étaient pas, comme on l'a cru, des sauvages, des chasseurs, vivant uniquement du produit de leur chasse et de leur pêche. Ils avaient dès lors un commencement de civilisation, élevaient des bestiaux, cultivaient les céréales, et commençaient d'avoir quelque connaissance des métaux, quoique s'en servant probablement encore très-peu. Ils amenèrent avec eux le taureau domestique, et de savants économistes leur attribuent l'importation de notre blé froment.

Du XVIe au XVe siècle avant notre ère, les Celtes proprement dits, de la Gaule descendirent en Espagne. Peu de temps après, les Celtes-Ombriens envahirent l'Italie, et il y a lieu de croire que d'autres tribus celtiques passèrent de l'Espagne dans le nord de l'Afrique.

Le second ban des Celtes, connus des Grecs sous le nom de Cimmériens et des Romains sous le nom de Cimbres, était resté loin en arrière, sur les confins de l'Asie et de l'Europe, et occupait la rive septentrionale de la Mer Noire, du Danube au Caucase. Les Grecs des temps homériques nous ont laissé sur ces Cimmériens de la Tauride, toutes sortes de récits contradictoires. Ils voient en eux tantôt les fils de la nuit et les représentants des puissances infernales, tantôt les introducteurs du culte du Dieu de la lumière.

D'après Strabon, à une époque intermédiaire entre le Xe et le VIIIe siècle avant notre ère, des tribus cimmériennes, associées aux Vénètes, autre peuple aryen qui occupait le nord de l'Asie mineure, abandonnèrent les rives de la mer Noire pour chercher d'autres établissements. Nous retrouvons encore des descendants de ces Vénètes, associés aux descendants des Cimmériens ou Kimris, en Bretagne (pays de Vannes) et en Galles (North-Wales). Ces Vénètes se celtisèrent entièrement;

d'autres Vénètes plus ou moins celtiques fondèrent la Vénétie italienne ; d'autres s'en allèrent sur la Baltique, où ils devinrent les ancêtres des Polonais et d'autres peuples Slaves.

Six siècles avant Jésus-Christ, le reste des Cimmériens, refoulé par la grande invasion des Scythes sur la Mer Noire, vinrent, pour la plupart, rejoindre leurs frères dans l'ouest et le nord-ouest de l'Europe.

Toute la race celtique se trouva ainsi massée à l'Occident. Les Cimmériens ou Cimbres s'étendaient jusque dans le midi de la Suède, et ils avaient des colonies jusque dans les provinces baltiques de la Russie actuelle. Les Estoniens parlaient alors le breton et avaient pour enseigne le sanglier gaulois.

« Je passe maintenant, dit M. Henri Martin, à une question controversée qui se rattache à ce que je viens d'exposer, la dualité ou l'unité de la langue celtique primitive. L'unité a sans doute existé à l'origine ; mais nous ne pouvons remonter jusque-là par l'histoire. A l'époque de la conquête romaine, la dualité existait ; Strabon dit que les Belges parlaient une langue différente des Celtes de César, et peut-être les Armoricains parlaient-ils un dialecte intermédiaire. Saint Jérôme dit qu'à Trèves on parlait la même langue que celle dont se servaient les Gaulois d'Asie ou Galates. Il y a donc lieu de penser que les Gaulois d'Asie appartenaient à la grande race des Kimris dont les Belges faisaient partie.

» Les Bretons et les Kimris de Galles sont frères ; les Gaëls d'Ecosse et d'Irlande sont leurs cousins-germains. Il y a pour tous un fonds commun de langue primitive, d'origine, d'usages, de sentiments : même conscience de la responsabilité morale et de l'individualité humaine ; même dévouement de l'homme à l'homme, à la tribu, puis à la patrie ; même mobilité à la surface, même persistance dans le fonds, même disposition à protéger le faible contre le fort. Ces cousins-là sont vraiment des frères.

» Ces traits communs et cette parenté s'étendent bien au-delà des groupes de populations qui parlent encore les langues celtiques. De très-grandes masses d'hommes, dans toute l'Europe occidentale, et, parmi ces masses, la grande majorité du peuple français, sont d'origine celtique, quoique parlant des langues nouvelles. Beaucoup qui ne parlent plus la langue de nos aïeux, ont conservé le vieux cœur gaulois. L'orateur s'honore d'être de ceux-là.

» Il faut donc relier aux Celtes de langue leurs frères d'origine et tous les hommes qui, par amour de la science, ou par goût pour les traditions celtiques, s'intéressent à tout ce qui rappelle et tend à faire mieux connaître la vieille Europe gauloise.

» Espérons, dit en finissant M. Martin, que ce Congrès y contribuera d'une manière efficace et ouvrira une voie féconde. »

— Après cette large esquisse de l'origine et des inspirations des Celtes, un membre, avec l'autorité qui lui appartient dans les questions d'histoire armoricaine, M. DE LA BORDERIE résume les trois opinions qui ont cours au sujet de l'établissement des Bretons insulaires en Armorique.

La première est celle de la conquête de l'Armorique à la fin du IVe siècle, par Conan Mériadec, venu à la suite du tyran Maxime. L'histoire en a fait depuis longtemps justice.

La deuxième est la thèse de dom Lobineau et de la plupart des historiens bretons. Elle attribue le passage des Bretons insulaires à l'invasion de la Grande-Bretagne par les Anglo-Saxons.

La troisième est une hypothèse récemment produite par M. Morin, professeur d'histoire à la Faculté des Lettres de Rennes. M. Morin admet le mélange des Bretons insulaires avec les Gallo-Romains établis en Armorique, mais il ne donne aux premiers qu'une assez minime importance.

Pour expliquer le changement de nom, il regrette les Kimris qu'il considère comme une erreur des *Triades* et fait apparaître un rameau de la race celtique, les Britanni.

Ceux-ci, attaqués par les Belges, passent en partie dans l'île d'Albion. Quelques débris restent en Gaule, à l'état de peuple assujetti, et offrent cet exemple unique dans l'histoire d'une nation qui perd jusqu'à son nom et reparaît néanmoins plus tard. Cette résurrection a lieu vers le ve siècle.

A l'appui de sa thèse, M. Morin cite le témoignage de Bède, celui de Pline, les Triades et une preuve indirecte tirée de la présence de douze mille Bretons, sur les bords de la Loire, en 470.

M. de La Borderie passe en revue ces arguments et les repousse avec beaucoup d'habileté et une grande énergie: le premier, parce qu'il ne s'applique que sur une tradition populaire *ut fertur*, sans préciser l'époque; le deuxième, parce qu'il est peu précis et que, d'ailleurs, César ne parle pas des Britanni; le troisième, parce que M. Morin cite les Triades pour une partie, les rejette pour l'autre, ce qui lui semble contraire à la méthode philosophique; le quatrième, parce que le chiffre de l'armée de Riothine peut être réduit et expliqué, en ne faisant même remonter l'émigration qu'à 450.

Pourquoi tant discuter sur les origines, dit en terminant le savant historien breton, parce que les Bretons insulaires ont seuls résisté aux barbares, et que le principe des nationalités qu'ils représentent est, dans ses bons côtés, le meilleur de nos titres de gloire.

M. de La Villemarqué, qui avait cédé son tour d'inscription à son collègue de l'Institut, demande à ajouter, dans la séance du soir, un chapitre à la première question, en traitant des rapports établis depuis le ve siècle jusqu'à nos jours, entre les Bretons insulaires et ceux de l'Armorique.

M. Le Doze, du Finistère, plus habitué, dit-il, à manier la charrue que la parole, lit quelques extraits d'un mémoire fort étendu sur les deux Bretagnes, qu'il allait livrer à l'impression au moment du Congrès. Il traite des époques antérieures à l'ère chrétienne. C'est à l'aide de la langue seulement qu'il est possible, suivant lui, d'étudier l'état ancien des deux pays et d'en faire la géographie avec quelques garanties d'exactitude. Les exemples nombreux qu'il cite ont pour but de prouver que la langue celtique est une des plus anciennes et des plus répandues; qu'elle a laissé des traces de son passage sur tous les points du globe, même en Asie. Elle aurait, suivant M. Le Doze, de nombreuses analogies avec l'hébreu, avec le sanscrit, et M. Le Brigant, de Pontrieux, l'ancien ami de Latour-d'Auvergne, affirmait d'après l'examen d'un dictionnaire de l'île d'Otaïti, que la langue dont se servaient ces insulaires avait une grande similitude avec la langue bretonne. A l'appui de cette opinion, il cite un grand nombre de noms de lieux ou de personnes ayant une origine celtique ou paraissant dériver de cette dernière langue.

M. DE LA VILLEMARQUÉ croit discutables certaines propositions émises par son compatriote, et la question de savoir si le latin tire son origine du breton ou celui-ci du latin est encore à résoudre. Les étymologies indiquées par M. Le Doze devraient être appuyées sur des preuves scientifiques trouvées dans d'autres livres. Suivant lui, on accorde aux Bretons des richesses qui ne leur sont pas acquises, et, pour citer un seul exemple, il fait remarquer qu'en adoptant le système de M. Le Doze, tous les jours de la semaine dériveraient de la langue bretonne, tandis que ce sont bien des noms latins. Mais si le latin avait emprunté ces mots au breton, il faudrait le prouver, non par des arguments puisés dans l'imagination, mais résultant des textes.

Après une discussion assez animée, M. LE PRÉSIDENT fait remarquer que M. Le Doze a parfaitement le droit d'énoncer ses opinions, mais qu'il appartient aussi aux maîtres de la science de les réfuter, et qu'à cet effet, il l'engage à déposer son manuscrit aux mains de la Commission générale qui s'empressera d'en rendre compte.

Le R. Jenkins, pasteur à Morlaix, prend la parole :

« Un fait remarquable s'accomplit aujourd'hui dans cette enceinte, dit l'honorable membre, la convocation solennelle d'un Eisteddvod où les peuples bretons et gallois se trouvent représentés par des hommes connus par leur science et leur patriotisme, qui se réunissent ici pour établir une Association à laquelle devront prendre part les hommes éminents et les peuples d'origine Celte.

» Monsieur le Président et Messieurs les membres du Conseil, permettez que je vous adresse mes humbles, mes ardentes félicitations pour le succès qui couronne déjà vos généreux efforts, et promet à votre entreprise un avenir digne de la cause que vous chérissez et du dévouement que vous déployez. Quoique vous ne soyez encore qu'au début de ces réunions, vous voyez accourir des deux Bretagnes des poëtes et des hommes célèbres par leurs talents et leur érudition, qui s'empressent de répondre à votre bienveillant appel, heureux d'assister à ce congrès que vous inaugurez.

» Oui, Messieurs, c'est avec joie que je vous félicite du résultat encourageant qui vient de récompenser votre zèle et vos efforts au début de cette grande œuvre. Et maintenant, avant d'aller plus loin, je crois devoir faire mention, d'une manière spéciale, d'un nom bien connu et honoré dans les deux Bretagnes et dans le monde lettré, M. Hersart de la Villemarqué, l'infatigable savant breton qui n'a cessé de travailler à relever et à cultiver la langue, la littérature et le peuple de cette Armorique qui lui a toujours été si chère. Nous ne pourrons jamais oublier que c'est en grande partie à son zèle et à son activité que nous sommes redevables de cet Eisteddvod.

» Nous nous rappelons que c'est lui qui visita le pays de Galles en 1838, et qui fut alors élu « *Bardd wrth vraint a devawd Ynys Pry dain* : Barde d'après le privilége des bardes de l'Isle de Bretagne. » C'est lui et quelques-uns de ses compatriotes également distingués par leur savoir et par leur dévouement, parmi lesquels il faut nommer le digne M. Prud'homme, l'imprimeur de cette ville, qui ont accompli des prodiges en publiant leurs propres ouvrages et ceux du vénéré Le Gonidec. Il est incontestable que ces Messieurs ont plus fait sous le rapport de la culture de la langue bretonne et du progrès du peuple qui la parle, depuis une trentaine d'années, que tout ce qui avait été fait à aucune époque antérieure. Aussi est-ce de grand cœur que nous offrons à M. de La Villemarqué nos expressions chaleureuses de reconnaissance et de félicitation et que nous le prions de vouloir bien les accepter, en l'assurant que nous sommes non-seulement disposés, mais heureux de nous associer à cette belle œuvre et de coopérer, selon nos faibles moyens, à son développement et à sa prospérité.

» Ces sentiments que nous exprimons avec ardeur peuvent être justifiés par le caractère spécial de ce Congrès et par ce qui en est le but. L'Azezvod, dans son origine, est une institution bardique. Dès les temps les plus reculés, les bardes tenaient des congrès ou assemblées publiques qui avaient leurs formes et leurs rites déterminés, et dont le but était de conserver leurs institutions et de communiquer aux assistants les préceptes de cette science dont seuls ils étaient les dépositaires.

» Ces assemblées tenues en plein air, « *Yn wynch haul a llygad Goleuni* : à la face du soleil et à l'œil de la lumière, » étaient caractérisées par une haute loyauté envers le Prince et un entier dévouement au maintien de la paix.

» Dans nos temps modernes, où l'instruction, les connaissances et les arts ont tout changé, l'Eisteddvod du pays de Galles s'est modifié pour mieux s'adapter aux circonstances et continue d'encourager le progrès des lumières parmi le peuple, d'entretenir le bon goût, de fortifier les idées d'ordre et de moralité et d'augmenter le bien-être du peuple. Dans ce dessein, la presse publie d'avance les sujets, les questions et les matières qui doivent être traités au concours ; des juges compétents sont choisis pour prononcer sur la valeur des écrits, et lorsque l'Eisteddvod a lieu, les récompenses sont présentées aux candidats qui les ont méritées par l'excellence et la supériorité de leurs compositions, soit en vers, soit en prose ou en musique. A l'Eisteddvod tenu les 3 et 4 septembre dernier dans la ville de Caermarthen, divers prix montant à la somme de 3,500 francs, huit médailles en or et en argent, furent distribués en présence d'une assemblée de plus de trois mille personnes.

» L'Eisteddvod a de tout temps joui de la bienveillante protection de la noblesse du pays, qui n'a pas manqué de donner des preuves de ses sympathies et de sa libéralité. Plus d'une fois, la noblesse anglaise elle-même s'est plu à lui donner des marques de son approbation en lui prêtant son intelligent concours. C'est ainsi que la princesse Victoria, la reine actuelle de l'Angleterre, fut sur le point de présider, il y a 35 ans, à un Eisteddvod tenu dans la ville de Cardiff, et qu'en son absence motivée, le marquis de Bute présida ce congrès qui eut lieu devant son château, sur une magnifique estrade dont les côtés s'élevaient en amphithéâtre.

» L'Eisteddvod moderne, à l'instar de l'ancien, a donné naissance à des sociétés assez nombreuses formées et entretenues dans le même but que l'institution mère, et de temps à autre chaque société locale tient son Eisteddvod. Outre l'agrément de la poésie et de la musique qu'offrent ces réunions, elles contribuent paisiblement et d'une manière populaire à répandre de précieuses lumières parmi la masse du peuple. Telle est l'œuvre que poursuit l'Eisteddvod du pays de Galles.

» Mais aujourd'hui nous voyons cette institution renaître sur le sol de l'ancienne Armorique. C'est un fait nouveau et important qui va s'inscrire dans l'histoire, et qui est destiné à graver son empreinte dans la vie, dans l'union et dans la marche progressive des populations Celtiques. C'est la Société d'Emulation des Côtes-du-Nord qui, dans un esprit éclairé et généreux, et pour répondre au vœu qui lui a été exprimé par des savants des deux côtés de la Manche, a bien voulu s'associer à la formation de ce Congrès « destiné à rapprocher les divers membres » de la famille celtique, Gaëls et Bretons ; à étudier les » questions d'histoire, de littérature, d'art et autres in» térêts communs ; à chercher les moyens d'établir d'une

» façon stable des rapports utiles à tous. » C'est là le noble but que ce Congrès se propose. Aussi trouvons-nous dans les questions à traiter, d'après l'ordre du programme : « L'utilité du rétablissement des relations amicales entre les Bretons du Continent et ceux de l'Isle ; — Moyens de les rendre fréquentes et régulières à l'avenir ; — Moyens de les mettre à profit pour le progrès des études celtiques et en général pour le bien moral, intellectuel et matériel des peuples.— Extension de ces rapports aux Celtes d'Irlande et d'Écosse. Utilité, à ce point de vue, d'une association générale qui rétablirait des relations suivies avec les sociétés savantes des deux nations et au besoin avec celles des nations étrangères, qui fonderaient des congrès périodiques et une Revue Celtique. » C'est là ce que le Conseil directeur du Congrès désire réaliser par l'établissement d'une Association Celtique. En effet, il y a une œuvre magnifique à faire. Les auteurs du programme l'ont comprise et ont pris l'initiative en la proposant pour la première fois. Il est évident que cette grande association manquait aux peuples celtiques. Nous espérons que cette lacune va maintenant être comblée d'une manière digne et efficace, et nous sommes persuadés que cette Association générale obtiendra une approbation universelle, ainsi que les sympathies et le concours des hommes savants et patriotes.

» Il y a une disposition importante du programme que je relis avec satisfaction et qui fait honneur à ceux qui l'ont rédigée. Elle nous fait savoir que le but de l'Association à former serait avant tout « les études celtiques » et ensuite « le bien moral, intellectuel et matériel des peuples. » L'œuvre qui est ainsi proposée, avec sa limitation et son ordre, nous paraît excellente et répond parfaitement aux besoins à satisfaire. L'homme ne saurait vivre du passé : il a un présent auquel il lui faut aviser avec intelligence, selon les moyens que la Providence divine lui fournit. Une belle mission que celle d'enseigner son histoire à un peuple et de lui indiquer le chemin du progrès et de l'avenir !

» Il est heureux qu'une Association celtique puisse

ainsi faire harmoniser l'étude d'une antiquité vénérée avec l'acquisition de la science et des progrès supérieurs de la civilisation moderne. On a reproché à l'Eisteddvod gallois de vouloir conserver à tout prix sa langue bretonne, même au détriment des intérêts intellectuels et matériels du peuple, plutôt que d'encourager la génération présente à apprendre d'autres langues plus utiles, telles que l'anglais et le français. Quoique ce reproche me paraisse peu fondé, et qu'il soit évident qu'un peuple instruit dans sa propre langue doive être plus disposé à acquérir la connaissance d'une autre langue riche de science et de littérature, cependant j'aime à croire que l'Eisteddvod celtique que vous allez fonder aujourd'hui méritera l'éloge dû à un guide sûr dans les recherches historiques ayant trait à nos ancêtres et dans les arts et dans les sciences de nos temps modernes, selon cet ancien aphorisme : « *Tri dyben prydyddiaeth, Cynnydd daioni, cynnydd deall, a chynnydd diddanwch* : Le triple but de la poésie est le progrès du bien, le progrès de l'intelligence et le progrès du bonheur ! »

» Il est à remarquer encore que tous, sans distinction de pays ni de gouvernement, peuvent se réunir dans ce Congrès ; car, bien que la liberté la plus entière doive régner dans les discussions, c'est, comme l'indique le programme, « sous la seule réserve de respecter la religion de chacun et les institutions de la France et de l'Angleterre. » Cette disposition du réglement est aussi juste que nécessaire. D'ailleurs, elle n'est pas nouvelle, car elle a été adoptée de tout temps dans l'organisation de l'Eisteddvod du pays de Galles. Et heureusement, ni la conscience religieuse ni l'intérêt politique n'ont eu à se plaindre ni des travaux, ni des discussions de ce congrès. A chaque institution son domaine. L'Eisteddvod est une institution littéraire et morale, mais non pas religieuse et politique ; elle respecte la conscience et la liberté religieuse de tous les hommes, elle rend hommage et soumission au gouvernement et à la loi dans tous les pays. Les Gallois se réunissent en Eisteddvod avec le plus grand respect envers Sa Majesté Britannique, de même que leurs frères Bretons se réunissent aujourd'hui dans cette enceinte avec des sentiments de loyauté et de reconnaissance envers Sa Majesté Impériale Napoléon III, dont le gouvernement donne en ce jour une nouvelle preuve de son zèle pour l'avancement des connaissances utiles et le bien-être des peuples, en autorisant la convocation de cette assemblée qui se trouve ainsi dans les conditions les plus favorables, sous l'égide de la Société d'Emulation des Côtes-du-Nord et soutenue par le bienveillant concours de l'autorité municipale de la ville renommée de Saint-Brieuc.

» Je termine, Monsieur le Président, Messieurs les membres du Congrès, en vous remerciant de la bienveillante attention que vous venez de m'accorder, en vous assurant de mes sympathies et des vœux ardents que je fais pour votre succès, étant assuré que pour la réussite de votre noble entreprise, il ne faut que les qualités que vous possédez déjà : la Persévérance, le Dévouement et le Patriotisme.

« *Yn enw Duw a phob daioni.*
« Au nom de Dieu et de tout bien. »

(Vifs applaudissements.)

Avant de lever la séance M. LE PRÉSIDENT proclame les noms des membres composant les différentes Commissions prescrites par le réglement, en rappelant que la Direction peut toujours s'y faire représenter. Ces commissaires sont :

Association générale.

MM. Henri Martin ;
De La Borderie ;
Ropartz ;
De Kerenflech ;
Lescour ;

MM. Luzel ;
De La Villemarqué ;
Jenkins ;
Lukis.

Comptes-rendus des Travaux.

MM. Ducleuziou ;
Abbé Robert ;

MM. Le Jean ;
Milin ;

MM. Denis;
Audo;
Freslaut-Ducourt;
Duportal;
Le Court de La Villethassetz;
MM. Grimaud;
Dr Halléguen;
Luzel;
Lescour;
Le Guillou;
Blanchet.

Commission d'Excursion à Péran.

MM. Lukis;
De La Morvonnais;
De Fréminville;
Evan Powell;
Flammarion;
MM. Le Court de La Villethassetz;
Comte d'Étampes;
Abbé Audo;
Danjou de la Garenne;
De Kérenflec'h.

Compte-rendu de l'Exposition.

MM. Gaultier du Mottay.
De Kérenflec'h;
Comte d'Étampes;
MM. Danjou de la Garenne;
Lukis.

La séance est levée à 6 heures.

SÉANCE DU SOIR.

A huit heures, M. Gagon, président du tribunal civil, prend le fauteuil de la présidence; il est assisté de

MM. **Amiard**, inspecteur d'Académie;
Huart, vicaire-général;
A. de La Borderie, président de la Société archéologique d'Ille-et-Vilaine;
Milin, homme de lettres, à Brest;
Le docteur **Le Moine**, secrétaire.

En déclarant la séance ouverte, M. le Président prend la parole, et dit:

« Je remercie la Direction de m'avoir appelé à la présidence de cette première soirée du Congrès.

» Je n'aurais point hésité à décliner un pareil honneur, à raison de mon insuffisance en présence des savants renommés qui nous entourent ; mais j'ai bien compris que cet hommage s'adressait à la magistrature bretonne, à laquelle j'ai l'honneur d'appartenir, et à M. le premier Président de la Cour Impériale qui a permis que ce Palais vous fût ouvert, afin que vous y jetiez les bases de cette œuvre pieuse qui consiste à rechercher, dans la nuit des temps, les traces des aïeux ; à montrer combien il a fallu de siècles et d'épreuves aux diverses branches d'une race vaillante pour fonder la Patrie ; et à montrer surtout que les fils de notre famille celtique, la moins oublieuse de toutes celles qui ont sillonné le globe, savent traverser les mers pour se retrouver, pour mettre en commun des souvenirs et des chants dispersés mais non perdus, et pour demander d'un cœur pur, à l'histoire, à la science et aux arts, la vérité sur les âges éteints.

» Soyez donc les bien venus, Messieurs, dans ce Palais consacré à la Justice ; — la vie s'y écoule aussi dans la recherche du juste et du vrai, et, croyez-le, il est bon qu'un même toit nous abrite ; nous suivons la même route, l'étude profonde de l'histoire et celle du droit conduisent nécessairement à la Vérité absolue que je résume en deux mots : — Aimer Dieu, aimer les hommes. »

On applaudit chaleureusement ces paroles.

M. de La Villemarqué monte à la tribune pour donner lecture à l'assemblée d'un long et très-beau travail, sur l'origine et la communauté des peuples Gallois et Armoricains. L'honorable membre de l'Institut, dans ce discours plein de charme, mêle tour à tour la science, le sentiment, le patriotisme et l'esprit.

Cette œuvre de notre charmant poète, d'un style concis et imagé, captive l'assemblée, qui l'applaudit. *(Voir aux Mémoires.)*

La partie musicale de la soirée ouvre par une cantate composée en français et en breton pour le Congrès, et intitulée : *Les deux Bretagnes*, de MM. Ropartz et Le

Jean, musique de M. Thielmans, organiste à Guingamp; elle est exécutée avec un grand entrain par des voix d'hommes et de femmes.

Ce morceau, composé d'une série d'anciens airs bretons, rapprochés avec un art charmant, accompagnés par une élégante orchestration s'adaptant heureusement à une poésie facile, toute brûlante du sentiment national, produit un véritable enthousiasme. Le solo : *Avez-vous mille chapelles*? délicieusement dit par Mlle Bournichon, et le trio, précédant le chœur final, exécuté avec une grande supériorité par Mmes Riallan, Bournichon (1), font surtout merveille. M. le Président, au milieu des acclamations de l'assemblée, s'écrie avec une patriotique émotion :

« Ce sont bien là les chants de la vieille patrie, les chants de la vieille race, les chants qui font tomber les armes des mains et battre tous les cœurs. »

A ce moment apparaît le Barde aveugle, le gallois Gryffidd appuyé sur sa jeune fille, tous deux en costume national ; l'une parée de sa fraîche et gracieuse jeunesse, l'autre des innombrables médailles que lui ont prodigué à l'envi la Reine, les Princes et les Sociétés de la Grande Bretagne. Son entrée est saluée par de longs applaudissements.

Sa tête pâle porte l'empreinte de la tristesse et de la méditation ; mais elle s'anime et s'inspire, dès que sa main habile parcourt les cordes de son instrument. Cette harpe est beaucoup plus grande que celle de notre pays ; elle est à trois rangs de cordes, sans pédales. Cependant elle est pourvue de demi-tons, comme nos harpes modernes, au moyen de ses trois rangs de cordes ; les deux rangs extérieurs sont montés à l'unisson, le rang du mi-

(1) Pour cette soirée, un membre de la Société chorale avait bien voulu prendre la place de M. Heidou, de Rennes. — Cette cantate se retrouvera à la fin du volume.

lieu est celui des notes diézées et bémolisées. Cette disposition offre de grandes difficultés dans l'exécution ; cependant Gryffidd joue les passages les plus compliqués dans des mouvements très-rapides, avec une aisance étonnante, et en se servant de la main droite pour la basse et de la main gauche pour le dessus.

Quant aux chants qu'il accompagne, on sait qu'il n'y a rien dans la musique d'aucun peuple moderne qui puisse en donner l'idée, et qu'il faut les avoir entendus pour en avoir quelques notions. La jeune *canorez* fait une chose d'une grande difficulté : elle adapte des vers de mesure différente à la même mélodie et suit tous les caprices de l'accompagnateur, qui module de fantaisie sur sa harpe en s'arrêtant dans le ton qui lui plaît ; suivre ainsi toutes les modulations du *telynor* sans changer le caractère de l'air, prouve, ainsi que l'a écrit l'un des meilleurs juges en gracieuse harmonie, un talent peu ordinaire et une voix des plus exercées.

L'air joué par Th. Gryffidd, surtout un solo du *Dy firwch Gwyr Harlech*,— l'air favori des hommes de Harlech marchant à l'ennemi, — et celui chanté par miss Suzanna — *Tore glas* — excitent dans la salle de très-vifs applaudissements ; chacun semble, en rendant ainsi hommage au talent, ne pas se lasser d'exprimer aux Gallois la satisfaction qu'inspire leur présence. Se rendant l'organe de l'opinion générale, M. le Président, pour remercier de sa délicate attention la noble châtelaine qui nous les envoie, demande qu'une triple salve d'applaudissements ait lieu en son honneur. Cette motion est accueillie avec un vif plaisir, et les trois bans sont exécutés avec un ensemble qui attesterait au besoin qu'un même cœur breton bat encore dans toutes les poitrines.

M. Le Jean, de Guingamp, lit en langue originale *La Harpe de Rumengol*, pièce de vers composée par M. Le Scour, surnommé depuis longtemps le Barde de Notre-Dame de Rumengol. Cette composition, ainsi que toutes celles écrites en langue bretonne ou galloise, est imprimée avec la traduction en regard et distribuée à l'assemblée (1), qui semble y porter un vif intérêt.

A côté du sentiment breton, le sentiment français ne pouvait être mis en oubli ; à côté de la musique ancienne une place était réservée aux maîtres de l'art moderne. Ce dernier ne pouvait être mieux représenté que par le *Freischutz*, arrangé pour le piano et l'harmonium par M. Lefébure-Wely et exécuté par ses élèves, ses amis et ses remarquables interprètes, MM. Charles et P. Collin. Après les émotions du souvenir, les émotions de l'âme, doucement ramenée par cette brillante exécution aux plus pures jouissances du temps présent.—Puis Mlle Bournichon traduit, avec autant de fraîcheur que d'éclat, la jolie mélodie d'*Yvonne*, bouquet tout embaumé d'agrestes parfums, que M. Charles Collin semble avoir cueilli au milieu des fleurs de genêt et de bruyère.

Enfin la soirée est terminée par le beau morceau d'Ambroise Thomas : *France*, qui, sous l'habile direction de M. l'abbé Jules Collin, est enlevé avec autant de justesse que de vigueur par les membres de la Société Chorale.

Avant de lever la séance et de clore cette première et brillante soirée, M. le Président prononce ces quelques mots : « Notre devoir, notre bonheur est de remercier ici les dames, les musiciens, toutes les personnes qui ont jeté tant de charme dans cette soirée : les chœurs et la société chorale de Saint-Brieuc ont bien répondu à la harpe des Gallois ! Que les étrangers veuillent bien accepter cette première réunion comme un témoignage de nos efforts pour leur rendre l'hospitalité plus douce. Encore une fois, que cette fête de l'art et de la science, due aux soins de notre Direction, que cette fête vraiment patriotique soit la bienvenue dans ce Palais ! »

La séance est levée à onze heures.

(1) Voir à la fin du volume.

Séance du 16 Octobre.

(JOUR).

Président : M. Arthur DE LA BORDERIE, Président de la Société archéologique d'Ille-et-Vilaine,

Il est assisté de :

MM. J. JENKINS, pasteur à Morlaix;
FLAMMARION, astronome du Bureau des Longitudes ;
LE COURT DE LA VILLE-THASSETZ, ancien magistrat ;
LE DOZE, du Finistère;
L'abbé AUDO, *Secrétaire.*

M. LE PRÉSIDENT dépose sur le bureau une carte monumentale embrassant les époques ante-historique, celtique et gallo-romaine pour le département du Tarn, dressée et offerte au Congrès par M. Alf. Caraven, membre de ce Congrès. Ce beau travail est examiné avec le plus vif intérêt, et fait désirer que chaque département soit bientôt enrichi d'un tel ouvrage.

L'ordre du jour indique l'étude des monuments mégalithiques; mais le docteur Halléguen, président de l'association des médecins du Finistère, fait remarquer que la question traitée la veille est loin d'être épuisée, et qu'il voudrait user de son droit d'inscription pour y ajouter quelques observations. Il lit une étude qu'on retrouvera aux MÉMOIRES.

Aussitôt que M. Halléguen a fini de parler, M. GESLIN DE BOURGOGNE demande la parole.

Il commence par remercier l'honorable préopinant des paroles courtoises qu'il lui a adressées au commencement de son discours; mais en même temps il proteste contre une expression imméritée dont M. Halleguen s'est servi à l'égard de M. de Barthélemy, qu'une immense douleur retient loin d'ici. Il ne connaît pas l'écrit dont se plaint M. Halléguen ; mais tous ceux qui connaissent M. de Barthélemy savent sa bienveillance et sa modération ; la citation même que vient de faire M. Halléguen atteste la bonne foi de son adversaire.

Quant à lui, les préparatifs du Congrès ne lui ont pas laissé le temps de lire le volume que lui a envoyé M. Halléguen, et ses fonctions actuelles ne lui ont pas même permis de suivre la discussion soulevée par l'auteur de l'*Armorique bretonne*. Il ne peut donc, en ce moment, discuter des points historiques qui ne sont pas précisés pour lui ; mais on se retrouvera ultérieurement. Si la thèse présentée par M. Halléguen, lui semble démontrée, M. Geslin s'empressera de lui rendre hommage ; si, au contraire, elle lui semble erronée, il la combattra de son mieux, mais loyalement, sans autre préoccupation que la recherche de la vérité qui, il en est convaincu, est aussi le seul mobile de son adversaire.

Par un mouvement qui excite les applaudissements de l'assemblée, M. HALLÉGUEN s'avance vers M. Geslin de Bourgogne, lui tend la main, et par quelques paroles pleines de noblesse, retire l'expression dont il s'était servi à l'égard de M. de Barthélemy. L'assemblée voit, dans cet incident, l'heureux présage de la courtoisie, du respect mutuel, qui régneront dans toutes les discussions du Congrès.

Mis en cause par M. Halléguen, M. DE LA BORDERIE dit d'une voix émue :

« Quant à ce qui concerne l'amour de la vérité, il n'y a pas de discussion à établir dans cette assemblée ; mais, chargé aujourd'hui de la présidence, ma tâche est des plus délicates, et je regrette que le docteur Halléguen n'ait pu faire connaître hier ses objections. Enfin, pour ceux qui connaissent à fond la question, elle est tranchée déjà : ce qu'on appelle *système La Borderie* est tout simplement le système des Bénédictins et de M. Aurélien de Courson, et je dois déclarer de suite que M. Halléguen est dans l'erreur la plus complète s'il s'imagine qu'il ne sera fait aucune réponse à son *Armorique*, dans laquelle existe, à mon adresse, une allégation des plus étranges. Je me dois à moi-même, continue M. de La Borderie, de protester contre une imputation qui tendrait à laisser croire que, depuis dix ans que j'étudie cette histoire, je n'ai pu encore m'assurer de la valeur du texte et des dates que j'indiquais. Si l'un de Messieurs les membres de la Direction voulait prendre un instant ma place, j'essayerais de prouver le contraire. »

L'assemblée paraît désirer d'entendre ces explications, et M. de La Villemarqué consent à occuper quelques instants le fauteuil.

« En prenant, bien à contre-cœur la place de M. de La Borderie, dit-il, j'ai besoin qu'on veuille bien m'excuser si je n'ai pas tout le calme que je voudrais avoir. Je montrerai du moins que j'en conserve assez en me taisant et, comme vous tous, Messieurs, en sachant religieusement écouter. »

M. de La Borderie monte à la tribune :

« La vie de saint Guénolé, dit l'honorable membre, rapporte qu'il fut élevé d'abord par son maître saint Budoc, dans l'île aux Lauriers. Une nuit, des navires mettaient à la voile pour se rendre en Irlande; cette circonstance lui suggéra l'idée d'aller voir saint Patrice et de recevoir ses leçons.

» Dans la nuit, Guénolé eût un songe, Patrice lui apparut et lui dit : Ne venez pas me chercher, je vais vous donner mes enseignements : la discipline que votre maître vous a enseignée suffit.

» Le lendemain, saint Guénolé se présente devant Budoc qui lui dit : Vous avez voulu me quitter ; ce n'est point vers Patrice qu'il faut aller, prenez onze disciples, rendez-vous avec eux vers les pays occidentaux et fondez-y un monastère.

Suivant les ordres de son maître, saint Guénolé arrive au fond de la baie de Brest et s'établit dans une île. Au bout de trois ans, la stérilité du sol le force à passer sur le continent : il s'établit au lieu dit Landevenec et y fonde une abbaye.

Peu de temps après, le bruit de sa réputation arrive au roi Grallon qui veut le voir et lui fait don du terrain qu'il avait occupé.

Le point à fixer est la date de l'entrevue de saint Guénolé et du roi Grallon.

« D'après l'interprétation que j'ai donnée, dit M. de La Borderie, saint Patrice vivait lorsque Guénolé voulut se rendre en Irlande. Pour obtenir la date de cette entrevue, je me dis : cherchons la date de la mort de saint Patrice, nous aurons une limite qui fixe le temps où Guénolé a vécu.

» La date de la mort de saint Patrice est un point sur lequel on s'est un peu divisé. Un des plus célèbres chronologistes est arrivé, d'une manière approximative et probable, à fixer la date de la mort de saint Patrice entre 480 et 496.

» Les annales irlandaises de Eigernac'h, au IXe siècle, qui sont des chroniques écrites au jour le jour, et que l'on considère comme le document le plus solide de l'histoire de ce temps, fixent la date en question à 493. Un des érudits les plus experts, Tillemont, arrive, par des rapprochements, au chiffre de 490 à 496. Je me suis dit alors, et tout le monde se serait dit comme moi, la véritable date est 493. M. Le Verrier avait, dit-on, découvert sa planète dans son encrier; il en est ainsi de celle-ci qui se lève dans le ciel de la critique historique.

» On nous conteste cette date, parce qu'on dit que le chapitre qui rapporte la vision, indiquait que saint Patrice était déjà mort. On a mis en italique le titre de *Altâ cogitatione etc. ubi sanctus Patricius habitaverat.*

On souligne les plusque-parfaits, mais dans la syntaxe du IXe siècle, il ne faut pas considérer purement et simplement les mots au passé, il faut user du contexte ; or, le texte continue : *Ego sum Patricius quem cupis adire.* N'est-il pas évident que Guénolé n'a pas eu un songe semblable sans être convaincu que Patrice fût vivant. Supposons qu'il fût mort, cette mort devrait être au moins toute récente, puisque les navires marchands qui venaient d'Irlande n'en avaient pas connaissance.

Un peu plus loin, saint Patrice ajoute : *Nostri autem præsentiam quantum vidisti sufficiat tibi.* Voilà encore la vie de saint Patrice attestée au moins dans l'idée du songeur. Saint Guénolé se fait un reproche d'avoir eu la pensée de fuir et de se soustraire à l'obéissance due à son chef monastique. Il se présente à saint Budoc et se dispose à lui raconter le songe qui lui est survenu, quand son maître le devançant lui dit : « Es-tu content du larcin que tu as voulu me faire, *te nemini priùs indicanti*? Le lendemain, saint Budoc, parfaitement réveillé, lui parle de la présence de saint Patrice. Ce songe précède donc la fondation de Landevenec de trois ans ; et l'entrevue de Grallon et de saint Guénolé est ou contemporaine ou au moins antérieure à la mort du saint irlandais.

« Ce qui m'a autorisé, ajoute M. de La Borderie, à fixer ce synchronisme entre la vision de saint Guénolé et la mort de saint Patrice, c'est que le songe mentionné est écrit dans une des Vies, composées de rédactions traditionnelles, attribuées à Josselin. La troisième Vie de saint Patrice, publiée par les Bollandistes, rapporte le même fait, et elle fait dire à saint Patrice : « Ne viens pas me trouver, *quia tempus resurrectionis adest.* » Du reste, qu'on ne tienne pas compte de cette troisième Vie, le fait n'en restera pas moins acquis. Elle est la justification de la thèse que j'ai avancée, et permettez-moi d'ajouter qu'il faut avoir une foi très-robuste pour ne pas laisser aux autres une liberté conjecturale. »

M. Halléguen répond : « Je n'ai pas demandé la parole hier matin, parce que M. de La Borderie est resté sur la limite des origines celtiques-bretonnes. En ce qui concerne les origines celtiques, je suis d'accord avec M. Henri Martin; mais, pour ce qui concerne les origines bretonnes, je diffère un peu de M. de La Borderie. La question n'étant pas introduite hier, j'ai gardé le silence; c'est le long discours de M. de La Villemarqué, entré en grand, à la séance du soir, dans l'histoire bretonne qui m'y a décidé. Je n'ai entendu incriminer en rien ni la science, ni la bonne foi de l'auteur des *Bretons insulaires et des Anglo-Saxons*, mais je maintiens mon opinion sur le texte en question.

» M. de La Borderie a bien senti que le royaume de Cornouaille de Grallon, indépendant au ve siècle, est le dernier refuge de l'école bretonniste ou bretonne *ultrà :* aussi s'efforce-t-il de relever ce trône renversé, mais sans y réussir.

» Il oublie toujours qu'en 496—98, ce sont les Armoricains seuls qui ont traité avec les Francs; qu'au début du vi^e^ siècle, c'est Clovis qui concède des terres à Rivoal, en Basse-Armorique.

» Restreignant la discussion dans les textes bretons du continent et de l'île, il ne peut encore en tirer de meilleures preuves, ni de nouvelles. Pour moi, je maintiens tous les textes que j'ai cités du Cartulaire de Landevenec, avec le sens que je leur ai donné et les conséquences que j'en ai tirées dans l'*Armorique bretonne*. J'ai cité aussi la véritable opinion de Le Nain de Tillemont sur l'époque probable de la mort de saint Patrice.

» Imitant la réserve toute nouvelle de M. de La Borderie, j'admets volontiers que, pour la fin de ce siècle, à quelques années près, on ne peut être très-affirmatif; mais j'ajoute que c'est à celui qui va à l'encontre des grands faits historiques, des dates certaines, de faire sa preuve particulière. Cette tâche reste encore à remplir par l'école bretonne contre le Cartulaire de Landevenec, contre les faits et les dates de 498 et de 513 que je viens de rappeler et qui rendent impossible toute indépendance bretonne antérieure, sauf preuve contraire non encore trouvée.

» Mais après la concession faite, M. de La Borderie n'est pas plus avancé; car l'entrevue de saint Guénolé et de Grallon, pour sa thèse, devrait avoir eu lieu peu de temps après l'arrivée de saint Guénolé à Landevenec. Or il n'est venu qu'après avoir passé trois ans à Thopopège ou Tibidy. Cette entrevue, d'après le Cartulaire lui-même, n'a eu lieu que longtemps après *(post multa tempora)* après que la sainteté de Guénolé, déjà vieux, se fut répandue au loin, *ultra latinorum fines*, (mot bien remarquable ici que ce nom de *Latinorum*), et encore lorsque le roi Grallon, vieux aussi, sentit le besoin de se convertir. C'est la matière du beau sermon en vers du Cartulaire, traduction libre et relativement moderne de celui que le saint adressa au Roi et qu'il avait, parait-il, bien mérité. Mais aussi l'histoire ajoute qu'il gouverna ensuite bien plus doucement, plus justement, plus pieusement ses États.

» Je le veux bien, pourvu que tout cela se soit passé au VIe ou au VIIe siècle, date réelle assignée par le Cartulaire lui-même.

» Après cela, je n'ai entendu incriminer ni la science, ni la bonne foi de M. de La Borderie, mais je maintiens contre l'école bretonne, la doctrine armoricaine, résumée dans ma lecture dont on n'a relevé que ce point secondaire. Les points principaux adoptés par l'Académie, par le professeur Morin, par M. de Barthélemy n'ont même pas été discutés, hier ni aujourd'hui. Chacun appréciera ce silence.

» J'ai critiqué dans les auteurs, *en les citant toujours*, des opinions erronées, à mon sens, que j'ai attribuées à des préventions, à des idées reçues de confiance.

» Je n'ai pas méconnu les intentions, j'ai rendu justice au talent, en regrettant qu'il fût employé à soutenir des opinions préconçues, non fondées. Le public sait si l'on m'a rendu les mêmes procédés. »

Avant de descendre du fauteuil, M. DE LA VILLEMARQUÉ reprend la parole :

« Cette discussion, dit-il, me donne un regret doublement vif, celui de n'avoir pas ici, près de nous, un homme, un savant, le seul peut-être qui pouvait trancher ce débat entre le livre de M. Halléguen que j'ai lu et celui de M. de La Borderie, dont je fais le plus grand cas : c'est le docteur Todd, président de l'Académie de Dublin.

» L'érudit docteur qui est venu chez moi pour la réunion, d'abord fixée, mais retardée du Congrès, qu'il lui a été impossible d'attendre, doit établir, dans une deuxième édition de son livre, d'après les lettres et le Cartulaire de Landevennec, les rapports des Bretons-Armoricains, au ve siècle, avec les Irlandais.

» Je remets maintenant la présidence à M. de La Borderie, au premier de nos historiens bretons. »

M. Henri Martin a la parole sur les monuments mégalithiques. (Voir aux *Mémoires*.)

Pendant sa lecture, M. H. Martin est plusieurs fois interrompu par de vifs et nombreux applaudissements.

M. Grimaud, secrétaire de la *Revue de Bretagne et Vendée*, demande à présenter une motion : il désire que la remarquable cantate de MM. Ropartz et Le Jean, mise en musique par M. Thielmans, soit exécutée une seconde fois et qu'elle soit gravée aux frais du Congrès, afin de rester comme un mélodieux écho de cette réunion internationale.

Cette proposition est approuvée, et un vœu émis en ce sens.

M. S. Ropartz remercie l'assemblée de la sympathie avec laquelle on a écouté la cantate des deux Bretagnes :

« Je la remercie aussi, dit-il, du vœu qu'elle vient d'émettre d'une manière si flatteuse, mais sans vouloir diminuer le mérite de la composition, permettez-moi de vous dire que c'est à la musique bretonne et à la musique galloise que s'applique l'hommage rendu tout-à-l'heure par le Congrès à la cantate que nous osions lui adresser.

» Si le Congrès veut bien me le permettre, je lui dirai rapidement comment nous sommes parvenus à réunir ces airs bretons. Nous avions trois sources d'informations :

» 1° Les airs notés à la suite de l'admirable recueil de M. de La Villemarqué ;

» 2° Le recueil de M. l'abbé Henri ;

» 3° Un manuscrit peu connu de la bibliothèque de Quimper, recueilli dans le couvent des Carmes d'Hennebont et d'Auray.

» Dans les airs bretons, ce n'est point la mélodie qui doit nous guider, c'est le rythme ; tandis que dans tous les airs italiens et latins, le rythme marche par pair, dans tous les airs bretons, le rythme est impair. Je recommande à vos méditations ce point de vue nouveau du rythme breton et du rythme gallois. »

M. H. de La Villemarqué, si versé dans tout ce qui se rapporte aux Celtes, fait la description des tombeaux à quatre côtés, d'Irlande et de la tombe de sainte Tréphine à Bothoa (Côtes-du-Nord). Il parle d'une Légende du pays gaëlique et sème son discours de récits curieux, de poëtiques ballades qui intéressent vivement l'auditoire. (Voir aux *Mémoires.*)

Cette gracieuse communication clot cette séance du deuxième jour.

SÉANCE DU SOIR.

Président : M. H. de La Villemarqué.

Il est assisté de :

MM. Henri Martin ;
Abbé Jus, curé de Saint-Michel ;
Ch. de Keranflec'h ;
Comte d'Estampes ;
L'abbé G. Blanchet, *Secrétaire.*

La Direction regrette de nouveau de ne pouvoir disposer d'un local encore plus vaste que celui qui lui est si gracieusement concédé, en voyant la foule qui entoure, dès sept heures, le Palais-de-Justice. Malgré l'abstention de beaucoup de personnes qui craignaient de ne pouvoir trouver place, les dames et les souscripteurs se pressent encore plus nombreux que la veille. On parvient à grand peine à se frayer un chemin dans la grande salle des assises. Les hommes sont entassés dans les couloirs et dans les salles voisines, dont toutes les communications ont été ouvertes. Cette affluence s'explique d'ailleurs par le désir d'entendre les hommes éminents qui doivent prendre la parole, le célèbre *Telynor* gallois, d'habiles instrumentistes, des voix charmantes et des chœurs admirablement conduits.

En déclarant ouverte la séance, M. le Président dit :

« Nous avons entendu, hier, une remarquable cantate de MM. Ropartz et Le Jean, et applaudi à l'habile orchestration du compositeur ; nous allons en entendre une autre aujourd'hui, de M. Gaultier du Mottay, l'un des trois membres zélés de notre Direction : elle ne sera pas moins belle. »

L'introduction de cette cantate, écrite pour piano, orgue et contrebasse, et dans laquelle le compositeur a introduit avec art l'air breton d'Yvonnet (*J' suis né natif du Finistère*), est accueillie avec une faveur marquée et prépare bien à l'audition du chœur. Dans ce chœur d'hommes, les Bretons, d'une voix mâle et sympathique, souhaitent la bienvenue aux Gallois et leur adressent un salut fraternel. L'orchestre exécute alors un motif où chacun retrouve avec émotion l'air de Châteaubriand (*Combien j'ai douce souvenance !*) qui devient une heureuse transition au solo du soprano. Dans ce morceau, Mlle Bournichon, s'inspirant de la pensée du poète et de l'artiste, salue, avec les plus tendres accents, une vieille mère qui amène à ses fils des frères dont la présence comble tous les vœux : aussi l'assemblée tout entière témoigne, par ses applaudissements, combien elle est satisfaite de voir ses sentiments si bien exprimés. Dans le deuxième solo de ténor, et dans le quatuor qui le suit, l'attention est surtout attirée par les accents de force et de conviction avec lesquels est exprimée la noble devise bretonne : *Plutôt que se souiller, mourir*.

Le chœur final renouvelle aux Gallois son salut plein d'une franche cordialité, et le compositeur répondant au vœu du poète, fait résonner dans la musique comme un écho du chant des montagnes, écho joyeux qui doit redire dans les deux Bretagnes ces fraternels accents du cœur.

Des applaudissements unanimes et redoublés saluent dans cette cantate les nobles sentiments du poète, les savantes interprétations de l'artiste, l'art avec lequel le chœur a su rendre toutes les nuances, sous la direction d'un chef habile et exercé.

Aussitôt la fin de ce morceau, M. le Préfet, se rendant l'interprète du sentiment général, fait remarquer à M. le Président qu'il a bien indiqué l'auteur des paroles de cette patriotique cantate, mais qu'il a omis de désigner le nom du compositeur, que tous veulent avoir deviné.

Le nom de M. Charles Collin est proclamé au milieu des bravos et des applaudissements.

M. le Président donne lecture de la traduction française d'une charmante chanson, *La Colombe du Barde*, que l'on aurait aimé à entendre chanter; mais son auteur, M. Milin, de Brest, connu par de nombreux travaux, se borne à la réciter en breton. M. Milin signe son œuvre du titre bien modeste : « Le roitelet de Bretagne »; cette poésie qu'il présente au Congrès est une imitation d'Anacréon. La traduction de cette jolie pièce est écoutée avec un vif sentiment de plaisir. (Voir aux *Annexes*.)

M. de La Villemarqué reprend la parole :

« Je passais il y a quelque temps, dit-il, dans les environs de Quimperlé ; un paysan, Jean Carer, qui ne sait ni lire ni écrire, mais qui sait chanter comme les oiseaux, me fit connaître une poésie au moins originale qu'il composa, paraît-il, il y a plus de vingt ans. Je la transcrivis pour vous sous sa dictée; cette bluette est intitulée : *Mari-Anna.* »

Cette chanson, d'un goût tout rustique, révèle cependant le poète et a beaucoup de grâce, surtout dans la langue originale. (Voir aux *Annexes.*)

« Nous allons maintenant entendre la harpe galloise, dit M. le Président, cette harpe qui, à elle seule, vaut toute une poésie. » Le vieux barde est amené et placé en face de son instrument, sur lequel il joue les airs traditionnels *Peny*, *rhaw*, avec une merveilleuse habileté; aussi l'assemblée, sous le charme des accords les plus harmonieux, prodigue à Gruffydd de justes applaudissements, ainsi qu'à miss Suzanna qui, de sa voix fraîche et pure, chante l'air gallois *Clychau Aberdyfi*, avec accompagnement de harpe.

M. Luzel, ancien professeur au collége de Dinan, actuellement au lycée de Lorient, l'un des bardes les plus estimés de la Bretagne, suivant l'expression de M. de La Villemarqué qui rappelle sa remarquable élégie, lors de la mort de Brizeux, ses sônes, sa traduction de sainte Triphine et son livre *Bepred Breisad*; M. Luzel lit, en breton, une invocation intitulée : *La langue de Bretagne*, de manière à faire regretter à une grande partie de l'auditoire d'ignorer le breton. M. de La Villemarqué donne la traduction chaleureuse de ce morceau, affirmation énergique des sentiments qui animent tous les cœurs bretons. A l'entrain que l'honorable membre de l'Institut met à cette lecture, on dirait que lui aussi, comme le poète, après la vie de ce monde, s'attend à parler encore sa langue dans une autre Bretagne :

« Et, après la vie de ce monde, dans une autre Bre-
» tagne, je compte bien parler encore breton, comme
» ici-bas; car c'est toi, vieille langue, la vie de la Bre-
» tagne! » (Voir aux *Annexes.*)

Une composition de M. Thielmans, *la Berceuse*, chantée par Mme Rialan qui, d'une voix forte et pleine d'émotion, interprète, avec un art irréprochable, l'excellente musique du jeune organiste de Guingamp, est suivie de nouveaux applaudissements.

Stradella, magnifique chant d'église, chanté par M. Cosson, fournit l'occasion d'admirer une fois de plus le délicieux ténor, comme les ressources inépuisables de son habile accompagnateur.

A ce morceau d'un goût si élevé succède un chœur de jeunes filles, *Ta rame*, délicieusement nuancé; le compositeur, M. Charles Collin y révèle surtout le côté gracieux de son talent; aussi cette musique harmonieuse et pleine de mélodie obtient un véritable succès.

M. Henri Martin a la parole sur la littérature galloise; bien que pris à l'improviste, il excite vivement l'intérêt, en discourant sur la grande famille des bardes, sur le *telen* bardique du pays de Galles et de la Bretagne.

Voici le résumé de son discours :

« Vous avez entendu, hier et aujourd'hui, la harpe galloise aux trois rangs de cordes, la Telyn aux trois voix, conservatrice du noble art bardique, entre les mains d'un des plus éminents artistes du pays de Galles. Permettez-moi de vous dire quelques mots de ces bardes, auxquels nous devons tant. Vous savez tous que l'institution bardique remonte à la plus haute antiquité ; ils formaient le second des trois ordres entre lesquels se partageaient les Druides ; ils chantaient les puissances divines, les lois de la nature, les héros. Lorsque le vieux druidisme eut disparu, moins encore sous la persécution romaine à laquelle il opposa une résistance héroïque, que sous cette influence du Christianisme qui renouvela le monde moral en Occident, l'ordre bardique fut brisé avec le druidisme dans la plus grande partie des pays celtiques. Les bardes subsistèrent en Irlande et en Écosse, mais seulement comme poètes guerriers des clans ; en Bretagne, ils se transformèrent en chantres des légendes populaires. Tout le monde connaît l'admirable recueil de ces chants bretons publié par M. de La Villemarqué, recueil qui jouit d'une juste popularité.

» Dans le pays de Galles seul, l'ordre des bardes subsista intégralement, et même hérita en partie des attributions des druides proprement dits et des ovates. Ce fait eut d'importantes conséquences. Les bardes devinrent une des colonnes de l'État gallois dans la lutte contre les envahisseurs Saxons et Normands.

» En conservant et en enseignant, dans leurs écoles, les traditions, les idées, les formes littéraires dont ils étaient restés dépositaires, aussi bien qu'en enflammant par leurs chants la résistance contre l'étranger, ils furent le vrai centre d'une nationalité qu'ils empêchèrent de se dissoudre, et ils gardèrent ou renouvelèrent une image de l'ancienne société celtique plus fidèle que chez les autres peuples frères.

» C'est de la source de poésie précieusement conservée en Galles, source qui jaillissait aussi, d'une façon toute spontanée et populaire, du sol de notre Bretagne, c'est du cœur des Kimro-Bretons que s'est élancé ce torrent de poésie qui a inondé la France et l'Europe au douzième siècle. Le cycle de la Table ronde, le cycle des vrais romans de chevalerie est tout celtique, dans ses origines, dans ses personnages et dans son esprit. On y trouve fréquemment des allusions aux secrets, aux mystères des bardes gallois.

» Les bardes gallois avaient en effet des *arcanes*, les uns mystiques, les autres patriotiques ou littéraires. La partie la plus secrète de leur enseignement, la partie religieuse et la philosophie, aussi extraordinaire qu'intéressante, qui appartenait plus particulièrement à ce qu'on peut nommer l'école de Glamorgan, et où les doctrines primitives des Gaulois sur la destinée de l'âme humaine se trouvent associées à l'Évangile, ne nous est connue que depuis bien peu de temps ; leur action patriotique, au contraire, n'a jamais pu être ignorée de personne, pas plus que leurs efforts, couronnés de succès, pour maintenir chez leur peuple le caractère poétique et mélodique qui le distingue, et qu'on reconnaît à des traits de mœurs bien frappants.

» Que de fois, dans les vallées et sur les collines du pays de Galles, j'ai rencontré, le soir, ces convois funèbres de paysans gallois portant sur leurs épaules les corps de parents et amis trépassés, et chantant, avec cette naturelle harmonie dont ils ont le secret, ces beaux chants antiques qui se sont transmis de génération en génération. La mort n'est pas désolée chez ce peuple, nourri de tout temps des idées de vie future et d'immortalité.

» Suivant la tradition, la conquête définitive du pays de Galles par les Anglo-Normands, sous Edouard Ier, aurait été signalée par le massacre général des bardes, de même que la conquête romaine, sous Claude, l'a été par le massacre des anciens druides. Si cette tradition n'est pas d'une entière authenticité, la persécution contre les bardes n'est pas à révoquer en doute. Mais l'ordre ne put jamais être anéanti. Il maintint ses affiliations, tantôt dans l'ombre, tantôt dans un demi-jour, suivant que la domination anglaise pesait plus durement ou bien se relâchait de sa rigueur, et ils atteignirent ainsi les temps meilleurs où leurs assemblées, leurs Eisteddfod, tantôt proscrits, tantôt plus ou moins tolérés, purent enfin se tenir périodiquement sans obstacles. M. de La Villemarqué et moi avons eu la satisfaction d'assister à ces réunions où le peuple gallois se presse en foule, et où l'on entretient le culte de la poésie, de la musique et des sentiments celtiques.

» Puissent-elles, dans leur liberté actuelle, tout en s'ouvrant à des éléments nouveaux, ne pas laisser altérer le caractère original qu'elles ont fidèlement gardé pendant les âges d'oppression.

» Puissions-nous, de notre côté, transporter chez nous, dans l'intérêt de la science et des traditions antiques, l'institution galloise des assemblées celtiques annuelles, et nous associer, non-seulement de cœur, mais de fait, aux bardes gallois, déjà représentés, cette année, parmi nous, par des hommes d'élite, et qui, l'an prochain, nous en avons l'espérance, viendront en plus grand nombre serrer la main aux frères de l'Armorique et de la Gaule ! »

M. le Président veut clore la séance pendant que l'assemblée est sous le charme de cette brillante improvisation ; mais plusieurs membres demandent avec instance à entendre de nouveau le chœur de *Ta rame*. Ce chœur, exécuté avec plus de perfection encore que la première fois, termine d'une façon charmante cette deuxième soirée.

Séance du jeudi 17 Octobre.

(JOUR.)

En raison de l'excursion scientifique qui doit avoir lieu à onze heures, la réunion de jour a été avancée, et la séance est ouverte à 8 heures précises, sous la présidence de M. Henri MARTIN.

Il est assisté de :

MM. RACINET, ancien député ;
LUKIS, président d'une Société archéologique du pays de Galles ;
S. ROPARTZ, avocat ;
E. HALLÉGUEN, président de l'Association des médecins du Finistère.
L'abbé ROBERT, professeur de Philosophie au Lycée, *Secrétaire*.

M. LE PRÉSIDENT donne quelques renseignements sur l'excursion projetée et engage les membres du Congrès à y suivre la Commission à laquelle la Direction a eu le soin de remettre tous les documents relatifs à la question si débattue des camps vitrifiés.

On reprend la discussion de la veille sur les monuments mégalithiques.

M. le docteur Guibert lit un mémoire dû aux savantes recherches du docteur Clomadeuc, membre de la Société Polymathique du Morbihan, sur le mode de sépulture et sur les ossements des anciens; les idées émises par le savant archéologue morbihanais ont été couronnées par l'Institut. Son interprète, M. le docteur Guibert, insiste sur cette pensée de l'auteur, que, pour éviter des erreurs trop souvent commises sur la nature des ossements trouvés dans d'anciennes sépultures, il serait à souhaiter qu'on associât toujours à ces recherches quelque homme versé dans l'anatomie comparée.

M. l'abbé Audo rend compte d'un mémoire très-étendu, adressé au Congrès par MM. Lenglet-Mortier et Vandamme, du département du Nord.

Les auteurs veulent expliquer tous les monuments mégalithiques par leur nom même, contrairement aux opinions émises et discutées jusqu'à ce jour. Ils prétendent qu'il faut chercher dans la langue celto-kymbrique Morinienne (sic) la connaissance de leur nature et de leur destination. Ils appuient leur opinion sur la remarque faite que ceux-ci sont presque toujours placés sur le bord des rivières, à l'embouchure des fleuves. Ils cherchent à l'appui de ce système, des étymologies justificatives de cette idée que les blocs dont la grandeur imposante nous étonne, sont une synthèse, non-seulement de croyances religieuses, mais encore de toutes les connaissances et habitudes des Celtes; ainsi ils regardent les dolmens, qui, suivant eux, signifieraient *tables du tentateur*, *du diable,* comme le symbole de la ruse, de la perfidie, du dol et du malin esprit. Ils supposent aussi que les menhirs ne sont autre chose que des phares, etc.

L'assemblée ne semble pas disposée à admettre cette

interprétation nouvelle, et M. LE PRÉSIDENT engage le rapporteur à exposer ses opinions personnelles sur les monuments mégalithiques qu'il paraît avoir si bien étudiés.

M. l'abbé AUDO, après avoir remercié M. H. Martin de ses savantes démonstrations de la veille sur l'origine et la destination de ces monuments, démonstration à laquelle M. de La Villemarqué a fourni avec tant d'art et de sagacité l'appui des vieux textes, partage les dolmens et menhirs des Côtes-du-Nord en plusieurs zônes. Il fait remarquer tout d'abord le petit nombre de ces monuments dans l'arrondissemeut de Dinan et dans celui de Loudéac, la partie ouest exceptée; il dit qu'il existe, selon lui, dans le département, deux régions de dolmens ayant la même forme, la même orientation, la même disposition et venant aboutir toutes les deux au monument si curieux de Carnac, l'une partant du nord et des bords de la Manche, aux environs de Saint-Brieuc; l'autre, des environs de Lannion, et traversant la Cornouaille.

Les menhirs sont placés deux à deux : l'un au sommet d'une élévation, l'autre à mi-côte ou dans une vallée et à la distance de 150 à 200 mètres au plus. D'autre part, les allées couvertes sont tellement disposées, que de là on peut apercevoir les menhirs, comme on peut le vérifier, par exemple à Corlay, et ils ont une orientation particulière. Leur plus grande ouverture est toujours à l'est, avec une petite ouverture double à l'ouest. N'y a-t-il pas là, dit M. l'abbé Audo, de sérieuses recherches à faire sur le symbolisme corrélatif de ces divers monuments?

M. Henri MARTIN répond que ces monuments ne sont si nombreux dans la Bretagne, que parce qu'elle est placée à l'Occident, et que nos ancêtres, dans une pensée d'immortalité, aimaient à y reposer en attendant le jour de la renovation ou résurrection, de même que le soleil semble s'y ensevelir pour bientôt renaître. Il est donc porté à penser, comme M. l'abbé Audo, que ces monuments ont un caractère symbolique, et il croit relativement à l'ouverture des allées couvertes que leur position à l'occident est en rapport avec cette croyance que l'on retrouve chez les Égyptiens comme chez les Gaulois. Peut-être, continue M. Martin, l'occident de la Gaule est-il devenu, pour cela, comme une grande nécropole des peuples celtiques ; mais ces considérations trouveront naturellement leur place quand on traitera de la mythologie des Celtes.

M. Ropartz émet le vœu qu'un appel soit fait aux Sociétés savantes pour qu'elles aient à dresser une carte monographique des monuments de pierres de leurs départements respectifs.

M. H. Martin approuve cette proposition : il exprime le désir que des Commissions pointent sur les cartes les monuments de même nature et indiquent, sur de simples cartes vicinales, les monuments mégalithiques. Il rappelle que ce travail est fait pour le département du Tarn, grâce aux soins de M. Alfred Caraven, l'un des honorables membres du Congrès.

M. Huguet dit à M. le Président que deux autres membres s'occupent déjà de ce travail pour les Côtes-du-Nord ; que la carte monumentale, offerte au Congrès par M. Caraven, est sans doute très-remarquable, mais qu'avant sa réception, M. le Préfet avait chargé M. l'Ingénieur en chef de fixer, sur la carte topographique du département, les monuments mégalithiques et tous les points pouvant intéresser la science.

Au nom du Congrès, M. le Président remercie M. le Préfet et appelle de tous ses vœux la prochaine publication de cet important document.

M. de Keranflec'h répond aux observations de M. l'abbé Audo : il lui semble qu'elles sont tout-à-fait en opposition avec ce qui existe dans le Morbihan, relativement aux mesures, aux ouvertures placées dans la même orientation pour les allées couvertes. « Avant de vouloir baser un système sur les remarques faites par M. le Recteur du Vieux-Bourg, dit M. de Keranflec'h, il faudrait qu'elles fussent confirmées sur une échelle plus étendue que pour quelques parties des Côtes-du-Nord ; et ces faits, même constatés, ne pourraient pas conduire à des conclusions certaines pour l'âge de pierre en général. Quant au groupement, il faudrait être aussi d'une grande prudence. D'après le travail, apporté la veille par M. H. Martin, on est arrivé à conclure, d'une manière certaine, que ces monuments couvrent la France plus ou moins. Leur absence, dans certains endroits, peut s'expliquer d'une façon fort simple : le manque de matériaux et les progrès de l'agriculture. Tous les jours, ajoute M. de Keranflec'h, on en voit tomber sous le marteau des démolisseurs, et ces accidents devaient être encore beaucoup plus fréquents avant le zèle ardent qui pousse tant de personnes vers les études archéologiques. » M. de Keranflec'h appuye le vœu de M. Ropartz, mais il trouve que s'efforcer d'établir une pareille statistique, c'est chercher en quelque sorte à remplir le tonneau des Danaïdes.

M. le docteur HALLÉGUEN confirme pour les monuments du Finistère les observations de M. de Keranflec'h. Il craint qu'avec toute la bonne foi possible, M. l'abbé Audo n'ait été entraîné, dans ses explorations, à prendre quelques exceptions pour la règle générale. Il conclut que, avant de rien déduire pour la science, il est prudent de se livrer à des investigations plus étendues, et de surseoir sur le symbolisme jusqu'à plus ample examen.

M. AUDO réplique qu'une fin de non-recevoir n'est pas un motif pour rejeter l'idée émise, et il continue d'exposer lés recherches qu'il a faites récemment, et les fouilles qui ont eu lieu au Vieux-Bourg-Quintin. Ces détails semblent intéresser vivement l'assemblée. M. l'abbé Audo ajoute que dans l'un des monuments que l'on doit visiter après la séance, on a trouvé, la veille, l'urne qui est déposée sur le bureau; il rappelle que dans des fouilles effectuées à Plésidy par M. l'abbé Le Foll, on a trouvé trois lames de poignard en bronze, une pince épilatoire en or, un Jul. Népos également en or (1).

Quant à la présence d'un instrument de bronze dans le monument dont a parlé M. l'abbé Audo, reprend M. DE KERANFLEC'H, c'est un fait d'une excessive rareté. Pour lui, il ne connaît qu'un fait de cette nature, scientifiquement établi : le bronze et l'argent à Corne-Houet étaient unis à la pierre. La coexistence des deux métaux pourrait-elle faire croire que ce monument n'est pas de la même nature que ceux dont on s'occupe? D'ailleurs on n'a pas de description du monument.

M. l'abbé AUDO : A Plésidy, c'est une chambre avec du ciment. Les armes de bronze qu'on y a trouvées sont d'une époque antérieure à l'invasion romaine. La présence du ciment paraît extraordinaire ; il en est de même de celle des flèches doublées. Ce qui prouverait, suivant lui, que les tumulus ne sont pas tous de la même époque que les menhirs et les dolmens.

M. H. MARTIN demande si les pointes de lance découvertes ont été trouvées dans l'intérieur du dolmen et si c'était bien des pointes de lance ou de poignard? — M. l'abbé AUDO répond affirmativement à la première question, et ajoute qu'il y avait une douille brisée, offrant une ouverture de deux centimètres. La pointe de la lance était émoussée; le bout opposé était légèrement brisé, et, dans la partie brisée, on distinguait une perforation.

M. LE COURT DE LA VILLE-THASSETZ parle du Carn monumental de Pleslin, où l'on trouve de 50 à 60 menhirs. Toutes les pierres sont placées sur un terrain brûlé. Il croit que chaque pierre marque la sépulture d'une famille

(1) Voir le t. IV des Bulletins et Mémoires de la Société d'Émulation des Côtes-du-Nord, pages 29 et suivantes.

ou d'une tribu. Au centre il n'y a aucune pierre. Il a fait faire des fouilles qui ont amené la découverte de tuiles romaines, et il en conclut qu'un même monument a pu servir successivement à des cultes divers, à la religion des Celtes, à celle des Romains. Il fait remarquer qu'à une grande distance se trouve un menhir isolé. Ce monument isolé, ce paria, géant de pierre, n'indique-t-il pas la tombe d'un profane qui n'a pas voulu de la sépulture commune ou qui en a été exclu?

Le carn de Pleslin amène M. DE LA VILLEMARQUÉ à prendre la parole. « Quelqu'un pouvait nous mettre d'accord sur ces questions délicates, dit l'honorable membre de l'Institut : c'était le docteur Todd. Mais, puisque nous sommes sur le chapitre des découvertes, qu'il me soit permis, en exprimant de nouveau le regret que le savant Irlandais n'ait pu attendre cette réunion, de raconter une découverte très-intéressante qu'il a faite. Il a trouvé sous un lac ce que nous appelons ici un dolmen, et dans ce dolmen un bracelet qu'il eût été heureux de présenter au Congrès, si des circonstances, bien indépendantes de sa volonté, ne l'en avaient éloigné. Le fait de ce dolmen au fond d'un lac est très-curieux ; du reste, il a été constaté que, plus d'une fois, pour dérober une sépulture illustre aux profanations de l'avenir, on a fait passer sur elle un cours d'eau quelconque. Il serait donc très-intéressant, quand on dessèche les rivières, d'examiner si l'on ne découvrirait pas quelques monuments du passé. Le bracelet trouvé par le Dr Todd est en or et du poids d'une livre. »

Le docteur HALLÉGUEN demande qu'on ne se hâte pas trop de conclure. Ne doit-on pas examiner si le lac était artificiel ou s'il a été créé par la suite des temps?

« N'allons pas, dit-il, émettre en principe que, sur tous ces monuments, il y eut des rivières ou des cours d'eau. Que ne trouve-t-on pas au fond des lacs de la Suisse? Il y a eu peut-être des habitations lacustres au-dessus des eaux, dans les eaux, et les objets trouvés sont peut-être tombés des habitations au fond du lac. »

Un membre de la Direction faisant observer qu'on n'affirme rien, qu'on fait seulement une enquête, le docteur Halléguen reprend : « Mettez alors partout des points d'interrogation ! »

M. DE LA VILLEMARQUÉ, vivement : « Oui, mettons partout des points d'interrogation, mais aussi beaucoup de points d'admiration ! Je n'ai jamais eu la prétention d'affirmer ce que j'avance, ajoute l'honorable membre ; j'ai trop affirmé quand j'étais jeune, mais depuis je suis devenu plus circonspect ; je cherche toujours et partout la vérité, de bonne foi. Ce qui me faisait prononcer tout-à-l'heure les paroles que vous avez entendues, c'est ce que nous savons de l'antiquité slave. Personne d'entre vous n'ignore les moyens auxquels on avait recours pour dérober certaines tombes aux recherches des races futures. Lorsqu'un chef puissant venait à mourir, afin de rendre sa sépulture inviolée il désignait parfois un endroit isolé où l'on déposerait ses restes, et il ordonnait qu'on y fit couler un fleuve. Le fait est constaté par l'histoire d'Attila. Je me suis demandé si les Celtes n'auraient pas eu le même usage que les Huns ? M. le Dr Todd pense qu'on aura détourné un bras de rivière, pour le faire couler sur la tombe où il a trouvé son bracelet, et je me range, sans autre commentaire, à l'opinion de l'illustre savant. »

M. LE COURT DE LA VILLE-THASSETZ déclare qu'à Saint-Jouan-de-l'Isle, lors des travaux de la voie ferrée, on trouva un lac à très-peu de distance de l'hypocauste découvert plus tard à Caulnes, et que sa destination était peut-être celle indiquée par M. de La Villemarqué.

M. l'abbé AUDO aussi, comme confirmation, ajoute que le dolmen où l'on a trouvé les objets de bronze est placé au fond d'un vallon, sur le bord d'un ruisseau ; qu'au besoin on pouvait l'inonder. Sa hauteur avec la pierre n'excède pas 1m 50, et il ne se trouve pas à plus de 50 à 60 centimètres au-dessus du niveau de l'eau. Le village situé auprès se nomme Kervellec'h (la ville aux prêtres, aux sacrificateurs).

Après une courte discussion, le PRÉSIDENT fait remarquer que le rite du foyer circulaire, du cercle de pierres, emblème de l'éternité, se trouve presque dans l'âge des petits tumulus ; que ce rite a duré autant que l'indépendance de la race celtique, à l'époque de l'ère Gallo-Romaine.

M. Henri MARTIN donne lecture au Congrès d'une note de son collègue de l'Institut, M. Renan, relative à l'étymologie bretonne du nom Abélard. S'appuyant sur un manuscrit de la Sorbonne écrit dans la seconde partie du XIVe siècle, ce savant pense que le mot Abélard dérive de *Ab*, fils, et de *Alard.* Le passage cité par lui est ainsi conçu :

« Habetis enim et habere potestis ad manum Boccium » de Disciplina Scolarium, Quintilianum de Institutione » oratoria.... Petrum filium Alardi, quem Abaelart vo- » cant, ad Filium, Hugonem, Ricardum, etc. »

M. LE COURT DE LA VILLE-THASSETZ regrette de se trouver en désaccord avec le savant académicien, mais il s'élève fortement contre son interprétation ; il prétend même qu'Abélard n'est point né près de Nantes et qu'il n'était pas fils de Béranger. A l'appui de son opinion, il indique une lettre ancienne, écrite à un évêque de Rennes par la famille d'Abélard, pour protester contre un acte de donation ; puis il invoque l'autorité des Bénédictins, celle de feu Bizeul, celle du jurisconsulte d'Argentré, qui dit positivement qu'Abélard était fils d'Eveillard ; il cite une charte de 1182, etc. Recourant ensuite aux usages de la linguistique, il indique comment ce nom d'Eveillard, Eballard, Emalar, a pu s'altérer, s'abréger, se changer en celui d'Abylard, d'Abelard, comme on dit Sébastopol pour Sévastopol. Il cite un grand nombre de familles du nom d'Eveillard vivant encore dans les Côtes-du-Nord, à Saint-Brieuc même, et il conclut qu'Abélard est bien venu au monde dans ce département et non ailleurs.

M. de La Villemarqué fait remarquer à l'honorable préopinant qu'il ne faut jamais mettre les brillantes fantaisies d'une riche imagination à la place des textes, et il adopte complètement l'avis de son collègue à l'Institut. Il cite une vieille pièce de vers bretons où l'on trouve le nom d'Abélard et celui de Loysia, qui n'est autre qu'Héloïse, et s'en appuie pour soutenir son opinion, mais en insistant surtout sur les étymologies. *Ab* signifie bien fils en breton et en gallois, et quant aux mots *a lard* ou *lart*, on les connaît partout en Bretagne.

M. Milin certifie l'existence de la chanson indiquée par M. de La Villemarqué et renfermant ces mots d'Héloïse : « Mon petit Abélard..... »

L'heure fixée pour le départ interrompt la discussion.

Excursion archéologique.

Grâce aux soins de la Direction et aux mesures prises par les Commissaires chargés par elle des préparatifs de l'excursion scientifique, un grand nombre de voitures, augmenté de celles qu'avaient obligeamment offertes plusieurs membres du Congrès, attendaient sur la place Du Guesclin. Outre les membres de la commission, les invités, les représentants de la presse, bon nombre de curieux des deux sexes, voulurent profiter de cette circonstance exceptionnelle pour visiter avec fruit plusieurs monuments fort remarquables, renfermés dans une circonférence de cinq à six kilomètres autour de Saint-Brieuc.

Partis par la route de Quintin, les excursionnistes font une première station non loin du hameau de l'Arcouët, au champ de l'Aire, en Ploufragan. Au milieu de broussailles, ils découvrent un beau dolmen ou galerie couverte longue de plus de 15 mètres, close, au fond par une large pierre. Son entrée, aspectée au sud-est, ne s'élève pas à plus d'un mètre au-dessus du sol actuel; mais une des pierres de la couverture, brisée depuis longtemps, permet de pénétrer dans l'intérieur du monument. Le Président de la Société d'Émulation explique les étranges particularités que ce caveau funéraire offrit, quand il l'ouvrit pour la première fois, il y a quelques années. A l'entrée, un paysan du temps de la Ligue y avait trouvé un abri et laissé une portion de son grossier mobilier. Au milieu, un Gallo-Romain s'était ménagé une assez confortable cellule, avec une aire de béton sur laquelle gisaient quelques fines poteries. Au fond, la chambre sépulcrale avait été respectée, et l'on y trouva l'urne cinéraire entourée d'un cercle de celtœ, d'un collier en os et de plusieurs armes en silex.

A peu de distance de là, la Direction faisait ouvrir un autre dolmen de moindre dimension. « Un descendant des Celtes, dit M. Danjou de la Garenne, l'habile Rapporteur de la Commission, bouleversait de son outil de fer la terre qu'avaient remuée peut-être ses ancêtres dans ce vieux sépulcre de granit. » Sous les yeux des visiteurs, on y trouve, non loin de la place où l'urne avait été rencontrée la veille, un couteau en silex grisâtre, intact et remarquable par sa forme courbe sur le sens de sa largeur. Comme la plupart des couteaux de ce genre, il est travaillé par éclat et non poli.

Un peu plus loin, un large bloc de granit, dont la partie supérieure est aplatie et concave dans le sens de sa largeur s'offre, sous le nom de *Pierre du sacrifice*, à la vue des explorateurs. Ceux-ci s'arrêtent, un instant après, devant un fragment de menhir tout au bord de la grande route, désigné dans le pays, à cause de sa forme, sous le nom de *Sabot de Fragan*. Sa taille n'atteint plus trois mètres ; il a été séparé en deux, soit par l'infiltration des eaux, soit par l'œuvre des hommes.

Reprenant leur course, les visiteurs quittent une deuxième fois leurs voitures et font une nouvelle station près de l'ancien château de La Côte, non loin du vieux manoir de la Ville-Daniel, en Saint-Julien, qui semblent placés là tout exprès pour animer un paysage ombragé d'arbres séculaires et coupé de fourrés épais.

Ici existe un des plus beaux menhirs de la contrée : deux chênes l'embrassent de leurs rameaux et semblent lui servir d'appuis ; et, comme l'écrivait, il y a plus d'un demi-siècle, un érudit, Denoual de La Houssaye, « la nature semble les avoir placés à ses côtés pour orner ce monument des anciens prêtres de la Gaule, dans un temps où les monuments bruts des religions primitives sont si dédaignés. » Ce monolithe, haut de 6 mètres environ et d'un granit porphyroïde à gros cristaux de feldspath, attire l'admiration de tous les connaisseurs.

Ils gravissent bientôt le mamelon voisin, où l'on découvre çà et là d'énormes blocs de rocher de même nature. L'un, qui existe au côté du midi, porte trois cavités creusées vers l'orient, sur son large sommet. « La plus grande, qui est au milieu, dit M. Danjou, est de forme ellipsoïde ; son diamètre est de 115 sur 120 centimètres et sa profondeur de 20. Son fond, presque plat, incline vers le sud où se trouve une large échancrure ou canal d'écoulement. Cet énorme bassin est accosté au sud-ouest par un beaucoup moins grand (60 centimètres sur 90), d'un diamètre aussi de forme ellipsoïde, d'une profondeur de 30 centimètres, sans aucun moyen d'écoulement. Il est joint au sud-est par une petite cavité circulaire peu profonde, creusée en forme d'écuelle.

» La forme de ces singulières entailles, grossièrement creusées, a quelque analogie avec celle du corps humain et représente à peu près le moulage d'un homme couché sur la roche, les pieds pendant vers la terre. Ce qui, selon M. le Rapporteur, pourrait justifier le nom de « Pierres du sacrifice », et ce qui, du moins, ne laisse aucun doute qu'elles servaient de tables, d'autels à libations, comme généralement celles du même genre existant au musée du Louvre et dans celui de Rennes. »

Pendant que les membres de la commission dissertent sur la destination de ces monuments qui leur paraissent des plus curieux, d'autres excursionnistes admirent le magnifique paysage qui s'étend autour d'eux. Du sommet de ces rochers qui surplombent au-dessus de la rivière du Sang, *Goad*, *Gwed*, l'œil découvre des horizons lointains, des ravins profonds, des coteaux gracieux, sur lesquels les feuilles jaunies et le ciel assombri de l'automne jettent une teinte harmonieuse et mélancolique.

A la voix du Directeur du Congrès qui les presse, car il reste encore beaucoup à voir, les excursionnistes émerveillés regagnent leurs voitures par une de ces petites voies étroites, où l'on croit voir empreintes sur le rocher, usé par un long frottement, les roues des chars antiques.

Plus loin, M. Rioust de l'Argentaye, membre du Congrès et du Conseil général des Côtes-du-Nord, l'arrière petit-fils du vaillant Rioust qui, avec une poignée de paysans, tint vingt-quatre heures en échec toute l'armée anglaise au passage de l'Arguenon, en 1758, introduit ses collègues dans son château de Craffaud, récemment restauré avec une intelligence parfaite; et Mme de l'Argentaye leur offre, avec une grâce charmante, une élégante collation.

Après cet aimable accueil, le Congrès visite en détail ce type curieux d'une maison forte au XVIe siècle, ses sculptures bizarres, la frise, les vantaux de porte et la belle verrière de la chapelle dédiée à saint Nicolas.

Abandonnant à regret cette demeure hospitalière, les visiteurs se rendent enfin, par l'ancienne voie romaine de Ker-Ahès à Corseul, au mystérieux rempart vitrifié de

Péran, l'objet le plus intéressant de l'excursion au dire de tous. Ici, M. Geslin de Bourgogne veut bien encore guider la compagnie et lui donner une parfaite connaissance des diverses explorations de ces ruines étranges qu'il a beaucoup étudiées.

Des discussions animées et fort intéressantes s'établissent, à la vue de cette enceinte ellipsoïdale, composée de deux fossés et de deux parapets, dont un seul est vitrifié par un violent coup de feu, dont on distingue partout les traces. Quelques-uns pensent que l'on a employé le feu comme moyen de destruction; d'autres, en plus grand nombre, soutiennent que l'incendie de Péran a été volontaire, et que le feu a été allumé dans le but d'édifier cette antique station militaire, dont chacun veut emporter, comme souvenir, un morceau de pierre calcinée.

La nuit qui approche force de mettre un terme aux controverses; nous ne pouvons les reproduire ici, mais le savant Rapporteur les résume et conclut ainsi :

« La description détaillée de cette forteresse vitrifiée a été trop bien faite, il y a déjà longtemps, entre autres par celui qui de droit a pris la parole, M. Geslin de Bourgogne, pour expliquer une coupe toute fraîche de cette singulière construction qui excite tant d'intérêt et de débats, pour que j'entreprenne ici de la faire de nouveau.

» Je dirai seulement les quelques observations que j'ai recueillies, frappé d'étonnement, en vérité, à la vue de cette circonvallation ignée sans interruption, en parcourant la circonférence ellypsoïde de plus de 300 mètres de cette muraille, haute de 3 environ et plus épaisse encore, bâtie en blocage au milieu d'un grand talus de terre recouvert de gazon, et dont les matériaux composés de morceaux peu considérables de roches quartzeuses, granitiques et ferrugineuses, forment aujourd'hui une seule et même masse soudée ensemble par un enduit vitrifié; résultat incontestable d'un énorme et violent embrasement dont l'immense chaleur a été tellement concentrée sur le faîte de cette muraille, qu'elle est parvenue à fendre le mortier de chaux et de sable (1) qui vraisemblablement les liait. Celui-ci devenu incandescent comme de la lave, a dû entraîner les parties ferrugineuses et siliceuses de plusieurs de ces matériaux dont il a puissamment aidé la fusion; il a formé, par un refroidissement lent, bien lent de ces pierres vitrifiées, un ciment métamorphosé, à tout jamais impénétrable et indestructible, d'une adhérence telle que le tout ne fait plus qu'un.

» La quantité de pierres ferrugineuses ici, peut s'expliquer aisément, je crois, par la présence aux environs de conglomérats de fer hydraté alluvial, remplis de grains de quartz (poudingues grossiers appelés *Renards*), qui ont sans doute contribué à la vitrification, et, par suite, à l'édification de cette muraille.

» L'immense chaleur concentrée qui a eu lieu là, a produit des effets très-différents sur les divers matériaux :

» Le quartz cristallisé, qui s'y rencontre parfois en petites masses compactes, n'a subi d'autre altération que la disjonction devenue facile de ses petits cristaux.

» Le quartz compacte a fendillé.

» Le feldspath compacte est parfois devenu à l'état de ponce.

» Le granit est à l'état de scorie vitrifiée; d'autres fois il a simplement rougi, selon la chaleur plus ou moins grande qu'il a subie, dans les côtés ou au fond de la muraille. La partie réellement vitrifiée de celle-ci est de deux mètres de hauteur sur autant de largeur, bien que le parapet ait environ cinq mètres en ce sens; reste donc 1 mètre 50 à peu près de chaque côté où la chaleur a été moins intense.

» Le fer hydraté poudingue, devenu en fusion, a produit des stalactiques en refroidissant, ainsi que des scories assez abondantes en certains endroits.

» Enfin le mortier de chaux et de sable, scorifié, enveloppe ces roches de sa masse vitreuse.

(1) Nous respectons l'opinion de M. le Rapporteur, mais nous affirmons que nulle part on n'a trouvé trace d'aucun ciment ou mortier. Nous croyons que le feu, en décomposant certaines pierres, a seul soudé les unes aux autres, celles qui étaient plus réfractaires. *(Note de la Direction.)*

» Mais quelle a été la cause de ce vaste incendie?..... A-t-elle été accidentelle ou intentionnelle, et due alors à un mode de construction ayant pour but de rendre ainsi le monument impérissable? c'est ce que je suis intimement porté à croire.

» Enfin qui a allumé ce brasier cyclopéen?.....

« That is the question ! »

que personne n'a encore pu résoudre affirmativement.

» A défaut de documents écrits, écoutons les traditions orales du pays, qui contiennent toujours un fond de vrai.

« Le feu a duré pendant sept ans », dit-on !

» L'homme, qui toujours aime le merveilleux, a fixé un temps impossible, qu'il faut nécessairement traduire par *fort long*.

» En effet, pour être parvenu à mettre en fusion ces matières simplement à l'aide d'un foyer supérieur jusqu'à une profondeur de plusieurs mètres, il a fallu, dans cette épaisse muraille, non-seulement que le foyer de chaleur fût d'une intensité immense, mais encore qu'il fût concentré, pendant un long espace de temps, dans cette vaste et ardente fournaise.

« On n'a pu vraisemblablement obtenir ce résultat qu'à l'aide d'un énorme bûcher, symétriquement agencé sur toute la partie supérieure du mur, et recouvert par une épaisse couche de blettes de terre; puis on y aura mis le feu : le bois, passant ainsi à l'état de charbon, a dû conserver la chaleur sous cette voûte mobile, qui naturellement s'affaissait à fur et à mesure de la combustion, concentrant sans cesse le calorique vers son foyer incandescent, sans avoir éprouvé de perte sensible par le rayonnement extérieur.

» Le simple incendie de la palissade en bois qui a dû exister tout autour de l'enceinte du camp pendant son état fortifié, même en supposant qu'elle eût tombé et brûlé tout entière sur la muraille, ce qui n'est guère probable, n'aurait assurément jamais pu fournir un calorique assez puissant. D'ailleurs, n'étant pas concentré, il se serait perdu en grande partie au-dehors, et n'eût pas pu être d'une assez longue durée pour parvenir à ce prodigieux résultat, sinon tout au plus d'une manière superficielle.

» Nous sommes donc portés à croire que cet incendie n'est point le fait d'une catastrophe arrivée accidentellement, par exemple, lors de sa destruction, mais que tout cela a été produit avec intention et avec tout le temps voulu, lors de la construction. Elle doit remonter au temps de l'occupation romaine, d'après les briques à rebords dont on a trouvé des débris dans la muraille, et qui elles-mêmes étaient vitrifiées ; c'est ce que prouvent aussi d'autres fragments de brique que j'ai trouvés dans le talus de soutènement, talus antérieur à la vitrification de la muraille, comme on peut le voir par la terre qui, dans la partie avoisinante, laisse encore voir les traces évidentes du feu.

» Aussi, dans l'intérieur de l'enceinte a-t-il été trouvé quelques médailles romaines des premiers empereurs (1).

» Enfin ce n'est que d'un faisceau d'observations et de comparaison avec les autres monuments ayant quelque analogie avec Péran, ceux d'Écosse, de Sainte-Suzanne (Mayenne), d'Argentan, d'Avranches et de la Creuse, que sortira la lumière qui nous éclairera sur cette curieuse énigme ; aussi suis-je bien loin de prétendre l'avoir expliquée d'une manière définitive. Trop heureux si j'ai pu seulement faire jaillir une éteincelle sur ce vaste et mystérieux foyer éteint depuis..... on ne sait combien de siècles !

» N'ayant pas eu le temps désirable pour étudier posément cette difficile question d'origine à la première inspection du monument, je suis retourné le lendemain à Péran, et cette seconde visite m'a encore confirmé dans les mêmes idées, que j'ai emportées avec moi, ainsi que mille bons souvenirs de Saint-Brieuc. »

(1) Ces nombreux débris de briques entassés pêle-mêle avec la pierre dans ce vaste foyer, et la médaille de Germanicus qui paraît avoir été fondue sur place et qui n'est pas ébarbée, établit au moins que la construction n'est pas antérieure à l'occupation romaine, mais elle avait pu la suivre de près, et c'est notre opinion. *(Note de la Direction.)*

SÉANCE DU SOIR.

Sir Lukis *Président*.

Il est assisté de :

MM. Henri Martin ;
H. de La Villemarqué ;
L'abbé Prud'homme, chanoine,
Coespel, de Quimperlé;
A. de La Morvonnais, *Secrétaire*.

En prenant place au fauteuil, M. le Président dit:

« J'occupe ce soir une position très-honorable et très-distinguée, grâce à l'obligeance et aux sentiments de confraternité de la part de la Direction du Congrès celtique international.

» Je me trouve dans cette honorable position, non parce que je le mérite, mais parce que je suis Breton, — non Breton pur-sang, mais Breton d'origine, moitié Breton, Breton d'Angleterre, — et je suis heureux de serrer la main fraternelle à mes frères les Bretons de France.

» Mardi soir vous avez entendu chanter, avec l'enthousiasme qu'il mérite, un chant ravissant et touchant, dans lequel se trouvent ces paroles :

« Entre frères, parlons
» La langue des Bretons.
» Bretons de France et d'Angleterre,
» Oublions la langue étrangère ;
» Entre frères, parlons
» La langue des Bretons. »

» Malgré cet avis, cette recommandation fraternelle et très-légitime dans cette occasion, je regrette sincèrement, et, croyez-le, je le regrette pour ce soir seulement, que j'ai oublié la langue étrangère, parce que j'aurais voulu, s'il était possible, exprimer mes sentiments de reconnaissance dans cette langue.

» Cependant, je désire prendre l'occasion de vous dire une vérité que, vous tous, vous savez aussi bien que moi : que la langue des Bretons, soit de mon pays, soit du vôtre, c'est la langue du cœur,— c'est la langue de vérité, — c'est la langue de sincérité, — c'est la langue de reconnaissance, — et je vous assure que de ma part c'est la seule langue que je connaisse parmi vous; la seule langue que je parle ce soir, et que tout le vocabulaire breton est compris dans un seul mot, un mot que j'ai appris quand j'étais entouré par les têtes grises des monuments mégalithiques de Carnac, presque le seul mot breton que je connaisse : « *Trugarékat*, Je vous remercie. » — Je vous remercie de ma part comme individu, comme humble archéologue ; — de la part des Bretons d'Angleterre, — de la part de mes compatriotes en général, — et de la part de mes confrères les étudiants de l'histoire et des monuments de la race celtique, pour l'honneur que vous m'avez si gracieusement accordé depuis mon arrivée à Saint-Brieuc, et particulièrement ce soir. »

L'assemblée tout entière répond aux sentiments du savant archéologue du pays de Galles par de chaleureux applaudissements.

M. Lukis continue : « Vous avez exprimé le vœu, hier, que la cantate de MM. Ropartz et Le Jean, mise en musique par M. Thielmans, soit adressée, plus tard, à tous les membres du Congrès celtique. Je dois vous faire part d'une autre proposition du même genre, déposée par MM. de la Chénelière et Douillet, tendant à accorder le même honneur à la patriotique et délicieuse cantate de M. Gaultier du Mottay, mise en musique par l'habile et si dévoué M. Charles Collin. Je suis persuadé, à l'avance, que tel sera le sentiment unanime de la Société. »

L'assemblée adopte par acclamation la proposition qui vient d'être formulée.

Le Matin, chœur pour voix d'hommes, musique de M. Charles Collin, ouvre la soirée ; il est fort applaudi et mérite de l'être. Les étrangers accourus à Saint-Brieuc ne se lassent pas d'exprimer leur étonnement des ressources de composition et d'exécution musicales qu'offre cette ville.

M. Lescour et M. Le Jean chantent en breton, avec accompagnement de piano, le charmant morceau d'*Une mère et son enfant*, — *Eur vam hag he bugale*, composé par le premier de ces bardes. L'assemblée applaudit à plusieurs reprises cette pièce où l'auteur donne à son fils d'excellents conseils sous une forme poëtique, et par la bouche d'une mère aussi tendre que pieuse; pour dernière recommandation, elle lui enjoint « de faire reposer son corps à l'ombre, dans le saint cimetière de Rumengol.»

M. DE LA VILLEMARQUÉ, aux applaudissements de l'assemblée, donne lecture de l'improvisation suivante :

LE CHANT DES BARDES MASSACRÉS PAR ÉDOUARD Ier (1).

Saxons,
Que votre glaive
Sur nos fronts
Se lève !
Qu'il frappe, prompt comme l'éclair
Qui fend l'air !
Dans notre sang assouvissez vos haines :
Le Barde ne saurait respirer dans les chaînes !

Vous avez, glorieux soldats,
Des Welches sous vos pieds foulé le sceptre antique ;
Et nos preux ne jonchent-ils pas
De Galles le sol héroïque ?
Puisque leur sang rougit nos monts et nos forêts,
Le Barde doit mourir, et mourir sans regrets ;
Où la liberté expire,
Trop heureux qui s'endort de l'éternel sommeil !
Là, le printemps est sans sourire,
Et les harpes, sans réveil ! !

(1) Imité de miss Hemans, et dédié à M. Henri Martin, par M. Bariseau, professeur au Lycée de Saint-Brieuc, « comme un faible écho des nobles paroles par lesquelles l'illustre historien a célébré hier au soir le patriotisme des Bardes, et comme un souvenir du Congrès breton. »

Saxons,
Que votre glaive
Sur nos fronts
Se lève!
Qu'il frappe, prompt comme l'éclair
Qui fend l'air!
Dans notre sang assouvissez vos haines :
Le Barde ne saurait respirer dans les chaînes!!

La parole est à M. Ropartz pour lire un travail de l'honorable sir James Kenward, esq., membre du Congrès. Dédiée à M. de La Villemarqué, cette œuvre élégante est intitulée : *L'Armorique en 1867;* elle est marquée au coin de la grande poésie, et est écrite en gallois, en breton et en français. L'auteur y rend hommage aux Directeurs du Congrès et aux soutiens de la littérature, de la langue et de la poésie celtiques. (V. aux *Annexes.*)

L'assemblée applaudit à chaque nom cité par l'auteur et paraît prendre un grand intérêt à cette lecture faite par M. Ropartz, avec un goût exquis.

Mesdames Rialan et Bournichon, accompagnées par M. Charles Collin, chantent ensuite un duo de la *Gazza ladra.* Cette musique, si connue et si goûtée, est rendue avec un talent supérieur et enlève des bravos prolongés.

M. Charaux, professeur récemment appelé au lycée de Tarbes, lit sur Eliza Mercœur une Étude pleine de raison et de goût. Le récit des déceptions et des douleurs de notre Muse armoricaine, de sa piété filiale, de sa lutte incessante contre la misère et l'oubli, émeut plus d'une fois l'auditoire, et devient, dans la bouche du jeune professeur, le texte d'un enseignement élevé sur les dangers que l'âme la mieux douée peut rencontrer aux champs fleuris de la poésie. Il termine par ces vers navrants que, d'une main glacée déjà, la belle et poétique Bretonne traçait, à la veille de sa mort prématurée :

« Dans une route défleurie,
» Sous un ciel froid qu'oublie un soleil bienfaisant,
» Je n'ai rencontré pour ma vie

» Qu'indigence, regrets, vains désirs, et pourtant
» J'ai peur de la quitter cette existence amère,
» Et je viens vous crier : Sauvez-moi pour ma mère! »

La soirée se termine par l'*Armorique*, chœur d'hommes, de M. Charles Collin. Cette brillante composition, enlevée avec un ensemble parfait et la plus grande vigueur, est suivie de vifs applaudissements.

La séance est levée à onze heures.

Séance du vendredi 18 Octobre

(JOUR)

M. HENRI MARTIN, *Président.*

Il est assisté de :

Mgr DAVID, évêque de Saint-Brieuc et Tréguier;
MM. EVAN POWEL, représentant du pays de Galles;
DU CLEUZIOU, président de la Société archéologique des Côtes-du-Nord;
LUZEL, professeur au collége de Lorient;
HAMARD, avocat, *Secrétaire.*

A son entrée dans la salle, Mgr l'Évêque de St-Brieuc, l'un des Présidents d'honneur de la Société d'Émulation, est reçu par la Direction, et M. Henri Martin insiste pour déterminer le Prélat à accepter le fauteuil de la présidence. Monseigneur remercie gracieusement, et ajoute :

« Depuis l'ouverture du Congrès, je me suis privé, à mon grand regret, de bien belles journées; je compte me dédommager aujourd'hui, non comme président, mais comme auditeur. Je serai heureux de voir M. Henri Martin prendre au fauteuil la place qu'on m'invite à occuper : l'écho de ses paroles si éloquentes est venu jusqu'à moi, et ce sera pour moi un vif plaisir de l'entendre. »

L'ordre du jour appelle la question de la langue et de la littérature celtiques. En l'absence du premier orateur inscrit, le Révérend JENKINS lit un travail très-écouté et très-apprécié sur l'identité des dialectes bretons cornouaillais et gallois. (Voir aux *Mémoires*.)

Le Secrétaire lit ensuite un Mémoire de M. Charles de Gaulle, sur l'état de la littérature bretonne.

Aussitôt après la lecture de ce travail vivement applaudi (Voir aux *Mémoires*), M. DE LA VILLEMARQUÉ prend la parole :

« M. de Gaulle n'est pas Breton de race, dit-il, mais on a pu juger, par ce beau travail, qu'il est Breton d'âme. M. de Gaulle, en proie à d'atroces souffrances, est, bien malgré lui, retenu loin de nous; mais ceux qui le connaissent savent, comme moi, que toute sa vie est dans sa tête comme dans son cœur, et que cette tête, ce cœur appartiennent tout entiers à la Bretagne. »

Ces paroles sont accueillies par les plus chaleureux applaudissements.

Au nom de M. de La Borderie, M. le Président fait hommage au Congrès de son beau volume sur la lutte des Bretons insulaires et des Anglo-Saxons, qui vient de paraître.

M. le docteur HALLÉGUEN lit plusieurs extraits d'un volumineux mémoire sur l'histoire littéraire de la Bretagne Armoricaine (V. aux *Mémoires*). Ce travail, quoique morcellé, est écouté avec intérêt.

M. DE LA VILLEMARQUÉ : « Je réitère à M. Halléguen mes remerciements. La science marche par la discussion; dans la sienne, M. Halléguen a mis de la politesse, de la modération ; il a discuté loyalement, avec une convenance parfaite. Je l'en remercie d'autant plus.....

M. HALLÉGUEN : Que vous vous y attendiez moins !

M. DE LA VILLEMARQUÉ, vivement : « Qu'on est naturellement porté à s'échauffer un peu quand il s'agit de sa propre opinion. Un critique très-sage a dit : « L'homme est

» un individu qui apprend toujours : à quinze ans, il ne » sait pas grand'chose ; à trente ans, il en sait un peu plus; » à cinquante ans, il commence à douter et acquière un » peu de philosophie. » En répondant aux objections de M. Halléguen, je n'avais en vue que la vérité, toute la vérité envers et contre tous, persuadé que quand on la dira poliment, on ne blessera jamais personne.

» M. Halléguen m'a fait une objection. Parlant de la période comprise entre le ve et le XIIe siècle, j'ai dû affirmer que c'était une belle époque pour la littérature bretonne. Je l'ai dit, je le crois ; j'ai étudié les textes à leur source. Je suis allé à Oxford, dans le pays de Galles, à Cambridge, au musée Britannique, partout où je pouvais découvrir une trace de langue celtique, je l'ai cherchée chez les Bretons de l'île comme chez les Bretons du continent. Ce qui m'a conduit à parler comme je l'ai fait, c'est que j'ai trouvé de véritables chefs-d'œuvre poétiques.

» Qu'on veuille bien me permettre d'arrêter historiquement l'attention sur un point : en 887, je vois à la cour d'Alfred-le-Grand, le prêtre Asser, barde d'origine bretonne. Désirant s'attacher un homme d'un grand talent, Alfred avait voulu le faire venir du pays de Galles. Asser refusa tout d'abord : — « Je ne le puis, répondit-il; ce serait une imprudence de ma part; je ne puis rien promettre sans avoir consulté les miens. » — On le demande encore, il reste plusieurs mois sans répondre. Alors le roi lui envoie un nouveau message. Il arrive enfin à la cour d'Alfred et fonde le magnifique établissement d'Oxford: voilà l'origine de cette université célèbre. A côté de lui, il trouva des hommes venus de France pour aider à la diffusion des lumières ; mais certaines difficultés survinrent, les Français s'en allèrent et laissèrent le Breton constituer Oxford.

« Hé bien ! aucune bibliothèque d'Angleterre ne possède un plus grand nombre d'anciens manuscrits bretons que celle de cette ville savante : le texte des *Bardes du VIe siècle* vient principalement de là; les *Gloses* d'Ovide en viennent aussi : elles sont du temps d'Asser.

Au xe siècle, on remarque une sorte d'éclipse, un grand ralentissement se fait sentir. La littérature, qui brillait d'un lumineux éclat, se perd dans les guerres. A la fin du xiie siècle, la lumière que les Bretons d'Armorique recevaient des Gallois s'éteint; les Bretons empruntent beaucoup aux Français.... C'est ce qui m'a fait dire qu'il y a eu un temps d'arrêt dans leur littérature.

» Plus tard, grâce à Anne de Bretagne, qui la première fit traduire la Bible, elle recommença à fleurir. Mais la langue a été conservée surtout par le paysan breton que je vénère, que j'admire, que j'aime !... C'est lui, c'est cet homme du pays qui a sauvé sa nationalité, qui a sauvé sa langue, qui nous a conservé ce diamant brut, et c'est Le Gonidec qui a débarrassé le diamant de son enveloppe. »

M. de La Villemarqué cite ici le nom de M. Ludovic Prud'homme, de Saint-Brieuc, qu'il appelle le Robert-Estienne breton : cet honorable imprimeur, dit-il, a édité à ses frais les inappréciables dictionnaires de Le Gonidec, dont je m'honore d'avoir, pendant trois années, corrigé et revu les épreuves ; il vient d'éditer la *Bible*.

« Pour ce qui est des chansons bretonnes, continue l'orateur, je n'ai rien à dire, rien à ajouter, sinon que j'ai cherché loyalement, sincèrement la vérité historique et philologique, en confrontant les différents textes. »

M. de La Villemarqué termine en demandant que M. Raison du Cleuziou veuille bien communiquer à l'assemblée un chant de Guinclan, recueilli par J.-M. de Penguern, sitôt enlevé à ses amis. Il ajoute :

« Il y en a encore un autre que j'ai cherché vainement; j'en ai entendu seulement parler, et des paysans me disaient : « Ah ! Monsieur, si vous aviez ouï la chanson de Gourvant, c'était là un homme ! » Penguern, lui, a trouvé ce chant, et il vous causera beaucoup plus de plaisir que ce discours improvisé où j'ai jeté pêle-mêle ce que j'avais dans le cœur et dans la tête. (Vif mouvement d'approbation.)

M. du Cleuziou prend la parole :

« Avant de lire les deux chants dont M. de La Villemarqué vient de parler, je dois faire remarquer que ces poëmes sont très-importants, au point de vue de la valeur historique des chansons populaires. En effet, si par leur forme et leur objet ils accusent une haute antiquité, ils sont cependant altérés par des interpolations relativement modernes.

» On ne doit point cependant en être surpris, car tous ces poëmes populaires, qui ne sont point fixés par l'écriture et ne se perpétuent que par la tradition, s'altèrent sensiblement en passant de bouche en bouche.

» Le savant M. Paulin Pâris a remarqué que, dans ces *Chansons de gestes*, les rédacteurs de ces poëmes ont souvent appliqué à des héros du cycle de la Table-Ronde des fragments entiers de chants plus anciens qui avaient été composés en l'honneur de personnages importants de l'époque mérovingienne.

» Le même fait se produit pour nos chants bretons. C'est ainsi, ajoute M. du Cleuziou, qu'un rapsode du XVIIe siècle a appliqué à Jean de Lannion, sieur des Unbrins, seigneur de la cour de Louis XIII, et qui habitait, ici tout près de Saint-Brieuc, le manoir de la Noë-Verte (Gwas-Glaz), un fragment d'un poëme fort curieux et très-ancien, publié par M. de La Villemarqué dans son *Barzaz-Breiz*. Il s'agit du combat du héros Loz-Breiz contre le Maure du roi des Francs.

« Ce maure est magicien, et le héros breton ne peut vaincre ses artifices que par des procédés analogues, mais chrétiens, qui sont enseignés par un homme de Dieu. Voilà comment un chevalier du XVIIe siècle est transformé en héros des temps héroïques. »

Le premier chant que lit M. du Cleuziou a été composé en l'honneur du comte Gwrwant, le vainqueur des Normands. Cette poésie rude et sauvage, quoique très-altérée dans sa forme, remonte évidemment à une haute antiquité.

Le second poëme, intitulé : *Le vieil aveugle* (*An den coz dall*), également fort ancien, semble composé de fragments divers presque sans cohésion entre eux. Le chant débute et se termine par des malédictions étranges. Le rapsode raconte ensuite le voyage de l'aveugle qui chemine « sur son cheval blanc que son fils conduit te- » nant le licou de chanvre ; » puis viennent une série de sentences et de proverbes ayant trait à l'agriculture.

Ces chants sont écoutés avec le respect dû à la mémoire de celui qui rêva si souvent les assises celto-bretonnes qui nous rassemblent (1).

M. DE LA BORDERIE prend la parole : « Pour en revenir à la thèse du docteur Halléguen, dit-il, je ne sais pas si j'ai bien compris, mais il m'a semblé qu'il essayait d'établir qu'à l'époque dont nous nous occupons, le breton n'existait pas ou du moins existait à l'état latent ; il en résulte que ce que nous considérons comme breton serait du XIVe siècle. M. de La Villemarqué pense qu'antérieurement au XIIe siècle, la littérature galloise et bretonne était commune aux deux pays ; que les Bretons des deux côtés de la Manche ne faisaient qu'une seule famille.

» M. Halléguen dit que la langue n'existait que chez les paysans ; mais si elle existait, elle devait avoir sa littérature.

» Les déductions que M. Halléguen tire des Conciles ont peu de valeur à mes yeux : on n'y parle que la langue tudesque et romane, parce que le concile de Tours ne connaissait que ces deux langues. S'appuyer sur des preuves pareilles pour venir affirmer que la langue bretonne date du XIVe siècle, c'est se livrer à une véritable entreprise contre les races celtiques ; c'est, qu'on me permette le mot, d'un esprit anti-celtique. En asseyant un jugement sur des bases pareilles, on arriverait facilement à prouver que Napoléon n'a jamais existé, et à démontrer que les douze maréchaux de France représentent les douze signes du Zodiaque. Si ce que M. Halléguen a découvert est la vérité, je suis prêt à m'incliner

(1) Un trop long retard dans l'envoi de ces pièces nous empêche, à notre grand regret, de les reproduire ici. (*Note de la Direction.*)

devant elle ; mais il me faut pour cela d'autres preuves. J'ajouterai d'ailleurs que ce qui témoigne surtout de l'existence de la langue, c'est le Cartulaire de Redon ainsi que les chartes des XIe et XIIe siècles. On y trouve beaucoup de mots bretons.

» Est-il admissible qu'il n'y ait pas eu de différence entre la langue bretonne et la langue galloise? Le dialecte était peu différent, sans doute ; mais enfin l'identité n'était pas complète, et l'argument présenté n'aurait de valeur que si l'on pouvait admettre qu'il n'y ait pas eu d'autre langue antérieurement parlée, et si l'on prétendait que le breton date du XIVe siècle, *quod est demonstrandum.*

» Quant au roman de *Aquin*, c'est une chanson de geste, et non une transition entre les chansons de geste et les romans de la Table-Ronde. »

Des conversations animées ont lieu dans l'assemblée. M. le PRÉSIDENT prend la parole :

« Au Ve siècle, dit M. Martin, les évêques gaulois devaient savoir le celtique. On parlait généralement le celtique et non pas la langue rustique romaine. Le latin était usité dans les villes, mais dans les campagnes l'élément celtique dominait. Sidoine Apollinaire — première moitié du Ve siècle — dit que les orateurs Arvernes parlaient celtique avec les paysans. »

M. HALLÉGUEN : Ma thèse a été parfaitement comprise par l'honorable M. de La Villemarqué.

M. DE LA BORDERIE réplique qu'il comprend très-bien aussi M. Halléguen, mais il demande l'extrait de naissance du breton. C'est, dit-il, une question de texte à débattre. Il se peut très-bien que les prélats aient voulu supprimer, à une certaine époque, l'existence du breton ; mais dites-nous du moins quand est née la langue bretonne ; où est, je le répète, l'acte de naissance du breton? Nous avons des textes qui prouvent que, antérieurement à la date indiquée par M. Halléguen, le breton avait été parlé ; je le repète, nous avons le Cartulaire de Redon qui est rempli de noms de lieux et de noms d'hommes tous composés de mots bretons, et qui ont des significations facilement traduisibles.

M. Le Court de La Ville-Thassetz demande à faire une seule observation. « Si nous n'avions pas de littérature, dit-il, pourquoi a-t-on fait main basse sur tous les trésors si riches de nos monastères, et que sont les lais de Marie de France, sinon des chants remplis de mots bretons ? »

La parole est à M. l'abbé Etienne pour la lecture de recherches sur la langue bretonne, si remplie de richesses inconnues jusqu'à ce jour.

Ce travail, que l'on retrouvera dans les Mémoires, est fort applaudi.

M. le docteur Le Guillou propose au Congrès d'émettre le vœu que désormais la langue bretonne prenne rang dans les études linguistiques, et que l'on crée une chaire de gallo-breton dans l'une des villes de Bretagne. Ce vœu, fortement appuyé, est adopté par l'assemblée.

M. Henri Martin, se rendant l'interprète de tous les membres du Congrès qui ont pu faire partie, la veille, de l'excursion scientifique organisée par la Direction, s'exprime ainsi :

« Hier, dans le cours de son excursion, le Congrès a reçu la plus bretonne hospitalité au château de Craffaut. Je crois donc répondre au sentiment de tous, et en particulier à celui de M. le comte d'Estampes qui vient de m'en remettre la proposition, en priant la Direction de vouloir bien exprimer notre reconnaissance, cette vertu aussi bretonne-celtique que française, à M. et Mme Rioust de l'Argentaye. » (Unanimes approbations.)

M. Le Coz, jeune, demande la fondation d'un prix à décerner au meilleur Mémoire sur les trois questions suivantes, concernant la langue et la littérature bretonnes :

1. Rechercher, dans la langue arienne, les mots qui

servent de racines à la formation des mots bretons ; déterminer les lois de dérivation.

2. Rechercher, en comparant les éléments les plus anciens des dialectes gallois, cornique et armoricain, la constitution de la langue bretonne primitive ; puis établir les lois de dérivation pour la formation des dialectes.

3. Etablir les principales étymologies des mots empruntés au breton par les autres langues vivantes, notamment par le français et l'anglais.

« A l'appui de ma proposition, ajoute M. Le Coz, je vais indiquer quelques considérations et citer divers exemples qui ont pour but d'en démontrer l'utilité.

I.

Rapport des langues ariennes et bretonnes.

» Au début de nos séances, l'un de nos plus illustres historiens, M. Henri MARTIN nous rappelait que la grande famille arienne, trop resserrée dans sa patrie originaire, s'est étendue sur l'Europe, semblable à une grande onde dont les anneaux vont toujours s'éloignant du centre ; que l'un des rameaux principaux de cette vaste migration a peuplé notamment le nord de la France, l'Angleterre et l'Irlande ; nous savons aussi, que, sous la pression de hordes barbares, et après une résistance unique dans l'histoire, une partie des Bretons insulaires, franchissant le détroit qui les séparait de leurs frères armoricains, sont venus demander à notre sol un asile pour leur liberté.

» Je tirerai une conclusion de cet exposé sommaire : le rameau principal de la race celtique, dans sa marche presque régulière vers l'Occident, s'est peu mélangé avec d'autres peuples, car tout fait présumer qu'il parcourait des contrées peu ou point habitées. Sa langue, dans cette première période a dû subir peu de modifications. Si depuis, des besoins nouveaux, une civilisation plus grande, des modifications sociales et le contact d'autres peuples sont venus apporter des changements considérables dans la langue originaire, ces changements doivent être moins grands que chez la plupart des autres peuples européens qui ont subi à de longs intervalles plusieurs couches de migrations.

» Je sais que l'on a établi, d'une manière sommaire, la loi de filiation des langues européennes par rapport à l'arienne, si l'on excepte le turc et le hongrois. Je sais aussi que des savants allemands ont fait ce travail d'une manière remarquable, et beaucoup plus complète pour leur langue nationale, en prenant les racines dans cette langue monosyllabique, déjà si riche à son berceau, et en traçant pour ainsi dire des règles mathématiques pour la formation des dérivés. Je ne crois pas que ce travail ait été fait d'une manière aussi complète pour notre langue bretonne. Je n'ai pas la science nécessaire pour faire autorité sur ce point; mais je me figure que, puisque le peuple breton a subi moins de mélanges que d'autres, notre langue bretonne doit être moins différente de la langue primitive et les lois de dérivation plus régulières.

» J'émets donc le vœu qu'un Breton entreprenne sérieusement ce travail. Je dis un Breton, car notre langue, facile à apprendre par la conversation, présente à l'étude une difficulté particulière provenant des variations provoquées par l'euphonie, au commencement des mots. Par suite de cette muabilité des initiales, il n'y a guère qu'un Breton parlant la langue qui puisse, avec quelque sécurité, reconnaître des mots identiques sous des formes bien différentes.

II.

Recherche de la constitution de la langue bretonne primitive.

» Le peu de recherches que j'ai faites sur les divers dialectes de la langue celtique m'a conduit à conclure que, jusque dans ces derniers temps, chaque auteur écrivant en breton, considérait son dialecte comme la langue principale et indiquait, d'une manière très-sommaire, les formes particulières des dialectes. Il faut avouer aussi que, lors des premiers travaux sur la langue bretonne, les études de philologie comparée étaient à l'état rudimentaire.

» Je voudrais voir soumettre à une analyse comparée les plus anciens éléments du gallois, du cornique et du breton armoricain, et, en se basant, au besoin, sur la racine primitive, déterminer, autant que possible, la constitution primitive de la langue commune aux peuples bretons avant leur séparation ; puis, rapprochant les différents dialectes de cette souche commune, déterminer les lois des modifications et des différences.

» Il résulterait d'un pareil travail plusieurs avantages :

» 1° L'étude de notre langue deviendrait plus facile pour les savants qui ne veulent l'étudier que pour les richesses étymologiques qu'elle renferme.

» 2° Nous, Bretons Armoricains, nous y trouverions l'explication de radicaux disparus de notre langue en tant que mots simples. Ainsi nous ne disons jamais : *gour* ou bien *our* pour homme, et nous disons pourtant : *Guénedour*, homme du pays de Vannes ; *Marc'hadour*, homme débitant de la marchandise. Soit dit en passant, *marc'hadour* a beaucoup d'analogie avec *mercator*, du moins pour la prononciation.

» Réciproquement, nos frères du pays de Galles pourraient trouver dans nos dialectes des radicaux utiles.

III.

Étude des principales étymologies empruntées au breton.

» Le travail que je propose a surtout pour but d'arriver à déterminer les emprunts faits à notre langue celtique, emprunts beaucoup plus considérables qu'on ne croit généralement. Nous avons sans doute à nous garder de l'exagération qui, au début de ce siècle, a jeté le ridicule sur certains travaux de savants recommandables. La voix la plus autorisée parmi nous en fait de langue bretonne, M. de La Villemarqué, nous rappelait, l'autre jour, qu'il fallait chercher les rapprochements de langue en s'aidant des jalons que la science a établis, laissant à la branche sémitique, l'hébreu et l'arabe, qui ont un glossaire, une grammaire et un mode d'écriture essentiellement différents, pour nous attacher à la branche arienne où nous avons une ample moisson à recueillir.

» Je vais citer, à titre d'exemples, quelques mots qui prouveront que les étymologistes, au lieu d'aller chercher au loin des racines imaginaires, trouveraient souvent une explication bien plus simple en étudiant le breton.

» J'ouvre un des dictionnaires les plus répandus et je trouve pour *blasé* : étymologie Βλαζειν, être stupide, hébêté, etc., tandis qu'en breton, *blas* veut dire : goût; il est vrai que *blasé* veut dire : dégoûté; mais puisque le caractère ironique de notre nation a fait de *Land*, qui veut dire *terre* dans toutes les langues celtiques ou dans celles qui en sont dérivées, *lande*, qui veut dire : mauvaise terre; puisque de *ross*, qui veut dire : cheval, en allemand, nous avons fait : *rosse*, mauvais cheval, je crois qu'il n'y a pas lieu de s'arrêter à cette antithèse.

» *Parc*, lieu clos, est dérivé du breton, sans changement; de même *Bac*, bateau, dans le sens de bateau pour passer une rivière.

» *Mouza* ou *mouzein*, suivant le dialecte, a la même signification que *faire la moue.*

» *Arsenal*, lieu de dépôt, magasin, vient de *ar*, article, et *senal*, lieu de dépôt, grenier. Nos paysans des environs de Saint-Brieuc disent encore qu'ils vont *quérir* du foin dans le *sena.*

» Un autre côté intéressant de la question consisterait à rechercher les mots communs au breton et à d'autres langues. Par exemple :

» *Breuder*, frères, est commun à l'allemand et à l'anglais.

» *Paskein*, dans mon dialecte, veut dire : donner à manger aux petits enfants, aux petits oiseaux. C'est identiquement le même mot en grec; la terminaison de l'infinitif est également la même.

» Si le mot nous était venu par l'intermédiaire des Romains, nous aurions eu une altération du mot *pascere.*

» Je m'abstiendrai de multiplier ces exemples pour ne pas abuser des moments du Congrès; mais je désire voir réunir nos efforts pour sauver de l'oubli et de l'indifférence la langue d'une race brave et tenace entre toutes, « que la nature, dit Gérald le Cambrien, a gratifiée, même dans les membres les plus infimes, d'une parole hardie et assurée en présence des princes et des grands. »

» Que nos arrière petits-fils puissent dire avec Brizeux:

« Les chansons d'autrefois, toujours nous les chantons.
» Oh! nous ne sommes pas les derniers des Bretons!
» Le vieux sang de tes fils coule encore dans tes veines,
» O terre de granit recouverte de chênes. »

» Je laisse au Congrès, s'il agrée ma proposition, le soin de déterminer les conditions du concours. »

M. Geslin de Bourgogne répond qu'il apprécie comme tout le monde les propositions qui viennent d'être soumises au Congrès; mais il pense que pour fonder un prix; il faut exister; que le Congrès présent va finir et que le prochain fondera définitivement l'Association Celto-Bretonne, à qui il appartiendra de donner suite à la proposition de M. Le Coz.

M. de La Villemarqué demande la parole.

« Nous avons l'honneur de posséder parmi nous Monseigneur l'Évêque de Saint-Brieuc, dit-il, je tiens à lui soumettre un vœu.

» Dans son très-remarquable travail, M. l'abbé Etienne demandait que chacun s'efforçât de recueillir des mots bretons. Il m'est souvent arrivé, en parcourant nos campagnes, de trouver certains mots d'une expression admirable. Personne ne pourrait mieux que MM. les Ecclésiastiques bretons recueillir ces trésors épars. Si Monseigneur, à qui nous devons tant, voulait bien recommander notre vieille langue au Clergé de son diocèse, nous lui en serions très-reconnaissants. »

Mgr David se lève aussitôt: « Travailler à raviver l'éclat de la langue bretonne, dit le savant Prélat, c'est répondre à la plus chère de mes pensées. J'essaierai certainement d'apporter mon grain de sable à l'édifice celtique. Je me propose d'adresser prochainement une circulaire dans ce sens au Clergé breton. J'ai fait établir, dans la maison de la Providence de Saint-Brieuc, une classe de breton pour les jeunes filles, et l'on obtient déjà quelques succès.

» Je serai heureux d'accorder mon concours le plus actif à la demande que M. de La Villemarqué vient de m'adresser, et je mettrai en pratique sa patriotique et bonne pensée. »

M. le Président remercie Monseigneur pour le présent et pour l'avenir.

La séance est levée à six heures et demie.

SÉANCE DU SOIR.

La séance est ouverte à huit heures; on remarque toujours le même empressement, la même affluence aux soirées artistiques et littéraires du Congrès.

M. DE LA VILLEMARQUÉ, *Président*.

Il est assisté de :

MM. COCHERIL, archiprêtre de la cathédrale;
DE LA BORDERIE;
FLAMMARION, du Bureau des Longitudes;
DU CLÉSIEUX, trésorier-payeur général;
DENIS, avocat à Rennes, *Secrétaire*.

Un chœur d'hommes enlève vigoureusement l'*Hymne à la Bannière*, dû à la plume de M. Ropartz, et mis en musique par M. Charles Collin. Pendant ce morceau, où le sentiment national se manifeste énergiquement, l'assemblée observe un religieux silence, suivi bientôt de vifs applaudissements.

M. le PRÉSIDENT annonce l'envoi, par sir John Kenward, d'une pièce de vers dédiée aux membres de la Direction de la Société d'Émulation des Côtes-du-Nord. Il donne ensuite lecture d'une lettre de l'illustre archevêque catholique de Tuam, et d'une autre de M. Maysmor Williams, l'honorable maire de la ville de Chester, qui expriment à M. de Gaulle leurs regrets de ne pouvoir assister au Congrès. Ce dernier s'exprime ainsi :

« Chester, 14 octobre 1867.

» Cher Confrère,

» Permettez-moi de vous accuser réception de votre très-intéressante lettre, en vous exprimant mes sentiments de considération et de gratitude. Je suis fâché d'avoir tardé si longtemps à y répondre ; ce n'est pas mon peu de sympathie pour les sentiments qu'elle exprimait qui en est la cause. Mon excuse est dans l'urgence des affaires et autres occupations nécessaires qui m'ont empêché jusqu'ici de vous écrire.

» J'ai pris à votre lettre un intérêt d'autant plus grand qu'elle était écrite dans la langue des anciens Bretons. Je savais déjà que le peuple de l'Armorique est le même que celui qui habite encore aujourd'hui la Cambrie, et que notre séparation a eu lieu lors de nos guerres contre les Saxons. Mais si nous sommes restés depuis lors désunis et comme étrangers les uns aux autres, il y a dans votre lettre assez d'énergie et de feu patriotique pour ranimer chez les deux peuples un commun enthousiasme national, dont la flamme ne cessera de briller jusqu'au dernier jour des peuples de la terre.

» En ce qui touche au projet qui s'était formé parmi nous de venir rendre visite aux Bretons d'Armorique, les affaires y ont opposé des difficultés insurmontables pour plusieurs d'entre nous. Rien ne m'aurait fait plus de plaisir que d'avoir l'honneur de me réunir à vous pendant le Congrès.

» Le départ de M. Cadivor Word pour la colonie a fait grand tort à ce projet, en nous privant de sa collaboration. J'espère néanmoins que votre Congrès réussira pleinement. Je suis heureux d'apprendre que les Gallois que vous m'avez nommés ont l'intention de s'y rendre et je puis vous assurer des sentiments confraternels que partagent avec moi, pour les Armoricains, des milliers d'hommes de votre race qui habitent ce petit coin de notre île. Je n'hésite aucunement à vous assurer, en leur nom, des vœux qu'ils forment pour la réussite de vos projets patriotiques et littéraires, et le succès de toutes vos autres entreprises nationales.

» Faites de vos Congrès une institution durable, et si vous ne voyez pas venir, cette année, autant de Gallois que vous l'espériez, ne vous découragez pas. On s'intéresse vivement ici à votre entreprise, et nous n'avons besoin que de temps pour arriver à nous entendre et à nous unir parfaitement. Nos deux anneaux formeront alors une chaîne solide pour donner une force nouvelle à notre race.

» Une chose excellente serait d'offrir un prix honorable au meilleur traité en gallois sur le « rétablissement de » l'union entre les Bretons gallois et les Bretons armori- » cains, et les meilleurs moyens à adopter des deux côtés » pour atteindre ce but. » Il faudrait, selon moi, quelque mesure semblable pour réaliser ce projet patriotique.

» On attend ici avec impatience un compte-rendu de votre Congrès.

» Je termine en exprimant les sentiments les plus patriotiques pour vous et pour tous les Bretons de votre pays, et suis ainsi, cher confrère, tout à vous.

» W. MAYSMOR WILLIAMS. »

L'assemblée vote d'unanimes remerciements à ces trois honorables étrangers, ainsi qu'au savant docteur Ferguson.

M. DE LA VILLEMARQUÉ, toujours heureux de prêter son talent à ses frères bretons ou gallois, lit un bardit gallois, la pièce de sir Kenward intitulée l'*Armorique en 1867*, qui excite les plus chaleureux applaudissements et justifie ce vieux proverbe : « Dans l'union réside la force. » (V. aux *Annexes*.)

M. DE LA BORDERIE fait une intéressante communication sur *le caractère des Celtes*, tel qu'il se révèle dans l'histoire, dans la littérature et dans l'art, vaste sujet qui, pour être traité dans son ensemble, exigerait plusieurs volumes. Dans sa causerie, M. de La Borderie ne parle que des Bretons, et il se circonscrit même dans l'étude du caractère des Bretons d'Armorique.

« On parle souvent du peuple breton, de la nation bretonne, et cela n'étonne personne, dit M. de La Borderie : cette dénomination fréquente se rencontre, non-seulement dans les auteurs bretons, mais partout.

» Eh bien ! si nous sommes un peuple, c'est que nous l'avons voulu ; c'est parce que nous avons su défendre notre nationalité, non-seulement par les armes, mais par notre opiniâtreté, par notre résistance légitime ; légitime, car la nation vient de Dieu, et c'est pour cela que l'amour ardent du pays se nomme patriotisme.

» Voilà le caractère dominant de la race bretonne en Angleterre. Elle résiste aux Anglo-Saxons qui l'envahissent ; et auparavant, au milieu de l'immense chûte de l'empire romain, le peuple breton est le seul qui reste debout. »

M. de La Borderie examine ce caractère dans notre histoire, et il choisit, pour le faire mieux apprécier, les trois épreuves qui ont menacé l'indépendance de la Bretagne : l'invasion des Francs, celle des Normands et celle des Anglo-Normands de l'Angleterre.

Ce caractère de la race bretonne se peint bien dans Nominoë, ce premier roi de notre province, couronné dans la cathédrale de Dol. Aussi l'érudit historien breton étudie-t-il dans Nominoë la personnification de la résistance patiente, persévérante, opiniâtre, caractère dominant de la nation dont il fut le chef le plus illustre ; et cependant aujourd'hui elle ne possède pas le plus petit monument élevé en l'honneur du héros de la Bretagne, où de petites *célébrités* départementales ont souvent des statues !

« De tous les Francs, dit M. de La Borderie, Charlemagne seul peut venir à bout de la résistance bretonne; mais la Bretagne ne supporte pas facilement le joug, et, sous le règne de ce grand empereur, on compte plusieurs révoltes, sans succès, il est vrai.

» Sous Louis le Débonnaire, Nominoë, fidèle à son serment, s'occupe à organiser la Bretagne, mais sans rien tenter contre son bienfaiteur. Lorsque Louis le Débonnaire meurt, il proclame l'indépendance de la Bretagne, force Charles le Chauve, vaincu, à le reconnaître.

» A la fin de ce siècle où Nominoë avait affranchi la Bretagne du joug des Francs, les Normands viennent l'assaillir, et profitent, pour la soumettre, de la désunion qui s'est mise au milieu des Bretons. Une partie de la nation émigre et retourne dans le pays de Galles, d'où sont sortis leurs ancêtres. Ici, le caractère breton se montre plus vivement encore; plusieurs fois les paysans se révoltent, mais inutilement. Alors vient d'outre-Manche un prince breton, Alain. A sa voix, tous se réunissent : on bat les Normands, on les enferme dans Nantes, et la Providence venant en aide à cette juste cause, fait jaillir une source pour désaltérer les combattants épuisés.

» Les Normands sont vaincus; mais un de leurs descendants, Henri II, roi d'Angleterre veut asservir la Bretagne; et, grâce à la faiblesse de Conan, si bien surnommé *le Petit*, il la garde quinze années. On supporte le joug avec impatience, il est vrai, et huit révoltes éclatent dans ce court espace de temps. A sa mort, la Bretagne a reconquis sa nationalité.

» Plus tard encore, Jean IV de Montfort, trop reconnaissant envers les Anglais, leur livre presque l'indépendance de la Bretagne; alors, la nation indignée le chasse du pays; mais aussitôt son départ, un autre danger vient menacer la Bretagne : c'est l'invasion française.

» La nation rappelle son duc : tous accourent au-devant de ce prince qu'ils avaient chassé quelques années auparavant. Ils se jettent à mi-corps dans l'eau pour amener son navire dans le petit port de Dinard, et l'on voit jusqu'à la veuve de son compétiteur, la femme de Charles de Blois, venir à sa rencontre. »

Un chant populaire a consacré cette page sublime de notre histoire nationale. M. de La Borderie en fait la lecture, plusieurs fois interrompue par les patriotiques applaudissements de toute l'assemblée.

Une dernière peinture est celle de la bonne duchesse Anne de Bretagne, le dernier défenseur de notre indépendance. Elle épouse son vainqueur, mais elle stipule pour sa chère Bretagne les clauses les plus favorables, et par son second mariage elle les formule plus énergiquement encore. Dès ce moment, l'autonomie de la Bretagne n'existe pour ainsi dire plus, mais elle a conservé presque son indépendance. Lorsqu'en 1532 les États votent l'acte d'union, on voit qu'ils traitent avec le roi de France d'égal à égal, de puissance à puissance, en se réservant toutes leurs libertés; et ce que ni l'invasion, ni la force n'ont pu faire contre eux, leur patriotisme le produit.

Des bravos chaleureux et répétés témoignent à M. de La Borderie le vif plaisir causé par sa brillante étude qu'il termine par ces paroles patriotiques : « Tant que les Bretons resteront unis, ils formeront un peuple sur lequel le monde ne fixera ses regards qu'avec respect. »

Le chœur *France*, d'Amboise Thomas, est redemandé par M. le Préfet et plusieurs membres qui veulent qu'après la Bretagne, on parle de la France. Ce morceau magistral est chanté avec chaleur et méthode par les membres réunis de la Maîtrise de la cathédrale et de la Société Chorale : il obtient de vifs applaudissements qui ne cessent que quand M. Camille Flammarion, astronome du Bureau des Longitudes, prend la parole.

Dans sa remarquable improvisation, M. Flammarion veut nous donner une idée du monde qui nous entoure. Il se demande quel rapport une causerie sur le ciel peut avoir avec des études celtiques, et prétend que ce sujet n'est pas si étranger qu'on pourrait d'abord le penser au programme du Congrès, puisque les Druides étaient les hommes les plus versés dans l'astronomie, à cette époque. Mais ce n'est pas à ce point de vue qu'il veut considérer son sujet. Il parle alors de l'influence des éclipses, des comètes, de tous les signes célestes sur les destinées humaines, aux époques où l'humanité se croyait le seul but de la création entière.

Après avoir cité la comète de Charles-Quint, demeurée si célèbre dans l'histoire, M. Flammarion nous rappelle que l'un des plus beaux fleurons de la couronne de la reine Victoria est dû à la comète de Halley, qui enflamma d'ardeur les soldats de Guillaume à la fameuse bataille d'Hasting.

« Pour terminer les discussions sur les dolmens et les autres monuments mégalithiques, dit M. Flammarion, il suffirait de se transporter dans une des étoiles qui peuplent le monde astronomique. La lumière de cette étoile nous arrive après trois mille ans de marche ; de leur côté, les habitants de cette étoile voient le monde d'il y a trois mille ans. En nous plaçant au milieu d'eux, nous retournerions vers les époques du druidisme ; nous verrions les Gaulois, et le Congrès aurait ainsi sa solution. »

Il est impossible de reproduire, dans un compte-rendu succinct, cette causerie scientifique, tour à tour spirituelle et élévée, qui est écoutée avec l'attention la plus soutenue ; mais malgré la rapidité de sa marche, le temps ne suffit pas à l'habile astronome et arrête sa course. Espérons toutefois que l'accueil fait au jeune professeur le ramènera quelque jour, comme il l'a promis, pour compléter ici sa charmante étude.

Au moment où M. Flammarion reprend sa place, M. le Président prononce ces mots : « Notre jeune et éminent astronome nous a transportés jusqu'aux étoiles ; parmi celles de la terre, la harpe d'Eyrinn est l'une des plus belles : nous allons entendre celle de Gryffydd et de sa gracieuse enfant, qui nous ramèneront sur la terre par la plus suave et patriotique harmonie. »

Le morceau *Codiad yr Haul*, joué sur la harpe, et l'air *Y'Deryn Pur*, chanté par miss Suzanna, obtiennent de vifs applaudissements.

Au barde gallois succèdent nos bardes bretons : un chant celtique, *les Bardes d'Armorique*, œuvre charmante de M. Le Jean, si connu sous le nom du Rossignol du Bois de la Nuit, est lu en breton par son auteur. M. DE LA VILLEMARQUÉ donne la traduction de ce morceau très-applaudi. (V. aux *Annexes*.)

Une jeune paysanne de Pluzunet, près Lannion, dit d'une voix fraîche et vibrante le *Chant de la Veillée*, composé par M. Luzel. Cette mélodie simple et cadencée, qui s'harmonise si bien avec le bruit monotone du rouet, transporte un moment l'assemblée à la veillée d'une de nos chaumières; et elle en exprime sa satisfaction par des bravos prolongés.

M. LUZEL récite ensuite une de ses plus fraîches poésies, *Mona*, à laquelle est fait l'accueil le plus sympathique.

Les *Adieux du Conscrit breton*, mis en musique par Woiol, et le *Flûtiste Amoureux*, dont M. Hedou, de Rennes, veut bien être successivement le touchant et joyeux interprète, révèlent une fois de plus le timbre de voix et le talent hors ligne de cet amateur distingué.

Un poète remplace le chanteur : M. Achille DU CLÉSIEUX, avec cet accent propre aux âmes fortement convaincues, dit des vers empreints d'une foi profonde et d'un beau sentiment poétique. Il est plusieurs fois interrompu par des applaudissements sympathiques.

Cette quatrième soirée qui, comme les précédentes, laissera de charmants souvenirs se termine par la cantate redemandée des *Deux Bretagnes*. L'œuvre de MM. Ropartz et Thielmans est enlevée avec non moins de talent et de verve que la première fois.

Séance du 19 Octobre.

(JOUR.)

Président : M. DE KERANFLEC'H.

Il est assisté de :

MM. HENRI MARTIN ;
DE LA BORDERIE ;
Dr LE GUILLOU, président de la Société géologique de Paris ;
GESLIN DE BOURGOGNE ;
HAMARD, *Secrétaire*.

Le nombre des orateurs inscrits étant bien plus considérable qu'on n'en peut entendre dans cette dernière journée, le Président se voit dans l'obligation d'inviter ceux qui seront appelés à ne présenter qu'un très-court résumé de leurs travaux ; il fait remarquer que tous les Mémoires déposés seront examinés par la Commission, qui, comme il a été annoncé, donnera son opinion sur le point de savoir s'il convient de les reproduire *in-extenso*, par extraits ou par analyse.

M. le docteur GUIBERT fait hommage au Congrès de deux brochures, intitulées : *Lettres sur l'anthropologie des Côtes-du-Nord* (1re partie), et *Essai sur la constitution et la classification des sciences* (1).

M. Henri MARTIN donne lecture d'une lettre de M. le Conservateur du musée celtique de Dublin, qui manifeste son regret de n'avoir pu assister au Congrès, et déclare qu'il procurera toutes les facilités possibles aux *celtisants* que leurs études pourraient conduire en Irlande.

(1) Le temps a manqué pour rendre compte de ces travaux, comme de tant d'autres également, si remplis d'une solide érudition.

« Des savants Slaves, ajoute M. Martin, m'ont adressé des communications importantes que le court espace de temps laissé au Congrès ne me permet pas de lui soumettre. J'en dirai cependant quelques mots ; mais auparavant je dois transmettre à mes honorables confrères les témoignages de sympathie de la Société Celtique de Glascow, et donner lecture d'une lettre adressée à M. Charles de Gaulle à ce sujet (1).

La lecture de ces pièces excite d'unanimes et chaleureux applaudissements.

» Je dois vous exprimer aussi les adhésions sympathiques :

» 1° De M. le docteur Todd, dont on a si justement parlé, doyen de l'Université de Dublin, conservateur de la bibliothèque de Trinity-Collége et l'un des directeurs de la commission de publication des documents Irlandais;

» 2° De sir William Wilde, directeur du musée celtique de l'Irish. royal academy, auteur du célèbre Catalogue des antiquités irlandaises, et du *Longh-Corrif*, renfermant des observations du plus haut intérêt sur les monuments celtiques de l'ouest de l'Irlande. Il exprime, ainsi que lady Wilde, sa noble et docte épouse, la satisfaction qu'ils éprouveraient à faire les honneurs de leur pays aux membres du Congrès qui voudraient visiter l'Irlande, en étudier les monuments et les collections ;

» 3° De M. le professeur Arnold, de l'Université d'Ox-

(1) Cette pièce, d'un si grand prix pour le Congrès, n'est pas parvenue en temps utile à la Direction. malgré toutes nos recherches à cet égard. Tout en regrettant de ne pouvoir la reproduire ici, nous dirons avec quelle sympathique, quelle chaleureuse confraternité a été accueilli ce passage que nous avons retenu : « Nos cœurs et nos sympathies, nos pensées et nos vœux » vous accompagnent. Puisse votre Congrès être un pas vers la réalisation » de l'Union *(boud of Unity)*, qui doit exister entre les Celtes de toute nationalité et de tout pays. Nous n'avons d'autre but que la paix, la bienveil» lance envers tous, et la conservation des glorieux souvenirs de nos an» cêtres.» Depuis, la *Celtic Society* de Glasgow a mis le comble à son gracieux accueil, en adressant des diplômes d'honneur à trois des hommes qui ont pris la part la plus active à l'organisation du Congrès.

ford, auteur d'un récent et important ouvrage sur la littérature celtique ;

» 4° De M. le commandant Bial, auteur de diverses publications sur les antiquités gauloises, et d'une histoire de la civilisation celtique, en cours de publication.

» Ces savants expriment leurs sincères regrets de ne pouvoir assister au Congrès qu'ils appelaient depuis si longtemps de tous leurs vœux.

» Même manifestation de la part de M. Jones Johnes, de Dolancothy, un des présidents des récents Eisteddfo-dan gallois ; de la part du savant etnographe polonais M. Duchiuski, de Kief, dont tout le monde connaît les grands travaux sur les races et les peuples de l'Europe orientale et leurs voisins asiatiques.

» Je vais maintenant, continue M. Martin, donner lecture d'une importante note historique adressée au Congrès par un autre savant polonais, M. Macieiowski, ancien professeur à l'Université de Varsovie, auteur de travaux considérables sur les âges primitifs du Nord et de l'Est de l'Europe ; la voici :

« Lorsqu'en me préparant à la deuxième édition de mon *Histoire de la législation des peuples slaves*, j'ai revu de nouveau les sources, c'est l'organisation de la communauté politique qui m'a le plus frappé. J'ai remarqué que, d'après César, la communauté était la société politique, représentée chez les Celtes par les prêtres et les nobles (*druidæ, equites*), et qu'au contraire c'étaient les rois et les nobles qui la formaient chez une partie des Germains, tandis que, chez l'autre, le peuple la compose (*Ingenui*. — Voir César, *de Bello Gallico*, VI, 12, p. 20). Tacite s'étend beaucoup sur ce sujet dans son ouvrage sur les Germains.

» L'étude plus approfondie du sujet m'a appris que les premiers de ces Germains étaient des Teutons, venus, à différentes époques, de la Scandinavie dans le pays appelé plus tard Germanie, et que ce sont eux qui y développèrent la féodalité. Quant aux autres Germains qui portaient différents noms, dont le plus général était celui de Suèves, c'étaient des *Slaves*. J'ai développé ce sujet avec détail dans la revue périodique intitulée *Revue de la Grande-Pologne*, paraissant à Posen (livraison du 1er juillet de l'année courante).

» En ce qui concerne les rapports des Celtes avec les Slaves, il faut savoir que les Celtes, les Slaves, les Teutons et les Lithuaniens, unis entre eux, ont formé les principaux caractères de la civilisation européenne, qui, organisée sous l'influence du christianisme, a porté le nom de civilisation du moyen-âge. Ces quatre peuples ont été en harmonie entre eux, plus ou moins, selon les temps. On doit remarquer encore que les Slaves, les Celtes et les Lithuaniens avaient plus d'harmonie entre eux qu'avec les Teutons.

» L'union primitive de ces quatre peuples a été ébranlée, puis complètement rompue par une nouvelle invasion des autres Teutons venus de la Scandinavie (les Saxons). La conquête de la Gaule par les Francs a été encore plus nuisible sous ce rapport.

» Les Lithuaniens ne sont connus sous ce nom que depuis 1009 (*Litua*, chez Pertz, *Monuments Germains*, 5e vol., p. 80). Le rapprochement du nom de Lithuaniens avec un autre nom qui se trouve dans l'Armorique (*Letavia*) mérite une considération particulière.

» Les Suèves (Slaves) durent faire la connaissance des Gaulois avant Jules-César, particulièrement pendant que ceux-ci régnaient en Germanie (César, *de Bello Gallico*, VI, 24); et leur connaissance devint plus intime lorsqu'à leur tour les Suèves dominèrent une partie de la Gaule avant l'arrivée de César. Les traces du séjour des Slaves dans ce pays, à différentes époques, sont visibles, même dans les lois coutumières de la France moderne, entre la Seine et le Rhin. Je l'ai démontré dans l'appréciation de l'ouvrage publié par M. Charles Dupin, sous le titre de *Coutume du Nivernais* (Paris, 1864). J'ai écrit une critique de cet ouvrage dans la Bibliothèque de Varsovie (livraison de janvier 1865), et de plus un article sous le titre de : « Nouvel aperçu historique sur les origines du droit écrit en Europe, et particulièrement chez les Allemands et chez les Slaves, » article publié dans le *Mémorial scientifique*, à Varsovie (année 1866, tome IIIe). Les traces de la civilisation lithuanienne ont duré longtemps dans l'Armorique gauloise ; ce peuple était établi par petits groupes sur le littoral de la mer du Nord et de la mer Baltique. Il fut anéanti par les Teutons ; il ne s'en conserva que la fraction qui habitait sur les bords du Pregel.

» Les rapports entre le Slavisme, le Lithuanisme et le Celtisme se voient dans la langue, dans la mythologie, dans le droit. C'est ce dernier qui m'occupe particulièrement.

» Les Vénètes de l'Adriatique et les Vénètes de l'ancienne Armorique (Wendes, *Venedotia* en Bretagne,) laissent aussi voir les rapports des Celtes avec les Slaves (voir l'ouvrage de Ferdinand Walder, *Das alte wahler*, publié à Bonn, 1854, pages 112, 115 et 123). Le nom de *Letavia* (*Llydaw*), de même que le passage de Tacite: *Hæ Œstiorum gentes quibus usus et habitus Suevorum, lingua Britannica propior*, attestant que les coutumes et l'habillement des Estes, habitant le littoral de la mer Baltique, sont Suèves, mais que leur langue ressemble à la langue bretonne, donnent aussi à penser que les Lithuaniens, les Celtes et les Slaves avaient de fréquents rapports, et permettent de faire d'autres conjectures sur cette intimité qui apparaît dans les traditions, les chansons et le droit des Lithuaniens qui est tout pénétré de celticisme.

» Les Celtes du bassin du Danube, les *Boii*, se trouvant avec les Daces dans des rapports tantôt amicaux, tantôt hostiles, se rapprochèrent des Slaves d'au-delà des Carpathes. Les traces importantes de ces rapports se trouvent dans la nomenclature botanique de Dioscoride, médecin grec, qui vivait sous Auguste. Dans cette nomenclature on voit les noms de Celtes et de Daces employés alternativement et indifféremment l'un pour l'autre. La migration des Daces sur la Vistule, à l'époque de Trajan, transporta les traces du celticisme dans le pays des Slaves de la Vistule, appelé plus tard Petite Pologne.

(Voir mon article sur Dioscoride, dans la *Bibliothèque de Varsovie*, 1857.)

» L'histoire peut signaler chez les Teutons ce fait essentiel, qu'ils ont formé la société politique d'après les principes féodaux ; ce sont eux qui, après les Romains, ont le plus opprimé le peuple, et ont amené la généralisation en Europe d'un servage très-dur. »

M. le Secrétaire général communique au Congrès :

1° Une lettre de l'illustre savant H. Ebel, de Schneidemuhl, qui, en regrettant que des *obstacles insurmontables* l'aient empêché de prendre part aux travaux du Congrès, souhaite qu'ils soient couronnés du plus grand succès ;

2° Une lettre écrite en Gallois et signée Myvyr Morgonog (de Pontyprit-Glomorgan). L'auteur annonce qu'il expédie un ouvrage intitulé *L'Antiquité glorieuse des Gallois*, dont il fait hommage au Congrès. « Il contient, dit l'auteur, un essai sur la science mystérieuse de nos ancêtres (mythologie celtique), où sont expliqués plusieurs des mystères des anciens Bardes de l'île de Bretagne » (1);

3° Une autre lettre de sir John Rhys, le célèbre professeur d'Oxford, qui, après avoir envoyé son adhésion, ajoute :

« J'approuve grandement l'ensemble de votre programme, et plus particulièrement de la sixième question à traiter. Je voudrais bien, à ce sujet, qu'une discussion s'établit sur les *sons nasaux* dans la langue bretonne. Doivent-ils leur origine à l'influence du français, ou ceux de la langue française proviennent-ils du breton, ou bien sont-ils absolument indépendants entre eux ?

» Comment se fait-il que ces sons nasaux ne s'offrent pas dans les autres langues celtiques ? Vous me permettrez de suggérer qu'une liste correcte des différents dia-

(1) Ce curieux travail, arrivé trop tard pour qu'il en soit rendu compte au Congrès de 1867, a été remis à un Gallois qui en entretiendra le Congrès de 1868.

lectes du breton est d'une très-grande importance au point de vue de la philologie cymrique, et indirectement, de la philologie comparée en général. Le Gonidec est allé loin dans cette voie; cependant, je crois que le sujet est loin d'être épuisé. Je voudrais appeler l'attention sur le dialecte de Vannes surtout, qui réclame un examen complet, en vue de sa classification. »

M. le Président prie M. Henri Martin d'exprimer à tous ces savants étrangers avec quelle fraternelle gratitude le Congrès a accueilli ces témoignages de sympathie, et avec quel empressement il prend acte de ces promesses de concours dans l'avenir.

La Commission des comptes-rendus, dans l'impossibilité même de parcourir l'énorme quantité de travaux, tant imprimés que manuscrits, accumulés devant elle; dans l'impossibilité même de discuter les comptes-rendus préparés à la hâte par quelques-uns de ses membres, se borne à émettre, par la bouche de son rapporteur, le vœu suivant: « A l'avenir, une Commission nommée à l'avance au lieu où se tiendra le Congrès, examinera, au fur et à mesure qu'ils arriveront, les travaux envoyés, et se tiendra prête à soumettre le résultat de son examen au Congrès, dès le commencement de la session. » — Le Comité chargé de préparer le prochain Congrès, s'efforcera de remplir le vœu de la Commission, et de faire arriver alors le compte-rendu des ouvrages déposés cette année.

M. DE LA VILLEMARQUÉ, président de la Commission d'association générale, expose que cette Commission a eu de longues et laborieuses séances, à la suite desquelles elle est tombée d'accord sur le projet dont il va être donné communication à l'assemblée.

« Mais auparavant, ajoute l'éminent Académicien, j'éprouve le besoin de dire combien je suis heureux d'avoir rencontré tant d'intelligente sympathie, tant de dévouement patriotique dans les membres de la Direction et parmi mes collaborateurs. Je ne saurais leur exprimer toute ma profonde reconnaissance, et je chercherais vainement dans la langue française des paroles pour rendre ce que j'ai au fond du cœur. » (Mouvement général de satisfaction.)

M. de La Villemarqué lit le projet suivant, qui doit servir de base à l'Association Celto-Bretonne :

« *Le Congrès décide qu'un Comité de neuf membres, dont un au moins pour chaque département de la Bretagne, va être nommé pour préparer un autre Congrès celtique international en 1868. Ce Congrès se tiendra en Bretagne, et le siége du Comité sera à Saint-Brieuc.*

» *Le Comité adressera aux Sociétés des pays celto-bretons un pressant appel pour que chacune adhère à l'*ASSOCIATION CELTO-BRETONNE, *dont le principe est admis dès aujourd'hui, et pour qu'il se fasse représenter au Congrès de 1868, où l'Association sera définitivement organisée.* »

M. DE LA BORDERIE, membre de la Commission qui a élaboré ce projet, croit utile que, en raison de l'importance du vote qui va avoir lieu, le rapporteur, M. Ropartz, en expose la pensée avec quelque développement. Il tient, de plus, à ce qu'il soit bien entendu que à l'unanimité la Commission propose que le Comité qui va être nommé soit composé de trois membres, pris dans le département des Côtes-du-Nord ; d'un dans chacun des quatre autres départements bretons, et de deux membres à Paris.

M. ROPARTZ, rapporteur : « La décision que vous allez prendre est la plus utile, la plus pratique, la plus douée d'avenir parmi toutes les questions que vous aurez eu à résoudre. L'esprit de l'association que vous voulez fonder a été très-étudié dans le sein de la Commission. Ce n'est pas seulement le plaisir de nous retrouver qui doit suffire au but de notre association. Pour que notre véritable but soit atteint, il faut que nous entrions en rapport avec d'autres intelligences ; il faut que chacun de nous puisse contrôler les recherches qu'il a faites, en les élargissant. Nos origines et des monuments extrêmement curieux de notre histoire sont de l'autre côté du détroit. Il y a eu jusqu'ici impossibilité pratique, impossibilité matérielle pour ceux qui s'occupent de questions locales, de se procurer soit les livres, soit les manuscrits nécessaires pour compléter nos recherches. Nous ne pouvons guère aller les chercher là-bas : il nous faut de sûrs correspondants qui nous envoient, à nous scrutateurs, les textes qui abondent sous leurs mains. Grâce à ce Congrès vraiment international, cette difficulté n'existera plus. Il ne faut pas que ce Congrès laisse une trace isolée : quand nous avons besoin d'un document insulaire, il faut que nous sachions à qui le demander ; de même, de l'autre côté du détroit, les honorables amis des Celtes sauront vers qui ils auront à recourir sur le continent.

» Ce Congrès ne doit pas être seulement une savante et charmante réunion, il faut qu'on y fonde quelque chose pour l'avenir. Je crois que de jeunes hommes, qui ne savent comment employer leur activité, trouveraient un but utile à leurs efforts si nous nous réunissions à des époques périodiques, si une centaine d'hommes intelligents, patriotes, dévoués, se trouvaient en contact à des époques régulières ; de tous ces isolements, de toutes ces inactivités on formerait un faisceau réunissant toutes ces aspirations nationales, si bien dépeintes, qui forment le fond de notre race et de notre cœur.

» Je vous supplie de prendre en grande considération le projet d'un Congrès prochain ; il faut que nous fondions une association qui nous réunisse, je ne dis pas pour toujours, rien n'étant éternel dans les institutions humaines, mais du moins pour longtemps. Il faut admettre en principe la nécessité d'une Association Celto-Bretonne ; il faut que la Bretagne soit la pierre sur laquelle viendront se superposer tous les cailloux destinés à reconstruire l'édifice de la race celtique.

» Nous formerons ainsi un véritable *carn* ; ce ne sera

pas un monument tumulaire, loin de là, ce sera le monument de la reconnaissance, le monument de l'avenir. Nous retrouverons, l'année prochaine, les mêmes jouissances, et, espérons-le, le même accueil, les mêmes sympathies. St-Brieuc a été la première ville à nous offrir une hospitalité cordiale; Saint-Brieuc sera donc le centre et le berceau de la future association. Nous vous demandons que ses représentants aient une large part dans le futur conseil; nous demandons qu'on désigne deux membres à Paris où se trouvent tant de Celtes d'âme et de cœur, et nous pensons qu'un seul membre suffit pour chacun des autres départements de notre province.

» Nous vous en adjurons encore une fois, votez le projet, votez surtout le principe, le fait d'un futur et prochain Congrès, œuvre si bretonne, si armoricaine.

» Maintenant que les représentants du pays de Galles ont apprécié les avantages que l'on peut tirer de ces réunions paisibles et scientifiques, j'espère qu'ils s'associeront de cœur et de conviction à notre projet. « Si nous » avions su vers qui nous venions, disait l'un d'eux, » nous serions accourus en foule. »

» Ainsi la Bretagne sera pour tous les hommes d'étude et de science, pour tous les Celtes un centre d'attraction, où Gallois et Bretons trouveront désormais, chaque année, l'occasion de se presser la main. » (Mouvement de vive approbation dans toute l'assemblée.)

La résolution proposée par la commission d'association générale est adoptée à l'unanimité.

La discussion s'engage sur la manière de voter : un grand nombre de membres désirent le vote par acclamation; mais la Direction insiste pour le scrutin secret. Plusieurs membres appuient cette proposition et l'assemblée décide qu'il sera voté au scrutin secret, sur une liste présentant de cinq à dix noms par département.

MM. Halléguen, Ropartz, etc., échangent quelques nouvelles observations, à la suite desquelles la Commission procède à la formation de ces listes préparatoires.

Dans l'intervalle, M. de La Villemarqué donne lecture à l'assemblée de divers extraits d'un beau travail du docteur Ferguson sur les lois anglaises et irlandaises, d'après le *Senchus-Mor*. (V. *Mémoires.*)

M. H. MARTIN annonce à l'assemblée qu'il a d'assez mauvaises nouvelles de Carnac. « On détruit de plus en plus ce monument unique au monde, dit l'honorable orateur ; je crois qu'il serait bon que le Congrès émette un vœu pour qu'on protège enfin les derniers débris de l'histoire granitique de nos pères. Je regardais tout-à-l'heure le curieux album de M. de Fréminville ; une partie des pierres qu'il y a dessinées sont renversées et brisées. Emettons un vœu formel pour que le terrain sur lequel se trouvent les monuments mégalithiques de Carnac soit acheté par le Gouvernement : ce ne ne serait pas une grande dépense.»

M. LUKIS ne croit pas qu'on puisse acquérir les dolmens, qui sont des propriétés particulières ; mais il demande que le Gouvernement achète les terrains qui se trouvent occupés par l'alignement.

M. ROPARTZ apporte la liste des noms qui semblent à la Commission les plus indiqués à l'assemblée.

On procède immédiatement au scrutin qui donne pour résultat l'adoption des noms suivants, proclamés au milieu des applaudissements et à une grande majorité :

Pour Paris et l'étranger.	MM. Henri MARTIN ;
—	Charles DE GAULLE.
Pour les Côtes-du-Nord.	GESLIN DE BOURGOGNE.
—	GAULTIER DU MOTTAY.
—	P. HUGUET.
Pour le Finistère.....	H. DE LA VILLEMARQUÉ.
Pour l'Ille-et-Vilaine..	A. DE LA BORDERIE.
Pour le Morbihan.....	Docteur CLOSMADEUC.
Pour la Loire-Inférieure	DE KERSABIEC (1).

(1) Le Comité n'a pas voulu quitter Saint-Brieuc sans se constituer et jeter les bases de son travail. Dans une réunion, tenue chez M. Geslin de Bour-

L'heure de la réunion du lunch avait obligé, dès avant le dépouillement du scrutin, un grand nombre de membres à quitter la salle. Aussitôt le résultat du vote proclamé, la séance est levée, et l'on se dirige vers la salle du Musée, gracieusement mise par l'administration municipale à la disposition du Congrès, pour le banquet de clôture.

LUNCH.

Outre les étrangers et autres invités, plus de cent convives prennent part au banquet. Grâce au bon goût de MM. les Commissaires, la salle est splendidement ornée et éclairée au gaz; tout est de choix dans le service de la table, confié à la maison Soubiates de cette ville. Les armes de France, du pays de Galles, de la Bretagne, de l'Écosse et de l'Irlande, dominent celles des principales villes représentées au Congrès. Tous saluent avec bonheur ces glorieuses et antiques bannières, sous lesquelles vont se resserrer les liens d'une séculaire fraternité.

M. le Préfet, ayant en face de lui le Président de la Société d'Émulation, préside la soirée. L'un et l'autre sont entourés des invités, des principales autorités et des membres du Conseil de la Direction. Aucun toast ne devait être porté; mais, au moment du dessert, M. le Préfet, rappelant cette devise si française : « Citoyens, citoyens,

gogne, il a été décidé que le Congrès de 1868 se tiendra dans le Finistère, dans le courant de septembre, s'il est possible. Les Sociétés savantes qui voudront faire partie de l'association et qui verseront une cotisation ultérieurement déterminée, jouiront de divers avantages qui seront prochainement indiqués. M. Gaultier du Mottay a été désigné pour trésorier, et M. Huguet pour secrétaire. — Un certain nombre de souscriptions ont été déjà recueillies.

toujours citoyens », improvise, avec un rare bonheur, les paroles les plus sympathiques à l'assemblée.

M. Geslin de Bourgogne, d'une voix animée, porte un autre toast à l'Association celto-bretonne qui vient d'être fondée; à cette œuvre qui doit lier le passé à l'avenir des races celtiques. Il boit aux hommes de cœur et de bonne volonté, de toutes bannières, de toutes croyances; à tous ceux qui, par de généreux efforts dans le présent, préparent un glorieux avenir.

De longs applaudissements accueillent ces deux toasts et cessent au moment où M. Henri Martin se lève et prononce ces mots :

« Je bois à l'hospitalité bretonne! Messieurs, nous venons de voir un admirable spectacle : des hommes venus de lieux divers, mais unis par un même sentiment national sont accourus pour se serrer la main et prendre part à des discussions profitables pour l'avenir des deux patries. Permettez-moi de vous remercier de m'avoir mis à même d'assister à cette grande et magnifique scène. Je viens de voir se réaliser le rêve de ma vie entière. Depuis trente ans, j'étudie les traditions et les races celtiques; depuis trente ans, je désirais voir ces nobles peuples réunis dans une association. Nous en avons jeté les bases aujourd'hui; nous sommes constitués. Le Congrès de Saint-Brieuc aura eu d'utiles, de fécondes conséquences, puisqu'il aura pu poser pour l'avenir les fondements d'une œuvre qui restera, je l'espère. »

M. de La Villemarqué boit à la liberté qui renaît; à l'union des deux peuples qui se consolide, à la reconnaissance!

Les deux toasts des honorables membres de l'Institut sont chaleureusement accueillis.

M. de La Borderie formule ainsi le sien :

« Depuis 1846, j'ai assisté à tous les Congrès tenus à Saint-Brieuc, tantôt comme simple témoin, plus souvent en qualité d'acteur. Dans cette longue odyssée, nous avons été successivement reçus, tantôt à la Préfecture, tantôt à l'Hôtel-de-Ville, tantôt au Palais de Justice.

J'ai souvent entendu parler de l'hospitalité si vantée des Écossais. Les Écossais sont des Celtes, et je ne puis, je ne veux pas en dire du mal ; il faut cependant bien reconnaître que l'hospitalité briochine lui est pour le moins égale.

» Je bois donc à la ville de Saint-Brieuc et à ses habitants ; à M. le Préfet des Côtes-du-Nord, à M. le Président du tribunal, à M. le Maire de Saint-Brieuc et à MM. les Membres de la Société d'Émulation, nos hôtes, si dignement présidés.

M. le Maire de Saint-Brieuc répond en lisant les lignes suivantes :

« Permettez à celui qui, dans ce moment, a l'honneur d'être Maire de Saint-Brieuc, de remercier, au nom de la cité, les hommes distingués qui sont venus chez nous, renouer les liens qui existaient entre nos pères.

» Ils ont ravivé leurs souvenirs et les nôtres.

» Nous recherchons ensemble, dans les vestiges vénérés de notre antique et commune race, les sources d'une fraternité nouvelle.

» Le passé nous rappelle cet amour du pays, cette loyauté, cette tenacité dans les résolutious, ce courage, cette passion de la liberté, qui ont caractérisé le peuple Breton. Nos fils n'oublieront jamais ces grands exemples, cet énergique enseignement.

» Messieurs, cette solennité laissera, chez nous, de longs souvenirs, car notre ville est heureuse d'être la première assise de ce rapatriement breton.

» Qu'à ces fortifiantes évocations se joignent, dans nos esprits et nos cœurs, les espérances qui, depuis plusieurs années, dans notre grande, belle et puissante unité française, se réalisent, parmi nous, d'une douce civilisation qui, par les travaux incessants de la science, par les applications habiles et nombreuses de ses découvertes, répand la conciliation, l'activité, la prospérité sur tous les rivages, dans tous les continents !

» Qu'après les guerres cruelles, après les discussions de partage, les frères se serrent la main et promettent de ne plus se diviser !

» Au Congrès celtique international, notre reconnaissance !

» Aux Bretons de tous les pays, union et amitié ! »

Ce toast est vigoureusement applaudi.

M. le président Gagon, dans quelques phrases bien senties, rappelle qu'il était assis, il y a trente ans, avec son voisin de table, M. Lukis, dans une fête fraternelle à Dinan, dans laquelle Anglais et Bretons se serraient cordialement la main. Il se félicite du même bonheur qu'il retrouve aujourd'hui.

M. Lukis demande à répondre :

« Merci, dit l'honorable membre d'une voix visiblement émue, merci pour les paroles cordiales que mon ami vient de prononcer. Je ne sais comment exprimer les sentiments qui m'animent ; vous nous avez reçus comme des frères. Je voudrais vous remercier en breton, cette langue si harmonieuse et si chère ; mais je ne la connais malheureusement pas. Je ne puis non plus vous parler en anglais, cette langue est trop inconnue ici ; mais, s'il est impossible de vous dire ce que je ressens, frères chéris, j'ai du moins une main fraternelle à vous tendre, un cœur fidèle et dévoué. Je suis sûr que vous me comprendrez sans difficulté. Pour la bienvenue chaleureuse que vous avez accordée à mes compatriotes les Gallois, merci donc ! Je vous assure que votre bonne hospitalité, vos discours si savants, vos discussions si intéressantes, quelquefois animées, mais toujours si sincères, vos chants si admirablement rendus, seront, frères, gravés, cimentés dans nos souvenirs du Congrès celtique international de Saint-Brieuc, et demeureront pour toujours dans nos pensées. Mon cœur n'est plus à moi, il est à vous ! »

Ce toast est plusieurs fois interrompu par les bravos et les applaudissements les plus unanimes.

M. de La Villemarqué se levant une seconde fois, s'exprime ainsi :

« M. Gagon, dans un chaleureux langage, vous a rappelé un vieux souvenir. Moi aussi, j'ai un souvenir qui remonte à trente ans. Le 18 octobre 1829, je me trouvais dans le pays de Galles, à un banquet comme celui-ci. Il y avait là des Bretons qui furent reçus comme des frères; il y avait là une femme d'un noble cœur : cette dame m'attacha au bras, comme un lien entre le pays de Galles et la Bretagne, un ruban, aujourd'hui fané; ce ruban, le voici; s'il a passé, mes sentiments sont restés les mêmes, plus vifs et plus frais que ce pauvre ruban. Cette dame, éprouvée par une grande douleur, n'a pu venir au milieu de nous; mais elle nous a envoyé son barde Gruffydd, que le pays de Galles a souvent applaudi. Lors du banquet dont je vous parle, j'avais vingt-deux ans, et je me souviens encore des sons mélodieux de la harpe que j'entendis alors. Je vous demande, Messieurs, trois hurrahs pour Lady Llanover, cette grande dame, si modeste, si simple, et trois aussi pour le barde Gruffydd. »

Les hurrahs demandés par M. de La Villemarqué sont poussés avec un véritable enthousiasme auquel tous les assistants s'associent. Gruffydd répond par quelques paroles pleines d'émotion. La joie se montre expansive, les conversations animées; et l'on se rend à la dernière séance du Palais de Justice, après avoir répété en chœur les joyeux refrains du *Roi Grallon*, chantés par M. Ropartz et composés par le regretté Bizeul (de Blain), le patriarche de nos Congrès bretons.

SÉANCE DU SOIR.

M. Demanche, préfet, *Président*.

Il est assisté de :

MM. Henri Martin ;
de La Villemarqué ;
Gagon ;
Hérault ;
C. Vienot, *Secrétaire*.

L'assemblée est encore plus nombreuse et plus brillante que les jours précédents ; toutes les places et les diverses issues sont occupées avant l'ouverture de la séance, qui commence à huit heures.

Une grande animation règne dans toutes les parties de la salle ; chacun semble pénétré des sentiments les plus sympathiques. C'est la dernière fois qu'on sera réuni, qu'il sera permis d'applaudir aux maîtres et à la bonne musique ; les cœurs battent à l'unisson, et l'attraction paraît partout mutuelle et manifeste.

La soirée s'ouvre par un morceau de la *Pie voleuse*, avec chœurs. L'illustre maestro qui composa tant de chefs-d'œuvre ne pouvait espérer en province de plus brillants interprètes que Mme Rialan et Mlle Bournichon.

M. de La Villemarqué dit ensuite un chant gallois de de sir Kenward, avec sa traduction. (Voir aux *Annexes*.)

« Pour être conséquente avec elle-même, dit M. le Président, l'assemblée doit remercier l'auteur de ce chant à la manière galloise et crier trois fois : *Hip, hip, hurrah !* »

Ces cris éclatent de toutes parts.

M. Heidou, dont le beau talent avait été si apprécié la

veille, rend avec une expression charmante le chant de *David devant Saül* (Borghèse).

Un Gallois lui succède : M. Evan Powell lit, dans sa langue natale, une adresse de remerciement aux directeurs et aux membres du Congrès celtique international. La chaleur et l'émotion avec lesquelles il prononce son allocution excitent au plus haut point l'intérêt de la société, qui s'élève bientôt à l'enthousiasme, en entendant la traduction animée qu'en fait aussitôt M. de La Villemarqué et que nous croyons devoir reproduire :

« Comme représentant du pays de Galles au Congrès, dit-il, je ne saurais me résigner à me retirer sans vous remercier du cordial accueil que j'ai reçu ici de tout le monde. Je suis venu sans recommandation aucune, et chacun m'a fait fête. A mon retour dans le pays de Galles, mes compatriotes seront sensibles à votre bienveillance. Il y a longtemps que j'éprouvais le désir de vous voir. Dans notre pays, pas un simple paysan n'a vécu sans entendre parler de la Bretagne. J'espère que votre Congrès international sera le commencement d'une nouvelle ère et resserrera les liens qui nous unissent déjà. Quand les Bretons voudront bien nous honorer de leur présence, nous leur rendrons accueil pour accueil.

» On ne peut douter que nous soyons le même peuple. Vos mères étaient les mères de nos mères. Ainsi l'a-t-on exprimé dans la magnifique cantate qui nous souhaitait la bienvenue. En l'entendant, Messieurs, des larmes me sont venues aux yeux. Trop longtemps nous sommes restés étrangers les uns aux autres, et cependant vos légendes sont les nôtres ; vos chansons, nos chansons ; le même sang celtique coule dans nos veines ; le même patriotisme nous anime. En Bretagne, je ne me regarde pas en pays étranger. De tous côtés, je vois des visages dont la physionomie ressemble à celle de chez nous. Les femmes n'y sont pas plus aimables et les jeunes filles plus jolies. Je reconnais à votre langage les accents de ma langue, et à votre musique les airs de la musique de mon pays. Croyez-moi, quoique je me sente incapable d'exprimer ma pensée, je me souviendrai toujours de ma visite à Saint-Brieuc. J'espère que, pour mieux vous remercier, nous reviendrons tous l'année prochaine, en plus grand nombre. Je compte revoir votre pays et ses monuments intéressants. En attendant, j'étudierai la langue bretonne. J'émets le vœu qu'il se forme bientôt un Congrès dans un point central aux deux nations. Au nom du pays de Galles, je vous remercie encore, Messieurs, de votre cordial accueil ! »

M. le Préfet profite de cet instant d'indicible émotion pour faire appel à la charité. « Au moment où tous les cœurs sont ouverts aux plus affectueux sentiments, dit M. Demanche, on va faire une quête pour les pauvres. »

Mme Demanche, accompagnée par M. de La Villemarqué ; — Mme Gagon, par M. Henri Martin ; — Mme Rioust de l'Argentaye, par M. le Président du tribunal ; — Mme de La Chenelière, par M. le Maire de Saint-Brieuc, — parcourent l'assemblée, et leur gracieux appel est entendu de tous.

« Au nom des pauvres, dit vivement M. le Préfet, au nom de ceux qui souffrent, au nom de ceux qui savent combien le pain est cher, merci ! merci ! »

Un morceau composé sur des motifs de *la Muette*, pour piano et harmonium, est exécuté par MM. Charles et Pierre Collin, avec la perfection à laquelle ils ont depuis longtemps habitué le public.

« Vous avez, dit M. le Président, manifesté le désir d'entendre de nouveau la fileuse bretonne ; mais, auparavant, je tiens à réparer une petite erreur, qui touche à nos entrailles : la chanteuse est bien *nôtre*, elle habite Pluzunet, dans le département des Côtes-du-Nord. »

La jeune fille chante une de ces mélodies simples, qui, en réveillant chez chacun de chers, d'anciens souvenirs, charme cette brillante assemblée pour le moins autant que nos chaumières bretonnes.

Aussitôt M. Gagon se lève et raconte d'une voix vibrante d'émotion bientôt partagée par tous, un épisode de sa vie de magistrat.

« Après ce chant, un mot seulement, Messieurs. Ce que je vais vous dire, M. de La Villemarqué, poète breton, écoutez-le; vous verrez quelle influence ont sur nos paysans les chants de notre patrie.

» Un homme trempa un jour ses mains dans le sang innocent ; il dut expier aux travaux forcés le châtiment de sa faute. Il y avait trente ans qu'il portait la chaîne aux pieds, quand il fut pris de cette nostalgie que les cœurs bretons connaissent si bien. Il fut criminel encore pour revoir sa Bretagne ; il s'évada, et qui voudra rechercher la cause de cette évasion la trouvera dans les archives du Palais de Justice de cette ville. Cet homme voulait entendre un chant de son pays. Il entra dans une chaumière presque déserte et y rencontra un ancien ami. — Me reconnais-tu ? lui dit-il. — Oui, répondit l'autre, tu es un tel; et il le nomma.— Eh bien ! reprit le forçat, je t'en supplie, dis-moi une chanson bretonne, chante-moi quelque *sône* de mon village. Le criminel entendit ce chant, et le lendemain il se présenta devant ceux qui le cherchaient et leur dit : — Me voilà ! je n'ai pu résister au désir d'entendre une voix bretonne ; je suis coupable, condamnez-moi; je ne demande qu'à Dieu la grâce d'être pardonné.

» J'étais chargé, Messieurs, de soutenir l'accusation contre cet homme. Je n'en eus pas le courage. Je dis aux jurés : Cet homme a souffert, cet homme a pleuré; il doit être condamné, mais vous comprendrez le sentiment qui l'a fait agir.. »

M. Henri Martin réclame à son tour la parole. « Ce que vous venez d'entendre et d'applaudir se rattache à la plus ancienne tradition de notre race, la tradition du sacrifice humain et volontaire. Le criminel dont vient de vous parler M. Gagon, après avoir satisfait son désir, entendit dans son cœur la voix de la justice et vint lui-même se présenter à elle.

— Je dois expier ma faute, se disait-il, parce que, si

je l'expie volontairement sur la terre, je renaîtrai dans des conditions meilleures.

» Le sentiment de l'immortalité de l'âme a toujours été sacré pour nos pères; c'est ce qui fait que la France entière garde si bien la religion des tombeaux, cette religion dont noue trouvons des traces depuis les temps les plus reculés et qui s'est transmise de peuple en peuple. C'est ainsi qu'on voit à Paris, dans la grande ville appelée avec raison peut-être la Babylone moderne, mais qui cependant n'a point oublié les traditions de nos pères, le culte des aïeux; c'est ainsi qu'on voit tous les ans, le jour des Morts, les vertueux et ceux qui ont le malheur de ne plus l'être, venir déposer sur des tombes chères les hommages que les Celtes y portaient, il y a trois mille ans. »

Cette chaleureuse improvisation est accueillie par des bravos prolongés.

M. Ropartz a la parole pour une étude sur Marbode, évêque de Rennes en 1123. Il considère successivement ce prélat comme historien, comme littérateur, comme poète. Historien, il a écrit partie en prose, partie en vers, la vie d'un des patrons de son diocèse, et s'est fait payer ses droits d'auteur non en argent, mais en messes pour le repos de son âme. Littérateur, il a entretenu une curieuse correspondance avec les principaux personnages de son temps. Poète, il a conservé toute sa personnalité à l'exclusion de tout caractère sacré, et il s'est placé à la tête des auteurs satyriques de cette époque.

« Je vais lire, ajoute M. Ropartz, le texte français d'un fabliau qu'il composa sous le titre : *Le loup qui se fait moine*. Ce fabliau fait allusion à un événement contemporain : il s'agit d'un seigneur qui, pour échapper à la punition de ses crimes, a recours à la sainte Eglise; mais qui, la grâce obtenue, redevient *loup* :

LE LOUP QUI SE FAIT MOINE.

Au milieu d'un nombreux troupeau,
Qui se prélassait, gras et beau,
Dans un plantureux pâturage,
Un sire Loup faisait ravage.
Le Berger, devenu chasseur,
Poursuit en vain le ravisseur.
Bientôt la patience s'use,
Et, prenant un plus sûr moyen,
Il sait recourir à la ruse,
Quand le courage ne peut rien.
Au centre de la vaste plaine,
S'élevait, svelte et droit, un chêne.
Le pasteur, de son bras nerveux,
Courbe au sol le tronc vigoureux;
Il attache au sommet flexible
Un nœud coulant*, engin terrible,
Où s'étranglera l'imprudent
Qui viendra toucher seulement
Un bâton, léger et mobile,
Disposé par sa main habile.

PARABOLA DE FRAUDE A LUPO OPILIONI FACTA.

(E. ms. S. Gatian. Turon. Non edita.)

FERTUR UT HIC FECIT FRAUDEM LUPUS OPILIONI.

Sæpe lupus quidam per pascua lata vagantes
  Arripuit multas opilionis oves.
Lædere raptorem postquam virtute nequivit,
  Illaqueare dolo pastor eum studuit,
Nam rigidam flectit tanto conamine quercum,
  Ut caput illius tangere posset humum;
Et capiti flexo laqueus sic nectitur unus,
  Mobilis ut laqueum detineat baculus;
Sed laqueum terræ baculus sic applicat ille,
  Ut laqueo pereat qui baculum moveat;

Sur le milieu de ce bâton ,
Qui retient la corde homicide,
Il dépose , amorce perfide,
La tête d'un jeune mouton ,
Et s'éloigne. Bientôt arrive
Notre loup , de loin attiré
Par le fumet de la chair vive.
Il court au piége préparé ,
D'un bond sur la proie il s'élance ;
Le ressort part : le col pressé
Comme un voleur à la potence ,
Dans l'air le pendu se balance ,
Au haut du chêne redressé.
Le berger, tout joyeux , s'avance ,
Prend des cailloux et les lui lance :
Le drôle à peine en est blessé ,
Car les méchants ont la peau dure.
Changeant le mode de torture ,
Le pasteur saisit son bâton
Pour l'assommer ; le Loup , d'un ton
Bien piteux , dit : « Je vous en prie ,
» Doux berger , oyez mon propos ,
» Je ne veux dire que deux mots.
» Faites-moi grâce de la vie ,
» Je vous paierai cent fois le prix
» Des moutons que je vous ai pris.
» Mais je n'ai pas même une obole
» Ici. Lâchez-moi , sur parole ,

Et medio laquei sic inseritur caput agni ,
Ut baculum moveat qui caput arripiat.
Tunc abit opilio : lupus ingenium petit illud ,
Et rapit agninum protinus ore caput.
Sed baculo moto , laqueus ligat illico collum ,
Atque rigor quercus tollit in alta lupum.
Ut videt opilio captum pendere latronem ,
Mittit illuc lapides, accelerando necem.
Vulnera mille facit , lupus ut pereat lapidatus ;
Sed nequit expelli spiritus ille malus
Ut magis hunc cruciet tandem deponit ab alto ,
Atque levans fustem , protulit ista lupo :
« Nil faciunt lapides, cerebrum jam fuste relidam,
Atque meis agnis inferias faciam. »

» Laissez-moi retourner chez moi.
» Je puis vous donner un bon gage,
» Car, je vous offre, comme ôtage,
» Et comme garant de ma foi,
» Mon louveteau : je vous le livre.
» Vous-même décidez du jour
» Que vous fixez pour mon retour.
» Si vous daignez me laisser vivre,
» Tout serait bien profit pour vous
» Que je manquasse au rendez-vous.
» Car mon fils, à la fleur de l'âge,
» Pourrait vous faire un grand dommage;
» Tandis qu'un vieillard édenté
» Ne peut rien. D'un autre côté,
» Quels fruits pouvez-vous donc prétendre
» De ma mort? Ma chair n'est plus tendre,
» Ce serait un triste ragoût;
» Vous ne viendriez pas à bout
» De tirer même une pantoufle
» De ma vieille peau. » — Le maroufle
Se tut enfin. Et le pasteur,
En cela se montrant peu sage,
Prit le louveteau pour ôtage
Et relâcha le vieux voleur.

Celui-ci poursuivait sa route,
D'un pied juvénile et léger,
En secret ruminant, sans doute,
Quel tour il jouerait au berger;

Mox lupus exclamat : « Miserere, piissime pastor,
Et tibi quæ referam percipe pauca precor.
Si mihi dignatus fueris concedere vitam,
Omnia quæ rapui centupla restituam.
Sed nihil hic habeo; si me patiaris abire,
Ne tibi sim fallax, utile pignus habe.
Congruus obses erit lupulus meus, hunc tibi tradam,
Ut veniente die quam dederis redeam.
Ut redeam nunquam minimum damnum tibi gestat,
Pro sene confecto si juvenis pereat,
Ille nocere potest, ego nec vivendo nocebo,
Et tibi si pereo, commoda nulla dabo.
Tolle meam pellem, tibi non erit apta cothurno.
Tolle meam carnem, non erit apta cibo.

Quand, au bout de la vaste plaine,
Il fait la rencontre soudaine
D'un moine, que suit à pas lent
L'humble et discret frère servant.
« — Salut, ô père vénérable !
» Fit le loup, tombant à genoux ;
» Ne repoussez pas un coupable
» Qui veut se confesser à vous.
» Je pleure mes erreurs passées,
» Mes convoitises insensées ;
» Je meurs de honte, au souvenir
» Des agneaux que j'ai fait périr.
» Je quitte ce chemin funeste,
» Et, pour tout le temps qui me reste,
» Je ne veux pas un autre but
» Que de mériter mon salut.
» Employez le fer et la flamme,
» Commandez cilice et fouet,
» Et jeûne et veilles, s'il vous plaît,
» Homme de Dieu, sauvez mon âme !
» Faites un moine du bandit ;
» Coupez, rasez ma chevelure,
» Élargissez bien la tonsure,
» Et donnez-moi le saint habit.
» Toute peine veut son salaire.
» Ne pensez pas, Révérend Père,
» Que je vous demande pour rien
» Un service. J'ai pour tout bien

Nescio cur miserum corpus dispergere quæris,
  Cum tibi de neutra parte sit utilitas. »
Ut breviter narrem, quantocius obside sumpto,
  Dat remeare lupum credulus opilio.
Ille parans artem qua falleret opilionem,
  Dum remeat ; monachum reperit et famulum.
« Mi Pater, inquit, ave, ne despice verba precantis,
  Nec quia peccavi, me reprobare velis.
Pœnitet erroris, bona mundi sumere tædet,
  Innocuumque pecus me jugulasse pudet.
Jugibus illecebris nil prodest membra fovere,
  Si sit habenda mihi nulla salus veniæ.
Percute me virga, vel quovis tunde flagello ;
  Hanc animam tantum, vir pie, redde Deo.

» Une brebis, de provenance
» Un peu suspecte : la voilà.
» Si votre règle d'abstinence
» Vous défend la chair, donnez-la
» A ce bon frère ; il restera
» Pour vous, mon Révérend, la laine. »
— Le moine prend la riche aubaine,
En homme fait aux gros cadeaux.
Il choisit ses meilleurs ciseaux,
Pour raser, d'une oreille à l'autre,
Le chef crépu du bon apôtre ;
Fait un discours, en quatre mots,
Sur la règle cénobitique,
Et lui met enfin sur le dos
Tout l'uniforme monastique.
Cependant arrive le jour
Où le loup doit, par son retour,
Délivrer sa progéniture.
Il vient, l'air modeste et pieux,
Vêtu de sa robe de bure.
Le berger n'en croit pas ses yeux.
« — Quelle est, dit-il, cette aventure ?
» Je vois noir ce que j'ai vu gris.
» Est-ce toi, voleur de brebis ? »
L'œil plein d'une larme factice,
Le loup répond : — « Dieu vous bénisse !
» C'est bien moi. Lorsque, tout meurtri
» Des innombrables coups de pierres

Cæsariem tundens, latam, rogo, rade coronam,
 Et mihi sic raso da monachi tunicam.
Neve putes frustra tantum perferre laborem,
 Dum mihi non data sit, do tibi munus ovem.
Si tibi non placeant data fercula carnis ovinæ,
 Da famulo carnem, tu tibi vellus habe. »
Ut recipit monachus nimis acceptabile donum,
 Forficibus sumptis, illico tondet eum :
Atque caput radens, tantam studet esse coronam,
 Ut sit ab auricula circus ad auriculam :
Et docet ulterius qualis foret ordo tenendus.
 Inde cucullatum præcipit ire lupum.
Venerat ille dies quo reddi debuit obses,
 Quo lupus ut redeat pollicitus fuerat.

» Que vous me donnâtes naguères,
» Je m'en allai, mourant, d'ici,
» Le médecin, tâtant ma veine,
» Me trouvant le pouls fort mauvais,
» Dit que ce n'était pas la peine
» De me traiter, que j'en mourrais.
» Vient un moine plus charitable
» Qui m'exhorte à me repentir
» De ma conduite abominable,
» Me rappelant que bien mourir
» Suffit pour racheter la vie,
» Et que c'est l'heure de la mort
» Qui décide de notre sort.
» Il m'inspire enfin cette envie
» De laisser un monde maudit
» Et de revêtir cet habit.
» Œuvre de grâce ou de nature !
» A peine avais-je ainsi changé
» Et de mœurs et de nourriture,
» Que je me sentis soulagé.
» Pour moi quel immense avantage !
» Puisqu'aujourd'hui je puis venir
» Délivrant mon fils, mon ôtage,
» Prendre sa place pour mourir !
» Je n'ai point la rançon promise,
» Ayant fait vœu de pauvreté.
» Traitez-moi donc à votre guise :
» Ou pardonnez avec bonté,

Tunc redit : at pastor cognoscere vix valet illum;
  Nam modo fulvus erat quem videt esse nigrum.
« Qualis eras, inquit ? nimis es mutatus ab illo
  Qui pecudum raptor, raptus eras laqueo. »
Ille caput flectens, postquam *benedicite* dixit,
  Ora rigans lacrymis, talia verba dedit :
« Vulneribus lapidum mihi quæ de deras maceratus,
  Nuper eram languens, adfuit et medicus.
Ille premens venam, pulsum male currere sensit,
  Et mihi : Non vives, sed morieris, ait.
Interea monachus venit qui viseret ægrum,
  Et monet ut tandem pœniteam scelerum;
Spemque docet sanctam, quia nullus perditus esset
  Cui mala vita fuit, si bona mors fieret.

» Ou que mon trépas soit hâté,
» Si je dois périr; il me tarde
» D'en finir. » — « Que le ciel me garde
» De mettre encor la main sur vous!
» Combien je regrette les coups
» Que vous porta ce bras rapide!
» Pardonnez à mon humble aveu :
» C'est être deux fois homicide
» De frapper un homme de Dieu.
» Votre fils est libre, et vous, Père,
» Allez en paix. » — C'est le pasteur
Qui fit ce discours débonnaire.
Les loups en rirent de bon cœur,
S'en allant, libres, par la plaine;
Puis le loup dit au louveteau :
« Plus de craintes, mon fils, tout beau!
» Arrêtons-nous pour prendre haleine.
» Je me sens une faim de loup.
» Les légumes n'ont pas de goût,
» J'estime aussi peu le fromage.
» Que je meure, si je m'engage
» A pratiquer jusques au bout
» Cette abstinence, dont j'enrage!
» Rien n'est véritablement bon,
» Enfant, que la chair de mouton. »
Il dit, et d'un seul bond s'élance
Sur le bercail épouvanté,
Et de plus belle, il recommence

Denique persuasit penitus contemnere mundum,
Et mihi sic raso tradidit hunc habitum.
Ut veteres mores alimentaque prisca reliqui,
Qui fueram languens, illico convalui.
Nunc quia debebat meus obses perdere vitam,
Ne pereat natus, ponere quæro meam.
Huc rediens, sicut me proposui rediturum,
Quod tibi restituam, nil habeo proprium.
Fallere nolo fidem, si vis mihi parcere, parce.
Si placet ut peream, me citius perime. »
« Hæc mea, pastor, ait, te lædet dextera nunquam;
Sed quoniam læsit, postulo, da veniam.
Interimens monachum, fierem duplex homicida.
Obses erit liber, tuque domum remea. »

Son brigandage déhonté.
Deux jours après qu'il eut fait grâce,
Le berger crédule et bonasse
Trouve son pénitent nouveau
Qui déjeûnait d'un tendre agneau.
Le brave homme se scandalise :
« Mon frère, quelle gourmandise !
» Vous êtes moine et bien portant,
» Me paraît-il, et cependant,
» Malgré la loi de saint Basile,
» Vous oubliez jeûne et vigile. »
— « Il est, répond le loup pervers,
» Dans le bien des degrés divers ;
» Avant-hier, si j'étais moine,
» Pour le moment, je suis chanoine. »
— Et, sautillant d'un air narquois,
Il s'enfuit au fond des grands bois.

Tunc remeant hilares, tutique morantur in agro,
Cum lupus esuriens retulit hæc lupulo :
« Crede mihi, fili, nimis est caro dulcis ovina,
Et cibus asper erit caseus atque faba.
Non onus assumam quod non possim tolerare. »
Dixit, et ut dudum cœpit oves rapere.
Sed breve post tempus dum raptor vescitur agno ;
Aspicit hunc, et sic arguit opilio :
« Sanus es et monachus, non debes carne cibari,
Non ita sancta jubet regula Basilii. »
Inde lupus : « Non est simplex, ait, ordo bonorum ;
Et modo sum monachus, canonicus modo sum. »
Et sic in silvis lupus ivit subsiliendo.
Se male delusum comperit opilio.

La manière dont lit M. Ropartz ajoute encore à la valeur de cette mordante satyre ; l'assemblée accueille cette piquante communication par des applaudissements.

Une autre voix pleine de charmes se fait entendre : Gruffydd exécute sur sa harpe le morceau de *Per Oesledd* puis il accompagne, comme dans les autres séances, Suzanna, la jeune canorès qui chante l'air *Hen wlad fy Nhadau*.

Les applaudissements n'avaient pas encore cessé que

M. DE LA VILLEMARQUÉ se lève, et s'adressant à Gruffydd, lui dit avec émotion :

« Il y a trente ans, j'entendais comme aujourd'hui des harpes mélodieuses dans le château habité par vous, dans la demeure de lady Llanover. En souvenir d'elle, je veux renouveler ici un ancien usage : quand les bardes venaient chez nous, ils ne s'en allaient jamais sans emporter un anneau qui reliait pour ainsi dire leurs cœurs aux nôtres. Eh bien ! moi je veux, au XIXe siècle, relier, comme autrefois, par cette bague, le cœur du vieil harpiste aveugle à la Bretagne entière. »

En finissant ces mots, M. de La Villemarqué passe au doigt de Gruffydd un anneau enrichi de diamants et embrasse le harpiste gallois avec effusion.

Se tournant ensuite vers la jeune fille, il ajoute :

« Miss Suzanna, j'ai donné plus d'une épingle à des jeunes Bretonnes pour obtenir d'elles quelques chansons; en voici une qui ne saurait être mieux placée. »

En lui offrant cette épingle, M. de La Villemarqué embrasse aussi la charmante enfant.

Le barde ému adresse à son tour quelques paroles de remerciements, et cette scène, aussi touchante qu'imprévue, produit une vive impression sur l'assemblée qui, par des bravos enthousiastes, adresse aux artistes gallois des adieux pleins de gratitude et de sympathie.

M. le PRÉSIDENT prend la parole : « La Société d'Émulation des Côtes-du-Nord, dit-il, a décerné un certain nombre de médailles dans ses dernières séances. L'une est accordée à M. Marée, ancien principal du collége de Saint-Brieuc, pour ses études météorologiques pendant trente années. Il appartenait à un Breton d'entrer le premier dans une voie que, trente ans après, l'Observatoire de Paris tentait d'ouvrir dans toute la France. Vrai Breton, M. Marée n'a pas attendu que l'impulsion vint du dehors, il a su prendre l'initiative. Nous avions voulu attendre cette occasion solennelle pour lui remettre ce prix ; je regrette qu'un motif de santé nous prive de ce plaisir : nous allons la confier à l'un de ses vieux élèves.»

M. le Préfet remet la médaille de vermeil à M. le Secrétaire général, et continue ainsi :

« Au nombre des industries qui fonctionnent avec le plus de succès dans le département, figure l'industrie linière. L'exposition du Comité linier du littoral a mérité une médaille d'or à l'Exposition universelle : cette médaille honore tout le monde. La Société d'Émulation des Côtes-du-Nord a voulu y ajouter son suffrage ; elle m'a chargé de remettre au Président du Comité vingt médailles en bronze qui devront être distribuées aux cultivateurs dont les produits ont été jugés si remarquables. Je regrette que M. le marquis de Saint-Pierre ne puisse lui-même les recevoir ce soir.

» Il y a cinq jours à peine, ajoute M. le Préfet, j'avais l'insigne honneur d'ouvrir le premier Congrès celtique international : ces cinq jours, aussi vite écoulés que bien remplis, nous ont fait contracter une dette que nous voulons acquitter. Au moment fatal des adieux, notre cœur déborde de reconnaissance. Merci à M. Henri Martin, notre grand historien ! à M. de La Villemarqué, le poëte et prosateur breton si justement vanté ! à tous ces étrangers d'élite, — j'en passe et des meilleurs, — dont les noms resteront parmi nous comme un souvenir impérissable !

» Votre présence aussi, Mesdames, à nos réunions du soir, nous dit assez que vos sympathies étaient avec nous.

» Des questions graves ont rempli les séances du jour : c'est avec bonheur que je m'y suis associé. Rien de ce qui intéresse la patrie bretonne ne peut me trouver indifférent. Loin de chacun de nous, toutefois, l'idée de vouloir en quelque sorte séparer la Bretagne de la France. Il n'y a qu'une patrie, qu'un seul sentiment national ; ce sentiment profond, vous l'avez tous affirmé en applaudissant le chant si patriotique de *France ! France ! Dieu protège la France !*

» Honneur aux jeunes bardes de la Société chorale de Saint-Brieuc, qui conserveront à travers les âges, comme un dépôt sacré, ce sentiment si pur de l'amour de la patrie !

» Merci aux demoiselles qui ont bien voulu, par leurs voix, charmer l'aridité des discussions. Comme Mona, vous êtes les filles des anciens Druides; comme elle, vous êtes les interprètes de nos compatriotes, les compositeurs bretons.— Quels remerciements adresser au barde Gruffydd, après la manifestation si bien méritée dont il vient d'être l'objet ?

» Remercions aussi l'Autorité judiciaire, la Direction de la Société d'Émulation, les ordonnateurs des fêtes, les commissaires des soirées, les organisateurs du Congrès. Après tous ces remerciements, nous n'avons pas encore payé notre dette de gratitude : remercions aussi M. Geslin de Bourgogne, l'intelligent directeur du Congrès international. Vous le savez, Messieurs, organiser n'est pas chose facile, surtout en matière de congrès.

» Pour clore la session, nous allons entendre la cantate si vivement redemandée de MM. du Mottay et Ch. Collin. »

Cette cantate est bissée dans plusieurs parties et suivie d'unanimes bravos.

M. DE LA BORDERIE réclame la parole.

« Avant de nous séparer, dit l'honorable membre, permettez-moi de vous dire quelques mots. Vous avez tous entendu le noble langage, les paroles pleines de cœur et de justice de M. le Préfet.— M. le Préfet semble n'avoir voulu oublier personne, mais il s'est complètement oublié lui-même. On a parlé au nom des membres du Congrès : les membres du Congrès sont les hôtes de la ville de Saint-Brieuc ; on leur a fait l'accueil le plus sympathique : Société d'Émulation, autorités, magistrats, habitants, tout le monde s'est montré pour nous plein de bienveillance. Je demande au Congrès une salve d'applaudissements pour remercier les habitants de la bonne ville de Saint-Brieuc. »

Plusieurs salves accueillent la proposition de M. de La Borderie, et M. le Président déclare close la session du

Congrès celtique international de Saint-Brieuc, pour 1867 (1).

EXPOSITION ARCHÉOLOGIQUE.

Rapport sommaire de M. DANJOU DE LA GARENNE.

Au Congrès a été jointe une Exposition. Le Musée de Saint-Brieuc, celui de Rodez, et les principales collections du pays, ont fourni une réunion d'objets, offrant un ensemble rempli d'intérêt, depuis l'âge antéhistorique jusqu'à nos jours.

Il serait trop long et d'ailleurs beaucoup au-dessus de mes forces, d'énumérer ici en détail toutes ces richesses, s'il fallait surtout en faire le catalogue raisonné, comme cela le mériterait pourtant bien assurément. Je me bornerai donc simplement à signaler sommairement ce qui m'a paru le plus remarquable comme antiquité, rareté ou curiosité.

AGE DE LA PIERRE. — Une série de pointes de flèches en silex blanchâtre, de formes variées; un fragment de collier en os, et des débris de poteries grossières, trouvées sous les dolmens de l'Aveyron (envoi du Musée de Rodez).

(1) En se séparant, un grand nombre de membres se donnèrent rendez-vous pour se faire leurs adieux le lendemain. Dans cette réunion qui eut encore lieu au Palais de Justice, une voix proposa de se transporter en masse auprès du Préfet pour le remercier une dernière fois de tout ce qu'il avait fait pour le Congrès. Cette proposition fut accueillie à l'unanimité, et ces hommes d'opinions les plus diverses, aussi bien que ceux de nationalités différentes, se rendirent ensemble à la Préfecture pour saluer une fois encore le magistrat qui avait su si noblement, si intelligemment, faire usage du pouvoir qui lui est confié.

Les objets qui suivent offrent cet intérêt tout particulier, qu'ils appartiennent presque tous au sol breton, et principalement au département des Côtes-du-Nord, où ils ont été trouvés sous des tumulus ou des monuments mégalithiques. Ce sont :

Plusieurs couteaux en silex, enlevés par grands éclats, et un nombre assez considérable de haches, ordinairement en roche amphibolique, médiocrement polies, ayant une forme allongée, oblongue, à tranchant arrondi, l'extrémité opposée finissant en pointe émoussée. Leur taille varie depuis 6 centimètres de longueur jusqu'à plus de 30 qu'atteint celle de M. Villeneuve, de Tréguier : celle-ci a été trouvée près de cette ville, avec plusieurs autres bien moins grandes et quelque grains de collier en ambre et en terre cuite. Il est aussi exposé d'autres grains semblables, recueillis à Penvenan, dans la lande de Crec'h-Bleis.

Tout porte à croire que ces haches ont été faites en Armorique, à en juger par leur type constant, de forme très-répandue dans le pays, et de roches dont le gisement y existe communément. Le Musée de Saint-Brieuc en offre particulièrement de nombreux exemples.

Une amulette en silex rougeâtre, de grande taille (10 à 12 centimètres de longueur), de forme oblongue, est percée vers l'une de ses extrémités pour être suspendue; elle n'offre par ailleurs aucun signe de travail. Elle a été trouvée au Vieux-Bourg, et appartient à M. Geslin de Bourgogne.

« Une hache-marteau, en quartz lydien, d'un beau poli, environ de même grandeur, percée au centre pour recevoir un manche. — Cette pièce remarquable appartient à M. Cadran.

» Une petite pierre, de forme circulaire, aplatie, légèrement bombée, ayant 5 centimètres de diamètre et moitié moins d'épaisseur. Elle a été trouvée sous une grosse pierre qui paraissait placée là par la main des hommes. Ce curieux objet appartient au Musée de Saint-Brieuc, et a dû servir à la fabrication des haches en pierre pour les marteller et les rendre prêtes à recevoir le poli. »

Enfin un morceau de dent de grand mammifère fossile, poli d'un côté et taillé en biseau à l'une de ses extrémités. Il a servi peut-être au même usage que quelques-unes de ces pierres travaillées, usage encore douteux. — Il provient de la tranchée de Kerhuon (chemin de fer entre Morlaix et Brest); il appartient à M. Le Coz.

En quittant pour notre pays l'âge de la pierre déjà si éloigné de nous, jetons un coup-d'œil sur les objets venant des pays exotiques où il existe encore, en quelques endroits, où les indigènes se servent de haches en pierres polies, ayant une analogie frappante avec celles dont faisaient usage nos ancêtres, il y a vingt siècles. Curieuse comparaison que l'on a pu faire ici de visu, grâce à l'exposition des objets suivants, par M. de Fréminville :

Plusieurs haches en amphibolite grisâtre, de forme plus ou moins ellipsoïde, très-aplatie, avec une appendice ayant une dépression bien marquée là où a dû être le manche.— Provenant de Saint-Domingue.

Une autre à peu près semblable, de même pierre, remarquable par sa grandeur, longue de 25 centimètres, large de 23. — Venant de la Guadeloupe.

Les autres, qui viennent de la Nouvelle-Calédonie, sont également très-plates, mais cependant de forme un peu différente. Elles sont moins larges; l'une de leurs faces un peu plus bombée que l'autre, et l'extrémité opposée au tranchant finissant par une pointe émoussée. A celles-ci on ne voit aucun indice d'emmanchement. Elles sont en jade néphrite d'un très-beau poli et ont une grande similitude avec certaines autres que l'on trouve en Europe ; elles appartiennent à M. le Dr Barbé-Guillard.

Un objet bien curieux, appartenant à la collection de M. de Fréminville, est une plaque ovale en roche serpentineuse noire, ondée de nuances verdâtres, d'un diamètre de 26 cent. sur 22 environ, et n'ayant que quelques millim. d'épaisseur seulement. Un manche en bois, long de 30 cent., y est fixé au moyen d'une fente à son extrémité enfourchant la pierre; celle-ci est percée d'un trou de chaque côté, par où passent des cordons en fibre végétale habilement tressés, qui entourent ensuite le manche dans toute sa longueur pour le consolider.

Une hache en roche serpentineuse noirâtre, est liée, avec un art infini, à l'aide de fibres d'écorce de latanier tressés, à une grosse hampe de même essence, de forme rectangulaire, ouvragée dans toutes ses parties de dessins à jour d'un travail considérable. C'est l'insigne de la puissance d'un chef océanien; on porte avec respect, devant lui, cet insigne dans les grandes solennités.

Age de bronze et de fer. — Revenons maintenant aux temps anciens de notre pays, pendant l'âge de bronze, à l'époque gauloise et gallo-romaine.

Un assez grand nombre de haches de forme et de grandeur différentes, creuses et pleines, se présentent à côté de quelques autres à ailerons. L'une de ces dernières a cela de particulier, que l'anneau ordinairement placé sur le côté, se trouve sur l'une des faces.

Ces haches, de forme droite, sont le type ordinaire de celles que l'on trouve le plus communément en Armorique, quelquefois réunies en nombre considérable comme à Calorguen (Côtes-du-Nord), et plus encore, il y a quelques années, à Maure (Morbihan), d'où provient celle que j'ai remise au Musée de Saint-Brieuc.

Une très-petite hache est creuse, carrée, et a son anneau sur le côté; sa taille exceptionnelle n'atteint pas 5 centimètres de longueur.— Il y en avait environ 4,000 renfermées dans un coffre en bois dont on a encore pu reconnaître l'existence, mais qui bientôt a tombé tout-à-fait en poussière. Ces petites haches y étaient rangées en rond, formant ainsi plusieurs cercles concentriques superposés; et attachées ensemble à l'aide d'une petite corde passée dans leur anneau et dont on a encore trouvé des fragments.

Quelques pointes de lances de diverses grandeurs.

Plusieurs épées à lame évasée; celle-ci est fixée à la poignée, à l'aide de gros clous rivés, de même métal.

Les deux suivantes sont fort remarquables :

L'une avec ornements (filets ciselés) a été trouvée à Maroué (Côtes-du-Nord) et appartient à M. Villeguérin. Elle a environ 50 cent. de longueur.

L'autre, de forme semblable, est sans ornements, mais dépasse la précédente de 10 cent. environ. — Elle fait partie de la collection de M. de Fréminville.

Le fac-simile d'une arme semblable, moins longue peut-être, mais d'une largeur de lame extraordinaire (la poignée manque). L'original, trouvé à Plougrescant, a été donné au musée de Saint-Germain par M. Gaultier du Mottay.

Le Musée de Saint-Brieuc a aussi exposé une épée gauloise brisée en plusieurs morceaux.

Citons encore quelques poignards ayant le même système d'emmanchement, d'un usage autrefois fort répandu. Parmi eux, celui trouvé à Rostrenen, et qui appartient à Mme Le Gac, était un des plus beaux ; malheureusement, sa poignée manque, et plus malheureusement encore il a été nettoyé de sa patine antique, et aiguisé, qui plus est.

Un autre poignard remarquable, trouvé dans les landes de Lanfains, et qui appartient à M. Gaultier du Mottay.

M. de Fréminville a exposé également un très-curieux poignard, dont la lame est en fer et la poignée en bronze, ainsi que sa gaîne; celle-ci est ornée, entre autres, de croissants accolés, plusieurs fois répétés. Le mélange de ces deux métaux le rend intéressant, en ce que cela le place à l'époque de transition de l'âge du bronze et du fer. Sa longueur totale est de 35 centimètres. Il a été trouvé dans le département du Finistère.

Il est à remarquer que les poignées des armes gauloises étaient très-courtes d'ordinaire, et que celles-ci sont de taille à y mettre toute la main sans gêne ; elles ont donc dû appartenir à une race d'hommes plus grands.

J'ai remarqué encore une plaque mince, triangulaire, en bronze, d'une dimension de 3 cent. sur chaque face, et percée d'un trou assez large à son centre. J'ignore quel a pu en être l'usage. — Elle fait partie du Musée de Saint-Brieuc.

Je dois citer aussi un petit vase en bronze de l'époque romaine, trouvé à Corseul, d'une magnifique conservation. — Appartient à M. Huguet.

M. Cadran, de Tréguier, avait exposé une série de bracelets en bronze, d'un très-haut intérêt. L'un d'eux est d'une dimension et d'une largeur considérables ; il est travaillé avec un certain art ; c'est une pièce hors ligne.

Comme on le voit, les âges de la pierre et du bronze ont été bien représentés. Celui du fer ne l'a été que par un petit nombre d'objets d'époque reculée, mais fort intéressants ; ce sont, entre autres, deux hipposandales de forme et de grandeur différentes.

L'une, trouvée à Corseul, a dû servir à un très-fort cheval, et a 15 centim. de longueur sur 13 de largeur. — Elle appartient à M. Huguet.

L'autre, trouvée à Rheims, est de moindre dimension, et sa semelle à jour au milieu semble déjà faire pressentir l'approche de l'usage des fers évidés, usités depuis.

Ces plaques ou semelles à rebords, munies d'anneaux par où passaient des lanières servant à les maintenir autour du paturon, remontent jusqu'à l'antiquité homérique chez les Grecs, et cette manière de garantir les pieds des chevaux a précédé de bien des siècles la ferrure à clous; celle-ci, paraît-il, n'a pas été usitée chez les Romains avant le ve siècle de notre ère, suivant les savantes recherches de M. Duplessix, insérées dans les Mémoires de la Société archéologique d'Ille-et-Vilaine, tome 5.

Céramique. — Deux grands vases gaulois en terre grossière noirâtre, de forme un peu évasée, trouvés chacun dans un tumulus : l'un à Plévenon, l'autre à Trégomeur; ce dernier contient encore quelques débris d'ossements humains. Ces deux pièces fort remarquables appartiennent au musée de Saint-Brieuc.

Divers fragments de vases romains en poterie rouge,

avec dessins et inscriptions, trouvés à Corseul, Plélo, Plérin, etc. — Appartenant à plusieurs collections.

Un charmant petit vase de même terre, intact, sans ornementation, trouvé près de Rostrenen, ainsi qu'un petit creuset gallo-romain en terre réfractaire, semblable à ceux dont on se sert encore aujourd'hui, trouvé à Maël-Carhaix.— Ces deux objets appartiennent à Mme Le Gac.

Une petite statuette gallo-romaine en terre cuite blanche, représentant une femme assise tenant deux petits enfants sur son sein. Elle représente la Déesse de la maternité, et a été trouvée au Vieux-Bourg par M. l'abbé Audo. — Elle est déposée au Musée de Saint-Brieuc.

Objets divers.— Plusieurs échantillons des matériaux provenant de l'enceinte vitrifiée du camp de Péran. Ils sont composés de morceaux de feldspath compact, de granit scorifié et de quartz amorphe, enveloppés et liés ensemble par une scorification vitrifiée provenant d'un vaste embrasement, dont l'intense chaleur, longtemps concentrée, a pénétré jusqu'à plusieurs mètres de profondeur. — Musée de Saint-Brieuc.

Petites pierres cubiques (marbre), fragments d'une mosaïque romaine provenant de la baie de S.-Brieuc. — Elle appartient à M. Dubois de La Ville-Rabel.

Deux appliques aussi en marbre grisâtre sculpté, ayant servi à des constructions romaines. L'une a été trouvée à Corseul, l'autre à Hillion.— Elles appartiennent au Musée de Saint-Brieuc.

Divers fragments de minerai, scories, fonte, etc., provenant d'une *ferraria* antique, située à Trélat, en Taden, et déposés par M. le président Gagon.

Moyen-age. — Cette époque, qui est aussi d'un grand intérêt à bien des points de vue assurément, a été représentée ici par un certain nombre d'objets variés dont plusieurs ont un mérite réel et digne d'être signalé.

Des armures de toutes pièces en fer, pour combattre à cheval ; d'autres en maille de fer (non complètes). — La majeure partie de ces objets proviennent du cabinet de M. de Fréminville.

Un casque de même métal, d'une forme singulière, appartenant au même.

Un sceptre royal en ivoire sculpté, long de 80 centim., surmonté d'une fleur de lys et portant le chiffre de Philippe V, roi d'Espagne, et les armes de Navarre. — Cet objet capital, du XVIe siècle, appartient aussi à M. de Fréminville, ainsi que ce qui suit :

Plusieurs manuscrits sur vélin du XVe siècle ;

Une charmante petite miniature de même époque également peinte sur vélin, représentant l'Adoration des Mages, entourée d'une riche bordure d'arabesques en couleur, relevée d'or bruni. — Feuillet d'un missel de format in-8° ;

Un psautier imprimé en latin en lettres gothiques, en 1521, in-4°, orné de riches bordures autour des pages et en-têtes gravées, celles-ci relevées en couleur ; il est de plus orné de six grandes miniatures en dehors du texte ;

Enfin, un recueil considérable de dessins archéologiques du plus grand intérêt pour la Bretagne et pour tout Breton, à cause de ce qu'il contient et de celui qui a été l'auteur de ce travail, fruit de bien des années, M. de Fréminville, père de l'exposant.

N'oublions pas de mentionner l'ouvrage utile de M. le docteur Guibert, intitulé : « Lecture sur l'anthropologie du département des Côtes-du-Nord, » in-8° avec cartes. Un semblable travail devrait être fait pour tous les départements de la France.

NUMISMATIQUE. — Cette partie si importante de l'archéologie pour l'histoire a été représentée ici dans ses branches qui nous touchent de plus près et nous intéressent davantage par conséquent.

A commencer par les rouelles gauloises en cuivre et en plomb, très-incertaines comme monnaies, et dont les similaires servent de nos jours de pésans aux fuseaux de nos vieilles filandières, nous avons remarqué ensuite des monnaies de différents peuples de la Gaule, dont bon nombre de ceux de l'Armorique.

Puis venaient à leur suite des médailles romaines : Consulaires, en argent; Impériales, généralement d'une remarquable conservation, soit en or, soit en bronze, de différents modules. La plupart ont été trouvées en Bretagne et principalement dans les Côtes-du-Nord, ce qui est d'un grand intérêt local.

Enfin une certaine quantité de monnaies royales et seigneuriales de France. Parmi ces dernières, la Bretagne y était richement représentée. — Cette précieuse exhibition était extraite des beaux médaillers de Mme Denis-Lagarde et de M. Gaultier du Mottay.

LE MYSTÈRE DE SAINTE TRYPHINE.

Au moment où le Congrès allait finir, une tentative plus audacieuse que toutes les autres commençait.

A côté de la littérature et de la musique bretonnes et galloises, remises en honneur par cette solennité intéressante, était-il possible, était-il désirable de relever le théâtre breton? Qu'est-ce que le théâtre breton, frappé, vers la fin du siècle dernier, par les prohibitions des deux autorités, spirituelle et temporelle? Ces questions, les organisateurs du Congrès de Saint-Brieuc se les étaient posées, dès le début de leur travail.

Jusqu'en ces derniers temps, dans les campagnes du Goëllo et du pays de Tréguier, il se jouait au fond des campagnes, parfois en plein air et le plus souvent dans une grange, mais, autant que possible, hors de la vue des *messieurs*, dont on semblait redouter les quolibets, des Mystères, qui duraient deux, trois et quatre journées. Le petit nombre de lettrés qui avaient pu en être spectateurs en parlaient fort différemment : pour les uns, ce n'était que farces ridicules ; pour les autres, on trouvait là les restes d'une littérature originale, étrange, presque grandiose.

Les organisateurs du Congrès voulaient la liberté pour tous ; mais ils ne voulaient de désordre d'aucune sorte. Ils ignoraient la valeur des acteurs-paysans qu'on désirait produire, et ils ne pouvaient laisser compromettre, par une bouffonnerie, le caractère sérieux de cette grande assemblée. De plus, parmi ceux qui demandaient un Mystère, les uns voulaient le moderniser et le produire sur la scène, convenablement arrangé au goût du jour ; les autres entendaient lui conserver sa physionomie primitive et populaire, et le représenter en plein vent. Ceux-ci proposaient, au reste, le drame tout religieux de sainte Tryphine, une de ces représentations qui, dans le moyen-âge, avaient été les auxiliaires de l'Église pour mieux faire comprendre ses enseignements, en les mettant en action; une des meilleures tragédies bretonnes, parfaitement exempte « de ces paroles et figures indécentes, souvent obscènes, » que l'arrêt de 1753 reprochait, à tort ou à raison, aux jeux scéniques des Bretons.

L'habile traducteur de Sainte Tryphine, M. Luzel, et un autre de nos bardes, M. Le Jean, ayant bien voulu se charger, à leurs risques et périls, de monter cette pièce avec une troupe de paysans de Pluzunet (Côtes-du-Nord), tous les moyens simples d'une représentation véritablement populaire furent mis à leur disposition, et le peuple entier fut ainsi admis à avoir sa pleine part du Congrès.

Le samedi après-midi, au moment où la session allait finir, on vit la troupe dramatique, entièrement composée d'hommes, suivant l'usage breton, parcourir les rues de Saint-Brieuc, précédée de sonneurs; et la représentation en deux journées commença, sur une estrade élevée aux pieds de la statue de Du Guesclin, sur l'une des promenades de la ville.

Le premier jour, de fortes averses forcèrent bientôt acteurs et spectateurs à chercher un abri. Mais le dimanche, la température, plus clémente quoique très-froide, permit à la pièce de marcher jusqu'au bout. Devant l'estrade, une enceinte réservée aux dames et aux membres du Congrès offrait le moyen de suivre dans tous les détails les péripéties du drame et le jeu des acteurs; l'excellente traduction de M. Luzel était dans toutes les mains. A l'entour, le peuple se groupait à flots pressés; mais son avidité même à tout voir et à tout entendre lui faisait perdre beaucoup de choses, dans les fluctuations de la foule.

Nous ne pouvons prétendre analyser ici cette longue épopée qui, avec sa traduction, forme un volume de 500 pages, pleines de charmes imprévus (1). Nous dirons

(1) Paris, Schulz et Thuillié, 12, rue de Seine; Nantes, Forest et Grimaux, place du Commerce, 1; Quimperlé, Th. Clairet, éditeur; Saint-Brieuc, Francisque Guyon.

seulement que le grotesque de la plupart des costumes, laissés malheureusement au goût et aux ressources des acteurs, causait tout d'abord une universelle hilarité. Mais devant le prodigieux effort de mémoire qui avait fixé tant de centaines de vers dans la tête de ces paysans; devant leur attitude grave, hiératique, personnification très-sérieuse de rôles qui n'étaient pas dénués de grandeur; devant ce récitatif annoté, en tout semblable à la mélopée antique, bientôt les rires cessaient. Savants et ignorants, châtelains, bourgeois et ouvriers, tous arrivaient à une sorte d'attention recueillie, d'intérêt sympathique pour une action qui se déroulait pourtant en une langue inconnue de la plupart. Ceux-là même qui étaient privés de la traduction, suivaient cette mimique simple et vraie de l'existence tourmentée d'une sainte femme, qui, tombée du faîte des grandeurs dans la plus misérable condition, reste indulgente et pure à travers les épreuves les plus cruelles. La lutte du bien contre le mal prend ici le caractère sérieux, patient, chrétien, si sympathique aux Bretons.

Malgré les tâtonnements et les méprises d'un premier essai, celui-ci a pleinement réussi. Les acteurs se sont très-convenablement acquittés de leurs rôles; et, à tous ses autres mérites, le Congrès a pu joindre celui d'avoir remis en pleine lumière un de ces chefs-d'œuvre dramatiques et littéraires qui se relient aux plus anciens, aux plus chers souvenirs des peuples celtiques.

IIe PARTIE

MÉMOIRES

LES BRETONS D'ANGLETERRE

ET

LES BRETONS DE FRANCE,

Par M. H. de La Villemarqué.

Mesdames, Messieurs,

Au dernier Congrès breton, en septembre 1858, le directeur de la classe d'archéologie de l'Association bretonne terminait son discours d'ouverture en annonçant pour l'année suivante un congrès celtique ; il s'écriait, rempli d'espoir : « Je vous y donne rendez-vous ! »

Le rendez-vous que je donnais ainsi pour 1859, trop solennellement sans doute, et que M. Geslin de Bourgogne a bien voulu rappeler en citant mes paroles, nous y sommes venus, Messieurs, mais un peu tard, j'en conviens. Vous savez si c'est notre faute ! Vous savez aussi qui nous permet de tenir enfin notre parole en bons Bretons. Que la généreuse compagnie dont nous sommes les hôtes, que la Société d'Emulation des Côtes-du-Nord, dont le nom est si bien justifié par les actes, que son zélé directeur reçoivent l'expression publique de notre reconnaissance ; elle est sincère, elle est profonde. (Applaudissements.)

M. le Président vient de m'accorder la parole sur la première question du programme : « Communauté d'origine des peuples celtiques ; établissement des Bretons en Armorique ; relation entre les Bretons du continent et ceux de l'île. »

Je vais essayer de répondre à cette triple question, mais je ne le ferai que sommairement ; mon ami, M. Henri Martin, et mon ami, M. de La Borderie, par leurs excellents discours de ce matin, ont rendu ma tâche plus facile.

I.

S'il est un point que le fait même de la présente réunion mette hors de contestation, c'est la commune origine des nations auxquelles nous avons tous ici l'honneur d'appartenir. Nous venons de différents points de la France et de l'Angleterre affirmer notre nationalité, nous venons fraterniser ensemble. Sans oublier les glorieux Etats dont nous sommes les serviteurs dévoués, nous aimons tendrement notre vieille mère celtique ; le nom de France est doux, celui d'Angleterre ne l'est pas moins pour ses fils ; mais les noms d'Erin, d'Ecosse, de Cambrie, de Bretagne, de nos antiques provinces gauloises, sont les premiers que notre bouche ait prononcés. Ils nous font souvenir du coin de terre où nous sommes nés, des jours de notre enfance, des chansons de notre berceau, des jeunes camarades campagnards dont nous parlions la langue naïve et dont nous partagions les jeux ; des frères, des sœurs, de la mère qui nous aime, de tout ce qui réjouit le cœur, charme les oreilles et enchante les yeux du jeune âge, de tout ce qu'on ne peut se rappeler plus tard sans pleurer.

Le sang parle, dit-on vulgairement dans nos campagnes bretonnes, le sang parle à ce point que deux individus de la même famille ne peuvent se rencontrer sans se reconnaître à une émotion secrète. Il existe une vieille ballade où un fils reconnaît son père au sang qui frémit dans la main qu'il lui tend : « Ils bénirent à jamais, dit le poète, le Dieu bon qui rend le père aux enfants. »

Oui, Messieurs, Dieu rend le père aux enfants, et les frères aux frères : j'en ai reconnu plus d'un en vous serrant la main. (Vif mouvement d'approbation dans toute la salle.)

Une âme mâle et tendre, digne de chanter cette réunion, une âme qui s'est, hélas ! brisée avec les cordes de la harpe bretonne, Auguste Brizeux vous y appelait d'avance.

Parcourez, disait-il, parcourez nos cantons,
Vous trouverez partout des frères, des Bretons.
Au fond de tous nos cœurs un même sang pétille,
Nous sommes tous enfants d'une même famille.

A la voix du sentiment que j'invoque ici, la science s'est unie, et elle a proclamé avec lui nos liens de parenté.

Remontant aussi loin que possible dans l'espace et le temps, la science des langues comparées a trouvé au centre de l'Asie la race celtique sortant de la souche aryenne ou japhétique, cette souche d'où sont également sortis les Indiens, les Persans, les Slaves, les Germains, les Hellènes et les Latins; elle l'a suivie dans ses migrations vers l'Occident; elle l'a vue se ramifiant d'étape en étape, et peuplant enfin les Gaules, une partie de l'Espagne et les Iles Britanniques.

Aux époques historiques, les descendants des anciennes tribus aryennes établies dans ces différents pays apparaissent unis par la même physionomie, les mêmes mœurs, le même langage primitif. Ce résultat aujourd'hui acquis à la science et soupçonné au dernier siècle par un Breton, le père Pezran, est une des belles découvertes de notre époque. En démontrant plus ou moins l'affinité des langues celtiques et du sanscrit, les Bopp, les Grimm, les Pridchard, les Pictet, les Ebel, les Stokes, et Zeuss, notre cher maître à tous, mort, hélas! avant quarante ans, ont démontré l'unité de ces langues. Ils ont sauvé, on peut le dire, la généalogie de notre race. Les peuples, comme les individus, aiment qu'on leur fasse des généalogies. Les Francs ont voulu descendre d'un certain Troyen appelé Francus; les Bretons, de Brutus, arrière petit-fils d'Enée. D'Hozier, disait ironiquement Boileau, « d'Hozier nous trouvera des aïeux dans l'histoire. » Les parvenus de tous les pays en ont trouvé pour leur argent; les princes d'abord, quand ils en manquaient. Au dire d'un malin barde gallois, la généalogie royale des Tudor a été sauvée par Noé. Un des ancêtres de cette famille, voyant l'arche voguer à travers le pays de Galles, supplia qu'on le prît à bord. — « Plus de place, répondit Noé. » —

« Alors, prenez du moins ma généalogie, » s'écria notre homme, et il la jeta dans l'arche. (Rires.)

Vous riez, Messieurs, et vous avez raison. La vanité individuelle n'est pas moins ridicule que la vanité nationale : mais les peuples ont des titres réels qu'ils doivent sauver du naufrage. Ils ont une arche sûre qui brave les eaux du déluge et qu'aucune tempête ne peut engloutir ; une arche où se trouve le dépôt de leurs pensées, de leurs sentiments, de leurs connaissances, de leur civilisation : c'est leur langue. Rendons grâce aux hommes dévoués qui veillent sur ce dépôt sacré.

Je pourrais, à l'aide des travaux contemporains, particulièrement de ceux de Zeuss, reconstituer la grammaire et le dictionnaire de la race celtique, à une époque où nos belles langues néo-latines n'étaient encore que des patois. Je pourrais vous offrir un tableau synoptique des lois phonétiques et grammaticales communes, des flexions, des verbes, des pronoms semblables, des racines identiques d'où sortent par des combinaisons merveilleuses mille mots pareils, composés de la même manière, et dont la dérivation atteste un organisme primitif; je pourrais, en avançant vers le moyen-âge, suivre la langue celtique en ses développements divergeants ou variétés dialectiques, montrer l'idiôme d'Irlande et d'Ecosse formant un groupe à part de l'idiôme de Galles, de Cornouailles et de notre Bretagne, et s'en séparant assez de nos jours pour que les peuples gaëls et bretons ne puissent plus s'entendre, tout en conservant les mêmes lois essentielles et beaucoup de mots primitifs. Je me borne aux termes mêmes du programme, aux relations des Bretons insulaires avec les Armoricains et à l'établissement des premiers en Gaule. Mon regret de ne pouvoir traiter en même temps des anciens rapports entre l'Irlande et l'Armorique est diminué par le souvenir du beau discours prononcé au Congrès breton de 1850, par Ozanâm : vous vous rappelez qu'il parla sur cette question même, et sur l'influence que le génie irlandais a exercée chez nous dans le triple domaine de la religion, des lettres et de la culture matérielle.

II.

La première fois que l'histoire mentionne les Celtes armoricains et les Celtes bretons, c'est pour attester leur esprit fraternel. Attaqués par les Romains, ils s'appellent d'un rivage à l'autre, ils unissent leurs forces pour défendre une patrie que la mer ne peut diviser : le témoin de leur union est grave et irrécusable. Vous connaissez les bulletins de César : *Veneti.... auxilium ex Britanniâ accersunt*. Le vainqueur des Vénètes nous apprend en outre que lorsqu'il voulut punir les insulaires de leur dévouement à ses ennemis et qu'il demanda des renseignements sur eux aux riverains du continent, ceux-ci gardèrent un silence tout patriotique. Les traditions nationales conservées dans les *Triades galloises* auxquelles je ne donne, pour ma part, qu'une autorité relative, sont d'accord avec les *Commentaires*.

Elles citent même comme généralissime des Bretons et des Armoricains confédérés un chef dont le nom de Caswaldawen répond exactement à celui de Cassibellanus, donné par César ; elles voudraient en faire le chef du premier établissement considérable des Bretons sur le continent. Mais si ce fait est historiquement contestable, le sentiment qui l'a accrédité ne l'est pas, et je m'en empare comme d'un document national ; j'y découvre une aspiration toute fraternelle.

A la même source appartiennent les légendes d'après lesquelles les rois de l'île, abandonnés par les légions romaines, auraient demandé secours à leurs parents les rois d'Armorique, en auraient reçu des milliers d'hommes et de chevaux avec un généralissime auquel ils donnent la couronne pour prix de ses victoires, et dont les fils deviennent les sauveurs de l'île de Bretagne. Il est temps, toutefois, de quitter le domaine de l'idéal pour rentrer dans celui de la réalité : si elle est moins flatteuse pour l'amour-propre national, elle est plus instructive.

De toutes les opinions émises sur l'établissement des Bretons en Armorique, celle du bénédictin dom Le Gallois, suivie par dom Lobineau et renouvelée de nos jours par MM. de Courson et de La Borderie, me paraît la moins contestable. D'après l'éminent écrivain bénédictin, dès l'année 418, le besoin de repos, de sécurité, de liberté, dont on ne jouissait plus dans l'île, par suite du départ des légions romaines et des incursions incessantes des Pictes, commença à pousser vers l'Armorique les hommes de même race et de même langue. Ils s'y rendent par bans successifs et considérables ; ils y sont accueillis comme des frères ; ils y trouvent la paix qu'on leur a annoncée (*ubi tunc alta quies vigere putabatur*). On leur abandonne des terres étendues comme aux émigrants gallois d'aujourd'hui dans l'Amérique méridionale, et une fois fixés, ils peuvent dire avec leur compatriote Faustus : « Etablis dans cette heureuse contrée, nous insultons à notre exil, car nous n'avons pas perdu, nous n'avons fait que changer de patrie (*Inter hæc positi bona præsenti insultamus exilio et patriam non amisisse, sed commutasse cognoscimus*). » D'année en année, les flots de l'émigration grossissent et se répandent sur les rivages de la Péninsule. La famine de l'année 447, la peste de 449, les invasions saxonnes des années 450 et suivantes l'accélèrent. En 460, les émigrants ont un évêque de leur nom au concile de Tours. En 469, ils forment déjà un corps de nation en deçà de la Loire, sous un roi que leurs voisins appellent le *roi des Bretons*, et auquel ils donnent eux-mêmes le nom de « chef de bande, » ou *Riotam*. Ce chef est assez puissant pour mettre sur pied douze mille hommes et aller avec eux dans le Berry, en 470, au secours de l'empereur Anthémius, menacé par les Visigoths. Au VIe siècle, le nombre des émigrés redouble au point d'étonner grandement les étrangers. L'historien byzantin Procope ne comprend rien à ces multitudes d'hommes, de femmes et d'enfants qui sortent tous les ans de leur île pour venir habiter la partie la plus déserte de la Gaule ; c'est sans doute, dit-il naïvement, parce que l'île de Bretagne a un surcroît de population. S'il eût habité la Gaule, il eût pu apprendre, de quelque moine breton de Landévének ou d'ailleurs, que si l'île de Bretagne envoyait en Armorique tant de ses enfants, c'était parce qu'elle savait qu'ils y trouveraient leur famille établie, « leur famille chérie, » dit le cartulaire de l'abbaye, *cara soboles*, et que, « désormais en sûreté dans son sein, après de grandes fatigues, ils pourraient s'asseoir tranquilles sur la rive, sans crainte de nouveaux combats. »

La rive dont il s'agit ici est celle même de la mer qui nous avoisine; l'un des premiers Cambriens dont le navire y aborda, vers le milieu du ve siècle, est le chef breton Fracan, qu'on appelle Brycan dans le pays de Galles, où son clan a laissé son nom à la ville actuelle de Breckon, comme à notre *plebs Fragani*, ou Plou-Fragan.

Le second est le saint évêque Brieuc, parti vers l'an 485, selon les calculs de M. de La Borderie. Il venait du Cardeganshire actuel, en latin *Coriticiana-Regio;* une centaine de moines l'accompagnaient, dont quelques-uns ont laissé sur ces côtes une mémoire vénérée, comme tant de saints de la Cambrie, du Devonshire, du Cornwall et de la Clyde, dans nos pays de Léon, de Cornouailles, de Poher et de Vannes. Vous, parmi lesquels ils sont nés, vous qui les avez envoyés porter ici la triple pierre de la colonisation, de l'Église et de la cité, cette pierre sacrée sur laquelle nous fraternisons, permettez-moi de vous le dire, en empruntant encore ces vers patriotiques à notre poète national :

> Frères, quand le soleil, d'aplomb sur ces rochers,
> Fera briller au loin la pointe des clochers,
> Gravissez la hauteur; là, vers toute chapelle
> Tournant les yeux, cherchez comment elle s'appelle;
> Et quand vous entendrez, frères, leurs noms bénis,
> Vous vous croirez encore dans votre vieux pays.
> Tant le vent qui du nord au sud pousse les lames
> D'une Bretagne à l'autre aussi pousse les âmes.

Oui, les âmes des saints cherchaient d'autres âmes sur tous les rivages d'Armorique. « Ces serviteurs de Dieu les cherchaient, dit un pieux hagiographe, avec une extrême ardeur, soit parce que le pays était désert et qu'ils espéraient y trouver une vie plus laborieuse, soit parce que les habitants passaient pour plus sauvages qu'ailleurs, à cause des mœurs païennes qui y régnaient encore. » L'hagiographe qui parle ainsi est l'auteur de la *Vie de saint Meen*, ou Méven, en gallois Myvennydd, autre Cambrien né sur les bords de l'Usk, dans le pays de Gwent, et fondateur de la ville d'Armorique qui porte son nom.

Mais qui conteste aujourd'hui les services rendus par les moines, non-seulement à l'Armorique, mais à tous les pays, dans l'ordre matériel et moral? Il faudrait n'avoir lu ni le *Discours sur le rôle historique des saints de Bretagne*, de M. de La Borderie, que vous aurez tout-à-l'heure le bonheur d'entendre, ni les *Moines d'Occident*, de M. de Montalembert, ni les remarquables *Études* de M. Littré sur les Barbares. Si ce dernier reconnaît, avec une loyauté qui l'honore, que « les ordres monastiques ont largement payé leur dette à la société, aux ve et vi^e siècles,» qu'ils ont tout défriché, tout moralisé, tout civilisé autour d'eux; s'il déclare que « celui qui est avec la civilisation doit être à cette époque avec l'Église et avec les moines, ministres de l'Église, » quel doit être le sentiment de celui qui est pour l'Église à toutes les époques? Quant à moi, lorsque je pense que près de la moitié de nos pères ont dû leur salut aux moines bretons venus d'outre-mer, je sens mon cœur battre de reconnaissance pour ces vieux et chers parrains de mon pays.

« Entre les indigènes armoricains et les émigrés bretons, dit M. de La Borderie, ces intrépides apôtres ont été les agents les plus actifs de la fusion. » La société dans la péninsule se reforma à l'image de celle de l'île; elle se ramifiait en autant de groupes qu'il y avait de bandes émigrées. Chacune d'elles avait, à côté de son chef spirituel, un chef civil ou tiern, dont l'autorité fut subordonnée, avec le temps et le besoin d'une entente commune, à un chef des chefs ou penn-tiern, comme on en vit en Domnonée, en Cornouailles, en Léon et au pays des Vénètes. Il y avait, en outre, çà et là, de grandes colonies ou communautés dont les abbés exerçaient une influence considérable. Telles étaient les abbayes de

Landévének, fondées par un des fils de l'émigré Fragan; celle de Rhuys, par Gildas, venu des frontières de l'Écosse; celle de Gaël, par saint Julio ou Tys-Glio, fils d'un roi de Powys; celle de l'île d'Entel, par le Cambrien Kadoc, sage, docteur et poète fameux. Comme autrefois aux écoles des Druides, un nombre immense de disciples y accouraient; indigènes et colons y mêlaient leur caractère, leurs mœurs, leurs dialectes, préparant cette unité dans la variété qui devait distinguer la colonisation bretonne. Dès le VIe siècle, elle était complète. Au concile de Landaff, tenu en l'an 560, un Père prend la parole et dit que « les Bretons de l'île et les Bretons d'Armorique sont des peuples d'une seule langue et d'une seule race, quoique séparés par l'espace. » *Unius linguæ et unius nationis quamvis dividerentur spatio terrarum.* A la même époque, saint Kadoc disait à ses compagnons d'émigration qui regrettaient les terres fertiles de Lancarvan:

> Haine à l'homme qui n'aimera
> La terre qui le nourrira.

Au siècle suivant, l'anonyme de Ravennes, voulant désigner l'Armorique, l'appelle *patria Britonum*; la *patrie* existait déjà pour eux.

Je ne m'étonne pas si les plus patriotes des Cambriens, si les hommes inspirés dont les chants n'avaient plus pour thème que les destinées de la nation, ses malheurs et ses espérances, sont venus tant de fois visiter la Petite-Bretagne; si Taliésin y a reçu de saint Gildas l'hospitalité, et chanté à la cour de Juthaël; si le barde Hyvarnion y a pris femme; si un autre poète gallois a dit dans un vers que je lis avec reconnaissance, gravé sur une coupe précieuse:

> « D'Armorique nous vient à propos le secours.

Le secours, en effet, a dû venir plus d'une fois à la mère-patrie de la colonie fortifiée, particulièrement dans les guerres qui ont immortalisé le nom d'Arthur. En rejetant les exploits imaginaires de ce chef héroïque, l'histoire ne nie pas plus la résistance opposée par lui aux Saxons, que la puissance réelle du roi Houël ou Richiguel, son contemporain. S'ils n'ont peut-être pas réuni leurs forces contre l'ennemi commun, s'ils n'ont pas formé de confédération de la manière qu'on le prétend, n'est-il pas naturel de penser qu'ils se sont fait l'un à l'autre ces appels dont les légendes sont remplies? Les rois anglo-bretons eux-mêmes, par un autre motif,—ils voyaient l'île se dépleupler, — firent plus d'une fois des démarches près des colonisateurs de l'Armorique, qu'ils regardaient toujours comme leurs sujets. Ida, au VIIe siècle, leur envoya une députation pour les engager à revenir; Athelstan, au IXe siècle, en reçut une multitude avec leur chef, Mathuédoi, qui retrouvèrent dans la mère-patrie le même accueil que leurs ancêtres sur le continent; au XIe siècle, Édouard-le-Confesseur, pour favoriser le retour des émigrés, publia une loi où il est dit expressément que tous « les Bretons armoricains venant dans l'île y seront reçus et protégés comme des citoyens, *sicut probi cives*, vu qu'ils sont autrefois sortis des Bretons de son royaume. »

Le duc de Bretagne, Alain Fergent, Briant, son frère, et leurs compagnons d'armes, auraient pu invoquer cette loi quand ils passèrent en Angletere comme auxiliaires de Guillaume; mais ils avaient d'autres droits à faire valoir : ils rentraient chez eux, et rentraient en vainqueurs. De quelle manière ils furent reçus de leurs frères les Cambriens, de ces anciens Bretons, qui avaient tout perdu, dit un barde, hormis leur Dieu, leur langue et leur sauvage pays de Galles, vous le savez. Vous avez applaudi à un autre congrès, le cri d'enthousiasme qui les salua : « O noble province, ô victorieuse, ô puissante par les armes, ô triomphante Armorique; ta mère t'a bien élevée, la victoire te suit partout ! »

Dives provincia ! victoria !
Potens in armis ! victrix Letavia !
Erudita fuit à matre filia;
Sequitur notam tota victoria !

Ce cri retentissait de la pointe de Flint au golfe de Solway, répété et prolongé par tous les échos de Dévonshire, de la Cornouailles et de l'Écosse; des chansons composées dans tous les dialectes celtiques, célébraient la délivrance de la race opprimée, le retour des exilés dans la patrie, des propriétaires dans leurs biens, l'anéantissement de la race saxonne, la résurrection du vieux nom breton, la reprise de possession de tout ce qu'on avait perdu, l'accomplissement de toutes les prophéties qui disaient depuis six cents ans : « A la fin, notre race se relèvera et elle chassera l'étranger ! » Elles parurent s'accomplir en effet, du moins partiellement : les Bretons d'Armorique, nantis de tous les fiefs anglais du comté de Richemont, donnèrent à ce comté le nom de « Pays des Armoricains, » *sinus Armoricanus.* La Cornouailles insulaire, changeant de maître, devint l'apanage du frère de leur duc, tandis que le comté de Nafolk passait sous la domination de Raoul de Gaël. Tenant par son père aux Bretons du continent, et par sa mère, princesse galloise, aux Bretons de l'île, Raoul était le trait d'union entre les deux branches de la famille commune; mais la politique cauteleuse et despotique à la fois de Guillaume, qui avait su tourner à son profit le patriotisme celtique, ne permit pas à Raoul une alliance de nature à contrarier ses projets de concentration administrative, et une guerre éclata, où il trouva réunis en armes contre lui les parents et vassaux, tant armoricains que gallois, du comte breton. Singulière destinée que celle de ce comté ! mais elle me toucherait peu s'il n'avait réuni ses compatriotes des deux côtés de la Manche, et si le sort d'un seul n'avait fixé le sort de tous. Tel est le privilége des hommes d'élite qui savent remuer les grandes masses. Heureux quand c'est le patriotisme et non l'ambition qui les pousse. L'esprit de fraternité qui avait donné des auxiliaires à Raoul, en Cambrie, fut puni par la confiscation, les gibets, la mutilation, l'exil; et l'Armorique le recueillit fugitif avec les débris de son armée, suivi de son allié gallois, le prince Rys, fils de Théodore.

Que de fois l'Océan, qui ne s'étonnait plus, avait vu de passages pareils ! Les Anglo-Normands s'en réjouissaient comme autrefois les Saxons : « Les voilà balayés de notre île, ces Bretons ! » disaient-ils insolemment ; mais bientôt ce fut le tour des indigènes de se réjouir. Au bout de quatre ans, le prince Rys revenait d'Armorique à la tête d'une armée nombreuse ; les Gallois du nord et du midi s'unissaient aux Armoricains ; les Irlandais, les hommes de l'Écosse, de la Cornouailles et du Devonshire, tous les peuples de la même race, formaient une grande alliance ; des bardes populaires parcouraient tout le pays celtique en chantant : « Qu'ils soient convoqués, qu'ils s'assemblent tous, qu'ils se lèvent unanimement ! Un seul dessein, une seule cause, un seul cœur ! Que les confédérés s'animent ! Aux bois, aux champs, sur la montagne, une lumière marche devant nous dans la nuit ; l'étranger devant les Bretons criera : Malheur ! Hommes des frontières, n'ayez pas peur ; la Trinité va nous délivrer de nos maux. Il nous vient à propos du secours d'Armorique, de vaillants guerriers bien montés, qui comptent pour rien la vie ; leur chef dépouillera l'étranger ; les Irlandais eux aussi, grâce à lui, retrouveront leur ancienne puissance ; il invite tous les peuples bretons à vivre en frère ; que saint David marche à la tête de nos combattants ; le jour où l'homme l'appelle, Dieu n'est pas endormi. »

La célèbre victoire de Carno, gagnée sur les Normands pendant l'hiver de l'année 1078, en replaçant toute la Cambrie sous l'autorité de ses anciens chefs nationaux, rendit leur indépendance aux Gallois.

Ils la conservèrent cinquante ans.

Un prêtre du XIIe siècle, Jean de Cornouailles, nous a transmis les sentiments qui saluèrent ce réveil :

« Flots heureux ! fortunés rivages ! s'écrie-t-il, voilà tes vœux comblés, ô patrie des Gallois ; tu ressuscites avec une couronne d'or au front ; tu réuniras tous les peuples bretons en un seul ; tes femmes changeront leurs vêtements de laine pour des robes de pourpre ; tes guerriers porteront des armes d'argent, tes vallées tressailleront, tes chênes reverdiront, ô pays d'Armorique, tes montagnes s'élèveront jusqu'aux nues. La postérité des Bretons portera le diadème ; pendant trois cents ans brillera la liberté d'or, et un temps bleu comme le ciel. »

Aurea libertas et cælo concolor ætas.

Ce n'est pas pendant trois cents ans, c'est toujours qu'aurait brillé la liberté, si les Gallois avaient écouté les sages auxiliaires qui les invitaient à s'entendre pour s'aimer et se soutenir.

Je ne suivrai pas les historiens du pays de Galles dans le récit des alternatives de succès et de revers de leur nation, jusqu'à son absorption par ses puissants voisins. Je dois me renfermer dans les relations réciproques des deux branches bretonnes de la race commune. A partir de la fin du XIIe siècle, les relations ont été moins fréquentes. Cependant à cette époque, on s'entendait encore parler d'un rivage à l'autre; c'est le mot énergique d'un écrivain du temps. Jusqu'au XIVe siècle, je trouve plusieurs célèbres réfugiés gallois, faisant « bonnes et fermes amitiés, confédération et alliance » avec les Bretons et les Français dans les grandes guerres de l'époque. C'est entre autres le prince découronné, Yvain de Galles, si aimé de Froissart, et connu dans son pays sous le nom d'Owenn Ap Lywelin. Sa compagnie était entièrement composée de Gallois. Les noms de plusieurs d'entre eux existent encore en France. Tels sont, pour n'en citer que sept ou huit, les Ab-ivain, les Ab-grall, les Ab-ian, les le Guen, dont le nom gallois est Wynn, les Clari, les Morgan, les Floyd, qu'on appelle Lloyd dans le pays de Galles, et dont le chef actuel est lord Dynevor. Ils combattirent sous les hermines de Bertrand du Guesclin et sous les fleurs de lys, « aidant et confortant le roi de leur personne, de tout leur pouvoir, de leurs sujets et pays, loyalement, dit un contemporain, contre les ennemis de la France, et espérant recevoir aussi aide et assistance et confort de gendarmes contre les usurpateurs de leurs biens, de la part du roi, qu'ils appelaient un miroir singulier et un exemple entre les chrétiens de toute justice, de toute grâce et miséricorde pour tous opprimés, relevés et confortés. »

La France, en effet, avait alors la réputation qu'elle mérite toujours, d'être la protectrice des faibles et des malheureux. Nulle part, plus qu'au pays de Galles, on ne vantait sa générosité ; un clerc gallois, qui l'avait visitée, en disait des merveilles dans les assemblées de son pays :

« Ailleurs, faisait-il observer, ailleurs, ceux qui commandent sont remplis d'arrogance et de fierté ; là, ils ne sont haïs de personne et veulent être aimés de tout le monde ; là, ils ne se montrent pas comme des ours à leurs inférieurs ; là, ils n'agissent point en lions ; ils sont affables et bons pour leurs sujets ; et tandis que d'autres, voulant qu'on les compare à des bêtes féroces, font peindre sur leurs boucliers des ours, des léopards et des lions ; eux, simples et modestes, n'ont pour armoiries que des fleurs, et cependant, chose merveilleuse et bien digne d'être célébrée, nous avons vu ces fleurs mettre en fuite les lions et les léopards, nous avons vu les bêtes féroces regagner leur caverne, à la seule odeur des fleurs de lys de France et au seul souffle des Français. » (Applaudissements et bravos.)

Les Gallois réfugiés s'étaient mis alors sous la protection de Charles V, comme précédemment de Louis-le-Jeune, comme ils se mirent au XVe siècle sous celle de Charles VI. Ce roi, qui n'était pas encore tombé en démence, reçut de leur prince, Owenn Glendow, une lettre où le chef cambrien lui rappelant ce que sa nation, depuis tant d'années, avait eu à souffrir de « la rage des barbares Saxons, » le suppliait de le délivrer, lui et son peuple, de la violence et de l'oppression qui pesaient sur eux, de tenir les promesses de ses prédécesseurs. Le roi s'y décida ; il conclut, avec le prince gallois, un traité dont le premier article portait que « Charles, par la grâce de Dieu, roi de France, et Owen, par la même grâce, prince de Galles, seraient unis, confédérés et liés entre eux par les liens de vraie alliance, vraie amitié, bonne et solide union. »

Un illustre breton, Jean de Rieux, maréchal de Bretagne, à la tête de six mille hommes d'armes et de six mille fantassins, recrutés dans son pays, partit de Brest pour aller au secours des Gallois, ou, comme s'exprime patriotiquement un poète armoricain du temps, « pour aller défendre l'essaim des Bretons d'outre-mer. »

Dix mille Gallois facilitèrent le débarquement de la flotte; l'armée franco-bretonne marcha sur Kaer-Marthen, puis sur Landovery, qu'elle prit, et enfin sur Worcester, détruisant sur son passage tous les châteaux des Anglo-Normands.

A leur débarquement, près de Saint-Pol-de-Léon, les soldats de l'expédition se vantèrent d'avoir fait une campagne que, de mémoire d'homme, aucun roi de France n'avait osé entreprendre, et ravagé plus de soixante lieues de pays dans le domaine des ennemis des Bretons et des Gallois.

Ceci se passait en 1405 : soixante ans plus tard, le roi Louis XI soutenait encore les Gallois, et le duc de Bretagne, parlant du comte de Pembrok, écrivait à son suzerain : « Au mois de mars derrein passé, il me apporta en sa faveur lettres de recommendacion de par vous, pour révérance des quelles lui fis bonne récepcion, aide de passaige et deffroy pour envoier en Galles, ainsi que m'escripviez. » Au mois de juillet 1464, le bruit courait en France que le chef gallois se mettait *sus* et faisait armée en Bretagne « pour descendre en Galles. » — Je tire ces précieux documents d'une « Correspondance inédite de Louis XI avec le Duc de Bretagne, » que publie notre savant confrère, M. Paul Raymond.

Un dernier champ devait réunir, il y a juste un siècle, les sœurs-abeilles sorties de la même ruche.

Je visitais non loin d'ici une église consacrée par le souvenir, et placée sous l'invocation d'un saint également cher aux anciens Gallois et aux Armoricains. De l'église, une pente verte conduit à un petit promontoire sur lequel s'élève la colonne commémorative d'un combat livré entre la France et l'Angleterre. Ce combat offrit un épisode que M. Geslin de Bourgogne a rappelé ce matin, mais que je veux citer encore une fois pour les personnes qui n'ont pas eu la bonne fortune de l'entendre. Une compagnie d'archers de l'armée anglaise marchait contre un détachement français, à quelque distance du lieu du combat. Tout-à-coup, ils s'arrêtèrent. Étonné, l'officier qui les commandait s'écria : « Vous êtes donc las, que vous vous arrêtez ? — Non, lui répondit un soldat gallois, si nous nous arrêtons, nous ne sommes point las ; nous sommes Bretons comme ceux-ci. »

Dignes patriotes gallois, vous avez reconnu des frères ! vous les avez reconnus, les uns disent à la langue où l'on vous commandait de vous entre-tuer ; les autres, à un vieil air de marche que nous avons retenu de nos pères ; moi, je dis que c'est à la voix secrète qui parle chez vous comme chez nous. Et comment n'aurait-elle point parlé, comment aurions-nous pu nous égorger, comment ne pas fraterniser ensemble sur un sol béni, sur un sol nommé par un saint, notre patron, notre ami à tous, saint Kadoc, qu'on nomme dans ce pays saint Cast.

Nous avons vu avec bonheur ces liens de fraternité se renouer de notre temps. Au mois d'octobre de l'année 1838, une société littéraire galloise invita les Bretons d'Armorique aux grandes Assises poétiques et musicales du pays, à l'*Eistezvod* d'Abergavenny.

Plusieurs se rendirent à l'appel, conduits par leur éminent compatriote, M. Rió, qui venait, par son mariage dans le pays de Galles, de mêler de nouveau le sang breton au sang gallois.

Le fait d'une colonie séparée depuis treize siècles de la mère-patrie, et envoyant une députation de ses fils à la terre de la commune origine, parut nouveau. Les journaux annoncèrent la réunion, et elle eut l'honneur d'inspirer le plus grand poète de France. Tout le monde se rappelle les beaux vers que M. de Lamartine composa à cette occasion :

Quand ils se rencontraient sur la vague ou la grève,
En souvenir vivant d'un antique départ,
Nos pères se montraient les deux moitiés d'un glaive
Dont chacun d'eux gardait sa symbolique part ;
Frère ! se disaient-ils, reconnais-tu la lame ?
Est-ce bien là l'éclair, l'eau, la trempe et le fil ?
Et l'acier qu'a fondu le même jet de flamme
Fibre à fibre se rejoint-il ?

Et nous, nous vous disons : « O fils des mêmes plages !
Nous sommes un tronçon de ce glaive vainqueur :
Regardez-nous aux yeux, aux cheveux, aux visages,
Nous reconnaissez-vous à la trempe du cœur ?

Ces magnifiques strophes furent traduites et lues pendant la fête ; elles répondaient à merveille aux sentiments des membres de la réunion. Mais on n'y comprit guère les stances où, au lieu de continuer à chanter la patrie celtique, le poète se mit à célébrer « l'homme concitoyen de l'empire de Dieu, et le temple de l'humanité, » élevant une modeste réunion de famille à la hauteur « d'un Sinaï de paix entre les nations. »

Prenant un ton moins haut, un jeune Armoricain chanta une simple chanson qu'il avait composée, en se servant, autant que possible, des formes et des mots communs aux dialectes de l'Armorique et du pays de Galles. « Nous ne soupçonnions pas, écrivait au *Journal des Débats* un des membres les plus distingués de la députation bretonne, nous ne soupçonnions pas dans le peuple qui nous entourait assez de foi dans la religion du passé pour prévoir l'effet magique produit par cette démonstration vivante d'une origine commune : étonné de comprendre la voix fortement accentuée de l'auteur, le peuple se dressait sur les bancs, les chapeaux se levaient en l'air, et les trépignements qui ébranlaient la salle n'étaient plus un simple témoignage de satisfaction, ils trahissaient une émotion réelle. »

Au Congrès gallois de l'année suivante, un prix fut proposé à l'auteur de la plus belle ode sur l'entrevue des Cambriens et des Bretons. Pourquoi ai-je le regret de ne pas retrouver ici, de ne pouvoir remercier publiquement l'illustre dame galloise qui, en offrant ce prix, voulut que le souvenir de notre passage dans son pays fût perpétué par les chants des bardes ? Un deuil récent, un deuil cruel tient éloignée de nous lady Llannover; mais il ne lui a pas fait oublier une cause qu'elle a toujours si généreusement servie : elle nous a envoyé son joueur de harpe, son *telener*, Gruffydd, que la Reine et le prince de Galles ont pris souvent plaisir à entendre ; et il vient nous dire, dans une langue que tout le monde comprend, qu'elle s'associe de cœur et de fait à notre réunion. Puissent nos hommages aller jusqu'à elle à travers la mer et adoucir son immense douleur !

(Bravos prolongés dans toutes les parties de la salle.)

Rapprochement frappant ! comme lady Llannover manque à Saint-Brieuc, Le Gonidec manqua, le 12 octobre 1838, à Abergavenny ; ce jour-là même, il rendait le dernier soupir. Perdant l'occasion de le fêter vivant, les Gallois s'unirent aux Bretons pour l'honorer après sa mort. Ils se firent représenter à la cérémonie funèbre, puis ouvrirent une souscription pour relever son monument détruit par une tempête, et même un concours poétique dans le but d'obtenir une inscription galloise digne du savant Breton. Le prix, encore proposé par lady Llannover, fut adjugé à un barde gallois d'un vrai talent, au Rév. John Jenkins, dont la présence honore cette réunion ; et l'on peut lire au Conquet, sur une des faces de la pyramide relevée, comme pendant de l'inscription armoricaine bien connue, ces beaux vers :

A Le Gonidec, homme de bien ; son nom est ici
En signe d'éloge sincère et de la plus tendre affection ; (1)
Sur un pilier de granit élevé par des frères bretons
De la Petite-Bretagne unis à ceux de la Grande-Bretagne, enfants de Gomer ;]
Car il aima son pays et la langue bretonne
Pour laquelle il fit un dictionnaire et aussi une grammaire ;
Car il traduisit, le premier, toute la Sainte Bible
Dans la langue des Bretons ; — Œuvre grande, bonne, céleste. (2)

Tout récemment, un autre hommage public a été rendu par les Gallois à un historien français, auquel la race

(1) Ar Gonidec, dyn da, ei enw sydd yma,
Yn arwydd owir vawl a'r cariad tynera ;

(2) Ar bawl vaen a sawyd gan vrodyr Brithoniaid
Pridain vichan gyda Pridain vawr, Gomeriaid ;
Am y carai ei vro a'i iaith Vrythoneg
I b'un gwnaeth er-lyvr ar hevyd Rammadeg
Ac am droi, y gyntav, yr holl Vibl santaidd,
I iaith y Brythoniaid ;—gwaith mawr, da 'nevolaidd.

celtique doit la plus vive reconnaissance. Que mon ami, M. Henri Martin, me permette de le nommer! Il venait d'explorer nos vieilles provinces gauloises; il arrivait dans le pays de Galles, après avoir visité l'Armorique, l'Irlande et l'Ecosse; il passait à Abs-Istwith, où se trouvait cette année le Congrès national gallois: on l'arrête, on le conduit au lieu de l'assemblée; on salue de mille houras l'histoire celtique personnifiée; un barde, s'élançant sur le théâtre, improvise les vers suivants:

C'est un fils de la France, un cœur vaillant et bon!
C'est un frère de Gaulle, un Celte de renom;
C'est l'âme, c'est le souffle et le feu d'un Breton! (1)

(Vifs applaudissements.)

Vos applaudissements, Messieurs, me prouvent que vous partagez les sentiments de l'auteur gallois de ces vers; partagez aussi l'éloge que notre historien national a si bien mérité, vous tous, nos frères de France, venus de partout à ce *synode* restauré *de fraternité et d'union*. Vous avez perdu la langue de nos pères, mais vous avez gardé leur cœur; vous avez gardé l'esprit, l'âme, le souffle et le feu de tout vrai Breton, ou pour mieux dire, de tout vrai Celte.

Ce feu qui brûla en l'honneur d'un Dieu unique, cette âme qui ne douta jamais de son immortalité, ce souffle qui poussait à la « *vérité envers et contre tout le monde*, » qui fit embrasser la vérité avec tant d'amour quand elle s'incarna sur la terre; cet esprit plus vaillant que l'épée, ce caractère dont la pusillanimité seule peut faire un crime, vous l'avez toujours. Les siècles ont passé, les siècles passeront sans altérer sa trempe; il s'est montré le même de Vercingetorix à Latour-d'Auvergne, il n'est pas épuisé: j'en atteste mon temps; j'en atteste Cambronne, O'Connel et Châteaubriand! (Applaudissements.)

Je lis sur ces murailles la devise des Irlandais: *Evin*

(1) Dyma yw lang y Francgwr — a'i enaid
Yn llawn i ni brawdwr;
Braud o Gall, brud yw gwr,
A dan megys Brythonwr!

go brath ! « L'Irlande jusqu'au jour du jugement ! » Je lis celle des Bretons : *Bepred !* « Toujours ! — A ma vie ! » Je lis celle des Gallois : *Tra mor tra Brython !* « Tant la mer, tant les Bretons ! » C'est le cri de toute une race qui ne peut croire à la mort ; il a été entendu de Dieu jusqu'à ce jour, je ne vois aucune raison de penser qu'il ne le sera pas jusqu'à la fin. Quand on est plusieurs millions d'hommes à parler une langue, quand on a pour soi la force numérique, la force territoriale, la force intellectuelle, la force morale, on peut être tranquille : sans affectation, sans forfanterie, sans confiance sentimentale, mais gravement, sérieusement, on a le droit de dédaigner les calculs des faux politiques, des faux philosophes et des humanitaires. (Salve prolongée.)

En finissant, Messieurs, — et je vous demande pardon d'avoir abusé si longtemps de votre attention, — permettez-moi de vous raconter une anecdote :

Il y a dans un pays que je ne veux pas nommer un cromlech des plus remarquables par sa masse et son élévation : une mousse grise et longue lui a fait comme un vêtement contre la pluie, et quelques vieux chênes, sans doute les petits-fils de la forêt qui l'ombrageait, s'élèvent à quelques pas de lui. La superstition populaire le protège, et l'on assure qu'il arrivera malheur au pays quand le marteau l'attaquera. Or, un jour, le propriétaire, esprit fort et peu antiquaire, voulut le mettre à bas. Il avait en tête je ne sais quel projet de défrichement ; il rêvait une belle plaine de blé, bien unie, comme la Beauce ; il aurait dit, comme Gargantua : « C'est très-beau, ça ! » Le voilà donc à l'œuvre avec bêches, piques et pioches. Mais il perdit sa peine ; à chaque coup qu'il lui portait, me disait un paysan, la pierre semblait répondre : « Avant que je manque, tu manqueras. » *Ken na fellinn, te a fallo.* — Or, la pierre dit vrai, car notre homme, dans son ardeur extrême, gagna une fluxion de poitrine dont il trépassa.

A quiconque désire la mort de la race celtique, cette race peut répéter aussi sans crainte :

« Avant que je manque, tu manqueras. »

APERÇU

DE

L'HISTOIRE DE L'ARMORIQUE BRETONNE,

ET

OPINION DE M. LE Dr HALLÉGUEN

SUR LA

Première Question du Programme.

Avant de parler sur la première question du programme, je devais savoir quelle ligne de conduite suivraient, pour la discussion historique et littéraire, les honorables chefs de l'ancienne Association bretonne, mes adversaires les *Bretonistes* qui s'appelaient ainsi eux-mêmes il y a une dizaine d'années. Aussi, lorsque la parole m'a été offerte après MM. H. Martin et de La Borderie, me suis-je abstenu, étant assez d'accord avec ces honorables et savants collègues pour ne pas marquer de dissentiments. Mais après le discours de M. de La Villemarqué sur les origines bretonnes et sur l'histoire de Bretagne, le silence n'étant plus possible, je dois relever, à tous risques et avec un courage imprudent peut-être, le drapeau armoricain en face du drapeau breton *ultra*, sur le terrain de l'histoire armorico-bretonne. A ce moment, je regrette plus vivement l'absence de l'honorable et savant Professeur de la Faculté de Rennes, avec lequel je m'estime heureux d'être en communauté complète de sentiments. Si j'avais eu à le critiquer, je n'aurais pas pris la liberté qui a été prise à son égard, d'autant plus que je savais depuis longtemps que cette opinion sur les *Britanni*, il l'avait déjà abandonnée. Il me faisait, en effet, l'honneur de m'écrire en janvier 1865, en me félicitant sur l'*Armorique bretonne :* « Je vous ai adressé, il y a deux ans peut-» être, un travail sur l'*Étymographie des Britanni*, dont » je vous engage beaucoup à vous défier, car il contient » des choses bien hasardées. » Je lui écrivis, en le remerciant de son suffrage compétent, que je ne lui avais pas répondu sur les *Britanni,* parce que j'en pensais dès lors ce que lui-même en disait aujourd'hui avec une noble impartialité.

Cette victoire trop facile n'était donc pas digne de tenter le courage de M. de La Borderie. J'espérais, je l'avoue, qu'il se mesurerait avec l'auteur de l'*Armorique au Ve siècle*, et par suite, avec l'auteur de l'*Armorique bretonne* qui n'était ni absent ni éloigné. Je regrette qu'il n'ait pas été assez juste envers M. Morin pour discuter un travail récent après avoir critiqué, sans nécessité, un plus ancien de moindre valeur.

Le silence gardé par ces deux chefs de l'École bretonne *ultra* ne connaissant qu'eux-mêmes, car M. de La Villemarqué a également négligé le remarquable travail de M. Morin, cette prétérition d'une doctrine adverse connue à l'Académie des Inscriptions comme à la Faculté des Lettres de Rennes, et représentée ici par un seul organe peu redoutable, ce silence a surpris plusieurs membres. Il a fait penser qu'on a évité de provoquer la discussion pour ne pas voir se lever un partisan de la doctrine armoricaine. Il ne pouvait manquer, en effet, de suivre l'exemple d'un ami qui, voyant son compagnon engagé dans une lutte inégale, détourne sur lui même une partie des coups. *Me me adsum qui feci, in me convertite linguam Arcades ambo.*

Oui, Messieurs, une amicale solidarité m'aurait jeté dans la mêlée sans me laisser le temps de la réflexion.

Mais, M. de La Villemarqué ne s'est pas arrêté, comme M. de La Borderie, à la limite des origines celtiques et bretonnes; il s'est engagé, le soir seulement, lorsque la réponse immédiate était impossible, dans une édition nouvelle de la *Vieille Doctrine* qui a rempli l'existence de l'Association bretonne. Sans la moindre critique il a embrassé, dans la même admiration sympathique, tous les Bénédictins, divisés cependant en deux camps bien distincts, ainsi que MM. de La Borderie et de Courson, adversaires déclarés pendant la vie, et plus encore depuis la mort de l'ancienne Association.

Si du moins on daignait mentionner la doctrine qui peut, en un sens, se dire académique, puisqu'elle a obtenu le suffrage d'une illustre compagnie savante !...

Mais, ce qui me touche le plus dans tout ce qui a été répété ici par l'École bretonne, c'est qu'on revendique, pour les Bretons seuls, le monopole de l'indépendance et du patriotisme national..... C'est se faire des illusions étranges, c'est écrire l'histoire avec trop de prévention, en vérité! Mais, ô Bretonistes, la confédération armoricaine qui résista aux Francs avec succès, puisqu'ils durent faire alliance avec elle et qu'ils ne la soumirent point, qu'en faites-vous donc? Elle repoussa aussi, avant votre venue sur ce sol hospitalier, nos ennemis communs, les pirates saxons et normands.

Mais les Armoricains, recevant les Bretons vaincus et exilés sur leur sol hospitalier, d'abord indépendant, puis entré volontairement avec toute l'Armorique dans l'empire chrétien des Gaules, fondé par leur accession volontaire et non par annexion forcée, que pensez-vous donc des Armoricains, généreux protecteurs et bienfaiteurs des malheureux Bretons exilés? Dites, si vous voulez, que les vaincus ont résisté avec courage : honorons le courage malheureux, mais honorons aussi la victoire, ne méconnaissons pas la République armoricaine indépendante, l'égale, l'alliée des Francs et victorieuse des Normands pendant le règne de la Confédération.

Quand donc les pirates normands furent-ils vainqueurs en Armorique? Mais quand elle fut devenue Bretagne, et grâce aux mêmes divisions qui avaient perdu la Bretagne insulaire.................

Mais laissons ces souvenirs d'exil et d'invasion étrangères, qui ne peuvent plaire aux cœurs bien placés, et terminons par ce cri armoricain et breton qui finira, j'en ai la conviction, par nous réunir tous : si la Bretagne est notre marraine, l'Armorique est notre mère !

La Bretagne a parlé seule hier : c'était juste et convenable, les Bretons sont et furent les hôtes des Armoricains, nous sommes dans l'Armorique bretonne. Aujourd'hui l'Armorique prend la parole à son tour, en demandant toute votre indulgence pour son faible interprète.

Le savant et loyal auteur des *Anciens Évêchés de Bretagne*, ouvrage critiqué dans l'*Armorique bretonne*, M. Geslin de Bourgogne, l'honorable Président de ce Congrès, a procédé en vrai breton en me faisant l'honneur de demander mon adhésion. Sa franchise le porte à dire noblement « qu'il est de ceux qui aiment mieux avoir » tort que de laisser étouffer la vérité. » Il déclare aussi que « nous sommes loin d'être d'accord sur tous les points, mais toujours unis au fond dans l'amour sincère de la vérité. »

On se sent à l'aise, en présence d'un pareil oubli de soi-même, et tout de suite porté à répondre à cette généreuse provocation.

Permettez-moi donc d'établir la question historique, en général, avant d'aborder la question littéraire sur laquelle seule je compte insister, croyant avoir rempli ma tâche en histoire dans la mesure de mes forces.

L'*Armorique bretonne*, honorée au moment de sa publication du suffrage de l'Académie des Inscriptions, suffrage peu gracieusement accordé, mais enfin donné nettement sous la pression de la vérité, a eu l'honneur non moins précieux de voir sa doctrine entièrement adoptée par un professeur distingué de la Faculté des Lettres de Rennes, doublement compétent comme érudit et comme Breton.

Son *Armorique au Ve siècle*, de 142 pages, résume les principes et les solutions d'une sœur aînée qui s'était permis d'entrer dans le monde, grosse de 478 pages bien serrées, sur lesquelles près de 200 remplies de documents rares ou inédits. Sa critique, aussi hardie que loyale, lui attira des mécontents en bon nombre. Ils n'aimaient pas les ruines de leur vieux domaine bouleversé sur lequel on allait pouvoir élever un édifice nouveau.

L'*Armorique* de 142 pages, n'ayant pas à juger ses devanciers, a donc pu être mieux accueillie, tandis qu'une critique personnelle retombant sur l'aînée, se montrait encore moins gracieuse que l'Académie, tout en lui accordant un suffrage d'autant plus probant qu'il est également dû à la force de la vérité.

Il semble que ne pouvant (puisqu'on ne le tente même pas) attaquer le livre sur le fond, on veuille en empêcher le succès par le silence, ou en détournant de le lire, car si l'auteur était entendu, on pourrait craindre un jugement favorable.

Cela autorise peut-être à rappeler les suffrages obtenus et, par suite, l'état de la question dans le monde savant, en commençant par l'Institut. La Commission des antiquités de la France par l'organe de M. Hauréau, son rapporteur, s'exprimait ainsi en 1865 : « Les opinions » de M. Halléguen sur l'origine et les phases diverses de » la civilisation bretonne ont obtenu l'assentiment de » notre commission, elle reconnait que la Foi chrétienne » avait pénétré dans l'Armorique avant l'arrivée des Bre- » tons insulaires, que l'invasion étrangère n'y a pas trouvé » la barbarie. La sincérité de l'auteur n'est pas douteuse, » sa véracité sur les points importants n'est pas contes- » tée. »

Dans la *Revue critique* du 21 septembre dernier, M. Anatole de Barthélemy, l'un des auteurs des *Anciens Evêchés de Bretagne*, a voulu parler de la brochure de M. Morin pour avoir « occasion de dire publiquement que » ses idées sur l'Histoire de Bretagne s'étaient singuliè- » rement modifiées par l'étude, et en mettant de côté » toute espèce de susceptibilité, tout amour-propre et » toute idée de récrimination. »

Hélas ! c'était une illusion de sa part : il a payé tribut à l'humaine faiblesse.

Mais comme M. de Barthélemy, que j'espérais trouver ici, est absent, je laisse sa critique pour n'insister que sur son suffrage compétent (et après tout méritoire), en analysant son parallèle des deux Armoriques-sœurs.

« Deux écoles se trouvent en présence, les *Bretons* et » les *Gallo-Romains* (ou mieux les Armoricains).......

» M. Morin vient de reprendre cette question après » M. le docteur Halléguen, et dans le même sens. Tous » deux sont de l'école opposée aux *Bretons* et combattent » ses principaux champions, MM. de Courson, de La » Borderie et de La Villemarqué.

» Je n'aborde pas cette question sans une certaine hé» sitation : personnellement, en effet, j'ai, moi aussi, » étudié ce problème historique. Dans un temps, je le » confesse, j'ai peut-être adopté avec trop d'enthousiasme » les conjectures très-séduisantes de l'Ecole bretonne. » J'ose espérer que mon aveu sera une garantie de mon » impartialité ....

» Je vais essayer d'examiner si, dans ce débat, la vé» rité historique a fait quelques conquêtes............

» Le fond de la thèse de M. Halléguen est que la mo» narchie de Grallon n'est pas plus authentique que celle » de Conan-Mériadec ; c'est que l'Armorique était chré» tienne avant l'arrivée des Bretons insulaires qui n'ont » pas eu, par conséquent, à lui apporter la Foi ; c'est » qu'avant l'émigration de l'Ile, il y avait dans la province » dont Tours était la métropole, cinq diocèses corres» pondant aux cinq cités gallo-romaines, à savoir : les » Nannètes, les Redones, les Vénètes, les Curiosolites » et les Osismiens.................................. » C'est que ces insulaires ne vinrent pas s'établir dans » une région déserte et redevenue barbare ; c'est enfin » que l'Armorique soumise à des préfets gallo-romains » passa ensuite sous la suzeraineté des Franks, héritiers » de la suprématie romaine dans les Gaules, et que les » émigrés bretons ne se fixèrent dans le pays qu'avec » l'agrément des Armoricains confédérés, puis avec celui » des rois qui étaient à Paris.

« Je ne rappelle ici que les principales propositions de » M. Halléguen : pour résumer ses opinions sur la géo» graphie ancienne, sur la formation des diocèses, sur

» l'origine des comtés, il faudrait sortir des limites que » cet article doit avoir (1).

» M. Morin a repris la thèse de M. Halléguen, en a » mis en relief les principaux points : quelquefois il les a » complétés. Sous sa plume, la question est nettement » posée : l'indépendance des cités armoricaines remplit » tout le ve siècle ; par conséquent, elle est antérieure à » l'émigration bretonne ; l'émigration bretonne se fait » sous la suzeraineté des rois Franks, par conséquent, » il ne faut pas lui attribuer la nationalité bretonne ; la » foi chrétienne existait dans toute la province de Tours » avant que les moines et les évêques de l'Ile soient ve- » nus sur le continent. Au fond, on le voit, c'est la » contradiction complète du système de M. de La Bor- » rie, de MM. de Courson et de La Villemarqué, et » l'adoption de celui de M. Halléguen.

» A l'appui de l'établissement de la hiérarchie ecclé- » siastique chrétienne avant l'établissement des Bretons, » M. Morin, comme M. Halléguen, invoque surtout le » concile de Vannes, en 460, pour conclure qu'il y avait » un siége osismien et un siége curiosolite : si on est à » peu près certain que le second fut à Alet, on n'est pas » encore parfaitement fixé pour le premier, tout en dési- » gnant Brest. Saint-Pol-de-Léon, Quimper, Tréguier, » Saint-Malo et Dol seraient des diocèses formés sous » l'influence bretonne, ou pour parler plus exactement, » des démembrements postérieurs des siéges que je viens » de nommer. Sur ce point, je ne crois pas qu'il y ait de » divergences d'opinions...............

» M. Morin distingue du reste, comme M. Halléguen, » deux époques bien marquées dans le passage des Insu- » laires sur le continent. Pendant la première, il n'y a » que des établissements partiels, contemporains de l'au- » tonomie armoricaine, et les nouveaux venus dispa- » raissent dans le sein de la population à laquelle ils se

(1) Nos solutions sur ces autres points des plus importants sont très-plausibles au moins et logiques, puisque le critique ne fait pas la moindre réserve, en sorte que toute notre histoire est approuvée d'une manière générale.

(Note de M. Halléguen.)

» mêlent. Pendant la seconde période, les émigrations » se font en masse, et cela à dater de la mort de Clovis, » avec l'agrément des Franks ; les rois de Paris exercent » alors sur les Armoricains comme sur les Bretons une » suzeraineté dont des traces nombreuses se trouvent » dans les légendes des saints.

» Quant à Grallon et à sa dynastie en Cornouailles, » M. M... est aussi peu convaincu que M. Halléguen ; il » ne voit rien qui puisse sérieusement placer ce person- » nage en 480, et penche plutôt à le faire vivre dans la » seconde moitié du VIe siècle. Ces dates, si elles sont » admises, renversent l'hypothèse proposée par M. de » La Borderie....................

» La dynastie, comme le royaume de Grallon, ne sont » guère plus solides que la dynastie et le royaume de » Conan Mériadec ; on cherche une date dans la contem- » poranéité de ce personnage avec saint Patrice, et rien » ne s'oppose cependant à croire que ce personnage vécut » longtemps après la mort de saint Patrice. Notons que » M. Halléguen est le premier qui ait attaqué le royaume » de Cornouailles de Grallon, avec non moins d'ardeur » que M. de La Borderie en avait montrée à démolir le » royaume de Petite-Bretagne de Conan Mériadec.........

» Voilà les réflexions que m'a suggérées la lecture at- » tentive de tout ce qui a été publié, depuis quelques » années, sur les commencements de l'histoire de la » Bretagne continentale................

» J'ai la confiance, dit M. de Barthélemy en terminant, » que les grandes lignes resteront (c'est-à-dire les solu- » tions de MM. Halléguen et Morin, dans les deux Ar- » moriques). »

On comprend facilement l'importance que j'attache au suffrage compétent de M. de Barthélemy, auteur des *Anciens Evêchés de Bretagne*, secrétaire de la Commission de topographie des Gaules, d'un honorable et savant adversaire converti, rendant publiquement hommage à la vérité.

La rédaction de la *Revue critique* déclare de son côté « que M. de Barthélemy reconnaît le bien fondé de l'idée

» dominante de l'*Armorique bretonne* ; qu'il constate en » propres termes que M. Morin a repris une thèse qui » est mienne ; que le mérite de sa dissertation consiste » dans l'arrangement des faits et des raisonnements, et » non point dans la découverte d'arguments nouveaux. »

La question de priorité ne peut donc faire doute, et le mérite du fond est ainsi reconnu par des juges compétents, les uns intéressés, les autres désintéressés. Tel étant l'état des questions principales dans le monde savant à Paris et à Rennes, je crois pouvoir attendre avec quelque confiance mon loyal adversaire de Saint-Brieuc et tous autres ici présents.

Je continue donc ma route sur un terrain assez bien assuré désormais, celui de l'Histoire générale, et j'aurai vendredi l'honneur d'offrir au Congrès Breton les prémices de l'histoire littéraire annoncée à M. Morin dans cette lettre que je crois devoir lire :

« Châteaulin, 8 février 1867.

» Monsieur et très-honoré Confrère en histoire et en archéologie,

» Je m'empresse de répondre à votre lettre de bonne et loyale confraternité (1), moins encore pour vous remercier de la justice constante que vous me rendez depuis le Congrès de Quimper en 1858 (2), et que vous allez me continuer dans votre *Armorique au Ve siècle*, que pour vous rassurer complètement sur l'origine et sur la valeur du passage capital qui fixe l'âge historique de Patrice, de Gué-

(1) M. Morin m'écrivait le 6 : « *Mon Armorique au Ve siècle*, dont je com» mence l'impression, me fournit de fréquentes occasions de citer votre » *Armorique bretonne*, et j'ai le plaisir de constater presque partout la » concordance à peu près complète de notre doctrine historique. Pour Gral» lon, je m'en suis référé à la page 400 où vous donnez un extrait du Cartu» laire, qui me paraît trancher la question contre la contemporanéité de » Guénolé et de Patrice. » C'est le passage important cité p. 116, pour lequel et pour ce § 18, M. Morin a oublié de renvoyer à l'*Armorique bretonne* et au Cartulaire de Landevennec, dans l'Appendice.

(2) Voyez procès-verbaux de ce Congrès dans le Bulletin de l'Association, t. VI, p. 284. Voyez aussi l'introduction à l'histoire de l'*Armorique au Ve siècle*, par M. Morin, 1866.

nolé, de Grallon et de la Petite-Bretagne. Ce passage a, en effet, pour l'époque bretonne, la même importance que l'*Épiscopus Osismiensis* pour l'histoire religieuse et politique de l'époque armoricaine.

» La vérité est que le Cartulaire de Quimper est devenu incomplet en plusieurs endroits, et qu'il faut le compléter par la copie de la Bibliothèque impériale, ainsi que M. de La Borderie lui-même l'établit dans la *Biographie bretonne* (t. I, p. 831, note de l'article Grallon); c'est donc là que j'ai copié ce précieux passage. C'est cette *découverte* qui explique surtout les sentiments de toute l'*Armorique bretonne*, spécialement du Précis; ceux du Préambule et de l'Appendice, de la Préface générale. Comment, en effet, ne pas s'indigner en voyant la vérité ainsi méconnue! Vous même sans doute, Monsieur et honoré Confrère, à mesure que vous sentez toute la portée de ce document mal connu jusqu'ici, vous même avez peine à en croire vos yeux et voulez être dix fois sûr avant de vous appuyer sur ce fondement de notre histoire. Vérifiez donc autant que vous voudrez, à Paris et à Quimper, suivant les indications détaillées et les citations surabondantes de l'Appendice. Vous comprendrez de mieux en mieux, j'ose le dire, le service que j'ai rendu à notre cher pays, et le courage dont j'ai eu besoin, étant gravement malade, pour publier ces choses dans une atmosphère hostile.

» Je n'en suis que plus sensible et reconnaissant, honorable Confrère, en retrouvant dans votre Introduction un Précis de mon Essai; et en voyant d'avance dans votre volume le développement autorisé et distingué d'une doctrine historique commune au fond et dans les parties principales.

» Je ne prévois même pas, tant l'accord est général entre nous, de point un peu important de dissentiment, et vous serais bien obligé de me le signaler, s'il en existe, avant l'impression, espérant bien que nous nous entendrons dans une discussion loyale, consciencieuse jusqu'au bout. Permettez-moi aussi d'espérer que nous continuerons à nous appuyer fraternellement, n'ayant également en vue que la Vérité et la Patrie.

» Mon second volume ne sera autre, au fond, que les récits du premier, dégagés avec profit pour l'auteur et pour le lecteur de la polémique nécessaire pour déblayer le terrain avant la construction de l'édifice. Je serai donc heureux de me prévaloir de votre suffrage et de votre autorité en faveur de la véritable histoire de notre pays. Mais aux côtés politique et religieux élucidés désormais par le premier volume, j'ajouterai l'histoire littéraire, tout aussi méconnue. Ce sera la partie toute nouvelle de ce volume et celle qui a retardé sa publication. Elle est assez avancée pour que j'en donne bientôt des fragments dans une *Revue* qui va se fonder en Basse-Bretagne (1).

» Je vous demande pardon, Monsieur, de vous retenir » si longtemps, mais votre sympathie me captive..... »

Et m'adressant au Congrès devant lequel j'ai l'honneur de parler, je caractérise ma première communication et toutes celles que je pourrais faire en déclarant que je suis venu ici parce que j'ai également soif de vérité et de justice.

(1) L'annonce du Congrès celtique a fait ajourner la publication d'une *Revue de la Basse-Bretagne* qui remplacerait maintenant avec avantage, comme organe de ce Congrès international une *Revue celtique*, publiée naturellement dans l'Armorique celtisante de préférence à Paris et à la Haute-Bretagne française pure. *(Note de l'auteur.)*

DE L'ORIGINE

DES MONUMENTS MÉGALITHIQUES,

Par M. Henri Martin.

Lorsqu'à la suite du grand mouvement de la Renaissance on commença d'étudier, après les monuments littéraires de l'antiquité, les monuments archéologiques d'une autre nature, l'attention des savants de France et des îles Britanniques fut attirée par un vaste ensemble de monuments antérieurs à la domination romaine, et dont la mystérieuse simplicité et la rude grandeur étonnaient l'imagination et sollicitaient la pensée.

Leur caractère commun consistaient en ce qu'ils étaient exclusivement formés, non de matériaux transformés par la main de l'homme, mais de blocs naturels de *pierres vierges*, telles qu'elles sont sorties des mains de l'auteur de la nature. C'étaient tantôt de simples pierres levées, quelquefois comparables par leurs proportions colossales aux monolithes de l'Égypte ; tantôt des espèces de grottes artificielles formées de quatre grandes pierres ou davantage, parfois jusqu'à un nombre de blocs et à des dimensions considérables, avec subdivisions en divers compartiments. Un très-grand nombre, et probablement le plus grand nombre de ces grottes avaient été ou étaient encore recouvertes de tumulus de terre ou de pierres, de proportions diverses. D'autres, placées le plus souvent sur des tertres ou naturels ou artificiels, au lieu d'être enveloppées dans les tertres, semblaient avoir toujours été à découvert.

Assez souvent, les pierres levées étaient réunies par groupes. Elles entouraient fréquemment d'un ou de plusieurs cercles les tumulus qui enfermaient des grottes de pierres, ou qui en étaient surmontés. Souvent aussi, les cercles de pierres formaient par eux-mêmes des monuments spéciaux, sans être associés aux tumulus. Quelquefois, les pierres étaient assemblées en lignes parallèles par centaines, et même, sur un point de la Bretagne, par milliers, présentant ainsi le spectacle le plus extraordinaire et le plus grandiose.

Enfin, un monument d'Angleterre, unique dans son genre, présentait quatre cercles ou ovoïdes, deux de pierres levées, et deux d'imposants portiques composés de trilithes ayant chacun deux supports et un linteau.

Nos antiquaires, des deux côtés de la Manche, voyant ces monuments répandus dans la plus grande partie de la France et des îles Britanniques, et les principaux groupes placés dans les pays où s'étaient conservées le plus fortement les traditions et même les langues celtiques, n'hésitèrent pas à les attribuer aux Celtes ou Gaulois, en donnant à ces noms leur acception la plus générale. Cette attribution était d'autant plus naturelle que c'était la seule catégorie de monuments importants qui eût précédé dans nos contrées l'empire romain, et, que, s'ils n'eussent appartenu aux Gaulois, ceux-ci n'eussent laissé sur notre sol aucun vestige notable, ce qui n'était pas à présumer.

Toutes sortes de légendes populaires se rattachaient à ces monuments; nous ne voulons pas toucher, en ce moment, à la question des traditions écrites. Pour ne parler que des grottes, le peuple les appelait le plus souvent, en France, *grottes aux fées*, ou de quelque autre nom analogue; dans la Bretagne celtique, *ti-korrigan*, ce qui a le même sens; en Irlande, *lits des géants* ou *tombeaux des géants;* le monument d'Angleterre que nous citions tout-à-l'heure, et que les Anglais nomment *stonehenge*, s'appelle dans la tradition galloise le *corgawr*, ce qui peut s'interpréter par le *grand-cercle* ou le *chœur de danse des géants*.

Les antiquaires imposèrent à ces monuments des noms celtiques relatifs à leur forme; mais ils ne s'entendirent pas des deux côtés de la Manche. Les Franco-Bretons appelèrent *menhir*, pierre longue, les pierres levées; les Anglo-Celtes les appelèrent *dolmen*, table de pierre. Les Franco-Bretons appliquèrent ce nom de *dolmen* aux grottes composées de quatre pierres ou davantage, parce que la pierre ou les pierres qui recouvraient la grotte étaient posées comme une table sur ses supports. Le terme de *dolmen* paraît en effet mieux appliqué aux grottes qu'aux pierres levées, qui, étant plantées debout, ne rappellent pas l'idée d'une table.

Les antiquaires d'outre-mer donnèrent le nom de *cromlech* à ce que les nôtres appelaient *dolmen*.

Ici nous comprenons encore moins les motifs des savants des îles Britanniques. Ils interprètent *cromlech* par pierre courbe ou pierre inclinée; les pierres des dolmens ne présentent point de courbes, et la table n'est inclinée intentionnellement que dans un très-petit nombre de monuments. Les Franco-Bretons appellent les cercles de pierres *cromlechs*, c'est-à-dire pierres disposées en courbe, en cercle.

L'opinion assez générale s'accrédita que les grottes découvertes étaient des autels druidiques, sur la table desquels on avait célébré des sacrifices humains. On n'avait pas encore remarqué les vestiges des tumulus qui avaient enveloppé une multitude de ces *dolmens* actuellement découverts, fait incompatible avec une telle attribution.

Cependant on signala peu à peu, en d'autres régions, un grand nombre de monuments du même genre. On en trouva une multitude dans le nord de l'Allemagne, en Danemark et jusque dans la Scanie, la province méridionale de la Suède. Là, ainsi qu'en Espagne, où l'on en reconnut quelques-uns, et en Italie où l'on avait nié qu'il en existât, mais où l'on en retrouve maintenant, on pouvait encore les croire celtiques, puisque les Celtes ont conquis une très-grande partie de l'Espagne et de l'Italie, et qu'il y a les plus fortes raisons historiques de croire que les Cimbres, qui ont dominé en Danemark et aux environs, étaient des Celtes. Ajoutons qu'il est fort à croire que les Cimbres avaient été précédés dans le Nord par d'autres Celtes.

Mais on reconnut l'existence des monuments dits celtiques dans les contrées les plus diverses et les plus lointaines, où il ne semblait nullement admissible que les Celtes eussent possédé des établissements. Il y en a quelques-uns en Grèce et un bon nombre dans la Palestine; en écartant les monuments primitifs des îles de la Méditerranée, qui ne paraissent pas se rapporter à nos types, nous retrouvons au contraire des types très-analogues aux nôtres, en très-grand nombre, en Algérie, et, plus ou moins, dans tout le nord de l'Afrique. Nous les retrouvons sur la côte orientale de l'Inde, et au pied de l'Himalaya; nous les retrouvons dans la Tartarie centrale; on en signale enfin jusque dans l'Amérique du Nord et du Sud; il serait nécessaire, à la vérité, de constater, pour l'Amérique, si les caractères sont suffisamment analogues. Cette analogie n'existe pas dans les très-curieux monuments antiques du Pérou, dont les photographies ont été présentées au récent Congrès anthropologique et archéologique de Paris. Ce ne sont pas des monuments de pierres vierges. Quoi qu'il en soit, il n'est pas douteux que ces monuments ne dépassent le cercle d'action des Celtes.

D'une autre part, l'examen plus attentif des monuments et les fouilles pratiquées, soit dans l'intérieur, soit aux alentours, établirent qu'en général les grottes, les *dolmens*, pour employer l'expression franco-bretonne, étaient des tombeaux et non des autels, et qu'on n'y rencontrait les métaux que par exception. Ceci était constaté, en même temps que les travaux de la philologie comparée sur les langues aryennes et leur source commune amenaient à l'induction que les Celtes, comme les autres peuples de la famille aryenne, connaissaient les métaux avant d'arriver en Europe.

On se préoccupait aussi de plus en plus de la découverte de débris multipliés d'une primitive industrie humaine dans des lieux et dans des conditions qui reculaient à de très-grandes distances les commencements de la société en Occident, et qui faisaient plonger dans la géologie les racines de l'histoire.

Ces hommes inconnus, dont on retrouve enfin quelques restes après avoir retrouvé les innombrables instruments de leur grossière industrie, ne pouvaient pas sans doute être des Celtes.

Ceci était l'œuvre de la science française. Les savants scandinaves, retrouvant de leur côté de très-anciens débris, essayèrent les premiers une classification des âges antéhistoriques et furent suivis, chez nous et ailleurs, dans cette voie. On posa, au point de départ, un âge de la pierre *éclatée*, ou travaillée par éclats, qui se subdiviserait en plusieurs âges, dont le dernier serait celui de ces cavernes où l'on rencontre des outils finement travaillés et des figures d'animaux tracées sur l'os ou la pierre avec une certaine justesse de forme et même une certaine élégance. Puis viendraient l'âge de la pierre *polie*, l'âge de bronze et l'âge de fer (1).

On avait remarqué que le fer ne se trouve point dans l'intérieur des dolmens, et que le bronze et l'or ne s'y trouvent pas souvent ; l'or, toutefois, moins rarement que le bronze. Au contraire, les armes de fer d'une forme antérieure à l'invasion romaine, et les armes de bronze de l'époque qui a précédé ces armes de fer, se rencontrent en abondance dans de petits tumulus dont les petites chambres ou caveaux ne présentent ni les grands blocs ni l'aspect imposant des dolmens.

On ne pouvait douter que ces grandes épées de fer qu'on trouve parfois ployées en deux, et qui rappellent ces lames flexibles et de mauvaise trempe dont parlent les historiens latins, n'eussent appartenu aux Gaulois des derniers temps de l'indépendance ; et il n'était pas dou-

(1) Voyez dans le volume de l'an dernier (p. 801) et dans le premier numéro de cette année (p. 9), des articles de M. John Lubbock sur l'*Emploi de la pierrre et du bronze dans l'antiquité antéhistorique* (avec 93 fig. dans le texte). — Voy. l'ouvrage du même auteur, *l'Homme avant l'Histoire* (un vol. in-8°, avec 156 fig.) — Voyez dans la *Revue des Cours scientifiques*, tome IV, page 1 (1er décembre 1866), une conférence de M. Virchow sur *les tumuli et les habitations lacustres* ; page 615 (24 août 1867), un article de M. Broca ; page 701, un article de M. de Mortillet sur l'*art dans les cavernes* ; page 724 (12 octobre 1867), une conférence de M. Simonin sur l'*histoire du fer* ; enfin dans le tome II (1865), pages 618, 619, 666 et 812.

teux non plus que les armes de bronze, de même modèle et de même ornementation que les armes de fer, ne provinssent de l'époque gauloise antérieure (1).

Des archéologues distingués conclurent de ces observations que la classe de petits tumulus que nous venons de citer étaient les tombeaux des Gaulois, mais que les grands tumulus à dolmens, et, en général, les dolmens couverts ou découverts, dans lesquels dominent les armes et objets divers de pierre polie, comme les métaux dominent dans les petits tumulus, avaient été attribués par erreur aux Celtes, et qu'ils appartenaient à une race antérieure et à un autre âge, l'âge de la pierre polie.

Ainsi qu'autrefois on avait attribué exclusivement les monuments de pierres vierges aux Celtes, on posa cette hypothèse qu'ils appartiendraient à un autre peuple unique, qui serait venu du nord le long de la mer, élevant ses principaux groupes de monuments sur les côtes et le long des grands fleuves, et faisant le tour de l'Occident pour aller finir dans le nord de l'Afrique.

Nous ferons en passant la remarque que si, en ce qui regarde notre France, l'Ouest est incontestablement la région la plus riche en monuments de grandes pierres, tandis que l'Est est d'une pauvreté inexpliquée (2), il y a cependant des groupes très-considérables dans certaines contrées qui sont tout-à-fait dans l'intérieur des terres, comme l'Aveyron, par exemple, l'ancien pays des Ruthènes, où, dernièrement, au Congrès de Paris, on nous énumérait six cents dolmens. L'hypothèse que nous venons de mentionner ne paraît pas avoir prétendu embrasser tout l'ensemble des monuments de pierres vierges; elle semble rompre l'unité de ce grand ensemble, et

(1) On employait encore des armes de bronze à l'époque des armes de fer, et l'on avait continué d'employer des armes de pierre à l'époque des armes de bronze; les pauvres gens se servaient certainement encore de haches de pierre et de flèches de silex même à l'époque du fer. Ces catégories ne peuvent être prises dans un sens absolu.

(2) Il y a contestation quant aux Vosges, dont les forêts contiennent un grand nombre de blocs peut-être disposés de main d'homme et dont le caractère n'est pas suffisamment déterminé encore par la science.

laisser à part les *menhirs* et les *cercles*, quand ils ne sont point associés aux *dolmens*, pour ne s'attacher qu'à ceux-ci, considérés comme une sorte de monuments funéraires qui aurait précédé chez nous une autre forme, celle des petits tumulus.

Si cette hypothèse allait jusqu'à attribuer à un même peuple tous les *dolmens*, funéraires ou non, qui se rencontrent sur le globe, il faudrait que ce fût là un peuple universel; car il y a des dolmens dans la Galilée et sur la rive orientale du Jourdain; il y en a sur la côte de Coromandel, et, à ce qu'il paraîtrait, en Amérique. Mais ces derniers ont-ils une destination funéraire? — Ceux de la Palestine ne l'ont point. Les monuments de pierres vierges que nous décrit fort clairement la Bible ne sont pas des tombeaux. Ce sont, les uns des autels, les autres des pierres du *Témoignage*, des *monimenta*, dans le sens précis du mot.

L'hypothèse en question serait renversée à l'instant si elle prétendait envelopper tous les monuments à forme de dolmen, puisque la Bible nous atteste que ces monuments étaient en usage, dès le temps d'Abraham, parmi les Térachites, d'où est sorti le peuple hébreu; ils l'étaient également, selon toute apparence, chez les autres tribus sémitiques, et l'on en a retrouvé, de nos jours, un certain nombre dans les contrées habitées d'ancienneté par ces peuples. Or, il est bien certain que ce ne sont pas les Hébreux, ni leurs devanciers les Semites primitifs, qui sont venus construire des dolmens jusqu'au fond de l'Occident.

Mais ne forçons pas la thèse qu'il s'agit d'examiner, et renfermons-la dans les conditions précises où elle a été formulée pour l'Occident; ici, l'immense majorité des monuments à forme de dolmen ont, en effet, incontestablement, une destination funéraire.

Peut-on attribuer les dolmens, en Occident, à un peuple qui ne soit pas les Celtes?

L'histoire, l'archéologie, l'anthropologie, peuvent-elles apercevoir en Occident un peuple antérieur aux Celtes?

L'histoire a toujours signalé un peuple antérieur aux

Celtes dans le sud-ouest de l'Europe, celui qu'on nomme improprement *Ibères*, et dont le rameau le plus considérable, et peut-être le plus ancien, aurait été celui des Ligures. Des inductions fournies par l'anthropologie, et d'autres, plus incertaines, par la philologie, tendent aujourd'hui à faire remonter les Ligures plus haut qu'on ne l'avait pensé dans les régions moyennes de l'Occident.

L'anthropologie nous signale, d'une autre part, en Occident, les restes des aïeux d'un autre peuple qui subsiste actuellement encore dans l'extrême nord de l'Europe et dans le nord-ouest de l'Asie ; le peuple que nous appelons *Finnois*, un des grands rameaux de la race touranienne.

Des affinités dans la conformation du crâne ont amené des anthropologistes éminents à l'idée hardie d'une commune origine entre les Ligures et les Finnois, les hommes du Midi et les hommes du Nord, comme si les Ligures, qu'ont connus les Grecs et les Romains, n'eussent été qu'une branche de la race touranienne, transformée dans ses mœurs et sa physionomie par le long séjour dans les climats chauds et les pays de montagnes.

Chez les Basques, le seul débris de l'ancienne famille ibérienne qui ait conservé sa langue primitive, la philologie signale quelques rapports, d'une part, avec le système des langues touraniennes, de l'autre, avec les langues américaines; le basque appartient au système de l'agglutination et non au système d'articulation de notre famille aryenne.

Nous mentionnons ces observations et ces indices sans essayer d'en tirer de conclusion trop hâtive et en faisant remarquer, par contre, que le beau type si commun dans les pays basques est extrêmement différent, par les lignes comme par la physionomie, et des Finnois et des Ligures, et plus rapproché des Celtes sans être celtique. Les yeux bleus brillants et le teint clair et coloré y dominent.

Que les Finnois et les Ligures soient deux races différentes ou qu'ils aient été primitivement une seule race, il n'est pas douteux maintenant que ces peuples n'aient précédé les Celtes en Occident ; et notre savant anthropologiste, M. de Quatrefages, a signalé l'extrême affinité existant entre les plus anciens restes humains trouvés jusqu'ici en Occident et la conformation crânienne des Finnois actuels.

On inclinerait donc aujourd'hui à croire que la race finnoise aurait vécu sur notre sol durant ce très-grand nombre de siècles qui a dû s'écouler depuis le premier âge de la pierre, découvert et démontré chez nous par l'indomptable persévérance de M. Boucher de Perthes, jusqu'au dernier âge du renne et des cavernes, qui clôt les belles séries de découvertes de M. Lartet et de ses émules.

Mais peut-on également accorder, soit aux Finnois, soit aux Ligures, unis ou séparés, l'âge de la pierre polie, en identifiant cet âge avec l'ère des dolmens?

Si les dolmens appartenaient, soit aux Finnois, soit aux Ligures ou Ibères, on les retrouverait dans les contrées qui ont exclusivement appartenu, soit aux Ibères, soit aux Finnois, sans que les Celtes y aient pénétré.

Il y a des dolmens dans la Péninsule ibérique, ce qui ne saurait trancher la question, puisque les Celtes se sont établis en Espagne; mais les dolmens y sont beaucoup moins nombreux qu'en Gaule.

Il n'y a point de dolmens dans les îles de la Méditerranée, où se sont établis les Ibères et non les Celtes.

Il n'y a point de dolmens dans les pays de l'Europe septentrionale et du nord-ouest de l'Asie, occupés de tout temps et conservés exclusivement par la race finnoise. C'est dans des contrées plus au sud, vers la Tauride ou dans l'Asie centrale, qu'on rencontre les grands tumulus, surmontés de statues grossières, qui appartiennent à d'autres branches de la race touranienne et qui ont quelque analogie, au moins extérieure, avec nos tertres artificiels.

On a, il est vrai, annoncé au Congrès international de Paris qu'on retrouvait maintenant des tumulus funéraires dans la Moscovie proprement dite; mais nous ignorons encore si ces tumulus renferment des dolmens, et l'on nous a en même temps appris que les restes humains qu'on y trouve n'appartiennent pas aux vieilles races finnoises du pays.

Les raisons morales ne sont pas moins fortes contre l'attribution des dolmens aux Ibères ou aux Finnois.

Ces monuments, comme les vastes alignements et comme les cercles de pierre qui leur sont associés, supposent une sorte de grandiose et mystérieuse religion des tombeaux, une puissance religieuse organisée en un grand sacerdoce, des populations agglomérées, puissantes et disposées à de vastes œuvres collectives sous l'impulsion de ce sacerdoce, un peuple animé, dans sa rudesse, d'une haute idéalité.

Il n'y a jamais eu rien de pareil parmi les populations finnoises, ni plus généralement touraniennes ou tatares. Elles n'ont jamais montré d'idéalisme, ni produit de grande religion ni de créations originales d'aucune sorte, et leurs tumulus scythiques appelés *kourganes*, que nous mentionnions tout à l'heure, ont été probablement introduits chez les Touraniens par l'imitation étrangère. Les chefs des anciens Scythes étaient de race aryenne, quoique la masse scythique fût touranienne.

Quant aux montagnards ibériens, les anciens vantent chez eux de très-nobles qualités morales, mais leur esprit d'isolement et leur habitude de petits groupes, dans la politique comme dans la guerre, ne les rendaient nullement propres à de pareils ouvrages ni à l'organisation religieuse et sociale que ces ouvrages supposent.

Ajoutons que, d'après les témoignages que nous avons recueillis sur les lieux, il n'y a, ni dans la langue ni dans les traditions des Basques, absolument rien qui se rapporte aux monuments de pierres vierges.

Comme il n'y a pas moyen de faire remonter l'âge de la pierre polie par delà ces Finnois, que l'on considère maintenant comme contemporains, tout au moins, des derniers âges de la pierre éclatée et probablement même des premiers, il faudrait donc supposer un grand peuple inconnu qui, pendant les âges finnois et ibérien, aurait passé par-dessus le corps des Finnois et des Ibères, les aurait dominés, puis aurait disparu sans laisser l'ombre même d'un souvenir dans la tradition du genre humain. L'invraisemblance d'une telle donnée éclate assez d'elle-même.

Nous ne nous arrêterons pas ici à l'opinion qui voudrait attribuer les dolmens aux Phéniciens, puisque l'hypothèse que nous examinons reporte les dolmens à une époque et à un peuple antérieur aux Celtes et que les Phéniciens sont historiquement contemporains des Celtes. La question d'ailleurs, ayant été posée dans le récent congrès de Paris, il a été établi qu'il n'existait aucun dolmen en Phénicie, et nous ajouterons que personne n'attribue aux Carthaginois, fils des Phéniciens, pas plus qu'aux Romains, les nombreux dolmens de l'Afrique.

Tout ce qu'on voudrait substituer aux Celtes en Occident s'évanouit donc comme un nuage à mesure qu'on s'en approche.

Les indices négatifs tournent ainsi en leur faveur; en est-il aussi de positifs qui les favorisent?

Les premiers progrès de l'archéologie contemporaine ont tendu à faire enlever aux Celtes tout cet ensemble de monuments que les antiquaires du temps passé considéraient comme exclusivement celtiques. De nouveaux progrès obligent maintenant de leur en rendre au moins un certain nombre, que personne ne saurait plus leur contester, depuis qu'on les a considérés de plus près.

Il est, en effet, totalement impossible de nier que les Celtes aient élevé des menhirs. Les menhirs, qui ont été souvent des *monimenta*, comme les pierres du *Témoignage* chez les Hébreux, et peut-être aussi des limites, ont eu aussi très-souvent un caractère funéraire. On en rencontre un certain nombre en Irlande, sur lesquels sont gravées des épitaphes et parfois d'autres inscriptions en caractères *ogham*, et quelquefois, dans le pays de Galles, on a trouvé sur des menhirs des épitaphes bilingues, en ogham et en latin. Dans les vieux cimetières des pays de langue celtique, l'usage de la pierre levée funéraire a subsisté dans les temps chrétiens, en Irlande surtout, de façon qu'on voit la transition s'opérer, du menhir portant des emblèmes druidiques, les cercles ou disques pointillés et autres, au menhir portant la croix ; et, sur certains, la croix est placée au-dessus du cercle ou dans le cercle.

Les menhirs portant des symboles celtiques ou druidiques ne sont pas rares en Irlande et sont très-communs dans l'Ecosse orientale, où ils sont réputés être les monuments des Pictes et où ils mêlent des emblèmes qui paraissent particuliers à cette nation avec les cercles et autres symboles généraux des Celtes. Ces derniers menhirs ne sont pas nécessairement funéraires, et, jusque vers le xe ou le xie siècle, les rois d'Ecosse en élevaient encore où ils faisaient sculpter des batailles et des chasses.

Les preuves ont commencé d'arriver aussi pour les dolmens. On n'avait pas fait une attention suffisante à une découverte opérée en Bretagne, il y a déjà plus de vingt ans, en dehors du grand groupe morbihannais, si habilement et si fructueusement exploré dans ces dernières années. Dans un tumulus inviolé, à dolmen ou chambre funéraire unique, de l'aspect le plus simple et le plus rude, au fond d'un fourré de chênes de la forêt de Carnoët, à laquelle ce tumulus semble avoir donné son nom, on a trouvé, dans l'intérieur du dolmen, réunis ensemble tels qu'ils avaient été posés le jour des funérailles, les ornements et les armes d'un chef de guerre, consistant en un collier d'anneaux d'or, un collier d'argent, six glaives de bronze et une poignée de flèches de silex.

Les glaives de bronze étaient du modèle triangulaire à rainure, si connu dans nos musées et qui est représenté sur diverses monnaies gauloises. Quatre de ces glaives sont, avec le collier d'or, au musée de l'hôtel de Cluni.

En Irlande, on a signalé des inscriptions en caractères celtiques, en ogham, dans l'intérieur de plusieurs dolmens. Il y a deux ans, un habile antiquaire irlandais qui est venu faire des découvertes jusque dans notre Bretagne, M. Samuel Ferguson, a découvert dans un tumulus à dolmen, tout près de Rath-Croghan, l'ancienne forteresse des rois de Connaught, l'épitaphe, en ogham, de

Fergus, fils de Meabh (ou Meddf), reine guerrière des temps ossianiques qui, par une transformation légendaire, semble être devenue la reine Mab des contes de fées.

Les légendes des héros ossianiques sont fabuleuses, mais l'existence de ces héros n'est pas à révoquer en doute ; la reine Meabh étant un peu antérieure à Ossian, ceci nous reporte approximativement entre le premier et le second siècle de l'ère chrétienne. L'inscription ne peut avoir été ajoutée après coup, car les lignes de caractères sont engagées dans les interstices des pierres et ont dû être gravées avant que les blocs fussent en place.

Nous faisons d'avance la même observation pour ce qui regarde les lignes ornementales ou symboliques du monument de New-Grange, dont nous parlerons tout à l'heure.

A ce qui concerne les menhirs et les dolmens, nous n'ajouterons pas, en ce moment, ce qui regarde les cercles de pierres, parce qu'il faudrait entrer ici dans un autre ordre de témoignage, celui des traditions écrites et orales, et que nous voulons rester, quant à présent, dans l'archéologie pure.

On ne peut donc plus nier maintenant que les Celtes n'aient élevé des monuments de pierres vierges ; on peut seulement essayer encore de ne leur en accorder que la dernière période et de soutenir qu'ils les ont imités d'un peuple antérieur, auquel appartiendraient, par exemple, les grands groupes de ces monuments, ceux de Bretagne, d'Irlande et du Wilthsire, aussi bien que ceux du nord de l'Europe.

Examinons donc les monuments en eux-mêmes, et tâchons de reconnaître si l'on y rencontre des signes ou des objets quelconques qui les rapprochent des Celtes.

Comme caractère, nous avons indiqué qu'il y avait là évidemment une religion des tombeaux, préoccupée, sur toutes choses, de la vie future, analogue, sous ce rapport, à la religion des Egyptiens. Cette religion, cependant, n'attachait pas la même importance que les Egyptiens à la conservation du corps humain après la mort. Les corps étaient, tantôt simplement inhumés sans être embaumés, tantôt incinérés, et il n'a pas été possible de déterminer clairement comment ont coincidé ou se sont succédé les deux rites. On les rencontre, côte à côte, à des époques évidemment très-antiques.

Les constructeurs de ces monuments attachaient une grande valeur, sans doute symbolique, à la figure du cercle ; ils semblaient mettre les tombeaux sous la protection des cercles et plaçaient aussi des cercles ou des hémicycles aux extrémités des alignements, outre les cercles qui étaient des monuments par eux-mêmes et qui ne se rattachaient pas à d'autres monuments.

Les grands tumulus à dolmens de la Bretagne et de l'Irlande offrent entre eux une étroite affinité de construction, et, ce qui est encore plus significatif, une étroite affinité, sans être une absolue similitude, entre les figures ornementales ou symboliques sculptées à l'intérieur.

Nous n'avons pas entendu dire que l'on ait trouvé de figures quelconques dans ceux des tumulus des environs de Stone-Henge qui ont été fouillés; on ne peut les ramener ni à l'une ni à l'autre de nos deux catégories de grands tumulus à dolmens et de petits tumulus sans dolmens, car plusieurs sont très-grands et ne renferment point de dolmens (1) ; le grand monument central qu'ils entourent, le *Côr-Gawr*, n'a, de son côté, aucun analogue en Bretagne ni en Irlande.

A mesure qu'on a plus soigneusement examiné les dolmens anciennement ouverts et qu'on en a ouvert de nouveaux, on a retrouvé et l'on retrouve chaque jour, à l'intérieur de ces monuments, un nombre croissant de signes, de figures frustes.

En Irlande comme en Bretagne, on rencontre, avec quelques variantes, les cercles ou disques pointillés, les cercles redoublés, ou ellipses, ou spirales, impliqués indéfiniment les uns dans les autres, les spirales déroulées

(1) Le gigantesque tumulus de Silbury, voisin des restes des grands alignements et des grands cercles d'Abury, dans le Wiltshire, ne paraît pas non plus contenir de dolmen, et ne paraît pas même avoir eu de destination funéraire.

ou lignes serpentantes, les lignes brisées appelées dents de scie ou dents de loup, les courbes multiples formées de croissants accolés, les losanges, les stries, et aussi parfois un emblème végétal, la fougère.

Or, ces signes, communs à la Bretagne et à l'Irlande, et qui se retrouvent aussi en partie en Écosse et sur des monuments primitifs de l'Allemagne et de la Scandinavie, ces signes découverts dans les tumulus les plus importants de l'ère des dolmens, dans ceux qui marquent évidemment le point culminant de la puissance de la race qui les a érigés, sont le principe de tout un système ornemental qui est précisément celui des peuples celtiques jusqu'au moyen âge, et l'on peut dire jusqu'à nos jours; car nos paysans bretons portent encore, brodés sur leurs vêtements et jusque sur les harnais de leurs chevaux, les disques pointillés, les dents de scie, les spirales, et des espèces de colliers formés de croissants accolés.

Disques pointillés, dents de scie, losanges, etc., apparaissent partout sur les armes et sur les objets de toute nature, d'incontestable provenance celtiqne, qu'on découvre dans les petits tumulus de l'âge de bronze et de l'âge de fer ou ailleurs, et qui remplissent les musées de France et des îles Britanniques. Certaines de ces lignes, surtout les lignes brisées ou dents de scie, les spirales, etc., passent de l'ornementation celtique dans l'architecture romane, où elles font très-grande figure et ne disparaissent qu'à l'avénement de l'architecture ogivale. Les motifs d'ornementation celtique apparaissent aussi, quoique moins communément, sur les sarcophages chrétiens des premiers siècles. Nous avons reconnu, dans les musées de Nantes et de Poitiers, les ellipses indéfiniment redoublées de *Gawr-Ynyz*, sur des auges d'époque mérovingienne. Il y a aussi, si notre mémoire est fidèle, quelque chose de pareil sur un tombeau de la cathédrale de Saint-Pol-de-Léon.

Les disques, la fougère et les espèces de crosses multipliées en groupes, qu'on voit dans les dolmens de Locmariaker, se trouvent sur diverses monnaies gauloises.

Plusieurs de ces figures, les disques pointillés, les

dents de scie, les stries, etc., se rencontrent également sur les vases de terre qu'on trouve dans les dolmens, et qui sont parfois d'une pâte assez pure et d'une forme élégante, comme on a pu s'en assurer, au congrès de Paris, en consultant un magnifique album où M. de Cussé a représenté, de grandeur naturelle, les restes si intéressants de la vieille céramique morbihannaise, Ces vases ne diffèrent pas notablement de ceux que l'on découvre dans la catégorie de petits tumulus admis par tout le monde comme gaulois ; ils n'en diffèrent pas du tout par l'ornementation, quand ils sont ornementés.

Ajoutons, quant à l'origine des objets de pierre polie trouvés en si grand nombre et en si belle qualité dans nos dolmens de Bretagne, qu'il est maintenant constaté qu'on s'était trompé en y signalant le jade asiatique, et que la matière de ces belles haches, jadéide, fibrolithe, diorite, etc., n'est point étrangère à l'Occident, ni en particulier à la Bretagne ; mais, par compensation, les splendides colliers formés d'énormes turquoises vertes sont parfaitement d'origine asiatique.

La question que nous posions tout à l'heure nous semble donc résolue. Oui, il y a des rapports entre l'ère des dolmens et les époques reconnues celtiques par tout le monde. Il y a, depuis les grands tumulus d'Irlande et de Bretagne jusqu'aux Celtes les plus récents, une tradition ininterrompue, caractérisée par l'emploi des mêmes figures symboliques ou ornementales.

Il reste là une difficulté. Si les dolmens sont celtiques, ce qu'on nomme l'âge de la pierre polie appartiendrait donc aux Celtes ; les Celtes seraient donc arrivés en Europe à une époque où ils ne connaissaient point l'usage des métaux, et les colliers ou bracelets de métaux précieux qui s'y rencontrent quelquefois, et les armes de bronze qui s'y trouvent plus rarement encore, indiqueraient des monuments funéraires imités exceptionnellement de ceux d'une ère plus ancienne. Il y aurait donc contradiction entre l'archéologie, qui ferait la venue des Celtes antérieure aux métaux, et la philologie comparée, qui fait cette migration postérieure à la connaissance des métaux.

Ce n'est pas notre sentiment.

Nous ne voyons pas de raison suffisante de croire que les dolmens où se rencontrent des métaux soient moins anciens que les dolmens beaucoup plus nombreux où il ne s'en rencontre pas ; mais, quoi qu'il en soit, nous ne pensons pas que les hommes de l'ère des dolmens aient ignoré l'usage des métaux. Nous croyons qu'ils n'en mettaient pas dans leurs sépultures, parce qu'ils n'en voulaient pas mettre.

Le célèbre antiquaire romain M. Rossi a fait, sur les usages religieux des Romains, une remarque importante. Il a établi que les Romains, à une époque où, depuis des siècles, ils n'employaient plus que le fer pour la guerre et pour le travail, employaient encore exclusivement le bronze dans les rites de leur religion. C'était par un motif d'archaïsme religieux qu'ils gardaient cet antique usage.

Il nous paraît très-vraisemblable qu'il y avait chez les Celtes quelque chose d'analogue, en reculant l'archaïsme d'un degré, c'est-à-dire que les Celtes, connaissant le bronze, n'auraient employé que la pierre dans les rites funéraires. On pourrait peut-être présumer que les haches de matière si recherchée et d'un si beau travail que nous offrent nos dolmens étaient des armes sacerdotales, des armes de sacrifice et de rituel, et non des instruments de guerre et de travail. Le mélange de silex aux haches de matière plus recherchée, dans les dolmens de Bretagne, est encore un indice très-significatif. Ces hachettes de silex sont souvent si petites, qu'il serait impossible d'en faire aucun emploi ; et, d'ailleurs, il n'y a point de silex en Bretagne. L'emploi des outils de silex ne devait guère être dans les habitudes de la population. Pourquoi en aurait-on fait venir de loin pour les placer dans les tombeaux, s'il n'y avait eu là un motif de rituel, une idée symbolique ?

Ce n'était pas seulement en Gaule que ces hachettes de silex avaient un caractère symbolique ; dans la vieille Italie, où on les nommait *pierre de foudre,* on y attachait quelque idée analogue.

Sans doute cette tradition archaïque de l'âge de pierre avait été apportée d'Asie par les Celtes, et elle était en parfaite harmonie avec le système de construction des monuments religieux et funéraires en blocs non taillés.

Nous croyons donc, avec M. Adolphe Pictet, et, en général, avec les philologues, que les Celtes connaissaient l'or et le bronze, lorsqu'ils s'établirent en Occident ; mais nous croyons aussi qu'ils étaient encore très-inexperts dans la manipulation des métaux, et que, dans la pratique, c'était encore véritablement l'âge de la pierre polie qui régnait parmi eux.

Nous avons ici un point de comparaison analogue à celui que nous empruntions tout-à-l'heure à M. de Rossi. Dans l'âge homérique, on connaissait le fer, et pourtant on était véritablement encore dans l'âge de bronze. C'était avec le bronze, et non avec le fer, que combattaient et les héros d'Homère, et les Étrusques primitifs, et leurs contemporains (1).

Il suffit de remonter d'un degré pour ce qui regarde les premiers Celtes.

D'après l'hypothèse que nous venons d'énoncer sur la connaissance des métaux chez les Celtes, on pourrait admettre que les plus anciennes, tout au moins, des sépultures celtiques de moindre dimension et de construction différente, où se trouvent en abondance les armes et les ornements de bronze, sont contemporaines de l'ère des dolmens, de même qu'il est certain qu'il y a eu des dolmens construits depuis l'ère chrétienne, au moins en Irlande, et, nous pouvons ajouter, dans la Grande-Bretagne, quoique nous n'en articulions pas en ce moment les preuves. Cependant, si nous prenons les deux grandes classes de tumulus dans leur ensemble, nous sommes

(1) La très-intéressante étude de M. de Mortillet sur les *Terramare du Reggianais* nous prouve que le fer était connu dans la haute Italie avant la conquête étrusque, c'est-à-dire à l'époque *ombrienne*, à l'époque où les Celtes-Ombriens dominaient dans la vallée du Pô, entre le XVe et le XIe siècle avant notre ère, autant qu'il est permis de chercher à apercevoir des dates approximatives. Et pourtant on était certes bien alors dans l'âge de bronze, et l'on y resta longtemps encore.

loin de repousser absolument, au moins pour la France (1), l'opinion de M. Alexandre Bertrand et des autres archéologues qui ont vu dans ces deux types différents l'indice de deux époques différentes. Nous n'admettons pas, avec eux, deux races différentes ; mais nous inclinons à admettre deux âges différents d'une même race. Il y aurait là pour nous les signes, non pas de l'invasion d'une race sur une autre race, mais de révolutions survenues chez une même race, révolutions qui ont pu et dû se lier à des migrations et à des superpositions successives de tribus celtiques les unes sur les autres. Les temps où l'on a élevé les alignements de Carnac et la nécropole de Locmariaker, les grands tumulus d'Irlande, le *Côr-Gawr* de Stone-Henge, temps comprenant des périodes très-diverses, ont dû appartenir, comme nous l'avons déjà indiqué, à la prépondérance de l'élément religieux, organisé en un sacerdoce qui dominait la société.

L'autre époque qui aurait succédé à celle-ci aurait vu la prépondérance passer de l'élément religieux à l'élément militaire. La sévérité des rites se serait relâchée, avec l'enthousiasme religieux qui faisait soulever et assembler les masses énormes des monuments de pierres vierges ; ces grandes constructions seraient devenues de plus en plus rares ; et, d'une autre part, les guerriers auraient pris de plus en plus l'habitude, assez générale dans les temps héroïques, de se faire ensevelir avec leurs armes de guerre.

L'étude seule des monuments pourrait suffire à suggérer cette opinion comme probable ; les traditions historiques lui fournissent d'importantes confirmations.

En Irlande, la tradition attribue les grands tumulus à dolmens, partie à un ancien peuple de haute taille, aux cheveux blonds et aux yeux bleus, très-certainement celte, appelé la *race des dieux de Danann* (*Tuatha-de-Danann*), et partie à une population plus ancienne en-

(1) Pour l'Angleterre, nous nous sommes assuré que l'opinion analogue (l'antiquité relative des *long-barrows*, et la modernité relative des *round-barrows*) est contestée par des archéologues de la plus grande autorité.

core, de moindre taille et à cheveux bruns, portant un nom également celtique, celui de *Fir-Bolgs*, et qu'il faut bien se garder d'identifier, comme on le fait trop souvent, avec nos Belges de la Gaule, incomparablement plus récents et de type très-différent.

Au-delà du *peuple des dieux de Danann* et des *Fir-Bolgs*, on entrevoit une race de patriarches celtiques portant le nom de *Neimhead*, qui désigne, dans tout l'ancien monde celtique, ce qui est sacré, ancien, primitif. Les sanctuaires même s'appelaient *némèdes* ou nimides, nom resté en usage dans la tradition populaire jusqu'au VIIIe siècle de notre ère, puisque le concile de Leptines, en 743, défend encore d'aller célébrer des rites payens dans les lieux forestiers appelés *nimides*. La tradition irlandaise qui donne au *peuple des dieux de Danann* un caractère sacerdotal, mystique et magique, le fait descendre directement des primitifs *Neimhead*. Ellle rapporte formellement au peuple des dieux de Danann les principaux des tumulus où se trouvent les signes symboliques dont nous avons parlé. Les tumulus tout-à-fait primitifs appartiendraien aux *Neimhead*.

Le peuple des dieux de Danann, qui avait conquis l'Irlande sur les Fir-Bolgs, fut à son tour dépouillé de son empire par les tribus héroïques des Scotts ou Milésiens, qui seraient, dit-on, venus d'Espagne, et qui étaient des Celtes plus ou moins mêlés d'Ibères. Les héros ossianiques appartenaient à la famille des Scotts, et nous avons la preuve qu'ils ne rompirent pas entièrement avec les traditions de la race sacerdotale qui les avait précédés; qu'ils continuaient à tenir leurs assemblées dans des cercles consacrés, et qu'ils ne cessèrent pas d'élever des dolmens. Quant aux menhirs, cela n'a jamais pu faire question.

Dans la Gaule continentale, nous n'avons rien d'aussi précis. Toutefois, M. Amédée Thierry, dans son *Histoire des Gaulois*, a indiqué avec beaucoup de sagacité, d'après ce que laissent entrevoir les historiens grecs et latins, deux époques successives, où la prépondérance des druides aurait été remplacée par celle de l'aristocratie militaire.

La constatation de deux types principaux de sépulture dans notre Gaule nous paraît donc conserver sa valeur, quoiqu'on en ait tiré d'abord des conséquences exagérées, et qu'il n'y ait pas du tout pour nous rupture radicale entre l'une et l'autre période. Les petits tumulus d'époque relativement récente, ceux-mêmes qui renferment des armes de fer, gardent les traces de rites funéraires qui les relient aux temps anciens; l'usage d'allumer un feu consacré au moment de l'ensevelissement, et la disposition circulaire du foyer de ce feu, s'y sont conservés jusqu'à la fin, c'est-à-dire qu'il y a sous le tumulus un petit cercle de pierres, s'il n'y a point de cercles extérieurs. Nos tumulus de la Gaule orientale affectent, d'ailleurs, eux-mêmes la forme circulaire. Il y a fréquemment, au haut du tumulus, une ou plusieurs pierres debout, suivant la tradition de l'ère des dolmens.

Remarquons, en passant, que les monuments funéraires de l'ère ancienne ne sont pas nécessairement et universellement de plus grande dimension que ceux de l'âge plus récent, ainsi qu'on a voulu l'établir pour les petites sépultures irlandaises appelées *kist-vaën*, comparées aux dolmens. Il y a chez nous de très-petits dolmens, très-antiques, entourés de très-petits cercles de pierres, comme on peut s'en assurer au musée des Thermes à Paris.

Après avoir admis la distinction entre les deux types différents de tumulus, ceux qui appartiennent et ceux qui n'appartiennent pas à ce qu'on appelle aujourd'hui les monuments mégalithiques, il y a une observation à faire sur un très-grand et très-imposant monument qui est mégalithique au plus haut degré, mais qui n'est pas un tumulus à dolmen, quoiqu'il en soit entouré : c'est le *Côr-Gawr* de Stone-Henge. Ce monument est unique dans son genre. Il semble indiquer un effort vers des formes nouvelles, et il est moins rigoureusement de pierres vierges que la plupart des autres, car les supports et les linteaux de ses trilithes ont des tenons et des mortaises. Il y a toute apparence que ce monument est beaucoup moins ancien que ceux d'Irlande, et surtout que ceux de

Bretagne. Les grands tumulus du *peuple des dieux de Danann*, que nous avons visités sur la côte orientale de l'Irlande, présentent quelques caractères de construction moins primitifs que ceux de la plupart des grands dolmens du Morbihan. Un très-savant archéologue d'outre-mer, M. Lukis, nous a fait observer que leurs tables s'engagent les unes sur les autres pour former une sorte de voûte.

Nous pensons qu'il y a un ensemble d'inductions historiques à tirer de ces observations. La grande agglomération morbihannaise appartiendrait au même âge, au même peuple que les plus anciens monuments d'Irlande, du moins à des tribus du même peuple et de la même croyance.

Ce peuple ne nous semble pouvoir être que les Gaëls ou Celtes primitifs. Le *peuple des dieux de Danann* ne serait qu'une sous-branche postérieure des Gaëls.

Le monument de Stone-Henge est sans doute l'œuvre des druides bretons, appartenant au second des deux grands rameaux de la race celtique, au rameau cimmérien, dont les Bretons sont la sous-branche principale. Peut-être même cette œuvre majestueuse appartient-elle aux derniers temps qui ont précédé l'invasion romaine, ce qui expliquerait pourquoi elle n'a pas été reproduite sur le continent.

A l'époque immédiatement antérieure à la conquête romaine, César nous laisse voir le druidisme comme affaibli en Gaule, où les chefs militaires disposent en fait à peu près de tout; mais, en même temps, il nous montre l'ordre druidique puissamment concentré dans l'île de Bretagne. Il n'y avait été atteint ni par les révolutions de la Gaule ni par celles de l'Irlande.

L'opinion contraire à l'origine celtique des monuments de pierres vierges est provenue en partie de ce qu'on a cru les Celtes trop récents en Europe. Les archéologues qui refusaient ces monuments aux Celtes ont paru les considérer comme un seul peuple arrivé en Occident à une époque peu ancienne, tandis qu'ils étaient réellement une grande famille de peuples, divisée en deux groupes principaux, qui arrivèrent par migrations successives, dont les premières et les dernières ont dû être séparées par un grand nombre de siècles. La venue des premiers Gaëls, des Aryas ou Iraniens d'Irlande, tête du premier des deux groupes, se perd dans la nuit des temps. Les Gaëls ou Celtes primitifs ont conquis l'Espagne au plus tard quinze siècles avant l'ère chrétienne ; mais on ignore depuis quel laps de temps, peut-être fort considérable, ils occupaient déjà la Gaule, les îles Britanniques et d'autres régions dans le centre et le nord de l'Europe. Il y a de fortes raisons de croire qu'ils avaient quitté leur berceau asiatique avant les temps d'Abraham et même de Zoroastre.

Si l'ère celtique offre largement l'espace de temps nécessaire pour y placer toute la série des monuments postérieurs à l'âge des cavernes, le caractère et les idées bien connues des peuples celtiques sont, d'un autre côté, parfaitement en rapport avec ces monuments. L'enthousiasme religieux aussi bien qu'héroïque, la passion des actions collectives et des entreprises extraordinaires, l'organisation de grandes associations religieuses capables de diriger avec persévérance ces puissantes constructions, tout cela, quand il s'agit d'eux, n'est pas de l'hypothèse, c'est de l'histoire. Les deux grands rameaux de la race celtique ont possédé, sous des formes différentes, l'association druidique, à savoir : 1° chez les Gaëls primitifs, sous la forme de tribus sacerdotales à la façon des brahmanes ; telle était cette *race des dieux de Danann* dont nous avons parlé (1) ; et 2° chez les Cimmériens ou Bretons, sous la forme d'une corporation savante se recrutant sans distinction d'origine ; ce sont les druides des derniers siècles, connus des historiens grecs et latins.

La conclusion de toutes les observations qui précèdent est celle-ci : que les Celtes de tous les temps ont élevé des monuments mégalithiques, et que, entre les monu-

(1) Ces tribus sacerdotales paraissent s'être modifiées par des associations à la fois mystiques et industrielles, à la façon des Cabires et des Telchines asiatiques.

ments mégalithiques, les principaux groupes de dolmens appartiennent aux âges anciens du monde celtique, sans que, toutefois, l'usage d'élever des dolmens ait entièrement cessé jusqu'à une assez basse époque.

Les monuments mégalithiques de France, des îles Britanniques, d'Espagne et d'Italie appartiennent donc, dans notre pensée, aux Celtes.

Mais sont-ils les seuls qui leur appartiennent?

Nous ne le pensons pas.

Il n'y a pas plus de raisons pour attribuer aux Finnois les mouvements mégalithiques du nord de l'Europe que ceux des Gaules. Ces monuments se rencontrent précisément dans des régions où il n'est pas douteux, à nos yeux, que les Celtes aient été établis en corps de nation. Les fameux Cimbres de Marius n'étaient que le reste, puissant encore, d'une grande confédération de peuples cimmériens qui, avant les Germains, avait occupé l'Allemagne du Nord et le Danemark, et paraît s'être étendue fort loin le long de la Baltique. On retrouve une ville de *Kimbris-Hamn* dans la Scanie, la province méridionale de la Suède, non loin de la fameuse grotte ou dolmen de *Kivik*. Tacite nous dit que les Estiens (Estoniens) avaient pour enseignes le sanglier, l'emblème si connu de toute la race celtique, et parlaient la langue des Bretons. Un savant de Russie mandait récemment au congrès de Paris qu'on retrouvait de nombreux tumulus dans la Moscovie proprement dite, et que les crânes dolicocéphales qui s'y rencontraient n'appartenaient pas aux vieilles races finnoises du pays, ce qui semblerait indiquer une vieille colonie celtique.

Nous ne soutenons point par là que les dolmens du Nord appartiennent nécessairement ou exclusivement aux Cimmériens ou Cimbres, car il est fort probable que les Cimmériens ont été précédés par les Gaëls dans le nord comme dans l'occident.

Ce n'est pas tout. La grande région mégalithique d'occident se trouve placée entre deux autres regions mégalithiques, l'une au nord, l'autre au midi. Nous venons de dire ce que nous pensons de celle du nord. Que peut-on penser des origines de celle du midi, la région de l'Atlas?

On avait voulu d'abord attribuer les dolmens, cercles de pierres, etc., des pays barbaresques aux bandes gauloises qui servaient Carthage ; mais, lorsque ces monuments se sont multipliés sous les pas des voyageurs et qu'on en a trouvé de très-nombreux au loin dans l'intérieur des terres, on a dû reconnaître l'extrême invraisemblance de l'opinion qui attribuait des constructions de cette nature à des bandes de soldats mercenaires.

Nous avions, pour notre compte, une idée un peu vague encore, un sentiment plutôt qu'une opinion. Nous avions vu dans les peintures égyptiennes un peuple qui nous préoccupait beaucoup. C'était des hommes aux cheveux blonds ou roux, aux yeux bleus, aux longs cheveux tressés. Les Égyptiens les nommaient *Tahennou* ou *Tamehou*, et les subdivisaient en *Rébu* ou *Lébu*, les *Lybiens* proprement dits des Grecs, et en *Maschuasch* ou *Masuas*, les *Maxyes* d'Hérodote. Ces peuples occupaient la côte septentrionale d'Afrique, le long de la Méditerranée, jusqu'au voisinage de l'Égypte ; ils étaient cultivateurs, éleveurs de bestiaux, cavaliers et très-guerriers.

Nous pressentions là des parents et des constructeurs des monuments mégalithiques. Mais il fallait un point fixe, un terrain historique, pour oser tenter de conclure. Il nous semble aujourd'hui toucher à ce point fixe et mettre le pied sur ce terrain. Notre illustre égyptologue, M. de Rougé, a récemment traduit une inscription relevée sur la muraille du grand temple de Karnak par un égyptologue allemand, M. Duemichen. Il y est dit que, sous le fils de Ramsès II (Meïamoun), c'est-à-dire du grand Sésostris, vers le temps de Moïse, les Tamehou, les Lybiens, ces hommes blonds aux yeux bleus que nous mentionnions tout-à-l'heure, se liguèrent, pour attaquer l'Egypte, avec divers peuples maritimes, les *Sakalas*, les *Sardina*, les *Tursa*, les *Akainas* et les *Léka*, dans lesquels M. de Rougé reconnaît les Sicules, les Sardes, les Tyrrhéniens, les Achéens ou Grecs et les Lyciens.

Or, les Sicules étaient alors tout récemment établis en Sicile ; leur établissement dans cette île, ves l'an 1400 avant notre ère, est, d'après les travaux de Fréret, la première date positive de l'histoire de l'Occident. Cet établissement se rattache, sans aucun doute, à un contre-courant de migrations d'occident en orient, causées par l'invasion des Celtes en Espagne.

Cette grande coalition de tribus de la Méditerranée dirigée contre l'Egypte par ces mystérieux Libyens blonds, dans le cours du XIVe siècle avant notre ère, n'indiquerait-elle pas que les Celtes, conquérants de l'Espagne, auraient passé de là en Afrique et auraient poussé leur mouvement d'invasion et de conquête jusqu'aux portes de Memphis? Les nombreux monuments mégalithiques d'Algérie et du reste de l'Afrique septentrionale ne sont-ils pas leur ouvrage? L'induction nous paraît au moins très-vraisemblable.

Les Lybiens-Celtes, peut-être peu nombreux, se seraient, avec le temps, fondus dans la masse peu considérable des habitants primitifs, Amazirghes ou Berbères, de race chamitique, et il y aurait peut-être lieu de rechercher là quelques traits de leur physionomie, surtout parmi les Touaregs.

C'est ici que nous paraît devoir s'arrêter la revendication possible des droits des Celtes sur les monuments mégalithiques. Nous ne hasarderons pas de conjectures sur quelques dolmens qui subsistent dans le Péloponèse, et, quant à ceux qu'on retrouve sur la rive orientale de la Méditerranée, en Palestine, ils appartiennent aux peuples sémitiques et non à nos ancêtres. Ceux qu'on a découverts dans l'Inde et sur divers points de l'Asie et de l'Amérique penvent provenir de races diverses. Ces monuments simples et puissants caractérisent, non pas exclusivement le génie d'un peuple, mais un certain âge de la vie des peuples et un certain ordre d'idées religieuses sur lequel la Bible jette une lumière qui ne laisse rien à désirer. « Si tu m'élèves un autel de pierres, dit le Seigneur dans l'*Exode*, tu ne le feras point avec des pierres taillées. Si tu y mets le ciseau, il sera souillé. — Tu élèveras un autel au Seigneur ton Dieu avec des pierres que le fer n'aura point touchées, avec des rochers informes et non polis. » (*Deutéronome.*)

Les mages de l'Iran et les druides des Gaules étaient animés de ce même sentiment, à savoir : le respect de la forme des choses telle qu'elle est sortie des mains de l'auteur de la nature, idée connexe chez eux avec leur antipathie pour les temples couverts et murés, où l'on *enferme* la divinité.

L'originalité des Celtes est d'avoir gardé, jusqu'à la fin de leur indépendance, les idées et les traditions qui leur avaient été communes avec toute une humanité patriarcale et primitive.

Les archéologues du temps passé n'avaient donc pas été mal inspirés en qualifiant chez nous les monuments en question de monuments celtiques ou druidiques ; néanmoins nous inclinons à penser que le terme récemment adopté de mégalithiques pourra être maintenu. Il est bien loin d'être complètement satisfaisant ; il n'est point d'une exactitude rigourense, mais il a l'avantage de s'appliquer à tous les monuments de *grandes pierres*, en sous-entendant : *de grandes pierres à l'état naturel*, qui peuvent se rencontrer sur la surface du globe ; ce terme ne décide donc *à priori* aucune question d'origine et admet implicitement que les origines peuvent être diverses.

Nous n'avons pas, à ce point de vue, d'objections à y faire.

Nous avons examiné le problème des monuments mégalithiques au point de vue de l'étude directe de ces monuments eux-mêmes, en terminant par quelques considérations historiques ; mais il reste à traiter tout un aspect de la question, et de grand intérêt.

Nous avons dit que les Basques, le seul débris des vieux peuples ibériens qui ait gardé sa langue primitive, n'avaient rien dans leur langue ni dans leur tradition qui se rapportât aux monuments de pierres vierges. Il en est tout autrement des Celtes. Poëmes, légendes, chroniques, traditions populaires, font chez eux de nombreuses allusions à ces monuments ; la forme consacrée du cercle fournit, particulièrement á la langue galloise, des racines d'une grande importance ; c'est là une abondante matière ; mais nous savons le sujet en bonnes mains, celles du savant et infatigable propagateur de la littérature bretonne, M. de La Villemarqué.

C'est à lui de faire parler nos pères sur les monuments qu'ils ont construits ; nous sommes heureux de céder la parole sur ce sujet à celui qui a si bien qualité pour la prendre.

Nous ajouterons seulement quelques mots, en terminant, sur un point qui ne nous est revenu en mémoire qu'après la rédaction des observations qui précèdent.

Pourquoi la plus grande agglomération des plus grands monuments funéraires de la Gaule se trouve-t-elle sur la côte de Bretagne, au bord de la mer d'Occident ?

La raison n'en serait-elle pas dans les croyances et les symboles antiques qui placent à l'occident le séjour des morts ?

Une très-curieuse tradition citée par Procope nous dit que les âmes partent de la presqu'île armoricaine, cette extrémité du continent, pour le séjour des morts ; tradition celtique qui corespond à la tradition grecque des *Iles heureuses*, des îles Macares, où règne Chronos, l'analogue de notre *Crom* celtique, de ces îles, enfin, situées aussi à l'occident ; tradition qui répond également à celle de l'Egypte, où les âmes sortent de ce monde par la porte d'occident pour aller dans l'*Amenti*.

La côte de Karnak et de Locmariaker nous offre, à ce qu'il semble, une nécropole sacrée de la Gaule. S'il en est ainsi, cette nécropole devait être nécessairement à l'occident.

DU

MODE DE SÉPULTURE

ET DES OSSEMENTS

DANS LES DOLMENS DU MORBIHAN,

Par M. le Docteur CLOMADEUC.

Un des premiers, je crois avoir appelé l'attention des archéologues de mon pays sur l'importance de l'examen anatomique des ossements, appliqué à l'étude des monuments funéraires des époques primitives. — Pour la première fois, dans le Morbihan, des débris de squelette recueillis sous le dolmen tumulaire du Mont Saint-Michel de Carnac ont été déterminés à l'aide de procédés scientifiques sérieux. Qui oserait dire que l'étude des ossements n'est pas d'une utilité incontestable ? Depuis longtemps on affirmait hautement que les tumulus couvrent des sépultures humaines, et personne ne se mettait en peine d'en administrer la preuve ; et on acceptait comme avérés des récits qui ne supportent pas l'examen.

Cette habitude de nos antiquaires de négliger toujours le point capital s'explique, du reste, par ce fait que la plupart d'entre eux étaient parfaitement incompétents ponr soulever et pour résoudre des questions d'anatomie. Et cependant, dans certains cas, l'anatomiste seul pouvait dire : Voici des os humains, ou des os d'animaux ; ici les os sont brûlés ; là, ils ne le sont pas, et conservent encore leur trame organique. — Citons des exemples pour justifier le peu de confiance que nous inspirent les assertions de nos meilleurs auteurs, quand ils traitent des sépultures, et pour faire comprendre les mille causes d'erreur auxquelles on est exposé.

Il faut laisser de côté l'histoire cent fois redite des squelettes qui *tombent en poussière dès qu'on les touche*, ce qui dispense les écrivains qui attestent de pareils faits de s'occuper de l'étude des ossements. — L'abbé Mahé raconte, quelque part, qu'on a trouvé, sous une *allée couverte*, deux squelettes ayant plus de six pieds de long. Comme il ne nous dit ni où, ni quand la trouvaille a été faite, et que l'étude des ossements provenant des dolmens nous a démontré que jamais on ne découvre de *squelettes entiers*, et que d'un autre côté les dimensions des pièces osseuses ne nous ont jamais paru sensiblement différentes de celles qu'on observe sur le squelette des races européennes modernes, nous nous permettons d'écarter le fait de l'abbé Mahé comme non suffisamment établi.

Autre exemple : des personnes étrangères à l'archéologie pratiquent une fouille qui aboutit à la découverte des trois grottes fameuses de Plouharnel ; deux superbes armilles en or massif sont trouvées dans une urne en terre cuite, au fond de la chambre. Parmi les déblais, on signale des ossements. Un savant passe et en conclut que ces dolmens sont des tombeaux. A-t-on désigné un seul fragment osseux qui parût se rattacher au squelette de l'homme? Aucun. Le hasard conduit un médecin sur les lieux; il s'inquiète de rechercher s'il lui sera possible de déterminer quelques os. Il n'en reconnaît qu'un seul, et c'est *un os de la jambe d'un jeune ruminant!*

Un autre jour on présente à la Société Polymathique deux ou trois lamelles brunâtres à la surface desquelles on distingue des poils. L'explication est vite trouvée, ce sont des fragments de crâne auquel adhèrent encore les cheveux du Celte enterré sous le dolmen. Vient le moment d'examiner tous les débris parmi lesquels il y a de véritables ossements ; et il reste prouvé que tous les ossements sont calcinés, et que le prétendu morceau de crâne n'est que de la terre cuite.

Qu'on ouvre le bulletin de l'année 1860. Il s'agit de

fouilles faites dans un dolmen de la commune de Moustoirac. L'observation est relatée par un homme fort intelligent et instruit, mais étranger aux notions anatomiques. Lisez : « Sous le grand dolmen on a trouvé un petit os dont la nature n'a pu être définie ; il était mou comme de la cire, mais en peu d'instants, il prit une grande dureté.» Où est cet os? Je l'ai cherché en vain sous la vitrine du musée de Vannes, qui contient les autres objets, et ne l'ayant trouvé nulle part, l'anatomie me donne le droit de refuser la qualité de tissu osseux à cette étrange substance molle comme de la cire et qui se durcit instantanément au contact de l'air.

Autre exemple: Dans l'intérieur d'une crypte sous-tumulaire (à Kercado en Carnac) on découvre, avec des charbons et des os calcinés, des masses irrégulières de substance blanchâtre d'apparence calcaire. Le mot de fonte du tissu osseux par l'effet de la chaleur est prononcé. Les médecins présents à la séance se récrient et élèvent des doutes. La matière est envoyée à Paris, et un habile chimiste de l'école des mines répond qu'elle est composée en totalité de sulfate de chaux. D'où vient ce plâtre introduit dans la crypte? On finit par apprendre que la tombelle, rasée au sommet, a été surmontée jadis d'une construction dans laquelle entrait du plâtre. Tout s'explique: la substance étrangère a été entraînée par les eaux et a traversé le galgal et les intervalles des parois de la chambre funéraire.

Un autre fois un de nos anciens présidents, en opérant des fouilles aux environs d'Arradon, met à découvert une sépulture dite de l'âge de bronze : c'est une tombelle sans dolmen intérieur. On y recueille des ossements brûlés, des charbons, un celtœ en petro-silex, un grain de collier en lignite, et une quantité prodigieuse d'ornements en bronze de forme circulaire à bords granulés ; une dizaine de ces cercles collés l'un contre l'autre entourent une sorte de tige noirâtre à moitié enfouie dans du terreau. Quelques personnes pensent que la tige est *en bois* charbonné, et on imprime que ces anneaux en bronze servaient peut-être à la *décoration d'une hampe d'enseigne*.

Dix ans après, je vois la pièce qui s'était heureusement conservée, et je reconnais sur-le-champ une *extrémité inférieure du radius*, autour duquel étaient encore adhérents les cercles en bronze. L'analyse chimique d'un fragment vient démontrer en outre que ce qu'on a pris pour du bois est bien du tissu osseux. La circonférence des cercles est mesurée ; elle se rapporte exactement à celle du poignet d'un homme adulte. Plus de doute, ce sont des bracelets.

J'ai pris mes exemples au plus près. J'en aurais trouvé bien d'autres dans des publications jouissant d'une notoriété plus grande que la Société Polymatique du Morbihan, et signées de noms considérables.

Toutes les questions, et elles sont nombreuses, qui ressortent de l'étude des sépultures antiques sont loin d'être simples ; les plus savants sont souvent fort embarrassés. Signaler les erreurs commises, c'est engager chacun à être circonspect et à ne rien avancer sans la preuve scientifique en regard.

II.

Lorsqu'on parcourt les innombrables dissertations ayant pour sujet nos monuments dits Celtiques, on voit poindre de bonne heure l'opinion que les tumulus sont des tombeaux. On ne s'arrête guère aux hypothèses exotiques de *temple du soleil*, d'*observatoire astronomique*, de *parties de dracontium*. On n'a pas encore signalé de fouilles bien authentiques, ni exhumé d'ossements, que déjà on est à peu près fixé sur la destination des Tumulus. L'abbé Mahé débute par déclarer qu'il ne craint pas d'affirmer que ces collines artificielles sont des constructions funéraires, et qu'il va en fournir les preuves. Ses preuves sont tirées, suivant son habitude, de la Bible et de l'Iliade; quant aux preuves directes, elles font totalement défaut. L'auteur avance, il est vrai, que le tumulus appelé Mane-Lud (Lockmariaker) renferme « une matière noire brûlée et mêlée de charbons ; » mais est-ce là une preuve que la butte « est une masse sépulcrale qui enveloppe des restes d'un très-grand nombre d'hommes, peut-être d'une génération ! »

Dès ce moment, on aurait pu répliquer à l'abbé Mahé : Où sont les ossements ? et quels sont ceux qui appartiennent à l'homme ? Autant d'erreurs que de mots. Aujourd'hui que nous connaissons mieux la composition des tumulus armoricains, nous savons à quoi nous en tenir sur celle du Mane-Lud. Nous avons nous-même bien des fois parcouru dans toute sa longueur la tranchée profonde (comblée maintenant) qui coupait la butte en deux parts de l'est à l'ouest, et qui fut pratiquée sous nos yeux par notre honorable collègue M. René Galles, en 1863. On trouva le tumulus formé presque en totalité par de la *vase desséchée*. Quant aux moindres traces d'ossements humains dans le tumulus, en dehors de la crypte, personne, que je sache, ne les a découvertes : on avait tout simplement pris de la vase pour des cendres, et on avait appelé la butte Le Mane-Lud (montagne de cendres).

Cayot-Délandre, qui n'embarrasse pas son sujet des hors-d'œuvre littéraires si familiers à l'abbé Mahé, et se montre le plus souvent observateur exact et consciencieux, reflète assez bien l'opinion générale de son époque. De 1825 à 1847, aucune fouille sérieuse n'a été faite ; on argumente toujours par comparaison. Cayot-Délandre n'apporte à l'appui de son opinion que des observations incomplètes et peu authentiques, sans désignation de date ni de lieu : « On a souvent trouvé, dans les grottes qui » les recouvrent, de nombreux squelettes symétriquement » déposés. » (1)

De semblables découvertes n'ont certainement pas été faites dans le Morbihan. Depuis la publication du livre de Cayot-Délandre, aucune fouille n'a donné de résultats pareils. A l'exemple de l'abbé Mahé, Cayot-Délandre prend la vase concrète du Mane-Lud pour des *cendres et des os calcinés*.

Quant aux *dolmens* proprement dits, pour Cayot-Dé-

(1) Le Morbihan, par Cayot-Délandre, 1847 ;
V. aussi : Art. de l'abbé Maillard, Bul. de la Société polym., 1858.

landre, comme pour l'abbé Mahé, ce sont des autels. Chose curieuse! tandis qu'ils admettent que les hauts tumulus sont des tombeaux, bien qu'ils n'en donnent aucune preuve directe valable, ils refusent obstinément aux dolmens la qualité de monuments funéraires, tout en reconnaissant qu'on a trouvé sous quelques-uns des ossements d'hommes et d'animaux.

Dix ans après Cayot-Délandre, M. l'abbé Mouillard, reprenant le thème de l'abbé Mahé et ses preuves puisées aux sources classiques, écrivait ce passage : « On sait » que plusieurs de ces dolmens portent en creux l'image » du corps humain avec des conduits et des réservoirs. » Encore ici, je répondrai : Où sont ces dolmens? J'adjure l'auteur de les nommer. Parce que des renseignements de cette nature, aussi vagues qu'ils sont fautifs, ont été colportés de livre en livre et amplifiés depuis trente ans et plus, est-ce donc une raison de les accepter sans contrôle? — Nous croyons connaître à fond le plus grand nombre des dolmens du Morbihan ; or, nous affirmons que jamais nous n'avons rien vu qui autorisât de pareilles conjectures. Jamais nous n'avons remarqué sur les tables de pierre rien qui ressemblât à des rigoles creusées par la main de l'homme avec l'intention de *faciliter l'écoulement de la liqueur*, suivant l'expression doucereuse de M. l'abbé Mahé.

Les faiseurs de légendes et les historiens fantaisistes n'ont que trop profité de ces erreurs échappées à la plume des écrivains Bretons. Dans un livre récent, publié à Paris, et dont je tairai le titre, on lit ce qui suit : « La » surface supérieure (du dolmen des Marchands à Lock- » mariaker) porte encore l'empreinte des anneaux de fer » qui servaient à retenir les victimes vouées aux dieux » infernaux, et l'on y trouve parfaitement indiquée la » rigole qui conduisait le sang dans les vases de sacri- » fice ! » — Je vous demande pardon, Monsieur l'auteur, mais tout cela n'est que mensonge, et je ne veux en tirer qu'une conclusion : c'est que jamais vous n'avez visité le *Dolmen des Marchands*.

On avait cependant, à différentes reprises, trouvé des

ossements et des cendres sous les dolmens. On en avait trouvé, en 1811, sous le *dolmen des Marchands*, avec des fragments de vase en terre cuite et une hache en silex; on en avait trouvé, en 1813, sous le dolmen des *Men-Platt*, au sud de Lockmariaker; et M. de Fréminville désigne parmi ces os une *rotule humaine*. Depuis lors, mainte et mainte fois la même découverte avait été faite. M. l'abbé Mouillard n'en est pas plus embarrassé, et il explique la présence des ossements sous les dolmens, en insinuant qu'on sacrifiait la victime humaine sur la table, qu'on la brûlait ensuite et qu'on jetait les cendres sous l'autel!!!

On avait fait remarquer que les pierres du dolmen, quand elles présentent les traces d'un apprêt quelconque, ne les présentent jamais qu'à l'intérieur; on avait fait remarquer que l'ornementation, quand il y en a, siége toujours sur les parois internes des chambres sépulcrales: d'où on avait conclu, avec infiniment de raison, que la partie importante du dolmen c'est sa cavité intérieure, et non l'extérieur de la table de recouvrement, qui se distingue le plus souvent par une surface inégale sur laquelle on ne saurait tenir debout ni étendre aucune victime. Ceux dont cette observation si simple dérangeait les théories, et qui ne voulaient voir dans les dolmens que des autels, n'étaient pas embarrassés pour répliquer: à quoi bon des sculptures sur l'autel? est-ce que la religion druidique ne défendait pas sévèrement de toucher avec le fer ces objets du culte? Donc, suivant l'abbé Manet, « ces » griffonnages barroques, gravés à la pointe du marteau » sur les lourds jambages des dolmens de Lockmariaker, » sont dus, selon toute apparence, aux bergers qui cher- » chent dessous un abri dans les mauvais temps » (1). Que dites-vous de ces bergers modernes gardant leurs moutons, un marteau trempé à la main, en guise de houlette, et piquant la pierre entre deux ondées! Un confrère de l'abbé Manet en arrivera plus tard à penser qu'il n'était point *de l'essence du dolmen d'être vide à l'inté-*

(1) L'abbé Manet. La petite Bretagne.

rieur; et le seul argument qui l'empêche de déclarer que tous les dolmens étaient pleins primitivement, il le tire d'un passage de la Bible où il est dit que Moïse commanda *de faire un autel en bois creux à l'intérieur* !!

III.

FORMES DE SÉPULTURES.

Les premières fouilles pratiquées sous un tumulus à dolmen, du Morbihan, qui donnèrent à la science des résultats positifs, furent celles de Tumiac, en 1853. Parmi les pièces osseuses, M. le docteur Fouquet, rapporteur, reconnut un fragment de crâne humain. (*Bulletin de la Société polymathique du Morbihan.*)

La deuxième découverte de même nature fut celle de la sépulture du Mont-Saint-Michel en Carnac, en 1862. Les ossements trouvés dans la crypte furent présentés à la Société polymathique avec tous les autres objets; j'eus l'honneur d'être chargé de l'examen. Les fragments de squelette furent le sujet d'une double analyse, on les désigna par leur nom; c'étaient des os humains. Ils avaient tous subi l'action du feu, la calcination avait été uniforme et complète. A Tumiac, au contraire, le corps avait été simplement inhumé. La chimie venant en aide à l'anatomie, la démonstration était complète. La même méthode devait bientôt être appliquée à l'étude des sépultures des dolmens de Kercado et du Moustoir en Carnac, de Crubelz en Belz, de Kergonfals en Bignan, du Mané-es-hoick, du Mane-Lud en Lockmariaker, et du *Stone-Cest du Mane Beker-nos*, en Quibéron.

Examinons maintenant, d'une manière générale, le mode de sépulture adopté dans nos cryptes funéraires, et n'avançons rien qui ne soit le résultat d'observations directes et positives.

Le mode de sépulture n'est pas toujours le même dans nos dolmens tumulaires. Là peuvent se rencontrer les deux formes de sépulture employées simultanément par presque tous les peuples, dès la plus haute antiquité: l'*inhumation* ou l'*incinération*. Est-il besoin de citer des exemples? Les deux plus beaux tumulus à dolmen du Morbihan, celui de Tumiac et celui du Mont-St-Michel, appartiennent incontestablement au même peuple armoricain primitif; la ressemblance entre eux est parfaite: même composition de la butte, *vase et pierres*; — même crypte centrale à dolmen, sans galerie; — même nature et même qualité des ornements funéraires: des *celtæ* pareils, partagés en deux groupes, ceux qui sont en *jadeite orientale*, et ceux qui sont en fibrolithe; — des grains de collier et des pendeloques vertes et bleues en turquoise, dans les deux tombeaux, qui incontestablement étaient vierges de fouilles antérieures. — Eh! bien, dans un cas (Tumiac), le corps avait été inhumé et abandonné dans la grotte à la décomposition cadavérique, tandis que, dans l'autre cas (le Mont-Saint-Michel), la forme adoptée de sépulture était l'*incinération*. La combustion du corps avait été complète, et on distinguait les traces de l'action du feu non-seulement sur les os calcinés, mais sur des fragments de granit mêlés à ces cendres, et jusque sur quelques-unes des haches en pierre.

Dans le premier cas, voici ce que nous apprend le tombeau de Tumiac. — Le dolmen sépulcral élevé d'avance, le cadavre du défunt était étendu ou peut-être assis, le long de la paroi de la grotte, la tête du côté de l'orient et les pieds du côté opposé; un grossier dallage de pierres plates servait à égaliser le plancher de la crypte, et on avait pris soin d'y ajouter une sorte de lit de branchages ou d'écorces sur lequel reposait le mort. C'est là du moins ce qui explique la présence dans la crypte d'une énorme quantité de terreau de bois et de détritus végétal au milieu desquels la poussière osseuse semblait être enfouie.

Les ornements, tels que les celtœ et les colliers de perles vertes, étaient déposés par groupes autour de la dépouille; quelques-unes des haches en pierre avaient été brisées, sans doute en signe de deuil. Puis les cérémonies des funérailles achevées, l'entrée du tombeau était fermée pour toujours par une muraille en pierres sèches, et la colline tumulaire s'élevait pour recouvrir la dépouille du défunt, et indiquer aux vivants sa dernière demeure.

La sépulture par *incinération* nécessitait des opérations différentes et l'emploi de moyens plus complexes. Sous ce rapport, on a eu raison d'établir que, dans l'ordre naturel, le procédé qui a dû être le premier mis en usage parmi les hommes, c'est l'*inhumation*. La sépulture du Mont-Saint-Michel est un exemple remarquable de sépulture par *incinération*.

En aucun cas, la combustion du corps n'avait lieu dans la crypte, ni même sur son emplacement ; le corps était brûlé sur un bûcher élevé sur le sol, et à une certaine distance du dolmen destiné à renfermer les restes. L'examen du charbon a permis de reconnaître qu'il provenait en totalité de bois résineux. Lorsque la combustion était terminée, les ossements calcinés étaient recueillis avec soin et incorporés avec une certaine quantité de charbons, de cendres et de terre végétale, résidu du bûcher. On étendait la mixture sur le roc dans la chambre sépulcrale ; sur cette couche, on disposait un dallage composé de pierres plates, et par dessus, une quantité considérable de terre et de cendres. C'est dans cette couche supérieure de poussière végétale qu'on enfouissait les attributs sacramentels de la sépulture : les *haches* de diverse composition minérale, les *silex* ouvrés, les perles et les pendeloques en *callais*, dispersés au hasard dans la crypte. Comme à Tumiac, un certain nombre de *celtæ* semblaient avoir été brisés dans une intention manifeste. Comme aucun des objets renfermés dans la tombe du Mont-Saint-Michel de Carnac n'était de nature à éprouver des altérations notables, tout était resté en place, et tout fut trouvé à l'endroit qu'avait assigné l'ordonnateur des funérailles.

Depuis la découverte de Tumiac et du Mont-St-Michel, d'autres fouilles et en très-grand nombre ont été opérées, par les soins de la Société polymatique, dans les tombeaux dits Celtiques du Morbihan ; on en trouvera les détails dans nos Bulletins. Considérés dans leur ensemble, ils se ressemblent tous. Partout et toujours, c'est le dolmen avec ou sans galerie, orienté au *soleil levant*, recouvert ou non d'un haut tumulus ; dans les chambres, un dallage grossier en pierres plates, lorsque ce ne sont pas d'énormes dalles de granit allant d'un support à l'autre ; sur ce plancher, un terreau noirâtre, onctueux, parsemé de *charbons*, dans lequel se trouvent déposés les *ossements*, quand il y en a ; puis, pêle-mêle, dans les chambres et dans les galeries, des *poteries brisées* ou des *urnes* entières, sans lieu d'élection déterminé ; des *silex pyromaques*, quelquefois en nombre considérable ; des *celtæ* ou haches en pierre, des grains de collier, des boules percées en terre cuite, etc., etc. Exceptionnellement, des objets façonnés en or, comme dans la grotte de Plouharnel ou sous le dolmen de Kerlagat ; jamais de bronze, jamais de fer ; jamais d'instruments ni d'armes en os ou en corne, ni stylets, ni poignards, ni manches d'outils, rien qui rappelle les habitudes d'un peuple guerrier. L'ambre, l'obsidienne, l'émail coloré, l'ivoire ne se rencontrent pas sous les dolmens du Morbihan.

Il nous suffit d'indiquer la différence qui existe entre les dolmens tumulaires simples, cryptes plus ou moins centrales et sans galerie (comme à Tumiac, au Mont-Saint-Michel, au Mané-er-Hocck), et les dolmens à longue galerie, dont l'entrée est toujours placée quelque part sur un point rapproché de la superficie de la colline. Tandis que les objets contenus dans les chambres centrales sont disposés avec une apparence d'ordre et de régularité, nos dolmens à *longue galerie*, que nous avons fouillés, ont toujours présenté dans leur intérieur des entassements considérables et un pêle-mêle dont on ne saurait se faire une idée ; les ossements sont dispersés un peu partout, dans la chambre et dans l'allée, enfouis avec les objets précieux, dans des amas de décombres inconcevables. On en juge par ce qui a été trouvé dans les nombreux dolmens à longue galerie que la Société polymatique a fouillés, l'année dernière, dans les communes de Carnac, de Plouharnel et de La Trinité.

Faut-il en conclure que les dolmens à galerie avaient

pour usage spécial de recevoir plusieurs sépultures, et à des intervalles successifs, véritables tombeaux de caste ou de famille, où les générations se faisaient place, depuis les plus anciennes jusqu'aux plus récentes? La disposition même de la longue galerie était appropriée à son usage ; on devait y aborder par son entrée périphérique. De là la nécessité de tombelles protectrices moins colossales que celles qui couvraient les dolmens simples à sépulture unique et définitive ; de là aussi la facilité des violations de sépultures exécutées, bien souvent, dans les temps anciens, et que nos fouilles récentes ont révélées. Il est aisé de chercher sous une butte un monument intérieur qui a une longueur souvent égale à la moitié du diamètre de la base ; et lorsqu'on sait, par expérience, que la porte d'entrée est quelque part sur le côté de la colline qui regarde le soleil levant, l'opération se trouve singulièrement simplifiée, le travail n'est plus qu'un travail de déblaiement. Au contraire, la fouille d'un tombeau du genre de ceux du Mont-Saint-Michel, de Tumiac et du Mané-er-Hocck, est une chose extrêmement laborieuse, puisqu'il faut chercher un peu à l'aventure, au milieu d'une montagne de dimension énorme, un dolmen enfoui quelque part, et dont l'accès est toujours très-éloigné de la superficie du tumulus. On peut donc prévoir ce qui arrivera, toutes les fois qu'on entreprendra des fouilles dans nos monuments du Morbihan. Les dolmens tumulaires simples, sans allée, réclameront plus de travail et plus de tâtonnements ; mais aussi on aura plus de chance de les trouver avec leur caractère primitif, vierges de toute violation antérieure et sans mélange d'aucune sorte.

IV.

LES OSSEMENTS.

La partie fondamentale de toute sépulture étant les ossements, j'engagerai toujours les explorateurs de tombeaux à noter avec soin leur situation respective dans la crypte. Ils devront les recueillir tous, en y apportant les plus grandes précautions, sans les briser, sans même les débarrasser des matières terreuses qui les enveloppent, pour les livrer ensuite tels quels a l'examen d'hommes compétents: à des médecins qui se chargent de l'étude anatomique, et à des chimistes qui procéderont aux analyses; à ces seules conditions, on pourra espérer de résoudre des questions comme celles-ci :

La crypte contient-elle réellement des ossements?.— Sont-ce des ossements d'hommes ou d'animaux ? — Sont-ce des os d'enfant ou d'adulte?— Y a-t-il une ou plusieurs sépultures, c'est-à-dire peut-on constater la présence de débris de squelette appartenant à divers individus? — Les os sont-ils ou non brûlés; en d'autres termes, est-ce une sépulture par *inhumation* ou par *incinération*? — Dans le premier cas, quels rapports les pièces osseuses occupaient-elles dans la tombe? — quelle était l'attitude du squelette?

Toutes ces questions ont été abordées et en partie résolues, grâce aux études qui ont été faites des sépultures de Tumiac, du Mont-Saint-Michel, de Kercado, de Kergonfals, du Mané-Lud, du Mané-er-Hocck, de Crubelz, du Moustoir-Carnac, et du Mané-Beker-Nos, en Quibéron.— En nous appuyant d'une part sur nos observations personnelles, d'autre part sur les analyses de trois éminents chimistes, M. Malaguti, M. Delvaux et M. Rigout, nous pouvons donc exposer les signes caractéristiques des ossements, suivant qu'ils proviennent de l'une ou l'autre forme de sépulture.

SÉPULTURE PAR INHUMATION.

Lorsqu'il y a eu simplement *inhumation*, les débris du squelette affectent dans la crypte une situation qui correspond à la situation donnée au cadavre.

Il en résulte que la place occupée par chacun des ossements est en rapport avec la place respective qu'ils ont dans la charpente humaine. Les os du crâne seront trouvés à peu près ensemble ; ceux des membres inférieurs également ensemble, et à une certaine distance des premiers. Lorsque les os seront tous réduits à l'état de poussière, il sera possible encore de reconnaître quelle a dû être la position du cadavre dans le tombeau, en examinant attentivement la traînée de poussière osseuse, qui sera plus abondante sur deux points, celui qui correspond à la tête, et celui qui correspond au squelette du bassin. Même dans ces cas, par la mensuration, on obtiendra des données utiles pour la détermination de la stature approximative du mort.

Les ossements sont ordinairement d'une couleur *gris-blanchâtre*, d'une cassure peu nette, facilement pulvérisables, doux et comme onctueux au toucher, un peu moins légers que ceux qui ont subi l'action du feu.

Ils perdent à la chaleur une certaine quantité de leur poids. Les os de Tumiac ont perdu 13 p. °/₀ (d'après une analyse faite par M. Delvaux, chimiste attaché à l'école des mines).

Traités par les acides, ils laissent un squelette *gélatineux*; chauffés dans un tube, ils commencent par noircir, dégagent une quantité notable d'ammoniaque et une odeur caractéristique de substance animale que l'on brûle.

Abandonnés dans une dissolution d'acide chlorhydrique à moitié étendu d'eau, ils perdent tout leur squelette phosphate-calcaire et laissent une substance d'aspect cellulaire, transparente, insoluble dans l'eau, et soluble dans l'acide chlorhydrique bouillant, qu'elle colore en *rouge-violet*, à la façon des corps protéiques.— Introduite dans un tube en verre, et puis chauffée à la lampe, cette substance, de nature organique, se raccornit, dégage du carbonate d'ammoniaque, des huiles empyreumatiques, et une forte odeur de corne brûlée (1).

(1) Rapport de M. Clomadeuc sur les ossements du Mont-Saint-Michel de Carnac. — Analyses des ossements et terres des dolmens tumulus de Tumiac et du Mont-Saint-Michel, par M. Malaguti. (Bulletin de la Société Polymat. du Morbihan, 1862.)

SÉPULTURE PAR INCINÉRATION.

Dans les sépultures antiques par *incinération,* les débris de squelette sont ordinairement en plus grand nombre et mieux conservés ; cela se comprend : les os calcinés ne subissent ultérieurement que des modificatians inappréciables, tandis que les os inhumés ont été soumis à l'action incessante de la décomposition du cadavre s'exerçant sur chaque molécule organique.

Renfermés ou non dans des urnes funéraires, les os calcinés n'affectent aucun rapport de continuité ou de contiguité normales. Les fragments du crâne sont accolés indistinctement à des fragments d'autres pièces du squelette ; ils sont légers, rarefiés, blanchâtres ; leur cassure est nette et présente souvent une zône noirâtre. Quelques fragments sont noircis par une couche de suie, d'autres incorporés intimement à des masses charbonnées de terre brune; d'autres sont à la fois terre et charbon.

Sur d'autres, des parcelles d'os en éclat sont venues se souder à des surfaces d'os de membres différents. C'est ainsi, par exemple, que j'ai fait voir, parmi les os du dolmen tumulaire du Mont Saint-Michel, un fragment de diaphyse au canal médullaire de laquelle une petite pièce osseuse s'était fortement soudée.

La combustion des os ayant pour effet d'en détruire la trame organique, les ossements après la calcination sont réduits au squelette phosphato-calcaire. Aussi n'éprouvent-ils plus au feu qu'une perte minime : 2 ou 3 p. 0/0. Chauffés en vase clos, c'est à peine s'ils se voilent d'une légère teinte bistre, en dégageant d'abord des vapeurs acides, puis un peu d'ammoniaque, mais point d'odeur empyreumatique.

Quelques-uns de ces os, quand on les plonge dans l'eau, donnent lieu à un sifflement, et il s'échappe de leurs surfaces des stries blanches qui rendent l'eau laiteuse. C'est ainsi que se comportent certains os fortement calcinés, particulièrement ceux qu'on a renfermés dans des urnes.

L'acide chlorhydrique, étendu de la moitié de son volume d'eau, les dissout avec effervescence, sans laisser de résidu gélatineux.

Si on jette un fragment de tissu spongieux, bien nettoyé, dans l'acide chlorhydrique, on voit les aréoles fondre et disparaître les unes après les autres, en laissant partir un certain nombre de petits grains noirs microscopiques, qui ne sont rien moins que le charbon provenant de la calcination de la trame organique que renferment les aréoles.

Quelquefois les os, bien que calcinés, se trouvent imprégnés d'une substance organique, étrangère au tissu osseux. C'est ce qui résulte des analyses que M. Delvaux à faites des ossements du dolmen tumulaire de Kercado (Carnac).

OS DE KERCADO (Carnac).

On a dosé sur 100 parties :

Résidu insoluble dans les ac. (quartz-mica, etc.).	9.00
Phosphate de chaux tribasique..............	46.06
Phosphate de magnésie...	1.25
Carbonate de chaux.......................	22.34
Peroxyde de fer.......	4.00
Eau, matières organiques..................	16.00
	98.65

Les os de Kercado étaient imprégnés d'une substance organique, qui n'était pas de la gélatine; — le résidu, insoluble dans les acides, est coloré en *brun* par cette substance (1).

Il est probable que cette substance organique, signalée par M. Delvaux, est de provenance extérieure, et s'explique par les infiltrations séculaires. M. Malaguti, rencontrant la même substance dans les os du Mont-Saint-Michel, rattachait sa présence à la même cause.

(1) Rapport sur les ossements de Kercado, par M. Clomadeuc. Bulletin de la Soc. Polym. 1863.— Lettre inédite de M. Delvaux, Paris, 1863, 29 octobre.

CHARBONS.

M. Malaguti, qui a étudié les charbons de la crypte du Mont-Saint-Michel, s'exprime ainsi :

« Les charbons laissent, à la suite de la calcination, 8 p. 0/0 de cendres contenant 75 centièmes de phosphate de chaux. En l'incinérant avec précaution, le volume de la masse charbonneuse ne diminue pas, et la combustion étant achevée, il reste un squelette qui permet de juger de la texture du bois, et d'établir que le charbon lui-même avait subi un commencement de *fossilisation*, en s'imprégnant de la substance dont le squelette est formé. Quant à la texture du bois, accusée par la forme du résidu de la combustion de son charbon, elle est incontestablement *bacillaire*, ce qui fait présumer que, très-probablement, ce charbon provient d'un bois résineux. »

Le charbon de la crypte de Kercado (Carnac) a été analysé par M. Delvaux. Voici son analyse.

On a dosé sur cent parties :

Matières volatiles (eau xx) à 120°....	16.00	49.00
Matières volatiles au rouge vif......	33.00	
Carbone fixe....................	45.00	
Cendres phosphatées............	6.00	
	100.000	

L'alcool et l'éther enlèvent à ce charbon une trace de matière organique.

TERREAU SÉPULCRAL.

Dans les tombeaux qui renferment des sépultures par incinération, on rencontre ordinairement des matières terreuses en grande abondance. On s'assure que cette terre a été en rapport avec le foyer de combustion, parce qu'elle contient des poussières et même des brindilles de charbon, mêlées à des poussières osseuses calcinées, et que, d'un autre côté, elle est très-pauvre en substance organique. On trouve également, au milieu de cette terre, une grande quantité de fragments de granit rougeâtres, qui ont tous les caractères de granits passés par le feu. En comparant ces grains brûlés avec le sol naturel de la grotte et avec ses parois, on s'assure qu'ils n'en proviennent pas, et que le bûcher a été élevé ailleurs.

M. Malaguti, qui a analysé la terre extraite du dolmen du Mont-Saint-Michel, la décrit ainsi :

« La terre du tombeau de Carnac est en gros fragments délitables sous la pression du doigt : sa couleur est fauve. Broyée avec la chaux caustique éteinte, elle ne dégage pas d'ammoniaque. Mise en digestion avec la dissolution de soude, elle ne la colore pas immédiatement ; mais après 24 heures, le liquide prend une teinte brune qui n'est pas assez foncée pour lui faire perdre sa transparence, étant observée sous l'épaisseur de 3 cent. ; le mélange alcalin dégage de l'ammoniaque, dès qu'il est porté à l'ébullition. Chauffée à l'air, elle noircit sans s'embraser, dégage une légère odeur de matière organique en combustion, et prend une teinte chamois, en perdant 10 p. 0/0 de son poids. Calcinée en vase clos, elle noircit, dégage de l'ammoniaque, mais point de vapeurs acides, point d'huiles empireumatiques. »

Voici maintenant l'analyse de la terre du tombeau de Tumiac (sépulture par inhumation) :

« La terre de Tumiac a une couleur marron. Tous ses fragments cèdent à la pression du doigt ; on y remarque quelques débris osseux. Broyée avec la chaux, elle ne dégage pas assez d'ammoniaque pour donner naissance à des fumées, quand on approche d'elle une baguette de verre mouillée avec l'acide chlorhydrique étendu. Mise en digestion avec dissolution de soude caustique, cette terre abandonne immédiatement au liquide alcalin une portion tellement considérable de matière humique que la masse devient noire, se gonfle et prend l'aspect gélatineux. En chauffant le mélange jusqu'à l'ébullition, il se dégage de l'ammoniaque. Calcinée à l'air libre, la terre de Tumiac s'embrase et dégage des gaz carbonnés ayant la même odeur que ceux produits par la tourbe en combustion. La calcination étant terminée, la terre est devenue jaune-pâle, et a perdu 53 p. 0/0 de son poids. Calcinée en vase clos, elle noircit, dégage de l'eau, puis des vapeurs acides, ensuite des huiles empireumatiques, et enfin un peu d'ammoniaque. En un mot, elle se comporte comme de la terre qui renfermerait une quantité considérable de matières végétales huméfiées. »

« En comparant, ajoute M. Malaguti, les caractères des deux terres extraites de Tumiac (sépulture par inhumation) et du Mont-Saint-Michel de Carnac (sépulture par incinération), on est frappé de la profonde différence qui les sépare. La terre de Tumiac est une espèce de terre tourbeuse, éminemment riche en substances organiques végétales, ce qui ne s'accorde pas avec l'idée que cette terre ait jamais été jadis exposée à une température élevée. — Il n'en est pas de même de la terre de Carnac. On y trouve, il est vrai, de la matière organique, mais la proportion en est relativement très-faible, et la présence peut s'expliquer par l'infiltration séculaire des eaux. On sait que dans les sols perméables, on trouve de la substance organique à la profondeur de plusieurs mètres. »

III.

Il est arrivé plusieurs fois, notamment à *Crubelz* et au *Mané-er-Hocck*, que toute trace d'ossement avait disparu dans la crypte.

Nous nous sommes dit alors : Le *phosphate de chaux* forme la presque totalité de la trame inorganique du squelette. L'expérience démontre que le temps altère et décompose les os. La chimie prouve que le phosphate calcaire est soluble dans l'eau légèrement acidulée, et que les terres se chargent de la solution. Supposez donc l'influence lente et indéfiniment prolongée des eaux pluviales, des actions décomposantes diverses et du temps, et vous arriverez à comprendre qu'un squelette peut, même dans une crypte tumulaire, élevée sur le sol, se désagréger, et le phosphate de chaux du tissu osseux se dissoudre.

Si donc dans un dolmen où un squelette a été déposé depuis 20, 30, 40 siècles ou plus, on ne découvre aucun fragment osseux visible à l'œil, il est au moins naturel de penser qu'on en trouvera les derniers vestiges, sous forme de *phosphate calcaire*, dissous dans les terres sépulcrales du tombeau.

Si, ensuite par l'analyse, je constate des quantités très-notables de phosphate de chaux, ne puis-je dire au moins qu'il est possible qu'elles proviennent d'un squelette inhumé là ?

Et si maintenant, poussant plus loin les investigations, nous étudions avec soin, par comparaison, la terre sépulcrale de la crypte, et la terre du tumulus extérieur à la crypte, et la terre du sol environnant, nous trouvons comme règle que la première, c'est-à-dire le *terreau* de la crypte, où se sont opérées les décompositions séculaires, contient une proportion plus grande, beaucoup plus grande de phosphate calcaire ; je dis que nous sommes, jusqu'à un certain point, en droit de penser que cet excès de phosphate calcaire provient des os déposés dans la crypte, partant, d'une sépulture.

C'est ce que j'ai fait pour les tombeaux dits celtiques de Crubelz et du Mané-er-Hocck ; c'est ce que M. le docteur Fouquet a fait avec le plus grand soin pour les dolmens tumulaires de Pleucadeuc, — et tous les deux nous avons cru faire de la bonne expérimentation (1).

Du reste j'ai voulu, sur ce point, avoir l'avis du savant chimiste, doyen de la Faculté des Sciences de Rennes, M. le professeur Malaguti. Voici les deux questions que je me suis permis de lui poser :

Première Question. — Un ou plusieurs cadavres, et par conséquent un et plusieurs squelettes ayant été inhu-

(1) Rapp. sur le dolm. tumul. de *Crubelz*, bulletin de la Société polymat. et Revue archéologique, Paris, 1863. Docteur de Closmadeuc.

Rapp. sur les fouilles des dolm. de Pleucadeuc ; bulletin de la Société polymath. 1864. — Doct. Fouquet.

més dans une cavité sépulcrale plus ou moins close, et soumis à l'action lente et prolongée des causes diverses de décomposition pendant plusieurs siècles ; alors même que toute trace d'ossements aurait disparu, est-il rationnel de penser que le *terreau* sépulcral sera ou pourra être plus ou moins saturé de *phosphate de chaux*, devenu soluble par l'action des infiltrations séculaires ?

Deuxième Question. — Si dans le terreau, contenu à l'intérieur du monument, qui a par ailleurs tous les caractères d'un tombeau, l'analyse constate la présence d'une quantité surabondante de phosphate de chaux ; — et si, d'autre part, il est démontré que le sol du voisinage, extérieur à la crypte, en contient beaucoup moins ; — est-on jusqu'à un certain point autorisé à penser que ce phosphate calcaire en excès provient, en partie, des ossements qui ont séjourné dans le tombeau, et, partant, confirme la destination funéraire du monument ?

RÉPONSE DE M. MALAGUTI.

1° En admettant que des ossements déposés dans une enceinte aient disparu par dissolution, il est rationnel d'admettre qu'on trouvera du phosphate de chaux dans le sol de l'enceinte même.

2° S'il est bien constaté que le sol d'une enceinte circonscrite contient du phosphate de chaux, et que le sol environnant n'en contient pas ; si cette enceinte avait une destination telle à faire supposer que l'on y avait déposé des cadavres, il sera probable que le phosphate de chaux constaté a eu pour origine des ossements...

(*Lettre inédite de* M. Malaguti.)

Rennes, 7 mars 1865.

IV.

POSITION DES CORPS.

Considérations anatomiques et anthropologiques.

Un fait d'observation qui peut mettre sur la voie du

mode de sépulture, indépendamment des analyses chimiques, c'est la présence à la surface des os et des diaphyses particulièrement, de sillons et d'éraillures caractéristiques. Ces sillons sont fins, serrés les uns contre les autres, et en grand nombre. Ils ont été produits par la dent des animaux rongeurs, de petite espèce, des rats par exemple. — Ces animaux ne s'attaquent aux ossements des tombes, que quand ils sont recouverts de matières organiques, par conséquent lorsque les corps n'ont pas été incinérés.

Parmi les ossements recueillis dans le dolmen de Kergonfals (1), il en est qui présentent, d'une façon évidente, ce genre d'altération due à la dent des rongeurs.

Il résulte en même temps de ce fait, que dans les sépultures par *inhumation*, lorsque surtout les cadavres ont été déposés dans des chambres vides, et surmontées de tombelles de médiocre volume, les animaux en rongeant les os, les déplacent et dérangent leurs rapports naturels, à tel point qu'il n'est plus possible de retrouver les débris de squelette dans leur situation anatomique respective. C'est un véritable pêle-mêle de fragments d'os, qu'il faut se contenter de recueillir, sans pouvoir en tirer la moindre conclusion sur la situation du squelette dans le tombeau.

Nous avons souvent lu la relation de fouilles qui ont amené la découverte, dans les tombeaux antiques, de squelettes entiers ayant la position repliée ou accroupie. De savantes dissertations ont été écrites sur ce sujet, et on a considéré l'attitude repliée des corps dans les sépultures, comme l'expression de l'attitude du fœtus dans le sein de la mère, ou encore comme le symbole de la foi à la résurrection des corps (2).

Nous devons dire que jusqu'ici, jamais rien de semblable n'a pu être constaté sous les dolmens funéraires du Morbihan. — Il est bien évident que quand il s'agit

(1) Rapport de M. Galles. Bulletin Soc. polymat. Morbihan, 1864.

(2) Voir sur le sujet un article de M. Troyon, dans la *Revue archéologique* de 1864.

d'une sépulture par *incinération*, la question de l'attitude du cadavre ne saurait être posée.

Elle ne peut l'être que pour les sépultures par *inhumation*. Or, dans ce dernier cas, nous avons toujours trouvé une réduction telle des os, une fragmentation si considérable, que tout ce que pouvait faire l'anatomiste, c'était recueillir à grand'peine quelques débris, et en apprécier les dimensions.

A Tumiac, la pulvérisation des os était complète, sauf un fragment de *pariétal*. Sous le dolmen de Kergonfals, il ne paraît pas que mon confrère, M. Mauricet fils, chargé du rapport sur les ossements, ait avancé la moindre conjecture sur la situation du cadavre. Au *Manè-es-Hocck*, et à *Crubelz*, toute trace d'ossements avait disparu. Quant au Mane-Lud, il est certain que la crypte centrale renfermait des ossements appartenant à deux individus; M. Rigout, par l'analyse, est arrivé à cette conclusion que, parmi les ossements, les uns avaient été brûlés, que les autres ne l'avaient pas été. Mais quelqu'effort qu'ait fait M. Mauricet fils, il lui sera toujours difficile de démontrer, comme il l'a écrit, que *deux squelettes*, l'un qui avait été soumis à l'action du feu, et l'autre qui n'y avait pas été soumis, *ont été déposés dans la tombe, assis, le dos appuyé contre l'angle S. O., les jambes étendues, les bras pendants le long du corps*, etc. Nous avons eu, comme lui, les ossements du Mane-Lud sous les yeux, et tous les détails de la découverte ; nous croyons que notre confrère, en concluant ainsi, n'a avancé qu'une conjecture, sous forme de conclusion.

Dans une lettre adressée à l'illustre M. de Caumont, en réponse à des questions posées par lui, j'établissais la proposition suivante :

VIII. — L'examen anatomique des ossements humains contenus sous nos dolmens-tumulaires, démontre qu'ils appartiennent à une race dont la stature n'est pas sensiblement différente de celles des races actuelles. *(Bulletin. Soc. polym. 1863.)*

Les fouilles opérées par la Société polymathique du

Morbihan, depuis cette époque, n'ont rien changé à la vérité de cette conclusion. Ainsi tombent d'elles-mêmes ces fables inventées à plaisir, des squelettes de géants enfouis sous les dolmens armoricains.

Quant aux formes des crânes, aux angles faciaux, à l'indice céphalique, toutes ces questions, dont j'apprécie l'importance, autour desquelles gravite l'anthropologie, nous les avons posées; mais nos monuments sont restés muets. *Sous aucun dolmen* il n'a été possible de recueillir des ossements de la tête assez bien conservés, et en assez notable quantité, pour permettre la moindre conjecture.

Nous n'en dirons pas autant du tombeau antique, découvert au Mané-Beker-Nos, en Quibéron, et qui mérite, par son importance, de nous arrêter un instant.

SARCOPHAGE DU MANÉ-BEKER-NOS.

Squelette entier. (1865.)

Nous avons eu la bonne fortune, il y a deux ans, de découvrir, dans un tombeau, un squelette entier, et ce squelette est un des plus curieux qui aient eu les honneurs d'un examen anthropologique. On lira les détails complets de la découverte dans le bulletin de la Société polymathique du Morbihan, année 1865.

La colline, désignée en breton sous le nom de *Mané-Beker-Nos* (Butte du hurleur de nuit), est située dans la presqu'île de Quibéron, à quelque distance, à l'ouest du village de Saint-Pierre.

Au sommet de la colline, et à moitié enfoui dans la dune de sable, existe un *dolmen*, dont la table et les supports sont découverts de temps immémorial. A quelques pas du dolmen, se trouvait une tombelle, sorte de mamelon artificiel, en terre, ayant une base elliptique, de 15 mètres et large de 7 mètres, et une hauteur moyenne de 1 mètre 60.

C'est sous cette tombelle qu'était construit une sorte de coffre en pierre *(stone-cest)*, composé de quatre dalles brutes, de granit, debout et agencées avec une table de recouvrement. de façon à former une cavité close. Une sixième dalle, posée à plat sur le roc, servait de plancher au sarcophage. La longueur, dans l'œuvre du sépulcre, ne dépassait guères un mètre (1^m 12), et la largeur, 40 à 50 centimètres; la hauteur, du plancher à la voûte, n'avait que 45 centimètres.

Dans cette cellule si exigüe, où un enfant de sept ans tiendrait à peine, couché tout de son long, le mort avait été déposé, sur le côté gauche, la tête à l'extrémité est, le tronc le long de la paroi nord, et les membres inférieurs à l'ouest, dans une position repliée.

A droite du corps, à la hauteur de la face, se trouvait une urne en terre cuite, ne contenant que de la terre.

J'eus l'honneur de faire un rapport sur cette découverte, et de présenter les objets à une des séances de la Société polymathique du Morbihan. Je me chargeai de l'examen anatomique des ossements. Mais tout d'abord; le crâne me parut offrir des particularités si inattendues, que je n'hésitai pas à l'expédier immédiatement à mon illustre confrère, le docteur Broca, professeur de la Faculté de Médecine de Paris, et l'un des membres les plus compétents de la Société d'anthropologie.

Nous résumerons ici les détails de ce double examen, en avertissant les archéologues que le *squelette* (moins la tête), est actuellemeut déposé au Musée de Vannes, et que le crâne est sous les vitrines du Musée d'anthropologie de Paris.

La sépulture du Mané-Beker-Nos (Quibéron), est une sépulture par inhumation, à attitude repliée.

Le squelette, presqu'en entier, appartient à un sujet vigoureusement constitué, d'une taille au-dessus de la moyenne, quoique n'étant pas excessive, et ayant atteint le complet développement caractéristique de l'âge adulte.

Les os des membres sont volumineux, pourvus de tubérosités, d'apophyses et de lignes d'insertion musculaire très-accusées; disposition anatomique qui correspond à un appareil musculaire énergique.

L'*humerus*, long de 34 centimètres, offre une particularité anatomique curieuse : la perforation de la cavité olécranienne. C'est là, on le sait, un fait inusité chez l'homme, et qui ne se trouve à l'état de règle que chez les quadrumanes (singes).

Les observations du docteur Broca offrent un intérêt majeur.

« Votre crâne de Quibéron, m'écrivait-il, est le plus *dolichocéphale* de tous les crânes antiques, trouvés jusqu'ici en France. Le seul crâne qui puisse en approcher est le N° 3497 du Muséum provenant de la caverne sépulcrale de Nogent-les-Vierges... *Son indice céphalique* est de 69. 38, et se rapproche par conséquent de la dolichocéphalie des Nègres et des Néo-Calédoniens. Par rapport aux nôtres, ajoute M. Broca, il est revêtu de plusieurs caractères d'infériorité : les dimensions transversales sont toutes au-dessous de la moyenne moderne; et les dimensions antéro-postérieures, au contraire, sont audessus. Ces deux caractères sont en rapport avec la dolichocéphalie; mais il est aisé de constater que ce crâne est très-développé en arrière, et très-peu en avant, c'est-à-dire qu'il est dolicho-céphale-occipital, comme les crânes nègres.

La circonférence horizontale est plus considérable que dans le type moderne; et pourtant si on la divise en deux parties, l'une antérieure, l'autre postérieure, par un cordon qui s'étend du bregma aux deux conduits auditifs, on trouve que la partie antérieure est plus petite. Il en résulte que la partie postérieure est beaucoup plus grande, et que le rapport de la partie antérieure à la circonférence totale est plus petit de deux centièmes. Même remarque pour la courbe occipito-frontale divisée en deux parties, l'une antérieure, l'autre postérieure, par le Bregma.

(1) Voir le bulletin de la Société polym. du Morbihan, année 1865, et le compte-rendu de la Société d'anthropologie de Paris, même année.

TABLEAU COMPARATIF

des Crânes modernes et du crâne de Quibéron,

Par le docteur BROCA.

		XIXe siècle.		Crâne de Quibéron.	
A	Diamètre antéro-poster, max.....	179mm	55	196mm	
B	Diamètre transversal max........	142	54	136	
C	Diamètre vertical.............	127	31	125	
D	Diamètre frontal minimum.......	97	93	96	
E	Diamètre bi-auriculaire.........	123	01	109	
F	Circonférence horizontale totale...	518	96	530	
G	Sa partie antérieure...	244	85	240	
H	Courbe occipit. front. totale......	321	61	340	
I	Sa partie antérieure...	128	20	127	
J	Courbe bi-auriculaire...........	305	22	304	
K	Indice céphalique..............	79	387 %	69.	382 %
L	Rapport de $\frac{100\ G}{F}$	47	18 %	45.	28 %
M	Rapport de $\frac{100\ I}{H}$	39	86 %	37.	35 %
N	Part. post. de la circonf. F (F-G)..	274	11	290	
O	Part. post. de la courbe H (H-I)..	193	41	213	

Telles sont les observations auxquelles a donné lieu la découverte si intéressante du Mané-Beker-Nos, en Quibéron.

Je veux être sobre de commentaires. Cette découverte n'est qu'un éclair dans une nuit profonde; mais à sa lueur on est forcé d'entrevoir, dans le passé et sur le sol de l'Armorique, un être humain dont la structure anatomique s'écarte singulièrement de celle des races modernes. Pour trouver l'analogue de ce squelette, il faut l'aller chercher dans le diluvium, dans les cavernes ossifères, où des ossements semblables ont été découverts mêlés à des *silex taillés* et à des débris d'*ursus spelæus*, de rhinocéros-tichorrinus, de castors et de rennes; à moins qu'on ne préfère trouver son terme de comparaison chez certaines races de la Néo-Calédonie, caractérisées par une dolichocéphalie occipitale très-prononcée, ou chez les Hottentots et les Guanches, qui portent aussi eux la perforation olécranienne de l'humerus, comme le mort inhumé dans le tombeau de Quibéron.

Le squelette du Mané-Beker-Nos est un fait unique parmi les découvertes si nombreuses qui ont été faites, depuis quelques années, sur le sol du Morbihan. Nous ignorons la relation qui pouvait exister entre ce Stone-cest et l'énorme dolmen voisin. Il n'est donc pas prouvé que ces deux tombeaux, situés au sommet de la même colline, aient été élevés à la même époque et par les mains du même peuple. Mais si d'autres faits venaient s'ajouter à celui-là, et si des squelettes avec des caractères identiques étaient enfin rencontrés sous quelque *dolmen*, il faudrait bien être logique, et rapporter aux races qui sont enterrées sous nos monuments mégalithiques du Morbihan les considérations anthropologiques qui découlent de l'examen du squelette de Quibéron (1).

V.

SACRIFICES HUMAINS.

J'aborderai en dernier lieu une question qui est importante au plus haut degré, car on est en droit de me demander si l'inspection des monuments funéraires de l'Armorique primitive nous a conduits à soupçonner que les funérailles s'accompagnaient de sacrifices humains.

J'ai lu tout ce que nos écrivains Bretons et bien d'autres ont écrit sur ce point, et je sais avec quelle sainte terreur ils se signaient en passant au pied de nos antiques dolmens. — Chaque fois que le respectable abbé Mahé nommait un dolmen, il se représentait, en frissonnant, sa surface arrosée du sang des victimes, des en-

(1) M. Turnam a découvert des crânes analogues à celui de Quibéron dans les plus anciens monuments mégalithiques de la Grande-Bretagne (long-barrows) et MM. Van Duben et Retzuis fils en ont également découvert dans les plus anciens monuments mégalithiques de la presqu'île scandinave.
(Note de la Direction.)

trailles palpitantes fouillées par la main du sacrificateur, et il s'écriait que, malgré son goût pour les Celtes, *il avait plus d'horreur que de respect pour les dolmens.*

Quelles preuves cependant apportait-on à l'appui d'une accusation aussi grave?

M. l'abbé Mouillard qui, un des derniers, a traité le sujet, ne sort pas du cercle tracé par l'abbé Mahé : Les dolmens sont nécessairement des autels, puisqu'un *grand nombre des caractères de l'autel biblique leur appartiennent.* D'où l'auteur se croit en droit d'inférer que le *dolmen* était, dans le culte druidique, l'*autel sur lequel se sont offerts les sacrifices et qui a parfois reçu même des victimes humaines.* Pour confirmer son opinion, l'abbé Mouillard rappelle l'exemple d'Abraham, qui allait immoler son fils, de Jephté sacrifiant sa fille, celui des Ammonites offrant des hommes à Molok, des Carthaginois égorgeant des enfants à Saturne, etc., etc.— Au commencement du siècle dernier, tous ces exemples et beaucoup d'autres avaient déjà été produits par l'abbé de Boissy, dans une dissertation lue à une des séances de l'Académie des Inscriptions et Belles-Lettres. M. de Boissy allait plus loin : il recherchait l'origine de tous ces sacrifices, et voici comment il se l'expliquait naïvement : « Les peuples voisins de ceux où ce patriarche (Abraham) avait passé sa vie entendirent sans doute vanter le zèle et la fermeté de ce saint homme, qui n'écouta pas un moment les sentiments de sa tendresse pour un fils unique. Ils surent quelque chose des récompenses que Dieu promit à sa fidélité, et jugèrent que l'initiative d'une action si héroïque leur attirerait les mêmes bénédictions du Ciel. Ils ignorèrent que le Seigneur, satisfait de l'obéissance d'Abraham, avait substitué un bélier à la victime humaine ; ils crurent enchérir sur l'action de ce patriarche en immolant réellement leurs propres enfants !!! »

Plus tard, en 1746, l'illustre Fréret, dans sa réponse à l'article de Duclos sur les Druides, avait employé toutes les ressources de son admirable érudition pour prouver que l'immolation des victimes était un des rites les plus universellement répandus dans les différentes sectes du paganisme. Le Mémoire de Fréret existe ; chacun peut y puiser. Mais quand nous osons dire que tous ces exemples ne regardent pas les dolmens et les peuples Armoricains qui les ont construits, M. l'abbé Mouillard nous arrête en nous citant des fouilles pratiquées sous quelques dolmens, *qui ont produit des cendres*, *des ossements humains mêlés à des ossements d'animaux.* Nous répondons que les mêmes objets ont été trouvés et sont trouvés tous les jours sous les tumulus à dolmen, et nous demandons à l'auteur pourquoi, six pages plus loin, il donne cette découverte comme une preuve que les tumulus sont des tombeaux. N'est-il pas beaucoup plus rationnel d'en conclure d'abord que les dolmens non couverts sont des monuments funéraires au même titre que les dolmens protégés par des tumulus? — Mais, nous réplique l'honorable abbé, sur quelques dolmens on a trouvé des *rigoles*, des *bassins* creusés par la main de l'homme ; or, ces rigoles et ces bassins *témoignent de la victime étendue*, *de la victime immolée*, *du sang répandu et recueilli !*

Quoi! toutes ces conséquences découlant d'un fait exceptionnel, aussi incertain ! — Et si ces rigoles n'étaient que des chimères, comme nous l'affirmons, après M. Mérimée! Si ces *bassins*, tels que M. Mouillard les suppose, étaient des fictions ! — Mais qu'importe ! Quand même ces rigoles, que nous avons cherchées partout, sans les découvrir, existeraient réellement, nous nierions avec toute l'énergie possible qu'on ait le droit d'en tirer le moindre argument ; par ce procédé d'instruction forcée, on ouvre la porte aux hypothèses les plus excentriques. On ne s'étonne plus de voir M. de Fréminville expliquer l'inclinaison de la table *d'un demi-dolmen* par la nécéssité de rendre facile l'écoulement du sang des victimes à sa surface.

Puis c'est l'abbé Manet qui avance au hasard que le *Lichaven*, monument composé de deux pièces verticales couvertes d'une troisième, *était destiné aux parfums et aux menues offrandes !* et si le demi-dolmen et le Lichaven n'étaient tout simplement que des dolmens inachevés ou ruinés, comme on est tenté de le croire? Du reste, tout cet échafaudage de suppositions vaines bâties sur le dolmen-autel s'écroule du moment que les faits démontrent sans réplique que ces monuments ne sont pas des autels, mais des tombeaux.

Cayot-Délandre, dans un passage cité plus haut, a écrit cette phrase: « Le Mane-Lud est entièrement composé d'un mélange de cendres de fragments de charbon et de débris d'ossements calcinés par le feu; on se demande combien il a fallu de milliers de victimes humaines pour former cet entassement!! » — Comment Cayot-Délandre, un observateur doué d'un mérite incontestable, a-t-il pu être le jouet d'une pareille illusion? Encore une fois, nous connaissons à merveille le tumulus de Lockmariaker appelé *le Mane-Lud*; nous avons mainte et mainte fois palpé et analysé ces prétendues cendres; un chimiste de Paris les a analysées après nous. Or, nous affirmons que ce n'est que de la vase, en tout semblable à celle qui compose les hauts tumulus de Tumiac et du Mont-Saint-Michel. Quant aux *ossements calcinés des milliers de victimes humaines*, la vérité est que personne ne les a vus, pas même Cayot-Délandre. — Les seuls ossements qui aient été jusqu'ici trouvés dans la vase séchée du Mane-Lud, sont ceux que M. René Galles y a découverts dans la partie Est de la butte. Ces os sont très-reconnaissables; ils n'ont jamais été brûlés; les dents y adhèrent encore, et ils se rapportent au squelette de *cinq têtes de cheval.*

Suffira-t-il, pour édifier son opinion, d'appeler les celtœ: *des haches*, et les lames de silex: *des couteaux*, aujourd'hui que ces objets paraissent n'avoir jamais eu qu'une signification religieuse?

Donc, nous sommes parfaitement fondés à soutenir, jusqu'à preuve du contraire, que rien dans nos tombeaux primitifs ne révèle, jusqu'à présent, la moindre trace de sacrifices de victimes humaines. Que reste-t-il donc? des citations empruntées à la Bible. Elles n'ont que faire dans la question, puisqu'il s'agit ici de dolmens armoricains.— Que reste-t-il encore? Les témoignages des écrivains grecs et romains qui tracent le portrait des nations gauloises sur lesquelles ils avaient à venger plus d'une défaite. César, dans ses Commentaires, nous raconte que les funérailles des Gaulois étaient sanglantes; il nous dépeint les Druides sous les plus sombres couleurs, se livrant à des sacrifices humains. Quand il serait vrai qu'il n'y eût aucune exagération dans les renseignements fournis par un ennemi, dont les atrocités et les brigandages durant son gouvernement dans la Gaule, n'ont pas été suffisamment flétris par l'histoire, la preuve qu'on cherche manquerait encore; car il faudrait prouver, ce qui est loin de l'être, que les dolmens sépulcraux sont l'œuvre des peuples gaulois, contemporains de César.

Nos fouilles récentes, et multipliées, nous ont révélé dans leurs détails intimes les coutumes funéraires des peuples dont les cendres reposent sous les dolmens. Est-il vrai qu'il y ait concordance entre ces détails et ceux qu'on prétend avoir été exactement fournis par les historiens classiques, dont nous nous dispensons de citer les noms? Est-il prouvé que les Druides, un mot qui est inconnu dans la langue bretonne, aient jamais officié sur les dolmens; et la langue bretonne elle-même, qui pour quelques-uns est la langue celtique, est-ce bien la langue qu'on parlait aux funérailles de ces Armoricains primitifs dont nous recueillons la dépouille? Une distance immense sépare, suivant nous, les premiers peuples qui ont dressé les blocs de granit de Carnac, des nations civilisées et commerçantes de la république Vénétique. Pour arriver à celle-ci, il faut peut-être remonter de siècle en siècle bien au-delà des Kimris et des Celtes, et ne s'arrêter que dans une période lointaine, sans limites définies, antérieure aux temps historiques. Pourquoi se montrer avare de quelques milliers d'années? Où est la preuve que le tumulus de Tumiac est moins ancien que la pyramide de Chéops, vieille de plus de six mille ans? Qui sait le jour où, pour la première fois, des êtres humains cheminèrent sur le vieux sol de l'Armorique, et quels étaient ces hommes? Sait-on d'avantage le temps qui s'écoula en Égypte avant la 18e dynastie de Manethon, sous laquelle furent bâtis les édifices grandioses de Thèbes et de Nubie? Qui nous dira combien de siècles les tribus indigènes de l'Inde végétèrent au soleil, avant l'entrée des Aryas, et l'éclosion, sur les bords du Gange, de la religion de Brahama ? A-t-on donc résolu la question de l'âge des silex taillés d'Abbeville, et des cavernes ossifères, mêlés aux débris fossiles des grands animaux disparus ? Où est le lien qui les unit, quel est le temps qui les sépare des lames de silex parfaitement semblables, et des haches en pierre de nos dolmens armoricains ? N'est-il donc pas illogique et profondément injuste de mettre sur le compte des nations inconnues tous les méfaits des peuples qui leur ont succédé ?

Quels qu'ils soient, et de quelque nom qu'on les désigne, les seules traces de leur passage sur la terre, nous les trouvons dans leurs tombeaux qui subsistent, et dans les débris inoffensifs qu'ils renferment. Or, aucun de ces objets, que nous sachions, n'accuse ses anciens possesseurs d'avoir égorgé leurs semblables sur des autels. Pourquoi leur jeter à la face une accusation que rien ne garantit ? Puisque la nuit des siècles les enveloppe, qu'elle protége au moins leur mémoire. Au risque d'y mettre un peu de poésie, représentons-nous plutôt ces premiers habitants de l'Armorique, soumis à une religion douce, attachant un caractère sacré aux instruments en pierre, emblême du travail de la jeune humanité, et manifestant leur foi dans un avenir meilleur par cette immense respect des morts. Puisque nous le pouvons, représentons-nous les, purs de toutes les souillures que des religions atroces devaient imprimer plus tard sur le front de leurs descendants. La science nous donne le droit de protester contre tout ce qui n'est pas la *vérité et la justice*.

LES PIERRES

ET

LES TEXTES CELTIQUES,

Par M. H. de La Villemarqué.

Notre éminent historien français, M. Henri Martin, pense qu'il appartient aux Bretons « de faire parler nos pères sur les monuments qu'ils ont construits, » et veut bien me céder la parole sur ce sujet : je le remercie des sentiments que l'amitié lui inspire.

Mais recueillir, classer et traduire les textes concernant les monuments mégalithiques, comme le demande le programme, est un travail qu'on ne peut faire à la hâte ; il exige encore plus de temps que leur construction n'en a exigé. C'est un à un, et ça et là, qu'on peut découvrir les anciens documents de nature à les expliquer. La vraie critique n'a commencé que d'hier à séparer la lumière d'avec les ténèbres : pour que la lumière se fasse, il faudra bien des études encore ; le *fiat lux* a été dit bien souvent, mais que nous sommes loin de pouvoir dire : *Facta est lux !* Consolons-nous en pensant avec un ancien que savoir ignorer est une grande science, *scire ignorare magna scientia est.*

Cependant, comme nous entendons retentir à nos oreilles le proverbe celtique : *Ann neb a venn hennez a c'hall*, « vouloir c'est pouvoir, » et que notre vouloir est très-vif, nous allons faire tous nos efforts pour atteindre la vérité. Dans le cas où nous ne réussirions pas, on nous tiendra compte de notre tentative. Nous avons à étudier un livre difficile à lire : chaque page est une pierre où la pluie, le soleil et les vents ont effacé bien des lettres ; les hommes eux-mêmes ont arraché bien des feuillets ; en déchiffrer un seul mot, mon ambition ne va pas plus loin.

Je l'essaierai à l'aide des documents irlandais, gallois et armoricains. La tradition bretonne prête cette parole au grand devin de la race celtique, au sujet des monuments qui nous préoccupent : « Personne, excepté moi, ne connait leur histoire. » La même tradition attribue au barde Taliésin, que les écrivains latins du moyen-âge qualifient de *magus sagacissimus*, des vers où il se vante de connaître la signification de chacune des figures gravées sur les pierres de son pays. Il est donc naturel de demander aux souvenirs celtiques l'explication du problème dont nous cherchons la solution.

I.

Je commence par les souvenirs des Irlandais, nos aînés et nos maîtres. En ouvrant le manuscrit intitulé : *Leabhar na h-uidré*, c'est-à-dire « Le livre fait de la peau de la vache grise, » dont nous avons une copie de l'an 1100, mais dont l'original remonte à une époque beaucoup plus reculée, je lis un passage curieux relatif à un roi d'Irlande, appelé Lochaid Airgtheach, tué dans une bataille, vers l'année 285 de l'ère chrétienne. Il s'agit du monument funèbre élevé en l'honneur du roi. M. H. Martin l'a déjà cité et traduit en français (1) : « Au-dessus de celui qui est en terre », est-il dit, « il y a un *carn*, et sur ce *carn* il y a un *leac* debout, et à l'extrémité du *leac* est écrit un *ogham*, et ce qu'il y a d'écrit sur le leac le voici : *Lochaid Airgtheach est ici.* »

On sait la signification de *carn* : Giraud le Gallois, au XIIe siècle, le traduit par *rupis* (*Itinerar. Cambriæ*, lib. 1, c. 6) ; dans la circonstance actuelle, il veut dire un amas de rochers (2). Quant à *leac* qu'il écrit *lech*, le même au-

(1) Les antiquités irlandaises, p. 23.
(2) *Carneddu mein*, congerere lapides (*Welsh Laws*, t. II, p. 110).

teur le rend par le mot pierre, *lapis* (*Ibid.* p. 778); à propos de la fameuse *pierre qui parle*, il dit : *Sonat autem* LECH *lavar*, LAPIS *loquax* ; et tous les glossaires celtiques, à commencer par celui de Cormac qui écrit *lecht* et *liacc*, confirment cette interprétation. Il importe, dès le principe, de bien fixer le sens des termes vraiment anciens sous lesquels étaient désignés les monuments mégalithiques, chez les descendants des Celtes.

Plusieurs autres *carn* fameux sont signalés dans les manuscrits irlandais. Le *Leabhar Lecain*, ou *Livre de Lecan*, compilation faite au commencement du XVe siècle, de documents très-anciens, signale particulièrement le carn du roi Amhalghaidh : « Il le bâtit, dit-il, pour lui-même, et c'est là qu'il est enterré, et de là que le lieu a tiré son nom. » Il ajoute que ses successeurs furent proclamés rois, sur ce monument; que quiconque ne l'était pas là, ne devait pas vivre longtemps, que sa race ne devait pas être illustre, et même qu'il ne devait jamais voir le royaume de Dieu (1).

Le recueil de *Skela* ou récits héroïques, connu sous le titre de *Livre de Munster*, parle du carn de Tighernaigh, roi du Munster, qui s'élève sur une montagne près de Rathcormac dans le comté de Cork, comme du tombeau de ce prince ; il donne une foule d'autres renseignements importants au sujet des monuments du même genre (2). L'auteur du récit d'une bataille fameuse où le roi Eochaidh périt, avec un grand nombre de braves du parti contraire, compte parmi ces derniers trois fils d'un chef qu'il nomme Nemedh, et remarque qu'Eochaid fut enterré dans la grève d'Eothaile, sur le lieu même où il était tombé; et que le carn énorme, appelé le « carn de la grève d'Eothaile », fut élevé en mémoire de lui par les vainqueurs, tandis que les vaincus élevaient, à l'autre bout du champ de bataille, aux trois fils de Nemedh, une

(1) O'Curry, *Lectures on the manuscript materials of ancient irish history*, p. 126.

(2) *Ibidem*, p. 268.

tombe qu'on appelle depuis : *leca meic Nemedh*, c'est à-dire les *pierres des fils de Nemedh* (1).

Ce document, selon le savant et regrettable Eugène O'Curry, n'a pas moins de 1400 ans. « On y trouve, dit-il, l'origine, les noms et l'usage d'une quantité de piliers de pierre, de monticules et autres monuments funéraires dont la plaine de Moytura est encore toute couverte; il offre tant d'intérêt et d'importance, eu égard aux antiquités monumentales de l'Irlande, qu'il n'en existe pas un pareil en Europe. » La mort a empêché O'Curry d'en tirer parti, comme il le projetait, pour éclairer la vie, les coutumes et les manières des anciens Gaëls.

Non-seulement là, mais ailleurs les textes irlandais abondent; on n'a que l'embarras du choix. J'en veux citer un dernier ; il a été traduit en latin, au XIIe siècle, par Jocelyn et Probus, auteurs d'une des légendes de saint Patrick. L'individu qu'il concerne n'est ni un roi, ni un guerrier illustre, comme ceux que j'ai cités jusqu'ici ; c'est un porcher ; il est vrai que c'est un porcher royal, et que les officiers de son espèce étaient des personnages considérables : témoin le fameux Trystan, qui garda les porcs du roi March. Le nom du pâtre irlandais était *Glas*, et l'on voit sur les limites du diocèse de Derry, entre Raphoé et Donoghmore, une colline qu'on appelait autrefois le *carn de Glas*, à cause du monument élevé en mémoire de lui (2).

Voici la légende. Le but du légendaire est de montrer combien saint Patrick aimait les Irlandais, même ceux des générations passées, même les payens, et combien il regrettait de n'avoir pas vécu de leur temps pour en faire des chrétiens :

« Un jour, en revenant d'une de ses courses évangéliques, il rencontra sur son chemin un grand tombeau, de trente pieds de long ; ses frères, dans la stupeur, s'é-

(1) O'Curry, *Lectures on the manuscript materials of ancient irish history*, p. 247.

(2) O'Donovan, *Annals of the four Masters*, p. 832.

crièrent : « Nous ne pensions pas qu'il y eût des hommes de cette grandeur ! » Patrick leur dit : « Si vous le voulez, vous en jugerez. » Ils répondirent qu'ils le voulaient bien.

Alors le Saint fit une croix sur le tombeau avec son bâton ; et voilà qu'un homme d'une très-haute taille se leva, disant : « Sois béni, homme bon et saint, qui pour une seule heure m'as délivré de mes peines ; » et il pleura très-amèrement. Puis il ajouta : « Si je m'en allais avec vous ? »

Patrick répondit : « Non, je ne puis pas te permettre de venir avec nous, car les hommes ne pourraient voir ton visage sans avoir peur ; mais crois au Dieu du ciel, et reçois le baptême, et tu ne retourneras plus dans le lieu où tu souffrais : mais dis-nous le donc, qui es-tu ?

— Je suis Glas, fils de Cais ; j'étais porcher du roi Lugaire ; Fian fils de Con, le druide, m'a assassiné pendant que je dormais, il y a de cela cent ans. »

Et Patrick le baptisa, en le plongeant trois fois dans une eau profonde, puis il le fit rentrer dans le tombeau, où le mort se coucha, le cœur joyeux. » (1)

Celui dont la charité, ainsi traduite en charmant récit légendaire, forçait les carns pour ravir leur proie à la mort et à l'enfer, ne devait pas avoir de peine à les bâtir ; et je ne m'étonne pas que ses biographes nous le montrent aidant des hommes de son pays à élever les uns sur les autres des blocs de pierre, lors d'un enterrement : *Congregavit lapides erga sepulcrum*, dit le livre d'Armagh.

II.

L'opinion des anciens Gallois est conforme à la tradition irlandaise. Nous avons vu, par un texte de leur compatriote Giraud de Barry, qu'ils donnaient la même signifi-

(1) Colganus, *Vita tripartita* (col. 329. Cf. Bollandus 17 mars, et ma *Légende celtique*, p. 584).

cation que les Gaëls au mot *carn*. L'auteur cambrien de la vie de saint Cadoc, écrivain du XIe siècle, parlant d'un de ces monuments, nous apprend qu'il dut son nom à un pieux personnage appelé Tylyuguay, et que le saint le lui imposa. Cet hagiographe ne se contente pas de traduire *carn* par *rupes*, comme Giraud le Gallois ; il l'applique à un monceau de pierres. Voici le texte : *Heremicola jussit quatinus* (sic) *ille* LAPIDUM CUMULUS *a premissi celicole nomine* CARN, *id est Rupes*, *Tylyuguay vocaretur* (1).

Comme on oublia, avec le temps, les noms des personnages pour qui les *carns* avaient été bâtis, on en fit la demeure des anges, *Engylion*, ou des Esprits, *Gwillyon* ; de là les lieux nommés *carn engylion* (aujourd'hui Carn engly), et *carn wyllyon* (2). Quelquefois même on les attribua à des saints, ou à des héros populaires autres que ceux qu'ils concernaient ; ainsi, le *Karn de Patrick*, (par corruption, *Sarn Padrig*), dans le comté de Carnarvon ; ainsi le *Karn d'Hélène* (*Sarn Hélen*), dans le Caermarthenshire, où l'on voudrait que sainte Hélène, mère de Constantin, eût été enterrée (3) ; ainsi probablement encore le *Carn de Budvan* (*carn Boduon*), guerrier célèbre du VIe siècle, chanté par Aneurin ; mais ses restes devant se trouver plutôt dans les environs de Dunbarton, où il a été tué, il n'y a pas lieu de croire qu'il ait été inhumé dans le nord du pays de Galles. Aneurin, qui se vante de rendre toujours justice aux guerriers vaillants, dit que ce serait un tort de laisser sans les rappeler les actions de ce brave Budvan, dont le courage, lors de sa mort, était parvenu à son apogée, et dont la main avait plus d'une fois lavé son harnais dans le sang ennemi, avant qu'il fût caché sous le *lech* ou *elech* (le sens est le même) : *Achyn i olo dan elech* (4).

Le barde parle un peu plus loin d'un autre *lech*, celui de Leucu, qui peut avoir laissé son nom à Leucopibia et

(1) Lives of the Cambro-British Saints, p. 62.

(2) *Ibid.* p. 295 et 310.

(3) Lluyd, history of Wales, topograp., notices, p. 169.

(4) Les *Bardes bretons du VIe siècle*, p. 287.

à la baie de Luce ; il célèbre les hommes vaillants qui s'élancèrent au combat du pied de cette pierre (1).

Taliésin, son contemporain, représente le roi Urien, animé d'un courage nouveau par la présence du *lech* de Calysten : « J'ai vu la joue d'Urien rouge de colère, quand il attaquait les étrangers près du lech éclatant de Calysten ; sa lame furieuse s'enfonçait dans les boucliers des guerriers ; c'était la Mort elle-même qui la portait » (2).

Au moment de la bataille, on croyait quelquefois entendre des voix sortant de dessous les *lech*, pour encourager les combattants. Lywarc'h-hen rappelle le cri belliqueux que jeta du pied de son lech, au roi Urien, Dunod fils de Pabo, surnommé *le sage*, le pilier de bataille de l'île de Bretagne : « En avant ! Mieux vaut tuer que parlementer ! En avant ! On a crié du pied du Lech de Dunod, fils de Pabo : « Ne recule pas ! »

Diuedyd yn nrws llech
Dunaud, vap Pabo : « Ni thech ! » (3)

On espérait même, en certains cas, que le héros couché sous le lech viendrait au secours de ses amis en danger. Dans un dialogue populaire fort ancien, où le barde Myrdhin, conversant avec sa sœur Gwendydd, lui annonce la délivrance de leur pays, je lis cette prophétie : « Il se lèvera un des six qui sont depuis longtemps sous le lech, et il sera vainqueur des Loégriens » (c'est-à-dire des Saxons).

Ef a gyvit un o chuech
Ar y vu yn hir yn llech,
A'r Loegyr a vyd gortrech (4).

Remarquez le nombre des guerriers couchés sous la pierre : il y avait donc des sépultures collectives.

(1) Les *Bardes bretons du VIe siècle*, p. 318.

(2) *Ibid.*, p. 410.

(3) *Ibid.*, p. 36. (J'ai traduit autrement, mais moins exactement dans les *Bardes bretons*.)

(4) Myvyrian, t. I, p. 144.

Les Mabinoghion sont remplis d'apparitions pareilles, mais sans motif patriotique. L'un d'eux, que Chrestiens de Troyes a imité, nous montre le chevalier Pérédur cherchant par quelle entreprise merveilleuse il pourra regagner les bonnes grâces de sa dame ; elle lui répond :

« Gravis cette montagne-là, et tu y verras un bois, et dans ce bois il y a un lech, et appelle trois fois au combat le guerrier qui dort dessous. »

Dos y vronn y mynyd racko, ac yno ti a wely lwyn,
Ac y mon y llwyn y mae llech, ac yno erchi gwr ymwan deir gweith.

« Pérédur marcha droit devant lui, et il arriva sur la lisière du bois, et il appela le guerrier au combat. Et aussitôt sortit un homme noir de dessous le lech (*ac ef a gyfodes gwr du y dan y llech*), et sous lui était un cheval décharné, et des armes toutes rouillées sur lui et sur son cheval, et ils se battirent. Et autant de fois que Pérédur jetait l'homme noir à bas, autant de fois celui-ci se remettait en selle. Et Pérédur descendit et il tira son épée ; mais l'homme noir avait disparu, et le cheval de Pérédur avec lui. » (1)

Il est très-remarquable que Chrestiens de Troyes, dans son imitation de ce conte, écrite vers l'année 1190, rende le mot *lech* par le mot français *tombel* (tombeau), et qu'il fasse de « l'homme noir du lech » (*gwr du y dan y llech*) « le noir chevalier del tombel » (2). La glose du trouvère champenois a beaucoup de prix : évidemment il a dû sa science à quelqu'un de ces conteurs ou chanteurs bretons si célèbres de son temps ; pour eux, le mot lech était à peu près synonyme de *bed* ou *bedd*, tombeau. C'est effectivement ce dernier terme — on prononce *bez* — que nous trouvons employé de préférence à l'autre dans les Epitaphes des guerriers de l'île de Bretagne (*Englynion bed-*

(1) *Mabinogion*, t. II, p. 294. Cf. Les *Romans de la Table-Ronde et les Contes des anciens Bretons*, 4e éd. p. 302.

(2) *Perceval le Gallois*. Bibliothèque impériale, N° 7523.

dau Milwyr ynys Prydain), dont le manuscrit et la langue appartiennent aux premières années du XIIe siècle.

« Quelle est cette tombe sous la colline ? — C'est la tombe d'un homme vaillant dans le combat, la tombe de Kinon, fils de Clytno d'Edin. —

Piou y bed y dan y brin ?
Bed gur gwrt yng kyviskin,
Bed Kinon, mab Clytno Idin.

« Quelle est cette tombe sur la montagne ? — La tombe de quelqu'un qui conduisait des multitudes, la tombe de Teyrnvaël-le-généreux, le fils d'Hyvlyd. —

Piou bed yn y mynyt ?
A liviassei liossit,
Bed Teyrnvael-hael, ab Hyvlyd.

« Quelle est cette tombe sur cette hauteur ? — La tombe de quelqu'un dont la main savait tuer l'ennemi, la tombe du Taureau du tumulte ; merci pour lui ! —

Piou y bed in yr allt draw ?
Gelin y lauer y law :
Tarw trin ; trugaredd itaw !

« La tombe de Siaun-le-Superbe est dans le long sillon de la montagne, entre une butte de gazon et un chêne. O frère rieur, ta peine est amère ! —

Bed Siaun Syberw in hir erw-minit,
Y rug y guerid ae derv ;
Churthinauc braud ! brid chuerv !

« Quelle est cette tombe à quatre côtés, avec quatre pierres autour de son front ? — C'est la tombe de Madauc, le cavalier sans peur. —

Piou y bed pedryval,
Ae pedwar mein am y tal ?
Bet Madauc marchauc dywal.

» La tombe d'Owen, fils d'Urien, a quatre côtés ; elle est sous le gazon de Lanmorvaël. —

Bed Owein, ap Urien, ym pedryal bid,
Dan gwerit lan Morvael.

Taliésin, dans l'élégie de ce prince, avait déjà dit :

« Un tertre verd recouvre le chef de Reghed. »

Reghed udd ai cudd tromlas.

Mon ami M. de La Borderie me fait remarquer que l'auteur de l'élégie d'Urien, encore plus précis, parle des pierres choisies, du mortier ou de la boue, de l'épais gazón, de la butte surmontée d'un signe dont le mort fut recouvert. J'oubliais ces détails importants : mais mon oubli me procure le plaisir de citer comme un modèle le livre de notre historien armoricain sur les Bretons insulaires et les Anglo-Saxons. (Didier, 1867.)

Le barde Lywarc'h-hen a composé lui-même l'épitaphe de son fils GWENN :

« C'était un homme que mon fils ; c'était un héros, un guerrier généreux, et il était neveu d'Urien : Gwenn a été tué au gué du Morlaz.

« Voici la bière qu'a faite à son fier ennemi vaincu, après l'avoir environné de toutes parts, l'armée des Loégriens ; voici la tombe de Gwenn, fils du vieux Lywarc'h.

« Doucement chantait un oiseau sur un poirier, au-dessus de la tête de Gwenn, avant qu'on le couvrît de gazon ; sa voix brisa le cœur du vieux Lywarc'h (1).

« J'avais vingt-quatre fils, portant le collier d'or et chefs d'armée ; Gwenn était le plus grand d'entre eux.

« J'ai eu vingt-quatre fils portant le collier d'or et chefs de guerre ; Gwenn était le plus grand ; [il était] le fils de son père (2).

« J'eus vingt-quatre fils, portant le collier d'or ; comparés à Gwenn, c'étaient des enfants.»

Et le malheureux père termine son élégie par cette exclamation touchante et délicate :

« Il est bien aminci, mon bouclier sur mon flanc droit ;

(1) A la lettre : *Il brisa* LA CUIRASSE *de Liwarc'h-le-Vieux*.

(2) Oed Gwen goreu ; mab oi dad, c'est-à-dire le fils bien-aimé, l'enfant chéri. Cette expression est encore en usage parmi les paysans d'Armorique. (Voyez le *Barzaz-Breiz*, t. I, p. 40, éd. de 1846.)

je suis bien vieux, et cependant, s'il m'est possible, je veillerai encore sur les bords du Morlaz.»

A cent cinquante verges de cette fatale rivière s'élève un tumulus qui porte encore aujourd'hui le nom de *Gorsedd Wen*, ou « Tertre de Gwenn. » En 1851, un an après la publication de mon recueil des *Bardes Bretons* du VIe siècle, où j'ai traduit la belle élégie qui le regarde, les membres de l'*Archæologia Cambrensis* voulant peut-être juger par eux-mêmes de l'exactitude du poëme, fouillèrent le tumulus. — La *Quaterly Review*, de Londres, dans son 91e volume, n° 182, p. 315, donne le résultat des fouilles. « On a trouvé, dit-elle, que le tumulus contenait un squelette appartenant à un homme de six pieds sept pouces (mesure anglaise) *a Skeleton which belonged to a man six feet seven inches in height.*

L'auteur de l'article ajoute : « Ce serait un fait extrêmement curieux si l'on avait vraiment découvert la tombe de Gwenn. Les noms correspondent peut-être suffisamment ; le voisinage est exactement celui qui convient, et la taille va bien à celle que Lywarc'h-hen prête à son fils. Jamais probablement jusqu'ici aucun barde n'a vu ses paroles confirmées par une pièce aussi étonnante. *(Such an astonishing piece of confirmatory evidence perhaps never bard had before.)* »

Son importance augmente en ce qu'elle n'est pas la première du même genre, comme le suppose le critique.

On aura remarqué dans les épitaphes des guerriers bretons la description de deux tombeaux particuliers : l'auteur insiste sur leur forme à quatre côtés ou quadrangulaire (*pedryval* et *pedryal*), un des plus intéressants Mabinoghion, dont la princesse Bronwen, tante, dit-on, du fameux Caractacus est l'héroïne, rapporte ainsi son enterrement : « On lui fit une tombe quadrangulaire, et on l'enterra là, sur la rive de l'Alaw. » *A gwneuthur bed pedryval idi, a e chladu yno yg glan Alaw* (1). L'Alaw est une rivière d'Anglesey ; sur le bord on voit une butte de terre, souvent entourée par l'eau, qu'on appelle *Ynys*

(1) T. VI, p. 99.

Bronwen, ou l'îlot de Bronwen. En 1813, le besoin de se procurer des pierres poussa un fermier du voisinage à démolir la butte, à l'extrémité de laquelle une ou deux pierres perçaient le gazon; et voici la lettre que sir Richard Hoare écrivit au *Cambro-Briton* (1), après être allé sur les lieux pour vérifier la découverte : « Le fermier ayant enlevé les mottes, trouva un monceau considérable de pierres ou *carnedd*, couvertes de terre; il enleva cette terre, et découvrit un *kist* (ou coffre) formé de blocs grossiers, placé sur champ, et fermé. Il écarta la pierre du dessus et aperçut un pot renversé : des cendres et des fragments d'ossements à demi-calcinés le remplissaient.

» Passant à Anglesey peu de temps après cette découverte, continue l'honorable baronet, je ne pus résister au désir de visiter le monument. Il était tel sous tous les rapports qu'on me l'avait décrit; le tumulus a une circonférence assez considérable; il est d'une forme ronde, élégante, mais peu élevé, et situé à une douzaine de pas de la rivière d'Alaw.

» Je trouvai que l'urne avait été conservée dans toute son intégrité, sauf une légère cassure à son orifice : elle est d'une terre mal cuite, d'un travail très-grossier et très-simple, et n'a d'autre ornement que de petites hachures; sa hauteur est d'un pied à quatorze pouces environ. Quand je la vis, les cendres et les os à demi-calcinés y étaient encore. »

J'ajouterai que ce vase intéressant est aujourd'hui déposé au Musée britannique, où il figure parmi la *British collection*, sous les numéros 28—33. Quant aux cendres, elles ont été jetées au vent. Singulière destinée! La malheureuse princesse irlandaise dont les trouvères français ont raconté la touchante histoire sous le nom altéré de Brangien, dans le roman de Tristan, en n'altérant pas moins son caractère, devait être poursuivie jusque dans son urne funèbre!

La tombe de Bronwen, tombe quadrangulaire, comme

(1) T. II, p. 71.

celle d'Owen, me conduit à parler d'un monument qualifié de même par le *Brut y Brenhined* ou « la Légende des Rois. » Il s'agit du « carré de pierres, » *pedryfal y mein*, comme l'appelle le *Livre rouge* d'Oxford (col. 139), placé, dans la plaine de Salisbury, au centre du fameux *Cercle des Géants* (en gallois *Cor y Keuri* ou *Cor gawr*, en latin *Chorea gigantum*, en anglais *Stone henge*, en français, au moyen âge, la danse ou *carolle* des géants.

Les éditeurs du *Myvyrian* (t. II, p. 83), assurent en note, sur l'autorité de l'antiquaire gallois William Morris, que le nom primitif était *Bryn y Beddau*, c'est-à-dire le tertre des tombes; on le trouve effectivement dans un ternaire, dont on n'indique pas la provenance, imprimé à la suite des épitaphes, infiniment plus anciennes, des guerriers bretons. Quoiqu'il en soit, il ressort de la légende populaire, trop connue pour être reproduite ici, que les pierres de Salisbury passaient pour un mausolée; qu'elles ont été élevées dans le but de conserver éternellement la mémoire des illustres chefs chrétiens traitreusement massacrés, disait-on, par les Saxons payens (*structuram quæ in memoriam tantorum virorum in ævum constaret*); de décorer par un ouvrage impérissable la sépulture de ces héros (*perpetuo opere sepulturam virorum decorare*), de rendre le lieu de leur trépas mémorable (*qualiter faceret locum memorabilem*) (1); qu'elles ont été transportées autrefois des frontières de l'Afrique par des géants, en Irlande, du temps où ils habitaient ce pays (*dum eam inhabitarent*), puis déplacées pour servir de monument aux guerriers bretons; qu'elles ont des vertus particulières (*mystici sunt lapides isti*), qu'elles peuvent guérir diverses maladies (*ad diversa medicamenta salubres*); que c'est pour cette raison qu'elles ont été apportées par les géants en Irlande, où ils avaient établi au milieu d'elles des bains qui leur servaient quand ils étaient malades (*erat autem causa, ut balnea inter illos conficerent, cum infirmitate gravarentur*): — au lieu de *inter illos*, le texte gallois manuscrit du *Livre rouge*

(1) Historia Regum Britanniæ, lib. IX, c. 9 et 10.

porte, je le repète, « *Yn pedryfal y mein,* dans un *carré formé par les pierres;* » les autres textes, *yn ghanol y mein* « au milieu des pierres » et *yg kimherved y mein* « au centre des pierres » — (1).

« Ils lavaient en effet les pierres, continue la légende, et en répartissaient l'eau entre différents bains, et cette eau guérissait leurs maladies. Ils y faisaient aussi tremper des herbes, et cette infusion était bonne pour leurs blessures; pas une pierre du monument qui n'ait une vertu curative. » *(Non est ibi lapis qui medicamento careat).* Tout le monde a nommé le devin auquel la légende attribue ces paroles : j'ai assez parlé ailleurs de cet Amphyon celtique qui redressa dans l'ile de Bretage le *Cercle des géants*, comme il l'était en Irlande.

Mais il est bien extraordinaire qu'une sépulture aussi fameuse ne soit pas indiquée dans le *livre noir de Caermarthen*, parmi celles des héros bretons : la tradition était-elle née quand leurs épitaphes furent composées?

A la vérité, je trouve parmi elles deux vers assez obscurs, qui pourraient convenir au *Stone stenge*, et que voici:

« Les longues tombes en forme de ceintures sont inexplicables et sans âge,
De qui sont-elles? qui les a dressées ? »

E bedeu hir yg guanas ny chauas ae dioes;
Puy vynt-uy? Puy eu neges?

C'est précisément la question que faisait loyalement de nos jours le dernier barde breton :

Quel bras vous a dressés à l'occident des Gaules,
Géants, n'êtes-vous pas fils des anciens géants?

Cette ignorance candidement avouée qui a fait donner par le peuple les monuments de pierre les plus mystérieux pour demeure aux esprits, comme nous l'avons vu plus haut, favorisa l'opinion très-naturelle selon laquelle ils auraient eu pour hôtes certains reptiles monstrueux.

(1) Myvyrian, t. II, p. 277.

Ici la légende cambrienne nous met encore en présence d'un double merveilleux, l'un national, l'autre romanesque.

Le premier, le plus ancien, constaté dès le commencement du IXe siècle par Nennius, et développé aux siècles suivants dans la *Légende des Rois*, a encore pour agent l'enchanteur qui a reconstruit le Cercle des Géants : personne n'ignore l'histoire de sa visite à la montagne sur laquelle le tyran des Bretons, Guortigern, voulait bâtir une forteresse pour se défendre contre ses sujets; sous cette montagne il y a une grotte que le texte gallois appelle *Kist-vaen*, ou coffre de pierres (1), et dans cette grotte deux dragons endormis, l'un rouge, l'autre blanc; le bruit que font les ouvriers du tyran éveille les monstres; ils agitent la montagne, et renversent la forteresse. Le tyran consulte ses douze magiciens; ils lui conseillent de mêler à la chaux le sang d'un enfant, afin de rendre le ciment meilleur. L'enfant est amené pour être immolé; mais plus puissant que les magiciens, il déjoue leur dessein barbare; il fait creuser la montagne; on arrive d'abord à une nappe d'eau, puis à la caverne des deux dragons; ils s'élancent; ils se battent; le rouge est vainqueur, et l'enfant explique au tyran que le dragon blanc vaincu, est la figure des étrangers, ses amis, qui seront vaincus et repoussés comme lui, et que le dragon rouge est l'image des Bretons.

Ce conte patriotique, où l'on trouve si bien décrit l'appareil des monuments mégalithiques, exhale je ne sais quelle odeur de sacrifice humain : il n'est pas unique en ce genre, et j'en pourrais citer plusieurs qui sont l'écho des cérémonies sanguinaires, célébrées par les payens, lors de certaines grandes constructions, dans le but de se rendre favorables les esprits souterrains : une fondation irlandaise dont parle Jamiesson à propos des culdées (2) et celle de la ville de Scutari en Crimée, rapportée dans un

(1) *Myvyrian*, t. II, p. 260 et 262. cf. le msc du musée britannique, fol. 60, verso; il porte *Kist o Vaen*.

(2) History of Culdees, p. 202.

chant servien (2) offrent deux récits de même origine. Si je n'ai pas le temps de les citer, je veux du moins reproduire la fin d'un *Chant de mort*, où je crois entendre la voix de la victime humaine au moment d'être sacrifiée.

M. Nash, il est vrai, n'est pas de cet avis : il voit dans le poëme une vieille ronde de Noël, en l'honneur de l'enfant Jésus : c'est un peu différent! mais pour trouver ce qu'il trouve, il faut traduire comme il traduit, c'est-à-dire d'une façon absolument contraire à tous ses devanciers. Parlons sérieusement : si les anciens Bretons ont jamais sacrifié, si la doctrine du sacrifice volontaire, de l'expiation libre, de « la remise de l'âme » *(Enaid Maddeu)*, a été celle de ces hommes dont César a dit : *Se immolaturos vovent* si elle n'est pas de l'invention des écrivains gallois du moyen-âge ; si un écho de la poésie payenne des anciens Bretons a retenti dans les vers de quelqu'un de leurs descendants, on peut croire à l'authenticité du fragment suivant : je le trouve rajeuni de langage, dans un manuscrit du XIVe siècle de la bibliothèque d'Hengurt, appelé le *Livre de Taliésin*.

Il débute par une invocation à Hu *Kadarn*, autrefois connu, si je ne me trompe, en Irlande sous le nom de *Su Cad*, que l'ancien scholiaste de saint Patrick traduit par *Deus belli*, et en Armorique, sous le nom de Hu-Kann. On sait que *Kann* signifie encore *bataille*, en breton, comme autrefois *cad*, et que *cadarn* veut dire guerrier.

« Hu ! toi dont les ailes fendent l'air, toi dont le fils était le protecteur des grands priviléges, ton héraut bardique, ton ministre, ô père généreux !

« Ma langue dira mon chant de mort au milieu du cercle de pierres qui entoure le monde.

« Soutien de la Bretagne, Hu, dont le front rayonne, soutiens-moi! régulateur du ciel, ne rejette pas ma prière!

« C'est la fête solennelle autour des deux lacs : un lac m'environne et environne le cercle, le cercle un autre cercle ceint de douves profondes. Une belle grotte est de-

(2) Mme Élise Voïart, t. I, p. 207.

vant ; de grands rochers la recouvrent; le dragon s'avance en rampant vers les vases de l'officiant , de l'officiant aux cornes d'or. Les cornes d'or [sont] dans la main , la main sur le couteau , le couteau sur ma tête.

« Gloire à toi, victorieux Beli ! et à toi , roi Manogan, qui défends les franchises de l'île de Miel de Beli ! (1) »

On peut voir dans le mot *Beli*, soit un nom commun qui signifie *ravage, dévastation*, en gallois, *pouvoir*, en breton ; soit un nom propre, et alors il s'agirait ici du roi fabuleux, fils de Manogan, qui régna, dit Nennius, sur toutes les îles de la mer tyrénienne, avant l'ère chrétienne, et selon le *Brut y Brènhined*, en Bretagne même : l'île de Miel est une des anciennes appellations de ce pays. Voilà les seuls éclaircissements dont je puisse faire suivre ce chant singulier qui n'est pas sans analogie avec ceux des sauvages d'Amérique, qu'on a faits prisonniers et qu'on va mettre à mort.

Le dragon de la caverne reparaît dans les traditions romanesques des Gallois. Un homme noir et borgne, à qui Perédur demande qui lui a crévé l'œil, se fâche d'abord à cette question ; mais vaincu par le chevalier, il finit par lui faire le récit suivant :

« Il y a une montagne appelée le Mont-des-Douleurs, et sur cette montagne un carn, et dans l'intérieur du carn habite un dragon, et à la queue du dragon est attachée une pierre précieuse, et la vertu de cette pierre est telle que quiconque la prend dans une main a dans l'autre, à l'instant même, autant d'or qu'il en désire ; c'est en le combattant que j'ai perdu l'œil (2). »

Le borgne allait continuer l'histoire du dragon du carn ; il racontait à Perédur que, rangés en cercle autour de la montagne, trois cents soldats (étaient-ce des pierres, comme les soldats de Saint-Cornéli à Carnac ?) gardaient le monstre, quand son auditeur, ennuyé, coupa court à son récit en le tuant. ...

Je me hâte de passer à l'Armorique.

(1) Myvyrian, t. I, p. 72 et 73.
(2) Mabinogion, t. II, p. 271.

III.

Au dernier Congrès breton, le zélé secrétaire de l'*Association bretonne*, M. Charles de Keranflech, commença la lecture d'un intéressant mémoire qui faciliterait singulièrement ma tâche, s'il lui avait été permis de le continuer l'année suivante. Ce mémoire a pour sujet les *lech* de notre pays; il a été publié dans le compte-rendu du Congrès de Quimper, et traduit en Anglais, avec des planches dans l'*Archæologia cambrensis*; l'auteur a, le premier, fait connaître beaucoup de pierres debout de notre Bretagne, portant des inscriptions. Il a prouvé que la plupart étaient des monuments funéraires, comme les lech irlandais et gallois. La plus remarquable est celle de Langonbrach, dans le Morbihan, sur laquelle on lit une épitaphe latine en caractère du huitième ou neuvième siècle.

A deux pas, dans une chapelle, est un cercueil en granit, contenant des ossements, qui étaient primitivement enterrés au pied de la pierre debout, comme on me l'a assuré.

A la suite du mémoire de M. de Keranflech, on trouve un document inédit, fort important, communiqué par M. de La Borderie : c'est la relation de la découverte du tombeau de sainte Triphine, faite en l'année 1570: cette sainte était mère de saint Trémeur, d'après l'avis duquel, au dire de la *Légende des Rois*, on avait transporté dans l'ile de Bretagne les pierres gigantesques d'Irlande pour le mausolée de Salisbury.

Sa vie, telle que la tradition locale la raconte, a été mise sous la forme d'un mystère breton qu'on joue dans le pays et qu'on a joué à Saint-Brieuc, grâce aux soins de M. Le Jean et de M. Luzel, éditeur et traducteur du drame rustique. L'auteur du récit de la découverte des tombeaux de la sainte et de son fils s'exprime ainsi : « Dans le cimetière de sainte Tréphine, il y a une pierre grise et dure, de prodigieuse grosseur, en forme de pyramide, de la hauteur de douze pieds, et taillée en dix-huit pans, sur laquelle, du costé vers l'église, sont gravées certaines lettres qu'on ne peut lire, jaçoit que plusieurs personnes aient fait leur possible pour les déchiffrer.... Les habitants tiennent, par tradition, que cette pierre fut charroyée miraculeusement par deux jeunes taureaux d'un an; ce qu'à peine vingt paires de bœufs pourroient faire. Ils tiennent aussy que où est placée cette pierre est l'endroit mesme où Commore attrappa Triphine, et où il la tua... et où enfin elle fut enterrée et mise dans un caveau couvert de sa tombe, à cinq ou six pieds prez de la grosse pierre.

« Le laps du temps qui efface la mémoire des plus saintes et insignes actions avait aussy presque englouty le tombeau de sainte Triphine, qui estoit cachée dans le cimetière depuis longues années soubs *un tas de cailloux et de terre rapportée*, sur lesquels estoient creues des ronces, orties et halliers assez proche de la grosse pierre; mais il pleut à Dieu le descouvrir environ l'an 1570, en cette façon. Un des habitants de la paroisse se mit à desfricher ce lieu, lui faschant que cet *amas de pierres*, et halliers occupast ainsi une partie du cimetière. Il ne travailla pas beaucoup qu'il trouva une pierre verte et dure, eslevée de quatre doigts de fleur de terre, de cinq à six pieds de longueur et de deux et demie de largeur, un peu eslevée en son milieu et rabbatue par ses costez, plus large par la teste et rétrecissant par les pieds, en forme de tombeau. La dite pierre estant armée de cinq gros hémisphères de pierre blanche, deux desquels, qui sont à costé de la teste, estant plus gros que les deux autres qui sont à costé des pieds, au dessoubs desquels, en esgalle distance, est le cinquiesme demy-globe, plus gros que les quatre aultres. Entre les deux demy-globes qui sont aux coings de la teste de la tombe, il y a une fenestre de pierre de taille par laquelle on entre dans le caveau, qui est couvert de la dite pierre tombale, dans le quel on a trouvé trois testes et quelques ossements qu'ils tiennent pour estre de sainte Triphine et de saint Trémeur.

« L'invention de ce tombeau environné des cinq hémisphères, fut cause que les paroissiens, l'an 1577, prirent la résolution de bastir la chapelle qui se void à présent (12 septembre 1670) construite sur le dit tombeau; et comme leur église estoit dédiée à sainte Triphine, ils firent bénir la chapelle sous le nom de saint Trémeur.

« Et laissant en dehors, du côté de l'occident, cette grosse masse de pierre, ils enfermèrent dans la dite chapelle le caveau avec tous ses ossements (1). »

Ce « tas de cailloux et de terre rapportée » cet « amas de pierres » qui recouvrent le tombeau de sainte Triphine représentent bien ce que les Gallois du moyen-âge appelaient un *carn* et l'hagiographe latin, déjà cité, un *cumulus lapidum*; la pyramide de granit est un vrai *lech;* le cercueil en pierre, à quatre côtés, rappelle à merveille le *pedryal bid* de l'épitaphe d'Owen, contemporain de sainte Triphine et les cinq grosses pierres demi-circulaires qui l'entourent, répondent bien au *pedwar mein am y tal* dont la tombe de Madauc était entourée.

Le sarchophage qu'on exhuma du cimetière de Glastonbury, et où l'on trouva des ossements qu'Henri II y avait, peut-être, fait mettre pour convaincre les Bretons de la mort de leur roi Arthur, dont ils attendaient toujours le retour, était aussi enterré au pied d'une pyramide : le roi d'Angleterre, dit Giraud de Barry, tenait des chanteurs gallois, qu'il devait en être ainsi (2).

D'après la tradition populaire concernant Lez-Breiz, cet Arthur des Bretons du moyen-âge et non moins immortel que l'autre, la tombe du héros armoricain était recouverte, comme celle de sainte Triphine, d'une carapace de terre et de pierres. C'était un véritable *carn.*

Son écuyer qui le cherche, voit s'élever dans la clairière d'une forêt un tertre, au pied duquel coule une fontaine; près de cette fontaine un cheval noir flaire le gazon vert, gratte la terre avec son sabot, lève la tête, en hennissant

(1) Histoire manuscrite de l'abbaye de Saint-Gildas de Ruis, par un Religieux bénédictin de ladite abbaye. (Biblioth. impér.) fonds Saint-Germain, français, N° 922.) P. 301 (bis). — BULLETIN ARCHÉOLOGIQUE DE L'ASSOCIATION BRETONNE, année 1858. 6e vol. 2e livraison, p. 343 et suivantes.

(2) Ap. Beale Porte, *Britannia antiqua*, p. 179.

lugubrement, et même il verse des larmes : l'écuyer reconnaissant le cheval de son maître, s'adresse à un vieux chef qui vient à la fontaine : « Qui est-ce qui dort sous ce tertre ? »

Le vieillard lui répond : « C'est Lez-Breiz qui dort en ce lieu; tant que durera la Bretagne il sera renommé. Il ajoute : « Il va s'éveiller tout-à-l'heure en poussant un cri et donner la chasse aux étrangers » (1).

Ici la légende est héroïque et patriotique ; dans la plupart des textes armoricains, relatifs aux monuments qui nous occupent, elle est mythologique, féerique et romanesque ; ils vont du simple au composé, du réel à l'idéal, selon une progression naturelle et constante.

Ce passage est bien marqué dans le récit de la mort de la fille d'Houel, roi d'Armorique, récit auquel je n'hésite pas à attribuer une origine locale. Arthur, après avoir tiré vengeance du géant qui a enlevé et tué Hélène, élève à sa nièce un monument qui prend le nom de *Bed Elen* (2) ou tombeau d'Hélène, et n'est autre que le Mont-Saint-Michel d'aujourd'hui.

Un pareil *carn*, vraiment digne du plus grand roi de l'Europe, l'emportait sur le *Sarn Hélen* du pays de Galles, construit pour la mère de Constantin.

J'ai le regret de n'avoir aucun texte à citer en faveur du *Carnhoet*, ou du carn *de la forêt*, près Quimperlé, tumulus où l'on a fait de si importantes découvertes, ni surtout en faveur de *Carnac* du pays des Carnutes. Il n'en est pas de même du Carnelliou de Coet-Maël, à Kerroc'hou, à deux lieues de Callac, un des plus imposants que je connaisse; il se trouve placé entre deux rochers très-remarquables, l'un par la forme humaine qu'on y voit incontestablement creusée, l'autre par son nom de pierre du dragon, *mean ann Dragon*. Il en est question dans un chant breton du temps de Du Guesclin, qui finit ainsi : « Quoique Jean Le Saxon soit un méchant traître,

(1) *Barzaz-Breiz*, septième édition, 1 vol. in-18, p. 105.

(2) Myvyrian, t. II, p. 337.

il ne dominera pas la Bretagne tant que seront debout les rochers de Maël (1). »

C'est à ma connaissance la dernière association du sentiment national et des idées superstitieuses, attachées à certaines pierres en Armorique. Il serait extraordinaire que la tradition rustique du pays n'y mêlât pas le souvenir du fameux enchanteur, également populaire des deux côtés de la Manche, auquel les Gallois attribuent l'érection du Stone-Henge et le percement du carn où dormaient les deux dragons ; aussi l'y mêle-t-elle, et même d'une façon inattendue. Le mystère de sa génération a été enseveli dans une grotte merveilleuse, comme le fut la naissance de saint David, sous « deux grandes pierres qui sortirent de terre », dit le drame de sainte Nonne, « pour cacher la honte » de sa mère. Cette grotte était « la demeure d'un petit *Duz*, ou génie. » Les eaux d'une fontaine l'entouraient d'un cercle. « Ses pierres étaient si transparentes ! ses pierres étaient si brillantes ! ses pierres étaient aussi diaphanes que le cristal ; sur le sol un tapis de mousse, des fleurs nouvelles semées dessus (2). »

Devenu grand, le devin cherche l'*herbe-d'or*, le guy du chêne, l'œuf rouge du dragon de mer où il est difficile de ne pas voir le fameux œuf du serpent, l'*anguinum*, ce talisman incomparable, dont Pline a parlé ; et il le cherche dans l'intérieur des rochers, dans la grotte que les dragons habitent, *toull ar garrek*. Nous avons déjà vu l'*homme noir* des Mabinoghion, éborgné en cherchant à enlever au dragon du carn l'anneau d'or qu'il porte à la queue ; le merveilleux du chant armocain est moins romanesque et plus druidique ; mais il sort de la même source.

A la même source encore appartiennent les idées qui donnent les grottes de pierres pour habitations aux Esprits ; les Gwyllyon des Gallois ont pour pendants les Korrigan ou fées bretonnes, les Koret, ou pygmées, les *duz*, que Merlin ne pouvait pas, sans crève-cœur, entendre appeler *Esprits noirs*, prétendant qu'ils étaient brillants

(1) Barzaz-Breiz, t. II, p. 375.

(2) *Barzaz-Breiz* (septième édition, p. 59 et 60).

comme la lune et nullement méchants. Mais sa mère a de bonnes raisons de les croire tels. Ce n'est pas non plus le *seigneur Nann* dont l'aventure est très-propre à faire taire les médisants :

« Étant à la chasse il trouva un petit ruisseau près de la maison d'une Korrigan (1).

« Et tout autour un gazon fin ; et il descendit pour boire.

« La Korrigan était assise au bord de sa fontaine, et elle peignait ses longs cheveux blonds,

« Et elle les peignait avec un peigne d'or (ces dames-là ne sont point pauvres).

« — Comment êtes-vous si téméraire que de venir troubler mon eau !

« Ou vous m'épouserez sur l'heure, ou, pendant sept années vous sécherez sur pied ; ou vous mourrez dans trois jours.

« — Je ne vous épouserai point, car je suis marié depuis un an ;

« Je ne sécherai point sur pied, ni ne mourrai dans trois jours ;

« Dans trois jours je ne mourrai point, mais quand il plaira au bon Dieu ;

» Mais j'aimerais mieux mourir à l'instant que d'épouser une Korrigan ! » De retour chez lui, il dit :

« — Ma bonne mère, si vous m'aimez, faites-moi mon lit, s'il n'est pas fait ;

« Je me sens bien malade.

« Ne dites mot à mon épouse ; dans trois jours je serai mis en terre :

« Une Korrigan m'a jeté un sort (2). »

Ce n'est pas davantage Paskou-le-Long, le tailleur, ce chercheur de trésors enfouis dans la maison de pierre des Nains qui les trouve aimables ; mais lui il mérite son sort :

« Il est entré dans la grotte des Nains avec sa pelle, et il s'est mis à creuser pour trouver le trésor caché.

(1) Une grotte aux fées, un *dolmen*.

(2) Barzaz-Breiz, t. I, p. 42.

« Le bon trésor, il l'a trouvé, et il est revenu chez lui en toute hâte ; et il s'est mis au lit.

« — Fermez la porte, fermez-la bien ! Voici les petits *Duz* de la nuit.

« — Lundi, mardi, mercredi, et jeudi, et vendredi ! » —

« — Fermez la porte, mes amis : voici, voici venir les Nains !

« Les voilà qui entrent dans la cour ; les voilà qui dansent à perdre haleine.

« — Lundi, mardi, mercredi, et jeudi, et vendredi ! » —

« — Les voilà qui grimpent sur ton toit ; les voilà qui y font une trouée.

« Tu es pris, mon pauvre ami ; jette vite dehors le trésor.

« Pauvre Paskou, tu es mort ! Asperge-toi d'eau bénite ;

« Jette ton drap sur ta tête ; ne fais pas un mouvement.

« — Aïe ! je les entends rire ; qui s'échapperait serait fin.

« Seigneur Dieu ! en voici un ; sa tête s'avance par le trou ;

« Ses yeux brillent comme des charbons ! Il glisse le long du pilier.

« Seigneur Dieu ! un, deux et trois ! les voilà en danse sur l'aire !

« Ils bondissent et enragent. Sainte Vierge ! je suis étranglé !

« — Lundi, mardi, mercredi, et jeudi, et vendredi. » —

« Deux, trois, quatre, cinq et six ! » — « Lundi, mardi, mercredi !

« Tailleur, cher petit tailleur, on dirait que tu ronfles là.

« Tailleur, cher petit tailleur, montre un peu le bout de ton nez.

« Viens-t'en faire un tour de danse ; nous t'apprendrons la mesure ;

« Tailleur, cher petit tailleur ! Lundi, mardi, mercredi.

« Tailleur, tu es un fripon. Lundi, mardi, mercredi.

« Viens t'en nous voler encore ; viens, méchant petit tailleur ;

« Nous t'apprendrons une danse qui fera craquer ton échine (1). »

Nous avons commencé cette série de textes féériques, par la *danse des géants,* nous finissons par la danse des nains; le premier son qu'ont rendu les pierres enchantées était grave et solennel, le dernier est moqueur; au lieu de chants de funérailles et de gémissements, il en sort des chansons de fête et des éclats de rire : étranges voix pour des tombeaux !

On ne peut douter en effet que le plus grand nombre des monuments mégalithiques n'aient été des tombeaux; j'ai soutenu cette opinion au Congrès de Lorient, en 1850; les textes s'accordent avec les fouilles pour l'appuyer; le fait qu'un certain nombre de pierres ont été adorées (2) ou ont servi de limites, ou à d'autres usages, ne la détruit pas; beaucoup de bons esprits la partagent; O'Curry devait la démontrer; la mort l'en a empêché; la conclusion à laquelle il a été amené, d'après une double étude des monuments et des manuscrits irlandais, il la formule ainsi :

« Ces monuments sont des tombeaux, dont chacun marquait la sépulture d'un ou de plusieurs personnages » (3). Sir Wilde pense à peu près de même; et, grâce à Dieu, il aura le temps de développer sa thèse : ce qu'il dit des mégalithes de la plaine de Moytura convaincra tout le monde. Que n'a-t-il pu venir nous le lire! que n'avons-nous eu la bonne fortune d'entendre les savants du Congrès de Paris, sur cette matière, et particulièrement M. Alexandre Bertrand ?

Reste une autre question : les peuples gaëls et bretons, les Celtes ou Gaulois leurs pères ont-ils le droit de revendiquer ces monuments de leur pays, comme leur appartenant? En faveur des premiers j'ai cité des textes où l'on trouve la preuve qu'ils en ont élevé, comme beaucoup d'autres nations de l'antiquité, jusqu'à une époque relati-

(1) Barzaz-Breiz, t. I, p. 61.
(2) Strabon, lib. III, c. I. Éd. Lieb. p. 3677.
(3) Prudence, Étude par M. Bayle, p. 55, et le Concile de Nantes, de 658.

vement moderne ; pour les Gaulois proprement dits, M. Henri Martin me semble avoir résolu la question ; nous avons un passage très-important de Procope qui achève de lui donner raison : à propos d'un champ de bataille des Apennins, où beaucoup de Gaulois périrent et où on leur éleva un tumulus appelé Βουταν γαλλορων, l'historien bizantin s'exprime ainsi : Τυμβοι τοδε γαλλοφοι τυν νεκρον εκεινη παμπλεξεισ εισιν (De bello gothico, lib. IV, c. 29).

Mais Procope n'est ni le seul étranger, ni le plus ancien écrivain, qui reconnaisse la celticité des monuments mégalithiques élevés dans les pays où nos ancêtres ont vécu : les Romains ont uni leur voix à celle de ces peuples pour la reconnaître aussi : parmi les textes épigraphiques à la fois latins et gaulois, il n'en est pas de plus concluant que l'inscription bilingue de Todi, répétée sur les deux faces d'une pierre de travertin ; si d'autres inscriptions divisent les celtistes, tous s'accordent pour adopter l'interprétation que M. Stokes a donnée de celle-ci : « Elle est très-bonne, remarque M. Pictet, et peut être admise *en toute sûreté* »(1). Il en résulte qu'un Gaulois, appelé Koisis, fils d'un autre Gaulois nommé Trutos, éleva à son frère aîné Atégnat un monument funéraire, *sepulcrum... locavit et statuit*, dit le latin, *Karnitu lokan*, dit la traduction celtique où nous retrouvons le radical *carn* du verbe *carneddu* gallois, sous sa forme archaïque au parfait, et le breton *lok* (aujourd'hui *lochen*) qui répond, je crois, au latin *locus*, *loculus*, et à la racine irlandaise de *luighira*, recumbo, selon M. Stokes. (*Beitærge*, t. III, p. 65 et suivantes). N'est-ce pas le cas de dire : *lapides clamabunt* ?

Un singulier mauvais vouloir anime certains hypercritiques contre les peuples d'origine celtique : on a tout disputé à ces peuples, leur langue, leur poésie, leurs lois ; voilà qu'on se met à leur disputer leurs tombeaux ! il est cependant assez probable qu'ils mouraient et qu'on les enterrait.

Telle est ma conclusion ; elle n'a rien de très-ambitieux.

(1) *Nouvel Essai sur les inscriptions gauloises*, p. 27.

ÉTUDE

SUR

L'IDENTITÉ DES DIALECTES

BRETONS, CORNOUAILLAIS (Angleterre) & GALLOIS,

Par le Rév. J. Jenkins.

La langue dont l'homme a été doué dès le commencement devait subir des modifications causées par diverses circonstances, telles que l'émigration des peuples et la transmission de la langue d'une génération à l'autre. C'est ainsi que les langues primitives se sont subdivisées en dialectes. Étudier ces dialectes, préciser leur caractère primitif et leurs traits particuliers, et les grouper en familles d'après leur filiation et leur parenté, c'est le travail de la philologie.

Parmi les dialectes les plus anciens se trouvent ceux qui sont d'une origine celtique et que l'on parle encore en Bretagne, au pays de Galles, en Ecosse, en Irlande et autrefois en Cornwall. C'est donc avec une légitime sollicitude que la Direction du Congrès Celtique international a voulu encourager l'étude approfondie de ces dialectes antiques, et je viens ici, aborder cette question, en présentant, respectueusement, un essai dans lequel je me propose de faire ressortir l'identité des dialectes Brezonec, Kernuec et Kimraeg (Breton, Cornish et Gallois), par la ressemblance qui existe encore entre eux.

Je dois faire observer ici que l'on parlait autrefois en Cornwall, de l'autre côté de la Manche, dans la partie sud-ouest de l'Angleterre qui fait face à la Bretagne, un dialecte celtique qui s'appelait Kernueck ; cette langue s'éteignit et disparut complètement vers la fin du XVIIe siècle. On dit que la dernière personne qui la sût parler était une vieille femme nommée Dolly Pentereath ; et c'est avec un vif plaisir que j'ai appris que le savant linguiste, le Prince Louis-Lucien Bonaparte, a fait élever, sur son humble tombeau, un monument à sa mémoire, avec une inscription dans son langage qui cessa de vivre avec elle.

La Bretagne, en France, et le pays de Galles, dans l'Ile Britannique, sont deux provinces où l'on parle le Breton et le Gallois. Ces deux pays, séparés par la mer et par une distance assez considérable, se ressemblent pourtant sous les rapports géographiques et par leur aspect montagneux et pittoresque. Chacun d'eux renferme une population celtique d'un million environ qui parle encore aujourd'hui la langue de ses admirables ancêtres, et y est attachée par un esprit de zèle patriotique et par un sentiment national de Celte.

Mon but est, comme je viens de l'indiquer, non de retracer l'histoire de ces dialectes, mais de faire voir leur commune origine et leur identité par la ressemblance de leurs mots et de leurs expressions. La méthode que je suivrai sera de présenter des exemples de ces trois dialectes, de manière qu'il soit facile de les comparer et d'apercevoir leur ressemblance, surtout au moyen de traductions littérales en anglais et en français. Je suivrai une marche progressive, passant de l'alphabet à des phrases complètes en prose et en vers.

Je lirai d'abord la traduction anglaise, puis la traduction française, les exemples tirés du Kernuek, ensuite la traduction bretonne et enfin la traduction galloise. Si j'observe cet ordre, c'est que le Kernuek est le texte original, tandis que le Breton et le Gallois ne sont que des traductions de ce même texte. La traduction anglaise existait depuis longtemps dans les ouvrages kernuek qui ont été publiés depuis bien des années en Angleterre.

Les Alpha nnes initiales des mots se trouve également dans ces trois dialecte nt le même ordre dans les cas analogues.

Les Consonne c ; *B, K, D, G, M, P, F. — Dans le* Kimraeg, *d'après le Docteur*

English			**Brezonek.**	**Kimraeg.**		
B *changes into* V	a	Vara.	torth	o	Vara.
K — G	da	Gleze.	â	dy	Gleddyv.
D — DH, Z		Zen		dau	Ddyn.
G — W		Wreg.		y	Wraig.
M — V		Vam.		ei	Vam.
P — F		Fried.		ei	Friod.
T — D		Dân.		o	Dân.

II. — Nous nombres deux, trois et quatre exclusivement ont leur ma

KERNUEK. —	eag,	ednack,	dowthack,	tardhak,	puzwarthack,
BREZONEK. —	eg,	unnek,	daouzek,	trizek,	pevarzek,
KIMRAEG. —	eg,	un-ar-ddeg,	deuddeg,	tri-ar-ddeg,	pedwar-ar-ddeg.
	0	11	12	13	14

KER. —		iganz,	Wonnan-war-eganz.
BREZ. —		ugent,	unan-war-'n-ugent.
KIM. —	mtheg,	ugain,	ûn-ar-ugain.
		20	21

ans ces trois dialectes.

Mother.		Mam.
Father.		Tad.
Son.		Mab.
Daughter.	'h.	Merch.
House.		Ty.
Water.		Dwvr, dwr.
Bread.		Bara.
Meat.		Cig.
Head.		Pen.
Finger.		Bys.

IV. — t dans l'usage qu'on en fait dans ces trois dialectes.

Truth.	;rionez.	Gwirionedd.
Commandm	c'hemen.	Gorchymyn.
Mercy.	garez.	Trugaredd.
Foot.	ad (treid).	Troed (traed).
Obscure.	al.	Tywyll.
Country.	s ou mês.	Maes ou mâs.
The two arm	rec'h.	Dwy-fraich.
Man.	ı (tud).	Dyn (dynion).
Day.	z.	Dydd.
Earth.	ıar.	Daear.
Great.	ır.	Mawr.
Brother.	ûr.	Brawd.
Small.	an.	Bychan.
Learn.	ci.	Dysgu.

The ten comm

Take not the
thy God without
will not hold hir
his name in vair
Lord have m
write these con
hearts, we besee

Dek gorc'hemen Doue.

— Na ra te kemered hanô an da Zoue heb ezom, rag an na ven derc'hel evid dibec'h, deus kemered e hanô en vên.

rou, kemer truez warnomp-ni, iv holl ar re-ma da c'horc'he- ı e diabarz hor c'halonou, ni az ɜvel-se ra vo.

Deg gorchymyn Duw.

III. — Na wna di gymmeryd enw yr Arglwydd dy Dduw heb eisiau, oblegid yr Arglwydd na vyn ddal yn ddibech neb a gymmerodd ei enw yn over.

Arglwydd, cymmer drueni arnom ni, ac ysgrivena dy archau (orchymynion) o vewn ein calonau, nyni a ymbiliwn arnat; yn y dull yna bydded.

The Lor

Our Father w
hallowed be thy
come; thy will be
is in heaven; G
daily bread; and f
as we forgive our
us not into tempta
from evil: for thi
and the power,
ever.

Peden an Aotrou.

ı Tad pehini oud en env, benbezet da hanô; gra d'as rouanıond; da ioul bezet great var ıuar evel en env; ro deomp hor peb deiz bara; ha pardon ɔ hor c'ham-oberiou, ewel ma nomp-ni da nep en deus camt a-enep-ni; ha na zoug ni en mes hor mir diouc'h droug; rouantelez a zo d'id da-unan, r c'hrenvder, hag an azeulidiɜvit biscoas ha biscoas (biken en). Evel-se ra vo.

Gweddi yr Arglwydd.

Ein Tad pa un wyt yn y nev, bendigedig vyddo dy enw; gwna i'th deyrnas ddyvod; gwneler dy vodd (ewyllys) ar y ddaear vel yn y nev; dyro i ni heddyw ein pob dydd vara; a maddeu i ni ein camweddau, megis y maddenwn ni y neb sydd wedi camweddu yn ein herbyn ni; ha na ddwg ni i brovedigaeth, eithr cadw ni od, diwrth ddrwg; oblegid y deyrnas sydd eiddot ti dy bun, a'r cryvder, a'r addoliad, hyd vyth a byth

Yn y dull-ma bydded.

The ol	Al lavar goz eo al lavar gwir	Yr hen lavar yw y llavar gwir.
Never gue too l tongue lo	Biscoas na deuaz vâd a deod re hir; es an den hep teod a gollaz e zouar.	Erioed ni ddaeth da o davod rhy hir; eithr dyn heb davod a gollws ei dir.
Is ther there not cheese; if what ther	Bez 'ez eus kaos? Ez eus pe n'ez s? Ma 'zeus kaos, digas kaos; pe a n'eus ket kaos, digas ar pez zo.	Aoes caws? Oes, neu nag oes? Os oes caws, dyro gaws; neu os nad oes caws, dyro y peth sydd.
Speak l	Kauseal nebeut, ha causeal mâd;	Chywedleua ychy dig, a chwedleua yn dda;
But to	Mes kauzeal nebeud ar gwella.	Eithr chwedleua ychydig ar gwellav (goreu).
Too mu nothing.	Re a un dra ne dâl man.	Rhy o un peth ni thâl ddim. (Nid da rhy o ddim).
Act to The truth at home,	Hirio gra gant skiant vâd, wirionez eo ar guella pep tra, kear, pe pella.	Hedd yw gwna gan synwyr da, Gwirionedd yw y gwellav (goreu), Yn mhob peth, cartrev, neu bellav.
Do thou	Gra te goulen skiant digand Doue.	Gwna dy ovyn synwyr gan Dduw.
In sum	En hanv az pez koun er goanv.	Yn yr hav covia'r gauav.
Love G	Câr Doue dreist pep tra.	Car Dduw uwchlaw pob peth.
Be wise	Bezit fûr, hag heb drouk.	Byddwch fûr (doeth) ac heb ddrwg.
Learn to	Desk da veza mâd.	Dysg vod yn dda.
Mo		
Blessed any thing	Benniget eo neb a gâr Doue dreist b tra eus en bed.	Bendigedig yw neb a gar Dduw uwchlaw pob peth yn y byd.
Jesus-Ch kind shewe	Jesus Christ meûr a garantez da b den a ziscouezaz.	Jesus Christ mawr gariad i vab dyn a ddisgwelodd.
If thou a grace, thes *thee.*	Mar doud mab Doue leûn a c'hras, vein-ma gra bara did.	Os wyt Vab Duw llawn o ras, ar meini yma gwna'n vara i ti.
If thou value, desc	Mar doud Mab Doue a veur bris, isken ha d'an douar ke.	Os wyt Vab Duw o vawr bris, diskyn a d'ar ddaear kera.
Many me at all him d	Meûr a dud a lavaraz; Ne dâl 'id tam e nac'ha.	Llawer o ddymon a ddy wedai; ni thâl ddim i ti ei nacâu.
By thy la thou art a	Dre da gomz ez eo prouvet emoud en a C'halilé.	Drwy dy leverydd mae'n brovedig dy vod yn ddyn o Galilea.

He swore immed
oath as he could,
With Christ not w{
Nor never him not

uaz diouc'h-tu ken doun
ist na vie o choum ha
n gwelse.

Eve a , dyngodd yn ddioed mor
ddwvn twng ag y gallai,
Gyda Christ na vuodd yn trigo hag
erioed nas gwelasai.

The creation of the v
flood, p.

Adam go out of thi
To the middle of th
Thou thy self to de
Thy wife with thee
Adam, here are cl
Eve, to cover you.

er meas eus ar vro-ma,
r bed da veva ;
n da bala ,
eg ganez da neza.
tu ama dilad , hag
ho kolei.

Adam, kerdda er meas o'r wlad ma
I ganol y byd i vyw ;
Ti dy hun i balu ,
A'th wraig gyda thi i nyddu.
Adam, dyma ddillad, ac
Eva , i'ch cuddio.

Ah Cain ! Cain, my
Thou didst do a ver
To kill Abel, a good

Cain , va fried ker,
pur zrouk ober ,
bel , den mâd.

A ! Cain ! Cain, vy mhriod anwyl,
Ti wnaethost bur ddrwg weithred,
I ladd Abel , dyn da.

The drama of the R
of Christ, p.

Peace,Thomas, and s
Very truly our dear
Is risen again.
Surely too much tho
lieved.
For Mary has spoken
With him to-day.

as, ha na gaus ger ;
on Aotrou ker
rc'het eo :
ec'h eus diskredet ,
a gomzaz
n hirio.

Taw, Thomas , na siarad air ;
Pur wir ein Harglwydd anwyl ,
Adgyfodedig yw :
Yn siwr rhy yr anghredaist ,
Rag Mari a siaradodd
Wrtho heddyw.

James the greate

He is the Lord of pov
And he has purchas
blood,
The people of the wor
That Jesus-Christ is ri
A day is coming, mis
As many as believe it

Aotrou a c'balloud ,
naz gand e wâd
ar bed ;
ist a zo dazorc'het ,
zo o tond , gwa
her c'hredont ket.

Ev yw Arglwydd y gallu ,
Ac a brynodd â'i waed
Bobl y byd :
Iesu Grist wedi adgyvodi ,
Un dydd sydd yn dyvod , gwae
Cymmaint na wnant ei gredu.

Je termine ce tableau comparatif du *Kernuek*, *Brezonek* et *Kimraeg*. J'ai montré que ces trois dialectes sont identiques, et qu'à une époque primitive ils ne formaient qu'une même langue-mère.

Les divergences qui distinguent ces idiomes et donnent à chacun d'eux son caractère dialectique, n'ont rien qui doive nous étonner, puisque l'Anglais, le Français et le Gallois des VIe et Xe siècles ont subi de telles modifications qu'ils sont aujourd'hui devenus inintelligibles aux peuples qui parlent ces langues ; tandis que les trois peuples Celtes, séparés bien avant la domination romaine, habitaient des pays différents, limités par les eaux de la Manche et de la Saverne, et qu'à partir de cette époque les rapports cessèrent à peu près entre eux.

La différence qui existe actuellement entre ces différents dialectes paraît être due aux positions géographiques que ces peuples ont occupées et aux rapports plus ou moins fréquents qu'ils ont eus entre eux dans les premiers siècles de l'ère chrétienne. D'après les exemples que nous avons donnés, il est facile de voir qu'il y a plus d'analogie entre le *Kernueck* et le *Brezoned*, qu'entre le *Kernuek* et le *Kimraek*; le Kernuek ressemble cependant plus au Kimraek que ne le fait le Breton, tandis que le Kimraed que l'on parle dans le sud du pays de Galles, qui est la partie la plus rapprochée de Cornwall, ressemble plus au Kernuek que le langage parlé dans le reste du pays, surtout en ce qu'on y substitue au *dd* gallois l'*s* kernuek et brezonek dans le passé-défini des verbes.

Il nous eût été facile de donner un plus grand développement à ce sujet intéressant, et d'entrer dans des considérations plus minutieuses, pour constater la vérité et prouver ce fait, en montrant que presque tous les mots purement bretons et kernuek se trouvent dans le kimraek ; mais nous avons cru devoir nous restreindre à l'explication et aux exemples qui se trouvent ici, et qui nous paraissent suffisants.

Yn enw Duw a phob daioni. — En hemð Doue ha pep màd. —
Au nom de Dieu et de tout bien.

DE

L'ÉTAT DES LITTÉRATURES INDIGÈNES

DANS LE PAYS CELTIQUE

ET DE

L'INTÉRÊT QUE PRÉSENTENT LE MAINTIEN & LA CULTURE DE CES IDIOMES.

Par M. Charles de Gaulle.

Les recherches des philologues, lorsqu'elles prennent pour objet les langues celtiques, n'ont pas à s'exercer seulement, on le sait, sur quelques inscriptions frustes, sur d'anciens manuscrits ou sur des textes imprimés. Des vastes contrées occupées par la race celtique au temps de son indépendance, quelques faibles portions sont encore habitées par des populations qui sont jusqu'ici obstinément restées fidèles à la langue des ancêtres. Cinq idiomes divisés en deux branches principales, aujourd'hui séparées, mais montrant clairement leur origine commune et leur proche parenté avec l'ancien gaulois, servent en ce moment comme moyen habituel d'expression de la pensée à plusieurs millions d'hommes de notre race, la plupart d'entre eux n'en connaissent point d'autre.

A l'extrémité de la France, dans la presqu'île où se tient aujourd'hui notre réunion, treize à quatorze cent mille âmes parlent une langue appartenant à la division *Kimrique* ou *Bretonne* des idiomes celtiques. On sait à quel événement est dû le maintien, sur ce point de l'ancienne Gaule, d'une nationalité et d'une langue celtique. Il est plus que probable que, sans le flot des émigrations bretonnes, au VIe siècle, la péninsule armoricaine aurait promptement achevé de se romaniser. Les Bretons ont donné leur nom à l'Armorique ; ils y ont implanté leurs traditions. Les héros et les saints les plus populaires viennent de l'Ile : Arthur et Merlin ne l'ont jamais quittée. Pol, Gildas, Kadok, Brieuc, Corentin, tous les saints dont nos villes et nos villages portent le nom sont émigrés ou fils d'émigrés. A l'exception du *Chant des Séries* (1), les traditions antérieures à la colonisation bretonne n'ont guère laissé de traces bien évidentes dans la mémoire du peuple, qui est si richement pourvue de légendes insulaires.

Il serait très-intéressant de rechercher dans quelles proportions le breton armoricain participe de l'ancienne langue de l'Ile, et ce qu'il a pu garder du dialecte gaulois de la péninsule. La très-proche parenté de la langue de notre Bretagne avec les idiomes bretons d'outre-Manche, et surtout ce fait qu'on arrive à une sorte d'identité lorsque l'on compare les plus anciens monuments qui subsistent de part et d'autre, suggère d'abord l'une des trois hypothèses suivantes :

1° Ou bien le gaulois armoricain ne différait pas d'une façon appréciable des dialectes de l'Ile ; — 2° ou bien le celtique avait disparu de la péninsule comme du reste de la Gaule, et le Breton y a remplacé le latin ; — 3° ou enfin, l'élément breton a prédominé sous le rapport linguistique comme sous tous les autres, et n'a laissé subsister que de faibles traces du dialecte antérieur.

Une tradition vague, mais constante, ce que l'on a trouvé ou cru trouver jusqu'ici dans notre breton, d'éléments étrangers au breton insulaire et enfin l'existence de chants tels que *les Séries*, et la *Vieille Ahès* (2) me font rejeter, au moins provisoirement, la seconde hypothèse, à laquelle d'ailleurs tout le monde, je crois, répugne en Bretagne. Restent les deux autres que je regarde comme vraies toutes deux : La troisième plus certainement et dans une plus large mesure que la première.

(1) Ar Rannou. — Barzaz breiz.

(2) Groac'h Ahes. — Publiée dans l'Annuaire de la Bretagne, de M. de La Borderie, année 1860.

On ne saurait trop appeler l'attention des celtistes sur cette question qui a beaucoup d'importance au point de vue historique. Il faudrait aussi déterminer quels sont les dialectes ou sous-dialectes armoricains qui ont reçu plus ou moins l'influence des dialectes parlés par les émigrants. A d'autres points de vue encore, l'étude comparée des diverses variétés de l'armoricain, étude trop négligée jusqu'ici, offrirait un vif intérêt. On a pensé que le dialecte de Vannes était resté plus étranger que les autres à l'action de la langue de l'Ile, mes remarques personnelles jusqu'ici, me conduiraient plutôt à une conclusion contraire. Je citerai, par exemple, le comparatif d'égalité en *et*, inconnu au reste de la Bretagne et qui lui est commun avec les Gallois; les terminaisons de substantifs en *is* pluriel *ision*, gallois, idd, iddion, etc.,

Il est inutile de dire qu'il ne saurait suffire, pour faire d'une manière vraiment fructueuse des recherches de ce genre, de comparer ensemble des dictionnaires, à supposer même qu'il y en eût de complets pour tous les dialectes. Chaque variété un peu notable de la langue devra être étudiée dans sa structure intime, dans ses textes les plus anciens et dans la littérature qu'elle a pu produire. Lorsqu'on voudra s'assurer si tel ou tel mot se retrouve dans le breton de l'Ile; on ne devra pas borner ses recherches au gallois ancien ou moderne, on devra consulter aussi le Cornique, langue éteinte aujourd'hui, mais dont il reste d'assez nombreux monuments, et qui était encore bien plus rapprochée de notre breton que le gallois lui même. Ainsi, deux mots armoricains des plus usités, la préposition *da* à et l'adjectif *Koz*, vieux, sont étrangers au cambrien ou gallois et se retrouvent dans le breton cornique *da* et *Coth*. Ajoutons enfin que l'absence d'un mot ou même d'une racine armoricaine dans ce que nous possédons du cambrien ou du cornique, ne saurait être une preuve absolue que ce mot ou cette racine ait été étrangère à la langue de l'Ile, puisqu'il n'est rien parvenu jusqu'à nous des dialectes du centre et de l'est.

Dès le milieu du septième siècle, les Bretons indépendants qui n'avaient pas émigré en Armorique étaient définitivement refoulés à l'ouest et séparés en trois ou quatre tronçons. Au centre, les Cambriens proprement dits que nous appelons Gallois, qui ont gardé leur indépendance politique jusqu'à la fin du treizième siècle, et, jusqu'aujourd'hui, leur langue et une position à part dans le *Royaume uni*. Les Cambriens du Nord occupaient une partie du Lancashire, tout le Cumberland actuel, qui a gardé leur nom, et tout l'espace compris entre le golfe de Solway et la vallée de la Clyde. Ceux du Cumberland succombèrent assez vite sous les coups des Saxons d'Angleterre. Ceux de la vallée de la Clyde résistèrent avec plus de succès aux efforts des Saxons d'Ecosse qui avaient aussi à lutter contre les Celtes Gaëls des Hautes-Terres. Ils gardèrent longtemps une demi-indépendance sous la suzeraineté des rois d'Ecosse, et ne perdirent l'usage du breton qu'à une époque très-avancée du moyen âge, que je ne saurais préciser. Les bretons du sud-ouest (Cornouaille insulaire) furent soumis plus vite, mais gardèrent plus longtemps leur langue. Elle était usitée encore dans quelques villages à la fin du XVIIe siècle, et elle s'éteignait, dans la seconde moitié du XVIIIe, par la mort d'une paysanne centenaire, Dorothée Pentereath, la dernière personne vivante qui sut parler le cornique (1). Cette langue, depuis son extinction, a été l'objet de travaux philologiques remarquables, parmi lesquels nous citerons les *Mystères corniques*, publiés par M. Norwis, et le *Lexicon cornu Britannicum*, par un savant gallois, le Rév. Robert Williams.

Les Gallois, seuls, parmi les Bretons restés dans l'Ile, ont donc conservé la langue de nos ancêtres. La principauté de Galles actuelle est loin de comprendre tout le territoire de la Cambrie indépendante du moyen-âge; mais l'une des parties qui en ont été détachées, le pays de *Gwent*, le Monmouthshire, comme l'appellent les Anglais, a gardé en partie la vieille langue. En revanche, malheureusement, la langue anglaise a fait d'assez larges

(1) Suprà, p. 252.

trouées sur plusieurs points du territoire de la Cambrie proprement dite. Au moment du recensement de 1861, la population réunie de la principauté et du Monmoutshire s'élevait à plus d'un million trois cent douze mille habitants (1,312,834). Le nombre des *bretonnants* doit dépasser un million, surtout si l'on comprend parmi eux les Gallois si nombreux, établis à Liverpool, Birkenhead, Manchester et Londres, où ils conservent l'usage habituel de leur langue.

Après avoir parlé des deux rameaux encore vivants de la branche kimrique, nous devons examiner ceux de la branche gaële. Il y a deux siècles, le gaëlique était la langue de toute l'Irlande, à l'exception de Dublin et des districts environnants. La guerre malheureuse, les persécutions sanglantes et les transplantations de colons étrangers qui suivirent la Révolution de 1688 lui portèrent de rudes coups, surtout dans le Nord-Est; néanmoins il était encore en Irlande la langue dominante, il y a cent ans. Depuis ce temps, abandonné de plus en plus par les hautes classes et les classes moyennes et même par une partie toujours croissante du clergé, proscrit des écoles, jusque dans ces derniers temps, par les moyens les plus cruels, il a décliné rapidement. Il ne se parle plus guère aujourd'hui que dans le Connarght et le Munster, c'est-à-dire dans l'ouest et le sud de l'Irlande. Une statistique anglaise récente portait le nombre des Irlandais parlant leur langue à environ quinze cent mille personnes. Un journal Irlandais, au contraire, élevait ce nombre jusqu'à trois millions. La vérité est sans doute entre ces deux extrêmes; mais je crains qu'elle ne se rapproche plus du premier chiffre que du second.

En Écosse, un dialecte gaélique, très-voisin de celui d'Irlande, est parlé dans la partie septentrionale du pays, connue sous le nom de *Highlands* ou Hautes-Terres. Je n'ai pu me procurer aucun document sur le nombre d'individus qui parlent cette langue; mais je suppose qu'il doit dépasser deux cent mille.

Le troisième dialecte gaélique n'est parlé que dans l'île de Man, située dans la mer d'Irlande. La population totale de l'île était de quarante-deux mille habitants, il y a une trentaine d'années. On voit, en résumant ce qui précède, qu'il ne saurait y avoir beaucoup moins de cinq millions d'hommes qui parlent encore aujourd'hui les langues celtiques.

Je n'insisterai pas ici sur l'intérêt que présente, à plus d'un titre, la conservation de ces langues. Il est toujours triste, même pour un observateur désintéressé, de voir mourir à jamais une langue ; il lui semble que l'humanité laisse tomber un des fleurons de sa couronne, qu'un instrument se brise dans le concert universel des peuples. Mais si cette langue est celle de ses ancêtres, celle de sa race, il ne peut, s'il croit à autre chose qu'aux intérêts matériels, la voir disparaître sans un profond déchirement. Avec elle disparaît, ou du moins s'altère gravement l'âme d'un peuple, le génie d'une race. La science perd ou voit se restreindre au passé un important sujet d'études; une nationalité, soit politique, soit purement traditionnelle et morale, perd sa plus vive expression et sa meilleure sauvegarde ; et enfin, l'esprit humain est privé des œuvres qui auraient pu se produire dans la langue disparue.

Une langue est la résultante des facultés esthétiques et des tendances morales d'une nation. Un celtiste disait dernièrement, par une image hardie, « qu'un Irlandais est le gaélique fait homme et que le gaélique est le peuple irlandais fait voix (1). Si Homère et Shakespeare n'eussent point été, l'un grec, l'autre anglais, ils n'en eussent pas moins, sans doute, été des hommes de génie, mais ils auraient chanté autrement. Certaines manières de penser et de sentir semblent appartenir spécialement à tel ou tel idiome, et ne pouvoir être aussi bien exprimées par un autre ; et on a pu dire avec raison que si un poète enrichit une langue, la langue à son tour inspire le poète (2). Bien plus, une langue nationale, tant qu'elle

(1) « The Tablet » cité page 8 des *Critical Notices* de la « Irish grammar » du Rév. Ulick Bourke.

(2) Miss Julia Kavanagh. Hibernian Magazine. 1860.

est parlée, influe sur ceux même des auteurs du pays qui écrivent dans une langue étrangère. Croit-on, par exemple, que Thomas Moore et Brizeux auraient été ce que leurs œuvres nous les montrent, si le gaélique et le breton n'avaient pas été parlés de leur temps?

Bien des gens pourtant vont répétant sans cesse que la disparition de ces langues particulières importe à l'existence politique des grands États, et que leur maintien fait obstacle aux progrès de la civilisation. On peut répondre au premier de ces griefs, qu'il n'est pas de pires dangers pour un État que ceux qui naissent d'une centralisation intellectuelle excessive; on peut y répondre surtout en demandant si le patriotisme français des Bretons, des Flamands, des Alsaciens et des Basques est surpassé par celui des Parisiens ou des Tourangeaux? Le second grief ne serait convaincant que si les hommes parlant une de ces langues vaincues se trouvaient par cela même incapables d'en apprendre d'autres, ou si ces langues étaient hors d'état d'exprimer les notions nécessaires à la vie civilisée et au développement de l'intelligence. Mais l'expérience nous montre avec quelle rapidité la connaissance des Français se propage dans nos campagnes bretonnes; il en est de même de la connaissance de l'Anglais dans le pays de Galles.

Si les vieux idiomes peuvent continuer à vivre à côté des langues officielles, et cela sans empêcher la diffusion des connaissances utiles, quel danger pourrait résulter de leur perpétuité? Il me paraît difficile de mettre un seul inconvénient grave en balance avec de nombreux avantages. Un de ces avantages serait, pour le paysan breton par exemple, de parler et d'écrire le français, appris par lui surtout à l'école et dans les livres, beaucoup plus purement que ne le parle ou ne l'écrit un paysan ou un ouvrier des provinces de l'intérieur, qui a toujours à lutter contre l'influence du langage incorrect qui résonne sans cesse autour de lui. Un autre avantage plus grand encore pour lui, sera celui de posséder deux langues; il n'y a pas de moyen plus puissant pour le développement de l'esprit que la comparaison fréquente de deux idiomes dont le génie diffère suffisamment ; de là surtout l'efficacité des études classiques.

Si les celtes d'aujourd'hui ont le droit incontestable de garder la langue que parlaient leurs pères, et qu'ils parlent encore, tant qu'ils croiront de leur honneur et de leur intérêt de le faire, les deux grandes nations modernes qui occupent les anciens territoires celtiques et surtout la France qui n'est que la Gaule transformée, se doivent à elles-mêmes, non-seulement de laisser entièrement l'usage des anciens idiomes, mais encore d'en favoriser la culture et l'enseignement. Nos sociétés modernes n'ont rien à perdre, elles ont beaucoup à gagner au point de vue moral et au point de vue littéraire, à s'inspirer de l'esprit qui anime les vieilles langues celtiques, les populations qui les parlent et les œuvres qu'elles ont produites. Un Anglais, professeur éminent de l'université d'Oxford, le docteur Mathieu Arnold, proclamait récemment, dans un livre des plus remarquables, combien de grandes choses la littérature anglaise doit à l'inspiration celtique et combien la race anglo-saxonne aurait intérêt à se pénétrer davantage de l'esprit, plus élevé et plus délicat à bien des égards, de la race vaincue.

Si nous recherchons maintenant les moyens pratiques de conserver ces langues, nous devons reconnaître au premier plan la nécessité de les cultiver assidument et de les rendre capables d'exprimer toutes les idées dont un peuple civilisé a besoin. Ce progrès sans lequel une race ne connaissant qu'une langue resterait à jamais dans l'enfance, il est nécessaire aussi d'y faire participer les langues néo-celtiques sous peine de les voir s'altérer et disparaître rapidement au contact journalier d'une langue mieux cultivée.

Supposons-nous, en effet, arrivés au jour qui ne saurait être fort éloigné, où les paysans de la Basse-Bretagne et ceux de l'ouest de l'Irlande sauront tous lire et comprendront également bien, les premiers, le breton et le français, les seconds, le gaélique et l'anglais. Quelle sera celle de ces deux langues qui leur apportera la plus grande masse d'idées, d'idées nouvelles surtout ? Quelle sera celle qui leur offrira *uniquement* les moyens de s'instruire ? Quelle sera enfin celle qui jettera un flot toujours renouvelé de lectures, — bonnes ou mauvaises, — mais variées, très-souvent attrayantes, satisfaisant tous les goûts et tous les besoins ? Il est trop facile de répondre à ces questions. Bientôt il arrivera nécessairement que l'usage de la langue incomplète se restreindra de plus en plus aux classes les moins élevées et à l'expression des idées les plus vulgaires. Elle se réfugiera au foyer domestique comme dans un dernier asile, mais elle en sera insensiblement chassée par son heureuse rivale. Les populations, en effet, ne tarderont pas à connaître mieux et à employer plus facilement la langue dont ils auront à se servir le plus souvent. De là, à abandonner l'usage de l'autre, il n'y a qu'un pas. Ce pas, les générations suivantes le feront, et les derniers vestiges vivants des langues celtiques disparaîtront un jour, comme dans le Cornwal, avec une pauvre centenaire.

Si, au contraire, il a pu se former une langue capable de représenter toutes les idées qu'expriment les langues perfectionnées, si, au moyen de cette langue, a pu se créer une littérature suffisamment riche et *variée*, on peut avoir, non pas la certitude, hélas ! mais au moins la ferme espérance que le viel idiome continuera à vivre et à fleurir, soutenu par le patriotisme des populations celtiques.

Ce but, nos frères, les Bretons de Galles, sont bien prêts de l'avoir atteint. Grâce à l'organisation bardique qui s'y est perpétuée en se prêtant aux besoins de chaque époque, la littérature nationale y fut toujours cultivée avec zèle ; mais, depuis un peu moins d'un demi-siècle, elle a pris un essor vraiment prodigieux. A une époque que je ne saurais préciser, mais qui n'est pas fort reculée, un des derniers évêques du siége protestant de Llandaff, anglais de naissance comme le sont tous les évêques en Galles, prétendait que le breton n'était plus la langue de la majorité du pays, puisque tous les journaux s'y publiaient, à peu d'exception près, en anglais. A l'*eistezvod* ou congrès littéraire et national qui se tint à Llanelli en

1856, le Révérend T. James, connu sous le nom bardique de Llalawg, prononça un excellent discours sur la langue galloise; il y rappelait cette accusation et citait, pour y répondre, les noms de quelques-uns des organes les plus accrédités de la nombreuse et florissante presse cambrienne. Essayons à notre tour de donner une idée de son importance, en nommant rapidement quelques-unes des publications les plus connues. Nous trouvons d'abord deux revues trimestrielles : *Y Traethodydd*, l'*essayist*, qui traite les sujets les plus variés, y compris la haute littérature et la philosophie; *Yr Eisteddfodd*, l'*Eistezvod*, plus récemment fondé, publie les pièces couronnées dans le grand congrès dont il porte le nom. Les revues mensuelles sont extrêmement nombreuses; j'en connais de nom au moins dix-huit, dont quelques-unes spécialement destinées aux enfants. Citons un peu au hasard : *Yr Haul* le soleil; *Y Drysorfa*, le trésor; *Golud yr Oes*, le trésor du siècle, et *Y Brithon*, le breton. Ces deux dernières, dont j'ai eu occasion de parcourir quelques numéros, m'ont semblé très-intéressantes et très-bien faites. Il n'existe pas encore aujourd'hui, en Galles, de journal quotidien, mais ils sont remplacés par les journaux hebdomaires qui se publient en très-grand nombre et à des *dizaines de milliers* d'exemplaires. Aucun sujet n'est étranger à ces journaux, formés généralement de huit pages in-folio, d'une impression serrée dont les nôtres ne donnent aucune idée. On y voit des articles de politique et de théologie, des nouvelles d'intérêt général et local, des correspondances régulières des principales villes d'Angleterre, des États-Unis et d'Australie, de nombreuses pièces de poésie, des articles de littérature, des nouvelles commerciales et des annonces payées. Une place à part est destinée aux lettres qu'il plaît au public d'adresser au journal pour demander ou donner un enseignement d'un intérêt sérieux, pour signaler un abus, suggérer une mesure utile, défendre ou attaquer les opinions et même les personnes sur lesquelles se porte l'attention du moment. Les auteurs de ces lettres, ceux des pièces de poésie sont très-souvent de simples ouvriers ou paysans qui savent prendre sur leurs rudes travaux le temps de cultiver leur intelligence. Le plus considérable de tous est le *Baner ac Amserau Cymru*, la Bannière et les Temps de Cambrie, publié à Dinbych par Thomas Gee; il compte *seize pages* et parait *deux fois* par semaine. Vient ensuite *Yr Herald Cymraeg*, le Hérault-gallois, hebdomadaire, publié à Caernarvon par M. Recs, ce sont les deux plus répandus. Citons parmi les autres, *Y Gwladgarwr*, le Patriote; *Y Cymro*, le Gallois; *Y Byd Cymreig*, le Monde cymrique, *Y Seren Cymru*, l'Étoile de la Cambrie, etc., etc. Citons enfin, dans un autre genre, *Y Ddraig Goch*, le Dragon rouge, qui parait à des intervalles irréguliers et défend les idées de la colonisation bretonne.

Outre les journaux, on voit paraître périodiquement des livraisons d'ouvrages importants, mis ainsi à la portée de toutes les bourses, par exemple : *Y Gwyddoniadur Cymreig* ou l'Encyclopédie galloise, dont les articles sont très-développés et faits avec beaucoup de soin, le Dictionnaire biographique des Gallois célèbres (*Geirlyfr bywgraffiadol o Enwogion Cymru*) et la réimpression du *Myvyrian Archaiology of Wales*, précieux recueil d'anciennes poésies bardiques. Il est à regretter seulement que cette réimpression, non collationnée avec les manuscrits, ait conservé toutes les fautes de la première édition. Citons enfin, parmi les publications non périodiques, la grande Histoire de Cambrie (*Hanes Cymru*) de Carnahuanawc, de nouvelles traductions de Flavius Josèphe et du Paradis perdu de Milton, des traductions récentes de tragédies de Sophocle, de drames de Shakespeare, etc.

Nous ne trouvons malheureusement rien de semblable en Irlande. L'ancienne littérature gaélique y est extrêmement riche; mais la plus grande partie est restée à l'état de manuscrits. On en publie bien de temps en temps de précieux fragments; mais ces publications, tirées à petit nombre pour les membres des Sociétés savantes, n'arrivent pas jusqu'au peuple pour lequel elles seraient d'ailleurs peu intelligibles. La poésie populaire s'y soutient encore, comme le prouvent les pièces charmantes, traduites par M. de La Villemarqué dans son intéressant article du *Correspondant* sur les Fenians et la poésie irlandaise; ce qui y manque le plus, comme dans notre Bretagne, ce sont des livres en prose, offrant à tous une instruction élémentaire et variée. Ce besoin paraissait, il y a peu de temps encore, impossible à satisfaire, par suite de l'abandon de la vieille langue par les classes lettrées, même par le clergé. Le petit nombre de ceux qui, pour remédier au mal, auraient voulu acquérir la connaissance du gaélique ou, du moins, perfectionner celle qu'ils possédaient uniquement par routine, se trouvaient arrêtés presque toujours par le défaut de livres élémentaires, à bon marché et conçus dans un esprit pratique. La savante grammaire d'O'Donovan, si précieuse pour les philologues, ne pouvait répondre à ce but spécial. Il fallait aussi, comme l'avait fait chez nous Le Gonidec, donner, dans des textes soigneusement travaillés, des modèles de la langue moderne aux futurs écrivains; il fallait enfin organiser sérieusement l'étude de la langue dans les écoles. Deux grandes intelligences et deux nobles cœurs, Mgr Mac Hale, archevêque catholique de Tuam et son digne collaborateur, le Rév. Ulick Bourke, président du collège de Saint-Jarlath, dans la même ville, ont travaillé et travaillent avec ardeur à l'accomplissement de cette tâche patriotique; si le gaélique peut se maintenir en Irlande, c'est à eux, en très-grande partie, qu'en reviendra l'honneur. Mgr Mac Hale a traduit en prose le Pentateuque en vers, un grand nombre d'Hymnes religieuses, beaucoup de poésies de Thomas Moore, et enfin, l'Iliade d'Homère. Grâce à lui, l'enseignement de la vieille langue refleurit dans tout le Connaught. Entre autres travaux, M. Bourke, qui professe lui-même le gaélique dans son collége de Saint-Jarlath, a publié, à un prix très-peu élevé, une excellente grammaire irlandaise, théorique et pratique (1) parvenue, en 1865, à sa troisième édition; puis ensuite, sous le titre de *Leçons*

(1) The College irish grammar, by the Rev. Ulick Bourke, à Dublin, chez John Mullany.

faciles (1) un livre d'une utilité pratique plus grande encore. Il se compose d'exercices gradués avec corrigés, et merveilleusement adaptés aux besoins des personnes qui étudient seules ou ne possèdent que peu ou point de notions grammaticales. Le Rév. Thomas Rowland, auteur de la meilleure grammaire galloise, prépare, comme complément, un travail analogue qui sera aussi bien précieux. Il serait à désirer que l'on fit quelque chose d'analogue pour notre breton.

Les *Easy lessons* de M. Bourke parurent d'abord, non en volume, mais par fragments dans un journal politique hebdomadaire de Dublin, la Nation *(The Nation)*, pour répondre au vœu d'un grand nombre d'abonnés qui désiraient étudier la langue que parlaient leurs pères.

Je ne puis m'empêcher de citer les passages suivants d'une lettre adressée à l'éditeur de la Nation par un Irlandais établi à Manchester. Puisse-t-elle faire naître une noble émulation dans l'âme de plus d'un Breton !

« Manchester, 26 juin 1860.

....

....

» Je m'abonnai d'abord à la *Nation*, uniquement pour sa partie gaélique, bien que je ne fusse pas capable alors d'en lire un seul mot ; mais je regardais chaque mot irlandais imprimé dans la *Nation*, comme une pierrerie volée qui venait d'être replacée sur la couronne nationale de mon pays. »

Plus loin, parlant du honteux dédain que beaucoup d'Irlandais professent à l'égard de leur propre langue, il ajoute : « A Manchester, tous, Italiens, Allemands, Grecs, Juifs, parlent leur propre langue dans le cercle de leur famille et dans leurs réunions nationales, tandis qu'on les entend, derrière leurs comptoirs ou dans les assemblées publiques, parler le meilleur anglais. Mais, à cet égard, les Gallois l'emportent sur tous les autres. Ils sont

(1) Easy lessons, or self instruction in Irish, by the Rév. Ulick Bourke, à Dublin, chez le même.

en Angleterre, au milieu de cette grande cité de Manchester où tout semble conspirer contre l'existence de leur langue ; eh bien ! voyez-les instruire leurs enfants par le moyen de la langue galloise, et ne leur enseigner l'anglais que pour l'utilité qu'ils doivent en retirer. Écoutez-les parler anglais avec une parfaite correction et une grande facilité dans leurs affaires et dans toutes les circonstances où il est indispensable de le faire ; puis voyez-les l'exclure entièrement du foyer, de l'église, de la chapelle, du sermon, de l'hymne, du catéchisme et de leurs réunions de plaisir. Regardez-les, prêtres de l'Irlande, et vous tous jeunes hommes de l'Irlande, et s'il vous reste une étincelle de patriotisme dans le cœur, baissez la tête et rougissez de honte. »

Il parle ensuite des progrès rapides qu'il a fait dans le gaélique, malgré la prétendue difficulté de cette langue, alléguée par ceux qui veulent trouver une excuse à leur négligence. Cette excuse, ajouterons-nous, est bien plus mauvaise encore lorsqu'on l'applique au breton. Le gaélique d'Irlande, en effet, avec ses cinq déclinaisons, ses deux conjugaisons, son riche vocabulaire, sa prononciation actuelle, souvent bien différente de l'orthographe, peut paraître difficile en comparaison du breton armoricain, à la grammaire si simple, aux racines usuelles peu nombreuses, à la prononciation si régulière.

Le manque de renseignements précis me laisse dans une ignorance à peu près complète sur l'état de la littérature indigène dans la Haute-Écosse. Outre les sociétés savantes d'Édimbourg, il existe à Glasgow, sous le nom de *Celtic Society*, une société fondée il y a peu d'années, et comptant un grand nombre de membres. Elle paraît avoir pour but le maintien de la langue nationale, des anciens costumes et des traditions celtiques parmi les montagnards. Une invitation pour ce présent Congrès, et une demande tendant à l'établissement de relations suivies entre la Haute-Écosse et l'Armorique, lui ont été récemment adressées par le *Breuriez Breiz* qui, jusqu'ici, n'a pas reçu de réponse.

Le danger, en Armorique, n'est guère moins grand

qu'en Irlande, quoi qu'il soit sans doute moins imminent. Ce n'est pas ici, devant tant d'auditeurs bien plus autorisés que moi, que je me permettrais d'essayer de refaire le tableau de la littérature bretonne actuelle, si éloquemment et si délicatement tracé dans la Bretagne contemporaine. Je ne puis cependant me défendre de signaler quelques récents progrès et d'insister sur de nombreux motifs d'espérance. Un des plus puissants pour nous doit être de voir nos évêques marcher à notre tête. Tout le monde sait comment un des vœux de notre grand roi Noménoé s'est réalisé, après bien des siècles, par l'établissement d'un siége archiépiscopal en Bretagne; ce que tout le monde doit savoir aussi, c'est avec quelle bonté et quel empressement patriotique Monseigneur de Rennes accueille toute œuvre tendant à la défense ou au progrès de notre langue. Noménoé, certes, ne l'aurait pu mieux choisir! Mais nulle part plus qu'en ce diocèse, les Bretons n'ont sujet de se rejouir. Avec quel bonheur et quelle admiration n'ont-ils pas vu un prélat, né sur des rives lointaines, apprendre leur langue avec ardeur, la parler familièrement avec eux dans leurs cabanes, et la faire retentir avec éloquence dans leurs sanctuaires! Grâce à la sage direction qu'il donne et au zèle qu'il ranime, on voit déjà germer sur le sol fécond du diocèse, une moisson de chefs-d'œuvre celtiques : Les excellentes *Annales* trégoroises (*Keloio presegerez ar Fe*), et une Vie de saint Yves (*Bue sant Ervoan*) où l'on reconnaît les mêmes qualités de style, et depuis le *Bepred Breizad* de M. Luzel, dont l'œuvre jouit d'une si juste renommée, les spirituels *Burzudo* de M. Cabek et tant de belles pièces fugitives de M. Le Jean (*Eostik Koant ann Noz*).

Grâce à Monseigneur de Cornouaille et Léon, nous possédons enfin un journal hebdomadaire breton, que M. l'abbé Morvan dirige et rédige en grande partie, avec beaucoup de talent, et une pureté de langue qui, introduite habilement et par degrés, est arrivée aujourd'hui à un point très-remarquable. Depuis les vers si beaux et si applaudis de M. Prosper Proux, dans *Bombard Kerne*, le pays de Léon a vu paraître une œuvre des plus remarquables, les fables faites par M. G. Milin, sous le titre de *Marvaillou Grac'h Koz*, dans un styte si énergique et si profondément breton. M. l'abbé Perrot (*barz Taole*), a donné une nouvelle édition de son précieux manuel, destiné à l'enseignement simultané des deux langues dans les écoles : on y attend avec impatience la publication des œuvres réunies d'un autre barde du pays, M. Le Scour (*Barz thon Varia Rumengol*). Le diocèse de Vannes, la terre de Gwened, n'attend, pour participer au mouvement général, que le signal que ne peuvent manquer de lui donner bientôt en même temps, et son nouvel évêque, fils du pays lui-même, et l'un des meilleurs bardes de la Bretagne, Mgr Le Joubioux (*Barz Talmor*).

Un des buts que nous devons le plus désirer d'atteindre dans la culture du breton, est l'unité d'orthographe. De grands pas ont été faits dans ce sens pendant ces dernières années. On ne peut méconnaître, en théorie, les avantages de la méthode si simple et si philosophique qui représente toujours le même son par la même lettre, et conserve à chaque lettre une valeur constante. Dans la pratique, ceux même des écrivains qui ne l'ont pas encore adoptée, s'en rapprochent tous les jours davantage. On a beaucoup applaudi au chaleureux appel pour une union bien nécessaire, adressée aux auteurs bretons dans le journal l'*Océan* (1); par un barde anonyme qui signe *Fanch Bragou Berr*.

Avant de clore cette rapide revue de l'état présent des littératures indigènes dans les pays celtiques, qu'il me soit permis d'appeler l'attention des membres du Congrès sur trois mesures, dont les deux premières sont depuis longtemps en vigueur dans le pays de Galles, et dont l'adoption produirait sans doute un bien immense en Irlande, en Écosse et en Bretagne. La première devrait être l'établissement d'écoles du soir et d'écoles du dimanche, où les connaissances les plus nécessaires, y compris, si l'on veut, le français, seraient enseignées par l'intermédiaire du breton. La seconde, la première sans doute en dignité,

(1) N° du 5 décembre 1866.

mais la seconde seulement en efficacité, je crois, serait l'établissement d'*Eistezvodds* ou assises littéraires dans lesquelles des prix seraient décernés aux auteurs des meilleurs essais, en prose ou en vers, sur les sujets proposés. Les auteurs couronnés trouveraient plus facilement à faire imprimer leurs œuvres, ainsi recommandées à l'attention du public. Le but le plus utile à offrir à leur émulation serait, pour le moment, la composition des traités élémentaires dont nous avons si grand besoin. On pourrait adjoindre aux prix littéraires des récompenses pour les beaux-arts, l'agriculture, l'industrie. On pourrait aussi faire coïncider les eistezvodds avec les grands *pardons*, en relever l'attrait par des représentations dramatiques bretonnes, d'une moralité irréprochable. Une autre mesure d'un ordre inférieur, mais fort utile encore, serait l'établissement d'une société de librairie pour la diffusion des bons ouvrages bretons. Chaque souscripteur recevrait, en livres choisis sur un catalogue spécial, le remboursement de sa cotisation périodique, dont le montant serait laissé à la convenance de chacun.

Ces mesures — les deux premières surtout — si l'on travaille à les appliquer avec persévérance, malgré les obstacles que l'on rencontrera certainement, ces mesures sauveront le breton et le gaélique, si ces langues peuvent encore être sauvées. Et pourquoi ne le seraient-elles pas? Ce ne sont pas seulement nos frères gallois qui peuvent nous servir de modèle; nous trouvons des exemples à imiter et des encouragements au centre et jusqu'aux extrémités de l'Europe. Les Tchèques ou Slaves de Bohême ont bien su ranimer, presque ressusciter leur langue qui, frappée d'abord par la persécution, achevait de mourir devant le dédain et l'abandon des classes lettrées. Un autre peuple bien moins nombreux et placé dans des conditions plus défavorables encore, a réussi dans la même tâche. Je veux parler des Finlandais, l'un des rares débris des habitants *pré-aryens* de l'Europe. Ils ont remis en honneur leur ancienne et curieuse langue, l'ont purgée des idiotismes suédois et russes qui s'y étaient mêlés, et l'emploient habituellement dans leurs publications savantes. Un fait bien remarquable, c'est que la renaissance littéraire, en Finlande comme en Bohême, est due à la publication des chants populaires de ces deux pays et à l'enthousiasme patriotique qu'ils excitaient. Eh bien! ce qu'un heureux hasard a permis à Hanka et à Kovar de faire pour la Bohême, ce que les recherches persévérantes de Castren, Topelius et Lœnnrot ont fait pour la Finlande, un Breton ne l'a-t-il pas fait et admirablement fait pour la Bretagne? Quelle que soit l'incontestable valeur des chants de la muse populaire slave ou finnoise, ceux du *Barzaz-Breiz* me semblent plus propres encore à réveiller l'enthousiasme et à provoquer une magnifique renaissance littéraire. Les Bretons ne voudront pas que l'histoire les juge inférieurs à qui que ce soit, en intelligence ou en énergie et en patriotisme.

Le succès de nos efforts est donc possible; il serait certain, si un nombre plus considérable d'ouvriers dévoués voulaient y travailler avec persévérance, si les préoccupations exclusivement matérielles n'absorbaient pas un nombre toujours croissant d'intelligences. L'issue lointaine et définitive d'une semblable lutte dépend d'ailleurs de causes trop complexes pour pouvoir être prédites à coup-sûr et les cœurs les plus patriotes ne peuvent souvent se défendre d'une douloureuse incertitude. Toutefois, il s'est trouvé parmi nos frères de Cambrie des hommes qui n'ont pas voulu subir cet affront cruel peut-être, et qui ont voulu perpétuer leur langue et leur nationalité en ouvrant un champ nouveau à leur essor. Quelque chimérique que puisse paraître un pareil projet, ils ont cherché le moyen, et ils l'ont trouvé : Tous les ans, vingt mille Gallois environ quittent leur montagneuse patrie, pour trouver des moyens d'existence plus facile aux États-Unis, en Australie ou dans les grandes villes. Ils s'y groupent, il est vrai, aussi près les uns des autres qu'il leur est possible, et y conservent longtemps l'usage de leur langue; mais ils ne peuvent éviter d'être absorbés au bout de quelques générations. Les promoteurs de la colonisation kymrique (*Gwladfa Gymreig*) à la tête desquels est M. Michaels-Jones de Bala, résolurent de diriger la plus grande part possible du courant de l'émigratio galloise vers une terre inoccupée où pût se former, ave le temps, une nouvelle nation bretonne. Après un mûr examen, leur choix se fixa sur l'extrémité méridionale du continent américain, ou Patagonie, contrée entièrement libre de population européenne et appartenant nominalement à la Confédération Argentine. Ce vaste territoire, entouré de trois côtés par la mer, offre, sur une étendue de cinq à six cents lieues du Nord au Sud, toutes les variétés du climat de l'ouest de l'Europe, depuis celui du midi de l'Espagne jusqu'à celui des Archipels brumeux des Shetland et des Fœroë. Le climat est extrêmement sain; le sol, très-inégal en richesse, offre souvent le contraste de terres arides, placées à côté d'autres terres d'une fertilité admirable, les côtes y sont extrêmement poissonneuses. Là, point de crainte d'être absorbé par de puissants voisins, point de population indigène à combattre et à déposséder, à peine quelques rares tribus de nomades. Les colons y sont sous la protection et la suzeraineté de la Confédération Argentine qui, d'ailleurs, les laisse absolument libres de se gouverner, d'après leurs propres lois, dans leur propre langue et au moyen de magistrats qu'ils élisent eux-mêmes.

La première troupe d'émigrants, composée d'environ 160 personnes, est partie de Liverpool à la fin de mai 1865 et est arrivée, deux mois après, à sa destination, à l'embouchure du Chupat, vers le 43e degré de latitude méridionale. Ils ont donné à la contrée qu'ils occupent et qu'ils défrichent, le nom de Bro wen, qui sera facilement compris de tout Armoricain dans son acception la plus ordinaire de *Pays blanc*, mais qui signifie de plus, en gallois, *pays beau*, *pays heureux* et *pays d'adoption*.

De pénibles épreuves attendaient les émigrés dans leur nouvelle patrie ; ils ont su les supporter avec le courage et la tenacité du vrai Breton, et tout fait espérer pour eux un succès qu'ils auront bien gagné. De nouvelles troupes d'émigrants se préparent à aller les rejoindre. Mon ami M. Cadivor Wood, littérateur et journaliste gallois qui devait amener à ce Congrès un grand nombre de ses compatriotes, a dû partir, il y a trois mois, pour le Bro-Wen, chargé d'une mission par la Société de colonisation, dont il est le secrétaire général.

Cette Société patriotique m'a exprimé, à plusieurs reprises et par l'organe d'un grand nombre de ses membres, un vœu dont je dois me faire l'interprète auprès du Congrès. Ils désirent vivement voir un certain nombre de Bretons d'Armorique s'unir à eux pour la colonisation du Bro-Wen. C'est une pensée que bien peu de gens influents en Bretagne accueilleront favorablement au premier abord, tant elle paraît en contradiction avec l'attachement du Breton pour le sol d'Armor. Je n'ignore pas non plus les graves objections que peut soulever un projet de ce genre, au double point de vue religieux et économique.

Je crois pourtant qu'il mérite de n'être pas rejeté à la légère. De pieux et savants ecclésiastiques bretons m'ont exprimé, pour cette idée, de vives sympathies, et plusieurs personnes s'occupent de réunir les éléments nécessaires à l'examen de cette importante question. Je compte moi-même publier prochainement un premier travail sur ce sujet. En attendant, et quoi qu'il doive en arriver, que le Bro-Wen se peuple par les Gallois seuls ou par les Gallois unis aux Armoricains, je ne crois pas qu'un seul Breton refuse ses plus vives sympathies à cette noble tentative, pour fonder dans un monde nouveau une nouvelle nation celtique, et pour y perpétuer à jamais la langue et le génie de nos communs ancêtres.

INTRODUCTION

A

L'HISTOIRE LITTÉRAIRE DE L'ARMORIQUE BRETONNE

Des Ve & VIe siècles jusqu'à nos jours,

Par M. le docteur Halléguen.

§ I.

L'histoire littéraire de l'Armorique est la même que celle de la Gaule dont elle était une partie notable. Il y a seulement, dès lors comme aujourd'hui, une différence plus ou moins sensible entre le centre et l'extrémité du rayon de la civilisation, à mesure qu'on se rapproche de la pointe de la presqu'île.

Mais, au fond, son histoire religieuse et politique étant la même, ce qui est aujourd'hui généralement admis, sa littérature a dû suivre son histoire. C'est ce qui est arrivé, en effet, et ce que cet aperçu est destiné à rappeler, à constater devant les deux Bretagnes. Convoquée à Saint-Brieuc avec sa sœur d'origine et de langue, la Bretagne insulaire se sentira portée, nous l'espérons, à s'expliquer franchement et fraternellement comme il convient de le faire en famille. C'est le but et l'esprit du congrès auquel nous sommes loyalement conviés. Il fera époque dans notre histoire littéraire, si nous réussissons, comme j'en ai la confiance, à y porter le même jour que dans notre histoire politique et religieuse.

Unis au terme aussi bien qu'au début de ces entretiens patriotiques, quel qu'en soit le résultat pour nos opinions ou nos œuvres particulières, nous répéterons.

avec le littérateur le plus aimable et le plus célèbre de notre pleïade poétique bretonne, ces belles paroles d'un illustre historien moderne qui a appris à connaître le mérite de la vérité :

« Nous ne cherchons que la vérité. Quand on sait » combien elle est belle, commode même,—car elle seule » explique tout,—on ne veut, on n'aime, on ne poursuit » qu'elle ou du moins ce qu'on prend pour elle (1). »

Nous espérons que nos frères des Iles-Britanniques nous suivront sur ce terrain de loyauté, qu'ils nous exposeront l'histoire vraie et le véritable état de leur littérature bretonne. Quel que soit d'ailleurs le parti pris par eux dans ce congrès, nous croyons pouvoir dire que notre histoire et notre littérature se soutiennent sans l'appui de l'Ile, dont on a beaucoup exagéré l'importance. Et pourtant disons-le : avec le loyal concours de tous, notre littérature et notre histoire verraient s'ouvrir devant elles de nouveaux horizons.

Toutefois, en littérature et en histoire politique ou littéraire, c'est le vrai ancien qui devient nouveau, le plus souvent ; car enfin toute histoire, toute littérature était vraie lorsqu'elle se faisait, qu'elle fut écrite ou parlée et la tâche des derniers venus consiste à découvrir ce vrai ancien trop souvent obscurci par les voiles dont les siècles l'ont recouvert. Heureux le critique qui, dans ce défrichement ingrat, se trouve devancé par de vaillants pionniers, et, les prenant pour guides, peut entrer dans les voies qu'ils ont ouvertes à leurs modestes successeurs.

Vous avez tous nommé les Bénédictins, ces glorieux auteurs de notre histoire littéraire. A eux, le mérite d'avoir *commencé* à introduire la lumière dans les profondes ténèbres où elle était ensevelie : nous disons *commencé*, car l'œuvre n'est pas près de finir ; mais du moins le grand'œuvre se continue, en revoyant et en complétant nos premières origines historiques et littéraires, selon les règles mêmes qu'ils ont établies et appliquées avec succès.

(1) M. Thiers, cité par M. de La Villemarqué.

Partant pour un nouveau voyage dans le passé littéraire de notre Bretagne, je suis d'autant plus heureux d'appuyer mon inexpérience sur leurs grands noms, que, m'étant aventuré seul déjà dans cette vieille et impénétrable forêt de Brocéliande, et m'étant rencontré, dans ce mystérieux labyrinthe de fables et de contes, avec les Pères de notre histoire, j'ai dû livrer contre eux, et bien à contre-cœur, les plus pénibles combats.

Pour être complet, ce coup-d'œil devrait embrasser la Gaule et l'Armorique dans leurs rapports littéraires entr'elles et avec la Bretagne ; mais ce cadre serait trop vaste pour le moment et ferait perdre de vue le côté littéraire — breton, qu'il s'agit d'éclairer.

Il suffit de dire ici qu'on reconnait la haute importance de cette histoire plus générale à laquelle la nôtre se rattache et se subordonne. Laissant donc l'histoire littéraire de la France, je *continue* celle de la Bretagne esquissée dans la Préface du Dictionnaire de dom Le Pelletier jusqu'au IXe siècle (1).

Cette doctrine a passé inaperçue peut-être, faute d'avoir été combattue et d'avoir subi l'épreuve de la discussion; elle parait mériter d'être mise au grand jour.

Il est bien remarquable aussi que la même école moderne qui a suivi les Bénédictins dans leur histoire religieuse et politique, ne les a pas suivis dans leur histoire littéraire ; et cependant on ne doit point en être étonné, parce que ces histoires ne concordent pas, et, qu'en adoptant l'une, on devait rejeter l'autre. Mais parce qu'on a eu la main peu heureuse, force sera, je pense, de reculer sur toute la ligne.

Une tactique adroite, passant sous silence les Bénédictins, évite de se poser en face, comme leur adversaire, et se garde d'affaiblir sa thèse en montrant le dissentiment profond qui sépare d'eux.

Pour moi, j'insiste sur ce qu'on n'a pas été assez juste

(1) L'*histoire littéraire de la France* va plus loin, mais elle ne s'occupe pas assez directement de la Bretagne et de sa langue.

envers dom Le Pelletier et sa réforme en disant : « qu'il » introduisit le premier, avec l'autorité que lui donnait » sa qualité de Bénédictin, un peu d'ordre et de méthode » dans l'étude jusque-là confuse et sans critique de la » langue bretonne; qu'il a ouvert l'ère nouvelle et pré- » paré les voies aux travaux supérieurs et parfaits de Le » Gonidec (1). »

On a mieux dit ailleurs — je ne sais plus où — et, au besoin, je m'approprie ce jugement, « qu'il a opéré le pre- » mier, et d'une manière suffisante la réforme » à laquelle on a donné le nom de Le Gonidec, qui n'a été qu'un continuateur et n'a pas prétendu être autre chose. Mais les disciples ont surfait le maître selon la coutume, en s'exaltant eux-mêmes..

C'est bien à tort également que le coup-d'œil historique de la Préface de dom Le Pelletier a été laissé dans l'oubli. Cet exposé magistral contrariait la nouvelle école qui a mieux aimé tout attribuer à dom Taillandier, lequel n'a fait que la terminer après la mort de l'auteur si compétent. Outre les réserves générales que j'ai faites à l'égard de l'histoire littéraire ébauchée par les Bénédictins, je reproche encore à dom Taillandier ces mots qui ont trop excité notre poète à combler une lacune moins grande qu'on ne l'a crue : « Nous ne voyons pas que nos Armo- « ricains aient cultivé la poésie ; et la langue, telle qu'ils « la parlent, ne paraît pas pouvoir se plier à la mesure, « à la douceur et à l'harmonie des vers » (2).

Sur quoi on s'écrie :

« Cet ouvrage, dont certains membres hauts Bretons « des États de Bretagne, trompés par le titre, se mépri- « rent sur les intentions purement nationales et philolo- « giques, cet ouvrage qui éclipsait tous ceux du même « genre publiés avant lui, produisit d'heureux effets « malgré le discours préliminaire de Taillandier (sic) ses « vues étroites, fausses et peu patriotiques (3). Quoi

(1) Préface du dict. franco-breton de Le Gonidec, p. 46 (1847).

(2) Préface du dict. de dom Le Pelletier, page 9.

(3) Préface du dict. franco-breton de Le Gonidec, p. 466.

donc ! « les vues étroites, fausses et peu patriotiques de « dom Taillandier », en piquant au vif un écrivain de remarquable talent auraient-elles provoqué la publication de ces poésies qui sont la gloire et le principal ornement du Barzaz-Breiz ?

Poussé par un sentiment patriotique louable en lui-même, on aurait donc ainsi relevé un défi. C'est l'explication la plus heureuse que je puisse trouver de *Phénomènes* littéraires bretons que, pour la défense des Bénédictins, j'ai dû noter dès le VIe siècle.

Avec ces savants fondateurs de notre histoire littéraire, je vois à cette époque un parler gallo-latin commun à la Gaule et à la Bretagne, le seul possible alors; parler, le même au fond, avec la diversité de dialectes par provinces, se modifiant lentement en langue romane, laquelle se francise peu à peu et plus ou moins vite, selon les provinces et les dialectes (1).

Telle est, selon nous, la clef de nos origines littéraires en France et en Bretagne. Elle manque aux littérateurs et aux écrivains des deux partis. Aussi les voit-on se jeter à droite et à gauche, discutant sans pouvoir s'entendre, faute d'un point de départ ou de comparaison auquel ils puissent rapporter les recherches et les résultats.

Cette confusion s'étend naturellement aux recherches de M. Paulin Pâris sur les origines littéraires de la France et spécialement sur les romans de la Table ronde. Si l'on n'admet au début un langage unique au fond, impossible de sortir d'une incertitude qui frappe d'obscurité et presque de stérilité les meilleurs travaux, car le public, n'y voyant pas assez clair, ne peut y attacher un assez haut prix.

Avant le XIIe siècle, il n'y a pas de culture littéraire bretonne proprement dite, il n'y a que la littérature romane variant plus ou moins, suivant les dialectes des diverses provinces : Ile-de-France, Picardie, Orléanais, Cham-

(1) Voyez *histoire littéraire* des Bénédictins, t. 4, 6, 7, 8 spécialement, 6 et 7 *passim*.— Nous y reviendrons en détail dans un chapitre à part de l'ouvrage ; ici nous ne pouvons que résumer pour poser la thèse, et nous sommes loin d'indiquer toutes nos preuves.

pagne, Poitou, Anjou, Maine, Normandie, Bretagne, qu'on peut réunir dans une région ou zône littéraire armoricaine, en exceptant l'Ile-de-France et la Picardie.

Ce groupe de provinces a une vie littéraire commune jusqu'à un certain point; une littérature, composée de chants populaires que j'appellerai plutôt Armoricains que Bretons, pour faire sentir qu'ils ne sont pas en breton moderne, quoique chantés par des Bretons, mais en gallo-latin commun, devenu peu à peu le roman et ensuite le Français avec les variations diverses des dialectes provinciaux. Ce qui explique que les Bretons se faisaient comprendre dans tous les pays, spécialement dans ceux de la langue d'Oil dont ils furent les premiers poètes, sous le nom de bardes, trouvères, jongleurs; et voilà le mot de cette énigme : le breton *connu* de Marie de France, de Wace, de Chrestien de Troyes....

Les premiers chants populaires en langue armorico-bretonne ou romane primitive furent donc ainsi ceux de *Li-Breton* sur Arthur, Morvan, Nominoé et autres héros diversement fameux dans les deux Bretagnes et dans toute l'Armorique. Puis, vers le temps de Charlemagne, on entendit comme les premiers préludes des chants de gestes ou héroïques. Après la vogue des chants carlovingiens, les chants bretons furent le germe des Romans de la Table ronde. Si ceux-ci sont postérieurs aux premiers chants de gestes, les premiers chants bretons sont certainement antérieurs aux cantilènes franques, comme Arthur, Morvan et les autres héros bretons sont antérieurs à ceux du cycle de Charlemagne et à ce souverain. Le mouvement breton ou armoricain, né le premier, après avoir éveillé le génie de la Gaule, fut effacé par lui, de même qu'Arthur, Morvan, Nominoé furent éclipsés par la gloire de Charlemagne. Ensuite les *lais Bretons* reprirent leur première popularité. Plus libres, plus modestes et plus doux aussi, plus sympathiques aux Gaulois, ils furent en ce sens plus nationaux (car les Francs étaient des étrangers vainqueurs); et quand la douce poésie française romane y eut ajouté son poli, ils effacèrent à leur tour, dans toute l'Europe et le monde, les grandes gestes qui avaient fait leur temps. — C'est sous cette influence armorico-bretonne et celtique que le français, finissant comme il avait commencé par Li-Breton, s'est constitué en langue classique.

Ainsi s'établit la chaîne ininterrompue désormais de notre histoire littéraire.

Il va sans dire que cette littérature romane ne florissait pas également dans la Haute et la Basse-Armorique; mais elle y était générale, allant en diminuant dans le peuple vers l'extrémité de la péninsule, où la langue a gardé la qualification de Bretonne, parce qu'elle y était moins romanisée. Elle l'était pourtant beaucoup, témoins les premiers monuments qui en restent, la vie de Sainte Nonne, les Mystères de la Passion, etc.

Mais dans la Haute-Bretagne se manifeste, dès le xe et xie siècles la culture romane française avec un éclat qu'on n'a pas assez remarqué dans les œuvres de Marbode, évêque de Rennes et dans le roman d'Aquin par un anonyme qui devait appartenir à la Basse-Bretagne, tant il en connait la topographie (1).

Par la même raison et d'autres encore, pourquoi le Tristan n'aurait-il pas la même origine?.... Ces considérations ne rendent-elles pas au moins plausible cette attribution que M. P. Pâris semble autoriser en faisant une exception pour le Tristan en vers publié par M. Michel (2).

Le roman d'Aquin a une grande portée en ce qu'il est à la fois un roman de geste et un roman de la Table ronde. Tenant des deux genres, il fait la transition de l'un à l'autre. Chose inattendue encore que cette transi-

(1) La publication du roman d'Aquin, dont le très-regrettable M. Bizeul avait préparé une édition première, serait très-utile à notre pays. La traduction en vers français, dans le goût de Marbode, de ses épigrammes latines, par M. Ropartz, sera aussi un service rendu à notre histoire littéraire; le service serait bien plus grand encore si le traducteur, homme de goût, avait eu le courage d'imiter le style et la langue française (romane) du spirituel prélat gaulois. (Voyez Mém. de la Soc. archéol. des Côtes-du-Nord, t. 4, 1867 — et compte-rendu du Congrès Celtique).

(2) Mémoire sur l'ancienne chronique de Nennius et sur l'histoire des Bretons, 1865 (p. 38-39). Il y a lieu de croire que l'auteur va mieux exposer ses idées sur les romans de la Table ronde dans une prochaine publication. L'état critique actuel des études celtiques donnera à cette publication de l'éminent écrivain une nouvelle importance.

tion, et surprise qui se renouvellera plusieurs fois dans l'étude de notre histoire littéraire faite sans préventions, comme dans celle de notre histoire politique et religieuse. Ainsi Hugues Le Roux, évêque de Dol, tôt après Baldric — que M. Ropartz va traduire aussi, — fait à son sacre, sa profession de foi en roman et en latin (Hist. litt., t. 7).

Nous avons le droit de regretter que nos compatriotes mal inspirés aient été chercher, en dehors de la France et de la vérité, une célébrité factice et éphémère. Que n'ont-ils mieux employé leur talent! En faisant connaître notre pays et sa littérature, se seraient-ils moins honorés? Ils ont pris le change et n'ont pas fait un heureux choix, en se tournant vers l'ile de Bretagne de préférence à leur patrie. De ce côté pourtant est notre véritable gloire littéraire et la plus durable.

Dans cette voie, ils auraient rencontré les Celtes de sentiments et non de langue ; les Gaulois, nos frères non moins que ceux de l'Ile, avec lesquels nous avons encore plus de ressemblances que de différences; dont la langue populaire conserve tant de mots celtiques-gaulois, surtout dans les noms de lieux, ou noms dits du cadastre, que j'ai appelé depuis longtemps le Cartulaire du peuple.

Un savant historien de la France qui honore de sa présence le Congrès Celto-Breton, pressent que ce Congrès s'étendra plus tard (cela devrait être déjà fait) à tous les Gaulois et Celtes de France et de l'étranger. Cette vue est aussi juste qu'élevée, mais peut-être ne prend-il pas la meilleure voie pour hâter ce résultat si désirable, en ne demandant guère qu'à l'ile de Bretagne la lumière qui le guide dans ses recherches. Nous osons lui faire observer que c'est plutôt dans la Gaule et dans l'Armorique bien connue qu'il trouvera ce trait d'union tout fait entre les Celtes ou Gaulois. Me sera-t-il permis de répéter ici avec le savant Pictet qu'une « connaissance approfondie des idiomes celtiques encore vivants peut seule donner à ces études une base vraiment solide » (1). Cela est

(1) Le Mystère des Bardes, avant-propos, p. 8. — Cité dans l'*Armorique Bretonne*, préf., p. 5.

délicat à dire, mais doit être dit cependant, et on pourrait au besoin l'appuyer d'exemples tirés des ouvrages de M. Pictet lui même et des écrivains les plus recommandables qui, depuis et même dans ces derniers temps, nous ont fait l'honneur de s'occuper de notre langue. On nous reprend beaucoup, dans notre intérêt sans doute et nous sommes reconnaissants de l'intention ; nous pourrions reprendre aussi ; mais à quoi bon ici ? Rappellons seulement que de notre langue, il est plus vrai de dire que de toute autre que pour la bien connaître, il faut la parler.

§ 2.

D'une période brillante du Breton du ve au xiie siècle.

Cette découverte doit pouvoir se justifier de deux manières : par l'histoire d'abord, puis par les œuvres de cette période.

Examinons son fondement historique.

Nous remarquons que l'auteur se trouve, pour les ve et vi^e^ siècles en parfait accord avec ses devanciers les plus autorisés, les Bénédictins, les Dominicains, précédés de nos plus anciens dictionnaires; et aussi avec l'abbé de La Rue, son savant prédécesseur à l'Académie, dont il a abandonné la voie en même temps que celle des Bénédictins.

Nous reconnaissons pleinement, d'accord avec notre savant compatriote, « que l'on doit appeler l'histoire à l'aide des considérations philologiques »; aussi bien est-il difficile de juger d'une langue sans connaître les destinées du peuple qui la parle. Notre point de départ naturel dans cette double étude est le ve siècle, époque de la division mentionnée plus haut des peuples gaëls et bretons; notre point d'arrêt, le xiie siècle. Entre ces deux dates s'étend la période la plus brillante de la langue bretonne « Quatre cents ans de la domination d'un peuple qui n'imposait pas seulement son joug, mais encore sa langue aux nations vaincues, n'avaient pu détruire celle des habitants de l'Ile de Bretagne. Lorsque les Romains eurent disparu et que, fuyant devant des conquérants nouveaux arrivés du Nord, les Bretons vinrent au ve siècle sur le continent demander asile aux peuples de l'Armorique, ils y trouvèrent un idiome peu différent du leur, en usage sur d'autres points de la Gaule au IIIe siècle, — dans lequel à la même époque, on promulguait des *fideicommis ;* — que les Gaulois illettrés parlaient au IVe siècle et que deux missionnaires de la Gaule, saint Germain d'Auxerre et saint Loup de Troyes, venaient d'employer pour les catéchiser, les prêcher à la ville et aux champs; « pour combattre leurs hérésies et même haranguer et commander leurs armées » (Préface du dict. déja cité).

Voilà bien la doctrine reçue avant l'auteur : le breton de l'Ile comme celui de l'Armorique est l'ancien gaulois plus ou moins latinisé, commun encore à la Gaule et aux deux Bretagnes aux ve et VIe siècles. Le point de départ est donc exactement le même : si l'on diffère ensuite, on devra justifier ce changement.

Écoutons maintenant les Bénédictins : « Mais il ne faut « pas croire que les Armoricains aient reçu la langue « qu'ils parlent encore aujourd'hui, des Bretons insulaires; « ils avaient comme ceux-ci, conservé leur langage.....

....

« Ainsi, lorsque les Bretons se réfugièrent parmi eux, « ils trouvèrent un peuple ami qui parlait la même lan- « gue. Saint Magloire, évêque de Dol, qui était venu de « la Bretagne insulaire avec ceux qui fuyaient la persé- « cution des Saxons, prêcha aux Armoricains : Or ces « peuples, selon l'auteur de la vie du saint, parlaient la « même langue que lui. *Et ad prædicandum populo e- « jusdem linguæ in occidente consistenti, mare transfre- « tavit proper ans finibus territorii Dolensis.* Comment « le saint aurait-il pu se faire entendre des Armoricains, « s'il n'avait pas parlé la même langue que celle qui était « en usage dans l'Armorique. D'ailleurs l'auteur de sa vie « assure nettement que ces deux peuples étaient *ejusdem « linguæ* (1). Ceux qui prétendent que la langue celtique

(1) Le concile insulaire de Landaff au VIe siècle parle de même.

« avait été abolie dans l'Armorique et qu'elle n'y fut rap-
« portée que par les Bretons ne font pas attention que, si
« ceux-ci avaient pu conserver leur langue, malgré la do-
« mination des Romains, les Armoricains ont pu également
« conserver la leur. » (Préface de D. Le Pelletier.)

C'est la même doctrine au fond. Le premier auteur, M. de La Villemarqué remonte même plus haut avec l'histoire littéraire de la France. Dom Le Pelletier, au contraire, qui n'a en vue que la Bretagne, s'arrête à l'émigration bretonne du VIe siècle. Tous deux posent donc les mêmes fondements pour l'histoire de notre langue, mais ils se séparent immédiatement; dom Le Pelletier, lui, est conséquent en raisonnant au IXe siècle comme au VIe.

Au IXe siècle, la langue tudesque était langue vulgaire avec celle qui s'était formée du mélange du celtique et du latin. « Un canon du concile de Tours en 813, « ordonne de traduire en langue rustique romaine, ou en « langue tudesque, quelques homélies des Pères, afin que « tout le monde fût à portée de les entendre, lorsqu'on les « réciterait à l'église. » Si le latin était encore langue vulgaire pour quelques-uns, il paraît par ce canon qu'il avait cessé de l'être pour d'autres, puisqu'on était obligé de lui substituer la langue rustique romaine ou la tudesque. »

Comme D. Le Pelletier, M. de La Rue appuie son raisonnement sur cette autorité que rien ne balance. La nouvelle doctrine, au contraire, passe cette grave autorité sans dire mot; et, revenant immédiatement sur ses pas, en contradiction évidente à quelques lignes de distance avec ce qu'elle avance des Ve et VIe siècles et de leur gallo-latin, dès-lors langue vulgaire ou mélange de deux langues altérées, elle englobe ces mêmes siècles dans sa brillante période, durant laquelle cependant auraient prêché saint Loup et saint Germain du Ve siècle, saint Magloire, saint Samson et tous les prédicateurs émigrés de ces siècles !

Mais ne nous arrêtons pas trop à cette confusion qui devait pourtant être signalée, car c'est le début de la déviation bretonne-*ultra*.

Revenons à l'histoire.

A partir des ve et vi^e siècles, l'auteur, en congédiant ses premiers guides, aurait dû, selon les règles ordinaires de la critique, motiver cette séparation. Cette inconséquence et cet oubli seront-ils favorables à la thèse nouvelle par devant le monde savant? Quoiqu'il en soit, examinons de près le texte du Concile de Tours, voyons quelle peut être son autorité en histoire générale ou littéraire.

Ce n'est pas en exagérer l'importance que de l'appeler un capitulaire ecclésiastique de Charlemagne, comme on va le voir par les détails où nous entrerons, en citant et en analysant l'Histoire universelle de l'Église catholique par l'abbé Rohrbacher (t. II, p. 367-79). « Charlemagne avait encore plus de zèle pour rétablir le bon ordre dans les églises que pour les enrichir de ses libéralités. Sans cesse, il portait sur lui des tablettes, où il inscrivait les pensées qui lui venaient à cet égard. » Nous avons deux mémoires de lui à ce sujet, datés de 811, où ce prince avait marqué diverses questions pour les proposer à l'assemblée des évêques et des seigneurs laïques.

On lit dans le premier :

« Il faut examiner la vie et les mœurs des évêques, nos pasteurs, parce qu'ils doivent non-seulement l'instruction à leurs peuples, mais encore l'exemple.

Et dans le second :

« Quelle utilité apporte à l'église un Pasteur ou un Supérieur qui se met plus en peine d'avoir sous sa conduite un grand nombre d'inférieurs, que d'en avoir de bons; qui a plus de soin que son clerc ou son moine chante bien ou lise bien, qu'il n'en a qu'il vive bien ? »

L'Empereur, en terminant, adresse la parole aux évêques et leur commande de répondre aux questions qu'il vient de proposer.

De plus, pour obliger les évêques à étudier à fond les cérémonies et les obligations du baptême, et d'en instruire leurs peuples, il écrivit une lettre-circulaire aux archevêques de ses États. On a encore sa lettre à Odilbert de Milan et la réponse de celui-ci.

Enfin, pour obtenir plus canoniquement la réforme générale des mœurs dont il avait donné le projet à examiner aux évêques et aux comtes, en 811, Charlemagne fit assembler, l'an 813, tous les évêques des Gaules en cinq conciles différents, qui se tinrent en même temps à Arles, à Rheims, à Mayence, à Tours et à Châlons-sur-Saône..

Le concile de la province de Tours, quoique de la Gaule lyonnaise, s'assembla séparément à Tours et fit cinquante et un canons dont plusieurs concernent les devoirs des évêques.

Les évêques adressèrent tous les canons des cinq conciles à Charlemagne, en le priant d'en ordonner l'exécution.

Pour le faire avec plus de solennité, il convoqua une assemblée générale à Aix-la-Chapelle, au mois de septembre de la même année, et il publia un capitulaire de 28 articles, dont les 26 premiers résument ceux des canons des conciles qui avaient le plus besoin de la puissance temporelle. Des canons du concile de Tours, nous citons les deux qui ont une importance décisive pour notre histoire de Bretagne, qui en reçoit une vive lumière.

« Que les évêques aient soin d'instruire leurs prêtres sur le sacrement de baptême et sur ce qu'il faut y renoncer ou croire ; que celui que l'on baptise renonce au démon, à toutes ses œuvres et à ses pompes, c'est-à-dire à l'homicide, à la fornication, à l'adultère, à l'ivrognerie et à beaucoup d'autres choses semblables qui sont inspirées par le démon. Les pompes sont l'orgueil, la vanité, la vaine gloire, le luxe et beaucoup d'autres choses semblables. Nous voulons, à l'unanimité, *visum est unanimitati nostræ*, que chaque évêque ait un recueil d'homélies sur les articles essentiels de la foi catholique, mises à la portée de tous les fidèles, sur la récompense éternelle des bons, sur la condamnation éternelle des méchants, sur la résurrection future, sur le jugement dernier, sur les œuvres par lesquelles on peut mériter la félicité de l'autre vie ou s'en rendre indigne. Qu'il s'étudie à traduire ces homélies en langue rustique romaine ou en tudesque, afin que tout le monde puisse plus facilement entendre ce qui est enseigné. »

Ainsi, deux langues vulgaires dans la Gaule au IXe siècle, outre la langue officielle ou latine : l'une, mélange celtique et latin ; l'autre, mélange tudesque et latin. La première des deux est celle des Ve et VIe siècles, commune à Saint-Germain d'Auxerre, à Saint-Loup de Troyes et aux Bretons insulaires du Ve siècle ; commune aussi à Saint-Magloire, à Saint-Samson de l'Ile de Bretagne et aux Armoricains du VIe siècle.

Les éléments d'une troisième langue manquent.

Or, le breton, tel qu'on nous le présente dans le *Barzaz-Breiz*, dans les *Bardes du sixième siècle*, comme ayant régné du Ve au XIIe siècle, serait bien une troisième langue parlée dans la plus grande moitié de la province de Tours et n'aurait certes pas échappé à la vigilance pastorale des évêques, stimulée par le grand empereur, après deux années d'enquêtes et de préparation, pour les questions soumises aux conciles provinciaux ainsi qu'au concile général dont ils furent suivis.

Les Bretons et leur langue n'étaient pas inconnus à la cour ; à la fin du règne de Charlemagne, n'avaient-ils pas paru devant lui en assemblée plénière pour y protester de leur soumission et fidélité ? N'avaient-ils pas assez occupé ses généraux, ses gouverneurs, ses comtes ?

Si leur langue avait sensiblement différé, les évêques n'auraient pas manqué d'en tenir compte dans leurs délibérations préparées avec tant de soins et de maturité.

Le canon relatif aux langues vulgaires comprend si bien toute la Gaule que le concile de Mayence se l'appropria comme preuve de la sollicitude plus éclairée, dès cette époque, des évêques de la Gaule lyonnaise ou armorico-bretonne pour tout le peuple, les petits comme les grands. Notons de suite qu'aucun concile de notre province ecclésiastique n'a pris, avant le XIVe siècle, la moindre disposition contraire en quoi que ce soit : ni le concile de Vannes qui reprend les Bretons émigrés, au sujet du Rituel ; ni le concile d'Orléans, dirigé par Melaine, évêque de Rennes, né et élevé près de Vannes ; ni le concile de Nantes, du VIIe siècle ; ni les assemblées tenues par Nominoé, au IXe siècle ; ni les conciles tenus depuis, même contre lui.

Ce qu'on dit de Nominoé, sans qu'il l'ait dit lui-même, que les évêques, ses créatures, étaient pris dans le pays et parlaient sa langue, ne peut s'entendre que d'une différence de dialecte et non d'un langage différent; et ce sera évident pour tous ceux qui étudieront le concile de Tours de 813 et notre véritable tradition.

Nominoé le dit si peu ou si légèrement lui-même que, pour le schisme de Dol, pour la séparation de la Bretagne et son érection en nouvelle province ecclésiastique, il n'est pas question de différence de langue. Et pourtant, si jamais raison eut pu justifier près du Saint-Siége ces tentatives, dès le début, les légitimer surtout après le fait accompli, certes c'était cette différence notable dans la langue nuisible à l'instruction du peuple. Il n'est pas possible que, pendant ces discussions, ces négociations de quatre siècles durant, on n'ait pas trouvé moyen de la faire valoir.

Mais voici une autre preuve historique pour compléter les considérations qui découlent du concile de 813.

Si cette différence avait été admise à l'époque dont il s'agit, une autre occasion solennelle de la relever se présenta lors de l'ambassade de Witcar à Morvan, par Louis le Débonnaire.

On sait le portrait peu flatteur que trace des Bretons le moine ambassadeur. Comment aurait-il omis de citer en première ligne, avec une épithète peu obligeante, cette différence de langage entre les rebelles de Bretagne et les civilisés, les lettrés de France. Pourquoi aurait-il été plus aimable pour la rustique-romaine des Bretons ou le gallo-latin qu'un haut-breton, chef des moines indisciplinés de Saint-Gildas de Rhuys, au pays de Vannes, Abailard, ce beau diseur en latin et en roman le connaissait mieux qu'il ne le dit, puisqu'il est resté plusieurs années à Saint-Gildas de Rhuys; mais le spleen, bien naturel dans son malheur a déteint sur le langage, de ces frères qui lui étaient odieux (1).

(1) Le savant M. Bizeul avait élevé des doutes motivés sur la famille et le pays natal d'Abailard. Son ami, M de La Villethassetz, cherche à prouver

Avant lui, deux siècles ont mûri le gallo-latin en roman ou français d'un côté des Marches de Bretagne ; de l'autre, l'ont refoulé dans le gaulois pour une partie de la Basse-Bretagne.

C'est de ce point de départ assez moderne, amené par le mouvement inégal des lettres que le Breton a pris nom et littérature à part. Encore n'est-il officiellement, ecclésiastiquement, reconnu qu'au XIVe siècle, dans les synodes diocésains de la Basse-Armorique qui permettent ou ordonnent de baptiser en bas-breton, seule langue alors entendue au fond de nos campagnes les plus reculées. C'est là que le vieux gaulois, armoricain et insulaire breton à la fois, vivait sans bruit, oublié du monde jusqu'à ce que, par le progrès des mœurs ecclésiastiques et civiles, le zèle du clergé vint s'occuper d'instruire le pauvre peuple, en protégeant son innocence déjà gardée par sa langue.

C'est alors que nous commençons à avoir des manuscrits, des mystères, des dictionnaires, une véritable renaissance enfin, mais la première, celle qui dure encore et n'a pas dit son dernier mot sur nos origines indo-européennes, ni sur notre histoire littéraire bretonne et française.

Et encore, combien il est dès lors latin et roman ce gaulois qui semble ressusciter au XIVe siècle ! que d'années et de travaux il faudra pour le débarrasser de son alliage étranger !

Mais cette double évolution divergente du gallo-latin

que les Abailard, dont il retrouve autour de lui, dans les Côtes-du-Nord, les noms variant peu et se liant entre eux par des actes, seraient de ce pays, c'est-à-dire de la Domnonée, dès le XIe siècle. Or, avec ce qu'on sait de ce célèbre Breton, ce fait rattaché à quelques autres, serait bien probant en faveur de la thèse que nous présentons au Congrès celtique.

M. Lecourt de La Villethassetz avrit bien voulu nous promettre une note (*) sur ce point curieux de notre histoire. Nous le prions de la donner, au moins au compte-rendu, aussi longue et détaillée que possible. Ce serait chose précieuse pour notre histoire et pour notre littérature que la conquête, par la Basse-Bretagne, de ce haut-Breton.

(*) L'impression des mémoires touchait à sa fin, quand M. de La Villethassetz a fait parvenir à la Direction une note fort brève, qui n'a pu trouver place au volume ; nous le regrettons, mais on avait taché d'y suppléer, au compte-rendu de la séance. — Voir p. 53.

(Note de la Direction.)

entre les deux moitiés de la Bretagne, s'est faite ici, comme dans le reste de la Gaule, et en particulier, comme dans les provinces voisines, par le progrès de la culture littéraire, et non par les irruptions des Normands pillards qui emportèrent tout ce qu'ils purent emporter et n'apportèrent rien.

Ces pirates du Nord, encore moins lettrés que nous, ne purent nous donner le français avant de le posséder eux-mêmes ; comment des esprits distingués se seraient-ils arrêtés à cette idée, s'ils n'avaient été prévenus? La conservation de la langue gauloise est, il faut bien le dire, la conséquence de l'indépendance bretonne, des désordres, des guerres civiles et étrangères ; mais de nos jours, ne peut-on pas douter que ce fut un malheur ?

Voyons maintenant les œuvres mêmes de la période bretonne dite brillante.

Après que l'histoire nous a autorisés à penser que cette période n'était pas possible, il faut encore s'arrêter devant les preuves qu'on apporterait de sa réalité.

Le malheur de cette théorie nouvelle est d'élever, entre la France et la Bretagne, comme une muraille de Chine qui aurait résisté efficacement pendant quatre siècles.

L'histoire et la littérature, des deux côtés, s'en trouvent faussées, parce qu'on ne peut saisir leurs relations ni leur influence réciproque. Ce serait rendre service aux deux pays de rétablir entre eux des communications libres. Il appartient au premier Congrès celtique, réuni en Basse-Bretagne, d'amener ce grand progrès. Personne ne peut récuser son autorité et sa compétence spéciale. Devant lui, chacun apporterait son témoignage et le résultat de ses recherches, pour que le public puisse être éclairé enfin, et juger avec connaissance de cause.

§ III.

Les Œuvres du ve au xiie siècle produites à l'appui de la théorie d'une période brillante — leur authenticité — leur attribution.

L'attribution de ces œuvres, aux ve, vi^e^, viie, viiie, ixe, x^{e}, XIe et XIIe siècles est-elle bien prouvée? Leur origine première est-elle assez démontrée? Jusqu'à quel point ces œuvres sont-elles authentiques et pures? Jusqu'à quel point ont-elles été remaniées de nos jours par les auteurs successifs et leurs éditeurs?

Questions délicates qu'on peut indiquer jusqu'à plus ample information, en constatant du moins que *toutes* sont posées par les hommes les plus compétents, les plus autorisés de l'Institut, mais en même temps les plus désintéressés, MM. Paulin Pâris, Renan, etc..... les rédacteurs d'une Revue critique estimée (1).

Ces questions pourraient être résolues, ou du moins avancées dans ce Congrès, de la manière la plus convenable et la plus digne, si chacun y apportait le même bon vouloir pour l'enquête à faire, sans idée préconçue, mais dans un double intérêt, celui de la vérité et de la Bretagne.

Dans cette tâche commune, en dépit de ce qui se dit de part et d'autre, chacun doit avoir ici pour ses études spéciales, le courage de son opinion.

Pour ma part, n'étant Barde à aucun degré et n'ayant pas fait de recherches particulières dans cette direction, je reste sur le terrain historique et littéraire, et me borne à des considérations générales.

Après avoir admiré les pièces si remarquables de la première partie du *Barzaz-Breiz*, les Chants mythologiques, héroïques, plus beaux les uns que les autres, tous les connaisseurs se disent : ce ne sont point là des chants primitifs, simples, populaires, dans le sens ordinaire des mots, ce sont des compositions savantes qui honorent leurs auteurs.

Il y a là des poëmes véritables : *Lez-Breiz*, le Tribut de Nominoé..... mais ce sont de vraies Gestes Bretonnes, comparables à la chanson de Roland!

De même les Chants mythologiques, les Séries, la Pro-

(1) *Revue critique d'histoire et de littérature*, dirigée par MM. P. Meyer, Morel, Gaston Pâris, Zottemberg; — Franck, libraire, rue Richelieu.

phétie de Gwenclan, la Ville d'Is..... c'est beau, trop beau pour les ve, vi^{e}, viie, viiie, ixe, x^{e}, xie et xiie siècles de l'histoire bien connue de la Bretagne.

Et le Merlin? et la Danse du Glaive? et la Peste d'Elliant?........ De tous ces chants on a dû trouver les Préludes, les Ébauches, les Cantilènes; puis, par-ci par-là, quelques fragments ou strophes qu'on a ajustées, selon ses idées antérieures, sincères, mais préconçues; ou encore selon l'idée-mère plus ou moins devinée.

Il en aura été de même pour les Ballades, les Chants d'amour et de fête, les Légendes et Chants religieux; avec quel bonheur ou quelle justesse ont-ils été arrangés?

Le public lettré, après s'être demandé cela tout bas pendant les premières années, réclame tout haut une réponse de la Bretagne à ce sujet.

Pouvons-nous, devons-nous la laisser faire par d'autres ou la souffler, secrètement à des étrangers, leur en laissant, avec tout l'honneur, la responsabilité, au partage de laquelle nous serons seulement appelés?

La question posée sous diverses formes et de toutes parts aux Bretons est : avez-vous des Fauriel, des Wolf, des Grimm, des Walter-Scott ou des poètes?.......

Le moment est unique pour le Congrès celtique. Après l'admirable collection du *Barzaz-Breiz* qui sera toujours la première comme initiatrice, la plus précieuse source historique, la collection de M. de Penguern, sera bientôt publiée.

M. Luzel annonce que la sienne est sous presse (1). MM. Proux, Le Scour, Le Jean, Milin..... les autres Bardes ou observateurs ici réunis, apporteront sans doute leur tribut : le plus modeste est quelquefois le meilleur. Mettons-nous donc tous à l'œuvre.

(1) Les deux premiers fascicules sont aux mains des souscripteurs. L'ouvrage sera composé de deux volumes de 5 à 600 pages chacun.

(*Note de la Direction.*)

§ IV.

Côté philologique de la Renaissance bretonne. — La vraie Période brillante du XIVe au XIXe siècle.

La première période brillante dans l'histoire de la langue bretonne celtique ou gauloise depuis l'ère chrétienne, c'est notre période philologique depuis Dom Le Pelletier.

Combien on respire librement dans cette brillante période où tous sont d'accord sans discussion préalable, mais si loin d'être achevée !

Nos contemporains ont été devancés dans cette œuvre patriotique et savante par tous les auteurs de dictionnaires qui y ont travaillé. Celui qui en a eu la plus claire intuition, qui l'a le mieux formulée et traitée avec le plus de critique, c'est encore le Bénédictin D. Le Pelletier, précurseur de Le Gonidec, vrai fondateur de son école.

« C'est pour conserver à la postérité ce monument pré- » cieux de la langue et de la nation celtique que ce dic- » tionnaire a été entrepris », dit cet initiateur dans sa Préface.

Les tentatives philologiques, faites par les Bretons, n'ont pas eu, jusqu'ici, le bonheur de satisfaire le monde savant; mais il est vrai, d'un autre côté, que les essais de plusieurs Celtistes étrangers n'ont pas eu plus de succès auprès de nous

Sera-t-il permis de faire remarquer à nos concitoyens et à nos frères des Iles, que nous ferions bien, au lieu de former par nos conseils des élèves celtistes étrangers, de nous mettre nous-mêmes au courant de la philologie. Elle nous est plus accessible, grâce à l'avantage que rien ne remplacera, de parler une des langues néo-celtiques, langue plus intimement semblable qu'on ne croit au celtique ancien, la meilleure préparation par conséquent pour l'étude. Donc, afin de continuer et de fortifier cette heureuse renaissance, associons nos efforts; organisons des sociétés qui publient des Revues, des textes inédits ou rares, que nous échangerons librement d'une Bretagne à l'autre, et même avec la Gaule entière, plus rapprochée de l'Armorique bretonne, qu'il ne semble au premier regard.

Celle-ci pourrait bien devenir encore une initiatrice, comme au IXe, au XIIe et au XIIIe siècles et nous resterons ainsi dans notre véritable histoire littéraire, intimement liée à celle de la France.

Que les plus modestes, les derniers venus d'entre nous cherchent, observent, interrogent. C'est ainsi que se font les plus précieuses découvertes, que se déchiffrent à l'improviste les plus impénétrables énigmes. J'en suis peut-être un exemple encourageant, et pour cela seul, je me permets de me citer moi-même, en finissant.

En cherchant dans le Finistère, sur la côte du midi de l'Armorique, une version du *Gousperon ar Raned*, chant populaire à l'ordre du jour dont, par une heureuse coïncidence, la Société archéologique de Saint-Brieuc vient de publier la version recueillie par M. de Penguern, je crois avoir eu le bonheur de trouver le mot, le vers; je dis presque la clef qui manquait à toutes les versions connues jusqu'ici. Dans aucune, le questionneur, celui qui demande des couplets, des chants, n'est indiqué. Or, on m'a chanté, dès le premier couplet, en réponse au chanteur qui demande, qui interroge : *Ar vrava Kenta ranic évé mé*, « la première jolie petite grenouille je suis » et ensuite la deuxième, la troisième, quatrième jolie petite grenouille, jusqu'à douze.

Si, le premier, je crois avoir trouvé là quelque chose de joli et de neuf en fait de chant de grenouilles, *le fin mot de la chose*, je le vois maintenant en très-bonne compagnie, car m'étant empressé de porter ma petite découverte du midi au nord, de la lieue de grève de Pentrez-Saint-Nic aux rives du Légué, des bords de l'Océan aux bords de la Manche, j'ai eu le plaisir de voir la même impression ressentie par nos collègues les plus compétents, MM. de La Villemarqué, Luzel, Du Cleuziou, etc.

Voilà donc bien ce qu'est le chant populaire breton des *Vêpres* ou de la *Veillée des Grenouilles*, il s'agit bien des grenouilles demandant des couplets à Kil-Oré, personnage inconnu, mystérieux, qui leur en chante une douzaine, à tort et à travers (car il y a des variantes à volonté), mais tous et toujours assez bons pour des grenouilles.

Notez que c'est un Cloarec chrétien qui s'en va chantant ces *Vêpres* par le pays : nous allons voir pourquoi.... Mais une question grave, délicate, se présente aussitôt, également à l'ordre du jour et se liant étroitement aux *Vêpres des Grenouilles* : cette discussion est palpitante d'intérêt et d'actualité.

Je l'aborde de face, selon mon habitude, étant sûr de mes intentions, et heureux d'ailleurs de pouvoir dire bien haut que le beau chant des series qui ouvre le recueil de M. de La Villemarqué n'est nullement atteint dans son existence par *le Gousperon ar Raned*, comme un examen superficiel pouvait le faire supposer à des esprits prévenus. Je ne puis que dire ici ma pensée libre et désintéressée, sans la motiver en détail ni la développer : je pense que les Vêpres des Grenouilles sont une parodie populaire gauloise, celtique, bretonne, du grand chant druidique païen. Il s'en retrouve même plusieurs traces dans cette parodie destinée à faire tomber dans l'oubli, par le moyen du ridicule, les séries païennes et leur enseignement. Le ridicule fut toujours une arme terrible, une arme qui tue dans toute la race de Japhet, au moins chez les Grecs, comme chez les Gaulois, en particulier.

Ce que le ridicule avait bien commencé, dans la langue populaire, la religion et la science le complétèrent dans la langue savante, dans le latin, par cette imitation, par cette transformation chrétienne dont le poète bien inspiré du *Barzaz-Breiz* a senti toute la portée, que ses adversaires prévenus ne paraissent même pas soupçonner.

Je me hâte d'ajouter, d'accord encore avec le même poète, que je fais toutes réserves sur les interprétations risquées par lui des énigmes qui abondent dans ce chant. Le texte publié n'est, en effet, qu'une résultante des nombreuses versions recueillies, selon la méthode littéraire de restauration, méthode suivie dès le début de sa carrière, et continuée trop longtemps, il le voit bien maintenant. Cette pièce, comme le reste de ce beau recueil ne pourra se juger qu'après la connaissance de toutes ou du moins des principales versions avec les variantes. J'ajoute aussi que mon sentiment repôse sur six versions assez complètes que je connais déjà. Ainsi on a la satisfaction de pouvoir assurer, dès aujourd'hui, que la première pièce, qu'on appelle avec raison la principale, résistant aux attaques passionnées, la réputation du célèbre écrivain ne peut souffrir de la révision sincère et critique de son œuvre, au-devant de laquelle il va lui-même avec une loyale confiance qui l'honore et qui trouve déjà sa récompense.

Tels sont donc les sentiments de justice qui ont dirigé mes études littéraires après mes études historiques, et ce n'est pas d'aujourd'hui que j'y ajoute ma reconnaissance pour le « compatriote distingué qui a le grand » mérite d'avoir employé son talent à exciter et à justifier » la curiosité publique à l'endroit de notre pays, de nos » mœurs, de notre littérature (1865) (1); pour le savant » et spirituel auteur de tant d'ouvrages en l'honneur de » notre Bretagne (1859) (2). »

Que ne nous sommes-nous mieux connus, et plus tôt, doit-il se dire à présent; en tenant compte à temps des critiques bienveillantes et fondées, on en aurait évité d'un tout autre caractère qui restent à la charge de leurs auteurs.

Pour nous qui pouvons nous regarder ici en face, il nous tarde, à l'un et à l'autre également, je le sens, je le vois, de serrer cordialement nos mains amies et fraternelles.

Nota. Le compte-rendu de la séance du 18 octobre (jour), n'ayant dit qu'un mot de la réponse du docteur Halléguen, nous croyons équitable de rétablir ici la substance de cette réponse, qui nous est parvenue trop tard pour entrer au compte-rendu. (*Note de la Direction*)

(1). Armorique bretonne, Préface, p. 7.

(2) Les Celtes, les Armoricains, les Bretons, p. 29.

Je m'empresse de prendre acte des loyales déclarations de M. de La Villemarqué, qui lui font honneur, et de l'en féliciter. J'en suis d'autant plus heureux, comme auteur et comme Breton, que cet accord inespéré facilitera ma tâche et celle du Congrès celto-breton. Ainsi M. de La Villemarqué s'associe à mon jugement comparatif de Dom Le Pelletier et de Le Gonidec; il me le dit d'une manière si aimable, que je n'ai qu'un regret, celui de n'avoir pu être plus aimable encore! Il est certain que quand on commence à quinze ans une œuvre aussi considérable que celle de M. de La Villemarqué, on ne peut, dès le début, mieux faire que ses premiers maîtres Fauriel, Ampère et Walter-Scott. On ne peut que les imiter, d'abord avec plus ou moins de bonheur, et celui de notre compatriote a été aussi grand que mérité Son succès et la célébrité qu'il lui a valu a été de faire aimer et connaître la Bretagne, jusqu'alors si oubliée et méconnue; si le portrait qu'il a tracé de sa mère-patrie, sous l'influence d'une pieuse mère, a été trop flatté, c'est l'affaire du temps, de l'expérience, de la critique, de le retoucher avec les égards que mérite le premier peintre. Dût-il être revu et refait, il en restera toujours les traits principaux qu'un bon fils exalté, un poète même ne peut méconnaitre. Il lui en restera toujours assez de satisfaction et de gloire : il lui sera d'ailleurs beaucoup pardonné, parce qu'il a beaucoup aimé.

L'année prochaine donc, à Brest ou à Quimper, se continuera l'enquête généreusement acceptée, qui sera sans doute contrôlée et complétée sur place par une enquête galloise parallèle, très-instructive aussi.

On reproche à M. de La Villemarqué de n'avoir pas bien nommé, bien attribué ses pièces, de n'avoir pas bien ajusté, bien rapproché les fragments épars (*disjecta menbra poetæ*); eh bien! il apportera la masse de ses versions, la matière de plusieurs autres volumes; d'autres apporteront les leurs, on comparera, on jugera loyalement, cartes sur table, en vrais Bretons!... Et si l'âge mûr est moins croyant, moins confiant que la jeunesse enthousiaste, qui pourra s'en étonner et s'en plaindre?

M. de La Villemarqué est donc assez facile sur l'ère bretonne brillante en Armorique et l'abandonne à son sort. Mais prenons garde, notre savant confrère a plus d'une corde à son arc; il passe du continent à l'île et repasse de l'île au continent, comme d'un coup d'aile, avec une vivacité poétique charmante : c'est dans l'île que cette ère du ve au IXe siècle a brillé de tout son éclat.

Je ferai remarquer d'abord que c'est déplacer la question, non-seulement quant aux lieux et aux pays, mais encore quant au terrain de la discussion historique qui roule sur l'histoire de l'Armorique bretonne. Celle de l'île ne peut nous regarder qu'indirectement par comparaison et par voie d'influence. Sous le rapport philologique seul l'assimilation est permise; mais ce côté de la question est écarté, notre accord sur ce point étant suffisant. En second lieu, je conteste également l'existence de cette ère brillante dans la malheureuse Bretagne insulaire des ve au IXe siècle, à l'époque même de sa défaite, de sa dispersion, de son assujétissement, de sa destruction presque complète sur son sol natal, *In materno cespite.* Y pense-t-on bien quand on lui fait cette histoire brillante, à elle qui ne chantait guère dans ses barques fugitives que le chant déchirant de l'exilé vers le ciel : « Vous nous avez dispersé, Seigneur, parmi les nations, vous nous avez livré comme des brebis » (1).

Si on ne nous donnait encore que des chants de tristesse, des lamentations, des imprécations ; mais non, ce sont surtout des chants de victoire, les hauts faits d'Arthur et de ses compagnons, les défenseurs courageux, mais vaincus après tout, de l'indépendance bretonne insulaire.

Non, ces derniers chants surtout et ce sont les plus nombreux, ne peuvent être que de l'époque de la conquête normande, lorsque Bretons de l'île et Bretons du continent relevèrent la tête et aidèrent les Normands à vaincre les Anglo-Saxons leurs ennemis communs. Alors on a chanté le passé malheureux sur le ton du présent plus heureux et plus brillant, on l'a transfiguré poétiquement, en attri-

(1) « Dedisti nos tanquam oves escarum, et ingentibus dispersisti nos. »

buant les victoires des Bretons du continent du IXe siècle et celles des insulaires du XIe aux Bretons vaincus des VIe et VIIe siècles.

Voilà pour le fond, mais, pour la forme, elle est incontestablement des Xe, XIe et XIIe siècles, pas plus brillante, à vrai dire, que notre breton d'alors aussi Roman que Gaulois.

Tel est également, par les mêmes causes, au même degré ou à peu près, le Gallois le plus ancien qui nous reste ; et il serait étonnant qu'il en fût autrement, car notre roman français y devint la langue officielle même avant la France, même avant l'invasion des Normands, des Bretons armoricains, des Angevins et des autres Romans entrés, accourus en très-grand nombre dans l'armée de Guillaume le Conquérant. Beaucoup d'entr'eux se fixèrent même dans le pays conquis.

Notre célèbre compatriote mêle aussi dans ses œuvres le continent et l'île, les deux Bretagnes, avec beaucoup de talent, mais pas assez de critique peut-être sous le rapport historique.

Le partage équitable entre les deux Bretagnes, pour l'invention et pour le mérite littéraire, aurait pu se mieux faire si l'*Eistezvodd* et sa rivale l'*Archéologie* galloise avaient été représentées dans ce premier Congrès celtique international. Cette absence très-regrettable jointe au peu de temps qui nous est donné nous force à ajourner cette discussion si importante, qui sera bientôt reprise, si, comme nous l'espérons, le Finistère a l'honneur de recevoir, en 1868, la visite de ces sociétés-sœurs, annoncée dès 1857. Dans des conférences fraternelles, le grand jour se fera sans doute sur les littératures galloise et bretonne, sur leurs origines, leur histoire et tous leurs rapports entr'elles et avec les littératures contemporaines, principalement avec le roman et avec le français.

Là, viendront les questions de l'originalité des œuvres galloises et bretonnes, d'imitation ou de traduction d'autres littératures. J'avais évité de toucher à ce point délicat par égard pour un honorable adversaire et ami, chez lequel pouvaient s'y rattacher des souvenirs pénibles, mais M. de La Villemarqué vient de citer encore le *Mystère de Jésus* en breton comme une œuvre originale. Je suis bien forcé de maintenir que cette opinion ne me paraît pas soutenable, même en Bretagne, et que le Mystère breton n'est vraiment qu'une imitation et une traduction abrégée des Mystères français.

Je mets à part cependant les quelques pages des Dialogues de la Passion en dehors du Mystère lui-même, qui peuvent être dites originales, vu leur caractère.

Mais je laisse vite ce côté intéressant de la question pour me féliciter encore de notre entente cordiale et complète.

Pour répondre au seul argument sérieux de M. de La Borderie, argument historique, le seul qu'il put donner avec compétence, — puisqu'il n'entend pas la langue bretonne, — le silence du concile de Tours de 813 sur la langue bretonne pure, brillante du IXe siècle, ne prouverait rien, parce que le concile de Tours de 1849 n'en parle pas non plus, — des preuves négatives ne suffisent pas.

M. de La Borderie oublie même l'histoire et me force de lui rappeler brièvement des faits historiques que je viens de dérouler et de fortifier l'un par l'autre, à sa grande surprise. Le concile provincial de Tours de 811, suivi du concile général d'Aix-la-Chapelle de 813, prouve que le Breton au IXe siècle n'était pas un dialecte assez notablement différent de la langue Romaine rustique ou Gallo-latine ordinaire, ni parlé par une portion assez notable de la population de la province Armorique de Tours comprenant la Bretagne haute et basse. Sans cela, les Pères de ces conciles n'auraient pas manqué d'énumérer une troisième langue vulgaire plus celtique ou gauloise, puisqu'ils citent la langue Théostique, peu répandue dans la province de Tours, que les Francs avaient peu entamée. C'est là un fait assez positif.

Cette troisième langue aurait été constatée dès le IXe siècle, s'il y avait eu lieu, car, lorsque par une double révolution divergente expliquée par le cours des événements et du temps, par la marche des lettres, par la séparation de plus en plus complète des deux parties de la Bretagne, l'une devenant plus romane et française, l'autre restant relativement plus celtique, plus Gauloise ou Bretonne ; cette différence se marqua au XIVe siècle dans les lois et usages ecclésiastiques.

Mais, comme, même alors, la différence notable de dialecte était bornée à quelques diocèses et à des portions de ces diocèses seulement, ces mesures furent simplement prises et appliquées par les synodes diocésains de la Basse-Bretagne. Les catéchismes, les livres d'heures, les dictionnaires vulgaires ne se firent en Breton que pour eux et pour les prédicateurs, qui voulaient, dans leur zèle récent, s'adonner à l'instruction du bas peuple, disent bien les écrivains du temps. Cela prouve que ce dialecte roman-breton était très-limité. Quant à sa pureté, tous les monuments disent combien il était roman et latin, c'est-à-dire semblable à la romane rustique ordinaire du IXe siècle, un peu modifiée par le roman pendant les siècles suivants. C'est donc encore le parler qui peut donner la meilleure idée de la langue vulgaire du IXe siècle, en Armorique. C'est en cultivant ce breton du XIVe siècle pour en faire une langue littéraire, qu'on a commencé la période brillante que nous voyons, que nous admirons à présent; mais c'est la première et la seule et non la seconde période brillante.

L'Église ayant, avec sa sollicitude ordinaire, tenu compte de la langue Bretonne, dès qu'il y eut lieu, d'après les textes, vers le XIVe siècle et non au IXe siècle, n'avait laissé rien à faire sous ce rapport aux conciles plus modernes de Tours et de Rennes qui, par suite, n'ont pas eu à s'occuper de nous ou n'ont pas dû innover ; et voilà pourquoi le concile de Tours du XIXe siècle n'a pas parlé du Breton, pas plus que les conciles du IXe, ceux de Charlemagne et de Nominoé lui-même. Il n'est pas plus difficile que cela de répondre à cette grande objection historique : au XIVe siècle, on a tenu du Breton le compte qu'il n'y avait pas lieu d'en tenir au IXe; et au XIXe on a laissé les choses en l'état où elles avaient été mises.

RESTAURATION PRATIQUE
DU CELTO-BRETON,

Par M. l'Abbé Étienne.

Après la satisfaction de voir se réunir, en ce lieu, les membres épars de la grande famille celtique, chose regardée naguère encore comme un rêve irréalisable, rien ne peut plus toucher un Breton que d'entendre la voix du premier magistrat de ce département nous recommander, au nom de la France, de mettre tous nos soins à conserver et améliorer notre antique et précieux idiome national. A ce trait, on reconnaît cette France généreuse et forte, qui ne craint pas de trouver dans une littérature mère de la sienne une littérature rivale. Et voilà bien l'ordre naturel établi : amour de la mère pour la fille, mais aussi respect de la fille pour la mère!

Une seule condition nous a été posée : c'est de nous rappeler que les lois sont écrites en français ; que le commandement militaire se donne en français, et que la justice rend ses décrets dans la même langue. Dans ces limites, notre activité peut trouver encore un vaste champ pour travailler à l'amélioration progressive de la langue de nos pères.

Antique et précieux idiome, avons-nous dit. Je n'entreprendrai pas de prouver ici l'antiquité de la langue bretonne ; des voix plus autorisées que la mienne l'ont fait déjà : elles nous ont montré les Celtes toujours vainqueurs et conquérants jusqu'au temps de César, et ainsi hors d'état d'être forcés d'abandonner ce qu'un peuple n'abandonne jamais, qu'à la dernière extrémité, ses mœurs et sa langue.

Que notre idiome soit précieux, je n'ai pas non plus besoin de le démontrer, après les lumineuses dissertations que nous avons entendues depuis l'ouverture de ce Congrès. Nous ne pourrions que glaner dans le champ de la vérité, après les savants qui nous ont fait connaître, peut-être à notre grand étonnement, toute la valeur de notre celto-breton, par des preuves nombreuses et péremptoires, Néanmoins, comme les plus petites parcelles de la vérité ont un prix qu'on ne saurait fixer d'avance, nous allons tâcher de recueillir les miettes tombées par mégarde de la table de nos érudits.

Une des raisons à ajouter à toutes celles énumérées jusqu'ici pour prouver l'importance du celtique c'est d'abord : que la littérature celto-bretonne, purifiée et perfectionnée, sera naturellement plus aimée des Bretons, et aidera puissamment à les détourner de cette littérature nauséabonde et malsaine que la police est obligée, en France comme ailleurs, de mettre souvent à la raison. Il m'est inutile de parler de la moralité de notre Bretagne, pays patriarcal, s'il en existe : elle est connue. Il s'ensuivra donc que nos écrivains bretons ne publieront jamais, sous peine de perdre leur droit de cité parmi nous, que des œuvres vraiment utiles, dans lesquelles nos croyances religieuses et les bonnes mœurs seront respectées; franchement et vaillamment défendues.

Et maintenant, qui ne voit que l'attachement du Breton pour son pays, attachement déjà proverbial, s'augmentera de plus en plus, quand il verra sa langue mieux parlée, mieux écrite, et qu'il sera lui-même plus instruit? Dès lors nos campagnes ne se verront plus abandonnées, notre agriculture délaissée; et nos populations, au lieu d'aller chercher un bonheur factice dans les villes, et y produire un encombrement dangereux sous tous les points de vue, resteront au pays, tranquilles et heureuses, parce qu'elles y trouveront tous les avantages que les âmes honnêtes peuvent raisonnablement désirer.

Enfin on nous a dit savamment et éloquemment que les différents peuples de l'Europe ne sont guère que des Celtes plus ou moins transformés par la suite des âges. Il s'ensuit rigoureusement que presque toutes les langues que l'on y parle, si elles ne sont pas déjà celtiques elles-mêmes, se sont au moins formées des débris du celtique qu'elles ont remplacé. Il s'ensuit encore que presque tous les peuples européens sont intéressés au maintien et à la perpétuité des dialectes celtiques existants : puisque ce n'est que là qu'ils peuvent trouver l'explication des termes employés dont ils ne peuvent autrement connaître le sens primitif et la véritable portée.

D'ailleurs, nous sommes ici pour étudier et connaître ces vieux Celtes que nous sommes fiers, à juste titre, de regarder comme nos ancêtres? Or, un des monuments qui font le mieux connaître un peuple avec ses idées, ses mœurs et son génie est, sans contredit, la langue parlée par ce peuple. Car si un monument n'exprime guère qu'une idée ou un petit nombre des idées d'un peuple, la langue est appelée à les exprimer toutes.

Qu'y a-t-il donc à faire? Ici j'éprouve quelque timidité au moment de parler d'un sujet qui a été déjà traité par les savants que vous connaissez tous; mais j'espère qu'à défaut de science, ma franchise bretonne et ma bonne volonté me feront trouver grâce à leurs yeux. Du reste, je circonscrirai mon horizon, et ne chercherai pas à découvrir plus loin que mes yeux ne peuvent apercevoir : ce sera un coup-d'œil sur nos affaires intérieures; et, s'il m'est permis de parler ainsi, une seconde édition d'*Un Voyage au coin du feu*.

Le vocabulaire, qui nous fournit les premiers matériaux d'une langue, et la grammaire, qui enseigne à donner à ces matériaux un arrangement convenable, sont comme les deux pieds, ou, si l'on veut, comme la base de toute littérature. Sans doute Le Gonidec, sans doute MM. de La Villemarqué, Troude et d'autres encore ont fait, chez nous, pour les perfectionner, les plus nobles efforts. Grâce à ces hommes érudits et à tous leurs continuateurs, nous possédons un vocabulaire et une grammaire qui forment un riche répertoire d'expressions et de règles; mais ils n'ont pas prétendu tout faire ni avoir tout fait, et ils ont laissé une partie de la besogne à des successeurs. Ils ont eu le noble courage, à travers toutes les difficultés, de frayer la voie pour une restauration de notre langue bretonne : que d'autres maintenant les aident à élargir et à rendre plus viable cette route ouverte, en l'aplanissant de plus en plus.

Le moyen d'achever ce qu'ils ont si heureusement commencé, c'est, à leur imitation, d'apprendre la langue du peuple, en conversant avec le peuple. Car, qu'on ne s'y trompe pas, dans notre Bretagne, l'Académie c'est le peuple; la langue classique est celle parlée par les populations de nos campagnes. Aussi, quelle pureté, quelle facilité et, en même temps, quelle élégance de langage on rencontre souvent et l'on admire chez les personnes du peuple! Que chacun donc interroge le peuple, dans son pays, et lui demande compte de sa langue. Le peuple lui répondra avec naïveté sans doute, mais aussi avec vérité qu'il connaît beaucoup d'expressions qui attendent encore une place dans les dictionnaires, et certaines élégances de langage que la grammaire n'a pas encore consacrées. Entre autres, s'il m'est permis de parler de mes observations personnelles, je dirai qu'en peu de temps, et presque sans recherche, j'ai appris du peuple environ *cinq cents expressions* nouvelles (1), non par elles-mêmes, mais parce qu'elles n'ont pas encore trouvé rang dans le dictionnaire classique de MM. Le Gonidec et de La Villemarqué. Une soixantaine de ces mots n'ont pas de racine primitive dans ce dictionnaire; et environ trente de ces expressions peuvent, jusqu'à ce que la science philologique plus avancée puisse prouver le contraire, être regardées comme des racines primitives. Or, il n'est personne ici qui ne comprenne toute la valeur d'un mot racine, surtout dans notre langue si primitive elle-même: c'est, en effet, une sorte de père de famille qui a des enfants, non-seulement dans notre pays, mais encore dans tous les pays dont la langue s'est établie sur des ruines celtiques. De quelle importance est donc la connaissance de tous nos radicaux, je ne dis pas seulement pour l'étude

(1) Nombre quadruplé, six mois après.

au moyen de la mémoire; mais, et surtout, pour l'étude *intelligente* de presque toutes les langues de l'Europe, parlées en ce moment dans toutes les parties du monde. Je n'énumérerai pas ici ces racines que j'ai apprises du peuple, à moins que le Congrès ne le désire, car je craindrais de fatiguer son attention.

Quant à la grammaire, elle a aussi besoin de quelques perfectionnements, comme le savent bien tous ceux qui ont une connaissance suffisante de la langue bretonne, telle qu'elle est encore aujourd'hui parlée par le peuple.

L'habitude de converser avec le peuple est donc, je le répète, la meilleure école pour s'instruire dans la langue celtique. Faut-il ajouter que c'est malheureusement la seule que possède notre pays pour cultiver sa langue? Oui sans doute, il faut le dire avec confiance et avec espérance, car le moyen de chasser un mal n'est pas de le dissimuler à celui qui peut le guérir, mais plutôt de lui en faire connaître l'intensité. Disons donc que, pour maintenir et perpétuer notre langue, il ne suffit pas d'en constater l'antiquité et d'en admirer l'immense valeur philologique; il faut encore prendre les moyens pratiques et efficaces, nécessaires pour en assurer la restauration et le perfectionnement. Ce sont ces moyens que nous demandons respectueusement à la France, et que nous attendons de la générosité de notre seconde patrie, pour laquelle nous n'avons jamais hésité et n'hésiterons jamais à nous imposer les plus grands sacrifices.

Qu'on fasse donc aimer de plus en plus leur langue aux Bretons; et on le fera facilement, si l'on veut bien leur apprendre, de bonne heure, à la lire et à l'écrire dans les écoles de nos paroisses bretonnes. Il suffirait pour cela de décharger les instituteurs bretons de quelqu'autre besogne moins utile, et de leur recommander de consacrer, chaque jour ou le plus souvent possible, quelques instants de la classe à l'étude du breton. Est-ce trop demander, que de réclamer, pour l'étude du breton, une minime partie du temps que les élèves passent dans les classes? Ceci, loin de nuire à l'étude du français, ne devrait que mieux faire comprendre aux élèves cette langue qu'ils ne connaissent pas d'abord, mais qu'ils apprendront vite quand ils verront qu'elle dérive de la leur; par exemple : de Gwédr ou Gwér viennent de 40 à 50 mots français, et je ne me trompe guère. Voilà ce que le maître pourra leur faire comprendre quand il aura à sa disposition un dictionnaire complété, comme nous l'avons dit, non-seulement sous le rapport du nombre des mots qu'il contiendra, mais encore sous le rapport des acceptions différentes que ces mots peuvent avoir, et des exemples qui montreront ces mots employés dans chacune de leurs acceptions. Sous ce triple rapport, je crois qu'on peut augmenter nos dictionnaires classiques, sans y rien insérer d'inutile, peut-être d'un quart, peut-être même de plus encore. Pour atteindre à ce résultat, il faudrait, nous semble-t-il, qu'un certain nombre d'hommes de bonne volonté se dévouassent pour rechercher, dans le langage du peuple, chacun dans son pays, breton ou français, les expressions et les tournures grammaticales échappées jusqu'ici à l'observation des savants. Ces *observateurs* seraient désignés par le Congrès, en nombre suffisant, et se communiqueraient, le plus souvent possible, leurs découvertes mutuelles, afin d'éviter, pour l'un la peine d'étudier ou de chercher ce qu'un autre aurait déjà trouvé. Que ces Messieurs ne se rebutent pas pour une expression difficile à expliquer, comme par exemple : *Ma c'hoel, 'zan*, etc.; si, après réflexion, ils ne peuvent s'en rendre compte, qu'ils la communiquent à un autre qui pourra être plus heureux. Quand on croirait avoir à peu près signalé toutes les expressions et tournures usitées dans la langue bretonne, on concentrerait les résultats de ces observations entre les mains d'une commission chargée de mettre ces matériaux en ordre, et de procéder à une édition aussi complète que possible de notre dictionnaire breton. On pourrait, du même coup, éditer un petit vocabulaire portatif, renfermant les mots les plus usuels et les explications les plus nécessaires, accessible à toutes les bourses, et pouvant facilement ainsi être mis entre les mains des enfants.

Un travail analogue se ferait pour la grammaire, et, de

cette façon, avec les ouvrages qu'on possède déjà, ce ne serait pas les livres élémentaires qui manqueraient pour l'éducation de nos enfants, ce peuple celtique de l'avenir.

Si cette motion était agréée, et que des observateurs fussent nommés pour recueillir les expressions et les tournures celto-bretonnes qui nous manquent encore, j'oserais indiquer au Congrès, comme sources de racines et d'expressions nouvelles, ou non encore consignées dans nos livres classiques :

1° Le langage populaire, comme nous l'avons dit, dans tous les dialectes celtiques existants ;

2° Les noms de tous les lieux grands ou petits, consignés en partie dans les divers plans cadastraux où on peut les étudier ;

3° Les noms de familles, écrits dans les registres de l'église et de l'état civil ;

4° Le langage populaire des provinces françaises, si différent, comme on sait, du français classique, et beaucoup plus celtique encore que ce dernier.

Et maintenant, si l'on me demande pourquoi énumérer ces diverses sources d'expressions celtiques et pourquoi des observateurs dans les divers pays indiqués, je répondrai d'abord que le présent ne connaît plus certaines expressions usitées dans le passé, expressions qui cependant restent attachées aux lieux et aux familles comme à autant de monuments qui les retiennent, gravés en caractères ineffaçables et qui doivent seuls les préserver de l'oubli. J'en atteste, entre autres, la plupart des dénominations géographiques ou topographiques de la France, qu'on ne peut guère expliquer qu'à l'aide du Gallek, nom impropre du français actuel, et que nous sommes désormais les seuls à parler en France, sous le nom de Brézonek : c'est donc là aussi qu'il faut aller les lire. En second lieu, le peuple, dans chaque partie d'un pays quelconque, ne retient de la langue commune que ce qui lui est nécessaire pour exprimer les choses dont il a le plus besoin ; quant aux expressions simplement utiles ou qui ne sont en quelque sorte que de luxe, chacun en prend à sa convenance et selon son goût. Voilà pourquoi telle expression connue dans un canton ou même dans un village ne l'est pas quelquefois dans un autre. Si donc on veut reconstruire le grand monument de la langue celtique, il faudra en recueillir une à une les pierres éparses dans tous les lieux où cette langue est encore parlée.

Maintenant je demanderai qu'on réimprime aussi les ouvrages précieux intéressant l'histoire ou la littérature celtiques, et que l'on trouve à peine dans quelques rares bibliothèques : c'est, je crois, un bon moyen, sinon le seul, d'encourager les savantes investigations sur les origines celtiques. Et s'il est de ces ouvrages qu'on ne puisse pas imprimer maintenant, qu'on en dépose au moins quelques-uns dans les principaux centres bretons, pour qu'on les y consulte à loisir.

Telles sont les demandes que j'adresse respectueusement au Gouvernement de mon pays, avec la persuasion qu'il ne rejettera pas ces vœux partagés par tous ceux qui tiennent encore, par quelque fibre, à la vieille patrie bretonne. La France, que sa magnanimité pousse aux quatre coins du monde pour porter secours à tout ce qui est faible, ne permettra pas qu'une littérature antique, mère de la sienne, languisse ou meure à ses côtés. On a dit du pélican qu'il nourrit ses petits avec son sang; on n'a pas dit que ces derniers se soient montrés ingrats pour cette générosité sans exemple. — Je me trompe, il y a un exemple : la langue celtique a nourri les langues de l'Europe, et en particulier celle de la France, du plus pur de son sang. — Il est impossible qu'on dise de la France ce qu'on n'a pas dit des petits du pélican : qu'elle a oublié sa mère !...

LA

LOI ANGLAISE & LA LOI IRLANDAISE,

D'APRÈS LA

PARTIE PUBLIÉE DU SENCHÜS-MOR,

Par le Docteur FERGUSON (de Dublin).

Jamais les jurisconsultes anglais n'ont été disposés à reconnaître aucun élément celtique dans la constitution sociale de la Grande-Bretagne. Tout ce qu'on ne peut faire remonter dans les lois du royaume à une origine romaine, a été généralement regardé comme ayant une origine anglo-saxonne; et, à défaut d'analogie avec les codes des nations du Nord, on a recouru à la théorie du développement social, du développement spontané. Cette prédisposition contre la recherche des sources primitives est due, sans doute, au tableau repoussant, tracé par César, des anciennes coutumes bretonnes, et à la croyance générale et persistante que les institutions bretonnes et celtiques n'ont continué à exister que sous la subordination de l'Angleterre.

La publication des Lois galloises d'Howel le Bon, en 1750, jeta, pour un moment, une nouvelle lumière sur le champ primitif, si négligé jusque-là.

Le savant et ingénieux Whitaker, — auquel Gibbon a fait la faveur de déclarer « que l'historien particulier de Manchester embrasse, sous ce titre obscur, un sujet presqu'aussi étendu que l'Histoire générale d'Angleterre », — Whitaker, dis-je, fut le premier à saisir les nombreux points de ressemblance qui existent entre les institutions bretonnes et celles que l'on attribue généralement aux Anglo-Saxons et aux Normands. Il fait observer que le Canton ou Centurie, qu'on suppose avoir été inventé par Alfred, semblait chez les Bretons une institution d'antiquité immémoriale, sous le nom de *Cantref*. Les cours des *Cantref* et les cours des *Commot* gallois, lui paraissent être les équivalents des *Hundred-Courts* et des cours baronniales des systèmes anglo-saxon et normand. Les portions de chaque territoire, tenues par la population en *Gabel-Kind,* lui semblent répondre au *Folk-land*, ou territoire communal des Anglo-Saxons. Il constate encore que les rentes étaient payées et les services rendus par les tenanciers gallois pour les terres assujéties, trouvant en outre, parmi eux, des hommages, droits de tutelle, permissions de mariage, droits d'aubaine et autres, et conclut que tout cela ne pouvait appartenir qu'à un système féodal rudimentaire, et que l'origine de la féodalité britannique peut être aussi bien cherchée en Bretagne qu'ailleurs.

On ne saurait nier l'existence de traces évidentes de juridiction seigneuriale et d'un commencement de constitution politique dans les lois d'Howel, qui remontent, sans aucun doute, à la première moitié du xe siècle; mais on peut chercher à l'expliquer comme l'ont fait les jurisconsultes de la Grande-Bretagne. On a tourné, pour ainsi dire, les arguments de Whitaker, ainsi que ses conclusions; on a prétendu que le roi Howel a probablement emprunté son code à ce qu'il a vu chez les Anglo-Saxons, ses voisins, à la cour desquels il paraît avoir séjourné quelquefois.

Telle étant l'opinion des gens instruits, il n'est pas surprenant que les lumières qu'on aurait pu tirer des sources irlandaises aient été dédaignées. Sur l'autorité peu sérieuse de Spencer, il a été généralement regardé comme certain, que tout ce que les Brehons, ou juges Irlandais possédaient de digne du nom de lois n'était qu'une parodie de la loi civile, qui leur avait été apporté d'ailleurs par leur clergé.

Notre meilleur historien, sir Richard Cox, ne veut pas admettre que les Irlandais possédassent aucune loi écrite, et M. Hallam, dont l'opinion peut être regardée comme la plus récente et la plus accréditée parmi les Anglais instruits, arrive à cette conclusion que « probablement, les rapports qui existent entre le système des Brehons et les autres codes du moyen-âge, proviennent des Anglo-Saxons, qui auraient importé les traditions d'une civilisation supérieure, au milieu des coutumes primitives auxquelles ils se conformèrent.

On peut trouver une sorte de justification à ces méprises dans le caractère imparfait des portions de la loi des Brehons, publiées par Vallancey. Elles étaient à l'état de fragments, incertaines dans le texte, douteuses dans la traduction, et elles eurent en outre la mauvaise fortune d'être éditées, accompagnées de propositions philologiques et ethnographiques qui furent généralement condamnées par les gens compétents. M. O'Reilly cependant traita ce sujet sur une plus vaste échelle et avec plus de méthode dans les « Mémoires de l'Académie royale d'Irlande. »

Là, et dans d'autres collections accumulées depuis par ce corps savant, l'auteur de cet écrit put trouver, dès l'année 1836, les matériaux suffisants pour reconstruire, bien qu'imparfaitement, dans un article de l'Encyclopédie de Knigth, le système général des institutions sociales d'Irlande.

Il pensa qu'il devait exister là de nombreux rapports avec le système féodal anglais, tel qu'on le trouve à l'aurore de l'histoire anglo-saxonne, avec ses distinctions personnelles de seigneur et de tenancier, de franc-tenancier et de vilain, avec ses divisions territoriales de *Thane-Land* et *Folk-Land*, c'est-à-dire propriété royale et propriété nationale. Mais il n'existait pas, à cette époque, de matériaux suffisants pour déterminer si ces institutions étaient originales, ou si elles avaient été empruntées. L'étendue et la valeur des matériaux devenant mieux connues, on put constater, d'une manière à peu près certaine, la date à laquelle ils remontaient. Deux membres éminents de l'Académie, ayant occupé le fauteuil de la Présidence, soumirent, en 1852, au gouvernement, un projet pour la transcription et la traduction des lois irlandaises des Brehons. A leur recommandation, une commission se réunit, le 11 novembre 1852, et fut adressée au Lord Chancelier et à d'autres personnes éminentes, judicieuses et instruites, qui consentirent à ce qui leur était demandé. Les premiers fruits des travaux de cette commission sont aujourd'hui publiés.

Les érudits, auxquels fut confiée la recherche des textes originaux, étaient le docteur O'Donovan et le professeur O'Curry, dont l'éducation archéologique s'était accomplie dans une école aujourd'hui célèbre, sous les yeux de feu le docteur Petrie.

La difficulté de la tâche qui leur était assignée ne venait pas seulement de la forme archaïque et de l'obscurité du langage, que l'on peut souvent percer grâce aux gloses multipliées, mais elle prenait surtout naissance dans la nature technique des termes spéciaux employés. Cependant, à mesure qu'ils avançaient dans leur travail, le fréquent retour des mêmes expressions et des mêmes phrases dans des textes différents, leur permit de saisir généralement le véritable sens. Aussi, est-ce à l'aide de leurs glossaires, de ceux des manuscrits spéciaux, — entre autre du Samas-Cormac, — et enfin du glossaire du docteur O'Donovan, que cette traduction a été faite.

La partie mise au jour comprend la portion du code appelée *Senchüs-Mor*; elle traite des procédures par athgabail ou saisies. Le Senchüs-Mor remonte, suivant la tradition, au temps de saint Patrick qui, la neuvième année après son arrivée en Irlande, y apporta sa collaboration dans le palais de Tara. Il daterait donc environ de l'an 441 de l'ère chrétienne.

D'autres exemplaires cependant font remonter cet ouvrage au temps de Cormac Mac Art, c'est-à-dire 200 ans plus tôt; au reste, il est évident que son âge doit être décidé par quelqu'autre criterium qu'une simple assertion.

Le texte que nous possédons est celui du moyen-âge; il est réduit quelquefois à la plus simple définition, et, d'autres fois, développé en gloses : communément il y en a deux et parfois trois.

L'obscurité, qui règne dans certains endroits, fait supposer qu'un long espace de temps a dû s'écouler depuis la rédaction du texte original, ce qui n'a fait que rendre plus douteux les endroits dont le sens était déjà incertain.

On reconnaît maintenant que la première glose et le texte original ont été cités dans le glossaire de Cormac, et ce glossaire lui-même est regardé, d'après des preuves philologiques intrinsèques, comme n'appartenant pas à une époque plus reculée que le xe ou le commencement du xie siècle; il se pourrait cependant qu'il fût du temps du roi-évêque, dont il porte le nom, c'est-à-dire du ixe siècle. Une note de la main de l'auteur de la deuxième glose, appelant les bénédictions sur l'âme de Pethgna, donnerait plus de poids à cette opinion, car il paraîtrait que le seul personnage ayant porté ce nom serait un abbé d'Armagh, d'une piété éminente et dont la mort, suivant les Annales, arriva en 872. Cette note semble avoir été écrite pendant que sa mémoire était encore vivante dans les souvenirs de l'écrivain. On doit remarquer aussi que plusieurs petites royautés y sont mentionnées comme ayant des juridictions séparées, tandis que le silence qui les recouvre dans le « Livre des Droits » ferait présumer qu'elles ont été depuis absorbées dans de plus grands états; il est aisé de conclure de là que notre texte serait antérieur au Livre des Droits.

Il semble donc que le Senchüs Mor, au moins dans ses textes originaux et une partie de ses gloses, non-seulement existait dès lors en Irlande, au temps d'Alfred et y était déjà reconnu comme remontant à une grande antiquité; mais les preuves intrinsèques données par l'ouvrage lui-même sont aussi de nature à convaincre.

Si les institutions dont il parle avaient été empruntées, elles auraient sans doute adopté la terminologie légale, comme les lois du peuple étranger qui les aurait fournies, tandis que nous ne trouvons guère l'équivalent que de deux ou trois de ces termes techniques dans les autres codes européens. Sauf quelques circonstances où sont stipulés des prix déterminés, toutes les mesures de valeur sont indiquées en bétail ou équivalent, exactement comme les amendes personnelles en Germanie, au temps de Tacite. Ces traits caractéristiques sont de puissants arguments pour prouver une origine antérieure aux codes qui fixent les valeurs monétaires.

Nous en trouvons une nouvelle preuve dans l'usage par lequel le débiteur faisait jeûner le demandeur jusqu'à ce qu'il lui donnât satisfaction à sa requête; procédé totalement perdu dans tous les systèmes européens, mais qui, d'après le docteur Hancock, serait encore suivi dans quelques parties des Indes. Tout semble donc prouver la plus haute antiquité, depuis la forme rude et métrique du texte, jusqu'à la cosmogonie qui le précède, suivant l'habitude des codes orientaux. La plus grande partie du Senchūs-Mor n'aurait donc pas été modifiée d'après l'influence anglo-saxonne, danoise ou normande, et les conquérants au contraire auraient adopté les vieilles institutions, en leur imposant seulement des noms germaniques.

On ne peut pas plus supposer l'absence de traces de la loi civile dans un code revu par le clergé, que l'on ne pourrait nier l'existence de semblables coutumes dans l'Europe occidentale. Ainsi on est frappé du rapport de l'*Ager publicus* des Romains avec le *Folk-Land* des Anglo-Saxons et le *Fecht-Finne* ou tribut territorial des Irlandais; on remarque encore que la *Centurie romaine* se retrouve dans le *Hundred* saxon, et l'on constate l'analogie du commencement des actions particulières de la loi romaine *per pignoris captionem*, avec la procédure celtique par saisie. Nous en conclurons que les Anglo-Saxons agissaient sous une impulsion semblable à la nôtre, mais cependant aussi indépendante du mouvement celtique que celui-ci l'était de l'organisation romaine.

Les rapports avec la loi civile reposent sur une base beaucoup plus certaine et leur source est beaucoup plus aisée à reconnaître. Le Samas-Cormac prouve que les lois des *Douze Tables* étaient regardées comme quelque chose d'étranger par les Irlandais, alors même qu'elles étaient dans une certaine mesure adoptées en Grande-Bretagne. Ceci ressort d'une légende d'un grand intérêt concernant le dommage causé par les animaux : on dit que Solon, lorsqu'il réforma le code sévère de Dracon, introduisit à Athènes une loi concernant les dommages de cette nature; ainsi, un chien qui avait mordu un homme devait lui être livré, attaché à une corde de quatre coudées, « agréable invention, dit Plutarque, pour se préserver de la dent d'un tel animal. »

Que Solon soit ou ne soit pas l'auteur de la loi des dommages, il est certain que ceci fut introduit dans les Tables romaines avec d'autres lois sanctionnées par son nom. Nous lisons dans la première de ces tables : « *Si quadrupes pauperiem fascit dominus noxæ æstimam offerto; si nolet quod noscit dato;* » et « *pauperies* » est défini : « *Damnum sine injuria facientis datum. Nec enim potest animal injuriam fecisse dici, quod sensu caret.* »

On a généralement interprété cette loi comme donnant au propriétaire de l'animal l'option de payer l'amende estimée pour le dommage, ou d'abandonner la bête elle-même comme satisfaction; mais il paraîtrait qu'en Bretagne, le choix était fait par le plaignant.

Notre récit se trouve dans le Samas Cormac sous le titre de Mug-Lime et raconte le stratagème par lequel Coïrpre Muc, fils de Conary Mor, au IIIe siècle, obtint le premier épagneul qui eût jamais été apporté en Irlande. Cette légende a été traduite par M. Stokes, et nous en extrayons tout ce qui a rapport à notre sujet :

« Mug-Lime est le nom du premier épagneul introduit en Irlande. Coïrpre Musc, fils de Connaire (c'est de lui que le district de Muskerry prit son nom) l'apporta de l'Est de la Bretagne.... Coïrpre était allé faire une visite à sa famille dans l'Est. En ce temps-là, jamais un épagneul n'était venu sur la terre d'Érin. Les Bretons défendaient qu'on en donnât un seul au Gaël, soit qu'il le demandât, soit qu'on voulût lui en offrir un par amitié ou par gratitude. A cette époque, les Bretons avaient une loi touchant « *chaque animal coupable d'un crime enfreignant la loi.* » Un ami de Coïrpre Musc avait un magnifique épagneul et Coïrpre finit par l'avoir de la façon suivante :

« Un jour Coïrpre alla chez son ami, et on lui fit une magnifique bienvenue, excepté en ce qui concernait l'épagneul. Coïrpre avait une superbe dague, à poignée ornée d'or et d'argent : c'était un merveilleux trésor. Alors Coïrpre mit dessus beaucoup de graisse, et en ayant enduit la poignée, il la laissa devant l'épagneul.

« Le chien se prit à ronger la poignée et le fit jusqu'au matin, ce qui endommagea fortement la dague.

« Le jour suivant, Coïrpre en parut courroucé, s'en plaignit vivement, et en demanda justice à son ami. — « C'est vrai, dit celui-ci, je paierai pour le crime. »

« Coïrpre dit : « Je ne prendrai rien autre que l'animal, car il est écrit dans la loi bretonne : chaque criminel doit payer pour son crime. » Ainsi le chien fut donné à Coïrpre, et il fut nommé *Mug-Lime*, c'est-à-dire *esclave à cause de la poignée*. C'était une femelle, et de là vinrent tous les épagneuls qui sont aujourd'hui en Irlande. »

Cette procédure, par *athgabhail* ou saisie, forme le sujet du volume déjà publié par la commission.

Le sens du mot *gabhail* paraît être *prise* ou *saisie*, et sa racine semble venir de la même provenance que *capio*. Dans le sens secondaire, ce mot paraît avoir été appliqué à toutes choses de nature à être perçues par saisie : consulter à ce sujet Ducange aux articles *gablum*, *gaulum*, *gabulum*, *gablagium*, *gabella*, *gabellum*, *gabena* et *hagabulum*.

Quatre espèces de *gabhaïl* sont énumés dans le Senchüs-Mor ; à savoir : de biens mobiliers, de biens immobiliers, d'hommes et de terres.

La saisie du bétail est l'objet dont il est le plus question, et paraît avoir été universellement employée entre les personnes d'un certain rang. La procédure est résumée en ces termes, dans l'Introduction de l'ouvrage de la commission : « Le plaignant ayant préalablement donné avis au créancier procédait par saisie. Elle pouvait, dans quelque cas, subir un délai plus ou moins prolongé, d'après des règles fixes ; pendant ce délai, le débiteur rentrait en possession de l'objet saisi, le créancier ayant caution sur cet objet. Dans d'autres cas, l'objet saisi entrait immédiatement en la possession du créancier ou était remisé pendant un délai quelconque dans un des dépôts ou fourrières reconnus. Si, à la fin du délai accordé au débiteur, il ne s'était pas acquitté, le créancier confisquait l'objet saisi, le mettait en fourrière et donnait avis au débiteur du lieu où il était déposé. La dépense de la nourriture et de la garde du bétail saisi était à la charge du débiteur, augmentant ainsi la valeur de la saisie. Au bout d'une certaine période facultative, commençait à courir le temps au bout duquel le créancier entrait pleinement en possession de la saisie. Durant cette période, elle était taxée à trois *seds* par jour. Si la valeur entière de la saisie ainsi confisquée était égale à la dette première et aux dépenses subséquentes, la dette était liquidée; si elle ne l'égalait pas, on procédait à une seconde saisie pour combler la différence, et si la valeur de cette saisie était plus grande que celle de la dette, le surplus revenait de droit au débiteur. Toute cette procédure était conduite par les parties elles-mêmes avec leurs agents légaux et plusieurs témoins de différents degrés. Si au lieu de laisser mettre la saisie en dépôt, le débiteur offrait un otage ou un gage suffisant, promettant de faire droit à la saisie, par la loi, dans un certain délai, le créancier était tenu d'accepter le gage. Seulement, si, au bout du temps fixé, le débiteur n'avait pas tenu sa parole, le gage devenait confiscable comme l'était la saisie déposée. Pendant toute la durée du délai, le débiteur avait le droit de racheter la saisie, en payant la dépense occasionnée par elle et la dette première, mais une fois le terme du délai expiré, il ne pouvait racheter aucune chose confisquée.» (*Senchüs-Mor*. Préf.)

Nous ferons précéder quelques remarques sur les analogies et les différences existant avec la loi commune, de l'opinion émise par le savant historien de la loi anglaise à ce sujet:

« Nous possédons, dit M. Rives, plusieurs actes du Parlement depuis la Grande Charte, *Magna Charta*, d'Henri III jusqu'au temps d'Édouard III, et depuis cette époque, nous en avons des séries régulières. Les Statuts sont perdus, sauf un très-petit nombre enregistré par la législation avant cette période, quoique, sans aucun doute, plusieurs des réglements qui s'y trouvaient confondus avec la Coutume du Royaume ont été reçus sous cette dénomination, depuis que la preuve de leur origine parlementaire est détruite. »

La première anomalie qui semble résulter de ce qui précède, est la faculté qu'a le créancier de confisquer le bétail du débiteur pour la dette de celui-ci; car c'est l'opinion reçue que, d'après le droit coutumier, la saisie ne pouvait être vendue ou d'aucune manière convertie à l'usage du débiteur. Mais le droit de vendre les saisies pour amendes et châtiments a toujours existé, et d'après les usages de l'ancienne loi commune, il semble que les biens saisis étaient confisqués, à défaut de la présence du défendant.

On est porté à croire que ces règles proviennent d'un système plus étendu et mis en usage par une législation perdue; et, de fait, le droit de vendre les saisies étant expressément reconnu dans la loi écossaise du XIVe siècle, on ne peut guère le supposer ignoré en Angleterre.

Il est difficile de croire que le droit de prendre les biens du débiteur, lorsqu'il ne satisfaisait pas à sa dette, ait été inconnu en Angleterre, lorsque l'Irlande employait une méthode si simple d'obtenir satisfaction. Dès le temps d'Édouard IV, nous trouvons un acte déclarant que : « Si la saisie n'est pas remboursée dans les huit jours après la déclaration, il sera légal, pour le seigneur, de faire évaluer la saisie par quatre hommes de sa seigneurie; si celui contre lequel est déclarlée saisie ne paie pas dans les huit jours suivants, le seigneur pourra s'en emparer pour sa rente, en y joignant les dommages, et, si la saisie est plus considérable que la rente avec les arrérages, le seigneur rend le surplus au tenancier; enfin que si, au contraire, la saisie est de moindre valeur que la rente, le tenancier paie le surplus, sinon il est encore poursuivi. »

Concluons-en que, quelles que soient les différences qui existent entre l'ancienne loi commune anglaise et l'irlandaise, elles sont plutôt le résultat du temps que d'une autre origine.

Remarquons aussi que les frais de l'entretien et de la surveillance de la saisie en dépôt étaient, sous la loi des Bréhons, ajoutés à la saisie, tandis que nous lisons dans la loi anglaise que : « Si un homme met une saisie sur du bétail et le fait mettre en un endroit non clos, le propriétaire doit le garder, à ses risques et périls, car la loi l'autorise à le surveiller de près; mais, que si le lieu est clos, c'est le créancier qui doit garder la saisie, sans avoir droit à satisfaction pour cela. »

Nous lisons cependant dans un acte enregistré sous Henri III que le propriétaire ne paiera point pour la garde du bétail, mais le nourrira; ceci donne à penser que, avant la publication de cet acte, le propriétaire pouvait être obligé à tous les frais de la saisie déposée, comme dans le système des Brehons.

J'indiquerai encore ce qu'on pourrait prendre pour une autre anomalie. Aujourd'hui le seul cas, ou à peu près, où un particulier puisse appliquer la loi de saisie est celui d'une rente arriérée; en Irlande, au contraire, il pouvait l'employer pour tout acte personnel. Nous trouvons dans Bracton que des cas de saisies en litige pouvaient avoir lieu pour des injures, aussi bien que pour des dettes. De même, au temps de l'enregistrement, appelé en Écosse le *Quoniam attachiamenta*, le *poynding* ou saisie du défendeur était la manière habituelle de commencer toute action appelée *Urang* et *Unlangh*, de dette et de contrat.

Il paraît certain que ce fut un acte de Robert Ier qui restreignit, en Écosse, ce droit de saisie trop étendu; il déclara qu'il ne serait plus exercé sans la décision de la Cour. En Angleterre, les inconvénients de cet usage avaient été sentis plus tôt, et la loi de Canut y avait remédié en partie, établissant « qu'on ne doit laisser aucun homme prendre un *nam* (saisie) quelconque, avant d'en avoir, par trois fois, réclamé le droit à la *Hundred Court*. S'il n'a pas reçu justice à la troisième sommation, alors qu'il aille à la cour du comté, et que ladite cour rende un arrêt; s'il n'est pas rendu cette quatrième fois, et que le demandeur ne reçoive point satisfaction, qu'il agisse à son gré et saisisse ce qui est à lui. »

Parmi les statuts perdus et que l'on suppose avoir existé en Angleterre, il devait se trouver quelque acte retirant (sauf en cas de poursuites pour rentes) le pouvoir des mains des particuliers pour le remettre dans celles des baillis des manoirs et des shériffs des comtés. En Irlande, la restriction vint plus tard, et le baron Pinglas nous montre, dans son *Breviate of the Getting*, que seulement sous Henri VII, nous trouvons décrété : « *qu'aucun homme ne doit prendre lui-même d'otage, sauf pour ses rentes.* »

Sur le continent méridional d'Europe, le souvenir de saisies faites par les poursuivants eux-mêmes avait déjà disparu au XIIIe siècle, sauf dans quelques municipalités, mais il est resté vivant dans les traditions des peuples d'origine gothique et norwégienne. Steirnook constate que parmi eux le plaignant poursuivit lui-même, jusqu'à ce que cette coutume fut abolie par Earl Berger.

Après avoir reconnu que ces anomalies ne sont pas les indices d'origine différente entre les méthodes anglaises et celtiques, examinons maintenant quelques analogies frappantes.

Il a été observé que la saisie était applicable aux actions de diverses sortes au temps de Bracton, mais elle n'était pas le premier degré de procédure. Le procès régulier du droit coutumier s'opérait par sommations, poursuites et saisies; procédés correspondant d'une manière frappante avec les trois degrés irlandais : 1° l'*avis*, 2° la saisie provisoire du bétail et sa garde commise aux mains du propriétaire, 3° la mise en fourrière du bétail à l'expiration du terme fixé.

Les divers degrés de procédure étaient évidemment calculés, afin de donner tout le temps de satisfaire aux réclamations, sans nécessiter un appel à la cour, et on ne peut qu'admirer la simplicité et l'efficacité des moyens employés. Le second degré était un excellent moyen de contraindre le débiteur sans le priver de la propriété apparente de son bien. Ce point occupe une place importante dans la loi écossaise primitive, et la définition qu'elle en donne est tout-à-fait d'accord avec l'idée de lien ou d'attache à laquelle répond le mot irlandais *astad*. Cette idée d'un lien légal entre dans le mot latin *distringo*. Un manque d'attention sur la différence radicale qui existe entre *distringere* et *distrahere* semble être la cause qui mena lord Bacon, et, après lui, le *chief baron* Gilbert et d'autres légistes, à donner aux saisies une origine postérieure à la féodalité.

« La saisie est un moyen donné au seigneur de se faire rendre la rente ou les services que le contrat féodal oblige le tenancier à payer comme rétribution de sa ferme. La non exécution de ces services donnait, d'après la vieille loi féodale, le droit de confiscation du fief. La rigueur de cette loi fut mitigée par nous, et ces confiscations changées en saisies, d'après la méthode « *Pignorary* » de la Loi civile, qui semble avoir été l'origine de cette Loi, ainsi que l'indique le titre de *distractione pignorum*, car il n'en paraît pas de trace dans les féodaux. »

Mais cette *distractio* était la vente par voie d'exécution, et non pas la saisie des biens, et l'auteur, comme doutant lui-même, ajoute avec plus d'exactitude : « De quelque part que vienne le nom ou la nation, ce procédé était si anciennement en usage dans notre loi, que nous ne découvrons aucune trace de son origine parmi nous. »

Outre la similitude de cette manière de procéder dans les voies préliminaires, le lecteur, homme de loi, aura été frappé de la décision par laquelle le débiteur peut, à n'importe quelle époque précédant la déchéance, recouvrer la possession de ses biens, en donnant des cautions pour éprouver la validité de la saisie; c'est en forme et en substance, la main-levée de la loi commune. Jusqu'ici, d'après l'autorité du « Miroir », cette action fut supposée inventée par Glanvil, chef de justice de Henri II : il est difficile de comprendre comment une semblable opinion a pu si longtemps prévaloir ! Le droit de main-levée est l'inséparable corrélatif du droit de saisie, que les lois de Canut ont montré en vigueur plus d'un siècle avant Glanvil. Toutes les formes de main-levée se rapportent à une époque où les troupeaux étaient les signes reconnus de la richesse. C'est une action particulière à nos lois insulaires et qui était tellement oubliée sur le continent au XVIe siècle, que sir Thomas Moore put embarrasser fortement les légistes étrangers par sa question bien connue de l'*averia carucæ capta in vetito namio*. Son existence, comme partie du plus ancien code des Brehons d'Irlande, remonterait assez loin pour convaincre les esprits qui doutent le plus qu'il fût connu dans la Bretagne celtique.

En quelque lieu qu'existât la loi de saisie et de main-levée, il devait nécessairement y avoir une loi sur les dépôts. Il semble que dans chaque propriété ou seigneurie irlandaise, il n'y eût pas moins de sept *foruses* publiques, ou dépôts. Il n'est guère concevable que de semblables arrangements n'aient pas existé en Bretagne avant le IXe siècle; cependant sir Henry Spelman, trouvant l'expression *Mannire ad parcum* dans les lois des Ripuaires, tira de ce fait la conclusion, qui n'a jusqu'ici été démentie par aucun juriste anglais, que les Bretons natifs durent à nos ancêtres Saxons jusqu'à leur connaissance du dépôt.

Avant de quitter le sujet général de la saisie, nous ferons une observation sur un point de rapport frappant entre la loi irlandaise, telle que nous la trouvons dans ces temps reculés, et la loi d'Angleterre, telle qu'on la suppose réformée par les statuts de Malbridge, « portant que nul n'étendra la saisie au-delà du pays où elle est appliquée. » Ce rapport existe aussi avec la loi d'Ecosse, telle qu'on la croit réformée par les statuts écossais, lesquels ont tellement de ressemblance avec la coutume irlandaise qu'il nous semble utile de les transcrire : « Si quelqu'un a pris « des *nams* pour une dette quelconque dans la terre d'un « seigneur, sans la permission du seigneur ou de son « bailli, et si les mêmes nams n'ont point été signalés « *publiquement* par ses allées et venues, et ont été saisis « et pris par le propriétaire, qu'il soit traité comme un « homme pris en délit de vol. »

Voyons maintenant la loi irlandaise correspondante :

« Quiconque transporte une saisie d'un territoire à l'autre « ne mérite qu'un demi-châtiment de vol, même si elle « est prise sur le bien d'une église principale ou d'un roi ; « mais le châtiment entier est mérité par le demandeur, « s'il a amené une saisie à travers la frontière, *sans la* « *présenter à une église principale*, ou à *un roi* dans le « territoire extérieur. »

De même dans la loi écossaise, ceux qui amènent une saisie de l'autre côté d'un territoire doivent, « à la limite de ce territoire, exhiber aux témoins présents, les animaux saisis, et de même à tous ceux qu'ils rencontrent par les chemins ; sinon, que les *nams* soient remis en sûreté à la place où ils furent d'abord pris et que le preneur y vienne chercher sa dette, s'il veut. »

En Irlande « si le défendeur va à la poursuite de la saisie au-delà de la frontière et qu'il offre des cautions et un otage pour cela au demandeur, et que les gages soient refusés, il agit suivant la loi en prenant la saisie du demandeur, et il n'y a pas de procès nécessaire. «

Comment s'expliquer que les Irlandais eussent une loi contre le transfert des saisies, dès le VIIIe et le IXe siècles et peut-être plus tôt encore, tandis que les Anglais et les Ecossais seraient restés jusqu'au XIIIe et XIVe siècles sans régulariser des lois d'une utilité aussi évidente ? — Nous trouvons, dans la nature des statuts anglais et écossais, l'explication certaine de la singularité apparente de ces arrangements sociaux, et nous devons reconnaître l'erreur des historiens qui, en voyant apparaître pour la première fois ces actes, ont conclu qu'ils n'avaient été précédés d'aucune loi de nature à porter remède au fâcheux état de choses existant. Cette méthode de conclure de l'enregistrement des lois, à la première introduction des améliorations sociales chez un peuple, et à son état de barbarie antérieure, s'est introduite à tort dans les œuvres des historiens modernes.

La revue de ces différents points identiques ou plus ou moins semblables entre les systèmes celtiques et anglais, de saisie et de main-levée, n'a été poussée si loin que pour prouver que les textes et les commentaires du *Sen-*

chüs Môr sont bien de la haute antiquité qu'on lui attribue.

Nous ferons maintenant un examen plus détaillé de la loi irlandaise, en prenant pour exemple cette partie dont l'antiquité est prouvée à la fois, par les textes et les commentaires, dans le *Glossaire* de Cormac; nous y verrons que de nombreuses formes de différents actes légaux, ainsi que des principes légaux, encore en vigueur dans notre loi, étaient usités chez les Irlandais, dans l'antiquité la plus reculée.

Cette partie est un récit des procédés employés pour la saisie par Asal contre Mogh, fils de Madat, afin de contrôler le titre de certaines terres du Meath; le texte original dans les fragments qu'on possède, est singulièrement expressif en sa concision.

Quelques parties de cette histoire, écourtée comme elle l'est, nous donnent des raisons de penser que les écrivains qui l'ont commentée se sont mépris sur le sens, et l'un des commentaires, en apparence le plus ancien, donne une élégante et fantastique légende sur quelques mots qui avaient probablement perdu leur signification première avant de tomber sous les yeux de l'écrivain. Cependant le premier commentaire en réfère à celui-ci et le premier commentaire lui-même est cité avec un passage du texte original dans le *Samas Cormaic.*

Avant de donner le texte original, il nous faut mentionner quelques traditions de ces commentaires tant primitifs que postérieurs. Suivant la chronologie ordinaire, la période des événements décrits ne serait pas postérieure à la génération qui suivit *Con*, surnommé des Cent-Batailles, quand Coirpré ou Coirbre, surnommé Gnathchoir, ou le *Juste*, était roi d'Ulster, probablement quelques siècles avant saint Patrick. Ce Coirpré est reconnu comme troisième successeur de Fergus, fils de Ledi, dont les successeurs immédiats furent Fergus, fils de Roy, et Conor, fils de Nessa. Ce Fergus « Ledides » avait reçu sous sa protection Eochaidh, frère proscrit de Con, monarque régnant. Un fils de *Con*, accompagné de quatre de ses parents et du fils de leur sœur, Foithine, poursuivait le fugitif et l'égorgea sur le territoire de Fergus. Là dessus : « Fergus, dit la glose, alla vers le nord avec des troupes « pour demander satisfaction; et justice lui fut rendue, « c'est-à-dire trois fois sept « *cumhals* » : sept cumhals « d'or et sept d'argent et de la terre encore pour sept « cumhals; Inbher Ailbhine fut donné comme ôtage pour « le crime des cinq natifs (à savoir d'Asal et des oncles « de Foithine); et Dorn, la mère de Foithine fut donnée « comme ôtage pour le crime de son fils, car il était le « fils d'un étranger. »

Ce passage montre que tandis que les frères de Dorn étaient traités comme des natifs dans l'imposition des amendes, une règle différente était observée à l'égard de leur neveu Foithine, comme fils d'un étranger; cette manière d'agir contraire à la loi civile « *partus sequitur ventrem* », est conforme à la loi commune qui veut que le fils suive le père. Dorn, ayant par la suite provoqué la colère de Fergus, en lui reprochant un défaut personnel, il la tua.

Cent quarante années passèrent, dit la Glose. Coirpré, héritier de la royauté d'Ulster, continua à faire occuper par son intendant Mogh, la terre donnée comme gage par Inbher-Ailbhine. La tribu de Con, que l'on croit avoir été un parent de Dorn, et auquel appartenait, en premier lieu, cette terre, déclara que, par la mort de l'ôtage, la dette encourue, en raison du crime de son fils était annulée, et elle résolut de faire valoir ses droits; mais, par une cause inexpliquée, elle tarda tant à le faire qu'on se demanda si la période de prescription mettant fin à ses droits, n'était point passée ?

L'existence d'une loi de prescription, parmi les Irlandais de cette période, paraîtra étrange aux gens de loi d'aujourd'hui, la prescription ayant été jusqu'ici considérée comme une règle introduite par la loi civile. Il est évident, cependant, que, dans ce cas particulier, *l'usucapio* de ce système pourrait ne pas avoir été appliquée.

« *Usucapio* » ou le droit acquis par une longue *jouissance*, serait un juste titre; mais il ne peut y avoir de *justus titulus*, quand la personne est en possession de la propriété qui lui a été délivrée comme gage. » Le *rudrad* Irlandais qui touchait à la terre donnée en gage, devait avoir été tiré de quelqu'autre source. La Glose, pour marquer le temps durant lequel le gage devait avoir été hors de possession, emploie une autre expression qui frappera l'homme de loi. Depuis cette époque, tant de temps s'était passé « qu'il y avait *anfis* (c'est-à-dire *ignorance*) à ce sujet, » ce qui équivant à l'expression de « temps immémorial » de notre phraséologie légale.

Il semble que l'on mit en question si le temps de prescription était passé et si l'*anfis* ou *non connaissance* était devenue légale, lorsque la tribu de Con résolut de recouvrer la terre qui lui avait appartenu. La période était divisée en trois termes successifs dans le royaume ; et il s'agissait de décider si l'on compterait l'un d'eux qui avait été discuté. Les moyens par lesquels cet obstacle fut surmonté prouvent une connaissance approfondie de la force légale des titres, et montre aussi que le terme de la période de prescription était reculé. Asal, intendant ou bailli des prétendants, mit ses chevaux dans ladite terre. (Ici nous voyons ce que nous appelons aujourd'hui : *prise de possession*). Mogh les en chassa, ce qu'on nommerait *évincer*, accompagnant cet acte des paroles que voici : « Est-ce parce que cette terre t'a jadis été prise, que tu « y mets tes chevaux ? — C'est donc de nous qu'elle a « été prise ? » dit Asal; et, le fait étant constaté, il procéda à la saisie.

Le récit, quoiqu'il remonte très-haut, n'est que préliminaire et a été tiré de gloses primitives. Nous arrivons maintenant au texte original, qui a été traduit et publié par le docteur O'Donovan. Quelques mots en apparence de peu d'importance, et que l'on suppose pour cette raison avoir été mal traduits ou corrompus, sont placés entre parenthèses :

« Asal prit trois vaches (blanches) par saisie immédiate « à Mogh, fils de Madat; elles furent consignées pendant « une nuit à Ferta sur la Boyne; elles s'echappèrent, « mais elles avaient laissé leurs veaux et leur lait blanc « répandu sur la terre. Il alla à leur poursuite et saisit

« dans la maison, à la pointe du jour, six vaches laitières. « Des gages furent donnés par Coirpré *Gathchoir* (ou « le juste) pour les vaches, pour la peine, pour la saisie, « pour l'aveu, pour le triple aveu, pour l'aveu par un « chef, pour le double aveu.

« Le *Tirbá* ou champ de Corn Cedcorach, d'où le bétail « avait été enlevé, avait été donné à Fergus Fergletech, « comme un adoucissement de la grande injure qui lui « avait été faite par le meurtre d'Eochaidh Belbhuidhe. « Dorn lui fut aussi livrée comme esclave; depuis elle fut « tuée à cause de sa trop grande franchise, ayant remarqué « un défaut naturel de Fergus. Fergus fit une vigoureuse « attaque contre Fenech, dans Loch Andhraidhe, pour « le tuer à cause de ses pillages. Sa terre fut cependant « remise en possession de l'héritier de Corn. »

« *Par une saisie immédiate*, dit le texte, *gabhail co toxal*, saisie avec importation, distinguée par là, de la saisie par voie d'arrêt.

« *Elles lui échappèrent; mais elles avaient laissé leurs veaux.* » La Glose nous informe qu'Asal fit la saisie des trois vaches hors des portes, tandis que les veaux étaient enfermés. Cette remarque semble donner à entendre que l'action de Mogh, lorsqu'il gardait les veaux, équivalait à un rappel des vaches, dès qu'elles avaient l'occasion de s'échapper.

« *Leur lait blanc répandu sur la terre* » littéralement « lait blanc sur la terre ; » ici nous remarquons deux points : premièrement, que les vaches n'avaient pas été traites par le saisissant, bien qu'elles eussent été dans ses mains au lever et au coucher du soleil ; ceci rappelle l'ancienne et assez déraisonnable règle de la Common-Law, à savoir que « *si un homme s'empare d'une vache comme saisie, il ne peut la traire, car bien que la vache s'en trouvât mieux, il ne peut rendre service à son propriétaire sans son consentement* » ; en second lieu, nous noterons, qu'en faisant une nouvelle poursuite, on pouvait considérer la trace du lait sur la terre comme une manière de garder à vue.

« *Il alla à leur poursuite et en saisit six* ».

La première saisie des trois vaches était le *gabhail* ou *nam*, la seconde saisie l'*athgabail* (*aitherrach gabail*) ou *withernam*, qui peut être, suivant la loi commune, employée par un parti comme voie de représailles envers un *éloignement*, ou par l'autre en mettant la saisie hors de la voie. C'était le moyen employé généralement par le propriétaire, quand le saisissant n'envoyait pas en avant le bétail pour la main-levée, et le saisissant avait le même droit contre le propriétaire, quand par sa faute, le troupeau, après avoir été saisi à main-levée, ne paraissait point pour le jugement du retour. L'écrivain de la Glose, en essayant de rendre la chose plus claire, a eu recours au latin, dont la transcription fautive ne nous laisse à présent en main qu'un texte très-corrompu : *Tres vocarum*, *tres vocarum*, *tremarum*, *secundarum*; devait être certainement écrit dans l'original : *tres vaccarum* , *tres vaccarum*, *namarum*, *secundarum*, ce qui signifie deux fois trois vaches pour la seconde saisie ou prise en « *withernam* ». Mais dans les ordonnances qui nous sont parvenues, c'est seulement *bête* pour *bête* qu'il était permis de prendre dans ces sortes de représailles

Cela ne se passait pas cependant toujours ainsi, d'après Bracton, qui nous apprend que, « si le shériff ne pouvait trouver le bétail pour le livrer et qu'on le crut éloigné à dessein, alors, si le preneur avait quelques biens dans le pays, l'officier du shériff devait prendre quelques animaux de son bétail pour *doubler la valeur*, et les retenir jusqu'au retour de la saisie ». Nous avons là un autre exemple de changement dans la vieille loi commune, qui fut effectué probablement par un statut perdu pendant le temps écoulé entre Bracton et Fitzherbert. « *Vaches laitières* » littéralement : de parmi les vaches à traire ou qui pouvaient l'être, car bien que les trois ne pussent pas être traites, il n'en était pas ainsi des six. Par la loi commune, il y avait cette distinction que l'on ne pouvait légalement faire travailler les animaux pris en saisie, mais que le saisissant avait ce droit pour ceux qui étaient pris en *withernam*.

« *A la maison* » ou plutôt « *de la maison* ». La première

saisie, avait été prise (la glose nous en informe), de l'intérieur de la maison; le *withernam* fut pris *odorus tighe* « hors des portes de la maison ». Suivant la loi commune, les portes ne pouvaient être brisées pour arriver à la saisie qu'en cas de *recousse*. Ce qui avait lieu ici pourrait être considéré de nos jours comme formant recousse. « *Si le bétail, étant amené à la fourrière, s'échappe et va dans la maison du propriétaire, et si celui-ci ne le livre pas, cela forme une recousse légale* », et alors on peut faire une nouvelle poursuite en brisant les portes.

« *A la pointe du jour* », ou comme dit la glose « *A la bande rouge du matin* ». Par la loi commune, les saisies, sauf celles de bêtes *causant dommage*, ne pouvaient être opérées la nuit.

« *Des gages furent ensuite donnés pour elles* ».

Ayant fini avec la saisie, nous arrivons aux *mains-levées*, qui consistaient d'abord, ainsi que nous l'avons observé, à donner des gages aussi bien pour le *gabhail* ou première saisie, que pour l'*athgabail* ou *withernam*.

« *Par Coirpre* ». Observez qu'ici paraît un nouvel acteur et que Coirpre prend ici la place de Mogh, tandis qu'Asal fait place à la tribu de Con, l'ancien propriétaire. Coirpre est loué de sa prompte soumission aux conditions qui lui sont imposées pour défendre son bien. Elles assurent la sécurité de ce qui est appelé *detiu* d'un, de deux, ou de trois.. La glose explique ceci comme signifiant la sécurité de la responsabilité à l'égard de son temps, de celui de son prédécesseur, et de celui qui fut avant ce prédécesseur. Une semblable sécurité était donnée à l'autre parti, mais seulement pour le temps d'un seul individu. Que ceci fut analogue aux gages (*sacramenta*) sous l'action romaine primitive, on ne peut que le conjecturer, l'état actuel des informations forçant à laisser ce point dans l'obscurité. Ce qui est plus important, c'est de noter que, par l'entrée et l'expulsion d'Asal et la saisie qu'il fit en raison de l'infraction supposée, les titres à la terre furent discutés entre les plaideurs eux-mêmes, et la possession changée substantiellement, ainsi que cela eut lieu dans une expulsion accomplie d'après la loi commune.

L'idée qu'on a généralement de l'origine des actions d'infraction et d'expulsion est qu'elles furent inventées par les juges sous les règne de Edouard, et on dit que ce fut sous celui d'Edouard IV que, pour la première fois, la possession de la terre fut recouvrée par un procédé de cette sorte. Quand nous considérons qu'un des manuscrits du *Senchüs Mor* encore existant fut traduit sur des documents encore plus anciens, plus d'un siècle avant l'avènement d'Edouard IV ; quand nous trouvons le récit d'un cas ayant tous les principaux éléments d'une action d'infraction et d'expulsion et que l'on pense avoir eu lieu il y a 1600 ans ; quand nous voyons enfin le texte de ce récit considéré comme un titre authentique antérieur au XIIe siècle, notre esprit est confondu à la vue des épaisses ténèbres qui cachent encore à nos yeux les origines de la loi commune anglaise et désespère de les percer ; tels furent les sentiments d'hommes qui, possédant le plus grand savoir et une bonne foi non moins grande, ont cependant attribué à des juges des XIVe et XVe siècles, l'invention de procédures qui, si elles existaient en Irlande, devaient aussi être en usage en Bretagne, longtemps avant ces ordonnances d'assises auxquelles on croit généralement qu'elles ont succédé.

« *Sa terre fut cependant remise en la possession de l'héritier de Con.* » La terre, ainsi qu'il sera remarqué, avait été donnée comme gage. Nous pouvons conclure de la glose que cette hypothèque était conforme aux lois galloises. Le droit de la possession dépendait de la satisfaction à la dette de Fergus, et les prétendants cherchèrent à élever les amendes qu'il devait pour la mort de Dorn, voulant prouver qu'elles étaient plus fortes que ce qui lui restait dû pour le meurtre d'Eochaidh.

Cette action est probablement encore un emprunt fait à la *Compensatio* de la loi civile. La raison pour laquelle on suppose qu'elle n'a pas existé dans la loi commune est qu'accorder à un parti le bénéfice de faire valoir ses droits eût entamé une action sans ordonnance (writ) ; mais il faut calculer qu'ici nous traitons d'une époque où les ordonnances n'étaient pas encore en usage, et nous avons seulement à nous demander si ce droit naturel et juste n'existait pas avant que la loi commune dépendît des cours supérieures du Roi?

S'il existait en Irlande et qu'il n'y fût pas emprunté à la loi civile, pourquoi n'eût-il pas existé en Bretagne comme partie de la jurisprudence celtique?

La *Compensatio* de la loi civile porte seulement sur les individus et au même droit.

Dans le *Comadugad* ou conciliation entre les prétendants d'Inbher Ailbhine et Coïrpre Gnathchoir, on ne peut découvrir le principe de réciprocité qu'en considérant les droits individuels comme fondus dans les droits communs des deux partis entre lesquels le litige eut lieu. C'est à ce point de vue que la glose nous le présente :

« Une balance fut établie entre les crimes, à savoir : Eochaidh Bilbhuide fut tué tandis qu'il était sous la protection de Fergus; comme celui-ci était roi d'une province, il avait droit à dix-huit cumhals; il lui était dû neuf autres cumhals pour le reproche que Dorn lui avait adressé sur son défaut; ainsi cela faisait déjà vingt-sept cumhals dus à Fergus.

Le prix de l'honneur fut réclamé par les Feine pour la mort de l'otage (Dorn), et pour ceci vingt-trois cumhals étaient dus. Bindhé, fils d'Ainmerech, avait droit à un *eneclan* (prix de l'honneur) pour le meurtre de sa fille; c'est-à-dire qu'il était *Aire-Forgill* du rang moyen et avait droit à six cumhals. Son frère aussi avait droit à quatre cumhals, et les hommes du Nord en demandaient vingt-sept; une balance fut établie entre eux et on reconnut qu'un excédant de six cumhals était dû par les hommes du Nord, et, pour cela, ils rendirent la terre d'Inbher Aibhline. »

Cette manière de charger des droits et de la responsabilité des autres un seul personnage, rappelle d'anciennes lois anglaises municipales, semblables en principes et qui furent enregistrées dans la loi commune au temps de Fleta:

« Si une personne quelconque, d'une ville quelconque, d'une société ou d'une corporation marchande quelconque, était endettée envers quelqu'un d'une autre ville, société ou corporation marchande quelconque, et si quelqu'un de cette ville, société ou corporatien venait à la ville, société ou corporation dans laquelle se trouvait le créditeur, le créditeur pouvait charger cet étranger de la dette de son compatriote. »

Et, si en opposition, l'étranger pouvait faire valoir quelque dette due à quelqu'un de sa corporation par quelqu'un de celle du créditeur, le cas était de toute manière semblable à celui que nous donne le texte. L'existence d'un certain nombre de conditions insignifiantes nous conduirait à attendre quelque loi entre les tribus ou territoires, et il paraitrait qu'il existait dans le code Brehon certaines règles appelées *Cairdre*, lois ou règles de bon accord entre tribu et tribu, et qui se seraient appliquées à des cas tels que celui que nous venons d'examiner.

C'était aux assemblées générales que de semblables règles étaient appliquées; les membres de chaque tribu, ayant un certain rang, pouvaient y être assignés, de même que ceux d'un rang inférieur étaient forcés de se rendre à la cour de leur district.

Ce fut à une *Dal-Creiche*, ou assemblée générale de premier ordre, tenue sur la montagne d'Usnach, que l'affaire des terres d'Inbher Ailbhine fut déterminée par les quatre grandes tribus libres des Ultoniens, des Feines, de Tara et des Lagéniens. Le juge président était *Slan* ou *Sencha*, fils d'Aighe ou Ailill. « Il remit, dit la glose, la terre en possession de Con Cedcorach et de sa tribu, et il fit remise de la saisie » ; c'est-à-dire, par Coirpré qui l'avait dégagée à main-levée à Asal qui l'avait saisie, absolument comme l'arrêt d'un *retorno habendo* dans l'action de main-levée suivant la loi commune.

La décision qui remit la terre en la possession de l'héritier de Con et de la tribu de Con, semble indiquer que le litige fut conduit par la tribu, et l'héritier de Con fut mis par elle en possession. Ceci prouve que lorsqu'on traitait de tribu à tribu, d'après ce qui s'appelait la loi *cairdre*, on ne considérait la terre que comme propriété commune à la tribu entière; mais, dans les règlements particuliers à chaque tribu ou lois *urrhadus*, chaque famille pouvait conserver son héritage propre.

La mention d'un héritage particulier par droit de naissance, semblera étrange, en Irlande, aux gens de lois qui se souviendront des récits de sir John Davies à ce sujet, et le lecteur familiarisé avec les opinions reçues des historiens anglais ne sera pas moins surpris. Ces opinions dérivent toutes des arrêts des juges irlandais rapportés par sir John Davies, au sujet de la coutume irlandaise du Gavelkind.

Ces arrêts affirment en effet « *que toute la terre d'un territoire irlandais, excepté la partie réservée pour produire les aliments de la maison du chef, était assujétie à de fréquentes répartitions entre tous les membres de la tribu* »; de sorte que, « *en raison des fréquents échanges de terre entre les tenanciers, toutes les possessions étaient incertaines; et cette instabilité fut la cause qu'aucune habitation civilisée et aucune clôture ne fut élevée, et que les terres irlandaises ne subirent nulle amélioration.* »

Le lecteur aura sans doute remarqué que dans un tel état de société, l'existence de lois semblables à celles que nous venons d'approfondir eût été bien singulière, et un procès au sujet de l'héritage d'Inbher n'eût pas été moins étonnant : en sorte que, si l'affaire discutée n'est pas une fiction, nous sommes forcés de conclure : ou que la constitution du gouvernement irlandais avait subi un changement par lequel la propriété particulière disparaissait, ou que les juges irlandais avaient laissé dans l'ombre cet élément essentiel du système irlandais.

Il semble peu probable qu'un tel changement ait eu lieu, et certains faits en rapport avec ces arrêts nous rendent peu disposés à les considérer comme la vraie clef du système des Brehons. Ce tableau d'une civilisation inférieure s'était néanmoins si étrangement gravé dans l'esprit des historiens anglais, que sir Francis Palgrave, un des membres les plus instruits de ce groupe illustre, fait mille efforts pour attirer l'attention du lecteur sur la différence qui existait entre le système irlandais et le système gallois, exprimée dans les lois d'Howel.

Suivant lui, tandis que d'après ces dernières lois une partie considérable de chaque district était considérée comme héritages particuliers, on eût, chaque année, mêlé et morcelé les terres irlandaises, de manière à rendre toute habitation civilisée impossible.

« Il faut nous figurer, dit-il, que leurs habitations étaient seulement de simples campements, et que leurs cabanes formées de branchages, pouvaient être, ainsi que leurs huttes de tourbe, élevées en une nuit, et abandonnées sans regret, lorsque la répartition du district forçait chaque habitant à accepter un nouveau domicile. »

Le but de ce mémoire n'est pas de fournir les preuves évidentes par lesquelles nous espérons que les nouvelles publications de la commission réconcilieront entre elles ces oppositions. On peut voir cependant, par l'article de la loi des Brehons cité plus haut, que l'on avait marché dans la voie de la civilisation qui donne à chacun son héritage.

On peut juger de l'extension et de l'importance de la division de chaque territoire par ce qui a été publié de la loi des Clôtures, si soigneusement régularisée, dans les *Collectanea* de Vallençay et dans l'Encyclopédie de Knight.

Le volume de la Commission, bien que traitant seulement de la saisie, nous montre de nombreux faits particuliers, en tous points semblables à ce que nous nous imaginons avoir existé dans le fief primitif, alors que le *Folk-land* était si peu une propriété particulière que le labourage aussi bien que le pâturage y étaient communs.

La saisie, par exemple, est donnée pour fortifier le droit que l'homme de la tribu a de partager le labour commun, le hangar commun, le banc commun, le filet commun, le produit de la pêche commune et enfin de garder ses troupeaux en commun, comme aussi le droit de recouvrer sa propre terre labourée, son enclos de gazon, l'herbe de son pré, sa pêche et son filet.

Ainsi donc, une première saisie pour fortifier le droit ou intérêt de l'homme de la tribu, par rapport à la propriété commune du territoire, et une autre pour sa propre maison, son four et son moulin.

Tandis que la tribu entière est tenue de secourir l'équipage d'un navire naufragé et paraît avoir le droit de partager les épaves, le propriétaire particulier du rivage peut recueillir tout ce que la mer y jette; c'est ce qui s'appelle la *moisson des champs de la mer*.

Il y a encore une autre saisie pour l'arbre appartenant à quelqu'un en particulier dans la forêt commune, et une autre pour le bois de charpente et les fagots appartenant aussi à un particulier.

Il y a de même des saisies qui encouragent à élever des clôtures entre les blés et les prés, puisqu'elles sont dirigées contre ceux qui font des brèches dans les haies.

Dans les terres qui se répartissaient annuellement, le père et le fils avaient des parts égales et l'illégitimité n'était pas une objection; il n'en était pas ainsi pour les héritages de famille où la légitimité était condition essentielle, et nous trouvons un droit d'action accordé à quelqu'un contre les prétentions injustes d'un rival à l'héritage paternel.

D'autres faits attestent la co-existence de la liberté des tribus et de la communauté partielle des terres.

La communauté paraît divisée entre les hommes libres et les serfs, les nobles et les plébéiens, les indigènes et les étrangers. Le tenancier dans ses rapports avec son seigneur, est appelé *Keilé* (1), mot dont la signification première est *socius*.

Trois sortes de rentes sont énumérées; le *maximum de la rente*, payable par les étrangers; le *cens*, payable par les hommes de la tribu et les *rentes de convention*, qui se payaient tous les six mois.

Certains services étaient aussi dus, par exemple, l'envoi d'une bande de moissonneurs pour aider à la récolte du seigneur.

Deux sortes d'obligations distinguent le tenancier libre.

Nous avons déjà dit que l'assistance à l'assemblée de la nation était obligatoire; ainsi en était-il de la participation du tenancier libre à la guerre, et de sa présence à la

(1) Cf. le mot breton *Egile*, l'autre, (à la lettre, le compagnon).

cour de justice. Quant au devoir de réparer les routes, les ponts et les forteresses, il était commun à tous les tenanciers. Parmi eux, le plus humble était le *Fludhir*. Il est désigné dans le glossaire de Cormac comme le *Fo-tir* ou l'homme de la terre subalterne, c'est-à-dire qu'il obtenait la terre sous le propriétaire d'une autre tribu.

Les obligations entre lui et son seigneur étaient réciproques et nous avons la preuve qu'il pouvait forcer son seigneur à le défendre. Il est dangereux de se fier aux ressemblances de mots; mais si ces étrangers bénéficiers sont les ancêtres des feudataires plus récents, on pourrait dire de ceux-ci, comme on l'a dit si originalement des Copyholders : « Bien que d'humble origine, ils sont d'ancienne maison. »

Enfin, le pouvoir de saisie n'appartenait qu'aux membres de la tribu, possédant certaines qualifications, qui leur donnaient les pouvoirs de la magistrature assise. Ceux qui ne possédaient pas ces qualifications étaient *ecuma airechta*, c'est-à-dire n'étaient pas des *pares curtis*. Nous croyons apercevoir ici la première constitution de la cour des barons et même découvrir l'origine de notre justice administrative.

Si nos observations ont fait entrevoir le rapport positif de l'ancienne loi celtique d'Irlande avec quelques parties importantes de la loi commune d'Angleterre, telle qu'elle existait avant que les doctrines féodales du continent en eussent altéré la simplicité, les esprits de bonne foi ne se contenteront plus, en matière de loi, des traditions du XVIe et du XVIIe siècles, mais ils examineront, par eux-mêmes, ces nouvelles sources de science historique et légale.

Elles sont maintenant en partie ouvertes, et nous espérons que les travaux des membres de la commission irlandaise les feront jaillir avec force. Si le résultat de leurs profondes recherches confirme les vues que j'ai émises ici, le devoir de ceux qui peuvent parler avec autorité sera d'enseigner à nos compatriotes la leçon sociale et politique qui leur montrera, dans la loi commune, l'héritage de toutes les nations celtiques.

———

ETHNOLOGIE ARMORICAINE,

Par le Docteur Guibert.

A quelles Races appartiennent les Habitants actuels des Côtes-du-Nord?

SOMMAIRE.

Matériaux recueillis :

§ 1er. — Des races anté-historiques de la Gaule : des Ligures ou Ibères, leurs caractères physiques, leurs mœurs.

§ 2. — Des Celtes, au point de vue anthropologique.

§ 3. — Caractères physiques comparés des habitants des Côtes-du-Nord.

§ 4. — Les habitants de la région de l'intérieur breton sont des Celte-Ibères.

§ 5. — Les habitants du littoral français sont des Celto-Gaëls.

§ 6. — Les habitants du littoral breton sont en grande partie des émigrés de la Grande-Bretagne.

§ 7. — Les habitants de l'intérieur français du département sont des Celto-Gaëls et des Celte-Ibères mélangés.

§ 8. — Comparaison de ces populations avec diverses populations de la France et de l'Angleterre.

Pour aborder une question aussi difficile que celle de savoir à quelles races appartiennent les habitants actuels des Côtes-du-Nord, j'ai compté sur le grand intérêt de la question, et surtout sur l'indulgence et la bienveillance du Congrès, bienveillance qui m'est d'autant plus nécessaire que je vais combattre des opinions très-accréditées et me placer sur un terrain peu familier à plusieurs d'entre vous : je veux parler d'une science relativement nouvelle, l'anthropologie.

Cette science est encore en voie de formation, et se recommande, par les progrès remarquables qu'elle a déjà fait faire depuis quelques années, à l'histoire de l'homme, grâce au lumineux concours que lui ont prêté la géologie, l'archéologie, l'anatomie comparée, la paléontologie, l'histoire et la linguistique.

C'est qu'en effet la détermination des races humaines ne peut se faire avec certitude sans le concours des caractères anatomiques qu'elles présentent. Les indications de l'histoire, de l'archéologie, de la linguistique ne sont que des renseignements plus ou moins précieux, et nullement des preuves décisives de l'origine des populations.

Je vais donc m'adresser presque uniquement aux caractères physiques présentés par les populations actuelles du département des Côtes-du-Nord, en les comparant aux caractères des anciennes races de l'Europe.

Grâce à la bienveillance des autorités militaires, et surtout grâce au savant concours de mon confrère et bon ami le docteur Guiche, médecin major au 9e de ligne, j'ai pu recueillir trois séries d'observations prises sur les hommes de la réserve, sur plus de huit cents conscrits.

La première série a été prise par moi-même sur les hommes de la réserve de 1861 ; les deux autres séries ont été prises, cette année même, par M. le docteur Guiche qui a bien voulu relever, avec toute la précision désirable, les principales dimensions de la tête et surtout la couleur des yeux et des cheveux, à l'aide du tableau chromatique, publié pour cet usage par la Société d'anthropologie.

Ces documents, complétés par les données déjà publiées par la Société d'Émulation des Côtes-du-Nord sur la distribution des exemptions pour défaut de taille, forment la base fondamentale de ce mémoire (1).

Ce que je tiens surtout à établir, c'est que tous ces documents ont été rassemblés sans idée préconçue, alors que j'étais loin de prévoir qu'ils me conduiraient à l'opinion que je viens soumettre à votre appréciation. Ils n'ont pu, par suite, être altérés, même involontairement, par l'action incessante d'une opinion faite à l'avance, dont l'esprit a, parfois, tant de peine à se défaire, même en face de l'évidence la plus complète.

(1) Voir ci-après la carte du département et les tableaux synoptiques.

Ce n'est qu'après l'examen attentif et la comparaison de ces observations que je me suis fait une opinion. Je vous la soumets, dans la conviction que, même en cas d'erreur, ma tentative pourra être utile en devenant l'occasion de recherches nouvelles plus complètes et de discussions instructives.

§ Ier.

Permettez-moi de vous dire en quelques mots où en est aujourd'hui l'anthropologie, relativement aux origines ethniques de la France et de l'Europe.

L'opinion que je vais vous exposer n'aurait isolément presqu'aucune valeur et pourrait vous paraître tout d'abord complètement inacceptable.

Des recherches faites par W. Edwards, et plus tard par M. Broca, sur l'ethnologie de la France, il semble résulter que deux races principales ont donné naissance aux populations actuelles. La plus ancienne, appelée gaëlique (Galls de M. Am. Thierry), ou celtique par M. Broca, est refoulée, spécialement en Auvergne et en Armorique. Elle est de taille moyenne, brune de couleur; a généralement la tête ronde, le front bombé, le nez droit à lobule arrondi et le menton rond. L'autre race, de taille plus élevée, kimrique de nom, a les cheveux blonds, la tête longue et étroite, le nez recourbé, avec pointe dirigée en bas, les ailes relevées, le menton étroit et saillant. Cette deuxième race, qui domine dans le Nord-Est de la France, n'aurait envahi la Gaule que depuis les temps historiques.

Si nous remontons plus haut dans le passé, nous trouvons en Europe, avant les temps historiques, deux races primitivement bien distinctes : l'une à tête longue, l'autre à tête arrondie, ou, pour me servir des termes consacrés en anthropologie, l'une *dolichocéphale,* et l'autre *brachycéphale.*

Retzius pensait que cette dernière était la plus anciennement établie en Europe.

Cette question a été discutée au Congrès anthropologique qui vient de se tenir à Paris.

M. le docteur Broca, se basant sur les caractères des crânes trouvés dans les plus anciens monuments mégalithiques, en Grande-Bretagne, par M. Turnam (long-barrows) (1), en France, dans les plus vieux dolmens et spécialement dans le monument mégalithique de Quibéron, par M. de Closmadeuc (butte du Hurleur de Nuit — *Mane becker nos*) (2), et enfin sur ceux trouvés dans la partie méridionale de la Suède, par MM. Van Duben et Retzius fils; M. Broca soutint que les hommes à tête longue (dolichocéphale) étaient les plus anciens de l'Europe.

MM. Pruner-Bey et Quatrefages ont défendu la thèse contraire, et soutenu l'opinion de Retzius. Ils pensent que la race la plus ancienne était une race de petite taille, aux cheveux bruns, au crâne court, aux pommettes saillantes, à la face projetée en avant *(prognathe)*.

C'est à cette race qu'appartenait, suivant eux, l'homme qui habitait la Gaule au temps du mammouth, éléphant fossile, au temps de l'ours des cavernes, animal également détruit. C'est à cette race qu'il faut aussi rattacher l'homme dont M. Boucher de Perthes a trouvé la mâchoire inférieure dans le diluvium d'Abbeville, l'homme anté-historique de l'Aveyron et de la Belgique, l'homme qui habitait les grottes d'Arcy, d'Avrignac et du Trou des Nutons, homme sauvage, qui n'avait d'autres armes que celles qu'il fabriquait avec des os et des silex.

Ces deux savants vont plus loin, ils considèrent cet homme comme ressemblant aux Finnois plus qu'à tout autre peuple et, par suite, comme appartenant à la race mongole ou touranienne.

(1) Les plus remarquables de ces anciens crânes dolichocéphales des long-barrows ou allées couvertes sont ceux que M. Turnam a découverts à Norton, et dont l'indice céphalique moyen (rapport de la largeur à la longueur) est de 66.4 (Bull. Soc. anthrop. 1867, p. 670.)

(2) Voir plus haut le Mémoire de M. de Closmadeuc sur le mode de sépulture et les ossements dans les dolmens du Morbihan, et spécialement la description du crâne trouvé dans le sarcophage du Mané becker nos en Quibéron.

C'est à cette opinion que se range M. Le Hon dans son ouvrage sur l'*homme fossile*. Enfin M. Garrigou (1), qui a exploré plus de deux cents cavernes trouvées dans le S.-O. de la France et spécialement dans le bassin de Tarascon, compare ces habitations de l'époque quaternaire à celles que construisent encore aujourd'hui les Lapons et les Esquimaux les plus arriérés. Il pense même avoir trouvé dans ces cavernes des preuves que leurs habitants pratiquaient, au moins accidentellement, l'anthropophagie. Dans le sol de ces cavernes, au milieu de cendres, d'ossements d'animaux divers, de haches en silex, de pointes de flèche, il aurait trouvé des ossements humains qui avaient été brisés absolument comme ceux des animaux ayant servi à l'alimentation de ces hommes sauvages.

C'est cette race qui a laissé des preuves si remarquables de ses aptitudes artistiques dans ces mêmes cavernes, où l'on a trouvé des dessins et sculptures représentant avec élégance et fidélité, dans des attitudes très naturelles, le mammouth, le renne, l'ours des cavernes, plusieurs autres animaux et l'homme lui-même, comme le prouvent les objets qui ont été exposés dans la galerie du travail anté-historique à l'Exposition universelle.

Ces hommes étaient les *Ibères* ou *Ligures*.

§ II.

Ce premier point établi, que devons-nous entendre par Celtes, et que savons-nous de précis à ce sujet? C'est ici surtout que les avis sont partagés, et que l'on voit, à la faveur de la nuit des temps, chacun envisager la question à sa manière. Pour César, les Celtes étaient les habitants de cette partie de la Gaule comprise entre la Seine, la Garonne, les Alpes et l'Océan.

Les linguistes entendent par Celtes, les peuples qui ont parlé et qui parlent encore les langues dites celtiques.

(1) V. Bulletins de la Soc. d'Anthrop. 1867, p. 338, sur les os cassés des cavernes.

Pour les archéologues, les Celtes sont les peuples qui ont inauguré l'âge de bronze en Europe.

Au point de vue anthropologique, deux opinions sont en présence. Pour Retzius, les Celtes sont les premiers hommes à tête étroite et longue (dolichocéphales), qui ont pénétré en Europe, au milieu des populations brachycéphales, autochthones. M. Turnam pense, au contraire, que les Celtes sont des brachycéphales venus se mêler à une population dolicocéphale plus ancienne, en apportant le bronze qui, pour lui, paraît un critérium d'une valeur absolue. L'opinion de M. Turnam se confond ainsi en principe avec celle des archéologues.

A laquelle de ces opinions nous rattacher?

Il me semble, en effet, indispensable de bien définir ce que l'on entend par race celtique, avant d'entreprendre l'étude d'une population considérée comme d'origine celtique, à cause de sa situation géographique de la langue qu'elle parle encore, et des monuments mégalithiques qui l'entourent.

Si la question celtique a bien toute l'importance qu'on lui accorde généralement, si les Celtes, quelle que soit leur origine, sont réellement d'une race différente de la population dite préceltique dont nous venons de donner une idée succincte; ce n'est évidemment ni par la situation géographique, ni par la langue, ni par la nature de leurs armes qu'il faut les définir, mais bien par leurs caractères anatomiques. Ce point de départ établi, on pourra, mais seulement alors, rechercher la situation géographique actuelle de leurs descendants, les langues qu'ils parlent encore et dans quelle proportion ils se sont mêlés à la population préceltique et aux barbares envahisseurs des temps historiques.

Nul ne peut contester, en effet, que quand il s'agit de déterminer une race, les caractères anatomiques et physiques doivent primer tous les autres. L'histoire ne nous prouve-t-elle pas que les armes, les croyances religieuses, les langues même se succèdent dans une population, par le seul progrès de la civilisation, et sans que la race soit très-sensiblement modifiée. Nous ne pouvons donc nous fier à aucun de ces caractères accidentels.

L'opinion émise par M. Turnam sur les faits observés seulement en Grande-Bretagne est très-contestable.

Les plus anciens crânes qu'il a trouvés dans cette contrée sont très-dolichocéphales; ils proviennent tous des plus anciens monuments mégalithiques (âge de la pierre polie) : il en conclut qu'ils appartiennent à la population précoltique et semble ainsi admettre, comme caractère essentiel des tombeaux celtiques, la présence des armes en bronze, caractère purement accidentel qui ne pourra jamais servir à définir une race.

D'autre part, si les dolichocéphales sont bien les premiers habitants de la Grande-Bretagne, ce qui me parait assez contestable, il me semble démontré aujourd'hui qu'il n'en est certainement pas ainsi pour la Gaule, où l'existence d'une race petite et brachycéphale n'est plus douteuse, dès l'âge de la pierre taillée, par conséquent bien avant l'apparition des dolmens qui ne se montrent qu'à la fin de l'âge de la pierre polie et avant l'âge du bronze.

Les faits argüés par M. Turnam me semblent prouver simplement : 1° La co-existence d'une race très-dolichocéphale, de taille moyenne, avec les premiers, les plus anciens tombeaux mégalithiques qu'elle aurait élevés pour ses chefs; 2° à en juger par ces crânes, très-étroits et allongés, cette race était pure de tout mélange avec la race brachycéphale ; 3° dans les monuments mégalithiques de l'âge de bronze on trouve des crânes indiquant, par leurs indices céphaliques assez variables, que ces monuments ont été construits pour des hommes provenant du mélange des deux races brachycéphale et dolichocéphale.

Ce n'est pas ici le lieu de rechercher laquelle de ces deux races, primitivement distinctes, apporta le bronze dans nos pays.

Je laisse complètement de côté cette question incidente, peu importante au point de vue de la détermination des races auquel je me place exclusivement ici.

Je conclus que, si les plus anciens habitants de l'Europe sont des brachycéphales de race finnoise et si les Celtes ont appartenu à une race complètement différente de la première, nous ne pouvons considérer comme Celtes purs que les constructeurs très-dolichocéphales des premiers monuments mégalithiques de taille moyenne (Turnam); que cette race dite arienne, probablement victorieuse et conquérante, n'est point longtemps demeurée pure de tout mélange avec la population autochthone, avec laquelle elle s'est croisée, en lui imposant sa langue, ses croyances religieuses, sa civilisation plus ou moins rudimentaire et jusqu'à son nom lui-même. Ces inductions auxquelles me paraît conduire l'anthropologie guidée par la géologie et l'archéologie me semblent trouver leur confirmation dans la légende irlandaise dont nous a parlé M. Henri Martin dans son mémoire sur l'origine des monuments mégalithiques. D'après cette légende, les Celtes ou constructeurs des monuments de pierres, portaient le nom de *race des dieux de Danann*. Ils avaient la taille élevée, les cheveux blonds et les yeux bleus. Ils descendaient des plus anciens Celtes, les *Neimhead*. Les autres Celtes ou Firbogs avaient la taille moins élevée et les cheveux bruns.

J'en conclus que les premiers, descendants des plus anciens Celtes, étaient de souche arienne à peu près pure. Les autres, au contraire (Firbogs), présentaient les caractères de la race qui avait précédé les Celtes en Europe, et probablement aussi en Grande-Bretagne, race avec laquelle les Celtes purs se sont croisés, puisque dans les rond-barrows, tombeaux de l'âge de bronze, on trouve des crânes brachycéphales aussi bien que des crânes dolichocéphales. Donc, à partir de ce moment, vainqueurs et vaincus se sont de plus en plus intimement mêlés, ont conservé le nom des vainqueurs (Celtes), qu'ils méritaient par leur langue, leur culte et leurs croyances religieuses, mais non plus par leur race profondément modifiée par l'infusion de sang touranien.

Ces Celtes, à en juger par le crâne de Quibéron, avaient la région postérieure du crâne plus développée et la région antérieure ou frontale moins développée que les crânes du XIXe siècle. (Voir le mémoire de M. de Closmadeuc.) M. le docteur Broca rapproche ce crâne de celui des Nègres et de celui des Néo-Calédoniens. Il ne me paraît pas non plus sans analogie avec les crânes basques (1) qui semblent généralement présenter les mêmes caractères, mais à un moindre degré.

L'étude comparative des crânes découverts en Suède et en Grande-Bretagne viendra bientôt, nous l'espérons du moins, éclairer cette intéressante question.

Telle est la manière dont j'envisage la question celtique. J'en fais, avant tout, une question de race et subordonne tous les autres caractères, armes, langage et monuments, aux caractères anthropologiques qui, seuls, peuvent permettre de définir sûrement une race humaine et de la caractériser avec certitude.

Cette manière de voir se rapproche de celle de Retzius et de celle de MM. Pruner-Bey et Garrigou. Elle diffère donc de l'opinion de M. Turnam (2) qui, exclusivement préoccupé de la définition archéologique des Celtes, *inaugurateurs du bronze*, ne considère comme celtiques, que les tombeaux contenant des objets en bronze. Il regarde ainsi les long-barrows qui contiennent ces crânes si remarquables par leur dolichocéphalie, comme préceltiques, et pense que le bronze a été apporté en Grande-Bretagne par la race brachycéphale qui, pour lui, est la race celtique.

§ III.

Quoi qu'il en soit, si ces races antiques n'ont point complètement disparu, si elles n'ont pas été assez profondément modifiées dans leurs caractères pour devenir méconnaissables, si elles n'ont été que refoulées, modifiées légèrement et non détruites par les conquêtes et les invasions des barbares, on doit pouvoir trouver encore

(1) Voir le Bulletin de la Société d'antrop. 1862, p. 585.

(2) *Id.* 1864, p. 395, 1867, p. 211 *passim*.

aujourd'hui leurs descendants dans les localités les plus éloignées du grand courant des invasions des temps historiques, surtout dans les contrées qui, par leur stérilité, ne peuvent tenter aucun envahisseur.

Telles sont, précisément, les conditions dans lesquelles se trouve le centre de la Bretagne armoricaine où doivent avoir été refoulés au moins en partie les descendants des premiers occupants de la Gaule (1).

Nous possédons un document précieux pour aborder l'étude ethnologique de l'Armorique. Je veux parler du travail de M. Broca, publié par la société d'Anthropologie, sur l'élévation relative de la taille dans les cantons des trois départements bas-bretons.

Une carte pittoresque qui va paraître dans les mémoires de cette société, et dont je vous présente un exemplaire, permet de juger d'un seul coup d'œil de l'élévation de la taille, comparée dans les 126 cantons des Côtes-du-Nord, du Finistère et du Morbihan. Ces cantons sont numérotés de manière que ceux qui offrent le moins de réformés pour défaut de taille portent les premiers numéros, et que ceux qui en ont le plus portent les derniers. Les 42 premiers cantons sont blancs; les 42 derniers qui offrent les plus fortes proportions de réformés, sont noirs; les 42 autres sont gris.

Grâce à cet artifice, on constate immédiatement que presque tous les cantons noirs forment une zône verticale très-renflée à son milieu, atteignant au nord les bords de la Manche à Lannion, et au sud les bords de l'Atlantique à Quimperlé.

Ce massif central comprend dans les Côtes-du-Nord tout l'arrondissement de Guingamp et plusieurs cantons des arrondissements voisins.

Si nous comparons cette carte de M. Broca à celle que j'ai publiée pour les Côtes-du-Nord seulement, dans le 1er volume des Mémoires de la société d'Émulation, et qu'on trouvera reproduite ici, nous voyons qu'à côté de

(1) Voir l'Introduction aux *Anciens Évêchés de Bretagne*, par MM. Geslin de Bourgogne et de Barthélemy.

quelques différences il existe bien entre elles une concordance générale très-évidente. La seule différence essentielle porte sur le rang occupé par la plupart des cantons maritimes de Plestin à Dinan.

Les hommes valides de ces cantons ne servent qu'en petit nombre dans l'armée de terre ; le plus grand nombre est employé au service de la flotte dont ils ne sont pas exemptés pour défaut de taille.

M. Broca (1) a calculé la proportion des réformés pour défaut de taille au nombre total des examinés mesurés ou non. Or, ne sont point mesurés 1° les exemptés pour maladies ou infirmités ; 2° les marins absents ou non, reconnus aptes au service de la flotte.

J'ai pris soin, de mon côté, de calculer la proportion des réformés pour défaut de taille au nombre des individus effectivement mesurés, afin de rendre exactement comparables les résultats obtenus pour les cantons du littoral, aux résultats donnés par les cantons de l'intérieur (2). Ces observations me paraissent suffire pour bien faire comprendre comment les proportions des réformés pour défaut de taille dans chaque canton différent dans chacune de ces cartes et pourquoi les cantons du littoral occupent dans le travail de M. Broca un rang un peu plus avantageux que dans le mien, aux dépens des cantons de l'intérieur.

Ces réserves faites, je n'en accorde pas moins une valeur considérable et un grand intérêt à la carte publiée par la société d'anthropologie, carte qui me paraît indispensable à tous ceux qui se proposent d'étudier l'ethnologie de la Basse-Bretagne. Elle permet, en effet, la comparaison au point de vue de la taille entre les trois départements déjà mentionnés. Elle montre que c'est dans les Côtes-du-Nord que se trouve le plus grand nombre de cantons à haute taille (20 sur 42) et aussi le plus grand

(1) Voir Bulletin de la société d'Anthropologie, 1864, page 146 et suivantes.

(2) Le total des individus effectivement mesurés s'obtient en ajoutant le nombre des individus exemptés pour défaut de taille, au nombre des individus reconnus aptes au service de l'armée de terre.

nombre de cantons à petite taille (18 sur 42). C'est aussi dans notre département que la langue française, ou mieux le patois dit *Gallo* a pénétré le plus avant.

Enfin, dans les Côtes-du-Nord, la ligne de démarcation de la langue bas-bretonne et de la langue française correspond assez exactement à celle qui séparerait les cantons à haute taille des cantons à petite taille.

M. Broca ne considérant que la partie bretonne de l'Armorique arrive à cette conclusion relativement à l'ethnologie de la Basse-Bretagne, que la différence de taille doit être attribuée à la juxta-position de deux races; l'une petite et généralement refoulée vers le centre, l'autre grande, venue par mer et installée sur les côtes de la Manche et de l'Atlantique; la première est celle des Armoricains, la seconde est celle des Bretons insulaires qui arrivèrent par mer dans la deuxième moitié du ve siècle. (Bulletins de la Société d'Anthropologie, 1866, page 702).

Pour ma part, j'admets ces conclusions comme légitimes; mais il reste à déterminer à quelles races appartiennent ces Armoricains, ces descendants des Ossismiens, des Corisopites et peut-être même des Redones et des Curiosolites refoulés au centre de la Péninsule, et à quelles races appartiennent les habitants de la partie française et ceux du littoral breton qui a reçu les émigrés de la Grande-Bretagne au ve siècle.

C'est cette question que je me propose de traiter pour le département des Côtes-du-Nord.

Pour exposer clairement les résultas des observations prises sur les hommes de la réserve, je distinguerai dans le département deux parties, l'une bretonne et l'autre française, séparées par la ligne de démarcation des langues dont la direction générale est N. et S. (1) et, dans chacune de ces parties, deux régions : la région du littoral comprenant les cantons les plus voisins de la mer, et la région de l'intérieur comprenant les autres cantons,

(1) Voir la Carte donnant la distribution des exemptions pour défaut de taille et la division du département en quatre régions ethnologiques.

en tout, par conséquent, quatre régions : deux bretonnes et deux françaises, et à un autre point de vue, deux régions du littoral et deux régions de l'intérieur.

Comme le prouve la carte ci-jointe, la taille des habitants est plus élevée sur le littoral que dans l'intérieur, et plus élevée dans la partie française que dans la partie bretonne. Il en résulte, qu'au point de vue de la taille, le groupe du littoral français occupe le premier rang; vient ensuite l'intérieur français, puis le littoral breton et enfin l'intérieur breton où se trouvent les hommes les plus petits du département. Cette différence de taille est assez considérable puisque le nombre des réformés pour défaut de taille varie entre 3, 17 p. 0/0 (Ploubalay) et 41, 27 p. 0/0 (Bégard).

Ce qui prouve qu'on ne peut attribuer à l'alimentation cette différence de taille; c'est que dans la région riche et fertile du littoral breton, la taille des habitants est moins élevée que dans la pauvre région de l'intérieur français où l'alimentation est beaucoup moins substantielle et la misère beaucoup plus grande.

Ces différences de taille tiennent donc bien à des différences de races.

Recherchons maintenant s'il existe des différences correspondantes dans les autres caractères extérieurs des habitants. Commençons par la couleur des cheveux et des yeux. Le tableau N° 2 (1) que j'ai dressé sur le plan de celui adressé par le Docteur Beddoë de Clifton au Congrès celtique international, nous fait voir que les quatre régions du département ne présentent point sous ce rapport une aussi grande différence que pour la taille.

En effet, faisant abstraction des yeux neutres, c'est-à-dire des yeux verts et de ceux qui n'appartiennent franchement ni aux yeux bleus ni aux yeux roux ou bruns,

(1) Ce tableau a été calculé sur des relevés faits d'après les observations du Docteur Guiche, observations prises à l'aide du tableau chromatique de la Société d'Anthropologie. Ces chiffres, indiquant la proportion des yeux et des cheveux de chaque couleur pour cent individus observés, pour chacune des régions du département, rendent facile la comparaison de ces régions entre elles.

on voit que c'est sur le littoral breton que la proportion des yeux bleus aux yeux bruns est la plus forte 32 : 37, tandis que c'est sur le littoral français que les yeux bleus sont en moindre proportion 21 : 49. Cette différence me paraît de la plus haute importance.

M. Broca pense que l'élévation de la taille en France permet d'apprécier assez exactement l'influence proportionnelle dans une localité donnée de la race brune de petite taille et de la race au teint clair de haute taille (1). Cette opinion qui peut être vraie pour la France, considérée en général, ne se vérifie point pour le département des Côtes-du-Nord. Si, en effet, au lieu du littoral breton, nous prenons l'intérieur breton du departement où la taille est à son minimum, pour le comparer au littoral français où se trouvent les hommes de la taille la plus élevée, nous trouvons que la proportion des yeux bleus aux yeux bruns est plus considérable dans l'intérieur breton (32 : 43) que sur le littoral français (21 : 49). Or, le contraire devrait être, si l'élévation de la taille sur le littoral français était due à l'influence plus grande de la race à tête allongée et aux yeux bleus. Nous arrivons à cette même opinion en étudiant la distribution de la couleur des cheveux. C'est, en effet, sur le littoral breton qu'existe le plus grand nombre de cheveux clairs, comme c'est là que nous avons trouvé le plus grand nombre d'yeux bleus.

Je n'insiste pas davantage sur ce tableau auquel nous aurons bientôt à revenir pour la détermination des races.

De même que le tableau N° 2 prouve que la race blonde aux yeux bleus ne domine point davantage dans la partie française que dans la partie bretonne et que le contraire serait plutôt vrai, le tableau N° 3 qui donne la moyenne des indices céphaliques (2) prouve que les têtes rondes

(1) Voir les recherches de M. Broca sur l'ethnologie de la France, premier fascicule des Mémoires de la Société d'Anthropologie.

(2) Par indice céphalique, on entend le rapport de la largeur maximum du crâne à sa longueur maximum qui, alors, est toujours représentée par 100. Lorsqu'on dit que l'indice céphalique est 83, on entend que la largeur du crâne est les 83/100 de sa longueur.

dominent au moins autant dans la partie française que dans la partie bretonne. Dans ce tableau N° 3 j'ai groupé comme dans le précédent les cantons par régions, et, pour chaque région, j'ai calculé séparément les moyennes pour chaque série d'observations. On trouve dans la colonne intitulée série du docteur Guibert les moyennes des indices céphaliques, calculées sur les mesures prises par moi-même sur des hommes de la réserve de 1861; dans la 2e colonne les moyennes calculées d'après les observations prises par le docteur Guiche sur la réserve de 1864, et dans la dernière colonne les moyennes des observations prises par M. Guiche sur la réserve de 1865.

En parcourant ce tableau avec attention, on y trouve la preuve que c'est sur le littoral breton que la race dolichocéphale, ou à tête allongée (blonde aux yeux bleus), a exercé l'influence la plus grande ; ce tableau vient donc confirmer le précédent qui prouve que c'est dans cette même région (littoral breton) que l'on trouve la proportion la plus grande d'yeux bleus et de cheveux clairs.

Il prouve encore que sous le rapport de l'indice céphalique, les trois autres régions du département ne diffèrent point très-notablement l'une de l'autre.

Il ne peut donc plus nous rester de doute et ce n'est certainement pas à l'influence de la race à tête allongée, aux cheveux blonds et aux yeux bleus que les habitants de la partie française du département doivent leur taille élevée.

Le système anthropologique que nous avons donné comme admis généralement aujourd'hui, d'après les recherches de M. Broca, pour expliquer la différence de taille dans les diverses contrées de la France, est évidemment en défaut pour les Côtes-du-Nord.

Je ne veux pas dire que ce système soit complétement erroné, mais seulement qu'il est insuffisant, incomplet.

§ 4.

Étudions successivement chacune des quatre régions du département. Dans l'intérieur breton, nous trouvons une population remarquable par sa petite taille, ses cheveux généralement foncés et offrant une proportion plus considérable d'yeux bruns que d'yeux bleus ; cette population occupe une des régions les plus pauvres et les plus misérables de la France, une contrée qui a toujours été à l'abri des grandes invasions, qui ne pouvait, par sa stérilité, tenter aucun étranger; une contrée vers laquelle il n'y a jamais eu d'immigration importante, de laquelle, au contraire, l'insuffisance des salaires et la misère chassent, chaque année, une partie de la population adulte manquant d'ouvrage. Les habitants y mènent une existence qui n'est sans doute plus la vie sauvage, mais qui n'est pas encore la vie des peuples civilisés. Ils restent dans une indifférence assez complète à tout progrès, à toute modification aux usages de leurs ancêtres : c'est cette contrée appelée la Cornouaille qui a été la dernière à accepter le Christianisme. C'est là qu'on retrouve les superstitions les plus enfantines, le patriotisme de clocher le plus étroit et cette tendance à l'isolement qui existe, si marquée, chez les races touraniennes.

Cette population me paraît descendre de la plus ancienne race de l'Europe, de la race Ibère dont elle présente tous les principaux caractères, à savoir : taille petite, yeux bruns, cheveux foncés, tête arrondie et petite, pommettes saillantes et projection de la face en avant.

Ces derniers faits sont mis en évidence par le tableau N° 4, qui donne les moyennes des principales mesures prises sur la tête des conscrits de la classe de 1861 (1re série.) On y voit que (1) la largeur faciale ou l'écartement des pommettes 138mm 83, mesuré au-dessous du bord externe des orbites, dépasse de beaucoup le diamètre frontal, minimum 109mm; dépasse la hauteur de la face mesurée de la racine du nez au menton 130mm 33, dépasse même la largeur de la base du crâne, mesurée du niveau des racines des arcades zygomatiques 133mm; Cette région est celle qui présente la plus faible longueur du crâne et la plus faible largeur du front. Quant à la

(1) Voir les moyennes de l'intérieur breton.

projection de la face en avant, aucune des mesures prises sur ce tableau ne la peut mettre en évidence. Il suffit d'un coup-d'œil un peu attentif jeté sur les habitants de ces campagnes pour constater que cette disposition du visage est trop fréquente et trop évidente pour qu'elle puisse être considérée comme un accident.

Il faut bien reconnaître, toutefois, que ces caractères de la race ibère ou ligure qui est connue, grâce aux travaux de MM. Nicolucci, Garrigou, Dupont, Pruner-Bey, etc. (1) sont atténués chez la plupart des habitants, que les yeux bruns ne sont qu'en majorité relative, qu'il existe 24 0/0 d'yeux neutres et 32 0/0 d'yeux bleus; qu'il existe quelques hommes aux cheveux roux, blonds et châtains à côté des cheveux bruns et noirs. On y trouve aussi quelques hommes de taille moyenne et chez beaucoup, les pommettes sont peu saillantes, la face peu ou point projetée en avant, la tête plus étroite et plus longue, le nez arqué.

D'où proviennent ces modifications au type ibère ou ligure? Est-ce l'effet du climat, du milieu, ou bien ne doit-on pas plutôt l'attribuer au mélange de cette race avec celle des premiers constructeurs de monuments mégalithiques si nombreux en Armorique, hommes qui avaient, comme le prouve M. Turnam, d'après leurs ossements, la tête longue et étroite, la taille moyenne et probablement les yeux bleus et les cheveux blonds. J'incline pour ma part vers cette dernière interprétation qui me paraît au moins très-vraisemblable. Telle est la manière dont j'envisage l'ethnologie des cantons les plus isolés, les plus misérables de l'arrondissement de Guingamp, où la population présente à première vue une certaine uniformité de taille, du teint et des principaux traits du visage. Le tableau N° 2 prouve que, dans l'intérieur breton, les yeux bleus sont associés aux cheveux foncés et surtout aux cheveux noirs (14,5 au lieu de 9, 8 et de 6) plus souvent que dans les autres régions du département, d'où je conclus que la fusion des caractères propres aux deux races décrites

(1) Voir *passim* les Bulletins de la Soc. d'Anthrop. de Paris.

plus haut (arienne et mongole), est évidemment plus intime, dans cette région que dans les deux régions du littoral. Ces chiffres me semblent prouver que ce mélange remonte à une haute antiquité, et que la population ibéro-ligure anté-celtique a une influence un peu plus grande que la race celtique sur les populations actuelles. Ce sont, en effet, les caractères de cette première race que l'on rencontre le plus souvent associés. Ceux de la race celtique ne se trouvant que très-rarement complètement réunis chez le même individu.

§ 5.

Cette détermination de la race, faite pour l'intérieur breton, où il m'a semblé que le problème ethnologique présentait la plus grande simplicité, j'arrive, en second lieu, à la détermination de la race de la région du littoral français. Je pense, en effet, qu'une fois notre opinion faite à l'égard de ces deux régions, nous n'éprouverons point de difficultés très-sérieuses pour les deux autres. L'étude du littoral français nous y fait voir une population généralement de taille élevée, brune, à la tête ronde, aux pommettes saillantes, aux mâchoires projetées en avant et tous ces caractères sont aussi accusés que chez les habitants de l'intérieur breton, dont ils ne m'ont paru différer notablement que par la taille qui est assez élevée dans deux cantons de cette région pour que l'on y trouve moins de 4 p. 0/0 de reformés pour défaut de taille, au lieu de 30 à 41, proportion que l'on trouve dans les cantons de l'intérieur breton.

Cette différence de taille me paraît trop grande pour que l'on puisse confondre ces deux populations semblables par les autres caractères.

D'autre part chacune d'elles parle une langue différente, la 1re parle le breton ou *brezonnec*; la 2e, le français ou mieux le patois dit gallo, ou *gallec* en breton, patois assez semblable à celui de la Basse-Normandie et des provinces voisines.

Je pense donc que la race qui domine dans cette population du littoral français du département n'a pas été jusqu'ici distinguée par les anthropologistes de la race brune de petite taille (ibère). Je pense qu'elle est comme elle d'origine touranienne ou mongole, que sa taille, beaucoup plus élevée, ne peut être attribuée à une influence arienne beaucoup plus grande sur le littoral français que dans l'intérieur breton. En effet, si l'indice céphalique moyen est un peu plus faible dans la région française, (V. 2e et 3e tabl.) la proportion des yeux bleus aux yeux bruns est plus forte dans l'intérieur breton, 32 à 43, au lieu de 21 à 49. Enfin la coloration au moins aussi foncée des cheveux dans la région du littoral français prouve bien que l'élévation de la taille n'est point due à l'influence plus grande d'une race dolichocéphale blonde, mais bien à une race brune a la tête arrondie et de haute stature que les anthropologistes ne me paraissent point avoir encore distinguée de la race brune de petite taille qui prédomine dans la région de l'intérieur breton.

Je pense que cette race brune brachycéphale de haute taille est celle qui prédomine chez les Gaëls ou Galls (1), Celtes des historiens qui les placent, au temps de la conquête romaine, entre la Seine et la Garonne d'où ils avaient repoussé plus anciennement les ibères en les refoulant en majeure partie au S. et à l'O. de la Gaule en Italie, en Espagne, peut-être même en Irlande où Tacite signale leurs descendants sous le nom de Silures dans la vie d'Agricola.

Une faible partie des Ibères resta en Armorique où ses descendants portaient le nom d'Ossismiens, de Corisopites, de Curiosolites, etc., suivant les localités qu'ils habitaient ; peuples dont l'origine me paraît avoir complètement échappé aux historiens, et dont nous venons de

(1) Je renvoie au sujet de cette destruction des Gaëls et des Celtes, généralement confondus aujourd'hui, au mémoire de M. Lagneau qui s'appuie sur l'opinion des historiens anciens pour distinguer les Celtes des Gaëls. — V. Bullet. 1864, p. 562 et suiv., et mém. de la Société d'Anthrop., t. 1er, *les Gaëls et les Celtes*.

retrouver les descendants refoulés dans la Cornouaille armoricaine.

De même que les Ibères ou Ligures, les Gaëls ou Galls ont subi l'influence arienne, soit qu'ils aient été soumis par des Celtes ou par des Kimris, lesquels, avec le temps, se sont mêlés à la race conquise. Dans cette région des Côtes-du-Nord où me paraît dominer cette race brune de haute taille que je propose d'appeler gaëlique, du nom du patois qu'elle parle encore, nous trouvons (Tabl. N° 2) 21 p. % d'yeux bleus, 16 p. % de cheveux clairs et châtains, comme le prouve la récapitulation du tableau par nuances de cheveux, preuves évidentes de l'influence arienne.

Il semble toutefois que le mélange de la race brachycéphale brune à la race dolichocéphale blonde soit ici un peu moins intime que dans l'intérieur breton. Nous trouvons, en effet, sur 100 individus observés que près de 4 fois (3,6) les yeux bleus ont été observés sur les conscrits portant des cheveux très-blonds, au lieu de 1, 4 de fois comme dans l'intérieur breton. De même aussi les cheveux noirs y coïncident moins souvent avec les yeux bleus (6 fois, au lieu de 14), et enfin les cheveux noirs et bruns coïncident un peu plus souvent avec les yeux foncés (43, 3 fois, au lieu de 38). En un mot, plus souvent que dans l'intérieur breton, nous trouvons sur le littoral français associés et réunis sur le même individu les caractères si distincts des deux races primitives arienne et touranienne.

Tels sont les motifs qui me font penser que le mélange est ici un peu moins intime, par suite moins ancien et qu'il a dû débarquer depuis les temps historiques sur ce littoral français quelques Kimris aux cheveux blonds et aux yeux bleus.

§ 6.

Nous allons arriver à cette même conclusion pour le littoral breton dont je vais m'occuper actuellement. Ici le problème ethnologique est plus complexe. Nous y trouvons, en effet, une taille plus élevée que dans l'intérieur breton, le canton de Paimpol se fait particulièrement remarquer sous ce rapport. A quel élément ethnique est dûe cette élévation de la taille ? Le tableau N° 2 prouve que les yeux bleus sont aux yeux bruns :: 32 : 37, que les cheveux clairs y sont un peu plus nombreux que dans l'intérieur breton, qu'ils y sont plus souvent associés aux yeux bleus, et y sont bien moins souvent associés aux yeux bruns 9, 3, au lieu de 14, 5, et pourtant nous y trouvons les yeux bruns à peu près aussi souvent associés aux cheveux noirs que dans l'intérieur breton 18, 6, au lieu de 19, 5.— L'étude de 3e tableau synoptique vient à l'appui du précédent. Il nous démontre que la forme dolichocéphale y est plus commune que dans toute autre région du département, même que sur le littoral français.

Je me crois donc autorisé à conclure que c'est dans cette région que la race arienne blonde à tête allongée, a certainement exercé la plus grande influence; que la majeure partie de cette influence remonte, probablement comme pour l'intérieur breton, aux temps anté-historiques, et doit être attribuée aux Celtes. Qu'une autre partie, la plus faible, peut être attribuée à des étrangers chez lesquels prédominait la race kimrique ou celtique, arrivés par mer pendant les temps historiques. Ces étrangers étaient soit des émigrés de la Grande-Bretagne, soit des pirates du nord. Il semblerait donc, si tous ces émigrés bretons que l'histoire nous montre si nombreux étaient de race kimrique à peu près pure, qu'ils auraient exercé une influence évidente, mais bien moins considérable sur notre littoral que celle des Celte-ibères.

Cette conclusion toutefois pourrait être erronée. Rien ne prouve, en effet, que ces émigrés bretons étaient de purs kimris. Il me semble évident que l'élévation de la taille qui existe pour la plupart des cantons du littoral breton, surtout pour les cantons maritimes, ne peut s'expliquer exclusivement par l'influence arienne un peu plus considérable que nous y constatons; qu'il faut admettre aussi que ces étrangers étaient de race croisée provenant du mélange d'Ibères de Celtes, de Gaëls et de Kimris, et, par suite, que cette élévation de la taille doit être attribuée, au moins en partie, aux Gaëls, dont nous avons vu l'influence prédominante dans la région du littoral français et presque nulle dans l'intérieur breton.

Je pense donc que le littoral breton n'est plus occupé, presque exclusivement comme l'intérieur breton, par des Ibères anciennement mêlés à des Celtes, mais encore par des Gaëls et des Kimris venus probablement de Grande-Bretagne, à partir du ve siècle de notre ère. Toujours est-il que cette région est la plus riche et la plus avancée du département grâce à la fertilité du sol, au commerce maritime et peut-être aussi à la diversité des races qui sont venues s'y mélanger.

§ 7.

Il me reste à déterminer les races de l'intérieur français des Côtes-du-Nord.

Cet intérieur français se rapproche beaucoup de l'intérieur breton, comme le prouvent les tableaux N°s 2, 3. Nous y trouvons à peine un peu moins d'yeux bleus 29 p. °/₀, au lieu de 32, pour 43 d'yeux bruns. Le mélange des yeux bleus aux cheveux foncés et *vice versa* y est à peu près aussi intime que dans l'intérieur breton, mais la taille y est sensiblement plus élevée même que sur le littoral breton, et pourtant ici cette élévation de la taille ne peut être attribuée à une influence plus grande de la grande race blonde aux yeux bleus sur les populations actuelles. L'indice céphalique moyen de cette région est supérieur à celui du littoral breton, les yeux bleus et les cheveux blonds y sont un peu moins répandus. L'élévation de la taille que l'on y constate me paraît devoir être attribuée surtout à la prédominance de l'influence des Gaëls sur celle des Ibères, prédominance qui s'y trouve cependant encore moins grande que dans la région du littoral français d'où l'élément Ibère semble presque complètement exclu, comme l'élément Gaël lui-même se trouve presque complètement exclu de la région de l'intérieur breton.

CONCLUSIONS.

Pour me résumer en quelques mots, je dirai que des renseignements anthropologiques et des caractères physiques des habitants des Côtes-du-Nord, il me paraît résulter que ces habitants ne peuvent être considérés comme de pure race arienne, ainsi que semblent l'admettre généralement les historiens, les linguistes et les archéologues; que l'influence arienne a été apportée en Europe par les Celtes avant les temps historiques, à la fin de l'âge de la pierre polie, et plus précisément à l'époque des plus anciens dolmens qu'ils ont construits, alors qu'ils ne s'étaient pas encore sensiblement mêlés à l'ancienne population de race touranienne ou mongole ; que ce n'est pas cette race celtique dont l'influence domine aujourd'hui sur les habitants des Côtes-du-Nord, où nous retrouvons, dans la région de l'intérieur breton, tous les principaux caractères des Ibères ou Ligures de race touranienne qui occupaient la Gaule pendant la période géologique quaternaire. Ces caractères sont : la petitesse de la taille, le teint foncé, la brièveté du crâne, la saillie des pommettes et la projection de la face en avant, caractères certainement atténués, parfois même effacés par ceux de la race conquérante arienne, à la taille plus élevée, au crâne allongé, à la face étroite, aux yeux bleus et aux cheveux clairs. Ces deux races paraissent intimement mêlées. J'en conclus que le mélange remonte à une haute antiquité, qu'il se faisait dès l'âge de bronze à en juger par les caractères des crânes trouvés dans les monuments mégalithiques de cette époque, en France et en Grande-Bretagne.

Toutefois l'influence arienne a été augmentée sur le littoral par l'arrivée des Bretons insulaires, à partir du

CARTE DES CÔTES-DU-NORD

donnant pour chaque Canton la proportion des Réformés

POUR DÉFAUT DE TAILLE

la ligne de démarcation des langues bretonne & française

et la Division du Dép.t en quatre régions ethnologiques.

De 1851 à 1859

(Réformés pour défaut de taille 3355)

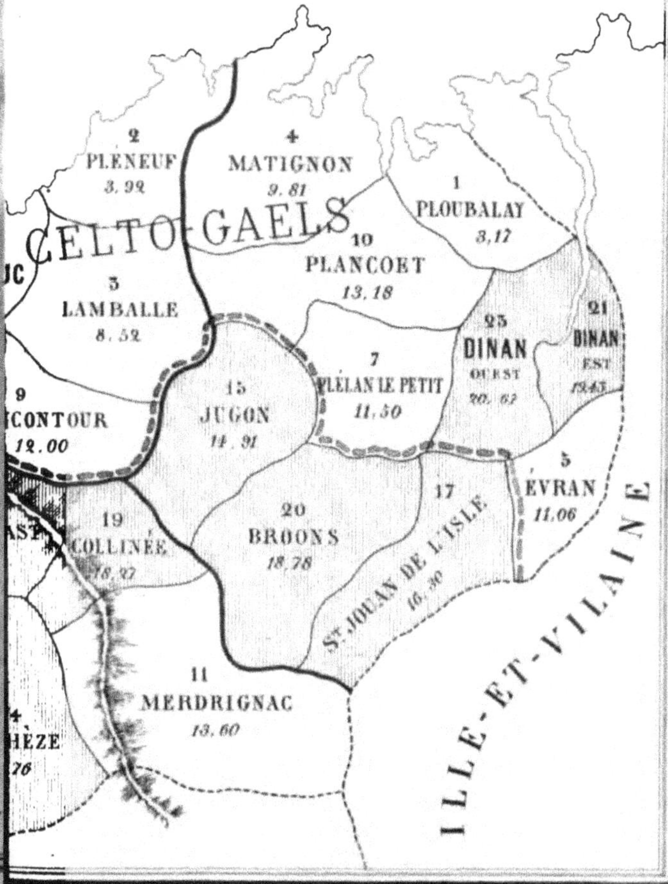

Rue du Chapitre, GUYON-LE POULIQUEN, Imp.r-Lith.e St Brieuc.

ve siècle de notre ère. Je pense que ces émigrés, dont nous trouvons aujourd'hui les descendants sur le littoral breton, étaient des Celto-Gaëls plus ou moins modifiés par des Kimris ou Belges.

Dans la partie française ou orientale du département, nous trouvons l'influence touranienne ou mongole tout aussi évidente au-moins que dans la partie bretonne. Cette influence me paraît dûe non plus aux Ibères, mais à un peuple de taille plus élevée, que les anthropologistes ne me paraissent pas avoir distingué des Ibères dont ils ne diffèrent notablement que par leur taille. Comme les Ibères, ce peuple semble avoir subi l'influence arienne (celtique et peut-être kimrique) à une époque très-ancienne, et je propose de le désigner sous le nom de Galls ou Gaëls. Les Celto-Gaëls ou Celtes de César habitaient lors de la conquête romaine entre la Seine et la Garonne, ayant refoulé devant eux les Celte-ibères, en faible partie en Armorique, peut-être même en Irlande; en majeure partie, en Aquitaine et en Espagne. Ces Celto-Gaëls me semblent mêlés à des Celte-ibères dans la région de l'intérieur français, surtout en approchant de l'intérieur breton.

Quatre peuples, appartenant à deux races différentes ont concouru par leur mélange à donner naissance aux habitants des Côtes-du-Nord : deux de ces peuples de race touranienne ou mongole, possédent l'influence prédominante, je veux parler des Ibères ou Ligures qui dominent dans la partie bretonne, et des Galls ou Gaëls qui dominent dans la partie française. L'influence arienne a été exercée surtout par les Celtes, dès avant les temps historiques. Cette influence me paraît un peu plus grande dans la partie bretonne que dans la partie française. Quant à l'influence kimrique, elle n'est guère notable que dans les régions du littoral, et ne peut être bien facilement distingué de l'influence celtique. Je suppose son existence dans les deux régions du littoral, où le mélange des Ariens aux Mongoles paraît un peu moins intime et date probablement d'une époque moins ancienne, c'est-à-dire des temps historiques.

Il nous resterait pour terminer à comparer les populations des Côtes-du-Nord aux autres populations de la France et de l'Europe et spécialement aux populations dites Celtiques.

Dans l'état actuel de la science, cette comparaison ne peut être faite d'une manière suffisamment exacte. Toutefois la carte de la taille en France dressée par M. le docteur Broca et publiée par la Société d'Anthropologie (1) prouve qu'au point de vue de la taille, les Armoricains se rapprochent des Auvergnats et des habitants des Alpes.

D'autre part le travail si intéressant du docteur Beddoe's, de Clifton, semble démontrer, si l'on partage les opinions que je viens d'émettre sur les caractères des races primitives de l'Europe occidentale, que l'influence arienne, et spécialement l'influence kimrique, est très-considérable chez les populations qu'il désigne sous le nom de Gaëls-Irlandais et de Gaëls-Ecossais (2).

Aucune des populations qu'il a étudiées ne présente une taille aussi faible que celle des cantons de l'intérieur breton des Côtes-du-Nord.

Les kimris de Carmarthen-Eisted semblent se rapprocher des populations du littoral français des Côtes-du-Nord, avec cette différence que les yeux bleus et les cheveux blonds sont en plus grande proportion chez les premiers que chez les seconds.

En résumé, l'influence arienne semble prédominer en Grande-Bretagne, et l'influence touranienne dans les Côtes-du-Nord. Cette différence me paraît tenir surtout aux nombreuses invasions des barbares de race arienne, les Kimris en Grande-Bretagne, et au refoulement d'une partie des Ibères, et des Gaëls en Armorique qui n'a guère reçu de barbares du Nord.

Cette étude ethnologique beaucoup trop superficielle, me paraît soulever plus de questions qu'elle n'a la prétention d'en résoudre. Il sera très-intéressant, par exemple, de comparer les descendants actuels des Ibères et des Celtes,

(1) 1er vol. des Mémoires.

(2) Voir le tableau du docteur Beddoe's sur les caractères physiques des Gaëls-Irlandais et des Gaëls-Écossais.

mélangés aux deux races primitives dont on a déjà pu recueillir un certain nombre de crânes.

Enfin il est encore une question que je me propose de traiter ultérieurement : quelles sont la vitalité, l'intelligence, la moralité et par suite la perfectibilité relative des habitants de ces quatre régions des Côtes-du-Nord ? J'ai commencé à recueillir les matériaux nécessaires pour rechercher quelle influence peut avoir, sous ce triple rapport, la race d'une part, d'autre part les conditions matérielles et sociales au milieu desquelles se trouvent ces différentes populations.

N° [illegible] Tableau dressé sur le plan de celui du docteur Beddoe, de Clifton, indiquant le rapport existant entre la couleur des yeux et celle des cheveux dans chaque région des Côtes-du-Nord.

DÉPARTEMENT des CÔTES-DU-NORD.	NOMBRE d'hommes observés.	YEUX BLEUS (LIGT EYES). CHEVEUX associés aux yeux bleus. Roux.	très-blonds	Châtains.	Bruns.	Noirs.	PROPORTION des yeux neutres p. 0/0.	YEUX NEUTRES (NEUTRAL EYES.) CHEVEUX associés aux yeux neutres. Roux.	Très-blonds.	Châtains.	Bruns.	Noirs.	PROPORTION des yeux neutres p. 0/0.	YEUX BRUNS (DARK EYES.) CHEVEUX associés aux yeux bruns. Roux.	Très-blonds.	Châtains.	Bruns.	Noirs.	PROPORTION des yeux bruns p. 0/0.
Intérieur breton. (Cornouaille armoricaine, Guingamp, Rostrenen).	201	»	1.5	3	13.5	14 5	32.5	»	1.5	0.5	11	11.5	24.5	0.5	»	4	19	19.5	43
Littoral breton. (Lannion, Tréguier, Paimpol.	171	»	4	5.2	13.5	9.8	32.5	0.5	1.8	1.1	14.4	12.5	30.3	»	2.3	1.8	14.5	18.6	37.2
Intérieur français. (Loudéac).	168	»	1.2	3	15	9.8	29	»	1 2	2.3	9	15	27.5	»	»	7.5	14	22	43.5
Littoral français. (Saint-Brieuc, Dinan)....	137	»	3.6	3.1	8.5	6	21.2	»	0.7	3	7.1	18.5	29.3	»	0.7	5.5	22	21.3	49.5

RÉCAPITULATION de la PROPORTION DES CHEVEUX *par nuances.* p. 0/0.

	NOMBRES observés.	Roux.	Trèz-blancs.	Châtains.	Bruns.	Noirs.	NOMBRE totaux.
Intérieur breton.	201	0.5	3	7.5	43.5	45.5	100
Littoral breton.	171	0.5	8.1	8.1	42.4	40.9	100
Intérieur français.	168	»	2.4	12.8	38	46.6	100
Littoral français.	137	»	5	11.6	35.6	46	100

N° 3. TABLEAU *donnant la moyenne des indices céphaliques par région.*

DÉPARTEMENT des CÔTES-DU-NORD.	SÉRIE du DOCTEUR GUIBERT. (*Réserve de* 1861.)		1re SÉRIE du DOCTEUR GUICHE. (*Réserve de* 1864.)		2e SÉRIE du DOCTEUR GUICHE. (*Réserve de* 1865.)	
	NOMBRE d'observations.	INDICE CÉPHALIQUE moyen.	NOMBRE d'observations.	INDICE CÉPHALIQUE moyen.	NOMBRE d'observations.	INDICE CÉPHALIQUE moyen.
Intérieur breton	65	83.3	77	83.5	114	86.1
Littoral breton	61	80.1	87	81.3	92	82.9
Intérieur français	28	83.3	36	85.1	103	86.1
Littoral français	53	82.9	46	84.6	104	85.7

J'indique comme terme de comparaison l'indice céphalique moyen de huit marins Finnois 83 7 et l'indice moyen de 38 marins Suédois, 78.8 (Voir *Bullet. Soc. d'Anthrop.*, 1865, p. 454, sur les têtes des Finnois et des Suédois, par le docteur Beddoe's, de Clifton).

N° 4. MOYENNES *des mesures prises sur les conscrits de la réserve 1861, au compas d'épaisseur.*

DÉPARTEMENT des CÔTES-DU-NORD.	NOMBRE des conscrits mesurés.	CRANE				FACE.		
		DIAMÈTRE autero-post. maximum — Longueur maximum du crâne.	DIAMÈTRE transversal maximum. — Largeur maximum du crâne.	DIAMÈTRE frontal minimum.	DISTANCE des racines zygomatiq. — Largeur de la base du crâne	DISTANCE des pommettes. — Largeur de la face.	DISTANCE de la racine du nez au menton — Hauteur de la face.	DISTANCE des angles de la mâchoire inférieure.
Intérieur breton	65	183.6	153	109	133.3	138.8	130.3	104.5
Littoral breton	61	189.7	152.1	109.5	133	138.5	133.2	106.7
Intérieur français	28	186	155	111	135	137.5	133.5	105.5
Littoral français	63	186.6	152.8	112.8	135.6	135.8	130.3	106

NOTE

SUR LES

CARACTÈRES PHYSIQUES DE LA RACE CELTIQUE

Par S. John Beddoe's, D. M.

VICE-PRÉSIDENT DE LA SOCIÉTÉ ANTHROPOLOGIQUE DE LONDRES.

Pendant le cours de mes études, en vue de déterminer le caractère physique de la race celtique, j'ai visité la plus grande partie de l'Irlande, de l'Écosse, de la Cornouailles et du pays de Galles, aussi bien que différents endroits en France, en Belgique et en Italie; mais n'ayant pas eu, jusqu'ici l'occasion de visiter la Bretagne, et n'ayant rencontré que bien peu de Bretons, je ne me trouve pas à même d'établir le parallélisme entre mes observations et celles de William Edwards, ou avec les recherches laborieuses et les conclusions exactes des docteurs Broca et Guibert.

Mes observations ont embrassé trois points importants: la couleur des yeux et des cheveux, la taille, le poids, et la forme de la tête.

A l'égard des yeux et des cheveux, il y a une différence notable entre les Gaëls, et une portion, au moins, de la race parlant la langue Kymrique. Comme le type dont je parle, au point de vue du contraste avec celui du Gaël, n'est pas identique au type Kymrique d'Edwards, je l'appellerai provisoirement Silurien.

Parmi les Gaëls, les yeux clairs sont en plus grand nombre; les plus ordinaires sont le bleu, le gris, le bleu de ciel (remarqué par M. de Bellaguet dans quelques parties du Léonais), et legris entouré d'une bande foncée. Le gris foncé, et un gris-vert foncé qui paraît presque noir, sont assez communs, mais le *hazel* et le brun qui abondent en Angleterre, et se trouvent en majorité en plusieurs parties de la France, sont très-rares parmi les Gaëls. Les cils, cependant, sont ordinairement d'une couleur foncée, et les cheveux, quoiqu'on peut en voir de toutes les couleurs, sont presque toujours bruns. La présence, en même temps, d'yeux clairs avec des cheveux foncés, qui caractérise tellement le Gaël, se fait remarquer également dans certaines parties de l'Italie du Nord, et, dans un degré, considérable parmi les Wallons.

La combinaison opposée, c'est-à-dire les yeux bruns et les cheveux châtains, est très-rare parmi les Gaëls de race pure; mais elle est commune dans plusieurs parties du pays Kymrique, où elle constitue une variété de type silurien. Parmi les Siluriens, comme parmi les Gaëls, les cheveux sont ordinairement bruns, et bien souvent noirs; mais si ce phénomène se présente les yeux et le teint sont plus foncés que parmi les Gaëls. — J'ai dressé une liste, où sont exprimées les proportions des différentes couleurs des yeux et des cheveux dans quelques-uns des districts où l'on voit la race pure des Gaëls et des Siluriens; j'y ai ajouté les Wallons et les Normands pour mieux comparer. (Voir tableau ci-après.)

Quant à la taille et au poids, les Gaëls écossais ont, pour la plupart, la taille très-grande, et pèsent plus que le commun.

Pour 54 hommes de Kintail, dans le département de Ron, la moyenne de la taille était de 1m732, celle du poids 71 kilog. Cependant, les hommes de Kintail sont réputés plus beaux que ceux du plus grand nombre des autres districts : presque tous les Gaëls écossais ont du sang scandinave dans les veines.

Les Gaëls irlandais varient beaucoup dans différents endroits. J'ai trouvé 50 hommes de la province de Munster, dont la moyenne pour la taille était de 1m694, et pour le poids de 6 kilog. 25.

Dans le Connanght, où le sang irlandais est moins mélangé, la taille descend jusqu'à 1m663; mais on suppose généralement que cet effet a d'autres causes que la race (1).

(1) Voir ma dissertation lue à l'Association britannique à Nottingham:

On peut donc affirmer que le Gaël, généralement parlant, est de grande taille. On ne saurait en dire autant des Celtes parlant le Kimrique; ceux-ci offrent de remarquables différences à cet égard. La population mixte de Cumberland et de Strath-Clyde qui parle anglais, mais qui n'est pas, on le croit, sans avoir une large mesure de sang dans les veines, a la taille grande, les membres longs et remarquablement forts. Les habitants du midi du pays de Galles, où le type silurien se manifeste, ont la taille courte, en comparaison, mais ils sont fortement constitués. Quatre-vingt-quatre d'entre eux ont donné, comme moyenne, 1m681 pour la taille et 65 kilog. 5 comme poids. Les habitants de Cornouailles également sont grands et forts : trente-huit d'entre eux fournirent, comme moyenne, 1m706 et 67 kilog. Les moyens me manquent pour faire une comparaison exacte entre les Gallois, les Cornouaillais et les Bretons; car tous les sujets que j'ai mesurés étaient arrivés à la maturité, et âgés de plus de 23 ans, tandis que MM. Broca et Guibert se contentent de sujets ayant atteint seulement 21 ans; mais il est clair que les Bretons qui se vantent d'appartenir à la race celtique sont les plus petits.

Quant à la forme de la tête, le Gaël, du moins le Gaël irlandais, l'a très-allongée, les os malaires étant très-développés, et la plus grande largeur de la tête très en arrière du *méat auditif*. Les Gallois, quoique généralement dolichocéphaliques, nous fournissent plus d'exceptions à la règle que les Irlandais; et, chez les premiers, le zigoma est, (comparé à l'os malaire), plus développé que chez les derniers. Autant que j'ai pu en juger, les Cornouaillais ressemblent aux Gallois, sous ces rapports comme sous beaucoup d'autres, excepté pour la taille; il en est ainsi des Wallons des Ardennes, d'après les mesures prises par moi-même, et qui confirment les observations dont m'a fait part l'éminent professeur Spring, de Liège. Je ne me propose pas, pour le moment, de tirer aucune conclusion des faits basés sur les chiffres, que j'ai communiqués au Congrès; je me borne à appeler l'attention sur le résultat de mes observations.

TABLE *to illustrate docteur* BEDDOE's *paper on the Physical Characteristics of the keltic races.*

POPULATION OBSERVED.	Number observed.	LIGHT EYES						NEUTRAL EYES						DARK EYES					
		Cheveux roux.	Cheveux très-blonds.	Cheveux châtains.	Cheveux bruns.	Cheveux noirs.	Light Eyes per cent.	Roux.	Très-blonds.	Châtains.	Bruns.	Noirs.	Neutral Eyes per cent.	Roux.	Très-blonds.	Châtains.	Bruns.	Noirs.	Dark Eyes per cent.
Gaëls-Irlandais. (Ile d'Aranmore)........	90	3.9	11.1	25.6	30.6	4.4	75.6	»	»	3.3	10.0	3.3	16.6	»	»	»	5.0	2.8	7.8
Gaëls-Ecossais. (West Highlands).......	1125	4.1	12.6	32.6	20.8	2.7	72.8	.4	.6	3.0	4.5	1.1	9.6	.1	.3	2.7	10.3	4.2	18.2
Kymry. (Carnarvonshire)........	426	4.1	6.9	22.2	15.5	1.6	50.3	1.	.2	4.1	7.7	3.	16.0	1.2	.2	6 4	19.6	6.2	33.6
Kymry (Silurians). (Carmarthen Eistedd)....	700	4.8	6.6	14.8	14.7	1.1	42.	1.1	.6	3.3	9.4	3.	17.4	1.1	.5	5.5	21.4	11.9	40.4
Cornish. (Penzance)............	250	1.8	8.8	17.8	16.2	3.0	47.6	.8	.8	4.4	9.6	3.2	18.8	.4	.6	3.4	16.8	10.4	33.6
Walloons. (Namur et Dinant).......	400	2.1	8.2	22.4	12.6	1.9	47.2	.5	»	4.7	6.4	1.1	12.7	.2	.2	4.6	25.6	9.2	39.8
Normands. (Caen et Bayeux).......	454	1.2	11.3	31.2	10.8	3.	54.8	»	1.1	7.3	6.4	.4	15.2	»	.2	5.8	21.8	2.1	29.9

CONGRÈS CELTIQUE INTERNATIONAL

1867.

MEMBRES DU CONSEIL.

MM. Henri Martin, membre de l'Institut.
H. De La Villemarqué, membre de l'Institut.
A. De La Borderie, président de la Société archéologique d'Ille-et-Vilaine.
Lukis, président d'une Société archéologique du pays de Galles.
Geslin de Bourgogne, président de la Société d'Émulation.
Gaultier du Mottay, trésorier, id.
P. Huguet, secrétaire-général, id.
Dujardin, vice-président, id.
Perrio, id. id.
Lamare, id. id.
Thiérot, id. id.
Abbé Daniel, secrétaire, id.
Docteur Guibert, id. id.
Bahier, id. id.
X..., id. id.

SOCIÉTÉ D'ÉMULATION

DES CÔTES-DU-NORD (1).

MEMBRES D'HONNEUR.

S. Exc. l'Amiral CHARNER.

S. Exc. le Comte DE GOYON, général de division commandant le 6e corps d'armée, aide-de-camp de l'Empereur, sénateur, président du Conseil général des Côtes-du-Nord.

(1) Les Membres de la Société d'Émulation faisaient de droit partie du Congrès.

MM. MAGIN, recteur de l'Académie de Poitiers, ancien Président d'honneur de la Société.

Le Comte RIVAUD DE LA RAFFINIÈRE, ancien préfet des Côtes-du-Nord, ancien Président d'honneur de la Société.

PRÉSIDENTS D'HONNEUR.

M. le PRÉFET des Côtes-du-Nord.
Mgr l'ÉVÊQUE de Saint-Brieuc et de Tréguier.
M. le RECTEUR DE L'ACADÉMIE de Rennes.

DIRECTION DE LA SOCIÉTÉ.

MM. GESLIN DE BOURGOGNE, président.
GAULTIER DU MOTTAY, trésorier.
HUGUET, Prosper, secrétaire-général.

CONSEIL DE LA DIRECTION.

MM. DUJARDIN, PERRIO, THIÉROT, *Vice-Présidents.*
Abbé DANIEL, GUIBERT, E. LE MOINE, *Secrétaires.*
E. DE LA CHENELIÈRE, *Archiviste.*

MEMBRES TITULAIRES (*).

MM.

Allain, présid. du tribunal, Lannion.
Allenou, propriétaire, château de Lorges (L'Hermitage).
Allenou, fils, empl. à la préfecture.
Amiard, inspecteur d'académie.
Angier, père, ancien vice-consul d'Angleterre.
Audo, rect. au Vieux-Bourg (Quintin)
Aulanier, vérificateur des domaines.
Babezre de Lanlay, fils, étudiant en droit, Paris.

MM.

Bahier, expert-agronome.
Bahon, chef de division à la préfect.
Bélizal (Gouzillon de), château des Granges (Moncontour).
Belouino, recteur de Plénée-Jugon.
Beneteau, dir. des haras (Lamballe.
Besnard de Kerdreux, armateur (Légué).
Bienvenüe, Louis, not., cons. mun.
Blanchet, professeur à Saint-Charles.
Blois (de).

(*) Les noms qui ne sont pas suivis de l'indication du domicile sont ceux des Membres résidant à Saint-Brieuc.

MM.

Boisberthelot (du), Charles, château du Boisberthelot, en Canihuel.
Boscher, vice-pr. du conseil de préf.
Boulanger, capitaine de recrutement.
Boulanger, archiviste-adjoint.
Bourel-Roncière, secrét. du comice et du comitié linier (Lanvollon).
Braux, entrep. de roulage.
Briand, François, prof. au Lycée.
Brindejonc, Edouard, aspirant au notariat.
Campion, anc. direc. d'école normale primaire.
Carré-Kérisouët, Ernest, conseiller général, Merdrignac.
Castel, docteur en médecine.
Charaux. prof. au Lycée de Tarbes (Hautes-Pyrénées).
Charner, Félix.
Chauvet, direct. des contrib. directes.
Chiron du Brossay, père, directeur de l'enregistrement et des domaines
Chiron du Brossay, fils, 1er commis de l'enregistrement.
Cocheril, archipr. de la cathédrale.
Collin, Julien, chanoine honoraire.
Collin, Ch., organiste de la cathédr.
Collin-Portjégoux, avoué-licencié, conseiller municipal.
Conor, libraire.
Couëssurel-Villenizant, Jules.
Curateau de Courson, président de comice, chât. de Lysandré (Plouha).
Dalmar, fabricant.
Daniel, secrét. de l'évêché, chanoine honoraire.
Daniel, juge d'instruction.
Derrien, recteur de Pléguien.
De Saintilan, Jules, propriétaire.
Desury, jeune, orfèvre.
Desury, Alain, mécanicien.
Donguy, père, peintre.
Douillet, doct. en médecine (Lamballe)
Duchesne, professeur à St-Charles.
Du Clésieux (Latimier), anc. receveur général.
Du Clésieux (Latimier), cons. général château de Sain-Ilan (Langueux).
Du Cleuziou (Raison), président de la société archéologique.
Dugenet, conserv. des hypothèques.

MM.

Dugenet, Georges.
Dujardin, ingén. en chef du départ.
Dujardin, Léon, fils.
Duplessis (Ourtin), recev. de l'hosp.
Dupont, ancien capitaine de frégate.
Durband, Victor, négociant.
Eon, curé de Lanvollon.
Eon, professeur à Saint-Charles.
Ernault, greffier du tribunal de com.
Ernoul de La Chenelière, juge.
Feitu, substitut du proc. impérial.
Flaud, maire de Dinan.
Fornier, président du trib. à Dinan.
Fortmorel (Leuduger), Georges, doct. en médecine, adjoint au maire.
Foucaud, recev. particulier à Dinan.
Foucaud (de), conseiller général, château de Launay (Moncontour).
Fournié, ingénieur du chemin de fer de Napoléonville.
Frain (abbé), prof. à Saint Charles.
Fraval, contrôleur des contributions directes.
Fréminville (de), Raoul.
Frélaut-Ducours, vicaire de la cath.
Frogé, médecin en chef de l'hospice.
Gagon, président du tribunal civil, conseiller général.
Gaudin, avoué-licencié, membre du conseil municipal.
Gaudu, facteur de pianos.
Gaultier de Kermoal, Claude.
Gaultier du Mottay, cons. général (Plérin).
Geslin de Bourgogne, conseiller de préfecture.
Geslin de Bourgogne, Albert. officier au 3e lanciers.
Geslin de Bourgogne, curé de Saint-Médard, Paris.
Gilbert, empl. des ponts et chaussées.
Glais-Bizoin, député, Cesson.
Gobaille, négociant.
Gourdon, conseiller de préfecture à Nice.
Goyon, duc de *Feltre*, attaché d'ambassade, Madrid.
Grivart, juge, Quimper.
Guépin, architecte du département.
Guépin, Victor, conseiller général, Quintin.

MM.

Guéry. capit. commandant le génie.
Guibert, docteur en médecine.
Guinand, docteur en médecine.
Guiomar, mécanicien, ● Louargat.
Guyon, Francisque, impr.-libraire, conseiller municipal.
Guyon-Le Pouliquen, lithographe.
Hamon, médecin-vétérin., conseiller municipal.
Hamon, chirurgien.
Hamonno, procureur impér. à Redon.
Hamonno, avoué-licencié.
Harel-Delanoë, notaire, conseiller municipal.
Harscouët (Comte).
Haugoumard des Portes, conseiller général, château des Portes (Noyal)
Hémery de Goascaradec, expert.
Hérault, notaire, maire de St-Brieuc.
Hernot, père, sculpteur, à Lannion.
Herpe, Adolphe, fils.
Hillion, juge de paix, cons. général, Callac.
Hinault, pépiniériste.
Hoffmann, prof. de musique et de dessin.
Huart, vicaire-général.
Huguet, ancien magistrat.
Jus, curé de Saint-Michel.
Keranflech de Knezne, château du Quellenec, près Mûr de Bretagne.
Kerjégu (Monjaret de), président de la société d'agriculture de Brest.
Kersanté, président de Comice, armateur, Ploubalay.
La Borderie (de), président de la société archéolog. d'Ille-et-Vilaine.
La Lande de Calan (de).
Lalung de Férol, ancien vice-consul.
Langsdorff (de) insp. des domaines.
Lamare, archiviste du département.
La Tour (de), député, vice-président du conseil général, Tréguier
La Pinelais (S. de), vice-président du tribunal.
Le Cornec, père, maire de Plourhan.
Le Cornec, fils, à La Ville-Hellio (Plourhan).
Le Corvaisier, banquier.
Le Couëdic, avocat.
Le Cox, professeur au Lycée.

MM.

Le Cox, architecte-expert.
Le Fichant, recteur de Pleudaniel.
Le Gal La Salle, conseiller général, président de Comice.
Le Gualès, chef d'escadrons en retraite.
Le Gué. anc. conseiller de préfecture.
Le Gué, Victor, fils.
Le Helley, anc. chef de division à la préfecture.
Le Jean, instituteur à Guingamp.
L'Hotellier, directeur de l'école mutuelle.
Le Lart, juge de paix, cons. général.
Le Loutre, anc. entrep. des tabacs.
Le Maux, fils, expert.
Le Meur, procureur impérial.
Le Moine, docteur en médecine.
Le Pellec, pépiniériste.
Le Pivert, capitaine au long-cours.
Le Pommelec, conseiller général, maire de Binic.
Le Renard, conducteur des ponts et chaussées.
Le Sage, recteur de Saint-Thélo.
Le Scour (barde de N.-D. de Rumeng.) négociant, Morlaix.
Lesguern (de), président de comice, maire de Sainte-Tréphine.
Lesné, ancien proviseur.
Le Tonturier, juge de paix.
Le Tonturier, chef de bureau à la préfecture.
Limon, secrétaire-général de l'évêché, chanoine honoraire.
Loncle, avoué-licencié.
Lossieux, commis de marine.
Lynch, professeur au Lycée.
Maignan, architecte.
Marcel, greffier en chef du tribunal.
Marée, ancien principal du Collége.
Mathonnet, Eugène, négociant.
Meslay, architecte.
Micault, juge.
Micault, substitut à Vannes.
Micault de La Vieuville, anc. direct. des contributions directes.
Nimier, professeur au Lycée.
Nomy, père, caissier de la Caisse d'épargne.
Nomy, secrétaire en chef de la mairie.

MM.

Nomy, Edouard, sous-caissier de la Caisse d'épargne.

Ollivier, maire de Trévérec.

Onfroy-Kermoalquin, chanoine.

Pasco, notaire à Châtelaudren.

Perrichon (abbé), aum. de la prison.

Perrigault. père.

Perrio, anc. commandant du génie.

Perrio, François, président de la société d'agriculture, Napoléonville.

Piedevache, négociant, au Boscq, près Saint-Brieuc.

Pingaud, prof. d'histoire à Nancy.

Prod'homme, père, adjoint au maire.

Prod'homme, fils, pharmacien.

Prud'homme, chanoine.

Prud'homme, François.

Racinet, doct. en médecine, ancien député. Gouarec.

Rabeil, fils, étudiant en droit.

Radenac, maire et notaire à Plœuc. conseiller d'arrondissement.

Rault, maire de Plouagat.

Rault, chanoine.

Rigault, recteur de Ploufragan.

Robert, professeur au Lycée.

Roquefeuil (de), maire de Plougrescant.

Rouleaux, 1er commis de direction des douanes à Bourg (Ain), membre de l'académie de Lyon.

Rousselot, insp. des écoles primaires.

Rouvin, avocat.

Rouxel, Victor, ancien président du tribunal de commerce.

Rouxel, Benjamin, au Légué.

Rouxel, Adolphe, au Légué.

Saint-Pierre (Méhérenc de), président du comice et du comité linier de Lanvollon, château du Bois de La Salle (Pléguien).

Saisy (de), père, au château de Kersaint-Eloi (Glomel).

MM.

Saisy (de), fils, directeur de la ferme-modèle de Castellaouënan (Paule).

Sébert, père, banquier, consul de Suède.

Sébert, Théodose, négociant.

Sébert, Louis, négociant.

Simon, Vincent, agriculteur à Châtelaudren.

Souchet, chanoine, doyen.

Taslé, anc. maire et notaire à Vannes

Terrier de L'Aistre, substitut du procureur impérial.

Thiérot, lieutenant de louveterie.

Tournier, sous-inspecteur du contrôle au chemin de fer de l'Ouest.

Trédern (de), ancien cont. principal des contributions directes.

Tribonnière (Ruaulx de la), ingénieur des ponts et chaussées.

Vienot, notaire.

Vienot, Léon, avocat.

Villeguérin (Chapelain), vérificateur de l'enregistrement.

Villéon (de la), Joseph.

Villéon (de la), Paul.

Villandre (R. P.), supérieur de Saint-Charles.

Vissenaire, abbé, directeur de la Semaine religieuse.

Vittu de Keraoul, aux Villes-Dorés, Cesson.

Vivier, direct. des prisons du Doubs (Besançon).

MEMBRES CORRESPONDANTS.

Barthélemy (de), M. du Comité historique et du Comité de la Carte des Gaules, Président de la Société des Antiquaires de France (Paris).

Lenglier, prof. au Lycée de Versailles

MEMBRES ADHÉRENTS.

MM.

Rey, docteur, passage St-Philippe-du-Roule, 2, Paris.

Zurcher, Enclos du Fort-Lamalgue, à Toulon.

MM.

Lescour, barde de N.-D. de Rumengol, à Morlaix.

Raymond, P., Bezanos, près Pau (Basses-Pyrénées).

MM.

Renan, E., de l'institut.

Romand, Hyp., directeur des jeunes aveugles. Boulevard des Invalides, 56, Paris.

David de Penanrun, directeur des douanes, à Caen.

Société Polymathique de Vannes (2).

Dubois de La Villerabel, fils, Saint-Brieuc.

Le Mat, abbé, vicaire à Prat.

Le Vayer, E. rue Lecourbe, 95, Paris.

Ch *de Kerenflech-Kernezne*, château du Quellenec, Mûr de Bretagne.

Société académique du Var, Toulon.

Lecourt de La Villethassetz, à la Rougeray Trégavoux, près Dinan.

Cte *de Guerdavid*, château de Keroët, Guerlesquin.

Cérès, abbé, conservateur du Musée, de Rodez.

Halléguen, docteur, Châteaulin.

Jamet, Châteaulin.

De Caumont, à Caen et Paris, rue Bonaparte.

Le Doze, L'Isle-en-Clohar-Carnoët (Finistère).

Le Masson, Guingamp.

Alliou, proviseur au Lycée du Mans.

De Cussé, conservateur du Musée polymathique de Vannes.

Chantelou, capitaine au 9e régiment d'infanterie.

Mgr *Sergent*, évêque de Quimper.

Bourke abbé, président du collège de St-Jarlotte, *Tuam*.

Duval, conseiller général, maire de Paimpol.

Henri Martin, de l'Institut, rue du Ranelagh, 54, Passy-Paris.

Cte *D'Estampes*, Paris

Cte *Villiers de l'Isle-Adam*, recteur à Ploumilliau.

Gage, Mme, à Saint-Brieuc.

Goulven, , Denis, docteur, Roscoff.

Jenkins, J., pasteur à Morlaix.

Cardin, G., rue de l'anc. Comédie, Poitiers.

Campion, officier au 49e régiment d'infanterie.

Grovallet, docteur, Saint-Brieuc.

MM.

Micault de La Vieuville, offic. de drag.

Taillar, ex-président de Cour, Douai.

Aubry, receveur de l'enregistrement, Saint-Brieuc.

Cte *A. De Guernisac*, Morlaix.

Gobaille, Marie-Pierre, Rennes.

Daniel, abbé, recteur à Bulat.

Gaidoz, H., avocat, rue Madame, Paris.

Bahezre de Lanlay, Saint-Nicolas-du-Pélem.

Danjou de la Garenne, rue de la Monnaie, Rennes.

Le Coat, G., Trémel-Plestin.

Petit, professeur, agrégé au Lycée de Saint-Brieuc.

De Castelneau, Gironde.

De Gaulle, Ch., secrét. du *Breurié-Breiz*, Vaugirard, Paris.

Cte *E. Le Vassor de La Touche*, Saint-Brieuc.

Cochet, abbé, corresp. du Ministère de l'Instruction publique, Dieppe.

Mathonnet, Alfred, Saint-Brieuc.

Villeféron, François, armateur au Légué.

Surcouff, Saint-Brieuc.

Sébert, Ludovic, fils, Saint-Brieuc.

Rochefort, receveur principal des contributions indirectes, St-Brieuc.

Le Menn, archiviste à Quimper.

Marquis de Robien, Quintin.

Goupy, abbé, vicaire à Saint-Brieuc.

Hamard, avocat, Rennes.

Ropartz, S., avocat, Rennes.

Breulier, Ad., avocat, Paris, rue Mazarine, 32.

Perrot, abbé, curé à Taulé (Finist.)

Cavé-Esgaris, Max, notaire (Bayonne)

Caraven, Alfred, Castres (Tarn).

Cabec, abbé, recteur à Cavan.

Rioust de l'Argentaye, cons. général, Saint-Brieuc.

De La Morvonnais, Alf., à Bruz (Ille-et-Vilaine).

Tournal, Paul, Narbonne (Aude).

Hucher, Eug., corresp. du Ministère de l'Instruction publique, à la Renaudière, près le Mans.

Du Marhallach, abbé, Quimper.

MM.

De Blois, Aymar, président de la société archéologique, Quimper.

Villeneuve, Raymond, Tréguier.

D'Arbois de Jubainville, Troyes.

De La Villegille, rue de Sèvre, 12, Paris.

Luzel, F.-M., professeur au Lycée de Lorient.

Morvan, abbé, Quimper.

Du Chatellier, corresp. de l'Institut, château de Kernaz, Pont-Labbé.

Quémart, abbé, recteur, St Laurent, Bégard.

Jégou, avoué, Guingamp.

Vte *H. De La Villemarqué*, de l'Institut, château de Keransker, Quimperlé.

Mauduit, Jh, Quimperlé.

Henri, abbé, aumônier de l'hospice, Quimperlé

De Cillart, Quimperlé.

Peyron, S., Quimperlé.

Argouac'h, G.-M.-H., au Lezardeau, Quimperlé.

Ristel-Hubert, P., quai Saint-Nicolas, 3, Strasbourg.

Audran, notaire, Quimperlé.

Flagelle, expert, Landerneau.

Closmadeuc, docteur, Vannes.

Bienvenue, Arsène, avocat, St-Brieuc.

Salaün, J., libraire, Quimper.

De La Borderie, A., président de la société d'archéol. d'Ille-et-Vilaine

Grimaud, Emile, secrétaire de la Revue de Bretagne et Vendée (Nantes).

De Castellan, Léon, château de la Chesnaye, Saint-Donan.

Cadrou, inspecteur des douanes, Tréguier.

Chévremont, ancien préfet, St-Servan.

Viet-Dubourg, avocat, Saint Brieuc.

Etienne, abbé, vicaire à Pommerit-le-Vicomte.

Bertrand, Al., conservat. du Musée impérial de St-Germain-en-Laye.

De Cessac, président de la Société des Arts de la Creuse, château des Coques, la Charité (Nièvre).

R. P. Nicolet, supérieur du grand Séminaire, Saint-Brieuc.

MM.

Le Guillou, docteur, Avenue des Thermes, 63, Paris.

Moët de la Forte-Maison, Rennes.

Le Louëdec, J., Quimperlé.

Jacquelot, Quimper.

John Rhys, professeur au Collége d'Oxfort (Angleterre).

John Keuward, Cambria Cottage, Smthwick neat Birmingham (Anglet)

Cueff, banquier, Saint-Brieuc.

P. de Kerigant, cons. génér., Quintin.

Galerne, abbé, recteur à Canihuel.

Prince de Visme et Ponthieu, Cesson, Saint-Brieuc.

Lukis, président d'une Société archéologique du pays de Galles, Nantes.

Denis, avocat, Rennes.

La Barre de Nanteuil, Saint-Brieuc.

Coaspel, Quimperlé.

De Boisboisel, juge d'instruction, Guingamp.

Pradal, Ch., fils, Saint-Brieuc.

Duportal, Hédé.

Le Méhauté, Pierre, Guingamp.

Harscouët, fils, cons. de préfecture.

Josse-Chambry, négociant, St-Brieuc.

Nomy, Edouard, sous-caissier de la Caisse d'épargne, Saint-Brieuc.

Mazurié, Alphonse, Saint-Brieuc.

Milin, employé de marine, homme de lettres, Brest.

Longo, négociant, Saint-Brieuc.

Bouhon, aux Capucins, à Guingamp.

Le Normand, Lannion.

Guyard, receveur partic., Loudéac.

Prioul, à Saint-Brieuc.

Villeféron du Châtel, armat., Légué.

Durumain, Guingamp.

Thierry, château de St-Julien, la Côte.

Dureau, Paris, rue de La Tour-d'Auvergne.

Le Huërou, avocat à Plouëc.

Le Tiec, agriculteur à Trézélan.

Vte *Henri de Saint-Pierre*, St-Brieuc.

Le Vaillant; François, fils, étudiant.

Le Comte de Goyon général de division, sénateur, Toulouse.

Bourdélès, abbé, vicaire à St-Brieuc.

Comte de Saint-Pierre, Saint-Brieuc,

MM.

De Kerouartz, Guingamp.
De La Ferrière, Dinan.
De La Villéon, Saint-Brieuc.
Bourhis, abbé.
Le Tonturier, Ch., substitut, Dinan.
Du Breuil de Marzan, Saint-Brieuc.
De Langsdorff. fils, Saint-Brieuc.
Bellamy, docteur, Rennes.
Le Peltier, Mme, Maroué, Lamballe.
Cte *de Tréveneuc*, château de Pommorio, Tréveneuc.
Brindejonc, Tréglodé, fils, St-Brieuc.
Christophe, chef de station au chemin de fer, Saint-Brieuc.
Evan Powel, Montgoméry, Irlande.
De Saisy, fils, directeur de la ferme-modèle de Castellaouënan (Paule).
De Saint-Marc, archevêque de Rennes
Morin, Ernest, rue de la Rochefoucault, 14, Paris.
Voisin, abbé, anc. curé au Mans
Ebel, J., à Schneidemühl, Prusse.
P. Delauche, économ du séminaire, à Saint-Brieuc.
Audrain de Kerdrel, ancien député, membre du cons. général, Rennes,
Le Floc'h.
Barbe, notaire à Moëllan (Finistère).

MM.

Le Mée.
Mgr *Mac Hule*, archevêque de Tuam *(Irlande)*.
Pérédo, Auguste, Saint-Brieuc.
Herpe, père, Saint-Brieuc.
Mme *Donnelly*, Morlaix
R. Barnwell, Mme, E. L., Morlaix.
Leroux, Henri, Saint-Brieuc.
Rannou, négoc., St-Michel-en-Grève (Lannion).
Le Joliff, Cesson.
Durand-Gonon, négociant, St-Brieuc.
Du Clésieux, Augustin, fils, St-Brieuc.
Mignoneau, abbé.
De Kerjégu, capitaine de vaisseau, Saint-Brieuc.
Cte *Russell*, château de Kervantan au Kervalon (St-Renan), près Brest.
Pérégault, fils, Saint-Brieuc.
De Kermel, Guingamp.
De Lavenay, conseiller de préfecture, Saint-Brieuc.
Sébert, Charles, fils, Saint-Brieuc.
Bouan, Quintin.
Comte du Guillier, près Lamballe.
Tostivint, vicaire à Trémuson.
Proux, Prosper, négociant, Morlaix.

TABLE SOMMAIRE

DES

MATIÈRES CONTENUES DANS CE VOLUME (1).

15 octobre. — Séance du jour.

Séance du soir.

(1) Les * indiquent les pièces insérées *in extenso* au premier fascicule des Annexes (poésies)

16 octobre. — Séance du jour.

Séance du soir.

17 octobre. — Séance du jour.

Séance du Soir.

18 Octobre. — Séance du Jour.

Séance du Soir.

19 octobre — Séance du jour.

Séance du soir.

FIN.

CONGRÈS

CELTIQUE INTERNATIONAL.

ANNEXES.

ARMORICA, A. D. 1867.

By Elfennydd (JAMES KENWARD, Esq.)

INSCRIBED TO THE VICOMTE HERSART DE LA VILLEMARQUÉ.

ANN ARVOR ER BLOAZ 1867

TROET E BREZONEK

Ha Kenniget da genvreudeur. ann Eisterzvod Keltiek, war don ar re unanet. *(Barzaz breiz.)*

L'ARMORIQUE EN 1867

TRADUCTION

Dédiée aux membres du Congrès celtique international, par M. James Kenward.

I.

Lone Genius of the Celtic lands! whom oft
I seek by Cymric Enlli's sea-vexed graves,
Or pleasant Menai red with evening soft,
Not Druid blood, or where the north wind raves
O'er Môn's sad marshes, and the wintry waves
Beat on Aberffraw's ruins; — or where far
On Lœgrian plains the GiantCircle craves
Faith in its dubious megaliths, whose are [star.
Strange concords with the old world, and circling sun and

Awen c'houeg ar Geltied! Te a glaskann bepred
War draez enez Enlli gand al lano gwasket,
War draez ar Menai ruziet gand ar c'huz-heol,
Na lavarann ket gand gwad ann Druzed lazet holl;

Te a glaskann war c'heun Mon, pe war zarz Aberfraw,
Pe belloc'h c'hoaz, war meaz meur ar vein hir enn ho zao
Hag a hanver *Ti ar gawr*, eunn ti kromm 'vel ar bed,
Ar bed koz, enn dro d'ezhan ann heol hag ar stered.

« Solitaire génie des terres celtiques! Je te cherche souvent soit sur les grèves battues par la mer de l'île d'Enlli, soit le long du détroit charmant du Menaï, rougi par le soleil couchant et non plus par le sang des Druides; soit sur les tristes marais de l'île d'Anglesey, au-dessus desquels souffle avec violence le vent du Nord, tandis que les vagues de l'hiver battent les ruines d'Aberffraw; soit plus loin dans les plaines de l'Angleterre, où le *Cercle des Géants* nous invite à croire que ses mystérieuses pierres ne sont pas sans rapport avec le vieux monde entouré par le soleil et les étoiles;

II.

Nor less, O dark-browed Genius, dost thou sit
In soaring camp and various battle-ground,
Whether in Powys holding closest knit
The great Silurian's memory, or around
Stratheam's fair meads where living streams resound
The name of Galgacus; and it is thine,
Patron and guardian Presence though discrowned,
To watch o'er choir and college, cell and shrine,
Where burned through centuries dark, song, learning,
[faith divine.

Hogen chom a rez ivez war al leac'hiou huel;
Chom a rez ivez, Awen, war meazou ar brezel,
E bro brudet a Bowys, bro ar Sellour distak,
Pe a-hed douriou Stratheam a wel ato Galgak.

Evid oud da vout tristik ha didalgen hiriou,
Ouz it-te a zell difenn hor gwen hag hor giziou,
Ouz it-te a zell difenn kor ha skol ar Varzed
Ar skiant, hag ar furnez, ann Doue heb-ken, bepred.

« Mais tu ne résides pas moins, ô génie rêveur, dans les camps élevés ou sur les divers champs de bataille, ou dans le pays de Powys qui garde bien la grande mémoire du Silurien (Arthur), ou à l'entour des belles prairies de Stratheam dont les eaux vives répètent le nom de Galgacus ; et c'est à toi, toujours gardien et protecteur, quoique découronné, de veiller sur le chœur et le collége des Bardes, sur la cellule et le sanctuaire où brûlèrent à travers les siècles obscurs la poésie, la science et la foi en Dieu.

III.

But chiefly t'is across the narrow-sea
Within our elder Britain, dear Arvor,
That thou, sad Spirit, lovest most to be,
And chiefly on the melancholy shore,
From Sena's Isle where whelming breakers roar
Around the Bay of Death, to where the land
Enlocks Morbihan with her history hoar,
And where far Belle-Isle looks on Quiberon's strand,
And by Biscayan airs the drifting dunes are fanned.

Hogen enn tu-all d'ar mor eo gwell gan-ez beva,
Enn eur vro muia-karet, e tal hor c'hoar hena;
Adaleg enez Sizun ha Boe ann Anaon,
Tre beteg ar Morbihan e tired da galon;

Adaleg ar c'herreg gwez a lamm gant-ho ar mor
Beteg ann douar meulet gand ann dud a enor,
Tre beteg enez Gerveur, rag-enep Kiberon
Leac'h 'ma ann treaz gwentet gand awel ar mor don.

« Mais c'est surtout de l'autre côté du détroit, c'est dans la Bretagne notre aînée, dans la chère Armorique, que tu aimes le plus à vivre, mélancolique Esprit ; c'est sur la rive désolée qui s'étend depuis l'île de Sein, où les vagues furieuses grondent contre les brisans de la baie des Trépassés, — jusqu'à la terre historique et vénérable du Morbihan ; c'est à Belle-Ile, au loin, en face des grèves de Quibéron, où les dunes tourbillonnantes sont soulevées par les vents de Biscaye.

IV.

So, couched upon Saint-Michel's storied mount,
My dreams have seen thee in the dawn-light pale,
Mournfully looking to the Orient fount
Whence flowed thy people, and to where the wail
Of Ocean testifies the latest tale
Of race on race through ages westward driven
To those extremest bounds where yet they fail,
And having 'gainst assaults innumerous striven,
Seem now by subtler fates to slow extinction given.

Eno ema da galon; ha me, o vale Breiz,
War grec'h Sant-Mikel kousket da weliz eur pe deiz;
Te droe da zaou-lagad war zu ar zav-heol
War zu ar vammen founnuz omp deuet out-hi holl,
Te gleve ar mor kanvuz a lavare 'nn he iez:
« Ac'hann tud ar c'huz-heol a lammaz a-liez ! »
Te lavare da unan, Awen: « daoust ha gwir eo
E vez va gwenn diskaret, sioaz ! gand ar c'hrign-beo ? »

« Ainsi, couché sur le mont fameux de Saint-Michel, mes rêves t'ont vu, tournant, dans la pâle lumière de l'aube, un regard morne vers l'Orient, vers la source d'où ton peuple a jailli, et où l'Océan atteste en gémissant l'antique tradition de races entraînées les unes sur les autres vers l'Occident, à travers les âges, jusqu'à ces extrêmes limites où faiblissant encore, après avoir lutté contre des assauts innombrables, elles semblent, par des malheurs plus légers en apparence, être vouées à une lente extinction.

V.

Beneath thee Carnac spreads her little life
Of field and cottage round the Christian fane

Of good Corneille, but all beside is rife
With the dead Past, thine old Druidic reign
Adumbrated in stone: athwart the plain
The solemn menhirs stand in mystic rows,
And fitfully upon the unequal train
Of gaunt grey columns in their mute repose
The clinging sea-mist falls, and the clear sunlight glows.

Setu ar ger a Garnak a vev e giz-ma-giz,
Enn hi parkou ha tiez, enn he c'hreiz he iliz,
Iliz kaer sant Korneli; hogen a dro-war-dro
Nemet traou ann amzer goz, nemèt liou ar maro;

Da vrud zo skrivet ama, 'nn eul leor diaez da lenn,
— Eul leor buzuduz meurbed, peb eneben eur maen; —
Ann heol a lak da lintra enebennou al leor,
Ha gorventennou awel hen sar hag hen digor.

« Voici, à tes pieds, le village de Carnac qui suit son humble destinée, entourant de champs et de chaumières le temple chrétien du bon saint Cornéli; mais hors de là tout est dominé par la Mort et le Passé; ton vieux règne druidique est écrit avec des pierres; à travers la plaine les menhirs majestueux se présentent en rangs mystiques, et les tourbillons du vent de mer, et le scintillement de la claire lumière du soleil viennent frapper tour à tour les lignes inégales des grises et grêles colonnes dans leur muet repos.

VI.

Defiled, despoiled, for Want's ignobler ends,
By the poor peasant Vandals of the spot,
Less grandly now the rugged crescent bends,
And the long issuing lines continue not
Eastward as erst, by cromlech, caer, and grot,
To the drear gulf where brooding Ruin dwells: —
O stones, in thousands gone but unforgot,

In thousands shall ye stand rhile Learning spells
Dark words, and faith her beads of many colours tells!

Meur eneben zo roget gant tud keiz ar barrez;
Ma oc'h ober traou iskiz, n'ed eo mui enn he bez;
Gwech-all ann neb hen lenne oa red d'ezhan redeg
Pell, pell, tre beteg ar mor, a garrek da garrek;

Kerrek brudet! Kouezet oc'h; ia, kouezet oc'h a leiz;
Med angoviet n'ed oc'h tamm, chom a rit enn hor c'hreiz;
Chomm a rit soun enn ho sao; hag al lennek hello
Ober c'hoaz he arvarou, hag ar c'hroac'h he c'helo.

« Souillé, dépouillé pour servir aux plus humbles usages des pauvres paysans-Vandales de l'endroit, l'inégal croissant s'étend aujourd'hui moins majestueusement, et les longues lignes descendantes ne se poursuivent plus vers l'Est comme jadis, par cromlec'h, par cercles et grottes, jusqu'au triste golfe où s'arrête la ruine mélancolique.

« O pierres! par milliers tombées, mais non oubliées, par milliers vous resterez debout, et la science épellera des mots obscurs, et la foi populaire débitera ses contes de toutes les couleurs.

VII.

Prone lies on Locmariaker's old shore
The mightiest Menhir, and the Camedd's breast
Above, is rifled of its sculptured store,
And children play, and curious eyes invest
The serpent-tokens; and all dispossessed,
Ménéhom of the Osismii looks forlorn
Upon Douarnenez; and on Michel's crest
A Chapel marks, of purer worship born,
How by the exulting Saint the Ophidian creed was torn.

E tal Lokmariaker eur peulvan zo kouezet,
Hag eunn daol a-uz d'ezhan hed-da-hed zo faoutet,

Ar vugale a c'hoari dindan, hag al lennek
A zell gant preder mar gwel roudou ann Aer-vorek.

A-uz da Zouarnenez e sav ar Menez-c'hom
Ne azeuler mui eno pell-zo ann Doue falz Kromm;
Ha wår grec'hen Sant-Mikel eur chapel a weler
A ziskouez eo diskaret kreden Ofiz, ann aer.

« Sur le vieux rivage de Lokmariaker est couché le plus puissant menhir, et le sein du bloc qui le domine est fendu dans sa masse sculptée sous laquelle jouent les enfants, tandis que les yeux curieux y cherchent le serpent symbolique ; au-dessus de Douarnenez, le Ménéhom des Ossismiens apparaît comme délaissé ; et sur la crête de Saint-Michel une chapelle, née d'un culte plus pur, prouve comment l'Archange triomphant renversa le culte d'Ophis.

VIII.

Yet, yet it perished not, the old belief;
Though, wove by Time, Truth's vestments must decay,
Truth still endures; the meteor bright and brief
That cleaves the midnight ere the dawn of day,
Is not less *light*; the living lips that pray
In the perfect faith of Christ, with knowledge filled,
Are scarce more eloquent of God's high way
With Inan, than were the Bards' for ever stilled —
The deep-voiced priests who graced Religion's world-
[wide guild.

Hogen ar c'hredennou koz n'ho c'holler ket da vad;
Beo eo c'hoaz ar wirionez, nevezet he dillad;
Al luc'hedennig a red enn ear abarz ann deiz
A zo ar c'houlaouennik kannad ar goulou-deiz.

Beleien Jezuz ho deuz pedennou helavar
Ar wirionez e teskont enn eunn doare dispar,
Koulskoude ne oa ket gwan kanaouen ar Varzed,
Ne oant ket gwan kennebeut pedennou ann Druzed.

« Mais elle ne périra pas tout entière, la vieille foi! Si, usés par le temps, les vêtements de la Vérité tombent, la Vérité subsiste toujours! Le météore brillant et rapide qui passe à l'heure de minuit et devance le lever du jour n'en est pas moins une lumière ; les lèvres ferventes qui prient dans la foi parfaite du Christ, avec la science complète, sont à peine plus éloquentes dans les sublimes voies où Dieu marche avec l'homme, que ne le furent ces bardes à jamais mémorables, ces prêtres à la voix profonde qui donnèrent au monde déchu le bienfait de la Religion.

IX.

« Good with the Gospel is the Stone » was said
By those who cast their symbols at the feet
Of the fulfilling Word ; the Druid dead
Survive and speak around us, if' tis meet
To make love strong, peace broad, and virtue sweet,
Revolve high themes, assert the immortal soul,
And trace the Almigty Archetype complete
From the marred human image, to control
Fate with free will, and shape Earth's course to Heaven's
[goal.

Ar Varzed a lavaraz gwech-all enn ho c'hentel :
Mad eo ar mean, eme-z-ho, *mad gand ann Aviel*
Evit-ho da vout maro e komzont enn hon mesk,
Darn euz ar pez a zeskent, hon beleien hen desk.

Ar peoc'h hag ar garantez, ha leiz a vertuzo,
Peurbadelez ann ene a oa hetuz d'ezho ;
Diouc'h skouer ann den, ann den mad, ho Doue hi a eure,
Enn eur ziskouez ann hent eon, eme-z-ho, da bep re.

« *Bonne est la pierre avec l'Evangile* », fut-il dit par ceux qui placèrent leur symbole aux pieds du Verbe régénérateur ; le Druide mort survit et parle encore autour de nous, s'il est vrai qu'il ait enseigné l'amour, la paix et les douceurs de la vertu, qu'il ait résolu des questions sublimes, affirmé l'immortalité de l'âme, dessiné un modèle achevé du Tout-Puissant d'après l'image de l'homme, soumis le Destin au libre arbitre, et tracé à la Terre un chemin vers le Ciel.

X.

Nor memories only of stern worship fill
This silent coast; with arms the air is loud,
The waves are vexed with triremes, every hill
Flames through the dark, and Celt and Roman crowd
Tumultuous in the fight where strength is bowed
And valour foiled on crimsoned Morbihan
For hapless Arvor — yet let Gaul be proud
Of her fierce sons who circumscribed the span
Of the dread Eagle's flight, though Keris fell wilh Vannes!

Ne ked ann traou-ze heb-ken, am laka da venna,
Nemet strap ar c'hlezeier ha trouz listri Roma;
Peb menez a luc'h enn noz; Galled ha Romaned
En em vesk, en emgann; gwa! gwa! c'houi tud diskaret!

Ar Morbihan zo ruziet he zour gant poullou gwad,
Diwall a ra enn aner he vro peb kenvroad;
N'euz forz! grit fouge gant-ho, tud Naoned, tud Gwennet,
Grit fouge gant-ho! harzal ann Erer euz int gret.

« Ce ne sont pas les seuls souvenirs d'un culte sévère qui remplissent cette côte solitaire. L'air est agité par le bruit des armes, les flots sont fendus par les trirèmes, chaque montagne flamboie à travers les ténèbres, et voici que les Celtes et les Romains commencent cette lutte où la vigueur doit être abattue et le courage déjoué, cette lutte sur les flots sanglants du Morbihan, pour la malheureuse Armorique. Mais que la Gaule ne soit pas moins fière de ses enfants! malgré la chute de Nantes et de Vannes, il sera circonscrit le vol de l'aigle redouté.

XI.

Who held through the long centuries, ever firm,
Name, soil, and speech against each alien horde,
Against apostate kin — by any term
A foe — Nore, Frank, or Norman — well the sword
Of Grallon, Howell, Arthur, shining lord
Of chivalry, aud Nomenoe, kept
Their cherished confines; well the prayers were poured
Of Cadoc, Hervé, and each pure adept
Till Samson who afar in Cymric Lantwit slept!

Piou a ziwallaz ivez, bepred kre ha didorr,
Piou a ziwallaz hon iez hag hano bro Arvor
Oc'h tud estren pe drubard, Franked ha Normaned
Ha Danezed, a vagad a bep tu dastumet?

Kleze Gradlon a oa vad, kleze ar roue Houel,
Kleze ar roue braz Arzur, brudet a dost, a bell,
Kleze roue Nomenoiou, pedennou sant Samson,
Sant Kadok, ha sant Herve, ha kant kristen gwirion.

« Qui soutint à travers de longs siècles et toujours inébranlables le nom, la patrie et la langue contre tant de hordes étrangères et même contre des frères apostats? contre ces milliers d'ennemis danois, francs ou normands? — Ce fut l'épée de Grallon, d'Houel, d'Arthur, le roi fameux de la chevalerie; ce fut l'épée de Noménoé, c'est elle qui garda leurs frontières chéries; ce furent les prières de Cadoc, d'Hervé, de chaque généreux fidèle jusqu'à Samson qui repose au loin à Lantwit chez les Kymris.

XII.

And now when arms have ceased, and with slow hate
France meditates to quenech the primal fire
Abjured from her own halls, that lingers late

On Breton hearths, and Power rill not tire
Till the last accents of the old tongue expire
On Breton lips, and thou, their Genius, part
From these old seats; what doth the hour require
Of thy diminished children? — Let the dart
Be hurled, and beaten back with calm and constant heart!

Ha brema pa gouez ann trouz, pa ra ar pez a c'hall
Evit laza tan Arvor he amezeg Ar Gall,
O veza maro pell zo holl dan ar C'halloued
Hag o veza beo ato hini ar Vretoned;

Brema pa droc'h goustadig Broc'hall teod ar Vreiziz
Ha pa da wask, Awen ker, vit ma 'zi war da giz,
Petra zo red da ober d'az pugale mantret?
Derc'hel stard ha kalonek, moustra pa ver moustret!

« Et maintenant que le bruit des armes a cessé, et qu'animé d'un mauvais vouloir tardif, l'étranger médite d'éteindre ce feu primitif dès longtemps étouffé à son premier foyer, et qui vit encore dans les cœurs bretons; maintenant que la force s'épuise à faire expirer les derniers accents de la vieille langue sur les lèvres bretonnes, à te faire quitter leurs vieilles demeures, ô toi le Génie national! que demande l'heure présente à tes enfants diminués? — Un cœur calme et inébranlable qui repousse le trait émoussé.

XIII.

Be beaten back, and back, as from sweet life
Is many a harm by temperance and by will;
Till God's plain purpose interdict the strife,
Oh let them not accelerate the ill,
But strive as they who fame's last annals fill —
Le Gonidec, Chateaubriand, La Tour d'Auvergne,
Brizeux — and each who strove with strength or skill

Each *Paotr kalet* of Armor, in rhose urn
A nation's ashes laid, unquenchably shall burn!

Moustrit, ia, moustrit bepred! gwall glanv eo hon mignon.
Klaskit louzou talvouduz da zistan he galon;
Na loskit ked ar c'hlenved da wasaat bemdeiz,
Stourmit 'vel ho kenvreudeur, brudeta tud a Vreiz;

Stourmit 'vel Ar Gonidek, ha Koret, ha Brizeuz,
Stourmit 'vel Kastelbriand, a oa eunn den mar 'zeuz.
Stourmit 'vel peb Paotr kalet, 'vel peb Breton diouc'h-tu,
A ra van da vout maro, hag a oar pegi du!

«Repousse-le, repousse-le sans cesse comme on repousse la maladie d'une existence bien-aimée; repousse-le jusqu'à ce que la volonté de Dieu arrête le combat. Oh! ne ne les laisse pas accélérer le mal; mais combats à la manière de ceux dont la gloire remplit tes dernières annales: Le Gonidec, Châteaubriand, La Tour d'Auvergne, Brizeux! Combats à la manière des vaillants et des habiles, à la manière de tout *Paotr kalet,* de tout dur « champion de cette Armorique » dans l'urne de laquelle reposent et brûlent, sans jamais se consumer, les cendres d'une nation;

XIV.

And live there not of such a hundred more!
When Courson, La Borderie, de Gaulle, of wise name,
And tuneful Luzel, *bepred breizad*, pour
Their love, their learning, freely, it were shame
To weep for Fatherland, for sure is fame
If doubtful fortune; nor omit we one
In birth, life, labour, of thrice noble claim,
Villemarqué, in whose wreath, through shade and sun,
Laurels and bays shall twine while Ellé's waters run!

Stourmit 'vel ma ra Courson, Laborderie dalc'hmat,
Charlez Broc'hall, Ann Huel, barz chouek, *bepred Breizad*;

Pa ho gweler o stourmi, lenva n'ed eo ket red;
Vit-hi da vout ezommek hon bro zo enoret;

Stourmit 'vel ma ra'nn hini a garer enn Arvor,
Dre ma stourm tregont vloaz zo 'vit rei d'ezhi enor,
Dre 'ma o wea d'ezhi, gant lora ha gant frouez,
Eur gurunen a bado 'tra redo dour Ellez.

« D'une nation qui ne les a pas produits seuls, maiso ù vit une centaine d'autres. Quand Courson, La Borderie, de Gaulle, aux noms honorés, et l'harmonieux poète Luzel, *bepred breizad,* épanchent librement leur science et leur amour, ce serait une honte que de pleurer sur la terre natale, car elle a la gloire sinon la fortune. Mais n'oublions pas celui qui a, par la naissance, la vie et le travail, un triple droit aux hommages, La Villemarqué dans la couronne duquel s'entrelaceront, à travers l'ombre et le soleil, les lauriers et les fruits, aussi longtemps que le seaux de l'Ellé couleront.

XV.

And shall not she, the Arvor of the Isles,
Aid, love, sustain, her sister elder-born,
Whom first she taught to rear the granite piles
Of old Devotion's twilight, left forlorn
In the sun to day; whom, when the fuller morn
Arose for both, she guided to the Cross;
With whom, when thronging foes had vexed and worn
Their race, she linked herself 'gainst pain and loss
To curb o'erweening steps which would the world engross!

Na te, Breiz Veur ann Enez, c'hoar iaouank Breiz-Izel,
Daoust ha na gari da c'hoar, na ri d'ezhi skoazel?
Na ri skoazel d'ann hini a zeskaz d'id sounna
E bro ann hanv ar vein-hir, eunn deiz, enn eur gana?

A zeskaz d'id goudeze sevel gant kalz a feiz
Kement kroaz Doue a weler o splanna e peb Breiz?

Ha kleze ouc'h kleze lemm, ha kalon ouc'h kalon,
Ha breac'h ouc'h breac'h, troad ouc'h troad, a harzaz al
[Leon?

« Et elle aussi, l'Arvor des Iles, n'aidera-t-elle pas, n'aimera-t-elle pas sa sœur aînée? sa sœur qui lui apprit à élever les piliers de granit à la lueur du crépuscule des vieilles croyances abandonnées au soleil d'aujourd'hui ;— qui, lorsque le soleil se leva radieux pour l'une et l'autre, la guida vers la Croix ; — qui, voyant sa race opprimée et affaiblie par une foule d'ennemis, unit toutes ses forces contre le mal et la spoliation pour arrêter les pas envahisseurs qui voulaient conquérir le monde.

XVI.

Yes ! Cambria's heart is Bretagne's, and the more
When stricken now with Change, and fever pressed,
But change that may not all their Past restore,
Shall not divide their Future ! — 'neath the crest
Of Snowdon Llydaw lies ; her deep, full breast.
Turbid anon with wintry snows, or bright
With gleams of autumn stars, loves ever best
To mirror that proud Peak who, day and night,
Grows darker with her gloom, or gladder with her light.

Ia, kalon Breiziz Breiz-veur eo kalon Breiz-Izell !
Ia, hirio gwell 'vit biskoaz eo red en em zerc'hel !
Ia, hirio ann deiz pa dro ar bed war he c'hino,
Kaer en do ober troiou, tra n'hon diunano !

A-uz da grec'h Ereri ema Lenn ann Arvor,
(Lynn Llydan a ra out-hi ar Vreiziz a dreuz mor) [loar !
Wechou 'ma louz gand ann erc'h, wechou sklear gand al
Wechou trist, wechou laouen, sellout ouc'h krec'h a gar.

« Oui, le cœur de la Cambrie est le cœur de la Bretagne; oui, plus que jamais aujourd'hui qu'elles sont en proie aux nouveautés et à la fièvre du progrès ; mais le progrès qui ne rétablira pas leur passé, ne peut diviser leur avenir. Au-dessous du Pic du Snowdon, s'étend le lac du Llydaw (l'Armorique) ; sa face large et profonde, tantôt troublée par les neiges de l'hiver, tantôt rayonnante des étoiles de l'automne, aime surtout à servir de miroir nuit et jour à ce fier sommet ; plus sombre quand il est sombre, plus joyeux quand il resplendit.

ADIEU TO BRITANNY.

By Samuel FERGUSON.

I.

« Rugged land of the granite and oak, »
I depart with a sigh from thy shore,
And with kinsman's affection a blessing invoke
On the maids and the men of Arvôr.

II.

For the Irish and Breton are kin,
Though the lights of Antiquity pale
In the point of the dawn where the partings begin
Of the Bolg and the Kymro and Gael;

III.

But though dim in the distance of time,
Be the low-burning beacons of fame,
Holy Nature attests us in writing sublime
On heart and on visage, the same; —

IV.

In the dark-eye-lash'd eye of blue-gray —
In the open look, modest and kind —
In the face's fine oval reflecting the play
Of the sensitive, generous mind. —

ADIEUX A LA BRETAGNE

Par M. Samuel FERGUSON, de Dublin.

I.

« O terre de granit recouverte de chênes, »

Je quitte en soupirant ton rivage, et avec un cœur de frère j'appelle une bénédiction sur les filles et les hommes de l'Arvor !

II.

Car ils sont frères, les Irlandais et les Bretons;—malgré la lumière douteuse que l'Antiquité jette sur la première séparation des Belges, des Kymris et des Gaëls;

III.

Malgré les ténèbres des âges éloignés, brille l'humble falot de la tradition; la sainte Nature, en des écrits sublimes, atteste que nous sommes, par le cœur et le visage, les mêmes;

IV.

Les mêmes par l'œil d'un bleu gris, l'œil profond qui pétille; par l'air modeste, ouvert et doux; par l'ovale gracieux d'une physionomie qui réfléchit le jeu d'un impressionnable et généreux esprit.

V.

Till, as oft as by meadow and stream
With thy Maries and Josephs I roam,
In companionship gentle and friendly I seem
As with Patrick and Brigid at home.

VI.

Green, meadow-fresh, streamy-bright land!
Though greener meads, valleys as fair
Be at home, yet the home-yearning heart will demand:
Are they blest as in Brittany there?

VII.

Demand not: repining is vain:
But, would God, that even as thou
In thy homeliest homesteads, contented Bretagne,
Were the green isle my thoughts are with, now!

VIII.

But I call thee not golden: let gold
Deck the coronal troubadours twine.
Where the waves of the Loire and Gar-avon are rolled
Through the land of the white wheat and vine;

IX.

And the fire of the Frenchman goes up
To the quick-thoughted, dark-flashing eye; —
While Glory and Change, quaffing Luxury's cup,
Challenge all things below and on high.

X.

Leave to him, to the vehement man
Of the Loire, of the Seine, of the Rhone,
In Idea's high pathways to march in the van,
To o'erthrow, and set up the o'erthrown.

V.

Si bien qu'en me promenant par tes prés et sur tes rivières avec tes Marie et tes Joseph, je me figurais, dans leur aimable et gentille compagnie, être dans mon pays avec mes Patrick et mes Brigitte.

VI.

Pays de verdure, de fraîches prairies, de claires eaux! Bien qu'il y ait des prairies plus vertes, d'aussi belles vallées dans mon pays, mon cœur se demande avec un regret patriotique : Sont-elles bénies comme en Bretagne?

VII.

Ne le demande pas; vains regrets! Ah! plût à Dieu qu'elle fût à présent comme toi, même dans tes plus misérables chaumières, ô Bretagne heureuse, l'Ile verte où sont mes pensées!

VIII.

Mais je ne t'appelle pas une terre d'or : que l'or embellisse la couronne du troubadour, aux lieux où la Loire et la Garonne roulent leurs flots à travers le pays du froment et de la vigne.

IX.

Aux lieux où le Français plein de feu s'élève aux conceptions rapides, où son œil noir lance l'éclair, tandis que la Gloire et la Bourse, s'enivrant dans la coupe du luxe, appellent tout, de bas en haut.

X.

Laisse-lui, laisse à l'homme bouillant de la Loire, de la Seine et du Rhône, les sentiers escarpés du génie d'avant-garde pour détruire et pour relever.

XI.

Be it thine in the broad beaten ways
  That the world's simple seniors have trod
To walk with soft steps, living peaceable days,
  And on earth not forgetful of God.

XII.

Nor repine that thy lot has been cast
  With the things of the « Oldtime before »,
For to thee are committed the keys of the Past,
  Oh, grey; monumental Arvôr!

XIII.

Yes, land of the great standing stones,
  It is thine at thy feet to survey,
From thy earlier Shepherd-Kings' sepulchre-thrones,
  The giant far-stretching array,

XIV.

Where, abroad o'er the gorse-covered *lande*,
  Where, along by the slow-breaking wave,
The hoary, inscrutable sentinels stand,
  In their night-watch, by History's grave.

XV.

Preserve them : nor fear for thy charge :
  From the loins of the Morning they sprung
Wem the works of young Mankind were lasting and large
  As the will they embodied was young.

XVI.

I have stood on Old Sarum : the sun
  With a ruddy regard from the west

XI.

A toi, dans les grandes routes battues, que les simples Aînés du monde ont foulées, à toi de marcher avec calme, vivant des jours paisibles, et sur la terre n'oubliant pas Dieu.

XII.

Ne te plains pas de ce que ta part ait été emportée avec les choses du « bon vieux temps », car c'est à toi qu'ont été remises les clefs du Passé, ô grise, ô monumentale Armorique !

XIII.

Oui, terre des pierres colossales, à toi de passer en revue à tes pieds, du haut des trônes funéraires de tes plus anciens Rois-Pasteurs, les rangs de géants en bataille qui s'étendent au loin,

XIV.

Soit sur la lande couverte de bruyères, soit le long des grèves aux doux flots, partout où ces grises, ces impénétrables sentinelles nocturnes veillent immobiles près du tombeau de l'Histoire.

XV.

Garde-les bien ! pas de crainte pour ton fardeau ! Des flancs de l'Aurore ils sortirent quand les œuvres de la jeune humanité étaient grandes et durables comme était jeune la pensée à laquelle ils donnaient un corps.

XVI.

J'ai visité Old Sarum (1) ; le soleil couchant éclairait

(1) Monument mégalithique du Wiltshire.

Lit the beech-tops low down in the ditch of the Dun,
Lit the service-trees high on it's crest :

XVII.

But the walls of the Roman were shrunk
Into morsels of ruin around,
And palace of Monarch and Minster of monk
Were effaced from the grass-covered ground.

XVIII.

Like bubbles in ocean they melt,
Oh Wilts, on thy long-rolling plain,
And at last; but the works of the hand of the Celt
And the sweet hand of Nature remain.

XIX.

Even so ; though portentous and strange
With a rumour of troublesome sounds,
On his iron way gliding, the Angel of Change
Spread his dusky wings wide through thy bounds,

XX.

He will pass : there'll be grass on his track,
And in vain the swart coal-seeker's hand
Shall search the dark void, while the stones of Carnac
And the word of the Breton shall stand.

XXI.

Farewell ; up the waves of the Rance,
See, we stream back our pennon of smoke ;
Adieu, russet skirt of the gay robe of France,
« Rugged land of the granite and oak ! »

S. FERGUSON.

de lueurs rougeâtres la cime des hêtres croissant au fond des douves du fort ; il éclairait les sorbiers qui ont poussé à son sommet.

XVII.

Mais les remparts des Romains formaient un monceau de ruines, à l'entour, et le palais des rois, comme l'abbaye des moines disparaissaient sous l'herbe qui couvrait le sol.

XVIII.

Pareils à des gouttes d'eau dans l'Océan, ils ont fondu, ô pays de Wilt, dans ta grande plaine ondulée, et seuls les ouvrages de la main du Celte et de la main douce de la Nature demeurent.

XIX.

Ainsi, malgré son aspect étrange et de mauvais augure, malgré l'épouvantable vacarme qui le suit glissant sur son chemin de fer, malgré les larges ailes noires qu'il ouvre à travers tes campagnes, l'Ange du Changement,

XX.

Il passera ; l'herbe poussera sur sa trace, et tandis que la main noire qui cherche le charbon fouillera vainement le sombre trou vide, les rochers de Carnac et la langue des Bretons dureront.

XXI.

Adieu : sur les vagues de la Rance, vois, nous voguons, laissant derrière nous notre pavillon de fumée. Adieu, frange dorée de la robe gaie de France

« O terre de granit recouverte de chênes ! »

TELENN REMENGOL

Savet gant J.-P.-M. Ar Skour.

Da varz-meur Breiz, ann aotrou Kermarker

War don : *Gralon ha Ker Is,*

Ne oann c'hoaz nemet eur bugel,
Me gare va bro Breiz-Izel ;
Me gare va bro Breiz-Izel,
Bro ar feiz hag ann dud zantel.

Gant va mamm, eunn deiz de zao-heol,
Me ieaz da bardoun Remengol ;
Me ieaz da bardoun Remengol
Da bedi Gwerc'hez *Remed-holl.*

Mont a reamp dre goad ar *Rannou*,
Pa gleviz huanadennou ;
Klevet a riz enn eunn dervenn,
O son truezuz eunn delenn ;

Ha dre ma sone ann delenn,
E sao diraz-oun eur skeudenn,
Skeudenn wenn-kann sant Gwenole,
A gomz evel-hen ouz-in-me :

» Setu telenn aour Remengol,
» Dilezet aman gant ann holl ;
» War ann delenn-ma Kaourintin,
» Gralon, Herve, Efflam, Trifin,

LA HARPE DE RUMENGOL

Par J.-P.-M. Lescour.

Au grand barde de la Bretagne, M. de la Villemarqué.

Je n'étais encore qu'un enfant,
Et j'aimais mon pays de Bretagne ;
J'aimais mon pays de Bretagne,
Le pays de la foi et des saints.

Avec ma mère, un jour, au lever du soleil,
Je me rendis au pardon de Rumengol ;
Je me rendis au pardon de Rumengol,
Pour prier la Vierge de *tout Remède.*

Nous passions par la forêt des *Rannou*,
Quand j'entendis des sons plaintifs ;
J'entendis dans le creux d'un vieux chêne,
Les sons plaintifs d'une harpe ;

Et, pendant que soupirait la harpe,
Se leva devant moi une ombre,
L'ombre toute blanche de saint Guénolé ;
Et l'ombre me parla ainsi :

» Voici la harpe d'or de Rumengol,
» Ici oubliée de tous ;
» Sur cette harpe, Korentin,
» Grallon, Hervé, Efflam, Triffine,

» Gwenole, Primel ba Gweneal,
» Barzed Breiz, enn amzer gwechall,
» D'ar Werc'hez a gane gwersiou,
» Ha da sent Breiz meuleudiou.

» Barz, kemer telenn Remengol,
» Son gant-hi ha lavar d'ann holl,
» Lavar ar burzudou zo bet
» E Breiz, enn amzer dremenet. »

Rak-tal e nijaz ar skeudenn,
Ha me da zon gant ann delenn.
Landevennek am euz kanet,
Bro ar zent hag ar rouaned,

Mene-Hom, mor Douarnenez,
Ker Is hag ar brinsez Ahez,
Iliz-veur Gemper ha Krozon,
Ann *Eskop Gwenn*, den a galon.

Hag ann daelou em daoulagad,
Kanet 'm euz Rosdren ha Bulat;
Gwerc'hez 'nn Esperanz sant-Briek,
Am euz me kanet kalonek;

Itron Wir-Zikour enn Gwengam
Am euz meulet a neve-flamm;
Ha daoulinet enn he iliz,
'M euz hi pedet evit Breiz.

Karet em euz a-greiz kalon,
Feiz Breiz-Izel, feiz-koz Gralon,
Ar zent hag ann dud kalonek,
Ha flemmet ar re divezek.

» Guénolé, Primel et Gwénéal,
» Les Bardes de la Bretagne, dans les temps écoulés,
» Chantaient des gwerz à la Vierge,
» Et des louanges aux Saints de *Breiz-Izel.*

» Barde, prends la harpe de Rumengol,
» Fais-en vibrer les cordes et redis à tous,
» Redis les merveilles qui ont eu lieu
» En Bretagne dans les siècles passés. »

Aussitôt, l'ombre s'envola,
Et moi, je me mis à faire résonner la harpe.
J'ai chanté Landévennek,
La terre des saints et des rois,

Mene-Hom, la mer de Douarnenez,
La ville d'Is, la princesse Ahez,
La cathédrale de Quimper, Krozon,
L'Evêque blanc, l'homme de cœur;

Et les larmes aux yeux,
J'ai chanté Rostrenen et Bulat;
J'ai chanté avec foi
Notre-Dame-d'Espérance de Saint-Brieuc;

J'ai loué tout dernièrement
Notre-Dame de Bon-Secours de Guingamp;
Et, agenouillé dans son église,
Je l'ai priée pour la Bretagne.

J'ai aimé ardemment
La foi de *Breiz-Izel*, la vieille foi de Grallon,
Les saints et les hommes de cœur de mon pays,
Et fustigé les gens éhontés.

Ho karet, meulet m'euz dreist holl,
Gwerc'hez sakr, Itron Remengol;
E-c'harz ho treid, gant va fedenn,
Mez laka brema va delenn.

Dont a rai c'hoaz tud kalonek,
Da zon gant-hi e brezonek,
Da zon gant-hi toniou santel,
'nn enor Patronez Breiz-Izel.

Va bleo gwenn lavar d'in brema,
E tosta va heur diveza;
Gwerc'hez, c'houi a dolo evez
War bez ho Parz, ho pugel kez!

Ra vo meulet dre ar bed holl,
Hoc'h hano, Gwerc'hez Remengol!
Gwerc'hez vad, Itron Remengol,
Miret oc'h Breiz da vont da goll!

Mamm ann dud paour, klanv, ankeniet,
Mamm ar Barzed, ar Vretoned,
Kasit ac'hanomp d'ann envou,
Da veuli Jezuz, hon Aotrou!

Jezuz, mestr ann env, ann douar,
Zo maro war mene Kalvar;
Jezuz, Doue ar Vretoned,
E Breiz c'houi vo Doue bepred.

Je vous ai aimée, louée par dessus tout
Vierge sacrée, Notre-Dame de Rumengol;
A vos pieds, avec ma prière,
Je dépose aujourd'hui ma harpe.

Après moi, viendront encore des hommes de cœur
Qui feront vibrer sur ses cordes les airs de la
[Bretagne;
Ils feront vibrer sur ses cordes des airs pieux,
En l'honneur de la patronne de la Bretagne.

Mes cheveux blancs me disent à présent
Que ma dernière heure approche;
Sainte Vierge, vous veillerez
Sur la tombe de votre Barde, votre pauvre enfant.

Que votre nom soit loué
Par toute la terre, Vierge de Rumengol!
Bonne Vierge, Dame de Rumengol,
Empêchez la Bretagne de se perdre!

Mère des pauvres gens, des malades, des affligés,
Mère des Bardes et des Bretons,
Conduisez-nous au ciel
Pour louer Jésus, notre Seigneur.

Jésus, le maître des cieux et de la terre,
Mort sur la montagne du Calvaire;
Jesus, le Dieu des Bretons,
Vous serez toujours le Dieu de la Bretagne.

IEZ BREIZ,

BARZONEK,

Savet gant F.-M. ANN UHEL.

I.

Iez hon tadou, iez benniget,
A bep-amzer komzet 'n hon c'hreiz
A vihanik 'm da garet,
Rag te, iez koz, eo buhez Breiz !

II.

Te 'm euz karet, hag a garinn,
Iez kaer hon zent, iez glan hon feiz,
War ar bed keït ha ma vevinn, —
Rag te, iez koz, eo buez Breiz ! —

III.

Te ro d'in iec'het, pa venn klan,
Te laka skler ha glan ann deiz,
Iez Taliesinn ha Gwenc'hlan, —
Rag te, iez koz, eo buez Breiz ! —

IV.

Pa ve ma speret ankeniet,
Ha glac'har em c'halon e leiz,
Gant eur zonik 'venn diboaniet, —
Rag te, iez koz, eo buez Breiz ! —

LA LANGUE DE BRETAGNE,

BARDIT

Par M. LUZEL.

I.

O langue de nos pères, ô langue bénie, de tout temps parlée parmi nous! dès mon enfance je t'ai aimée; car c'est toi, vieille langue, la vie de la Bretagne!

II.

Je t'ai aimée et t'aimerai, belle langue de nos saints, sainte langue de notre foi, tant que je serai de ce monde; car c'est toi, vieille langue, la vie de la Bretagne!

III.

Tu me rends la santé, lorsque je suis malade, tu rends le jour brillant et pur, ô langue de Taliésin et de Gweñc'hlan; car c'est toi, etc.

IV.

Quand mon esprit est dans le trouble, quand mon cœur est dans le chagrin, une chansonnette me console; car c'est toi, etc.

V.

Er broïou pell ma c'halonik,
Evel ar Gwennili d'he neiz,
A huana da iez Arvorik, —
Rag te, iez koz, eo buhez Breiz ! —

VI.

'Vel ma tiwall ar Mesaër
He oanedigou oc'h ar Bleiz,
Breiziz, diwallomp hon iez kaer, —
Rag te, iez koz, eo buhez Breiz !

VII.

Gwasket oud gant ar C'hallaoued,
Eneb ar gwir, eneb ar reiz,
Met did eo ma c'halon bepred, —
Rag te, iez koz, eo buhez Breiz ! —

VIII.

Gouzanvomp peb-tra, tud ma bro,
Evomp dour, debromp bara heiz,
Met dalc'homp-mad bet' ar maro, —
Rag te, iez koz, eo buhez Breiz ! —

IX.

Kanomp hon gwerziou, hon zoniou,
Stourmomp ouz ar Gall a c'houez preiz,
Stourmomp ! ha miromp hon giziou... —
Rag te, iez koz, eo buhez Breiz ! —

X.

Gand eur werz-koz ha sin-ar-groaz
Pa c'houlenn ar paour kaz lojeiz,

V.

Quand je suis en pays lointain, mon pauvre cœur, comme l'hirondelle vers son nid — soupire vers la langue d'Armorique; car c'est toi, etc.

VI.

Comme le berger défend du loup ses petits agneaux, défendons, Bretons, notre belle langue; car c'est toi, etc.

VII.

Tu es opprimée par l'étranger, contre le droit, contre la loi, mais mon cœur est à toi toujours; car c'est toi, etc.

VIII.

Souffrons tout, hommes de mon pays; buvons de l'eau, mangeons du pain d'orge, mais tenons bon jusqu'à la mort; car c'est toi, etc.

IX.

Chantons nos ballades et nos *zônes;* combattons l'étranger qui flaire une proie; combattons! et gardons nos coutumes; car c'est toi, etc.

X.

Avec une ballade et un signe de croix quand le pauvre

Hen digomeromp gant joa vraz, —
Rag te, iez koz, eo buhez Breiz ! —

XI.

Ha ni, Barzed newez Arvor,
Nin hen tou holl dirag ann deiz,
Dirag ann heol, dirag ar mor, —
Rag te, iez koz; eo buhez Breiz ! —

XII.

Ni droc'ho Hon teod enn hon bek
— Kleo, Brizeuk, da genvroiz keiz, —
« *Kent wit dinac'h ar Brezonek*, » —
Rag te, iez koz, eo buhez Breiz ! —

XIII.

Me lavar, hag a lavaro :
— « Keït 'lammo ma c'halon em c'hreiz,
« Iez mad zud koz me az karo ! » —
Rag te, iez koz, eo buhez Breiz ! —

XIV.

Ha goude buhez ar bed-ma,
Enn eur Vreiz-all me am euz feiz
Da gomz Brezonek vel ama, —
Rag te, iez koz, eo buhez Breiz ? —

F.-M. ANN UHEL.

E Kear ann Oriant, gouere, 1867.

demande qu'on lui ouvre, recevons-le avec bonheur ; car c'est toi, etc.

XI.

Et nous, bardes nouveaux d'Armor, nous le jurons tous par le jour, par le soleil et par la mer ; — car c'est toi, etc.

XII.

Nous couperons notre langue dans notre bouche ; — entends, Brizeux, tes chers compatriotes ! — *Avant de renier le breton ;* car c'est toi, etc.

XIII.

Pour moi je dis et je dirai : « tant que mon cœur battra » dans ma poitrine, ô langue de nos pères, je t'aimerai ; » car c'est toi, etc.

XIV.

Et après la vie de ce monde, dans une autre Bretagne, je compte bien parler encore breton comme ici-bas ; car c'est toi, vieille langue, la vie de la Bretagne.

F.-M. LUZEL.

KOULM AR BARZ,

Gant Laouenanik Breiz.

Da Varz Breiz, Ann Aotrou Kermarker.

— « O koulmik koant, lavar d'in buan,
» Euz a be vro e nijez-te ?
» Red eo ma teufez euz ann ee,
» Rak evel-d-oud ne deuz unan.

» Strinka c'houez-vad a rez enn dro,
» Dre ma tigor da ziou-askel ;
» Piou oud-te'ta, ma n'oud eunn el ?
» Ha dont da choum a rez d'hor bro ?

» — Ia, dont a rann brema da Vreiz,
» Etrézek eur Barz ne hanvinn ;
» Gant Doue euz bet kemennet d'in
» Karet anezhan noz ha deiz.

» Digant Doue en deuz va frenet
» Evit eur zon ar re gaera ;
» Desket em beuz gant-han kana
» Ar zon gaer-ze a zesk karet.

» Gant-han me zo euruz meurbed,
» Mont brema kuit me ne garfenn ;
» Klevet bemdez kan he delenn
» Zo va brasa dudi er bed.

LA COLOMBE DU BARDE,

Par le Roitelet de Bretagne.

Au Barde de l'Armorique, M. de La Villemarqué.

— Petite colombe blanche, dis-moi :
De quel pays viens-tu ?
Il faut que ce soit du ciel ;
Ici, pas une colombe ne te ressemble.

De toi s'exhale un doux parfum,
Dès que s'ouvrent tes ailes.
Qui es-tu donc, si tu n'es pas un ange ?
Viens-tu demeurer parmi nous ?

— Oui, je viens maintenant en Bretagne,
Vers un Barde que je ne nommerai pas ;
Dieu m'a commandé
De l'aimer nuit et jour.

Il m'a achetée de Dieu,
Prix d'un chant magnifique ;
Lui-même m'a appris ce beau chant
Qui apprend à aimer.

Je suis si heureuse avec lui
Que je ne veux plus le quitter ;
Entendre, chaque jour, le son de sa harpe
Est mon plus grand plaisir en ce monde.

» Koulm ar Barz, me zo he gannad,
» Me eo a ra he gevridiou ;
» Dioc'h va bruched he lizeriou
» Ia da galoun pep mignonn mad.

» Pa skriv anezho me a wel,
» Diwar he skoaz, petra lavar ;
» He gomzou !... Doue ha me ho goar ;
» Anez karet, rankfe mervel.

» Pa labour, pa lenn ha pa gan,
» Me vez atao enn he gichen ;
» Ha pa welann en deuz anken,
» Me bok d'ezhan endra c'hellann.

» Gant va askel diwar he dal
» Me skub neuze pep poan spered,
» Hag he galoun, bete'r weled,
» Ouz-in dioc'h-tu a rank tridall.

» Me n'am beuz morse naoun e-bed,
» Enn he zourn me a zebr bara,
» Hag enn he werenn da eva
» E kavann dour, p'am beuz sec'hed.

» Pa vez debret gan-en va fred,
» Me a c'hournij enn-dro d'he benn;
» Ha gant va diouaskellik wenn
» Me a c'holo va barz karet.

» Pa gousk, me nij war he delenn
» Hag hi ha me, gant karantez,
» A gan d'ezhan toniou nevez
» Ken a skuiozmp war he varlenn.

» Setu eno, Laouenanik,
» Evit petra ounn digaset ;

Colombe du Barde, je suis sa messagère ;
C'est moi qu'il charge de ses secrets.
Ses lettres, suspendues sur mon cou,
Arrivent au cœur de tout ami fidèle.

Pendant qu'il les écrit,
Par dessus son épaule je vois ce qu'il y dit.
Ses paroles... Dieu et moi nous les connaissons :
Sans aimer, il lui faudrait mourir.

Qu'il travaille, qu'il lise ou qu'il chante,
Je suis toujours à ses côtés ;
Et, quand je vois qu'il a du chagrin,
Je le baise tant que je puis.

Alors, avec mon aile je chasse
De son front tout souci,
Et aussitôt son cœur
Se tourne vers moi avec bonheur.

Je n'ai jamais faim ;
Je mange du pain dans sa main,
Et dans son verre aussi je trouve
De l'eau, quand j'ai soif.

Quand j'ai fini de manger,
Je voltige au-dessus de sa tête,
Et, de mes deux petites ailes blanches,
J'ombrage le Barde mon bien-aimé.

S'il s'endort, je me pose sur sa harpe,
Et elle et moi nous lui chantons
De nouveaux vers jusqu'à ce que nous tombions
De fatigue sur ses genoux.

Voilà, petit roitelet,
Voilà pourquoi je suis venue :

» Ober vad da veza karet
» A zo noz-deiz labour koulmik.

Euruz ar Barz en deuz kavet
Eur vignounez evel hou-ma !
Da gement barz zo a ouela,
Aotrou Doue, eur goulm digaset !

G. MILIN,

Laouenanik Breiz.

Faire du bien pour être aimée
Est chaque jour la tâche de la petite colombe.

Heureux le Barde qui a rencontré
Une amie semblable à celle-ci !
A tout barde qui pleure,
Mon Dieu, envoyez une colombe !

G. MILIN,

Roitelet de Bretagne.

SON MARI-ANNA,

Gant Iann KABER, labourer daour.

Euz a foar Vark d'ar ger o tont,
Enn eur erruet war ar pont,
Digouet gan-en eur plac'hik koant,
Hag hi ken laouen ha ken drant!

Ha war gein bep a inkane
A oa ar plac'h iaouank ha me;
O tont hon daou gand ann hent braz
Kalzik a du a dremenaz.

Hi daoulagadik a verve,
Ha ma re-men a ree ive;
Ha me lavare enn c'halon:
« Setu ama zo daou vignon! »

— Plac'hik iaouank, d'en leveret,
Petra nevez hoc'h euz prenet?
Ma hoc'h euz per pe avalaou,
Rest d'imen eur c'houlpat pe zaou.

— N'em euz nag avalou na per,
Netra da rei d'hoc'h, servijer,
Netra met ma c'halonik paour
A garfec'h kaout gant hoc'h aour.

LA CHANSON DE MARIE-ANNA,

Par Jean CARER, cultivateur.

En revenant de la foire de Saint-Marc, en arrivant sur le pont, je rencontrai une gentille fillette, et si gaie et si vive !

Nous montions chacun notre haquenée, la jeune fille et moi, et nous allions tous deux le long du grand chemin ; beaucoup de monde passait.

Ses deux petits yeux brillaient; les miens à moi brillaient aussi, et je me disais dans mon cœur : « Voici deux amis ! »

— Jeune fille, dites-moi : qu'avez-vous acheté de neuf? Si vous avez des poires ou des pommes, donnez-m'en une couple ou deux.

— Je n'ai ni pommes, ni poires, rien à vous donner, mon serviteur ; rien que mon pauvre petit cœur que vous voudriez bien avoir pour votre argent.

—Plac'hik iaouank, pez a leret
A blij d'am c'halon, d'am speret;
Da c'hortoz ma vemp oet d'ann traon,
Plijet kemer eur c'houlpat kraon.

Ha pa oamp hon daou diskennet,
Enn hostaliri e oamp oet
Gant va c'harantez, da eva
Gwin ruz ha kafe. *Tra la la* !

Mad ar bed-ma ne dall netra ;
Nemet tremenn ebiou na ra !
Ar zonik-ma em euz kanet
D'ezhi, e devez he eured !

— Jeune fille, ce que vous dites réjouit mon cœur et mon esprit ; en attendant que nous soyons descendus, prenez cette couple de noix. »

Et quand nous fûmes descendus tous les deux nous entrâmes dans l'hôtellerie, mon amour et moi, et nous bûmes ensemble du vin rouge et du café. Tra là la la !

Hélas ! les biens de ce monde ne valent rien. Ils ne font que passer ! — Cette chansonnette-ci, je la lui ai chantée, à elle-même, le jour de ses noces.

BREIZIS DA GORNWALLIS!

KANAOUEN

I.

DA GENTA.

Ogro, Piano ha Violons.

II.

MOEZIO GWASED.

Deût mad oc'h en hon touez, breudeur a vro Cornwall!
O touar neus douged hon gour-dado gwech all
O kwe neus gwaskeded hûn ho bugaligo.
Deut mad oc'h en hon touez! Deus an eil Vreiz d'eben
Kassomp kevred moezio hon c'halono laouen
Dreist ar morio ledan, a dreus ar meneio.

III.

Eur plac'h Iaouank.

Chomet hir amser pell deus e vro,
Ma tosta eur bugel d'ar ger,

AUX GALLOIS, LES BRETONS !

CANTATE

I.

INTRODUCTION.

Piano, Orgue et Contrebasse.

II.

CHŒUR D'HOMMES.

Soyez les bienvenus, ô Gallois, nos ancêtres
Eurent le même sol, virent les mêmes hêtres
Abriter le sommeil de leurs petits enfants.
Soyez les bienvenus, et que des deux Bretagnes
Retentissent au loin, à travers nos montagnes,
Les accents fraternels de leurs cœurs triomphants.

III.

Air de Soprano.

Mlle B...

Comme après une longue absence
L'enfant approchant de son nid,

E galon a drido, pa welo
E vam o tont d'hen digemer.

E vam gez! gant hast d'hen briata
Na zant mui poez he blavezio.
Ac hen kerkent a stag da wela,
Gwelan druz! mæs dousan daelo!

Eur vleunen goenved gant scorn an noz
A digor seder woar ribl ar roz
Pa bar an heaul skedus war 'n'hi.

Ni ive, breudeur, ous o kweled
A n'eun gav aman oll laouened
Oll d'ec'h e laromp meulodi.

IV.

AN OLL GANERIEN.

Dorn ous dorn 'ta, bugale 'n diou Gerne
Ne man ken an amzer ma skoe ar c'hleze.
Breman, gwir ha leal, trec'homp, neb a c'hello,
Dre 'n dalvouduzan labourio.

V.

Ann amser o tremen didrue
War e hent a neus diskaret
Kestel, gizio, kement a gave;
Netra out-han na neus paded.
Mæs douar Arvor a neus mired
Kouls ac he Feulvano huel
Gir hon zado — hon gir-ni bepred —
Kentoc'h 'wit n'eun saotra, merwel!

Tressaille en voyant, douce chance,
Sa vieille mère qui s'avance,
Hâtant avec impatience
Un pas, qu'hélas! l'âge alourdit;
Son âme se dilate émue
Elle se fond comme la nue
Passant dans le ciel bleu qui luit;
Tel un beau jour sur la colline
Relève une fleur qui s'incline
Au souffle glacé de la nuit.
Ainsi, frères, votre présence
Ici comble notre espérance
Et chacun de nous l'applaudit.

IV.

CHŒUR D'HOMMES.

Serrons nos mains, fils des deux Cornouailles!
Il est passé le temps des sanglantes batailles;
Livrons-nous sans réserve aux efforts si loyaux
De nos pacifiques travaux.

V.

Air de ténor. M. E. C...

« Le torrent qui roule les âges
« Dans son cours a tout emporté.
« Châteaux, mœurs, coutumes, usages;
« A son choc rien n'a résisté.
« Mais notre terre d'Armorique
« Garde toujours son dolmen, son menhir,
« Et répète à jamais cette devise antique:
« *Plutôt que se souiller, mourir!* » (1)

(1) Paroles de M. A. de la Noüe, prononcées au dernier congrès breton, tenu à Saint-Brieuc en 1854. (J. G.)

Deut eta deut! Hac hep neb aon anzaved
  Omp d'ec'h gwir vreudeur a bell-so
Ho mam so hon hini; ha biken na vo kaved
  'Med henor d'ec'h 'n'hon doareo.

VI.

PEVAR GANER

Ia douar Arvor a n'eus mired
Kouls ac he Feulvano huel
Gir hon zado — hon gir-ni bepred —
Kentoc'h 'wit n'eun saotra, merwel!

VII.

AN OLL GANERIEN 'WIT ACHUI.

Deût mad oc'h en hon touez, breudeur a vro Cornwall!
O touar n'eus douged hon gour-dado gwech all
O kwe neus gwaskeded hûn ho bugaligo.
Deut mad oc'h en hon touez! Deus an eil Vreiz d'eben
Kassomp kevred moezio hon c'halono laouen
Dreist ar morio ledan, a dreus ar meneio.

Ah! laissez là toute crainte étrangère,
Venez, frères, rapprochons-nous,
Nous sommes bien les fils d'une commune mère;
Nous sommes bien restés dignes de vous.

VI.

QUATUOR.

Soprano, Contralto, Tenor et Basse.

Mlle B. Mme R. M. E. C. M. M.

Oui, notre terre d'Armorique
Avec son dolmen, son menhir,
A gardé sa devise antique :
Plutôt que se souiller, mourir !

VII.

CHŒUR FINAL

Soprano, Contralto, Ténor et Basse.

Soyez les bienvenus, ô Gallois ! nos ancêtres
Eurent le même sol, virent les mêmes hêtres
Abriter le sommeil de leurs petits enfants.
Soyez les bienvenus, et que des deux Bretagnes
Retentissent au loin, à travers nos montagnes,
Les accents fraternels de leurs cœurs triomphants.

KIMIAD AR BARZ,

Gant AR IAN.

Kared em euz ma Breiz-Izel,
He lann, he brug hag he rec'hel,
Kared em euz he meneziou,
He gwaziou kamm, he zraouniennou.

Kared em euz he henchou treuz,
He roziou bleun, he zouriou kleuz,
Kared em euz enn-hi beva,
Pa oann euruz, ge o kana.

Kared em euz krozmol ar mor
D'ann abardaez war doull ma dor,
Kared em euz mouez ar ranet
Enn noz o kana holl kevret.

Kared em euz trouz ann avel,
O iouc'hal skiltr er gwez huel,
Kared em euz mouez ar gaouen
Oc'h huanada enn derven.

Kared em euz bleuniou al lann
Kurunen Breiz a viskoaz glan,
Kared em euz mond d'ar c'hoajou
Da rei d'ann ekleo ma zoniou.

Kared em euz treaz aour ann aod,
He c'hregin gwenn, kant tra dibaod;
Kared em euz ma bragou braz,
Ma bleo hirr, ivez ma fenn-baz.

LES ADIEUX DU BARDE,

Par M. LE JEAN.

J'ai aimé ma Bretagne,
Ses ajoncs, ses bruyères et ses rochers;
J'ai aimé ses montagnes,
Ses ruisseaux sinueux et ses vallées.

J'ai aimé ses chemins tortueux,
Ses collines fleuries et ses clochers à jour;
J'ai aimé à y vivre
Quand j'étais heureux, gai et chantant.

J'ai aimé le grondement de l'Océan,
Quand, sur le soir, je me tenais sur ma porte;
J'ai aimé la voix des grenouilles,
Donnant leurs concerts nocturnes.

J'ai aimé à écouter la tempête
Hurler bien fort dans la cime des hauts arbres;
J'ai aimé la voix du hibou
Soupirant sur le vieux chêne.

J'ai aimé les ajoncs fleuris,
Couronne toujours pure de la Bretagne;
J'ai aimé à m'enfoncer dans les bois
Pour chanter mes sônes aux échos.

J'ai aimé le sable doré de la grève,
Ses coquillages blancs, ses cent merveilles;
J'ai aimé mes larges braies,
Ma longue chevelure et mon bourdon.

Kared em euz ma zoen blouz
Ha kousked dindan-hi didrouz,
Kared em euz kana, enn noz,
Enn henchou doun *Ann hani goz.*

Kared em euz ivez Mari
Vid he goulenn da zemezi,
Kared em euz, er pardouniou,
Tridal euz soun ar biniou.

Kared em euz pedi Doue,
E kreiz ar verred war eur be,
War bez Mari, war bez ma far,
Pebez kanvou, pebez glac'har !...

Kared em euz mond d'ar Relek
Da ober ma gwestlou feizek,
Kared em euz Zantez-Anna
Enn he hi skuiz braz o wela.

Kared em euz mond da Vulad
Gant ma baz wenn, ma botou koad,
Kared em euz dreist pep tra-holl
Pedi enn Iliz Remengol.

Kared em euz, e Gwir-Zikour,
Enebi stard ann enebour,
Kared em euz e Zant-Kare
Pedi ann Itroun a Drue.

Kared em euz zent koz ma bro
Ha deski d'ann dud ho hano,
Kared em euz, e kreiz ma foan
Gervel ann Aotrou Zand Ervoan.

J'ai aimé mon toit de chaume,
Et à dormir là-dessous en sécurité ;
J'ai aimé à chanter *Ann hani goz* (1)
Quand la nuit j'errais dans les ravines.

J'ai aussi aimé Marie
Pour la demander en mariage ;
J'ai aimé à danser dans les pardons
Au son du biniou.

J'ai aimé à prier sur une tombe
Au centre du cimetière ;
Sur la tombe de mon épouse, sur la tombe de Marie,
Quel deuil, et quelle douleur !...

J'ai aimé à visiter le Relek
Pour y accomplir avec foi mes vœux ;
J'ai aimé Sainte-Anne d'Auray,
Et surtout quand, dans sa maison, je larmoyais après une longue route.

J'ai aimé à visiter Bulat,
Chaussé de gros sabots et dans la main ma houlette blanche ;
J'ai aimé par-dessus toute chose
A faire ma prière dans l'église de Rumengol.

J'ai aimé à combattre à Guingamp (Vrai-Secours)
L'ennemi de notre salut ;
J'ai aimé à invoquer à Saint-Carré
Notre-Dame-de-Pitié.

J'ai aimé les vieux saints de mon pays,
Et à enseigner à tous leurs noms ;
J'ai aimé, dans mes tribulations,
A demander l'assistance de Monsieur saint Yves.

(1) Chant national des Bretons.

Hag abaoue ma-z-eo kouezet
Euz ma dourn Telen ar Varzed
Me na garann tra ken e Breiz
Med he burzudou hag he feiz.

Kenavo breman d'an douar,
Enn-han n'en deuz nemet glac'har ;
Kenavo d'am bro Breiz-Izel,
Allaz ! allaz ! ret eo mervel !

Kenavo da Varzed ma bro,
War ma lerc'h hi c'hoaz a gano ;
Kanid dalc'h-mad, kanid huel
Mil meuleudi da Vreiz-Izel.

Ma hellfenn, a weled ma bez,
Zevel d'ezhi eur werz nevez,
Ni he c'hanfe, ma far ha me,
Unanet laouen adarre !...

Et depuis que la harpe des Bardes
Est tombée de mes mains,
Je n'aime plus rien en Bretagne
Hormis ses merveilles et sa Foi.

Maintenant, adieu à la terre ;
Elle ne renferme que des douleurs ;
Adieu à mon pays de Bretagne,
Hélas ! hélas ! il faut mourir...

Adieu aux Bardes de mon pays !
Quand je ne serai plus, ils chanteront encore...
Chantez toujours, chantez bien haut
Mille louanges à la Bretagne.

Si je pouvais, du fond de ma tombe,
Composer pour elle un nouveau gwerz,
Nous le chanterions, mon épouse et moi,
Unis avec joie de nouveau.

EUR VAMM HAG HE BUGEL

Savet gand J. P. M. Ar Skour,

BARZ ITRON VARIA REMENGOL.

DA VA MAB KER, POL-MARI AR SKOUR

War don : *Ni ho salud, Steredenn vor !*

Doue Gralon ha Gwenole,
Taolit eur zell a drugare
War va bugel nevez ganet,
Evit ma ho karo bepred !

D'e-hoc'h her gwestlann, o va Doue !
Da Werc'hez Remengol ive ;
Hi eo rouanez ar bed holl,
Hi a viro na d-ai da goll.

Va mabik, va elik Doue,
Va elik dous, va c'harante,
Te a zo koant enn da gavel,
Koant ha laouen, evel eunn el !

Ar vuez-man a zo c'houero,
Karget a boan hag a zaero ;
Doue roi d'id, va bugel paour,
Feiz, esperanz, eur galon aour !

UNE MÈRE ET SON ENFANT

Par J. P. M. LESCOUR.

BARDE DE N.-D. DE RUMENGOL.

A MON FILS CHÉRI PAUL-MARIE LESCOUR.

Dieu de Grallon et de Guénolé, jetez un regard de bonté sur mon enfant nouveau-né, afin qu'il vous aime toujours !

Je vous le consacre, ô mon Dieu ! ainsi qu'à la Vierge de Rumengol ; Elle est la reine de l'Univers et elle l'empêchera d'aller se perdre.

Mon petit ange, mon ange de Dieu, mon doux ange, mon amour, tu es charmant dans ton berceau, charmant et joyeux comme un ange !

Cette vie est amère, chargée de peines et de larmes ; Que Dieu te donne, mon pauvre enfant, foi, espérance, un cœur d'or !

EUR VAMM HAG HE BUGEL.

Eur galon aour ha karantez
Da dremen leal da vuez!
Ra vi bepred karantezuz,
'Vel ma oa ar mabik Jezuz!

Petra vezi war ar bed-man?
Evel da dad eunn den a boan!
Marteze vi barz pe beleg,
Soudard, martolod pe tieg?

Doue hep-ken oar ann dra-ze,
Ha ra vo gret he volonte!
Er joausted hag enn anken,
gez, va map, stard enn he lezenn.

Dindan ar walenn a gasti
Plega aliez a ranki:
Ann eurusded na gaver ket
E-pad ar vuez war ar bed.

Kemer da boan a galon vad;
C'hoarz ha dour war da zaoulagad,
Pa deui ann deiz ma vi skoet
Gant ann anken ha treid ar bed.

Pa vi gant ann holl dilezet,
Pa vo da galon baour mantret,
Beuzet enn eur mor a c'hlac'har,
Sell, va mab, sell Mene-Kalvar!

Kousk aze brao, c'hoaz oud bihan,
N'ouzout ket c'hoaz petra eo poan,
D'as oad ar bed zo 'r baradoz;
Ann den a oar se, pa vez koz.

Kar da vamm, va elik Doue,
Mervel evid-oud a rafe;
Enn he c'hozni, enn he foanio,
Va map, te zec'ho he daero.

Un cœur d'or et la charité, pour passer loyalement ta vie ! Sois toujours charitable, ainsi que l'enfant Jésus !

Que seras-tu dans ce monde? comme ton père, un homme de peine ! Seras-tu barde ou prêtre, soldat, marin ou laboureur ?

Dieu seul le sait, que sa volonté soit faite ! Dans la joie et dans la peine, mon fils, sois fidèle à sa loi.

Sous la verge du châtiment, il faudra souvent te courber; le bonheur ne sa trouve pas dans la vie de ce monde.

Supporte ta peine de bon cœur; ris avec des larmes dans tes yeux, lorsque viendra le jour où tu seras frappé par le malheur et le mépris du monde.

Quand tu seras délaissé de tous, quand ton pauvre cœur sera meurtri, noyé dans une mer de douleur, regarde, mon fils, regarde le mont du Calvaire !

Dors là gentiment, tu es encore petit, tu ne sais pas encore ce que c'est que la peine; à ton âge, le monde est un paradis. L'homme sait cela, quand il est vieux.

Aime ta mère, mon ange de Dieu ; pour toi elle donnerait sa vie. Dans sa vieillesse, dans ses peines, mon fils, tu sécheras ses larmes.

Pa vezi braz, hi a vo koz;
Pa vo maro, evit repoz,
Laka he c'horf enn disheol
Enn bered santel Remengol.

Kar ha ped ann Aotrou Doue,
He vignoned, sent Breiz ive;
Kar ha ped Gwerc'hez Remengol,
Ha birviken ne d-i da goll.

Quand tu seras grand, elle sera vieille; quand elle sera morte, fais qu'elle repose son corps à l'ombre, dans le saint cimetière de Rumengol.

Aime et prie le bon Dieu, ainsi que ses amis, les saints de Bretagne. Aime et prie la Vierge de Rumengol et jamais tu n'iras te perdre.

KIMIAD EUR ZOUDARD IAOUANK.

Oret gant Prosper PROUX.

Ma c'haloun a zo frailled dre nerz ma enkrezou,
Ma daoulagad entanet n'ho deuz mui a zaelou,
Deud eo siouaz ! ann devez ma renkann dilezel
Lec'h kaer ma bugaleac'h ma bro gaer Breiz-Izel !

Keno d'id, ma zi balann, kuzet barz ann draonien,
Tachen c'hlaz var behini, bugel, e c'hoarien ;
Gwez ivin ker bodennek, e disheol a bere,
E pad tomder ann hanvou, ekouskenn da greiz-de.

Keno ! keno ! mamm ha tad, breman n'esperit mui
E chomfe ho mab kared da harpa ho kozni,
Evit gounid d'hoc'h bara, vel m'hoc'h euz gread d'ezhan,
Al Lezen zo didruez ho kuitaad a renkann.

Nag a wech, ma mamm dener, e renkfet-hu lenva,

ADIEUX DU CONSCRIT BRETON,

TRADUCTION,

Par l'Ermite de la Mansarde.

Ma pauvre âme est brisée
Par l'excès des douleurs !
Ma paupière embrasée
N'a plus; hélas ! de pleurs !
Lieux chers à mon enfance,
Bretagne mes amours,
Bien loin de toi la France
M'exile pour toujours. ....

Adieu vieille chaumière,
Colline où je suis né ;
Verts prateaux où naguère ;
Enfant j'ai folâtré.
Grands ifs, sous votre ombrage
Je n'irai plus l'été
A midi sur l'herbage
Dormir le corps lassé.

Adieu ma bonne mère,
Ma joie et mon trésor !
Adieu mon pauvre père !
Sans les rigueurs du sort,
De votre humble vieillesse
J'aurais été l'appui,
Pour vous gagner sans cesse
Le pain qui m'a nourri.

A vous les pleurs, ma mère.
En voyant le matin
Mon chien rasant la terre

Pa zeui ma c'hi ankenied e dro d'hoc'h da ruza;
Pa welfot, war ann oalet, ma skabellik c'houllou
Hag ar chifnid o steui war ma fenn-baz derou.

Keno! bered ar barrez, douarou binniget,
Pere a guz ma c'herent gant ar Zalver galvet;
Da wel ann Anaoun klemmuz, n'inn mui war ho peziou
Da skuilla dour binniget mesket gant ma daelou.

Keno! ma muia karet, ma dousik koant Mari,
Eur blaneden digar a zeu d'hon glac'hari;
Euruzdet ha levenez skeduz zo tremenet
Vel enn hoabl ar goumoulen gand ann avel kaset.

Na welinn mui da lagad ker lemm ha ker laouen
O virvi gant plijadur, e ti pa erruenn,
Da zournik gwenn ker mibin o trei ar c'har e dro,
Da vouez flour mui na glevinn o kana va gwerzo.

Pa oamp er c'hatekismou, hon daou c'hoaz bugale,
Hor c'halounou diskiant, e kuz a n'em gleve,

Vous flairer tout chagrin ;
Mon banc couleur d'ébène
Au vieux foyer désert
Et mon *pen-baz* de chêne
De fils poudreux couvert.

Adieu vieux cimetières,
Adieu tertres bénis
Qui recouvrez mes pères
Au saint appel soumis.
Sur le froid monolithe,
Au jour des Trépassés,
Mes pleurs à l'eau bénite
Ne seront plus mêlés.

Adieu tendre Marie,
Doux charme de mon cœur,
Seul espoir de ma vie :
Tous nos jours de bonheur
Comme un léger nuage,
Comme un éclair ont fui.
L'astre du noir présage
Nous sépare aujourd'hui !...

Ta prunelle éveillée
Ne me sourira plus
Le soir à la veillée.
Sous tes doigts ingénus
Ton rouet, ma bien chère,
N'aura plus son entrain,
Ni ta voix douce et fière
Son tendre et gai refrain.

Tous deux au Catéchisme
Attentifs et soumis,
Dans un tendre mutisme
Nos cœurs se sont compris.
Devant la Vierge sainte
De la croix du chemin,
Nous nous jurions sans crainte
Une amitié sans fin.

Dirag Gwerc'hez ar c'hroaz-hend, nag a vech he touejomp
Na erru-je birviken disparti e tre-z-omp.

Iaouank ha dibreder, siouaz ! ne wiemp-ket
Nag ha bet c'houerventez ar vuez zo hadet ;
Evid omp ne oa, neuze, Lezennou na Roue,
N'anveemp med eul Lezen, hini ar garante.

Keno ! ma nez-amezek, Iannik, ma gwir vignoun,
Kamarad ma c'hoariou , ma breur dre ar galoun,
Piou a gemero breman lod ebarz ma foanio ?
Piou a gomzo gan-in-me deuz ar gear hag ar vro ?

Hep-z-oun te ielo breman d'ar parreziou tosta,
Da bigosad al leuriou barz el lajou-dorna ;
Hep-z-oun te iel da c'hounid maoud ar c'hourennadek,
Da chasa war rubanou ebarz er varadek.

Keno ? ma c'hazek velen, skanv evel eunn heiez ;
Mistr evel eul logoden, jentil vel eunn oanez ;
N'ez santinn ken, dindan-oun, gand ann hast, o tripal ;
Ma daouarn mui ne stagind ar zaeien war da dal.

Dans nos beaux jours d'enfance,
Maria, nos deux cœurs
Ignoraient la souffrance
Et ses mille douleurs.
La loi, le roi lui-même,
Tout nous fut étranger :
Pour nous la loi suprême
Etait de nous aimer.

Iannic, ami sincère,
Mon plus proche voisin
Que j'aimais comme un frère :
Qui donc dans mon chagrin,
Dans ma sombre tristesse
Viendra me consoler ?
Qui, dans mes jours d'ivresse,
Viendra la partager ?

Dans les aires nouvelles,
Hélas ! je n'irai plus,
Avec nos jouvencelles
Battre en rond les bras nus ;
Disputer hors d'haleine
Le mouton des lutteurs,
Ni gagner dans la plaine
Le ruban des marreurs.

Adieu, blonde cavale,
Douce comme un agneau :
La biche seule égale
Ton port gracieux et beau.
De la souris lutine
Le poil est moins luisant ;
Sa robe est moins fine
Et son œil moins brillant.

Tu n'iras plus en reine,
Trépignant sous le frein ;
Avec moi dans l'arène
Disputer le terrain ;
Dans un tournoi champêtre

Keno ! ma c'hi keaz, Mindu, ma leal kamarad,
N'efomp ken, dre ar c'hlizen, da glask roudou ar c'had;
Ne glevin kenn, er menez, da chilpaden skiltruz,
War ma dourn mui ne zantinn da deod garantezuz.

A ben eunn nebeud amzer, kalz a vignouned ien,
Barz er zoudard divroet, hep mar, ne sonifont ken,
Mes da galoun te, Mindu, n'eo ket ken ankoezuz
Pell e ri c'hoaz va c'hanvou, gant da iezou klemmuz.

Keno ta plijaduriou, leuriou-nevez, prejou,
Nezadegou, nozvezou, foariou ha pardonniou,
Ebatou ker birvidik, biniou zar dha sklentin,
Na drido mui va c'haloun gant da zoniou lirzin.

Keno kemend a garann, heno da virviken !
Pell ouc'h a Vreiz me varvo, mantret gand ann anken;
Vel eur blanten gizidik, evid ar vro krouet,
A renk gwenvi ha mervel, kerkent m'eo divroet.

Gagner le prix d'honneur,
Quand la main de ton maître
Ornait ton front vainqueur.

Cher compagnon de chasse,
Tu n'iras plus, Mindu,
Me guider sur la trace
Du vieux lièvre perdu;
Joindre ta voix nourrie
Aux sons du cor lointain
Et de ta langue amie
Me caresser la main.

Pendant ma longue absence,
Beaucoup de froids amis
N'auront plus souvenance
Du malheureux conscrit.
Mindu, ta voix plaintive
Redira ta douleur
Aux échos de la rive.
Je vivrai dans ton cœur.

Adieu de mon village
Danses, foires, chansons,
Doux plaisirs du jeune âge,
Soupe au lait, gais pardons.
Adieu, tendre musette,
Dont les sons enchanteurs
De plus d'une fillette
Faisaient vibrer les cœurs.

Je pars, l'ordre est suprême,
Pour ne plus revenir!
Bretagne et vous que j'aime,
Il me faudra mourir
Comme une pauvre plante
Qu'on voit se dessécher
Sitôt qu'on la transplante
Sur un sol étranger!.,..

M.-A. DAVID,

De Morlaix.

BARZED ARVOR,

Gand Eostik Koad ann Noz (J.-M. AR IANN).

D'ANN AOTROU CHARLEZ A VRO C'HALL,

BARZ BREIZAD, E PARIS.

Ar GONIDEK, sav da benn
Ha bez hirio laouen!!...

Sutal a ra ann avel skiltruz er gwez huel;
Krosmola a ra ar mor enn dro da Vreiz-Izel;
Hag al logodennik dall, gand diouaskel groc'hen,
A nij kre ha kamm-digamm araog pao ar gaouen.

Ann deliou, war ar geod glaz, a ruil strobinellet
Evel eur bagad teuziou a bep tu dastumet;
Hag ar bleizi, o iudal, a daôl gand ann ekleo
Eunn dourni hag a rafe d'ann holl sevel ho bleo!

Ar sterik, enn eur glemma enn he gwele meinek,
A ia da gas he dour sklear d'ar mor braz islounkek;
Ann devalijen a drid war gern ar c'herrek sounn,
Ar iourc'h, e touez ar strouez, en em guz gant spouroun.

Ha peger kaer eo ann deiz, pegen teval ann noz!
Ma Doue, c'houi ra traou kaer, ha gan e-hoc'h ma bennoz
Gand daoulagad mad ounn dall; hogen setu al loar
O tont da sklearijenna bugale ann douar!

Salud d'it, loar arc'hantek, rouanez vraz ann noz,
Sav da benn war Menez-Bre, sav a-uz koat ann noz;

LES BARDES D'ARMORIQUE,

Par le Rossignol du Bois de La Nuit (M. LE JEAN).

A MONSIEUR CHARLES DE GAULLE,

BARDE BRETON, A PARIS.

Le Gonidec, lève la tête
et réjouis-toi aujourd'hui !!...

Le vent siffle aigu dans les grands arbres; la mer gronde sur les côtes de Bretagne; et la chauve-souris aux ailes de peau vole vivement et en zig-zag devant la patte de la chouette.

Les feuilles sèches roulent, en tourbillons, sur le gazon, comme une bande de fantômes de tous côtés rassemblés et les loups, hurlant, jettent aux échos un tintamarre à faire dresser les cheveux sur toutes les têtes.

La petite rivière, gémissant dans son lit rocailleux, va porter ses eaux limpides dans les abîmes de l'Océan, les ténèbres se jouent sur la cime des rochers escarpés, et le chevreuil, épouvanté, se réfugie dans les broussailles.

Et combien le jour est beau; combien la nuit est ténébreuse ! Mon Dieu, soyez béni, vous faites de si belles choses ! Avec de bons yeux je suis aveugle, mais voilà la lune qui vient éclairer les enfants de la terre.

Salut à toi, lune argentée, grande reine de la nuit, montre ta tête sur le Méné-Bré, monte au-dessus de *Koat ann*

Sav eta, sav huelloc'h, dalc'h da zevel bepred
Ma hello ann holl varzed 'nem gaoud aman kevred.

Taliesin ha Marzin, Gwen-c'hlan, diouganer braz,
Brizeuk, Gizouarn, Karis, c'houi zo maro, siouaz!
Digasid ho telennou e-harp troad ann derven
El leac'h ma vezo ar stroll, klenuk, didrouz ha kempenn.

Tavit mik, avel rag-eost, ha c'houi sterik klemmuz.
Id d'ho toull, bleizi naounek, tevalijen spountuz;
Henchou fankek ha mein-ruill, gouveid digemer
Mad-oberour hor mamm-iez, ar Barz, hor Penn-sturier.

Diwallid da ober drouk d'ann hini zo goude,
Hanved Iann Willou Herri, hen-nez eo barz Kerne;
Diwallid da zivera, c'houi koumoulen du-bran,
Vit ma c'hellint azeza war ar gador douskan.

Sant Kaourintin ha sant Paol, ha c'houi roue Gradlon,
Digasit, war boez he zourn, aman barz bro Leon;
Roid eunn hinkane wenn d'ann aotrou Lezeleuk,
Ha gant-hi c'hoaz ho pennoz, pa vo he droad er stleuk.

Sant Padarn, sant Meldeok, Justok ha Gobrien,
Dougit war eur c'hravaz vruk unan ho peleien,
Va Aotrou Er Joubiou, eskob a Itali,
Hag e teuio barz Gwened ken eaz ha peb-hini.

Aotrou Persoun sant Loranz, Kemar, den kalounek,
Hastid, enn hano Doue, deud aman da brezek;
Ho patroun hoc'h ambrougo gant he c'hril goz velget;
Evel ma viot gweled, e viot anavet!

Tostait, suteller noz, grid eur sutelladen,
Ha c'houi sperejou Awen, grit peb a iouc'haden
Ken a greno ann douar, da embann d'ar varzed
Hasta buhan dond aman; it zoken d'ho c'herc'hed.

noz; monte, monte encore plus haut, monte toujours afin que les bardes puissent se trouver ici réunis.

Taliésin et Merlin, Guinclan, le grand prophète, Brizeux, Guizouarn, Caris, vous êtes morts, hélas ! déposez vos harpes au pied du chêne où se tiendra l'assemblée, peu nombreuse, calme et choisie.

Taisez-vous, vent d'automne, et vous aussi, petite rivière gémissante; rentrez dans vos repaires, loups affamés et ténèbres épouvantables. Et vous, chemins bourbeux et pierres roulantes, faites bon accueil au bienfaiteur de notre langue maternelle, au Barde, notre Président.

Prenez garde de faire aucun mal à celui qui le suit ; il se nomme Jean-Guillaume Henry, c'est le barde de Cornouaille ; et vous, nuée noire comme le corbeau, ne crevez pas afin qu'ils puissent s'asseoir dans le fauteuil de mousse.

Saint Corentin, saint Pol, et vous, roi Grallon, conduisez ici, par la main, le barde de Léon ; donnez une blanche haquenée à M. de Lézéleuc et votre bénédiction lorsqu'il aura mis le pied dans l'étrier.

Saint Patern, saint Meldéoc, Justoc et Gobrien, portez sur un brancard orné de bruyère un de vos prêtres, portez ainsi Mgr Le Joubioux, le prélat d'Italie, et le barde de Vannes viendra aussi commodément que personne.

Monsieur le recteur de Saint-Laurent, Quémar, homme de cœur, dépêchez-vous, au nom de Dieu, de venir prêcher ici ; votre saint patron vous accompagnera avec son vieux gril rouillé; aussitôt qu'on vous verra, vous serez reconnu !

Approchez-vous, siffleur de nuit, faites un sifflement ; et vous aussi, esprits de l'inspiration, poussez chacun un cri si fort que la terre en tremble, pour inviter les bardes à venir ici en toute hâte ; et même allez les chercher.

Mad ! setu in dholl erru gan-e hoc'h enn eunn taol krenn.
Me a wel ann Aotrou Klec'h, barz koz ar Rungolvenn,
Gourc'hant, persoun Gwiseni, Kerzale, barz Plouneour,
Ha Milin, barz Plouzeniel, paotred hag a gan flour.

Sell, barz Kastelfidardo, Kere, beleg e Brest,
Sell c'hoaz Perrot, barz Taole, da gana ato prest;
Sell Gwegen, barz sant Ujenn, Kastrek, barz Brenniliz,
Stangenet, barz Tregourez, holl kanerien diskuiz.

Hastid dont, Aotrou Roudaot, c'houi a zo dilerc'het;
Marvad e ioac'h adarre o vale er verret;
Etouez beziou ann anaoun ar feiz a zo gwall gre,
Ha setu oc'h hanvet mad barz *Bali euz ann ee.*

Breman p'ema o starda kerdin aour he delen
Barz pe eostik koat ann noz, d'ho lakat holl laouen,
Deud ivez, barzed ar bed, o kleved he vouez voan,
Rag boulc'het mad eo ann noz; diredit ta buhan.

Diredit, Koronal ker, « barz ar vugaligou, »
Troud, er peoc'h ker kun breman ha ter enn emgannou;
Taoled oc'h euz ho kleze da gemer eur bluen
Da skriva e brezounek *skouer ar gristenien.*

Azeit war gein ar goulm, Milin, « laouenan Breiz, »
Hastid dont gand ann Huel, ar barz c'houek, enn hor c'hreiz;
Ha c'houi Kaourintin Thomas, hanvet « barz ann Tour-Tan, »
Mall braz eo war-n-omp-ni holl da glevet c'hoaz ho kan.

Itroun Varia Rumengol, mamm vad ar Vretonet,
Digasid d'e-omp, me ho ped, ho parz muia karet;
He vouez, ker leun ha ken drant a frealzo ann holl
Pa lavaro na lezit den ebed d'enn em goll.

Ha te, roc'h ar strobinel, pe welloc'h Roc'h-allaz,
Digas d'e-omp ivez Rannou, breiziad stard a viskoaz,

Bien ! les voilà qui accourent à votre appel ; je vois M. Clec'h, le vieux barde de Rungolven, Gourc'hant, recteur de Guiseny, Kersalé, le barde de Plounéour, et Milin, le barde de Ploudaniel, hommes qui chantent bien.

Voilà le barde de Castelfidardo, Quéré, prêtre à Brest ; voilà encore Perrot, toujours disposé à chanter ; voilà Guéguen, le barde de Saint Hugin ; Castrec, le barde de Brenniliz, et Stanguénet, le barde de Trégourez, tous chanteurs infatigables.

Hâtez-vous d'arriver, monsieur Roudaut, vous êtes en retard ; vous étiez probablement encore à vous promener dans le cimetière ;— la foi est bien forte parmi les tombes des morts, — et on vous a bien nommé le barde de la *Promenade du ciel.*

Maintenant qu'il est en train d'accorder sa harpe aux cordes d'or pour vous réjouir, le barde ou rossignol de *Koat ann noz*, venez aussi, bardes laïcs, venez vite à l'appel de sa voix pénétrante.

Venez, cher Colonel, « barde des petits enfants, » venez, Troude ; aussi doux maintenant dans la paix que terrible dans les combats, vous avez quitté l'épée pour la plume et traduit en breton l'*Imitation de Jésus-Christ.*

Asseyez-vous sur le dos de la colombe, Milin, « roitelet de la Bretagne ; » hâtez-vous de venir au milieu de nous avec Luzel, le doux poète. Viens aussi, toi, Corentin Thomas, « barde de la tour de feu; » nous sommes tous très-pressés d'entendre vos chansons.

Notre-Dame de Rumengol, bonne mère des Bretons, envoyez-nous, je vous en prie, votre barde bien-aimé ; sa voix pleine et joyeuse consolera tout le monde quand il dira que vous ne laissez personne aller à la perdition.

Et toi, roche de la sorcellerie, ou mieux Roche du meurtre, envoie nous aussi Rannou, ce rude Breton de tout

Gand he *Laouenidigez da holl varzed ar vro*,
Ker, kouls hag ar « c'hlac'har-gan, » saved a nevez-so.

Na peleac'h out-te, Mindu, ki lemm barz Gwerleskin ;
Peleac'h ema Prosper Prouz, da vestr drant ha lirzin ?
Kerz da lavared d'ezhan e ma ar Varzed all
Strolled e kreiz Koat ann noz ouz he c'hortoz rak-tal.

Galvit gand ho sutel aour, Gradlon, ho parz Fave,
Hag e Plounevez Kintin he c'hlevo mad ive
Eur c'hloarek a gar he vro (1); sevel a rai be benn,
Hag ann daou varz a zeuio skanv a droad ha laouen.

Vel ma paouez ann eostik da gana he werz koant,
E tosta barz sant Loranz, hag hen sioul ha drant,
Da dal ar gador douskan, hag e sav ar Sturier
Da zigemeret gant-han barzed nevez Treger.

Ann Hegarad, barz Plouek, barz Kavan, ar C'habek,
Gwionvarc'h, ha c'hoaz ar Gall, tud lemm ha speredek,
A gan eur zon da c'hoarzin, pe *Kantik sant Ervoan*,
Hag a lenn troidigez dic'hall ha meurbed glan.

Kerkent ann Aotrou Vannier, barz deol sant Henvel,
A zispleg enn he iliz peb sul ann Aviel,
A gan gwerz he zant Patroum hag he gan ker kompez
Ma laka er c'halonou dudi ha levenez.

Ken a ro d'ann holl varzed ar Penn-Sturier eur zell :
« Trugarez d'e-hoc'h, eme-z-han, c'houi a gar Breiz-Izel
» Hag he iez, evel Brizeuk, Durand, Gwillom, Lukaz,
» A zo er gwele douar, kousked enn-han, siouaz !

» N'ouzoc'h ket c'hoaz marteze da betra oc'h galvet
» Da draod ann derven goz-man ? klevid eta, barzet,
» Eur c'helou espar meurbed, eur c'helou souezuz ;
» Na grenit ket koulskoude, ne ked eunn dra spountuz :

(1) And A. Guitterel.

temps; il nous dira sa chanson sur *La joie de tous les poètes du pays*, et l'élégie qu'il a nouvellement composée.

Où es-tu, Mindu, bon chien du barde Guerlesquin? Où est Prosper Proux, ton maître gai et gaillard? Va lui dire que tous les autres bardes, rassemblés au milieu du Bois de la Nuit, l'attendent à l'instant.

Grallon, appelez, d'un son de votre sifflet d'or, votre barde Favé; à Plounevé-Quintin, un clerc plein de patriotisme l'entendra aussi lui; il lèvera la tête, et les deux bardes viendront d'un pied leste et joyeux.

Dès que le rossignol a fini de chanter, le barde de Saint-Laurent s'approche d'un air de bonne humeur du fauteuil de mousse, et le Président se lève pour accueillir avec lui les nouveaux bardes du pays de Tréguier.

Le Hégarat, le barde de Plouec, Cabec, le barde de Cavan, Guyomar et Le Gall, hommes pleins de finesse et d'esprit, font entendre alors quelque chanson comique ou le *cantique de Saint Yves*, et lisent des traductions excellentes sans aucun mélange de français.

Puis M. Vannier, le dévot barde de Saint-Henvel, qui explique l'Evangile tous les dimanches dans son église, chante le *gwerz* de son saint patron, et d'une voix si harmonieuse qu'il remplit tous les cœurs de plaisir et de joie.

Enfin, le Président promenant ses regards sur l'assemblée des bardes : « Merci à vous, dit-il, vous aimez la Bretagne et sa langue, comme l'aimaient Brizeux, Durand, » Guillome et Lucas, qui sont endormis, hélas! dans le lit » de terre.

» Vous ne savez peut-être pas encore pourquoi vous êtes » appelés au pied de ce vieux chêne, bardes? Ecoutez donc » une nouvelle très-extraordinaire, une nouvelle qui vous » étonnera; ne tremblez cependant pas, la chose n'est pas » épouvantable.

» Eunn Aotrou ouc'h a Baris, Charlez Vro C'hall hanvet,
» Den gwiek ha kalounek, en deuz eur werz savet
» Enn hor iez, desket gant han dre garantez d'hor bro;
» Breiziz, greomp hon dlead, meulomp holl he hano.

» Goulennomp digand Doue ma vo heulied he skouer,
» Ma raio kalz evel-t-han euz hor c'henvroiz ker,
» Hag eunn deiz ar brezounek, enoret gand ann holl,
» A joumo enn hor bro geaz hep mont biken da goll ?

» Breman eta, Kenvreudeur, leveromp, enn eur vouez,
» E kasomp da varz Paris, da dremen he enkrez,
» Hor c'halounou, hor bennoz; ma vezo frealzet
» Pa na hell dont d'ar vro-man a garre kalz gwelet. »

Hag evel ann alc'houeder, pa zav a denn-askel
A-uz d'he neizik kuzed e gwiniz Breiz-Izel,
E sav peden ar varzed; hag holl, enn eur dridal,
E leveront : « Ra vevo pell Charlez a Vro-C'hall ! »

Enn deiz warlerc'h, da zav-heol, e-harp troad ann derven,
E ioa ar gador douskan ha war-n-hi eunn delen;
Telen ann hini a gar kana a-hed ann noz
D'ann neb a ia d'he glevet gwersiou e *Koat ann noz*.

EOSTIK KOAT ANN NOZ.

» Un monsieur de Paris, nommé Charles de Gaulle, » homme de science et de cœur, a composé un *gwerz* en » notre langue qu'il a apprise par amour pour notre pays; » Bretons, faisons notre devoir, célébrons tous son nom.

» Demandons à Dieu que son exemple soit suivi, que » beaucoup fassent comme lui parmi nos chers compatrio- » tes, et un jour la langue bretonne, honorée de tous, » restera dans notre bien-aimé pays sans se perdre jamais !

» Maintenant donc, confrères, disons tous d'une voix » que nous envoyons au barde de Paris, comme remède » à son chagrin, nos cœurs et notre bénédiction ; qu'il » soit ainsi consolé puisqu'il ne peut venir dans ce pays » qu'il voudrait tant voir. »

Et comme l'alouette monte à tire-d'aile au-dessus de son petit nid caché dans les blés de Bretagne, monte la prière des bardes ; et tous disent, en tressaillant de joie : « Longue vie à Charles de Gaulle ! »

Le lendemain, au lever du soleil, sur le fauteuil de mousse, au pied de chêne, était déposée une harpe; la harpe de celui qui aime à chanter, tout le long de la nuit, des chansons à qui veut l'entendre, dans le *Bois de la Nuit*.

LE ROSSIGNOL DU BOIS DE LA NUIT.

MONA,

Klemgan,

Gant M. F.-M. UHEL.

War lez ar ster, hi zreid en dour,
Azezet war ar c'hlazenn flour,
Un abarde Mona Daoulaz
Oa er prat, indan ar gwern glaz.

Truezuz ha stouet hi fenn,
Oa ar plac'hik gant ec'h ankenn;
Ann daerou euz hi daoulagad,
Steredenne war ieod ar prad.

War ar skour un evnik bihan
Lavaraz neuze dre he gan : —
— « N' stravillet ket ann dour, plac'hik,
» Er giz-se, gant ho taou droadik;

» Rag n'hellinn mui gwelet ma skeud,
» Na stered ann oabl ken-neubeud :
» Selaouet pedenn un evnik,
» N' stravillet ket ann dour, merc'hik ! »

Monik a lavaras neuze
D'ann evn a gomze er stumm-ze : —
— « N'as be doan, ann dour stravillet
» Hep dale pell ve sklezr ha net : » —

MONA,

Elégie,

Par M. F.-M. LUZEL.

Sur le bord de la rivière, les pieds dans l'eau,
Assise sur le gazon luisant,
Un soir Mona Daoulas
Etait dans la prairie, sous les aulnes verts. —

Mélancolique et la tête penchée,
Etait la jeune fille avec sa douleur ;
Les larmes de ses yeux
Perlaient sur l'herbe de la prairie. —

Sur la branche un petit oiseau
Dit alors par son chant : —
— « Ne troublez pas l'eau, ô jeune fille,
» De la sorte, avec vos petits pieds ;

» Car je ne pourrai plus y voir mon image,
» Ni davantage les étoiles du ciel :
» Ecoutez la prière d'un petit oiseau, —
» Ne troublez pas l'eau, la belle enfant ! » —

Monik répondit alors
A l'oiseau qui parlait ainsi : —
— « Ne crains rien, l'eau troublée,
» Sans tarder, redevient claire et nette : —

Met siouas! ann de ma teuiz
Eî lec'h-ma gant Iannik Kariz,
Ann hini am euz re-garet,
Ah! neuze e oa did laret: —

— « O na stravillet ket, Iannik,
» Kalon hag ene ar plac'hik,
» Na vont ken glan, na skeudont ket
» Ar stered, ann heol benniget! »

» Mais hélas ! le jour où je vins
» En ce lieu, avec Iannik Karis,
» Celui que je n'ai que trop aimé,
» Ah ! c'est alors qu'il fallait dire : —

— « O ne troublez pas, Iannic,
» Le cœur et l'âme de cette jeune fille,
» Ils ne seront plus purs, ils ne réfléchiront plus
» Les étoiles et le soleil béni ! »

EPILOG

Ann dez kenta

A ZANTEZ TRYPHINA,

Gant F.-M. ANN UHEL.

AOTROUNEZ HAG ITRONEZED,

Deut a bep-tu wit hon gwelet, —
Ha c'hui, breudeur ker a vro-bell,
'Zo diredet da Vreiz-Izell,

Hag oc'h euz bet treuziet ar mor,
'Wit gwelet ho mamm-goz Arvor,
Me a deu d'ho trugarekad,
'Wit ho karantez, ho ioul-vad.

D'ac'h-holl e lavaran : Bennoz !
Bugale, re-iaouank, tud-koz,
Eskop zantel, tud a iliz, —
Mewel, oberour ha bourghiz.

Ha c'hui, tudou diwar ar mez,
Trugare 'wit ho madeles,
Rag c'hui hon intent hag hon c'har,
Hag hon anvez iwe, hep mar.

Ar pez hon euz diskoet ama,
Euz a vuhez-gaer Triphina,
Mezelour da holl vroage Breiz,
'Zo leun a furnez hag a feiz, —

EPILOGUE

De la première journée

DE SAINTE-TRYPHINE.

Par M. LUZEL.

MESSIEURS ET MESDAMES,

Qui êtes venus de tous côtés pour nous voir ; —
Et vous, frères chéris, de pays lointain,
Qui êtes accourus en Basse-Bretagne,

Et qui avez traversé la mer,
Pour venir voir votre grand'mère Arvor ;
Je viens vous remercier
De votre amour et de votre bonne volonté.

A vous tous je dis : Merci !
Enfants, jeunes gens, vieillards,
Saint Evêque, — gens d'Église,
Domestiques, Artisans, Bourgeois. —

Et vous, gens de la campagne,
Merci aussi pour votre bonté,
Car vous, vous nous comprenez et nous aimez,
Et nous connaissez aussi, sans doute. —

Ce que nous avons représenté ici
De la belle vie de Tryphine,
Modèle de toutes les femmes de Breiz,
Qui sont pleines de sagesse et de foi, —

N'eo met ewit rei d'ec'h ar c'hoant,
(Neubend po ezom a arc'hant,) —
Da dont da glewet penn-du-benn
Eur pez ar c'haera 'oufec'h lenn

Deuit ta warchoas d'hon gwelet,
C'hoarzinn ha gwela a refet;
Met bezit leun a vadelez
Ewit hon faziou, tudou gez.

Bet'zo un amzer, n'euz ket pell,
'Weljac'h dre-holl en Breiz-Izell
C'hoari hevelep *mysteriou,*
War-ar-meas, Koulz hag er c'heriou.

Ha na garfac'h-c'hui ket gwelet
Ar c'hiz-koz se o reen bepred ? —
Laret, n'eo ket gwelloc'h, kant gwez,
C'heuil doare ar re-goz, hep mez ?

'Wit mont d'ann hôstaliriou,
D'ar bâl, d'ann holl gwall-c'hoariou,
Lec'h ma kolleur arc'hant, iec'hed,
Ha na zis̀keur tra-vad er-bed ?

Ann holl draou-koz-se a wez-all
Laka hon c'halon da dridall,
Hag ar goad en hon gwaziou
A domm hag a gri a weziou.

Indann anǹ douenn mogedet
Alies e song d'im gwelet
Skeud ar re-goz, skeud hon tadou,
A c'houerz ouzimb, hag hon zelaou !

D'alc'het-mad'ta, holl dut ma bro,
Ha stourmet beteg ar maro;
Stourmet enep ann holl draou-fall
A zeu d'imb euz a du bro c'hall. —

N'est que pour vous inspirer le désir,
(Vous aurez besoin de peu d'argent.) —
De venir entendre d'un bout-à-l'autre
Une pièce la plus belle que vous puissiez lire.

Venez donc demain nous voir;
Vous rirez et vous pleurerez;
Mais soyez indulgents
Pour nos fautes, chères gens. —

Un temps fut, — et il n'est pas éloigné, —
Où vous eussiez vu partout en Basse-Bretagne
Jouer de semblables *mystères*,
A la campagne, comme dans les villes.

Et ne voudriez-vous pas voir
Cette vieille coutume régner encore?
Dites, ne vaut-il pas mieux, cent fois,
Imiter, sans honte, les usages anciens,

Qu'aller aux cabarets,
Au bal, à tous les mauvais jeux,
Où l'on perd son argent et sa santé,
Sans rien apprendre de bon? —

Toutes ces vieilles choses d'autrefois
Font battre notre cœur,
Et notre sang dans nos veines
S'échauffe et crie parfois.

Sous le toit enfumé
Souvent nous croyons voir
Les ombres des anciens, nos ancêtres,
Qui nous sourient et nous écoutent!

Tenez donc bon, ô mes compatriotes,
Et résistez jusqu'à la mort;
Résistez à toutes les mauvaises choses
Qui nous viennent du pays de France.

Na zarit ket ho taoulagad
War'r pez ho deûz iwe a vad;
Met wit ann drouk, laret bepred ! —
« Tra ! tra ! — *Nentend ket, nentend ket !*

Allaz ! perag na on-me ket
Muioc'h gwiek, kaeroc'h disket,
Ewit prezeg hervez ma c'hoant,
Aotrounez, Itrounezed koant !

Me gomzje flour ha deread,
Me raje ur bouket c'houez-vad
Ewit pep-hini, gant bleuniou
Hon prajou, bruk hon meneziou.

Siouas ! n'omp met tudou dister,
N'anvezomp iez na giziou kèr,
Hag ar bluenn hag al levriou
N'int bet biskoas hon benviou.

Met p'oc'h euz bed ar Vadelez
D'hon zelaou gant kalz karantez,
Ha da reï d'imp lod en ho kouel,
'Wel d'holl vugale Breiz-Izel;

Wit-omp na omp disket nemeur,
A fell d'imp iwe d'ar breudeur
Deut d'hon gwelet a-dreuz ar mor
Laret, gant eur galon digor : —

— « Breudeur ker, bezomp unanet;
» Harpomp iez hon zadou bepred,
» Ha stourmomp brema, 'vel gwez-all,
» Enep ar Zaoz, enep ar Gall.

» P'oc'h euz stoket euz douar Breiz,
» Laret, ho kalon en ho kreiz
» N'euz ket tridet gant levenez,
» N'euz ket tridet gant karantez?

Ne fermez pas les yeux
A ce qu'ils ont aussi de bon ;
Mais, pour le mal, dites : —
« *Point! point! n'entends ket, n'entends ket!* »

Hélas! que ne suis-je
Plus savant et plus instruit,
Pour vous parler selon mon désir,
Messieurs et belles dames! —

Je vous parlerais avec éloquence et agrément,
Je ferais un bouquet parfumé
Pour chacun de vous, avec les fleurs
De nos prairies et les bruyères de nos landes.

Hélas! nous ne sommes que des gens simples,
Nous ne connaissons ni la langue ni les modes de la [ville.
Et la plume et les livres
N'ont été jamais nos instruments.

Mais, puisque vous avez eu la bonté
De nous écouter avec beaucoup de bienveillance,
Et de nous faire notre part dans votre fête,
Comme à tous les enfants de Breiz-Izell;

Quoique, ayant peu d'instruction,
Nous voulons aussi aux frères
Qui sont venus nous voir d'au-delà de la mer
Dire, avec un cœur ouvert : —

« Frères chéris, soyons unis ;
» Soutenons toujours la langue de nos pères,
» Et résistons aujourd'hui, comme autrefois,
» Au Saxon comme au Gaulois.

» Quand vous avez touché la terre de Bretagne,
» Dites, votre cœur dans votre sein.
» N'a-t-il pas tressailli de joie,
» N'a-t-il pas tressailli d'amour? —

» O klewet kana ar Gwerziou
» Kanet iwe 'n ho meneziou,
» Ho kalonou, breudeur, laret,
» N'ho dêuz ket buhanoc'h lammet? —

» Laket ho torn en hon hini,
» Ha touet brema ganeomp-ni
» Da veza bepred unanet,
» 'Vel da vreudeur ez eo dleet;

» Da harpa beteg ar maro,
» Hag en pep-lec'h, iez koz hon bro,
» Ha lavaromp holl en ur vouez,
» Gant fizians ha gant karantez :

» Iez ar C'helted, o iez karet,
» Iez ar Barzed koz a wez-all,
» Mar euz bastarded, trubarded
» Hag as tiles ewit iez Gall;

» N'euz ket a forz, rag mastaret
» Ve da gozni gant ho fe-fall; —
» Les-int da ober, da laret,
» Ho c'halon' zo louz ha tefall!

» Ann holl Vreizaded a gef mad,
» Kaled ho fenn ha tomm ho goad,
» Da harpo beteg ar maro :

» Rag te, iez ker hon zadou-koz,
» A gomzont c'hoas er Baradoz,
» Te eo ar frankiz hag ar Vro! »

Plouaret – Guengolo — 1867.

» En entendant chanter des *Gwerz*
» Chantés aussi dans vos montagnes,
» Vos cœurs, frères, dites-nous,
» N'ont-ils pas battu plus fort?

» Mettez votre main dans la nôtre,
» Et jurez ici, avec nous,
» Que nous serons toujours unis,
» Comme il convient à des frères; —

» Que nous défendrons, jusqu'à la mort,
» En tout lieu, la vieille langue de la patrie,
» Et disons tous d'une voix,
» Avec confiance, avec amour: —

Langue des Celtes, ô langue bien-aimée,
Langue des vieux Bardes d'autrefois,
S'il est des bâtards et des traîtres
Qui te délaissent pour l'idiome des Français;

Peu importe, car souillée
Serait ta vieillesse par leur mauvaise foi; —
Laisse-les faire et dire,
Leur cœur est vil et ténébreux! —

Tous les Bretons de bonne souche,
Dure leur tête et chaud leur sang,
Te défendront jusqu'à la mort:

Car, toi, langue chérie de nos aïeux,
Qu'ils parlent encore dans le Paradis,
Oui, c'est toi la patrie, et toi la Liberté!

Plouaret — septembre — 1867.

G'WESTL EUR C'HLOARERK

(1866)

Va spered ne oa ket c'hoaz
Diluiet eux he liammou,
Ha koulskoude va genou
A lavare sin ar groaz.

Sin ar groaz pa lavarenn
E brezonek e komzenn :
Dre'r brezonek evelse
Ec'h anaviz va Doue.

Ha setu perak breman
Netra er bed ne garann,
Netra mui evit Doue
Hag ar brezonek goude.

Kent en devezo troc'het
Ar marv neuden va deisiou,
'Vit n'am bezo ehanet
Da garout feiz hon tadou.

Ho feiz keit ha m'he c'havinn,
Ho iez koz ivez a rinn.
'Vit ho derc'hel enn hon touez
E westlann va holl vuhez.

Ha pas zeui dorn ann Ankou
Da sklasa va muzellou,
Pa n'hellinn pelloc'h prezek,
Me zonjo e brezonek.

Va zonjezon a vezo
Eur beden evit va bro :
Ma vezo enn hi noz-deiz
Ar brezonek hag ar Feiz.

Barz di Blaonez

LE VŒU D'UN KLOAREK.

(1866)

Mon esprit n'était pas encore débarrassé de ses liens que déjà mes lèvres disaient les mots du signe de la croix.

Ces mots quand elles les disaient, je parlais la langue bretonne : par la langue bretonne ainsi j'ai connu mon Dieu.

Et voilà pourquoi maintenant je n'aime rien au monde, je n'aime rien plus que Dieu, et la langue bretonne après.

Elle aura coupé le fil de mes jours, la mort, avant que j'aie cessé d'aimer la foi de nos pères.

Leur foi tant que je l'aimerai, j'aimerai leur vieille langue aussi; pour les garder parmi nous je consacre à Dieu ma vie.

Et quand la main du trépas viendra glacer mes lèvres; quand je ne pourrai plus parler, je penserai en breton.

Ma pensée alors sera une prière pour mon pays : qu'il conserve toujours le breton avec la Foi.

Le Barde du Blavet.

KIMIAD D'AR IAOUANKIZ

SONE AR BOPL

Tennet euz ar BLEUNIOU BREIZ.

Disul da noz diwesa ha pa oa koaniet d'in,
Ha me 'vonet em jardin, — oh ! ie tra-la-la,
Ha me vonet em jardin, en avis pourmeni.

Ha me klewet un evnik war ar skour o laret :
« Pe te 'zo klan a galon, oh ! ie tra-la-la,
« Pe te zo klan a galon, pe te 'n euz poan-speret?

« Me na on klan a galon nag iwe poan-speret,
« Met gant keuz d'am iaouankiz, oh ! ie tra-la-la,
« Met gant keuz d'am iaouankiz, na on pe-lec'h eo et.

« Ma dent ma fenn deuz kaset, ma bleo a deuz griset,
« Tortet a deuz ma diou skoaz, oh ! ie tra-la-la,
« Tortet a deuz ma diou skoas, tevalad ma gwelet.

« Guez-all pa oann paotr iaouank, o vont d'ar par-
[doniou,
« Arc'hant vije em godel, oh ! ie tra-la-la,
« Arc'hant vije em godel d'eva boutailladou..

« Met brema p'on dimezet, ha bet d'in paradur,
« Kenavo d'am iaouankiz, oh ! ie tra-la-la,
« Kenavo d'am iaouankiz, ha d'am holl plijadur..

« Nemet-oud evnik bihan, pini 'n euz diou-askel,
« Ke warlec'h ma iaouankiz, oh ! ie tra-la-la,
« Ke warlec'h ma iaouankiz, l'ar d'ez-hi dont d'ar gar.

ADIEUX A LA JEUNESSE

SONE POPULARE

Traduit du BLEUNIOU BREIZ,

Par F.-M. LUZEL.

J'étais dans mon jardin, me promenant, dimanche,
Quand un petit oiseau me parla sur la branche.

— Promeneur désolé, que rien ne divertit,
As-tu peines de cœur, ou bien peines d'esprit ?

— Ni d'esprit ni de cœur ; — mon âme est désolée,
Parce que ma jeunesse, hélas ! s'est envolée.

Elle a fui, la cruelle, en jetant sur mes yeux
Un voile épais et sombre et sur mes traits joyeux.

Elle emporte mes dents et voûte mes épaules,
Elle courbe mon front, comme le vent, les saules !

Jadis, quand j'étais jeune et courais les pardons,
Dans mes poches l'argent rendait de joyeux sons ;

Bombarde et biniou résonnaient en cadence,
Et j'étais le plus leste et le roi de la danse.

Mais j'épousai Naïk, l'objet de mes désirs ; —
Dès lors, adieu jeunesse, adieu tous les plaisirs !

Mais toi, petit oiseau, vole sur tes deux ailes,
Vole bien loin, bien loin, comme les hirondelles ;

« Nij warlerc'h ma Iaouankiz, lar d'ez-hi dont timad,
« Ha p'errufomp asambles, — oh ie tra-la-la,
« Ha p'errufomp asambles, nin evo boutaillad ! »

« Na les-te da Iaouankiz, pa 'z eo et en hi rout,
« Hag am be peder askel, — oh ie tra-la-la,
« Hag am be peder askel, o ket it hi zapout ! »

DA VARZED KEMRI,

KANAOUEN

Savet gant Prosper PROUX.

Ra vezit deut-mad, kenvreudreur,
Barzed helavar a Vreiz-Veur,
Pa c'heuz prizet treuzi ar mor,
'Vit starda dorn breudeur Arvor !

Stignet kerden ho telennou
Da gana d'emp kanaouennou,
Kanaouennou kaer ar varzed
Savet enn amzer dremenet.

Lavaret d'emp hirio penaoz,
Penaoz, siouaz ! enn oajou koz,
Eo c'hoarvezet ann disparti
Etre hor breudeur ker ha ni.

Kanit diwar benn ann Druzed
Enn ho dorn ar falz alaoueret,

Vole après ma jeunesse, et si tu réussis,
A me la ramener, nous serons bons amis.

Nous serons bons amis, et je paierai bouteille,
Pour fêter ses beaux yeux et sa lèvre vermeille. —

— La cruelle jamais ne revient sur ses pas,
Je volerais en vain, je ne l'atteindrais pas ! —

AUX BARDES DE CAMBRIE,

BARDIT

Par M. Prosper PROUX.

Soyez les bienvenus, chers frères,
Bardes inspirés de la Grande-Bretagne,
Qui avez traversé la mer
Pour serrer la main de vos frères d'Armor !

Tendez les cordes de vos harpes
Et chantez-nous les poësies,
Les belles poësies bardiques
Composées dans les temps passés.

Dites-nous comment, hélas !
Dans les vieux âges,
Arriva la séparation
Entre nos frères chéris et nous.

Chantez les Druides
Armés de la serpe d'or,

Ho baro hirr, ho zaeou gwenn,
O prezeg war lein ann dol-men.

Kanit ar bobl nerzuz meurbet,
Ann dud gallouduz deuz bernet
Ar c'herrek pounner bern-war-vern,
Evit bezia ho fenn-tiern ;

Ho deuz savet toliou, penliou
Sounn, goude kalz a ganvedou
Sounn hag o lavaret bepred :
« Bro-Breiz-Izel na varvo ket ! »

Kanit ivez a vouez huel
Ann emgann ruz hag ar brezel,
Ar roue ter, ar roue gwir
Arzur hag he gleze meur dir,

Pignet war he varc'h glaz sternet,
P'en ene strinke ken kounmaret
E kreiz stroll ann enebourien
Hag ho flastre evel merien.

Kanit Riwal ann diouganer,
Riwal ar barz hag ar goaper,
War eur skubelen a c'haolad
O nijal war zu ar zabat ;

Enn dro d'ezhan stroll ann diaoulou
O iudal euzuz er meziou,
Ar c'horred du war ann dorgenn
Penfollet gand ann abaden.

Ann ouc'hed vor o soroc'ha,
Ar vor gezek o c'hourina
War grib conuz ar gwagennou
Pa ziroll stourm ha kurunnou ;

Avec leur barbe vénérable et leur robe blanche,
Instruisant du haut des Dolmen.

Chantez le peuple plein d'énergie,
Les hommes forts qui ont entassé
Les uns sur les autres des rocs énormes
Pour la sépulture de leurs chefs;

Qui ont dressé les dolmen et les menhirs
Encore debout après bien des siècles,
Et qui diront toujours :
« Le pays de Bretagne ne périra pas ! »

Chantez encore, d'une voix sonore,
La bataille sanglante et la guerre,
Le roi bouillant, le roi loyal,
Arthur à la grande épée d'acier;

Quand, monté sur son coursier gris, bardé de fer
Il se précipitait avec impétuosité
Au milieu des ennemis,
Et les écrasait comme des fourmis.

Chantez Riwal, le sorcier Riwal,
Le barde satirique,
Enfourchant un manche à balai
Pour s'envoler au sabbat;

Et la foule des démons qui l'entoure
En hurlant à travers les champs,
Et les nains noirs de la colline
Entraînés dans leur folle ronde;

Et les marsouins aux longs grognements,
Et les chevaux marins qui hennissent
Sur la cime des vagues écumantes,
Quand rugit la tempête et gronde le tonnerre;

Ar mor-verc'h koant ken draitourez,
Hanter pesk hag hanter varouez,
O kana flour d'ar verdaidi
Da lakat brevi ho listri.

Kanit bro ann Hiberni glaz,
Bro ar verzerien, ar zent braz :
Efflamm, Renan, Ke ha Sane,
Sent leun a feiz, a garante,

A ziskennaz enn Breiz-Izel,
'Vit prezeg d'emp ann Aviel,
A zavez war gern ar peulven
Kroazou skedennuz Mab-ann-den ;

Hag hon diskaz da azeuli
Ar map ganet er marchosi,
Ni tud direiz n'hon doa biskoaz
Stouet hor penn dirak nep goaz.

Tridall a ra hor c'halonnou
O klevet iez hor gourdadou,
Hag ann delenn o sini c'houek
Enn douar zantel Sant-Briek.

Setu va dorn, Kenvroidi !
Ha teir iou c'haden 'vit Kemri !
Ia ! daoust d'ann amzer, daoust d'ar mor,
Breur eo Kemro da vap Arvor !

Et la belle sirène si traîtresse,
Moitié femme, moitié poisson,
Qui séduit les marins par ses chants
Et fait briser leur vaisseau contre les écueils.

Chantez le pays de la verte Irlande,
Le pays des martyrs et des grands saints :
Efflamm, Renan, Ke et Sane,
Saints pleins de foi et de charité,

Qui abordèrent en Bretagne
Pour nous prêcher l'Évangile,
Qui élevèrent au sommet des peulven
La croix lumineuse du Fils de l'Homme ;

Et nous apprirent à adorer
L'enfant né dans une étable,
A nous, hommes indomptables dont la tête
Ne se courba jamais devant personne.

Nos cœurs tressaillent d'allégresse
Aux accents de la langue de nos pères,
Aux sons harmonieux de la harpe
Sur le sol sacré de Saint-Brieuc.

Compatriotes, voici ma main !
Et trois hourras pour la Cambrie !
Oui, malgré le temps, malgré les flots,
Le Cambrien est frère du fils de l'Armorique !

BENNOZ EUR MANER NEVEZ,

Gand I.-W. HERRI, Belek.

Bennoz Doue war ann ti-man !
Bennoz ann dud a zo gant-han.

Bennoz d'ann tad, bennoz d'ar vamm
Ha d'ar vugale iaouank-flamm !

Ra vent henvel ouz mamm ha tad,
Hag anezho eunn tiad mad !

Me well ann dachen o c'hlaza
Hag ar bodennou o vleunia :

Lec'h m'oa lennad e sav lili,
Lec'h m'oa askol, rozinili.

Gwez a bep sort, gwez a bep liou,
A skoulm entre-z-ho ho deliou.

Lod a rei disheol d'ann dud skuiz,
Lod a rei frouez d'ar beorien geiz.

Gwez a bep koat, frouez a bep bro ;
Hag eur c'harz kelen tro-war-dro.

Lec'h m'oa nemet lann ha raden
Eur burzud eo gwelet dour lenn,

Dour-lenn d'ar raned da raka....
Gwin koz d'ar barzik da gana.

LA BÉNÉDICTION D'UN NOUVEAU MANOIR,

Par M. J.-G. HENRY, Prêtre.

Que Dieu bénisse cette maison! Les hommes déjà l'ont bénie.

Qu'il bénisse le père, qu'il bénisse la mère, qu'il bénisse les enfants encore tous petits!

Puissent-ils ressembler à leur mère et à leur père; et qu'il y en ait plein la maison!

Je vois les gazons qui verdissent, et les massifs qui fleurissent;

Où croissait l'ortie s'élève le lys, où croissait le chardon il y a des roses.

Arbres de toute espèce, arbres de toute couleur, entrelacent leurs feuillages;

Les uns donneront de l'ombre aux personnes fatiguées, les autres donneront du fruit aux pauvres malheureux.

Arbres de tous les bois du monde, fruits de tous les pays sont là, et tout autour une haie de houx.

Mais la merveille c'est de voir, où il n'y avait que de la lande et de la fougère, une pièce d'eau;

Une pièce d'eau qui fait coasser les grenouilles; comme le vin vieux fait chanter le vieux barde.

DA EOSTIK KOAD ANN NOZ,

SON SAVET

Gand BARZ AR BLAONEK.

D'ar Barz a behini ar vouez,
Ouz riblou drand ann Treo,
A red e Breiz ker kaer, ker frez,
A hegleo da hegleo :
D'ar Barz zo eostig enn he iez ;
Gwel, vid enn he hano ;
Eur c'hloarek, ganet e kerne,
A westl, e derou ar bloaz-man,
Eur merg a garante,
Eur zoun zavet gant-han.

AR ROZEN HAG ANN EOSTIK.

War don : *Evnig a gan* (Buzaz Breiz).

E kreiz eul liorz e vleunie,
Enn eunn nevez-amzer a oe,
Eur rozennik ouz ar gaera,
A daole c'houez ouz ar c'houeka.

Ar bokedou all, tro-war-dro,
A vije gwenvet ha maro,
Siouaz ! arog ann abardez,
Hag hi savet da c'houlou dez !

Hogen, na reo ien ar beure,
Nag ann heol kalet, da greiz-de,
Nag e nep mare ar preved,
D'ar rozen na reand droug ebed.

Rag eunn eostik kalonet mad,
Tost dezhi o kluda dalc'h mad,
A gemre out-hi preder,
Vel eur breur mad ouz eur c'hoar ger.

AU ROSSIGNOL DU BOIS DE LA NUIT,

CHANSON

Par GUITTÉREL (le barbe du Blavet).

Au poète dont la voix s'élève si belle et si claire des rives verdoyantes de la Trève pour parcourir, d'écho en écho, la Bretagne ; au poète qui est rossignol par la langue plus encore que par le nom, un clerc, né en Cornouaille, offre au commencement de cette année, en signe d'amitié, un *zône* composé par lui.

LA ROSE ET LE ROSSIGNOL.

Sur l'air : *Un petit Oiseau chante.*

Un jour de printemps fleurissait au milieu d'un jardin une rose des plus belles, et qui exhalait les plus doux parfums.

Les fleurs d'alentour, épanouies dès l'aurore, étaient vers le soir toutes flétries et mortes, hélas !

Mais, ni la froide gelée du matin, ni le soleil brûlant de midi, ni jamais les vers ne faisaient aucun mal à la rose.

Car auprès d'elle perchait constamment un courageux rossignol, qui lui donnait ses soins, tel qu'un bon frère à sa chère sœur.

Dindan he askell, d'ar beure,
Ouz ar reo ien he diwalle;
Ha da greiz-dez, he askell c'hoaz,
A zisheolie he deliou noaz.

Hogen eunn dez ar rozen fol
A c'hoanteaz gwelet ann heol,
Hag a laraz d'he c'hanerik :
« Pella diouzin eunn tammik. »

Hag enn eur brezeg evel-se,
Gand he drein lemm hi hen broude;
Ken a hirvoude ar paourik,
O vont kuit : « Truez, va c'hoarik. »

Raktal hag heol ha reo a gouezaz
Preved fleriuz a ziredaz;
Ar rozen wenn a velenne;
E diwaller kez a wele.

Gand keuz zoken maro vije,
Ouz troad ann hini a gare,
Ma n'en dije hastet hou-ma
He aspedi d'he skoazella.

Hag ar rozen da aslufra,
Hag ann eostik da askana :
Neuz eurusoc'h evn er c'hoajou.
Na kaeroc'h bleunen er parkou,

Breiz ker, te eo ar rozen-ze,
Ha da vraventez eo da fe;
Ann eostik-ze, ker karadek,
Eo da iez koz ar brezonek.

Ar reo, ann heol iud, ar preved.
Eo ar ioul fall, ar glouarded,
Al leoriou louz, ar c'hiziou fall
Taolet war-n-out gan tiez Bro-c'hall.

Le matin, sous son aile, il la garantissait de la froide gelée, et, à midi, son aile encore ombrageait les feuilles nues.

Mais un jour, la rose insensée voulut voir le soleil, et dit à son chanteur : Éloigne-toi un peu.

Et en parlant ainsi elle le piquait de ses épines aiguës, si fort que le pauvre oiseau s'en allait, disant d'une voix lamentable : Pitié, ma sœur.

Alors, gelée et soleil tombaient; des vers infects accouraient; la rose blanche jaunissait, tandis que son protecteur pleurait.

Il serait même mort de douleur au pied de celle qu'il aimait, si celle-ci ne s'était hâtée de lui redemander son assistance.

Et voilà que la rose brille de nouveau; et que le rossignol fredonne de rechef; il n'y a pas d'oiseau plus heureux dans les bois, ni de fleur plus belle dans les champs.

Chère Bretagne, c'est toi qui es cette rose, et ta beauté, c'est ta foi; ce rossignol si aimant, c'est ta vieille langue, c'est le breton.

La gelée, le soleil brûlant, les vers, ce sont la mauvaise volonté, la tiédeur, les mauvais livres, les mauvaises coutumes jetées sur toi par la langue du pays de France.

Selled ec'h euz, siouaz! kalz re,
Ouz ar c'hoz krampinellou ze;
Digor affo da zaoulagad.....
Eberr e vezo divezad!

Ho! ma fell d'id atao lintri,
Enebourien da iez trec'hi;
Breiz, ma brogaer, gwir rozennik,
Kar ha mir bepred da eostik.

MARIVONIK,

SONIK AR BOPL,

Gant F.-M. an UHEL,

Ann de kenta euz a viz du,
Tiskennas ar Saozon en Dourduf. *bis.*

En Dourduf pa 'z int diskennet,
Ur plaihik koant ho deuz laeret. *bis.*

Ho deuz laeret ur plaihik koant
Da gass gant-he d'ho batimant. *bis.*

Marivonik eo hi hano,
Ginidik eo a Blougasnou. *bis.*

Ar Varivonik a lare,
'Biou porz hi zad pa dremene : *bis.*

— « Keno, ma mamm, keno, ma zad,
» Bikenn n'ho kwel ma daoulagad! *bis.*

» Wit d'am brendeur na laran ket,
» Rag da Vro-Saoz teint d'am gwelet. » *bis.*

Hélas! tu as trop admiré ces beautés perfides; ouvre vite les yeux; bientôt il sera trop tard.

Oh! si tu veux briller toujours et vaincre les ennemis de ta langue, ma Bretagne, mon beau pays, aime et garde toujours ton rossignol.

MARIVONIK,

CHANSON POPULAIRE,

Traduction littérale, par M. F.-M. LUZEL.

Le premier jour du mois noir (novembre),
Descendirent les Anglais au Dourduf (1). *bis.*

Au Dourduf quand ils sont descendus,
Une jeune fille ils ont enlevée : — *bis.*

Une jeune fille ils ont enlevée,
Pour l'emmener dans leur bâtiment. *bis.*

Marivonik est son nom;
Elle est native de Plougasnou. *bis.*

Marivonik disait,
En passant devant la cour de son père : *bis.*

— « Adieu, ma mère, adieu mon père,
« Jamais ne vous reverront mes yeux ; *bis.*

» Quant à mes frères, je ne leur dis pas (adieu),
» Car ils viendront me voir en Angleterre. » *bis.*

(1) Dourduf.— Petite rivière de Pont-de-Buis, à Landevenec.

Ar Variyonik a oele,
Na gave den hi c'honzolje : *bis.*

Na gave den hi c'honzolje,
Met ar Saoz-braz, hennes a re. *bis.*

— « Aotro 'nn Angles, d'in-me laret
» Da beed ann-oc'h vinn oblijet ! *bis.*

— « D'in ma nnan, d'am faots a gambr,
» D'am merdedi, pa ho do c'hoant. *bis.*

— « Aotro 'nn Angles, mar am c'haret,
» War ar pont ma lestr da vonet. *bis.*

— « Marivonik, n'az eet ket,
» Na gant aouenn a vec'h beuzet. » *bis.*

Marivonik n' deuz ket zentet,
Ha war ar pont hi 'zo pignet. *bis.*

Marivonik a lavare,
War bont al lestr pa 'z errue : *bis.*

— « Guerc'hes Vari, laret-c'hui d'in,
» Pe me em veuzo, pe na rinn ; *bis.*

» Pe me em veuzo, pe na rinn,
» N' c'houlennan ket oc'h ofansinn. » *bis.*

Sinn ar groaz 'n hi c'herc'henn deùz gret,
War hi fenn er mor em daolet. *bis.*

Ur pesk bihan a fonz ar mor
'Sav Marivonik war ann dour : *bis.*

War var ann dour 'n euz-hi savet,
Hag ur bar-awell a zo gret. *bis.*

Hag ur bar-awel a zo gret,
Toul-porz hi zad 'n euz-hi kaset. *bis.*

— « Tadik paour, digorit ho tor,
» Marivonik a c'houll digor ! » *bis.*

— « Ha posubl a ve, ma Doue !
» Marivonik a ve aze ? *bis.*

Ter zro d'ann ti a deveuz gret,
Ha neuze kerkent eo marwet.

Marivonik pleurait,
Et ne trouvait personne pour la consoler ; *bis.*

Et ne trouvait personne pour la consoler,
Si ce n'est le grand Anglais ; celui-là le faisait. *bis.*

— « Monsieur l'Anglais, dites-moi,
» A combien de vous serai-je obligée ? *bis.*

— « A moi-même, à mon valet de chambre,
» Et à mes matelots, quand ils voudront. » *bis.*

— « Monsieur l'Anglais, si vous m'aimez,
» Vous me laisserez aller sur le pont du navire ? » *bis.*

— « Marivonik, vous n'irez point,
» Je crains de vous voir vous noyer. » *bis.*

Marivonik n'a pas obéi,
Et elle est montée sur le pont. *bis.*

Marivonik disait,
En arrivant sur le pont du navire : *bis.*

— « Sainte Vierge, dites-moi,
» Me noyerai-je, ou ne le ferai-je ? » *bis.*

Elle a fait le signe de la croix,
Et s'est jetée à la mer, la tête la première. *bis.*

Un petit poisson, du fond de la mer,
Ramène Marivonik à la surface de l'eau. *bis.*

A la surface de l'eau il l'a ramenée,
Et une brise s'est levée ; *bis.*

Une brise s'est levée,
Qui l'a conduite devant la porte de son père. *bis.*

— « Mon pauvre père, ouvrez votre porte,
» C'est Marivonik qui vous le demande. » *bis.*

— « Est-il donc possible, mon Dieu !
» Que Marivonik soit là ? » *bis.*

Elle a fait trois fois le tour de la maison,
Puis elle est morte aussitôt ! *bis.*

AR GOAN,

Gand J.-M. AR JOANN (Eostik koat ann Noz).

Ann avel, er gwez huel, a c'hourdrouz ann douar ;
Ann heol a zo dislived ha henvel oud al loar ;
Na gaveur mui a dommder dindan bolz ann Envou,
Al laboused a dao mik, ha sioul eo ar c'hoajou.

Hir ha teval eo ann noz, ha boull eo ar stered,
Hag el leac'h kan ann eostik, dudiuz da glevet,
Al loened-gouez, gand enkrez, a iud war ar mezou ;
Iboud ar ster, eun draounien, a zao evel klemmou.

Ann deiz berr a zeu gorrek ; pa ziblouz ann den
Ann avel-skourn en em zïl eun he izilli ien ;
Kerkend, o tistrei d'he di, e wel, a-iouc'h d'he benn,
Evel eur grib, deut-kenveur e pign oud he doen.

Ann douar a zo skalfet, ar gwez zo heb deliou,
Na weleur nikun er park, na nikun enn heuchou ;
Eur vogeden c'hlaz, spountuz, a zav teo er pelder
Hag eur c'houriz koummoul du enn dro-heol a weler.

Evel ar mor e tosta ar wagennou buan,
Ha setu deued ann hoabl evel eunn ed-gwenan ;
Ar fulennou a gouez stank, ar bed a zo gwisket
Vel danvez eur c'hreg-nevez da vintin hec'h euret.

Enn tu ann avel ar gwez zo roudenned e gwenn ;
Lan, balan, drez ha strouez, bec'hied a bleg ho fenn ;

L'HIVER.

Par M. LE JEAN (Le Rossignol du bois de la Nuit).

La voix de la tempête, dans les hauts arbres, semble ad-
[monester la terre ;
Le soleil a perdu ses brillantes couleurs, et a la pâleur de
[la lune ;
On ne trouve plus de chaleur sous la voûte des cieux ;
Les petits oiseaux se taisent et les forêts sont silencieuses.

La nuit est longue et ténébreuse ; les étoiles sont rares,
Et, au lieu du chant du rossignol, si délicieux à entendre,
Les bêtes fauves hurlent avec inquiétude dans les cam-
[pagnes,
Et le murmure de la rivière s'élève comme des plaintes
[au-dessus de la vallée.

Le jour est court et vient lentement, et quand l'homme
[sort de sa couche,
La bise s'infiltre dans ses membres glacés ;
Retournant aussitôt dans sa demeure, il voit, au-dessus de
[sa tête,
Des aiguilles de glace suspendues à son toit, comme les
[dents d'un peigne de cristal.

Le sol est crevassé et les arbres sont dépouillés de leur
[feuillage ;
Les champs et les chemins sont déserts ;
Une brume livide, épouvantable, s'élève, épaisse, dans
[le lointain,
Et une ceinture de nuages noirs se voit à l'horizon.

Comme les flots de la mer approchent les flots rapides du
[brouillard !
Et voilà que le firmament ressemble à un essaim d'abeilles;
Les flocons de neige tombent dru, et le monde est paré
Comme une jeune mariée au matin de ses noces.

Dans la direction du vent, les arbres portent une raie
[blanche ;
Les ajoncs, les genêts, les ronces, les broussailles se
[courbent sous le faix ;

Teo eo ann erc'h er menez ha war ann doen blouz,
Eur c'hi bennag o c'harzal, n'en deuz hirio ken trouz.

War lez ar ruzelennik, tarzed e kreiz ar prad,
E voueta ar c'hefeleg, ar gioc'h, ann houad;
Ar voualc'h, mignoun d'ann den, evnedigou eleiz
A ziskrab ar berniou teil da glasg ebarz ho freiz.

Eur vran goz a zo e gward, huel war eunn derven,
War ann ed hè c'hoarezed a ziskrab ann erven;
Mar teu, dindan ann avel, c'houez ar poultr d'he vete,
Doc'h-tu eur wagadennig, ha kerkend da vale.

Ar gegin, ar gazek-koad, a zo e bro ar rezin;
Ar c'hanaber, al laouenan a zalc'h tosd d'ar vilin;
Ar sparfel hag ar barged, enn dro d'ar vereri
A gouez a bloum war ann drasg hag a zeu d'he dibri.

Ann erc'h a gompez pep tra, boed al loened a guz,
Ann amzer a zo gant-han garo, kriz ha naounuz;
Ar paour a renk klask bara, mond a-dost, mond a-bell,
Pe choum enn he lochennik ezommek da vervel.

Hogen, kalounou ar Vreiziz zo leun a garantez,
Pa welond ann dienez e tenont, gant truez,
Da gas bara, kig ha koad d'al lochen vogedet,
Rag ar paour, eme Doue, na vo ked dilezet.

Gand ar remm, ar gozidi a gerz war bouez ho baz,
Rag e goan ho buez e maind ivez, siouaz!
Tud iaouank, bezid out-ho ha preder ha truez,
Goude ann hanv, mar bevod, ho po goan ivez.

La neige est épaisse sur la montagne et le toit de chaume,
Et l'on n'entend d'autre bruit que l'aboiement de quel-
[ques chiens.

Sur le bord du petit ruisseau qui a pu sourdre au milieu
[de la prairie,
Becquettent la bécasse, la bécassine et la sarcelle ;
Le merle, compagnon de l'homme, et une foule de petits
[oiseaux
Grattent les fumiers pour y chercher leurs proies.

Un vieux corbeau est en sentinelle sur le haut d'un chêne,
Pendant que ses frères fouillent dans le sillon pour y trou-
Si le vent lui apporte l'odeur de la poudre, [ver le grain;
Il avertit par un petit croassement la bande, qui prend
[aussitôt son vol.

Le geai et le pivert sont au pays des raisins,
Le chardonneret et le roitelet se tiennent dans le voisi-
[nage du moulin;
L'épervier et la buse, chassant dans les environs de la
Tombent d'aplomb sur la grive et la dévorent. [ferme,

La neige efface toute trace, mais elle dérobe la nourri-
[ture aux animaux,
Et avec elle le temps est dur, cruel, aiguisant la faim;
L'indigent est forcé de mendier quand même; il doit aller
[auprès, au loin,
Ou rester dans sa chaumine mourir de misère.

Mais les Bretons ont des cœurs compatissants;
A la vue de la misère, émus de compassion, ils s'em-
[pressent de porter
A la cabane enfumée du malheureux, l'un du pain, l'au-
[tre de la viande,
Le troisième du bois. Le pauvre, dit le Seigneur, ne sera
[pas abandonné.

Les vieillards souffreteux marchent à l'appui de leurs
[bâtons,
Car ils sont, hélas! eux aussi, dans l'hiver de la vie;
Jeunes gens, prodiguez-leur vos soins compatissants,
Après l'été, si vous vivez, vous aurez, comme eux, l'hiver.

ANN DIOU VREIZ,

Cantate traduite en vers bretons par M. LE JEAN.

Da welout bredeur d'e-hoc'h c'houi a zired a-bell,
Komzid d'e-omp euz ar vro a oe d'hon tud Kavel?
Ha penaoz e kavit-hu hor Vreiz-ni ker karet
Daousd hag hi a vez henvel out bro ar Vretouned?

D'ho koajou leun a drouz iskiz
Ar mor hag hen ra eur c'houriz?
Ann avel hag heu oar choueza
Er valaneg evel ama?

Hag hen weleur er goumoulen
Skeudennou gwenn ar stourmerien?
Hag en Weleur o vousc'hoarzin
Er vrumen Arzur ha Marzin?

Hag enn ho pro
Bleizi-garo
Er vrugegou a red?
Ha pa vez noz,
Sioul, dre ar roz,
C'houi wel kannerezed?

Ebarz el lann melen ho pro
Ar c'horriged a dro enn dro?

Klevoud a eeur o wigoura
Kar ann ankou kriz o tuta?

LES DEUX BRETAGNES,

Par M. ROPARTZ.

CONTRALTO ET CHŒUR.

Vous qui venez si loin pour embrasser des frères,
Parlez-nous du pays où naquirent nos pères,
Notre Bretagne à nous, ce sol que nous aimons,
Rappelle-t-il un peu le berceau des Bretons ?

TÉNOR.

A vos grands bois pleins de murmure,
La mer fait-elle une ceinture ?
Le vent pleure-t-il triste et doux,
Dans vos genêts comme chez nous ?

Voit-on planer dans vos nuages
Des héros les blanches images ?
Le brouillard peint-il sur l'azur
Tantôt Merlin, tantôt Arthur ?

CHŒUR.

Voit-on chez vous
Les loups-garous
Rôder dans les bruyères ?
Voit-on la nuit
Errer sans bruit
Les lavandières ?

CONTRALTO.

Voit-on parmi les ajoncs blonds
Les Korrigans danser en ronds ?

TÉNOR.

Entend-on crier les ressorts
Du sombre charriot des morts ?

Ha c'houi d'hon tadou koz a ro bepred enor
Ha bez a zo mein-hir zoun enn ho launegou?
Bez hoc'h eus taoliou-mein ledan evel ar mor?
Seul-vui bruded ann dud, seul-vui braz ho beziou!

Brud vad d'ho tiegez, mar mirit holl ebarz
Digemer mad d'ar paour hag ar zul penn da benn.
Hogen mez d'ho keariou, pa na vez stourm na c'harz,
Mar kerz ar yaouankis araog ar pennou gwenn.

Da welout bredeur d'e-hoc'h c'houi a zired a-bell
Komzid d'e-omp euz ar vro a oe d'hon tud kavel
He penaoz e kavit-hu hor Vreiz-ni ker karet
Daousd hag hi a vez henvel out bro ar Vretouned?

Dre vil hoc'h euz-hu chapellou
Ha d'ezho eunn tour huel
Brouded vel dantelezennou
Da gas kan ar c'hloc'h a bell?
Bez hoc'h euz kalz a oueliou kaer,
Lidou patronn ho tadou;
Ha da zevel ar pennou ter,
Bez hoc'h euz gwir bardonniou?

Er pardonniou braz, ar baotred
Ao deuz nerz ha rogentez;
Eno e chas ann oll verc'hed
War c'hounid ar vraventez!
Ha goude, paotr ar plac'h enn dro,
Ha drik gand ar biniou,
Ha deiz ann eureud pa zenio...
Pardoun d'-eomp c'hoaz, ha iou!

CONTRALTO.

Des ancêtres sacrés gardez-vous le respect?
Voit-on les noirs menhirs se dresser sur vos landes?
Avez-vous des dolmens au gigantesque aspect?
Plus les morts étaient chers, plus leurs pierres sont grandes.

BASSE.

Honneur à vos maisons, si l'on n'y blesse pas,
Soit l'hospitalité, soit la paix des dimanches;
Mais honte à vos cités, sauf les jours de combats,
Si la jeunesse y marche avant les têtes blanches.

CONTRALTO ET CHŒUR.

Vous qui venez si loin pour embrasser des frères,
Parlez-nous du pays où naquirent nos pères.
Notre Bretagne à nous, ce sol que nous aimons,
Rappelle-t-il un peu le berceau des Bretons?

SOPRANO.

Avez-vous mille chapelles
Aux hauts clochers de granit?
Brodés comme des dentelles,
Où la cloche chante et rit?
Avez-vous de belles fêtes
Pour honorer vos Patrons,
Et, pour mettre en l'air les têtes,
Avez-vous de vrais Pardons?

SOPRANO ET CONTRALTO.

Aux Pardons les garçons luttent
De vigueur et de fierté;
Et les filles se disputent
La palme de la beauté.
Puis garçons et filles dansent
Au son joyeux des binious,
Et les noces recommencent
Les jours de pardon pour nous.

D'ann hevelep iez eo c'hoaz hor c'homziou
A dreuz ar mor doun, skear en em glevomp
Ann hevelep kleo, war dreaz hon aochou
A gar askana kemend a ganomp.

Hor c'haloun drant, komzomp'ta
Iiez ar Vreiziz broma.
Bretouned Saoz, Bretouned C'hall,
Dilezomp ann holl ieziou all
Hor c'haloué drant, komzomp'ta
Iiez ar Vreiziz brema.

Karomp ann hini goz c'hoaz,
Ai guz eunn tenzor braz;
Ann hini iaouank a zo koant
Evel eur stereden arc'hant.
Kemend a sked ne-ked aour,
Karomp ann hini baour !

TRIO. — SOPRANO, TÉNOR ET BASSE.

Nous avons du moins le même langage,
A travers les mers nous nous entendons.
Et le même écho sur chaque rivage
Aime à répéter les mêmes chansons.

CHŒUR.

Entre frères parlons
La langue des Bretons;
Bretons de France et d'Angleterre
Oublions la langue étrangère;
Entre frères parlons
La langue des Bretons.

Aimons la vieille encor,
Elle cache un trésor;
La jeune assurément est belle,
Et comme un astre elle étincelle;
Ce qui luit n'est pas or
Aimons la vieille encor!

ADRESSE D'UN GALLOIS

AU CONGRÈS CELTIQUE DE SAINT-BRIEUC.

En exprimant, dans une lettre ci-dessus mentionnée, son regret de ne pouvoir assister au premier Eisteddvod tenu en Bretagne, un des professeurs les plus distingués du célèbre collége d'Oxford, S. John Rhys, a envoyé la pièce de vers suivante, composée d'après les règles particulières de la poésie galloise.

Yn hanu o'r un enaid — y mae'r hen
  Gymry a'r Llydawiaid ;

Yn goch, yn gyfa, fe gaid — gwaed y ddau
  O wythienau yr hen Frythoniaid.

Ond oer dòn o flinder du
Ddidolodd y ddau deulu.

Er y ddau am oesau maith
A'u rhan yn mro estron-iaith
Mae'r *hen* iaith — mirain o hyd —
Yn hedfan uwch pob adfyd ;
Ac hedydw fe gyhoeddir
Yn hylon dros don, dros dir,
Euraidd egwyl i'r ddwygaingc,
A wna eu gwau yn un gaingc
Na thorir mo'r bleth araul
Is y rhod am oes yr haul.

Ils sont issus d'une même souche
Les vieux Gallois et les Armoricains ;
Rouge et pur se trouvait le sang des deux peuples
Dans les veines des vieux Bretons.

— Mais l'onde glacée de la noire affliction
Sépara les deux familles —
Quoique les deux peuples aient pendant de longs siècles
Habité le pays de langue étrangère,
La vieille langue — toujours belle —
Vole au-dessus de toute adversité.
Et aujourd'hui l'on publie
Avec joie sur l'onde et sur la terre,
Aux deux cordons une fête magnifique
Qui va les réunir en une seule tresse,
Chaîne brillante qu'on ne brisera pas
Sous la voûte du ciel tant que le soleil durera.

JOHN RHYS, *du collége de Jesus d'Oxford.*

CYMRU A ARVOR,

CHANSON ANGLAISE,

DÉDIÉE AU PRÉSIDENT DE LA SOCIÉTÉ D'ÉMULATION DES CÔTES-DU-NORD

Par JAMES KENWARD (Elvynydd).

(Traduite par M. LYNCH, Professeur au Lycée de Saint-Brieuc.)

Hail Sons of ancient Arvor!
Hail Brothers of our race!
Whom long our love has cherished,
We greet you face to face: —
Hail Land of truest glory,
Of all-enduring name,
Of many-textured fortune,
Of Christ-confessing fame!

Salut! fils de l'antique Arvor! Salut à nos frères, enfants d'une commune race! Depuis longtemps déjà vous êtes chers à nos cœurs; nous vous saluons face à face. Salut à toi, terre de la gloire la plus pure, de la durable renommée — dans la bonne et dans la mauvaise fortune, on t'a vue toujours fidèle au Christ.

We leave our hills and valleys,
We leave our Cymric shore,
We cross the friendly waters
Our fathers crossed before:
Around us spread the oakwoods
With autumn splendours drest,
The moorlands bittern-haunted,
The meres with sedgy breast;

Drear beaches, wind-swept sand-dunes,
  Slow streamlets, granite mounds;
All tell us we are parted
  From home's accustomed bounds.

Nous quittons nos collines et nos vallées, nous quittons nos rivages kymriques — les flots amis qu'ont passés nos pères, nous les traversons aussi. Autour de nous s'étendent les forêts de chêne, revêtues des splendeurs de l'automne, et les landes où le butor fait son nid, et les mares bordées de joncs — les plages solitaires, les sables que le vent balaie, les ruisseaux au courant paresseux, les collines de granit — tout nous rappelle que nous venons d'abandonner les frontières bien connues de notre patrie.

But what though Nature vary
  Her many-jewelled robe,
The Celtic heart beneath it
  Throbs changeless o'er the globe!
We hear the fervid accents
  Of child and maid and man,
That Edward heard in Gwynedd,
  That Cæsar heard in Vannes:
And as our grandsires spoke them
  Our grandsons still shall speak,
Hushed here and there, it may be,
  Or tremulous and weak:
But till the winds, careering,
  Grow mute 'neath Fashion's spell,
Till Power's jealous murmur
  The sea's deep voice can quell,
Till Art can train the thunder
  To tell the flute's soft tale;
The Briton's tongue shall cease not,
  Nor the Briton's lineage fail.

Mais, bien que la nature se plaise à varier les nombreux joyaux dont elle fait sa parure, le cœur celtique qu'abritent les plis de sa robe aux mille couleurs ne saurait changer sous aucun climat. N'entendons-nous pas aujourd'hui sur les lèvres de l'enfant, de la vierge, de l'homme, résonner les accents passionnés qu'Édouard entendit dans Gwynedd, et César à Vannes? De même que nos aïeux ont parlé la langue celtique, nos arrière-neveux la rediront encore, quelque faible ou tremblante qu'elle soit ça et là. Mais jusqu'à ce que les vents s'arrêtent dans leur carrière; jusqu'à ce que le murmure jaloux du Pouvoir impose silence à la voix de l'Océan; jusqu'à ce que l'Art enseigne au tonnerre à simuler la douce mélodie de la flûte; alors seulement la langue du Breton cessera de se faire entendre, alors seulement s'éteindra la lignée du Breton.

Again we look on Arvor
  Not unfamiliar now,
Dear sister of our Cymru,
  Though sadder be her brow:
See, through the veil Change-woven
  The changeless Spirit burns!
See, through the mist of Ages
  The heroic Past returns!

Encore une fois, il nous est donné de te voir, Arvor — Arvor, qui nous est maintenant mieux connue — sœur chérie de notre Cymru, quoique son front soit assombri. Voyez! le regard étincelant de l'Esprit perce à travers le voile que les vicissitudes du temps ont tissé. Voyez! les brumes des siècles s'entr'ouvrent pour nous rendre l'héroïque Passé!

From Penmarch's Point with sunset
  Golden, to brimming Loire;
From Cornouaille's wave-washed granite
  To Quiberon's sand-ribbed shore:
From where world-weary Tanguy,
  On the lone foreland's rim,
Mid driving foam and sea-shock
  Raised the rejoicing hymn;

To where by Aleth's ruins
  Rance glides to ocean-deeps,
Where 'neath the Cross he honoured
  Sublime Chateaubriand sleeps:
Through all the land of Llydaw
  Our heritage we trace,
We read in all, emblazoned,
  The records of our race.

Du cap de Penmarch, doré du soleil, jusqu'à la Loire coulant à pleins bords; de la Cornouaille granitique, fouettée des vagues, jusqu'aux sables de Quibéron; du lieu où Tanguy, las des choses de ce monde, se refugiant sur la plage solitaire, entonna un hymne d'allégresse; jusqu'à l'endroit où, tout près des ruines d'Aleth, la Rance se glisse dans le sein de l'Océan; où, à l'ombre de la croix qu'il a tant vénérée, sommeille le sublime Châteaubriand — partout dans cette terre de Llydaw, nous réclamons notre part d'héritage, partout brille sous nos yeux le blason de notre race.

There rise the mystic columns
  Of the lore our Druids taught,
Who smote with light the Idols,
  And vanquished Force by Thought: —
Rude Stones, through centuries steadfast,
  Rejoice, for the faith ye fed
Lives in the fair Cathedral,
  Not lost but perfected!

Là s'élèvent les colonnes mystérieuses, monuments de la science des Druides, dont les lumières ont renversé les idoles, et vaincu la Force par la Pensée. Rudes pierres! que les siècles n'ont pu ébranler, réjouissez-vous, car cette foi que vous avez nourrie, elle fleurit à l'abri de nos belles églises, nullement perdue, il s'en faut, mais, au contraire, fortifiée.

Vorganium's battle-relics,
  And Péran's dubious wall,

With all the Northmen's power,
And all the Frankish thrall,
Vex not our peaceful Present
With more than fleeting stain;
But the light of God is o'er us,
The signs of God remain.

A peine si notre paisible époque se ressent des tristes souvenirs de la bataille de Vorganium, des murailles de Péran, dont l'origine semble douteuse, de la puissance des Normands, de la domination des Francs; la lumière de Dieu brille sur nos fronts, tout ce que Dieu a signé de sa main nous reste.

Yes! for we meet as brothers
And gaze on all around,
Christians 'mid Christian worship,
Britons on British ground.
Beside your Gouet's waters
Our Brieuc came to dwell,
And reared his lowly Chapel
By Orel's blessed Well:
And where that ancient City
Lifts Heavenward still her eyes —
Calm lake near life's mad torrent —
Our Paul of Léon lies:
And ours the warlike Samson
Who gave her fame to Dol,
And ours the gentle Malo
Whom love made strong of soul.
Even so, in mutual blessing,
Your sons of saintly name
To Cymru's guardian mountains
With princely Cadvan came:
And many a hallowed tower,
And many a crag and *cwm*,
Sure spring, and lonely sea-marge,
Their life and death illume.

Oui, nous nous rencontrons en frères; voyant tout ce

qui nous environne, que serions-nous, sinon des Chrétiens réunis dans le sein du culte chrétien, que des Bretons sur le sol breton? C'est sur les bords de votre Gouët que Brieuc s'est fixé — c'est là qu'il éleva une humble chapelle près de la source bénie d'Orel. Où gît notre Paul de Léon, l'antique cité lève ses regards vers le Ciel, comme un lac calme près du torrent turbulent de la vie. Il est nôtre, le Samson à l'âme guerrière qui a rendu Dol célèbre; il est nôtre, le doux Malo, dont l'âme fut trempée dans l'amour. De même, par un échange de bienfaits, vos fils, de sainte mémoire, sont venus, sous la conduite de Cadvan, saluer nos montagnes de Cymru; plus d'une flèche consacrée, plus d'une source d'eau vive, plus d'une plage solitaire conservent à jamais le souvenir de leur vie et de leur mort.

Nor less before our vision
  The elves of Fancy dance,
And softly falls around us
  The roselight of Romance:
Énora, warm with beauty,
  To her lost love angel-borne,
Greets him with heavenly passion
  Heart-stirred, yet half forlorn:
And list! — in the summer gloaming,
  Through the dense leaves zephyr-fanned,
Comes the song of happy Vivien
  From green Brocéliande.
She kneels by the moss-lipped fountain,
  Afar in the secret glade,
And fern and rose and lily
  Embower the stately maid.
No sound save the rill's low murmur,
  Or the nestward-fluttering wing,
No sign that a subtler Presence
  Lives in the enchanted ring!
But the oak of a thousand winters
  Throws his broad bulk around,
And the ghostly forest-shadows

Glide through the pines star-crowned.
And she chants — her white arms outspreading —
And she chants — and her dark eyes shine —
O Merlin mine forever ! —
O Merlin forever mine !

La Légende, avec sa suite de fées, ne nous fait pas défaut non plus ; l'esprit romantique nous enveloppe de sa lumière rosée. Écoutez ! — Énora, dans la fleur de sa beauté, portée sur les ailes des anges vers son fiancé, le salue des accents d'un amour céleste, qui sortent d'un cœur triste et ému. Écoutez, encore ! A travers les chaudes brumes de l'été, à travers le feuillage épais caressé des zéphyrs, le chant de l'heureux Vivien nous charme dans la verte Brocéliande. Elle s'agenouille près de la fontaine bordée de mousse, cachée dans la clairière retirée ; les fougères, les roses, les lis font un berceau à la noble jeune fille. Tout est silencieux, sauf le doux murmure du ruisseau, ou le battement des ailes de l'oiseau qui cherche son nid — nul signe qu'un esprit plus éthéré vit dans le cercle enchanté. Le chêne, qui a bravé les fureurs des siècles, ombrage le sol de ses branches touffues, et les ombres de la forêt se glissent à travers les pins dont les cimes semblent couronnées d'étoiles. Énora étend ses beaux bras ; ses yeux noirs s'illuminent ; elle chante : « O Merlin ! tu es à moi à jamais ! »

And Arthur ! whose name of wonder
Like the rainbow's glory stands
Arching our British waters,
Based on our British lands :
Who rose like a star in tempest,
And scattered the Saxon horde
By the dread of his Dragon banner,
And the force of his knightly sword :
Who in Caerlleon and Carduel,
Unhelmed, led the minstrel's song,
And nurtured his shining Chivalry
In hate of shame and wrong.

Et Arthur! — celui dont la merveilleuse renommée s'étend, comme un arc-en-ciel, au-dessus de notre sol breton, dont le génie éclatant apparut soudain, comme une étoile au milieu des tempêtes, et dispersa la horde saxonne. Telle était la terreur qu'inspira la vue de son drapeau, où figurait le dragon, tel était le tranchant de son épée de vrai chevalier; lui, qui, ayant déposé le casque, mena le chœur dans Caerlléon, et enseigna à sa brillante noblesse l'horreur de la honte et de l'injustice.

Dear Land! our hearts still trace thee
Through all thy royal line —
Gradlon and Nominoë —
Conan and Constantine: —
Through all the war of races,
Through all the growth of years,
Are linked with thee in triumph,
Are linked with thee in tears:
For thy Past is the Past of Cymru,
Thy speech echoes Cymru's Speech,
And her's is thy Faith's foundation,
And her's its Heavenward reach.
And now what fate soever
Betide the Celtic name,
Our gain and loss are blended,
Our destinies the same.
O brethren, the task is ours —
Let none his part forget —
To stay the jealous billows
Which coldly our borders fret!
Let them waft us Art and Commerce,
Let them knit us in the bands
That make one sacred brotherhood
Of Earth's divided lands!
But let not all their fury
Our landmarks old efface,
Nor break one dear memorial
Of our far-descended race!

Faith, Language, all that the Ages
Around our history wreathe,
'Tis our privilege to inherit,
'Tis our duty to bequeath.

Terre chérie ! nos cœurs aiment à redire ton histoire consignée dans les annales de la lignée de tes rois — Gradlon et Nominoë — Conan et Constantin — à travers les guerres de race, à travers les longs siècles, notre allégresse salue tes triomphes, nos larmes arrosent tes malheurs. Car Cymru et Bretagne n'ont qu'une commune tradition, un passé commun. Ta langue est bien l'écho de celle de Cymru ; c'est encore Cymru qui a jeté les fondements de ta Foi, de cette Foi qui fixe ses regards sur le Ciel. Quelles que soient les destinées réservées à la race celtique, nous serons unis dans la bonne et dans la mauvaise fortune — un sort commun nous attend. C'est à nous — que personne ne songe à se soustraire à sa tâche — de faire reculer les vagues que la jalousie pousse contre nos rivages. Que les ondes nous apportent l'Art et le Commerce ; qu'elles fortifient les liens qui réunissent dans une sainte fraternité toutes les nations de la terre — soit ! Mais, que leur furie ne vienne pas effacer nos frontières, ni renverser un seul monument de notre antique race ! Foi, langue, tout ce que les siècles ont apporté pour orner notre histoire — voilà notre héritage, héritage que nous devons transmettre à nos descendants.

If the Speech which God hath given
We consecrate to Him,
Our Speech shall never minish,
Our light grow never dim.

Consacrons donc à Dieu la langue qu'il nous a donnée, jamais la gloire de cette langue n'en sera diminuée.

By Plestin's strand where wildly
The Alantic surges toss,
Conspicuous on Roc'hellas
Saint Efflam reared his cross :

And while those arms of mercy
  Rise clear above the wave,
The traveller unfearing
  The ocean's march may brave.
So, brothers, travelling onward
  Along the Nation's track,
Keep still the Cross before you,
  And fear no foe's attack: —
Keep still the Cross before you; —
  Hope — strive — resist — endure;
The battle may be stubborn,
  But the victory is sure!

Sur cette plage de Plestin, où se brisent, dans leur furie, les vagues de l'Atlantique; sur les hauteurs de Roc'hellas saint Efflam éleva une croix; tant que ses bras miséricordieux domineront les ondes, le voyageur pourra braver, sans crainte, les périls de l'Océan. Frères! vous qui suivez, en pèlerins, les pas de la nation celtique, tenez la croix devant vos yeux, et ne craignez pas les attaques de l'ennemi — tenez haut la croix — espérez — combattez — résistez — souffrez; vive sera la lutte, assurée la victoire!

TABLE DES ANNEXES.

CPSIA information can be obtained
at www.ICGtesting.com
Printed in the USA
LVHW110351090223
739019LV00007B/461

9 783382 204761